HEYNE ‹

Das Buch

Der Tag fängt nicht gut an für die siebzehnjährige Vesper Gold. Sie ist neu in Hamburg, in der Schule gibt es wieder Ärger, und ihre Mutter, eine weltberühmte Pianistin, hat einmal mehr keine Zeit für die temperamentvolle Tochter. Doch all das ist mit einem Mal unwichtig, als Vesper erfährt, dass ihr Vater unter mysteriösen Umständen gestorben ist. Plötzlich ist ihr ein geheimnisvoller Unbekannter auf den Fersen, und in der Post findet sie einen Brief ihres Vaters, der einen Ring, einen Schlüssel und eine Warnung enthält: »Hüte dich vor den Wölfen und dem, was ihnen folgt.«
Was sich hinter diesem Satz verbirgt, erfährt Vesper schneller, als ihr lieb ist: Immer unheimlichere Dinge geschehen in der Stadt, Wölfe tauchen auf und alle Kinder fallen in einen rätselhaften Tiefschlaf. Auf der Suche nach Antworten trifft Vesper auf den Studenten Leander Nachtsheim, der wie sie einen uralten Schlüssel bei sich trägt. Verfolgt von düsteren Wesen betreten die beiden eine Welt, in der Geschichten lebendig zu werden scheinen. Eine Welt, die sie verstehen müssen, bevor sich die Gegenwart auf ewig verändert: Denn das, was die Brüder Grimm einst mit Worten zu bannen suchten, ist aufs Neue erwacht …

Der Autor

Christoph Marzi, Jahrgang 1970, wuchs in Obermendig nahe der Eifel auf, studierte in Mainz und lebt heute mit seiner Familie im Saarland. Seit dem großen Erfolg seiner Saga um die Uralte Metropole (*Lycidas, Lilith, Lumen, Somnia*) und Romanen und Erzählungen wie *Lyra, Fabula, Nimmermehr* und *Die wundersame Geschichte der Faye Archer* ist er einer der beliebtesten und bekanntesten deutschen Fantastik-Autoren.

Ein Verzeichnis aller im WILHELM HEYNE VERLAG erschienenen Bände von Christoph Marzi finden Sie am Ende des Buches.

Mehr zu Autor und Werk unter:
www.christophmarzi.de

CHRISTOPH MARZI

GRIMM

Roman

WILHELM HEYNE VERLAG
MÜNCHEN

Für alle, die nicht verlernt haben,
an Märchen zu glauben

MIX
Papier aus verantwortungsvollen Quellen
FSC® C014496

Verlagsgruppe Random House FSC® N001976
Das für dieses Buch verwendete
FSC®-zertifizierte Papier *Holmen Book Cream*
liefert Holmen Paper, Hallstavik, Schweden.

2. Auflage

Taschenbuchausgabe 1/2013
Redaktion: Uta Dahnke

Printed in Germany 2013
Umschlaggestaltung: Nele Schütz Design, München
Satz: C. Schaber Datentechnik, Wels
Druck und Bindung: GGP Media GmbH, Pößneck

ISBN: 978-3-453-52960-1

www.heyne-magische-bestseller.de

»Und als das Goldkind sich umsah,
so stand es vor einem kleinen Haus,
darin saß eine Hexe.«

JACOB GRIMM, *Die Goldkinder*

Es war einmal …

Tage wie dieser, im Regen verweht

Vesper Gold, in deren grün schimmernden Augen sich unverhohlener Trotz zeigte, saß nahezu regungslos auf dem Stuhl im Vorzimmer der Direktorin und wartete darauf, dass ihre Mutter eintraf. Sie trug die wilde Entschlossenheit, sich nicht unterkriegen zu lassen, so eng umschlungen wie den petrolfarbenen Schal, den ihre Finger langsam entknoteten. Tage wie dieser, an denen alles schieflief, waren eindeutig dazu bestimmt, dass man seine Krallen ausfuhr.

»Was haben Sie sich nur dabei gedacht?«, fragte die Sekretärin, schüttelte den Kopf und hantierte lärmend am Kopierer herum. Sie war rundlich, zu laut und trug eine modische Brille in Neonorange, dazu kurzgeschnittene wasserstoffblondierte Haare, die wie verdorrter Rasen im Sommer aussahen.

»Nichts«, erwiderte Vesper mürrisch, »ich habe mir überhaupt gar nichts dabei gedacht.« Diese leidige Frage würde sie gleich noch mehrere Male zu hören bekommen. Warum stellten Erwachsene diese Art von Fragen überhaupt, wenn sie die Antwort ohnehin wussten. Natürlich hatte sie sich etwas dabei gedacht; sie war schließlich keines dieser hirnlosen Püppchen, die den Lehrern schöne Augen machten, um an gute Noten zu kommen.

»Auf was für dumme Ideen die Schüler heutzutage nur kommen«, murmelte die Sekretärin vor sich hin, gerade laut genug, dass Vesper sie verstehen konnte. »Ärztliche Atteste einfach so zu fälschen.« Übertrieben fassungslos schüttelte sie den Kopf, murmelte: »Und das mehrmals«, machte laut und vernehmlich »ts, ts, ts« und sah fast persönlich beleidigt aus.

Vesper seufzte.

Das Leben, das manchmal zu einem Sturm anwachsen konnte, hatte sie hier stranden lassen, könnte man sagen. Sie registrierte die abwertenden Blicke der Sekretärin und fragte sich, warum jemand, der Jugendliche so offensichtlich hasste, ausgerechnet an einer Schule arbeiten musste.

»Früher, zu meiner Zeit«, dozierte Frau Wissmann, »da hatten wir noch mehr Respekt vor den Erwachsenen, ganz ehrlich.« Ein weiterer missbilligender Blick traf das Mädchen. »Mehr Respekt vor den Lehrern und …«

»Schon klar«, grummelte Vesper entnervt und fragte sich, wann genau *ihre Zeit* gewesen war. Die Wissmann war jünger als Vespers Mutter, und Margo Gold hatte nie den Eindruck erweckt, als sei sie zu einer Zeit jung gewesen, in der die coolen Mädchen sich so verhalten hatten, wie die Sekretärin es sie gerade glauben machen wollte.

»Fräulein, Sie sollten sich nicht im Ton vergreifen!«

»Und Sie hätten die Therapie vielleicht doch nicht so schnell und vorzeitig abbrechen sollen.«

Frau Wissmann schluckte. Jeder hier wusste doch, dass das Sekretariat wegen labiler Fachkräfte andauernd umbesetzt werden musste. Die Wissmann war schon die dritte Sekretärin, die wegen psychischer Probleme oder Überlastung oder aus einem anderen geheimnisvollen Grund erkrankte, sich in fortwährenden Kuren und Rehabilitationen befand und währenddessen bei *Facebook* die Welt an ihrer Partnersuche teilhaben ließ, was kaum einem Schüler mehr entging.

»Sie …« Ein erhobener Finger nur. Die restlichen Worte blieben ihr irgendwo im Hals stecken, gut so.

Vesper sah sie an und fragte sich, ob sie Mitleid mit dieser unfreundlichen Kuh haben sollte. Sie rief sich in Erinnerung, wie die Wissmann mit den Fünft- und Sechsklässlern umsprang, und entschied sich kurzerhand dafür, sich zufrieden zurückzulehnen.

Sie atmete tief durch.

Meine Güte, was machte sie hier eigentlich?

Die Wissmann ging für einige Minuten still und sauer ihrer Arbeit nach und versprühte leise Gift in Form von verhuscht wirkenden Blicken, die Vesper sehr gut kannte. Sie konnte sich sehr gut vorstellen, wie die Neuigkeit von ihrem Vergehen bei der Lehrerschaft die Runde machen würde. Die Wissmann würde schon dafür Sorge tragen. Sie war wie die dicke Spinne im Netz. Überall gab es Leute wie sie.

»Ist die Chefin schon da?«, fragte Vesper nach einer Weile.

»Sie hat noch ein Telefonat.«

»Also ist sie schon da.«

»Sie wird Sie erst empfangen, wenn Ihre Mutter da ist.«

»Aber ich verpasse wertvollen Unterricht«, gab Vesper zu bedenken.

Frau Wissmann bedachte sie mit einem Blick, der zum Töten bestimmt war, ganz sicher.

Vesper hielt ihm stand. So lange, bis die Wissmann sich wieder ihren Kopien zuwandte.

Ja, mit Blicken wie diesen kannte sie sich gut aus. Sie erinnerte sich an den kläglichen Therapeuten, den zu besuchen ihre Mutter sie erst vor Kurzem, vor dem Umzug nach Hamburg, gedrängt hatte, und es machte ihr auch jetzt keine Mühe, sich durch die neugierigen Augen ihres Gegenübers zu sehen. Eine unscheinbare Siebzehnjährige, das war es, was die Leute sahen, wenn sie ihr heimlich und feige Blicke zuwarfen; eine Schülerin, die eher nach einer Studentin im allerersten Semester aussah, gekleidet in Schwarz, mit Stiefeln (und mit nur einem einzigen warmen Glanzlicht: dem selbstgestrickten Schal); ein bleiches Gesicht, das hager und ein wenig kränklich wirkte und dennoch das rege Interesse der Jungs weckte; ein Körper, an dem die meisten Kleidungsstücke, die sie trug, irgendwie gedankenlos und hastig übergeworfen aussahen und unpassend groß wirkten; Augen von einem Grün, so hell, dass nicht viele Menschen ihrem trotzigen Blick standhielten. Die Haare wie widerspenstige Wolle, hochgesteckt mit einem dunklen Stab voller chinesischer Schriftzeichen, pechschwarz wie alles an ihr.

Sie sah nicht aus wie die typische Schülerin dieser Einrichtung. Hier, an der *St.-Nikolai-Anstalt für verwöhnte neureiche Schlampen und saufende und kiffende Schlappschwänze mit unterirdischem IQ und Leistungskurs Sport* – oder, benutzte man den offiziellen Namen der Schule, dem Gymnasium St. Nikolai, Eliteschule des Sports –, trugen die Schülerinnen teuere Markenklamotten, gingen alle zwei Wochen zum Friseur und zur Kosmetikerin und kommunizierten ihre Plattitüden mit den neuesten iPhones und iPads. Schülerinnen in Vespers Alter besaßen meist ein Pferd und bekamen jede Menge Taschengeld, sie kotzten, was das Zeug hielt, sobald sie etwas gegessen hatten, und bemitleideten sich ausgiebig gegenseitig, wenn sie die selbstfotografierten Bilder online analysierten, weil sie sich zu fett und hässlich vorkamen. Bei den Jungs war es kaum besser.

Das Telefon klingelte.

Vesper horchte auf, als die Wissmann den Anruf entgegennahm. Während sie sprach, schaute sie fortwährend in ihre Richtung, nickte, sah wichtig aus, lächelte überheblich, nickte erneut.

»Was Lustiges?«, gestattete sich Vesper zu fragen.

»Ihre Mutter wird in zehn Minuten hier sein«, verkündete die Sekretärin.

Vesper nahm es zur Kenntnis.

Ihre langen, nervösen Finger suchten in der Tasche der abgewetzten Lederjacke nach einer Zigarette. Zwischen

Krimskrams, Knöpfen, Fäden, lila Nagellack und alten Kassenzetteln fanden sie eine, die noch nicht zerbröselt war. Sie zog ihr Feuerzeug aus einer anderen Tasche, sah es kurz an, lächelte und spürte erneut die unruhige Leere, die ein so großer Teil ihres Lebens geworden war, dass sie manchmal kaum zu sagen wusste, ob es da noch etwas anderes gab.

Gierig zündete Vesper sich die Zigarette an und inhalierte tief.

Sie schloss dabei die Augen fest, ganz fest, spürte den Rauch ihre Kehle hinabrinnen wie Gift und musste husten. Es tat nicht gut, den Rauch und die wabernde Hitze zu spüren, aber es war immerhin ein Gefühl, und jedes Gefühl, das aus ihr hervorbrach, war besser als jenes unwillkommene Gefühl, das sie noch immer zurückzuhalten vermochte.

»Sind Sie von allen guten Geistern verlassen?«, hörte sie die Wissmann keifen. »Sie befinden sich in einer Schule!«

Vesper öffnete die Augen. »Da steht doch ein Aschenbecher«, sagte sie ruhig und deutete auf den Blumentopf mit dem kränklichen Gummibaum, der spätestens in zwei Wochen einem neuen Gewächs weichen würde.

»Was …?«

»Ich behaupte einfach, dass *Sie* geraucht haben. Merkt sowieso niemand den Unterschied.«

»Wir sind eine gesunde, raucherfreie Schule«, beharrte die Sekretärin.

»Öffnen Sie einfach das Fenster. Das tun Sie doch auch sonst immer.« Jeder wusste, dass die Wissmann heimlich qualmte, wenn die Chefin außer Haus war. Vesper hatte keine Lust mehr, sich von all diesen scheinheiligen Gestalten hier herumschubsen zu lassen.

»Was erlauben Sie sich!«, fauchte die Wissmann Vesper an.

Die blies einen Rauchkringel zur Decke hinauf und lächelte. »Wenn Sie nicht leise sind, dann kommt die Chefin noch aus ihrem Zimmer.«

»Sie wollen es heute wirklich wissen …«

»Sieht wohl so aus.«

Die Wissmann schnaubte, bewegte sich auf die Tür zum Zimmer der Direktorin zu.

»Das würde ich nicht tun«, riet ihr Vesper.

»Ach ja, und warum nicht?«

»Weil der Blumentopf voller Kippen ist.« Sie lächelte ein äußerst nettes Lächeln. »Die können unmöglich alle von mir sein, oder?!«

»Fräulein Gold!« Die Wissmann schnappte nach Luft. Ihr Gesicht lief rot an, und ihr Mund ging auf und zu, als sei sie ein Fisch auf dem Trockenen. »Das ist wirklich …«

Vesper hielt ihrem Blick stand. Dann erhob sie sich, ging zu der Topfpflanze und drückte ihre Zigarette in der feuchten Erde aus. »Besser so?«, fragte sie und ging zu ihrem Platz zurück.

Die Wissmann war mit ihren Nerven am Ende.

Was für ein Tag!

Irgendwie war Vesper heute auf der Suche nach Streit.

Sie hatte verschlafen, war halbfertig und ungeschminkt durch die Kälte zum Gymnasium gelaufen. Schon während der zweiten Stunde hatte Herr Müller, ihr ausschließlich Nadelstreifenanzüge und klassische Krawatten tragender Tutor und Mathematiklehrer, sie offiziell ausrufen lassen und zum Sprechzimmer beordert. Dort hatte er ihr kurz und knapp die Neuigkeiten verkündet, worauf sie in die Klasse zurückgekehrt war, ihre Sachen zusammengepackt und sich bei der Direktorin gemeldet hatte.

Hier saß sie jetzt seit einer geschlagenen Stunde und wartete darauf, dass ihre Mutter endlich eintraf. Vesper starrte die Zeiger der Uhr an, die über den Pflanzen hing.

Draußen, vor dem Fenster, träufelte ein eisiger Wind den Winter in die Welt, noch bevor sich die Schneeflocken dazu entschieden hatten, die Stadt mit einem Mantel aus Weiß zu bedecken. Der Regen klatschte gegen die Fensterscheibe, und unten in den Straßen und auf dem Schulhof klebte rostrotes Herbstlaub an allem, was dort stand und lag.

Hamburg – ihre neue Heimat.

Wow!

»Du wirst dich dort wohlfühlen«, hatte ihr Vater gesagt. Nach dem Desaster in ihrer alten Schule war der Umzug zu ihrer Mutter so etwas wie eine Flucht nach vorn gewesen.

»Ich will aber in Berlin bleiben.« Vesper war verzweifelt gewesen, denn sie hatte gewusst, dass die Entscheidung ihrer Eltern so endgültig gewesen war wie nur irgendwas. Es gab keinen anderen Weg mehr, kein Zurück.

Wie gesagt – jetzt war sie hier.

Unwiderruflich.

Seit knapp vier Monaten nun besuchte sie das *St. Nikolai* und fand die Schule mit jedem neuen Tag abstoßender. Was lag also näher, als die Zeit, die sie hier in dem altehrwürdigen Gebäude verbringen musste, auf die nötigsten Stunden zu reduzieren?

Sie steckte sich einen Stöpsel ins Ohr und klickte sich durch das Menü ihres iPods, bis sie *Sinnerman* von Nina Simone gefunden hatte, das brachte sie wieder runter. Die leicht monotone Melodie tat ihr gut und ließ das gediegene Sekretariat wie eine seltsam entrückte Kulisse irgendeines alten Films erscheinen. Mattfarbene Bilder von Schiele und Hopper an den Wänden, ein riesiges Foto, das die Gestalten des Kollegiums zusammengepfercht auf der Haupttreppe unten in der Aula zeigte, das übliche Sammelsurium aus zwei Kopierern, Bildschirmen, ordentlichen Ablagetürmen und Telefonen. Ab und zu steckte ein Lehrer leise seinen Kopf zur Tür herein, weil er faxen, kopieren, über Schüler schimpfen oder einfach nur reden und Neuigkeiten erfahren wollte.

Endlich, nach einer halben Ewigkeit, öffnete sich die Tür, und Margo Gold schneite herein. Sie wirkte wie eine Diva, die sich verlaufen hatte. Sie trug einen Hosenanzug, dazu einen langen dunklen Mantel samt extravagantem Schal mit indisch angehauchtem Muster. Die schulterlangen dunklen Haare trug sie offen und wallend, und als sie den Raum betrat, streifte sie sich äußerst theatralisch die Lederhandschuhe ab, faltete sie säuberlich, begrüßte die Sekretärin mit einem sehr beiläufigen Nicken und erbat sich eine schnelle Anmeldung bei der Schulleiterin, da sie noch einige Termine zu beachten habe.

Erst dann wandte sie sich ihrer Tochter zu.

»Was hast du angestellt?«, kam sie direkt auf den Punkt, wippte unruhig mit dem Fuß und schlug einen imaginären Takt. Mit einer geübten Handbewegung zupfte sie Vesper den Kopfhörer aus dem Ohr. »Ich mag nicht, wenn du das tust, es macht dein Gehör kaputt.« Sie wirkte etwas gehetzt, und Vesper wusste, warum. »Du weißt, dass ich gleich wieder los muss. Das Flugzeug geht in anderthalb Stunden. Also bitte keine Ausreden, Vesper. Was ist los?«

»Sie haben dir nichts gesagt?«

»Am Telefon? Nur dass ich dringend herkommen soll und du womöglich die Schule verlassen musst.«

»Klasse.«

»Nun?«

»Ich habe Atteste gefälscht.«

Margo Gold starrte ihre Tochter an. »Du hast *was*?«

Im Hintergrund telefonierte die Wissmann mit der Direktorin, was ihr Blick auf die Wand, hinter der sich ihr Büro befand, und die unterwürfige Haltung leicht verrieten.

»Du wolltest eine ehrliche Antwort haben, und das war sie.« Vesper musste lächeln, aus einem Grund, der ihr selbst nicht so ganz klar war. »Nun ja, eigentlich habe nicht ich sie gefälscht. Aber man kennt so seine Leute, weißt du?!«

Margo Gold tat überrascht. »Du kennst Mitschüler, die so etwas professionell tun?«

Sie nickte. »Ist eine recht lukrative Nebenbeschäftigung für diejenigen, die es können.«

»Du hast dafür bezahlt?«

»Nichts ist umsonst, Mama, das solltest gerade du wissen.«

Margo Gold seufzte langgezogen. »Geht das jetzt schon wieder los?«

»Du hast angefangen.«

»Ich weiß, ich weiß.«

»Frau Gold?« Die Wissmann schaltete sich ein. »Frau Dr. von Stein kann Sie jetzt empfangen.«

Margo Gold hob die Hand. »Moment noch«, unterbrach sie die Sekretärin, wandte sich erneut ihrer Tochter zu und flüsterte: »Irgendeine Idee, wie wir die Stein davon abhalten können, dich zu feuern?«

»Keine Ahnung.«

»Das ist alles, was du dazu zu sagen hast?«

Vesper zuckte die Achseln. »Es ist, wie es ist. Was soll ich machen?«

»Ich dachte, du wolltest dir jetzt Mühe geben.« Sie machte eine Pause. »Nach allem, was in Berlin passiert ist.«

Vesper senkte den Blick. »Tut mir leid, aber …«

»Kein *Aber* mehr …«

Die Wissmann nahm zufrieden zur Kenntnis, dass Vesper Ärger bekam, und grinste mit stiller Genugtuung tief in sich hinein.

Dann öffnete sich die Tür zum Zimmer der Chefin.

Frau Oberstudiendirektorin Dr. Isolde von Stein schritt bedeutungsvoll in die Gefilde des einfachen Volkes hinaus. »Ach, die Frau Gold!«, rief sie voller Begeisterung aus.

Vesper erhob sich. Sie hatte geahnt, dass das Auftauchen ihrer Mutter zu einem kleinen Auftritt werden würde.

»Guten Morgen, Frau von Stein«, begrüßte Margo Gold die nun auf sie zustürmende Direktorin. Nur Vesper fiel auf, dass sie bewusst vermieden hatte, sie mit ihrem Titel anzusprechen.

Frau Dr. Isolde von Stein schien das nicht zu stören. Wie eine Nebelkrähe ergriff sie die Hand ihres Besuchs und schüttelte sie. »Wir sind uns noch gar nicht begegnet.«

Wenn es ein kleines Adjektiv gab, das die Direktorin hinreichend beschrieb, dann war dies *grau*. Alles an Frau Dr. Isolde von Stein wirkte grau: die Haare, die selbst säuberlich geordnet und hochgesteckt noch die Eleganz einer Ansammlung von Staubmäusen besaßen, das dunkelgraue Kostüm, die graue Strumpfhose, die hochgeschlossenen schwarzen Halbschuhe. Kerzengerade Haltung, die Hände gefaltet, sah sie, Lehrerin für Deutsch und ehrenamtliche Leiterin der Theater-AG, aus, als sei sie einem Roman von Thomas Mann entfleucht.

»Damals haben Sie das Vergnügen gehabt, mit Vespers Vater zu sprechen.«

Nur Vesper fiel auf, dass sie nicht *mit meinem Mann* gesagt hatte. Maxime Gold war jetzt einfach nur noch *Vespers Vater*.

»Wie schön, dass wir uns nun kennenlernen. Und wie tragisch, dass es unter diesen Umständen sein muss.«

Vesper harrte der Lobhudelei, die jetzt zweifelsohne kommen würde.

»Ich verehre Ihre Kunst«, sagte Frau Dr. von Stein, und Margo Gold rang sich ein müdes und bemüht offenes Lächeln ab. »Diese wunderbaren Händel-Variationen und Mozarts Klavierkonzerte; sie sind schon jetzt ein Klassiker, was soll ich noch sagen?«

Sag besser nichts, dachte Vesper und setzte ein Lächeln auf, das möglichst unverfänglich wirken sollte. Die Ehrerbietung, die ihrer Mutter zuteil wurde, war nichts Neues für Vesper. Margo Gold war eine Legende, interessierte man sich für diese Art von Musik. Sie war in den Konzertsälen der Welt zu Hause. Ihre Hände waren begnadet und einzigartig – und außerdem war sie nervös und eigensinnig. Als sie noch eine intakte Familie gewesen waren, da hatte Vesper in einer Welt der Verbote gelebt. Keine laute Musik, kein Besuch, kein lautes Lachen. Einzig der Musik ihrer Mutter war es erlaubt, die weiten Räume der Villa in Schöneberg mit Leben zu füllen. Ihre manikürten Finger bewegten sich rasch über die schwarzen und weißen Tasten und vollführten unglaublich flinke Tänze. Sie beschworen wilde Melodien herauf, die ganze Konzertsäle füllten und den andächtig lauschenden Zuhörern förmlich die Tränen in die Augen trieben.

»Ich hatte das außerordentliche Vergnügen, Sie in der Mailänder *Scala* zu sehen«, säuselte Frau Dr. von Stein unterwürfig.

»Ah, die Variationen über Themen aus *Hoffmanns Erzählungen.*«

Eifriges Nicken.

So standen sie Augenblicke nur herum.

Es war Margo Gold, die das Gespräch wieder in geordnete Bahnen lenkte. »Frau von Stein«, begann sie, und der drängende Unterton in ihrer Stimme fiel nur ihrer Tochter auf, »ich habe nicht viel Zeit. Sie müssen entschuldigen.« Sodann folgte eine Begründung in Form des aktuellen Tourneeplans und ein Hinweis auf den Flugplan und das vor der Schule wartende Taxi.

»Dann lassen Sie uns alles Weitere in meinem Zimmer besprechen«, schlug die Direktorin vor.

Vesper und ihre Mutter folgten der Frau in Grau ins Allerheiligste der Schule. Aus dem großen Fenster hatte man einen Ausblick auf das Mahnmal St. Nikolai, dem die Schule ihren Namen verdankte.

Auf dem Aktenschrank neben dem Schreibtisch stand eine Goethe-Büste, weiß und poliert. An den Wänden hingen Faksimiles von Goethe und Schiller. Eine traurige Grünpflanze reichte bis zur Decke und brachte ein wenig Leben in den Raum.

Die Direktorin nahm hinter dem Schreibtisch Platz, Vesper saß neben ihrer Mutter in einem der bequemen Stühle davor.

»Fräulein Gold«, begann Frau Dr. von Stein, öffnete eine Akte, die bereits auf dem Tisch gelegen hatte, und fasste kurz und knapp zusammen, was ohnehin jeder wusste. Die Verdachtsmomente, der Anruf ihres Tutors beim Arzt, die Beweislage und die Tatsachen. Sie zählte eine Reihe von Tadeln und Verweisen auf, klappte die Akte zu und fixierte das Mädchen. »Warum, meine Teure, tun Sie so etwas?«

»Ich bin der Geist, der stets verneint«, antwortete Vesper und versuchte die scherzhafte Tour.

Margo Gold gab ihr, unmerklich für die Direktorin, einen Tritt gegen das Bein.

»Ach ja, ist das so?« Frau Dr. von Stein wirkte unbeeindruckt. Sie pochte mit dem Finger auf die Akte. »Sie hatten an Ihrer alten Schule einige Probleme, die wir hier zu vermeiden gehofft hatten.« Sie kramte eine Lesebrille aus einem Etui hervor und schob sie sich auf die Nase. »Sie haben einen Ihrer Lehrer verletzt.«

»Es war ein Unfall«, verteidigte Margo Gold ihre Tochter schnell.

»Es war Pech«, sagte Vesper. Im letzten Schuljahr hatte sie ihrem Sportlehrer einen Basketball ins Gesicht geschossen, weil er sie begrapscht hatte. Natürlich hatte sie es wie einen dummen Zufall aussehen lassen.

»Pech?«

»Haben Sie eine Ahnung, wie eifrig und gern manche Sportlehrer an dieser Schule den Mädchen Hilfestellung geben?«

Frau Dr. von Stein brauste entrüstet auf: »Fräulein Gold!«

»Schauen Sie sich doch einfach die Fehlzeiten in den Klassenbüchern an. Bei manchen Kollegen häufen sich die Krankheiten sehr verdächtig. So oft hat kein Mensch seine Tage.«

Die Stein wirkte sauer. »Kein Grund, derart ausfällig zu werden.«

»Tut mir leid.« Vesper zog ein Gesicht. »Wir sind nicht hier wegen dem, was auf meiner alten Schule gelaufen ist, oder?«

»Nein.«

Also kam Vesper der leidigen Frage zuvor: »Ich habe die Atteste gefälscht, um länger schlafen zu können und um einige der stinklangweiligen Grundkurse zu meiden.«

»Sie geben es also zu?«

»Warum sollte ich es leugnen?« Für wie dumm hielt sie die Stein? »Herr Müller hat schließlich bei unserem Arzt angerufen und festgestellt, dass ich nie dort gewesen bin.«

»Sie sind zumindest ehrlich.« Frau Dr. von Stein nickte wohlwollend. »Aber warum haben Sie das getan?«

»Sagte ich doch. Ich bin der Geist, der stets verneint.«

»Lassen Sie das.«

»Lass das«, sagte jetzt auch Margo Gold.

»Ist gut«, murrte Vesper.

»Wie bitte?«

»Entschuldigung, aber ich dachte, Sie wollten eine Antwort hören.«

Frau Dr. von Stein seufzte langgezogen. »Warum, bitte schön, haben Sie die Atteste gefälscht?«

»Ich wollte keine unentschuldigten Fehlzeiten haben.«

»Unterstehen Sie sich, mich zu veralbern.«

Meine Güte, dachte Vesper, *sie hat wirklich* veralbern *gesagt.*

»Nun?«

Sie wollte eine Antwort? Na, gut! »Was glauben Sie denn, was in manchen Kursen läuft? Man versäumt überhaupt nichts, wenn man nicht immer hingeht. Im Gegenteil, man lernt die Sachen besser allein zu Hause.« Vesper konnte es nicht fassen. Die ewige Ignoranz der salbungsvoll wohlwollenden Pädagogen und dann noch diese heuchlerische Menschenfreundlichkeit. Pah!

Die Stein starrte erneut und unbeeindruckt in die Akten. »Ihre Leistungen, Fräulein Gold, erwecken nicht gerade den Anschein, als würden Sie das Verfehlte nacharbeiten.«

Okay, der Punkt ging an sie. Vesper verdrehte die Augen.

Ihre Mutter wurde ungeduldig, starrte auf die Uhr an der Wand.

»Was immer Sie auch vorzubringen gedenken«, resümierte die Direktorin, »es ist verboten, ärztliche Atteste zu fälschen. Es handelt sich hier um ein überaus arglistiges Täuschungsmanöver und ein Verhalten, das ich an meiner Schule nicht dulden kann, unter gar keinen Umständen.«

»Was wird jetzt passieren?«, fragte Margo Gold und gebot ihrer Tochter mit einem Fingerzeig, zu schweigen.

Die nachfolgenden Worte schien Frau Dr. von Stein außerordentlich zu genießen, jedes Einzelne von ihnen. »Ich muss Ihnen leider mitteilen, dass wir in zwei Tagen eine Konferenz aller Fachlehrer einberufen haben, auf der über den weiteren Verbleib Ihrer Tochter an unserer Schule entschieden werden wird. Sie beide sind dazu natürlich eingeladen.«

Das war jedenfalls etwas, was Margo Gold nicht hatte hören wollen. »Ich bin auf Tournee. Wie stellen Sie sich das vor? Ich habe eine Reihe von Konzerten im Ausland.«

Frau Dr. von Stein nickte.

»Aber Vesper wird natürlich kommen. Sie muss Ihnen Rede und Antwort stehen.« Sie warf ihrer Tochter einen strengen Blick zu.

Vesper nickte. »Versprochen.«

Margo Gold erhob sich, ohne auch nur eine weitere Reaktion der Direktorin abzuwarten. »Dann wäre das geklärt. Mein Taxi wartet.« Sie lächelte das Lächeln, das sie sonst nur der Presse schenkte. »Vesper, du gehst in deinen Unterricht.« Sie schüttelte die Hand der Direktorin. »Es tut mir leid, aber meine Zeit ist sehr knapp bemessen.«

Nur Vesper wusste, wie entnervt ihre Mutter wirklich war. Sie hasste es, zu solchen Gesprächen zu erscheinen. Sie hasste Pädagogen, und sie hasste es, Zeit zu vergeuden.

»Ich bin sicher, dass wir eine Regelung finden werden.« Mit einem Lächeln rauschte sie aus dem Raum und zog Vesper hinter sich her. Beide warfen sie keinen Blick zurück.

Als sie draußen auf dem Korridor waren, hielt Margo Gold inne.

»Danke, Vesper, das war wieder einmal unbeschreiblich.«

»Tut mir leid.«

Margo Gold sah ihre Tochter eindringlich an und knöpfte sich den Mantel zu.

»Okay, mir tut nur leid, dass ich mich habe erwischen lassen.«

»Ja, genau das tut mir auch leid. Du hättest uns einige Unannehmlichkeiten erspart, wenn du dich geschickter angestellt hättest.«

»Dann findest du also, dass …«

Margo Gold ließ ihre Tochter nicht zu Ende sprechen. »Nein«, fuhr sie ihr energisch ins Wort. »Du hast uns ein Versprechen gegeben, deinem Vater und mir. Du wolltest dir Mühe geben.«

Vesper nickte widerwillig.

»Wenn du von der Schule fliegst, dann haben wir ein Problem.«

»Ich weiß.«

»Und?«

Vesper murrte: »Ich werde mich bessern.«

»Schau mich an, wenn du mit mir redest.«

Sie hob den Blick.

»Du hast geraucht.«

Sie wusste, dass ihre Mutter das gerochen hatte. »Und?«

»Du sollst nicht rauchen.«

»Du rauchst doch auch.«

»Ich bin erwachsen, eine Künstlerin, und ich habe genug Geld, um mir die Zigaretten zu leisten.«

»Wahnsinnig gute Begründung. Ich bin bald volljährig.«

Margo schaute erneut auf die Uhr. Zog sich die Handschuhe über. »Ich muss den Flieger erreichen, Kleines. Wie gesagt, das Taxi wartet. Die Koffer habe ich schon zum Flugplatz geschickt.«

»Wann wirst du wieder hier sein?«, fragte Vesper.

»In zwei Wochen. Ich habe dir eine Mail mit den Tourdaten geschickt.«

Vesper nickte nur.

Margo Gold wollte schon gehen, besann sich dann aber und konzentrierte sich noch einmal einen Augenblick lang ganz auf ihr Gegenüber. »Vesper, mein Kind, wie geht es dir?«

»Beschissen«, antwortete sie. »Aber nett, dass du fragst.«

Sie ergriff die Hände ihrer Tochter. »Warum tust du das nur?« Die schwarzen Handschuhe waren kalt. »Machst uns diesen Ärger, dass wir keine ruhige Minute haben. Du solltest dich wie eine Erwachsene benehmen, nicht wie ein verzogenes Gör, das keine Erziehung genossen hat.«

Vesper lächelte leise. »Ich bin doch nur ein ganz armes und vernachlässigtes Scheidungskind, das seinen Platz in der Welt noch nicht gefunden hat.«

Beide mussten sie lächeln.

»Den Humor hast du von deinem Vater.« Nicht einmal jetzt sagte sie mehr *Maxime*.

»Ja, und die Ohren habe ich von dir.«

»Sie stehen dir gut.« Ein kurzes Lächeln nur. »Geh wieder in den Unterricht«, sagte Margo Gold schnell, gab ihrer Tochter einen flüchtigen Kuss auf die Stirn und rauschte den Korridor entlang.

Vesper sah ihr nach, als sie die Treppe hinab verschwand, raus aus der Tür, hinaus in die Welt, wo sie die berühmte Margo Gold war und im tosenden Applaus der Menschen zu schwimmen vermochte wie ein bunter Fisch im klaren Wasser.

»Ich werde dich auch vermissen«, sagte sie trotzig und irgendwie traurig zugleich.

Dann griff sie nach dem iPod, ließ erneut *Sinnerman* laufen, zog den Reißverschluss ihrer Lederjacke zu, schlug den Kragen hoch, schulterte den Rucksack, den sie seit Jahren besaß, und ging aus einem der Notausgänge hinaus in die Stadt, die kalt und voller Regen war – und somit irgendwie genau das, was sie von einem Tag wie diesem erwartete.

In der Mönckebergstraße ließ sie sich einen heißen Kaffee im Pappbecher im Segafredo-Café an der Ecke neben dem Taxistand geben, danach schlenderte sie gedankenverloren an den hell erleuchteten Schaufenstern vorbei, wurde ein Teil der Menschenmassen, die wie an jedem Tag vom Bahnhof zu den Geschäften und Kaufhäusern drängten. Sie blieb stehen, als sie einen alten Straßenclown sah, der auf seinem Akkordeon Lieder von Hans Albers spielte und in den Pausen mit bunten Bällen jonglierte. Sie beobachtete die anderen Passanten dabei, wie sie den Clown ignorierten und eilig ihres Weges gingen. Schließlich ging sie zu dem Zylinder, der vor dem Clown auf dem gemusterten Straßenpflaster stand, und warf ein paar Münzen hinein. Der alte Clown entlockte seinem Instrument ein beschwingt quietschendes Geräusch und verneigte sich kurz. Dann wendete er sich den anderen Passanten zu, von denen ihn allenfalls die Kinder beachteten, für die ein Clown an einem so trüben Tag wie diesem noch etwas Außergewöhnliches war.

Vesper ließ sich treiben.

Sie verdrängte alles, was mit der Schule zu tun hatte, und genoss die Stadt, die erfüllt war von einer Magie, die niemand zu sehen vermochte.

Die Lichter der Autos spiegelten sich in den Pfützen, und das Prasseln des Regens auf dem Asphalt zauberte ungehörte Melodien in den Lärm des Verkehrs. Schritte auf dem Pflaster klapperten einen dumpfen Takt, Stimmengewirr in sich verwebt, dicht und filigran. Wütende Taxifahrer hupten, missmutig aussehende Männer in dunklen Anzügen eilten in die Mittagspause, elegante Frauen in geschäftsmäßigen Kostümen bedachten andere geschäftsmäßige Frauen in Kostümen mit boshaften Blicken, Straßenmusikanten und Bettler drückten sich gegen Häuserwände oder zwängten sich in die Ecken neben den Eingängen zu den Kaufhäusern, Touristen mit Kameras schlenderten planlos durch die Gegend.

Vesper nippte an dem heißen Kaffee.

Der Regen machte ihr nichts aus.

Die Luft roch so frisch, wenn es regnete.

Sie mochte das.

Vom Rathaus aus nahm sie die S-Bahn bis zum Baumwall und lief dann zum Hafen hinüber.

Dichte Wolken, schwer und grau, hingen überall, und der Himmel wurde eins mit dem kalten Wasser, das missmutig gegen die Rümpfe der Schiffe schwappte. Vesper mochte den Hafen. Hier waren die Menschen auf der Durchreise, wie sie selbst, irgendwie. Sie stellte sich gern vor, wie es hier vor hundert Jahren oder noch früher ausgesehen hatte. Die Menschen hatten auch damals schon auf den großen Schiffen angeheuert, um sich von ihnen in die Welt hinaustragen zu lassen. Und all diejenigen, die hier lebten, hatten es entweder versäumt, beizeiten die Anker zu lichten, oder sie warteten schlichtweg auf jemanden, der dies nicht versäumt hatte – und auf den zu warten sich lohnte. Sie säumten die Ufer und träumten von fernen Ländern und Abenteuern und Orten, an denen alles anders wäre.

Vesper seufzte.

Sie kam oft hierher, wenn sie die Schule schwänzte. Sie ließ den Wind durch ihr Haar fahren und atmete die frische Luft, die nach Salz und hoher See roch; sie schlenderte an den Schiffen vorbei, blieb lange vor der *Cap San Diego* und der *Rickmer Rickmers* stehen und träumte in den Tag hinein.

Nach einer Weile dann ging sie in Richtung der Landungsbrücken.

Auch hier tummelten sich trotz des schlechten Wetters unzählige Menschen, Touristen mit Schirmen und Plastiktüten aus den vielen Souvenirläden. Sie füllten die Bars und Restaurants und Imbissstände, strömten zu den flachen Barkassen, um eine Hafenrundfahrt zu machen, studierten die Schautafeln, an denen sie sich ein Bild von der Geschichte des Hafens machen konnten. Es roch nach Fisch und dem Meer, nach Salz und einer Ferne, die jenseits des Horizonts kein Ende finden würde.

Erst beim zweiten Hinsehen fiel Vesper der Mann auf, der sich an einem der vielen Souvenirläden herumdrückte. Er trug einen Mantel mit silbernen Knöpfen, eng geschnitten und schlicht. Vesper hatte Mäntel wie diesen in Filmen gesehen, schwarz-weißen Abenteuerstreifen, in denen es um Spionage und Krieg ging, um Liebe und Verrat.

Etwas hockte auf der Schulter des Mannes, ein kleines Tier mit einem langen Schwanz.

Instinktiv blieb sie stehen und starrte in seine Richtung.

Sobald der Mann sie bemerkte, drehte er sich zur Seite und betrachtete auffällig interessiert die Auslage in dem Schaufenster, vor dem er stand. Buddelschiffe in allen Größen, Postkarten, Seehunde aus Plüsch, Matrosenmützen, weiß-rot gestreifte Leuchttürme aus Holz, winzige Anker in allen Formen, all der Krimskrams, der angeblich typisch für Hamburg sein sollte.

Vesper konnte nicht sagen, was genau sie beunruhigte. Aber etwas gefiel ihr an dem Kerl nicht.

Sie starrte ihn an, spürte den Regen im Gesicht.

Der Mann in dem Mantel sah verstohlen zu ihr rüber, senkte überaus schnell den Blick, als er bemerkte, dass sie ihn ansah, und verschwand augenblicklich um die Ecke.

Das Tier auf seiner Schulter war irgendwie *unscharf* gewesen. Ein Affe oder ein Waschbär – sie hatte es nicht wirklich erkennen können.

Drüben auf dem Wasser dröhnte das Horn eines Lastenschleppers.

Vesper schüttelte den Kopf.

Keine Ahnung, wer der Kerl gewesen war.

Sie betrachtete die Stelle, an der er gestanden hatte.

Nichts.

Warum sollte ihr schon jemand folgen?

Sie musste lächeln. Verrückte Idee, der Kerl hatte dort vermutlich nur die Zeit totgeschlagen, das war alles.

Sie machte ein paar Schritte, blieb dann erneut stehen und schaute zurück.

Nur Touristen vor dem Laden, keiner sonst.

Sie schüttelte den Kopf und beschloss, den Kerl in dem Mantel erst einmal zu vergessen.

Mädchen, weich vom Wege nicht.

Keine Ahnung, warum ihr das gerade jetzt einfiel. Ihre Mutter hatte ihr früher das Märchen von Rotkäppchen erzählt, und es war dieser Satz, an den Vesper sich noch immer erinnerte. *Mädchen, weich vom Wege nicht.* Die entscheidende Warnung, die Rotkäppchen missachtet hatte.

»Blödsinn«, sagte Vesper laut.

Nur ein gewöhnlicher Souvenirladen.

Kein Mann und auch kein Tier auf seiner Schulter.

Vesper knotete den Schal enger. Ein *unscharfes* Tier, sie war sich sicher, dass da ein Tier auf seiner Schulter gehockt hatte. Ein *unscharfes* Tier, das sie nicht so recht hatte erkennen können.

Ein allerletztes Mal blickte sie zurück, dann ging sie mit schnellen Schritten voran. Schließlich wartete noch Arbeit auf sie.

Es war ein altes Hafengebäude aus rotem Backstein, vor dem sie stehen blieb, direkt oberhalb des Fischmarktes, mitten in St. Pauli. Neben dem spärlich überdachten Eingang mit dem Kassenhäuschen befanden sich zwei Schaukästen, in denen Plakate für die aktuellen Aufführungen hingen: *Die Dreigroschenoper* und *Die toten Augen des Doktor Faustus*. Eine Programmankündigung wies auf das neue Musiktheaterstück *Rosenrot – was wirklich geschah!* hin, das in zwei Wochen uraufgeführt werden würde.

Vesper kam jeden Tag hierher. Das kleine *Theater am Fleet* war ihr zweites Zuhause.

»Warum heißt es so?«, hatte Vesper damals gefragt, als sie sich um eine Anstellung beworben hatte.

»Als wir das Theater gegründet haben«, hatte ihr Gaetano, der Regieassistent, erklärt, »hatten wir eine Lagerhalle drüben am Herrengrabenfleet gemietet. Später sind wir umgezogen. Der Name ist geblieben.«

»Klingt schön.«

»Was kannst du?«, hatte Gaetano wissen wollen.

»Ich kann schneidern.« Etwas, was sie beizeiten von ihrer Großmutter gelernt hatte.

»Also jemand, der Ida bei den Kostümen hilft.« Ein breites Lächeln hatte sich auf dem Gesicht des glutäugigen Italieners ausgebreitet. »Klingt richtig gut. Du kannst gleich mit einem Kleid anfangen. Wie heißt du?«

Sie hatte es ihm gesagt.

»Vesper?«

»Was dagegen?!«

Er hatte gelacht. »Deine Eltern mögen also Ian Fleming.«

»Könnte man meinen.«

So fing es an.

Seit mehr als drei Monaten kam sie nun fast jeden Tag hierher und half dabei, die Kostüme zu gestalten. Sie zeichnete die Schnittmuster, nahm Maß an den Darstellern, wurde ein Teil der kleinen Gemeinschaft, die mehr vom Applaus als von den recht spärlichen Einnahmen lebte.

»Das ist nun mal Theater«, pflegte jeder hier zu sagen, »man findet vielleicht Ruhm, aber Reichtum muss man woanders suchen.«

Vesper lächelte still in sich hinein.

Hier zu sein war wie nach Hause zu kommen. Sie überquerte die Straße und trat ein.

Die wohlige Wärme, die leicht nach Tabak und Kaffee roch, umfing sie wie eine alte Freundin. Drüben vom Bühnenaufgang her hörte sie ein Stimmengewirr, leisen Gesang, laute Anweisungen an die Darsteller. Sie ging an der Garderobe vorbei in den ersten Stock, wo die Darsteller vor den Vorstellungen geschminkt wurden und wo die Kostüme entstanden.

Um diese Uhrzeit war im Theater wenig los. Die Proben fanden unten statt, und erst am Abend, kurz bevor die Aufführung begann, würde es hektisch werden. Vesper ging den langen Korridor entlang und trat schließlich durch eine grüne Tür auf der rechten Seite.

»Du bist früh dran«, stellte Ida Veidt fest und sah von ihrer Nähmaschine auf, als Vesper den Kopf zur Tür hinein steckte.

»Sei doch froh, dass ich schon hier bin.« Vesper warf ihren Rucksack in die Ecke und nahm an ihrem Tisch Platz.

»Irgendwann werden sie dich feuern.« Ida Veidt war Anfang dreißig, Mutter einer Tochter und alleinerziehend. Ihr rotes Haar war zu zwei Zöpfen gebunden, und der kunterbunte Schmuck, den sie überall trug, klimperte bei jeder Bewegung, die sie machte.

»Scheiß doch auf die Schule«, verkündete Vesper lautstark. Dann berichtete sie in knappen Worten von ihrem Vormittag.

»Deine Mutter sollte sich mehr um dich kümmern.«

»Ich bin dankbar dafür, dass sie es nicht tut.«

Ida schüttelte nur den Kopf. »Ich hätte dir keine eigene Wohnung finanziert, so viel ist sicher.«

Vesper zwinkerte ihr zu. »Schon klar.« Ida musste sich und ihre Tochter mit dem Einkommen über Wasser halten, das sie hier am Theater verdiente. Sie hatte keine reichen Eltern, die ihr unter die Arme griffen. Alles, was sie noch hatte, war der nervtötende Vater ihrer Tochter, der sich regelmäßig um die Zahlungen drückte, sodass Ida mehr schlecht als recht improvisieren musste, um über die Runden zu kommen. »Davon abgesehen«, fuhr Vesper fort, »weißt du, dass meine Mutter mich umbringen würde, wenn sie mit mir zusammenleben müsste. Es ist also für uns beide das Beste.« Dann legte sie los und begann zu arbeiten. Sie breitete die großen Schnittmuster vor sich auf dem Tisch aus und begann die feinen Stoffe danach zu schneiden.

»Du bist dir schon im Klaren darüber, dass du verwöhnt bist?«

»Margo denkt nur an sich. Und ich denke nur an mich. Sie hat nicht mal Zeit gehabt, sich über den Ärger in der Schule aufzuregen. So ist sie nun mal.« Vesper legte die Schere beiseite. »Wir sind uns einfach zu ähnlich. Das wäre niemals gut gegangen, wir beide in der Villa. Herrje, Ida, da darfst du nicht einmal eine verdammte Vase verstellen.«

»Du sollst nicht so viel fluchen.« Ida war viel mehr als eine große Schwester und nur etwas weniger als eine Ersatzmutter. Sie war die gute Freundin, die da war, wenn Vesper sie brauchte.

»Entschuldige.«

»Schon gut.«

Vesper dachte an die Kämpfe, die sie mit ihrer Mutter ausgetragen hatte. Sie hatten einander angeschrien und hin und wieder auch mit Gegenständen geworfen. Ein halbes Jahr nach der Trennung ihrer Eltern waren Margo und Vesper zu einer Therapie angetreten, die sie nach zwei Sitzungen für gescheitert erklärt hatten. Darin zumindest waren sie sich einig gewesen.

»Du bist genauso unzuverlässig wie diese Typen, mit denen du deine Freizeit verbringst«, hatte ihre Mutter sie in der Praxis des ruhigen bebrillten Psychologen angeschrien. »Diese Penner, die Drogen nehmen.«

»Mach dich nicht lächerlich.«

»Und du siehst in diesen Klamotten schlampig aus.«

»Sagt die Richtige.«

Margo hatte nach Luft geschnappt. »Du verlotterte Drecksschlampe!«

Und was hatte Vesper damals entgegnet? »Ist bestimmt toll, zu sehen, dass die Tochter nach einem selbst gerät.«

Ihre Mutter hatte sie daraufhin geohrfeigt, fest mit der flachen Hand, und die Ringe, die sie an den Fingern trug, hatten Vespers Haut aufplatzen lassen. Fassungslos hatte sie die Wunde berührt und das Blut auf ihren Fingerspitzen angestarrt.

Nur wenige Sekunden später hatten sich beide wieder in den Armen gelegen und geweint. Dann waren sie in einem vornehmen Restaurant essen gegangen und hatten wie beste Freundinnen den ganzen Nachmittag über unwichtige Dinge geredet.

Vesper musste auch jetzt leise lächeln, wenn sie daran dachte. Sie hasste ihre Mutter und sie liebte sie innig. Margo Gold, die berühmte Konzertpianistin. Man hatte es nicht einfach, wenn man als ihre Tochter geboren wurde.

»Was ist los mit dir?«, wollte Ida wissen.

»Was meinst du?«

»Du bist nicht gerade gut gelaunt.«

»Wie kommst du drauf?«

»Ich kenne dich.«

Vesper legte zwei Stoffteile zusammen und korrigierte den Schnitt.

»Was ist mit deinem Freund?«

Vesper schaute auf. »Exfreund«, betonte sie.

»Ich dachte, er ruft noch hin und wieder an.«

»Tut er.« Viel zu oft, dachte sie.

»Und?«

»Ich gehe nicht ran, ganz einfach.«

»Wie war noch sein Name?«

»Kann mich nicht erinnern.«

Die Jungs, die ihr Leben bevölkerten, waren wie die Matrosen am Hafen; und Vesper war eine rastlose Katze, die jeden Freund, dessen Nähe sie für kurze Zeit gesucht hatte, zum Gehen ermunterte. Das war schon in Berlin so gewesen und hier kaum anders.

»Jetzt klingst du richtig herzlos.«

»Weiß ich.«

»Du bist ein Mädchen, das gern Herzen bricht«, stellte Ida fest. Ida, deren Herz selbst einmal gebrochen worden war.

»Ich will nur keine feste Bindung«, knurrte Vesper. »Ich brauche Luft, um zu atmen.«

»Weil du Angst hast, dass es wie bei deinen Eltern endet?«

»Spieglein, Spieglein an der Wand«, säuselte Vesper gespielt entnervt.

»Du bist sehr rastlos für ein junges Mädchen«, stellte Ida fest. »Das ist nicht gut.«

»So bin ich eben.«

»Trotzdem. Ist nicht gut.«

Sie schwieg, einen winzigen Augenblick zu lang.

Ida beobachtete sie.

Schließlich nickte Vesper und flüsterte: »Ja, ich weiß.«

Ida nickte wissend.

»Du kommst dir gern weise vor, nicht wahr?«, stellte Vesper fest.

»Wer tut das nicht?!«

Vesper fädelte einen Faden ein. Ja, Ida wusste Bescheid.

Spieglein, Spieglein …

Die scharfen Spiegelsplitter waren noch immer spitz und konnten schneiden. Die Kindheit auf dem Land, der Umzug nach Berlin, die Karrieren ihrer Eltern, all die kurzen Affären, Kränkungen, heimlichen Vorwürfe. Schließlich die schnelle Scheidung vor zwei Jahren.

Die berühmte Pianistin und der von der Kritik gefeierte Regisseur.

Es war schon schwer genug gewesen, den nervigen Reportern auszuweichen, die ihnen überall aufgelauert hatten.

Und dann das Loch, in das sie gefallen war, danach. Es war alles wie eine Montage aus den Filmen ihres Vaters. Filmen, von denen Vesper meist nur die Plakate kannte.

Ida nähte vor sich hin, ließ Vesper aber nicht aus den Augen.

Vesper tat so, als würde sie ihre Blicke nicht bemerken, und vernähte schnell einen Ärmel.

Sie dachte an das Haus am Theresienstieg, die Villa. Nach nur einer halben Woche, in der Margo und sie ganz kläglich ein Zusammenleben versucht hatten, war sie in eine eigene Wohnung gezogen.

Vesper rieb sich müde die Augen und fragte sich, wohin sie im Leben treiben würde. Die Schule würde bald vorbei sein.

Und dann?

Sie seufzte.

Schaute von der Arbeit auf.

Gaetano steckte den Kopf zur Tür herein. »Telefon, Ida«, sagte er eilig und dann: »Hallo Vesper.« Er wendete sich wieder Ida zu. »Der Kindergarten.«

»Oh, bitte, nicht schon wieder«, stöhnte Ida, legte ihre Utensilien beiseite und stand auf.

Gaetano zog ein Gesicht. »Sieht so aus.« Er deutete auf das lange Kleid, das Ida gerade nähte. »Das muss heute fertig werden. Du kennst John.«

Sie nickte. *John* war Johannes Halberg und der Regisseur des Stücks. Ein ehemaliger Tänzer, der sowohl die Choreographie des Balletts als auch die Regie übernommen hatte.

Ida warf Vesper einen müden und entnervten Blick zu und verließ missmutig den Raum. Das einzige Telefon befand sich unten im Regieraum.

Nach nur wenigen Augenblicken kehrte sie zurück.

»Das ging schnell«, stellte Vesper fest.

»Du darfst raten.« Sie klang resigniert.

Vesper konnte ahnen, was los war. »Läuse?«

Sie nickte.

»Kein Problem«, schlug Vesper vor. Und lächelte unternehmungslustig.

»Wirklich?«

»Klar doch.«

»Du bist meine Retterin, wenn du das tust«, gestand Ida.

»Weiß ich doch.« Sie sprang eilig auf, schlüpfte in Jacke und Schal. Sie tat das nicht zum ersten Mal. Bevor sie das Theater und Ida verließ, sagte sie: »Du siehst, man weiß nie, wofür es gut ist, die Schule früher zu verlassen.«

Dann machte sie sich auf den Weg.

Der Kindergarten befand sich in der Peterstraße, nahe dem Enckeplatz, gleich neben dem Park. Vesper kannte den Weg. Es war schließlich keine Seltenheit, dass sie Ida in dieser Angelegenheit aushalf.

»Alleinerziehende junge Mütter«, pflegte Ida zu sagen, »sind freie Beute für frustrierte Erzieherinnen.«

Vesper hatte recht schnell gemerkt, was genau sie damit meinte. Es war diese äußerst bevormundende Art, die womöglich jeder Erzieherin in die Wiege gelegt worden war und die einen zur Weißglut bringen konnte. Ida hasste es jedenfalls, sich dort blicken zu lassen. Außerdem musste sie schneidern.

Und Vesper mochte es, die kleine Greta abzuholen. Sie hatte immerzu das Gefühl, etwas Ehrenhaftes zu tun, was vermutlich daran lag, dass ihr das Mädchen das Gefühl gab, sie würde sie aus einer misslichen Lage erretten.

Sie nahm den nächsten Bus bis zum Hamburg-Museum am Holstenwall und sprang dort in den Regen hinaus. Wie ein feiner Nebel hatte sich der Nieselregen über die Stadt gelegt und berührte die immer früher hereinbrechende Dämmerung so zärtlich wie ein Liebhaber seine heimliche Angebetete.

Das Gefühl, etwas Nützliches zu tun, tat gut.

Sie überquerte die Straße und lief zum Kindergarten. An einer Laterne blieb sie stehen, weil sie das Gefühl gehabt hatte, dass da jemand stand; jemand, der sie beobachtete.

Doch als sie durch den Regenschleier blickte, erkannte sie nichts außer den gewöhnlichen Passanten, die hektisch auf den breiten Gehwegen dem Feierabend entgegeneilten.

Kurz musste sie an die Gestalt am Hafen denken, doch dann war der Gedanke auch schon wieder verschwunden.

Mädchen, weich vom Wege nicht.

Sie hüpfte beschwingt an den Pfützen vorbei, und schließlich erreichte sie den Kindergarten.

Das flache Gebäude mit dem dichten Pflanzenbewuchs auf dem Dach wirkte heimelig und warm. Drinnen roch es nach hellem Holz und den vielen Kindern, die laut umhertollten, auf großen Matratzen ihre Turnübungen absolvierten, durch Häufchen von Bauklötzen krochen oder ein wenig apathisch Mandalas ausmalten.

Die Leiterin der Einrichtung schnellte aus ihrem Büro, das gleich neben dem Eingang lag, und begrüßte Vesper, sobald sie drinnen war. »Ah, Fräulein …«

»Gold«, half Vesper ihr auf die Sprünge. Der Name der Leiterin stand auf dem Schild neben ihrem Büro: A. Wark.

»Sie sind da, um …?«

»Greta abzuholen«, erklärte sie. »Greta Veidt. Samt der Läuse, wenn sie denn wirklich welche hat.«

Frau Wark wirkte mit einem Mal sehr grimmig. »Wir haben sie eingehend untersucht.«

»Sie selbst?«

»Nein, das war Kristina. Sie kennen sie, sie arbeitet in Gruppe drei.«

Vesper nickte nur, setzte ein seriöses Gesicht auf. »Kristina ist die brünette Dame mit den blondierten Strähnen, die immer ein wenig teilnahmslos in der leeren Spielecke sitzt.« Sie lächelte freundlich. »Die nur darauf wartet, dass sie ein Kind nach Hause schicken kann.«

»Was erlauben Sie sich …«

Vesper machte eine wegwerfende Handbewegung. »Kann natürlich sein, dass ich mich irre.«

»Das tun Sie. Wir alle hier sind sehr gewissenhaft, was diese Sache angeht.«

»Entschuldigen Sie, das glaube ich natürlich sofort.«

»Wir haben Nissen gefunden, einen Zentimeter über dem Haaransatz. Fünf Nissen.«

»Ganze fünf?« Ein neuer Rekord. »Also keine Läuse.«

»Nissen weisen auf Lausbefall hin.«

Ach, herrje! »Keine Laus kriegt ihren Arsch hoch genug, um in einem Zentimeter Höhe ein Ei zu legen.«

Die Erzieherin bedachte sie mit einem skeptischen Blick. »Denken Sie daran, die Kleine muss unbedingt zu einem Arzt.« Offenbar hatte sie keine Lust mehr auf ein weiteres Gespräch.

Vesper starrte die Frau in den Boden.

Schließlich sagte Frau Wark: »Ich rufe dann mal Greta.«

»Bitte«, erwiderte Vesper nur.

Und wartete.

Erst als Greta um die Ecke gefegt kam, breitete sich ein Lächeln auf ihrem Gesicht aus.

»Vesper!«, schrie die Kleine freudig, beschleunigte und ließ sich hochheben.

»Hallo, Greta.«

Die Kleine, die rote Zöpfe trug und wie das winzige Abbild ihrer Mutter aussah, ließ sich von Vesper absetzen, umarmen und begann plötzlich zu weinen. »Ich habe Läuse. Sagt Krista.«

»Wo ist Krista denn jetzt?« Die Frage war an die Leiterin gerichtet.

»Ihre Schicht endete vor einer halben Stunde.«

Vesper wandte sich wieder dem Mädchen zu. »Krista ist die große Frau mit den schlechten Zähnen, die nach nasser Katze riecht?«

Die Kleine nickte eifrig. Dann erklärte sie ernst: »Ich musste sogar ins Stille Zimmer.« Tränen standen ihr in den großen Augen.

Vesper sah die Leiterin böse an.

»Wir müssen die infizierten Kinder von den anderen trennen, um eine weitere Ausbreitung zu verhindern.«

»Schon klar«, murrte Vesper. Die *Infizierten,* na klasse!

Sie umarmte Greta ganz fest und ganz lange. Ihr Haar roch nach Stroh und der Turnmatte. »Die sind nur so böse zu dir, weil sie hässlich sind. Und du bist so schön, so wunderwunderschön.« Die Kleine lächelte zögerlich. »Hey, du siehst aus wie eine Prinzessin.« Wie eine

Prinzessin in knatschbunten Leggins und grünem Jeanskleid.

»Wirklich?«

Vesper nahm den kleinen Mantel des Mädchens von der Mini-Garderobe und half ihr hinein.

Frau Wark stand mit verschränkten Armen da und ließ keine der beiden aus den Augen.

»Diese dummen Läuse«, jammerte die Kleine, als sie in den Mantel schlüpfte.

»Die Läuse sind gar nicht dumm«, erklärte Vesper ihr. »Weißt du, Greta, die Läuse leben eigentlich auf den Köpfen der Erzieherinnen. Sie wuseln in deren Haar herum, springen, spielen, singen. Aber weißt du was? Es ist eigentlich total ungemütlich da drinnen.«

Greta überlegte kurz und stellte fest: »Es riecht so komisch.«

Vesper grinste breit. »Ja, nach Katzenklo und Zigaretten und Haarspray und billigem Parfüm.«

Die Kleine nickte, grinste.

Frau Wark sah immer wütender aus.

»Die meisten Erzieherinnen riechen nach Katzenklo und Zigaretten, das war früher, als ich klein war, auch schon so. Genau deshalb wollen die Läuse auch zu den Kindern.«

»Die Kinder riechen gut.«

Vesper nickte. »Na ja, du riechst gut. Die meisten Kinder tun das.«

»Julian nicht.«

»Okay«, gab Vesper zu, »Julian nicht.«

»Julian stinkt.«

Kann sein, dachte Vesper und zog der Kleinen eine blaue Mütze an. »Läuse sind kluge Tiere. Sie mögen Kinderköpfe. Und sie halten die Luft an, wenn sie in den Haaren der Erzieherinnen sitzen. Aber sie müssen auf den Köpfen sitzen, weil sie sonst nicht an die Kinder herankommen.«

»Genau.«

»Und sie halten die Luft an, weil sie so stinken?«

Vesper tippte der Kleinen auf die Nasenspitze. »Genau, weil *die* stinken. Und weil sie die Luft nicht ewig anhalten können, klettern sie irgendwann auf die Köpfe der Kinder.«

Greta überlegte. »Dann ist es gar nicht schlimm, wenn ich Läuse habe?«

»Nein.«

»Aber die anderen Kinder schauen mich doof an, wenn ich ins Zimmer muss.«

Vesper seufzte. »Ist doch egal, was die anderen Kinder denken. Die sind nur neidisch, weil du schon nach Hause darfst. Und weil ich dich abhole.«

»Du bist cool«, sagte Greta.

Vesper musste lachen. »Danke, das finden die wenigsten.«

Frau Wark befand mit gestrengem Blick: »Sie sollten jetzt gehen. Ich muss mich heute auch um die Kinder in Gruppe vier kümmern.« Mit einem beleidigten Gesichtsausdruck fügte sie hinzu: »Außerdem muss ich die Sitzbezüge und alle Matratzen im Ruheraum abziehen.«

»Viel Spaß dabei«, wünschte ihr Vesper.

»Und sagen Sie Frau Veidt, dass sie ihre Tochter auch selbst abholen kann, wenn sie wieder mal Läuse hat.«

Vesper trat auf die Leiterin zu, kam ihr ganz nahe. »Wissen Sie was?«, fragte sie und sagte dann im Flüsterton, ganz, ganz verschwörerisch: »Ich bin die Einzige, die mit den Läusen reden kann. Deshalb komme immer ich.« Sie zwinkerte Greta zu, spürte den kleinen Händedruck. »Komm schon, Kleines, wir machen die Fliege.«

So verließen sie den Kindergarten – und keiner von ihnen schaute zurück. Sie gingen über die Straße zur nächsten Bushaltestelle und alberten dabei herum, machten Faxen und wichen den Pfützen aus. Greta erzählte von dem, was sie gemacht hatte, und Vespers Gedanken schweiften ab zu den Dingen, die sich tief in ihr verbargen.

Die dicken Wolken tauchten die graue Stadt schon früh in eine ungemütliche Abenddämmerung.

Die Autofahrer hupten aggressiv, und jedermann sah mürrisch aus.

»Vesper?«, fragte Greta.

»Ja?«

»Der Mann da hinten war eben auch schon da.«

Vesper erstarrte. Schnell schaute sie sich um. Eine hochgewachsene dunkle Gestalt verschwand in den tiefen Schatten zwischen zwei Häusern. Sie glaubte, einen Mantel und sogar funkelnde Knöpfe erkannt zu haben.

»Bist du dir sicher?«

Die Kleine nickte. »Er sah gruselig aus.«

Es schauderte ihr.

Mit einem Mal dachte sie wieder an die seltsame Begegnung drüben bei den Landungsbrücken. War es doch möglich, dass der Kerl hinter ihr her war? Nein, sie wollte das nicht glauben. Wer sollte das sein? Und aus welchem Grund sollte er ihr folgen?

»Wo hast du ihn denn schon gesehen?«

»Vor dem Kindergarten. Als wir rausgekommen sind, da hat er unter einem Baum gestanden.«

»Wirklich?«

Sie nickte. »Ein Tier hat auf seiner Schulter gesessen.«

Wie am Hafen.

Affe, Waschbär, Iltis, Frettchen, was auch immer – es war *unscharf* gewesen, wie etwas, was man nur aus dem Augenwinkel wahrnimmt.

Vesper starrte angestrengt in das Dämmerlicht.

Nichts!

»Wie hat er ausgesehen?«

Die Kleine überlegte, dann sagte sie: »Wie ein böser Mann in einem Film.«

Nicht gut, nein, gar nicht gut.

Sie sah sich wachsam um, dann gingen sie mit schneller werdenden Schritten ihres Weges.

»Du darfst niemals vom Weg abkommen«, erklärte Vesper.

Greta nickte.

»Weiß du auch, warum?«

»Wegen Rotkäppchen.«

Sie musste schmunzeln.

»Mama hat mir gesagt, dass man nicht wirklich erkennen kann, dass ein Wolf in einem Mann ist.«

Vesper spürte ein Frösteln tief in ihrem Herzen. Irgendwie erfüllte sie dieser Satz mit einer unbestimmten Panik.

»Du musst dich vor den bösen Männern in der Stadt immer vorsehen«, sagte sie gedankenverloren und fühlte sich wie die Beute, deren Spiegelbild sich warm in den Augen des Raubtiers bricht.

»Ich weiß.«

»Gut.«

»Wölfe sehen nämlich wie Menschen aus«, erklärte die Kleine und wirkte so unschuldig dabei.

Vesper erstarrte, dann flüsterte sie: »Ja, davon habe ich als Kind geträumt.«

Sie warf einen weiteren Blick zurück in die wabernden Schatten, in denen sich die unscheinbaren Bewegungen der Passanten verloren. Es war ein ungutes Gefühl, das sie dabei hatte. Auch Greta hatte gesehen, dass da jemand war.

Jemand, der ihr folgte. Verdammt, der ihr *seit dem Hafen* folgte. Womöglich sogar noch länger.

»Was hast du?«

»Nichts«, log sie. »Ist alles in Ordnung.« Dann griff sie die Hand der Kleinen noch fester und ging mit ihr zur Bushaltestelle. Greta lief brav neben ihr her und schaute zu ihr auf, als sei sie ihre große Schwester.

Vesper indes konnte es sich nicht verkneifen, noch einmal nach hinten zu schauen.

Konnte es sein, dass sie sich das alles nur eingebildet hatte? Warum fühlte sie sich mit einem Mal so verfolgt?

Die Dämmerung erinnerte sie an einen Traum, von dem sie geglaubt hatte, sie hätte ihn längst vergessen.

Als kleines Mädchen hatte sie immerzu den gleichen Traum gehabt. Sie rannte über eine Wiese, und ein schwarzer Wolf folgte ihr. Je schneller sie lief, umso langsamer wurde sie; eines der Gesetze, denen Träume folgen. Der Wolf indes, ein pechschwarzes Ding, das eher wie eine Tuschezeichnung aussah als wie ein Wolf, jagte ihr nach, und kurz bevor es sie einholte, erwachte sie. Insgeheim hatte sie immer geglaubt, dass der Wolf gar kein richtiger Wolf war, sondern dass eine dunkle Gestalt eines Tages auf sie warten würde, irgendwo da draußen in der weiten Welt. Sie hatte sich immer schon vor dunklen Ecken und tiefen Kellern gefürchtet.

Genau dieses Gefühl beschlich sie nun, wenn sie an die Gestalt im Schatten dachte.

»Vesper?«

Greta lächelte glücklich. »Ich glaube, die Läuse sind wirklich lieb.«

Vesper beugte sich zu ihr herab. »Wie kommst du darauf?«

»Sie singen jetzt Lieder.«

»Echt?«

»Hör doch.«

Vesper beugte sich zu ihr herab, lauschte. »Stimmt«, flüsterte sie, »ich kann sie hören.«

»Sie spielen Musik wie auf der Kirmes.«

Der Bus kam endlich und hielt an. Mit einem lauten Zischen öffneten sich die Türen. Ein Strom rücksichtsloser Passanten drängte nach draußen. Vesper und Greta hielten ihm stand und stiegen ein.

Als der Bus losfuhr, wurde Vesper einer Gestalt gewahr. Sie trug einen Mantel und war nur sehr undeutlich zu erkennen, weil der dichte Regen und die Dämmerung dem Auge Streiche spielten.

»Wer bist du?«, flüsterte Vesper und war mit einem Mal froh, dass die kleine Greta ihre Hand hielt.

Kurz darauf trafen sie beim Theater ein. Der Regen war kaum mehr als ein Nieseln.

»Ist Mama sauer?«, wollte Greta wissen.

Vesper schüttelte den Kopf. »Nein, gar nicht.«

Sie betraten das *Theater am Fleet*. Drinnen herrschte jetzt ein kunterbuntes Durcheinander, weil die Schauspieler, Techniker und Helfer für die abendliche Vorstellung inzwischen eingetroffen waren und ihrer Arbeit nachgingen. Vesper zog die Kleine die Treppe hinauf zum Zimmer der Schneiderin.

Ida zog sich sofort einen Mantel über, als sie den Raum betraten.

»Oh, Greta«, begrüßte sie ihre Tochter, »diese dummen Kindergartentanten.«

»Sie riechen nach Katzenklo und Zigaretten«, verkündete Greta freudig. »Und das mögen die Läuse gar nicht.«

Ida sah Vesper fragend an.

»Ist eine lange Geschichte«, wich diese aus.

»Dessen bin ich mir sicher«, antwortete Ida, schnappte sich ihre Tochter und begann ihre Haare zu untersuchen. »Da ist nichts«, schimpfte sie. »Gar nichts, nur Krümel.«

»Du musst zum Arzt mit ihr. Sie wollen ein Attest.«

»Mist, ich wusste es.« Sie schaute gehetzt auf die Uhr.

»Ich kann das fertig machen«, schlug Vesper vor und deutete auf das Kleid.

»Das würdest du tun?«

»Hätte ich sonst gefragt?!«

Ida sprang auf sie zu und umarmte sie. »Du bist schon wieder meine Retterin.«

Vesper zwinkerte Greta verschwörerisch und freudig zu, und die Kleine zwinkerte munter zurück.

»Ich sehe dich«, verabschiedete sich Vesper von dem Mädchen.

»Nicht wenn ich dich zuerst sehe«, antwortete Greta.

Dann verließen Mutter und Tochter das Theater. Vesper indes dachte daran, wie gern sie früher die kleine Schwester gewesen war – und wie schnell sich Dinge im Leben ändern konnten, wenn man nicht damit rechnete.

Sie arbeitete noch geschlagene zwei Stunden an dem eleganten Kleid, das für die boshafte sexy Königin, die in dieser Version von *Rosenrot* vorkam, bestimmt war, und ging dann allein ins *Fackelholz*, eine düster heimelige Szenekneipe in der Nähe der Überseebrücke, wo sie sich ein schnelles Abendessen gönnte.

Über dem Tresen flimmerten tonlos Musikvideos im Fernseher. Die Luft war erfüllt von Stimmengewirr und einem Lied von Rufus Wainwright. An den Wänden hingen alte Seefahrerbilder, und von der Decke baumelten zwei große Miniaturwindjammer.

Vesper mochte das *Fackelholz*.

Hier konnte man in aller Ruhe abhängen, ohne dass einen die anderen Gäste komisch ansahen. Meistens traf man auf das eine oder andere Gesicht, das man von anderen Tagen kannte. Es bahnten sich kurze Gespräche an, belanglos und so erfrischend wie unverbindlich. Man war freundlich zueinander, darauf kam es an. Es war ein Ort, an dem man gut in Gesellschaft allein sein konnte, wenn man es wollte.

Außerdem wohnte sie keine fünf Minuten von hier entfernt.

Vesper las ein wenig in einem alten Taschenbuch, das ihr Vater ihr geschenkt hatte, als sie Berlin den Rücken zugekehrt hatte, und ließ sich von den Geräuschen der Kneipe an ferne Gestade schwemmen. Sie wollte einfach noch nicht nach Hause gehen und allein sein. Wie gesagt – sie zog es vor, in Gesellschaft allein zu sein.

Sie nippte an ihrem Tee.

Schnupperte an dem Roman.

Der Schimmelreiter von Theodor Storm.

Ihr Vater hatte das Buch aus dem Regal gezogen und ihr zugesteckt, als sie, beladen mit Koffern, das Haus in Berlin verlassen und mit ihr Mutter nach Hamburg gezogen war.

Es kam ihr vor, als sei es erst gestern gewesen.

»Vielleicht gefällt es dir ja«, hatte er gesagt, und Vesper hatte sich gefragt, ob er das Buch oder die neue Stadt meinte.

Es war eine alte Taschenbuchausgabe mit handschriftlichen Anmerkungen, die Maxime Gold zwischen die Sätze gekritzelt hatte, als er selbst kaum mehr als ein Schüler gewesen war. Das Papier war schmutzig und gelb, und es roch so stark nach Staub und den Jahren, die es einsam zwischen all den anderen Büchern verbracht hatte, dass es beinahe schon wie eine Antiquität anmutete.

Fast eine ganze Stunde ging ins Land.

Vesper bestellte sich noch einen Milchkaffee, nippte langsam daran, tunkte den Keks mehrmals hinein und ließ sich von der Geschichte in ihren Bann ziehen. Sie dachte hin und wieder an den seltsamen Mann, den sie viel zu oft gesehen hatte, als dass es sich um einen reinen Zufall handeln konnte.

Sie starrte gedankenverloren auf den Fernseher, wo Patti Smith, wie die Einblendung zeigte, *Everybody Wants to Rule the World* sang. Der Raum aber war erfüllt von *Bells on the River*, gesungen von Jeffrey Lee Pierce. Dann versank sie wieder in der Geschichte um den Deichgrafen, entsann sich des Geruchs, der vom Hafen her durch die Straßen der Stadt wehte, und redete sich ein, dass dies jetzt unwiderruflich und zweifelsfrei ihr neues und zukünftiges Zuhause war.

Als sie fast die Hälfte des Taschenbuchs gelesen hatte, wurde sie von einer näselnden Stimme aus den Gedanken gerissen.

Sie hob den Blick und sah zwei aufgetakelte Mädchen vor ihrem Tisch stehen; zwei Mädchen, die ihr ein laues Lächeln schenkten, das so falsch war wie die Fingernägel und die Wimpern, die billiger aussahen, als sie es waren.

»Wenn das nicht Vesper Gold ist«, sagte die eine.

»Unsere neue beste Freundin.«

Die beiden hatten ihr gerade noch gefehlt. Was machten die hier? »Ich freue mich auch, euch zu sehen.«

Die beiden ungebetenen Gäste hoben unisono die Hände und sagten in einem schrillen Tonfall »Hi!«, als seien sie einer dieser schrecklichen amerikanischen Serien entsprungen.

»Ich dachte, du hättest eine Verabredung.« Das war Julia Finn. Blond, dünn, geschminkt und essgestört. Ihr Freund spielte Volleyball in der Schulmannschaft, trainierte jeden Tag im Fitnessstudio und liebte es, Bilder von sich selbst mit nacktem Oberkörper ins Internet zu stellen.

»Dachte ich auch«, stimmte Saskia Moritz in den Gesang mit ein; Saskia, mit dem viel zu dick aufgetragenen Lidschatten und der neuen teuren Armbanduhr von *Thomas Sabo*, die sie andauernd und wirklich jedem, der sie gar nicht sehen wollte, präsentieren musste.

Vesper schlug das Buch zu. »Ich dachte, ihr wolltet ins *Toshiko* gehen.« Das war derzeit der Club, den Mädchen, die aussahen wie die beiden, normalerweise aufsuchten. Eine glitzernde Schickimickitränke, in der steriler Dancefloor gespielt wurde.

»Wir haben uns anders entschieden.«

»Im *Toshiko* legt heute W. C. Mercurio auf.«

Vesper sagte jetzt besser nichts. »Mercurio gefällt euch also nicht mehr?« Eigentlich war es keine Frage. Der Kerl war absolut angesagt in den Clubs, die sich damit brüsteten, angesagteste DJ's zu haben.

Beide schüttelten die blonden Mähnen, die nur gleich und steril aussahen. Wegen Mädchen wie diesen hasste Vesper ihre Schule. Sie hatte keine Ahnung, warum die beiden hier aufgetaucht waren. Sicherlich führten sie etwas im Schilde. Instinktiv hielt Vesper Ausschau nach versteckten Handykameras. Sie war auf der Hut. Sie wäre bestimmt nicht das erste Opfer, dass sich mit einigen unbedachten Äußerungen und Gesten auf einer Internetplattform wie *Facebook* wiederfinden würde. Schon früher hatten einige Mitschülerinnen daran glauben müssen und hatten sich, zum Gespött der Schule gemacht, im Internet wiederentdeckt.

»Was tust du eigentlich hier?« Julias Blick fiel auf das Buch in Vespers Händen.

»So allein«, ergänzte Saskia.

Vesper zwang sich zur Ruhe. »Ich lese.« Demonstrativ hielt sie das Buch in die Höhe.

»Ein Pferdebuch«, säuselte Saskia.

»Bist du dafür nicht ein wenig zu alt?«

Blöde Kuh!

Vesper schwieg. So dumm konnte niemand sein, oder etwa doch?

»Wartest du nicht auf deine Verabredung?«, wagte Julia einen zweiten Anlauf. »Du wolltest dich doch mit Felix treffen.«

Oh, verdammt. Jetzt erinnerte Vesper sich. Dieser Schönling aus dem Sportzweig.

Ein Lügner muss ein gutes Gedächtnis haben, hatte ihr Vater einst gesagt.

Shit, das hatte sie ganz vergessen.

Nicht dass sie wirklich eine Verabredung gehabt hätte, sie wollte einfach nur ihre Ruhe haben. Deswegen hatte sie heute in der Schule eine Verabredung mit *irgendwem* als Entschuldigung benutzt, um nicht mit den anderen beiden durch die Gegend ziehen zu müssen.

»Es ist ja noch früh«, antwortete sie unbestimmt.

Julia und Saskia sahen einander mit vielsagenden Blicken an.

Eigentlich, dachte Vesper, ist alles ganz einfach.

Julia und Saskia gehörten zu den angesagten Mädchen der Klasse, wenn nicht gar des ganzen Jahrgangs. Sie bestimmten die Trends, die andere in Verzweiflung stürzten. Sie hatten das Geld, die Macht und am Ende auch die Klamotten. Kurz, sie besaßen alles außer Stil. Felix war einer der angesagtesten Jungs aus der S-Klasse, wie sich der Sportzweig der Oberstufe schimpfte, und er war scharf auf Vesper, obwohl Julia ihm seit Monaten nachstellte. Seit zwei Wochen nun schon lud er Vesper ins Kino ein, zum Essen, in die Clubs, rannte ihr hinterher, wann immer er sie erblickte, und laberte sie zu. Doch Vesper gab ihm einen Korb nach dem anderen, was den Kerl, der, wie alle Sportler, mit einem äußerst gesunden Ego gesegnet war, nicht zu interessieren schien. Folglich brachte die Tatsache, dass Felix scharf auf Vesper war, dieser eine ganze Reihe von Einladungen ein, in deren Genuss sie vorher nie gekommen war. Vesper Gold zu einer privaten Party oder einer abendlichen Tour durch die Clubs und Kneipen einzuladen bedeutete ganz einfach, dass mit großer Wahrscheinlichkeit auch Felix dort auftauchen würde. Eine einfache Strategie, der Vesper sich selbstredend verweigerte.

»Kann es vielleicht sein, dass du gar keine Verabredung hast?« Julia machte ihr naives Gesicht.

Oh, diese Schlange! »Kann es sein, dass du dir den Arsch hast aufspritzen lassen?«, stellte Vesper die Gegenfrage. Damit hatte sie eine mögliche Aufnahme fürs Internet unbrauchbar gemacht. Julia würde sich nie die Blöße geben, dies zu veröffentlichen.

Die beiden Mädchen verstummten und sahen einander pikiert an.

»Das war nicht nett«, sagte Saskia.

»Nein, ich habe dich nur etwas gefragt.« Julia spielte die Verletzte, die arme Unschuld in Person.

»Falsche Frage«, antwortete Vesper. Sie nippte an ihrem Kaffee, der kalt war.

»Ich meine ja nur«, fuhr Julia fort, »weil du uns heute Morgen doch noch gesagt hast, dass du nicht mit uns ins *Toshiko* kommen kannst, weil du diesen Felix triffst.«

Vesper seufzte. »Ich habe erwähnt, dass ich eine Verabredung habe.«

»Natürlich hast du keinen Namen genannt.«

»Aber, komm schon, wir sind nicht von gestern.«

Sie lachten beide. Affektiertes Gekicher.

Im Fernseher lief Nirvana: *Smells Like Teen Spirit*.

»Warum seid ihr überhaupt hier?«, fragte Vesper. »Ihr wollt mich doch nur ausspionieren, oder!?«

Julia reagierte entsetzt. »So was würden wir nie tun.«

»Wir kamen rein zufällig hier vorbei.«

Schon klar. »Das *Toshiko* befindet sich zwei S-Bahn-Stationen weiter.« Im *Fackelholz* lungerten normalerweise Studenten, Künstler und Theaterleute herum, Rastlose und Nachtschwärmer, die sich durch Kneipen wie diese treiben ließen, um irgendwann in Gespräche verwickelt zu werden, die sie später mit einem guten Gefühl nach Hause gehen ließen.

»Weißt du, was ich glaube?«, sagte Julia spitz.

»Nein, was glaubst du denn?«, hakte Saskia nach.

Vesper verdrehte die Augen und wünschte sich an einen anderen Ort.

»Ich glaube, ich glaube«, sagte Julia laut vernehmlich, »dass unsere Vesper in Wirklichkeit gar keine Verabredung hat.«

»Ja, das könnte sein.«

»Das wäre aber traurig.«

»Immerhin geht es hier um Felix.«

Beide fixierten Vesper, die sich nicht regte.

»Also, ich glaube, dass sie gelogen hat.« Julia wirkte zufrieden.

»Ja, sie sieht so aus.«

»Sie sieht fertig aus.«

»Finde ich auch.«

Julia fragte gespielt unschuldig: »Sag mal, hast du vielleicht gelogen?«

»Wäre dämlich von mir, so was zu tun. Wo ihr doch die angesagtesten Ladies der Schule seid. Ich müsste mich doch glücklich schätzen, mit euch um die Blöcke ziehen zu dürfen. Weshalb sollte ich mir da eine Ausrede einfallen lassen.« Ihre Stimme troff nur so vor Sarkasmus, aber sie bezweifelte, dass die anderen beiden auch nur den leisesten Hauch davon zur Kenntnis nahmen.

»Vesper!«

Ihre Aufmerksamkeit wurde auf den glatzköpfigen Barkeeper gelenkt. Stefan, der gerade erst die Schicht übernommen haben musste, zwängte sich plötzlich und unverhofft zwischen den beiden Zicken hindurch und sah Vesper mit ernster Miene an. Seine blauen Augen waren wie in Schatten getaucht.

»Vesper, ich wusste nicht, dass du heute hier bist.«

Sie kannte Stefan, seit sie das erste Mal im *Fackelholz* gewesen war. Sie waren schnell ins Gespräch gekommen, und er wusste immer, was sie bestellen wollte, noch bevor sie selbst dies wusste.

»Ich bin doch fast jeden Abend hier.« Als wüsste er das nicht schon von selbst.

Trotzdem!

Er sah recht betreten aus. »Ich weiß, aber heute ...« Er beachtete die beiden Mädchen überhaupt nicht und druckste unbeholfen herum, was normalerweise gar nicht seine Art war.

Die beiden schwiegen, sahen aber überaus neugierig aus.

»Du hast keine Nachrichten gesehen?«, hakte Stefan zögerlich nach.

»Nein.«

Ein kurzes Schweigen trat ein.

»Maxime Gold ist doch dein Vater«, stellte er unnötigerweise fest. Sie hatte mit ihm über ihren Vater gesprochen. Stefan arbeitete tagsüber in einer Videothek und liebte Filme über alles. Er war natürlich darüber im Bilde, wer ihr Vater war – und auch, wer ihr Großvater gewesen war.

Vesper nickte dennoch. Sie fühlte sich auf einmal wie gelähmt.

»Ja, der berühmte Regisseur«, säuselte Julia und zwinkerte ihrer Freundin zu.

»Wer kennt ihn nicht.«

Vesper beachtete sie nicht.

Ein mehr als nur ungutes Gefühl bemächtigte sich ihrer.

»Du hast noch nichts davon gehört?«

Sie wurde unruhig. »Wovon, Stefan, sollte ich gehört haben? Was ist denn los?« Am liebsten wäre sie mit einem Mal aufgesprungen.

Die anderen beiden merkten, dass etwas ganz und gar nicht in Ordnung war. Begierig darauf, den neuesten Klatsch als Erste zu erfahren, reckten sie die Köpfe nach vorn.

»Vesper, dein Vater ist tot.« Er trat nahe an den Tisch heran und ergriff ihre Hand. Sie fühlte sich rau an. Sie roch sein süßliches Aftershave und spürte, wie ihr alle Farbe aus dem Gesicht wich.

Der Raum begann sich zu drehen.

»Stefan, lass den Scheiß.« Fast war es ein Flehen.

Bitte, wie kann das sein?

Unmöglich!

Nein, bitte, das muss ein Missverständnis sein.

»Ist kein Scheiß.« Er sah ihr fest und tief in die Augen. »Es kam vorhin in den Nachrichten.«

Vesper starrte ihn fassungslos an. »Oh, Mann«, flüsterte sie. »So ein Mist.« Bewegen konnte sie sich nicht. Sie saß nur da und spürte, wie ihr etwas den Hals zuschnürte. Es war, als zöge sie jemand an einen dunklen Ort, ganz tief dorthin, von wo es kein Entrinnen gab.

»Sie glauben, dass es ein Unfall war oder so was.«

Oder *so was*?

Stefan hielt ihre Hände ganz fest in den seinen. Seltsamerweise fragte sie sich in diesem Moment, ob er seinen Freund auch so an den Händen hielt, wenn er bei ihm war.

Oh, Gott.

Maxime.

Vesper erinnerte sich an verzerrte Bilder, an die sie lange schon nicht mehr gedacht hatte. An all die schönen Dinge aus ihrer Kindheit, von denen sie nicht einmal mehr wusste, ob sie sich auch genauso zugetragen hatten. Sie hörte die Stimme ihres Vaters, wie sie Geschichten erzählte.

Dem kleinen Mädchen, das allein auf der Bettkante saß und sich vor der Dunkelheit fürchtete.

Sie rang nach Luft, spürte eine unglaubliche Last auf ihren Brustkorb gesenkt.

Mit einem Mal wurde die ganze Welt um sie herum zu einem Teppich aus Geräuschen und matten Tönen.

Nur von Ferne drangen die Stimmen zu ihr, wie wispernde Verwünschungen und verwischte Farben.

Sie sah genau, wie sich Stefans Mund bewegte, doch sie konnte die Worte nicht hören.

Sie erkannte all die spitzen Bartstoppeln in seinem Gesicht, bemerkte das Mitleid und die tiefe Sorge um sie in seinen Augen.

Maxime Gold.

Tot.

Dieses eine Wort, laut wie eine Explosion, die alles im Leben zerriss und die Fetzen durch die Nacht wehte.

Warum hat Margo sich nicht gemeldet?

Nur diese Frage, wie ein Fragment, so dürftig und allein.

Weiß sie es noch nicht?

Wo steckt sie nur?

Vesper schüttelte nur den Kopf, wieder und wieder. Dann ließ Stefan sie los. Sie packte wortlos ihr Zeug zusammen, legte Geld auf den Tisch, band sich den Schal um. Sie tat all das mechanisch und wusste nicht einmal, wie sie es schaffte, allein aufzustehen.

Tot.

Einfach so.

Ein Schwindel packte sie und ließ sie nicht mehr los.

Selbst Julia und Saskia hielten die Klappe.

Was jetzt?

Krämpfe schüttelten sie innerlich.

Was, in aller Welt, mache ich jetzt?

Und schließlich nur noch ein einziges kleines Wort in einer schmerzhaften Endlosschleife …

Warum?

Warum?

Warum denn nur?

Alles das, all die Fragen und Wortfetzen, sie verschwammen in ihrem Hirn.

Vesper spürte, wie ihr Herz pochte und ihr schwindelte, mehr und mehr.

Nein, das konnte nicht sein, oder?

Ihr Vater war doch gesund, und es ging ihm gut.

Erst vorgestern hatte er ihr noch ein Bild geschickt. Seine derzeitige Freundin hatte es aufgenommen. Maxime Gold, wie er in einem Korbstuhl saß und ein Buch las.

»Vesper, was wirst du jetzt tun?« Stefan berührte sie an der Schulter. »Kann *ich* etwas für *dich* tun?«

Sie wusste, dass sie jetzt noch nicht weinen konnte.

Nein, sie konnte nur den Kopf schütteln, das war alles.

Sie legte ihre Hand kurz auf Stefans Hand, stand auf, drängte sich durch die Masse der Gäste, taumelte zum Ausgang und verließ das *Fackelholz*, um erst einmal verzweifelt kopflos vom Weg abzukommen, mitten in der Nacht und verweht im grauen Novemberregen.

Die Welt drehte sich wie ein Wirbelwind im Herbstland, nichts war mehr dort, wo es hingehörte.

Vesper taumelte in das nächste Internetcafé und fand die aktuelle Schlagzeile in den Nachrichten. Die Informationen wehten an ihr vorbei wie die vielen bunten Blätter, die ebenfalls durch die Nacht irrten, verloren und hilflos.

Es war einmal ...

Diese Worte kamen ihr wieder und wieder in den Sinn.

Es war einmal ...

So hatten die Märchen ihrer Kindheit begonnen. Die Stimme, die diese Worte gesprochen hatte, war dunkel und rau gewesen, voll Weisheit und Ruhe, wie Holz, das einst, als es noch jung war, das lodernde Feuer gekostet hatte und vom Kuss des kühlen Wassers erlöst worden war. So viele Geschichten hatte diese Stimme ihr erzählt, und nun war sie verstummt, einfach so.

Seit Wochen schon hatte Vesper die Stimme ihres Vaters nicht mehr gehört, und nun würde sie es nie wieder tun.

Regisseur tot in seiner Wohnung aufgefunden.

So klang es, wenn sich ein Leben in Schlagzeilen präsentierte. Fremd, fern, und doch nah wie eine Klinge, die tief ins Fleisch schneidet und das, was einem einst ein Herz war, offenlegt. Doch keines der Gefühle, die eine Tochter in einem Augenblick wie diesem empfinden sollte, drang wirklich bis hinauf an die Oberfläche. Sie waren verschüttet, all diese Emotionen, tief begraben unter Lawinen von Vergessen, das seit Jahren ein treuer Gefährte war.

Ursache noch nicht geklärt.

Sie stand unter Schock, überflog die Artikel, die erwähnten, wie ihr Vater gewesen war, wie seine Filme gewesen waren, wie sehr die Welt um ihn trauerte, und immer nur so weiter.

Gewaltverbrechen wird nicht ausgeschlossen.

Leere Worte allesamt, belanglos wie glockenhelle Stimmen, die ein trauriges Lied anstimmen wollen, aber unfähig sind, es wirklich zu singen.

Sie rieb sich müde die Augen. Ihr mattes Spiegelbild auf dem Bildschirm schmeichelte ihr überhaupt nicht.

Mechanisch erhob sie sich, zahlte am Tresen und ging nach draußen in die Nacht.

Es war einmal …

Es war wie im Märchen. Im Märchen kam es immer anders, als man dachte.

Vesper wusste das, nun mehr denn je.

Berlin.

Regisseur tot in seiner Wohnung aufgefunden.

Die scharfen Spiegelsplitter der Zeit bohrten sich noch immer schnell und unbarmherzig in ihre grünen Augen, wenn Vesper es zuließ. Die Kindheit auf dem Land, der Umzug nach Berlin, die Karriere ihres Vaters. Affären, Kränkungen, die Scheidung ihrer Eltern. Kürzlich der Umzug nach Hamburg, die Schwierigkeiten in der neuen Schule, die immer dürftiger werdenden Telefonate mit ihrem Vater, die vielen Leben, die auseinandergingen, ohne dass man es wollte. Das alles wie eine schnelle Montage aus den Filmen, die er gedreht hatte. Filme, von denen Vesper meist nur die Plakate kannte.

Maxime Gold.

Wohnung verwüstet.

Sogar sein Name klang wie ein entferntes Echo, das sich nach und nach im Gebirge verliert.

Nachbarn berichten von einem Besucher.

Gestern war er schon gestorben, irgendwie, sogar im Tod noch war er ihr ein Rätsel.

Identität des Besuchers noch nicht ermittelt.

Eine enge Freundin – wer immer diese Freundin auch gerade war – hatte ihn angeblich gefunden, irgendwann am späten Nachmittag, und die Umstände, so stand es jedenfalls überall in den Portalen der Tageszeitungen, ließen, darin drückten sich die Medien vage und rätselhaft aus, eine unnatürliche Todesursache nicht ausschließen.

Ein flaues Gefühl breitete sich in Vespers Magengrube aus.

Sie schnappte nach Luft.

Sie nahm alles wie in Zeitlupe wahr, langsam und fast wie erstarrt.

Es war einmal …

Vor langer, langer Zeit …

Fühlte sie Trauer?

Nein, nicht einmal das. Nur Verwirrung, Chaos, Schmerz, verborgen in ihrem Herzen, das einsam war. Eben noch hatte sie sich über Julia und Saskia geärgert, und nun wusste sie, dass ihr Vater gestorben war.

Tot.

Einfach so.

»Scheiße«, krächzte sie.

Sie fühlte sich nicht annähernd so leer wie damals, als sie so unverhofft vom tragischen Schicksal ihrer Schwester erfahren hatte. Aber leer und schwach fühlte sie sich trotzdem.

Lärm aus der Wohnung.

Sie lief durch leere Straßen, deren Namen sie nicht kannte, und hörte nur ihr eigenes Herz schlagen.

Berichten die Nachbarn.

Seltsamerweise musste sie ausgerechnet jetzt an die Klavierklänge denken, die durch die Wohnung hallten, an die nervösen Zurechtweisungen ihrer Mutter, wenn sie sich in ihrer Konzentration gestört fühlte. Für einen Augenblick nur war sie wieder ein kleines Mädchen und bekam die Wut und die ungezügelte Ungeduld ihrer Mutter zu spüren.

Sie rieb sich die Arme, als könne sie noch immer die Schmerzen spüren, da, wo ihre Mutter sie gepackt hatte, um sie in den Keller zu zerren.

»Da unten wirst du Ruhe geben, verdammt noch mal, ich habe einen wichtigen Auftritt, geht das nicht in deinen Kopf?!« Spitze Fingernägel, lang und lackiert, die sich ins Fleisch ihres Armes bohren. Tränen, die ihr heiß übers Gesicht rinnen. Die Furcht vor der erdigen Dunkelheit und dem pochenden Geräusch des Heizkessels. Die laute Stille, die bleibt, wenn sich der Schlüssel im Schloss erst einmal umgedreht hat. Der Herzschlag, der langsam nur ruhiger wird. Die Schemen, die sich vor den Augen des Kindes erheben. Die Angst, die mehr als nur ein Kinderlachen auffrisst.

Ja, so konnte Margo Gold sein, wenn sie nicht nett war. Wenn sie unter Stress stand.

Die Welt hatte sie gefeiert.

Mit ihrem anmutigen Lächeln hatte sie die großen Zeitschriften geziert.

Und trotzdem war Vesper stolz auf sie.

Ganz schön verrückt war das.

Ihr Vater jedenfalls hatte sie immer getröstet, wenn ihre Mutter ausgerastet war. Er hatte sie in die Arme genommen und ihr etwas erzählt, er hatte sie aus dem Keller gerettet und ihr Geschichten und Märchen erzählt; so lange, bis Margo schließlich reumütig zu ihnen gekommen war und ihre Tochter ganz lange und ganz fest in die Arme geschlossen, bittere Tränen vergossen und aufrichtige Entschuldigungen geflüstert hatte.

Ach, ja, dachte Vesper, meine Familie.

Eine Familie, die waren sie einmal gewesen. Vor langer, langer Zeit. Das war nun vorbei, einfach so.

Maxime Gold war fort auf ewig, und nichts und niemand würde ihn mehr zurückbringen.

Die Straßenlaternen benetzten die Dunkelheit mit leuchtenden Inseln auf dem nassen Kopfsteinpflaster.

Es waren einmal zwei Schwestern …

Ja, das klang wie im Märchen.

Zwei Schwestern, die beide allein waren, jede für sich.

Vesper rannte weiter durch die Nacht, fassungslos und wie betäubt. Alles, was so weit entfernt gewesen war, kam ihr wieder in Erinnerung.

Warum nur konnte sie jetzt nicht weinen?

Hätte sie denn nicht in bitterste Tränen ausbrechen müssen? Sie wusste doch, dass sie ihren Vater geliebt hatte.

Es war einmal …

Nein, nicht so!

Die Geschichte ging anders.

Es waren einmal zwei Töchter, und die eine Tochter wusste, dass der Vater die andere mehr liebte.

Plötzlich wütend, ballte sie die Hände zu Fäusten.

Aber die Tochter, die weniger geliebt wurde, liebte ihren Vater dennoch.

Fluchend spürte sie die Eissplitter in ihrem Herzen wachsen.

Und wie ich ihn geliebt habe.

Nie hatte sie sich vorstellen können, allein zu sein.

Wie gut man sich doch selbst belügen konnte! War sie das denn nicht immer schon gewesen? Allein, verlassen?

Hatten sich nicht alle Ängste bewahrheitet, als ihre Schwester gegangen war?

Sie erinnerte sich an die Schreie, die Stille, an alles andere auch.

Vesper atmete tief durch.

Einfach so.

Maxime Gold.

Passieren Dinge.

Sie dachte an sein Lachen.

Er ist fort.

Das Funkeln in seinen Augen.

Ihr entrissen.

Seine Stimme.

Nie, nie wieder.

Erneut schnappte sie nach Luft.

Ja, jetzt war er tot, erloschen, auf immer, und alles, was von ihm blieb, waren Erinnerungen und die Filme, die sich kaum jemand mehr anschaute. Maxime Gold, dessen eigener Vater bereits Schauspieler gewesen war. Ein Gesicht, das die Filme der *Ufa* geprägt hatte.

Und was überdauerte, wenn der Ruhm im Wind verwehte?

Nichts als Schall und Rauch. Herbstlaub, das braun wird und welk.

»Lass das!«, sagte sie plötzlich laut zu sich selbst. Die eigene Stimme brachte sie in die Gegenwart zurück.

Dann rannte sie weiter. Immer in die nächste Straße hinein, weiter und weiter und immer nur weiter.

Sie musste sich bewegen. Das war alles, was sie jetzt wusste.

Sie kannte die Straßen und wusste, wohin sie führten.

Nein, sie war nicht vom Weg abgekommen.

Sie war fast daheim, nur eine Runde noch, nur einmal noch um den Block, bis ihr die Luft in der Kehle brannte. Nur einmal noch, ganz schnell, um all die Zweifel und Gedanken zu töten.

So schnell lief sie durch die graue kalte Welt und so laut pochte ihr das Herz, dass sie die Schritte, die ihr folgten, gar nicht hörte. Und den langen Schatten, der ihr auf den Fersen war, gar nicht sah.

Sie lebte allein, drüben im portugiesischen Viertel, wo sich die Studenten und Künstler tummelten. Hoch oben, unter dem Dach eines der großen Häuser mit den vielen Balkonen, da wohnte sie. Im Sommer war es warm, und im Winter würde es kalt und zugig sein, die rostige Heizung klapperte bereits seit Wochen lautstark in der Nacht, und wenn Vesper träumte, dann tat sie das im pochenden Rhythmus dieses Geräuschs.

Als sie an diesem Abend die hölzerne Treppe hinaufrannte, war sie ganz außer Atem.

Ihr Zuhause.

Die Wohnung, die sie sich erbettelt hatte.

Hier war sie daheim.

»Ich will eine eigene Wohnung haben.« Frech hatte sie das von ihrer Mutter gefordert.

Und bekommen, was sie wollte.

Sie öffnete die Tür, stürmte hinein, ließ die Tür zuknallen.

Es war hoffnungslos, denn es gab keine Antworten für sie. Nicht hier, nicht jetzt.

Nicht heute Nacht.

Sie stand mit dem Rücken zur Tür und atmete schnell und hastig. Dann sank sie zu Boden und blieb so eine Weile sitzen.

Mühsam und langsam erhob sie sich schließlich und schlurfte ins Bad. Auf dem kurzen Weg dorthin streifte sie ihre Klamotten ab, ließ sie achtlos auf den Boden fallen. Sie ging unter die Dusche, schloss die Augen und ließ fast eine Stunde lang dampfend heißes Wasser über ihren zitternden Körper laufen.

Sie atmete.

Sonst nichts.

Versuchte, an gar nichts zu denken.

Völlig versunken und entrückt wurde sie dieser matten Welt aus heißer Wärme und tosendem Dampf gewahr und hatte das Gefühl, sich selbst ganz und gar darin zu verlieren. Sie spürte die quälende Angst und die Verzweiflung und weinte, brach schluchzend in der Dusche zusammen und blieb dort auf dem Boden sitzen, während das Wasser unaufhörlich an ihr hinablief. Sie gab sich dem Rauschen hin, als sei dies das einzige Geräusch, das ihr in der Welt geblieben war. Sie weinte so laut und so heftig schluchzend, wie sie zuletzt als kleines Mädchen in dem riesigen Haus in Berlin geweint hatte, und sie ließ das Wasser die Tränen fortspülen, vollkommen hilflos und erschöpft, so lange, bis keine Träne mehr übrig war und das Beben in ihr verebbte.

Dann erst, nach mehr als einer Stunde, fand sie die Kraft, die Dusche zu verlassen.

Sie drehte das Wasser aus, stand auf, streckte sich.

Im nebelerfüllten Badezimmer tastete sie nach den Handtüchern, wickelte sich eins um die Haare, trocknete sich mit dem anderen langsam ab. Sie schlüpfte in neue Klamotten, die ebenso schwarz und trostlos wie die abgelegten waren, und rannte barfuß und unruhig in der Wohnung auf und ab. Sie legte eine CD ein und ließ immer und immer wieder das gleiche Lied von Synje Norland laufen.

The Loud Scream.

Fast begann sie wieder zu heulen.

Sie kramte aus ihrer Lederjacke die Zigaretten hervor, zündete eine an, hielt sie sich vors Gesicht, öffnete das Fenster und drückte sie in einem der Blumentöpfe aus, ohne richtig daran gezogen zu haben.

Regen peitschte wild in den Raum und benetzte ihr das Gesicht. Sie ließ es geschehen und stand eine Weile still da, bis die Kälte an ihren noch nassen Haaren zerrte.

Flink schloss sie das Fenster wieder.

Fröstelte.

Sah sich an.

Seufzte.

Ja, dies war ihr Zuhause. Ihr Refugium. Ihr Zufluchtsort vor der Welt.

Die Wohnung, in der sie viel zu oft wie eine Schiffbrüchige strandete.

Das war ihr Leben.

Jetzt.

Gedankenverloren lief sie in der Wohnung auf und ab, wie ein Panther im Käfig.

Immer im Kreis, allzeit umher.

Ihre kleine Dachgeschosswohnung, hier war sie, der Ort, wo alles noch so war wie immer.

Auf dem Tisch vor dem Balkon türmten sich Schnittmuster und Stoffe. Auf dem Boden, zwischen den Klamotten und schmutzigen Tassen, lagen Bücher über die Mode der Zwanzigerjahre und jede Menge zerknüllte Zettel, auf denen sie sich gekritzelte Notizen gemacht hatte.

Vermengt mit ihren Schulsachen, lagen dort Skizzen, die das Bühnenbild von *Rosenrot* erkennen ließen. Die Handlung des Märchens war ins Berlin der Zwanzigerjahre verlegt worden (was der Regisseur für einen bahnbrechenden Einfall hielt), und Vesper arbeitete hier an der Garderobe für den schönen Prinzen, der später in eine Bärenkreatur verwandelt wird (feine dunkle Gehröcke, hohe Zylinder und breite Sakkos mit gepolsterten Schultern, die den kleinen Schauspieler betont maskulin und attraktiv erscheinen ließen). Rosenrot und Schneeweißchen, zwei arme Mädchen vom Prenzlauer Berg, trugen am Ende des Stückes und in einigen Traumsequenzen elegante Hosenanzüge, die sie wie Marlene Dietrich aussehen lassen sollten. Nicht einmal begonnen hatte sie mit den knielangen Kleidern, die kaum mehr als halbfertige Gebilde aus Seidenfasern und Glasperlen waren. Zwei Stirnbänder und drei luxuriös wirkende Boas hingen über dem Stuhl neben der alten Pfaff-Pedal-Nähmaschine aus den späten Dreißigerjahren, auf der Vesper seit Jahren schon bevorzugt nähte.

Sie hatte sich *Inglourious Basterds* angeschaut und ihre Inspiration gefunden. So sollten die Kostüme aussehen. Altmodisch und dennoch cool und zeitgemäß, richtig *Vintage* irgendwie.

Sie berührte die feinen Stoffe, ließ sie sanft durch die Finger gleiten. Sie mochte die Arbeit am Theater so sehr, ein Vermächtnis ihres Vaters. Es war nicht das, was sich ihre Eltern für sie erhofft hatten, aber wen kümmerte das schon?

Vesper seufzte leise.

Sie betrachtete die schrägen Regale, aus denen die Bücher und zerfledderten Zeitschriften quollen – die *Glamour* neben dem *Filmdienst,* T. C. Boyle und Michael Chabon neben Thea von Harbou und Rainer Maria Rilke –, und den offenen bunten Schrank, der den Blick freigab auf einen Berg ungeordneter Kleidungsstücke, die in einem Haufen den Boden bedeckten. In der winzigen Küche stapelten sich die Kaffeetassen und ungewaschenen Teller, und ein Korb mit gewaschener Wäsche stand mitten im Korridor.

An den hohen Wänden hingen die gerahmten Filmplakate von *Metropolis* und *Der Kongress tanzt,* dazu ein Bild von Lilian Harvey und Willy Fritsch, mit Klebestreifen an Rahmen geheftet. An der gegenüberliegenden Wand ein *Dead-Man-*Plakat mit dem jungen, ziemlich bekifft aussehenden Johnny Depp darauf. Außerdem zierte noch eine gerahmte Programmankündigung von Engelbert Humperdincks *Hänsel und Gretel,* der ersten Oper, zu der Vesper – letztes Jahr und damals noch in Berlin – die Kostüme geschneidert hatte, den Platz über ihrem Arbeitstisch, gefolgt von einem Ina-Müller-Plakat, das gleich über der Nähmaschine hing.

Das hier war die Welt, die sie sich selbst zusammengebastelt hatte. Ihre Bastelwohnung, sozusagen.

Sie schnappte sich ihr Handy und rief in stiller Verzweiflung ihre Mutter an, doch Margo war nicht erreichbar.

Sie hinterließ eine Nachricht und rief Ida an.

»Mein Vater ist tot.«

»Ich habe es gehört, in den Nachrichten. Vesper, es tut mir so leid. Wo bist du?« Sie klang aufgeregt.

»Zu Hause.« Sie erzählte ihr von der Begegnung im *Fackelholz*, und es war, als lausche sie jemandem Fremden.

»Willst du herkommen, zu uns?« Ida und ihre Tochter wohnten in einer kleinen Wohnung an der Stadthausbrücke, gar nicht weit von ihr.

»Danke, wirklich«, flüsterte Vesper. »Aber ich denke, dass ich allein sein will.« Pause. »Allein sein *muss*.« Nur das Klappern der Heizung und ihr Atmen. »Ich weiß nicht, aber ich bin so müde.«

»Ist schon gut.«

»Wie geht es Greta?« Sie musste über etwas anderes reden. Irgendwas, und wenn es nur die Läuse waren.

»Nicht gut. Sie ist ohnmächtig geworden.«

Vesper beschlich wieder ein ungutes Gefühl, lähmend wie eine Vorahnung, die bald zum Leben erwachen würde.

»Herrje, wie denn das?«

»Ich weiß es nicht.« Sie schluckte, holte tief Luft. »Wir waren beim Arzt, wegen der Läuse. Bei Frau Dr. Beuting, der Kinderärztin.« Es knackte in der Leitung. »Das klingt jetzt sehr seltsam, Vesper, aber plötzlich wurden alle Kinder im Wartezimmer ohnmächtig. Na ja, zumindest dachten wir, dass sie ohnmächtig wurden. Aber in Wirklichkeit sind sie eingeschlafen.«

Vesper stutzte.

Sie verstand nicht ganz, was Ida ihr damit sagen wollte. »Du meinst, sie ist einfach eingeschlafen?«

»Nicht nur sie. Alle Kinder im Wartezimmer sind gleichzeitig eingeschlafen. Sie haben einfach alle die Augen zugemacht und sind eingeschlafen. Für genau fünf Minuten, dann sind sie alle wieder wach geworden.« Ida hörte sich völlig aufgelöst an. Erst jetzt fiel Vesper auf, wie panisch ihre Freundin klang.

»Was hat die Ärztin gesagt?«

»Sie hat ihr Bestes getan. Sie hatte aber überhaupt keine Ahnung, was genau da vorgefallen ist.«

Vesper spürte, dass das nicht alles war. Sie kannte Ida gut. Der Unterton in ihrer Stimme verriet Panik.

»Es war vor fünf Minuten in den Nachrichten«, sagte Ida. »Sie haben eine Sondersendung gebracht.«

»Wegen der Kinder?« Was, in aller Welt, fragte sich Vesper, war hier los?

»Ja.«

»Aber ...«

Jetzt konnte sie die laut hervorbrechende Angst in der Stimme am Telefon fast berühren. »Es ist *überall* passiert, Vesper. Frag mich nicht, wie das sein kann oder warum es passiert ist, aber es ist *überall* passiert!«

»Was meinst du damit, überall?«

»Na, *überall* eben.«

»In der Stadt?«

»Nein, überall.«

»Im Land?«

»Überall in Europa. Ich weiß nicht genau, *überall* eben.«

Stille.

Vesper wusste gar nicht mehr, was sie denken sollte.

»Um exakt sieben Minuten nach sechs am frühen Abend sind alle Kinder für fünf Minuten eingeschlafen.«

Vesper fragte sich, wie viele Kinder es in Europa gab. »Das ist doch nicht möglich.«

»Doch, ist es.«

Vesper schaltete den alten Fernseher ein, den ihre Großeltern ihr vererbt hatten, und arbeitete sich mithilfe des großen Drehknopfs durch die Kanäle. Überall liefen Sondersendungen zu diesem Thema. Verwackelte Aufnahmen von Kindern, die auf dem Boden lagen und schliefen, gefilmt mit Handys. Schnelle Schnitte in die Büros und Fernsehstudios. Selbst ernannte Experten und Pädagogen, Kinderärzte und Psychologen redeten in die Kameras und bekräftigten unsicher ihre Ratlosigkeit.

»Ich sehe es«, bestätigte Vesper nur. Was war denn da nur los? »Wie geht es Greta jetzt?«

»Bestens. Sie hat nur fünf Minuten geschlafen, das ist alles. Die Kinder sind wach geworden, und es war vorbei.«

Vesper schloss die Augen.

Mädchen, weich vom Wege nicht.

An Tagen wie diesem war wirklich alles möglich.

»Kann ich dir irgendwie helfen?«, fragte sie.

Ida lachte traurig. »Vesper, dein Vater ist tot. Ich sollte *dich* fragen, wie ich *dir* helfen kann.«

»Er ist tot, daran kann niemand etwas ändern.« Wir waren uns so fremd geworden, dachte sie. »Es kam so überraschend. Und es ist von einem Unfall und sogar von Mord die Rede.« *Ungeklärte Umstände,* das war der offizielle Wortlaut. »Ich weiß nicht, was da los war.« Sie kannte ja nicht einmal den Namen seiner Freundin. Außer ihrer Mutter gab es niemanden, den sie anrufen konnte. »Ich komme schon klar, Ida. Ganz sicher.«

»Du kannst jederzeit herkommen, das weißt du.«

»Weiß ich. Danke.«

Sie schwiegen noch eine Weile gemeinsam am Telefon. Unendlich gut tat das.

Dann legte Vesper auf.

Auf dem Display war in der Zwischenzeit eine SMS eingegangen. *Habe es eben erfahren. Sage Konzerte ab, kehre nach Hamburg zurück. Sehe dich morgen. Daheim.*

Vesper seufzte. Sie legte das Handy auf den Boden, schaltete das Licht aus und legte sich auf ihr Bett. Sie dachte an zu viele Dinge, an die sie jetzt nicht denken sollte, und versank ganz tief im Anblick der Regentropfen auf dem Fenster, kleinen Rinnsalen, die fortspülten, was sonst zu bösen Träumen hätte werden können.

Sie rollte sich wie eine Katze zusammen, atmete, lauschte ihrem eigenen Herzschlag.

Und irgendwann in dieser Nacht schlief sie dann endlich ein.

Das Eismeer in traurigen Augen, so grün

Am Morgen stolperte sie über die ihr wie beiläufig vor die Füße geworfene Schlagzeile. Das *Abendblatt* lag auf der Treppe vor der Wohnung ihres Nachbarn, und Vespers Blick fiel nur flüchtig darauf. Sie ging nach unten zum Bäcker und kaufte sich zwei Croissants, kehrte nach oben in die Wohnung zurück und trank ihren schwarzen Kaffee.

Im Radio kam ein Bericht über die eingeschlafenen Kinder und irgendwelche Eltern, die über Albträume klagten.

Sie starrte zum Fenster hinaus.

Die Stadt war grau in grau.

Müde fuhr sie den Laptop hoch und überflog ihre Mails. Viele ihrer Freunde aus Berlin schickten ihr Beileidsbekundungen. Sie las nicht die Nachrichten, nur die Namen derer, die sie geschickt hatten. Sie schluckte. Ihr altes Leben, da war es, fast greifbar.

Sie klickte sich zur Presseerklärung des Konzertveranstalters, der bedauernd bekanntgab, dass Margo Gold ihre Tournee für eine Woche unterbrechen würde.

Vesper fragte sich insgeheim, warum Margo das tat. In den letzten Jahren hatten Maxime und sie immer weniger miteinander zu tun gehabt. Die Vorstellung, dass sie ihn vielleicht doch noch geliebt hatte, hatte jedoch etwas Tröstliches.

Sie rief in der Schule an und meldete sich krank. Die Entschuldigung, die sie vorbrachte, war gegen jeden Zweifel erhaben – da konnten sogar die Wissmann und Frau Dr. von Stein nichts sagen. Sie entledigte sich aller Schulsachen, stopfte nur Dinge, die ihr wirklich wichtig waren, in den Rucksack und zog los.

Schnell schritt sie in die graue kalte Welt hinaus.

Sie wusste genau, wo sie hingehen würde.

Es gab nur einen Ort, an dem sie jetzt sein wollte. Einen Platz, an dem sie *ihm* nahe sein würde.

Die Kunsthalle!

Maxime Gold war nur ein einziges Mal bei ihr in Hamburg gewesen. Er hatte ihr dabei geholfen, die Wohnung einzurichten. Als alles fertig war, hatte er sie zu den Gemälden entführt.

Wenn es also einen Ort gab, an dem sie ihren Vater spüren konnte, dann war es dieser.

So lief sie eilig durch die Straßen, vorbei an St. Michaelis mit dem riesigen Engel, den Wind in Gesicht und Haar.

Die Titelseite der Zeitung war allzeit bei ihr.

Die Schlagzeile, darunter ein Bild: ihr Vater bei der Premiere seines letzten Films *(Im Kabinett des Dr. Seltsam)*. Dicht an seiner Seite eine junge Frau, die Vesper nicht kannte und die kaum älter zu sein schien als Vesper selbst.

An einem Kiosk am Steintorwall blieb sie stehen, weil ihr ein anderes Blatt ins Auge stach. Diesmal war es die *Morgenpost,* wo neben einer sich aufreizend räkelnden Schauspielerin die Fotografie eines großen Wolfs abgebildet war.

Wölfe an der Spree?, fragte die Schlagzeile dazu.

Wie vom Donner gerührt starrte Vesper die Zeitung an. Sie trat näher und las den Artikel.

»Wölfe«, flüsterte sie leise, furchtsam.

Ein Schaudern erfasste sie, kälter als der Herbstwind, der bald Winter in die Stadt bringen würde.

War dies ein Zufall, konnte das sein?

Mehrere Passanten hatten die Berliner Polizei davon in Kenntnis gesetzt, dass sie in der Nacht Wölfe gesichtet hätten. Große Tiere mit grauem, zottigem Fell, so wurde die Aussage einer aufgeregten Obdachlosen zitiert. Aus dem Zoologischen Garten, versicherte der von der Presse und den Behörden befragte Direktor, seien jedenfalls keine Tiere verschwunden, aber, so mutmaßte er, es könne natürlich durchaus sein, dass die Passanten streunende Hunde gesehen hätten. Die großen Tiere seien alle in dem Straßengewirr zwischen Kurfürstendamm und Tiergarten gesichtet worden, es gab gleich mehrere Augenzeugenberichte.

Vesper löste den Blick von der Zeitung. Die Wolken am Himmel schienen mit einem Mal schwerer, das Licht des Tages gedämpfter, die Luft eisiger zu sein.

»Wölfe«, wiederholte sie nachdenklich.

Etwas, was tief verborgen in ihrem Vergessen überlebt hatte, fiel ihr wieder ein. Etwas, was Maxime Gold einst seinen beiden Töchtern mit auf den Weg gegeben hatte.

Jahrelang hatte sie nicht mehr an diesen Ratschlag gedacht, doch jetzt hörte sie ihn wieder.

»Wenn uns einmal etwas passieren sollte«, hatte ihr Vater ihnen eingeschärft, als ihre Schwester und sie noch kleine Mädchen gewesen waren, »dann achtet auf die Wölfe.«

»Auf die Wölfe?«, hatten sie beide daraufhin gefragt.

»Ja«, hatte er geantwortet, »denn wenn die Wölfe kommen, dann müsst ihr beiden euch wirklich vorsehen. Vergesst das niemals!« Maxime Gold hatte seine beiden Töchter ernst angeschaut und nicht eher Ruhe gegeben, als bis beide brav genickt und ihm versichert hatten, sie würden sich vor den Wölfen in Acht nehmen.

Vesper wandte den Blick von der Zeitung ab.

Sie verspürte eine neue Unruhe, die nach Angst schmeckte.

In banger Erwartung spähte sie in die Straße hinein, beobachtete die Häuser, die Hecken, alles. Kein geheimnisvoller Mantelmann an diesem Morgen, niemand zu sehen.

Dennoch fühlte sie sich verfolgt.

Es war nur ein Gefühl, nicht mehr. Aber auch nicht weniger.

»Niemals, niemals«, hörte sie die Stimme ihres Vaters, »dürft ihr vergessen, auf die Wölfe zu achten.«

Sie zuckte die Achseln.

Natürlich hatte sie es vergessen, leichten Herzens, wie man eben die Dinge vergisst, wenn man erwachsen wird. Doch heute, an diesem Tag, an dem sie vom fernen Tod ihres Vater erfuhr, da waren sie ihr wieder in den Sinn gekommen.

Wölfe an der Spree?

Warum nur beunruhigte sie diese Nachricht so sehr? Warum brachte sie die Wölfe mit dem Tod ihres Vaters in Verbindung?

Sie hatte Wölfe nie gemocht, aber welches Kind tat das schon?

Wölfe sehen nämlich wie Menschen aus.

Warum musste sie ausgerechnet jetzt an Gretas Ausspruch denken.

Wölfe sehen wie Menschen aus.

In zu vielen Märchen, die ihre Eltern ihnen erzählt hatten, als sie noch klein gewesen waren, kamen große, böse Wölfe vor. Immer waren sie verschlagene und blutrünstige Bestien, die kleinen Kindern auflauerten und sie auffraßen. Und als ihre Schwester dann von ihnen ging, da träumte Vesper wochenlang nur noch von den Wölfen, die wie die Zeichnungen in den Märchenbüchern aussahen. Niemals hatte sie mit jemandem darüber gesprochen, nein, niemals.

»Verdammt!«, murmelte sie wütend.

Besorgt.

Durcheinander.

Dann ging sie weiter.

Sie sah die Menschen zum Bahnhof eilen, sprang zwischen dem Verkehr auf die andere Straßenseite. Eine unsichtbare Anspannung schien über allem zu liegen, überall sprach man tuschelnd über die Kinder und die seltsamen Träume, die viele Menschen wohl gehabt hatten.

Was, bitte schön, ging da nur vor? Die ganze Welt schien über Nacht aus der Bahn geraten zu sein.

Vesper lief weiter.

Ihr Atem war kaum mehr als Nebel im Regen.

Die dampfenden Abgase der Autos wirbelten wie Tänzer durch die Luft. Die künstlich erhellte Stadt empfing den kommenden Tag, als sei er ein unwillkommener Gast. Ein Sturm lag in der Luft, man konnte es riechen. Regen nieselte im Licht der Laternen und Fahrzeugscheinwerfer.

Sie rief Ida an. »Wie geht es Greta?«

»Wie geht es *dir*?«

»Ich bin auf dem Weg in die Kunsthalle.«

»Was willst *du* denn so früh in der Kunsthalle?«

Sie sagte es ihr. »Wird bestimmt schon wieder ein seltsamer Tag werden«, mutmaßte sie.

Ida schwieg. Dann sagte sie: »Greta geht es gut.«

»Aber?« Vesper erkannte das Unbehagen in ihrer Stimme trotz der schlechten Verbindung.

»Ich habe nicht gut geschlafen.« Im Hintergrund ratterte etwas lautstark und unruhig. Ida befand sich vermutlich irgendwo in der S-Bahn. »Hattest du jemals einen Albtraum, der so real war, dass du …« Sie sprach den Satz nicht zu Ende.

»Ja, denke schon.«

»Ich …« Sie hielt inne. »Ist jetzt nicht wichtig. Wird schon werden.« Eine kurze Pause. »Kommst du ins Theater?«

»Vielleicht, mal schauen.« Sie erwähnte die SMS ihrer Mutter.

»Melde dich, wenn dir danach ist«, sagte Ida zum Abschied.

»Grüß Greta von mir«, sagte Vesper. Und dann, leise: »Danke, für alles.«

Dann legte sie auf.

Ein eisiger Wind ließ sie frösteln.

Drüben am Glockengießerwall sprang Vesper behände die vielen breiten Treppenstufen hinauf, bis sie vor dem mächtigen terrakottafarbenen Backsteinbau mit den vielen Figuren in der Mauer stand, der, im Gegensatz zu dem aus Muschelkalkstein bestehenden Kuppelanbau und der sehr kastenförmig modernen Galerie der Gegenwart, immerhin wie ein Gebäude aussah, das Kunst beherbergte.

Maxime Gold hatte ihr immer schon alte Gemälde gezeigt und sie sodann gebeten, ihm zu erzählen, was sie in den Bildern erkannte. Skurrilerweise war dies die Erinnerung, die Vesper am ehesten mit ihrem Vater verband. Sie hatte nie einen Bezug zu den Filmen gehabt, die er gedreht hatte, sie waren ihr zu künstlerisch und zu langweilig dahergekommen. Die düsteren Gemälde Caspar David Friedrichs hingegen waren etwas, worin sie ihren Vater erkennen konnte. Überall in dem Haus, in dem sie aufgewachsen war, hatten Nachdrucke romantischer Gemälde gehangen, und immer hatte ihr Vater seine beiden Töchter dazu ermutigt, die Geschichten in diesen Bildern zu suchen. Er hatte all die Märchen, die er seinen Töchtern erzählt hatte, mit den Gemälden der Romantiker verbunden.

»In jedem dieser alten Gemälde«, hatte er ihnen mit großer Ernsthaftigkeit eingeschärft, »sind Geschichten verborgen. Man muss sie nur entdecken.« Dann hatte er den Zeigefinger erhoben und hinzugefügt: »Und festhalten muss man sie, das ist überhaupt das Allerwichtigste.«

Vesper seufzte.

Deswegen war sie also hier. Wegen nostalgischer Erinnerungen an Dinge, die ihr Vater gemocht hatte.

Egal!

Sie musste eine halbe Stunde warten, bis die Kunsthalle öffnete, dann löste sie eine Eintrittskarte, schob sich durch die Tür ins Innere.

Als sei es gestern gewesen …

Ja, sie war heute hier, weil es die alten Geschichten waren, die sie mit ihrem Vater verbunden hatten und die vielleicht ein wenig Trost spenden konnten. Aus keinem anderen Grund. Immer hatten sie einander Dinge erzählt. Auch später noch, als ihre Schwester nicht mehr bei ihnen gewesen war und die berühmte Margo Gold die Konzertsäle der Gesellschaft der ihr noch gebliebenen Tochter vorgezogen hatte.

Die Wände seiner Wohnung, dachte Vesper, waren bestimmt über und über mit den Kunstdrucken bedeckt, die er so geliebt hatte.

Sie musste lächeln, wenn auch nur kurz.

Als sie gemeinsam hier gewesen waren, da hatte ihr Vater sie zu einem ganz bestimmten Bild geführt. Davor waren sie dann ganz lange stehen geblieben, und Vesper hatte versucht zu ergründen, was es mit diesem Bild auf sich hatte. Schon damals – meine Güte, keine fünf Monate war das her – hatte sie die Kälte gespürt, die von ihm ausging, die frostige Schicksalhaftigkeit.

Jetzt war sie wieder hier, auf dem Weg zu dem Gemälde, das ihr Vater so geliebt hatte.

Ohne Umschweife ging sie durchs Erdgeschoss zum Café Liebermann, das sich in der historischen Säulenhalle befand, trank dort gierig einen Kaffee und aß unlustig von einem Stück selbstgebackenem Kuchen.

Sie scheute sich davor, sofort nach oben zu gehen, und außerdem hatte sie keine Eile, da sie nach dem Besuch in der Kunsthalle die Villa ihrer Mutter aufsuchen musste.

Also saß sie eine Weile müde und ihren Gedanken nachhängend an einem der runden Tische und beobachtete die anderen Besucher, die vornehmlich Zeitung lesend ihren Kaffee oder Tee tranken.

Schließlich begab sie sich nach oben in die Galerie des 19. Jahrhunderts mit ihrem schwarz-weißen Karomuster-Steinboden.

Das Gemälde, dessentwegen sie hergekommen war, hing noch immer in Raum 120. Vierzehn Bilder des Malers Caspar David Friedrich befanden sich dort und begrüßten Vesper, als sei sie nie fort gewesen.

Die junge Frau betrachtete die allesamt düsteren und romantischen Landschaftsmalereien, während sie an ihnen vorbeischritt, und sie fragte sich, ob die alten Gemälde wirklich die Geheimnisse hüteten, von denen ihr Vater immer behauptet hatte, dass sie existieren.

Dann erreichte sie das Gemälde, um das es ihr ging.

Das Eismeer.

Wie angewurzelt blieb sie davor stehen. Und wie damals, als sie ihren Vater begleitet hatte, wunderte sie sich, wie klein das Bild doch war. Viele der anderen Bilder – *Wanderer über dem Nebelmeer* oder *Meeresküste bei Mondschein* – waren beeindruckend und unheilschwanger, doch keines wirkte so geheimnisvoll und düster wie *Das Eismeer.*

Still und ehrfurchtsvoll betrachtete sie das Bild.

Was hatte ihr Vater nur an diesem Gemälde gefunden? Von all den Bildern, die er ihr gezeigt hatte, war dies sein liebstes gewesen. Stundenlang hatte er den Nachdruck, der in seinem gemütlichen Arbeitszimmer an der Wand über dem Schreibtisch gehangen hatte, betrachtet, dabei heißen exotischen Tee getrunken und seine Pfeife geraucht.

»Jedes Bild«, erinnerte sie sich und konnte fast seine Stimme hören, »erzählt seine eigene Geschichte. Wenn du es lange genug betrachtest, dann wirst du sie erkennen.«

Und hier sah sie …

Was?

Eine Expedition ins Eismeer, ein stolzes Schiff mit hohen Masten, das zur Beute der klirrenden Winterwelt wurde. Spitze Eisschollen schoben sich wie böse Splitter in den

Himmel hinein, wie die Zähne einer monströsen Kreatur. Zähne, die alles zu zermalmen drohten, was sich an Schöpfung in ihre Nähe wagte.

Die Eiseskälte, die aus dem Gemälde tropfte, ließ Vesper frösteln.

Sie betrachtete das Wrack des Schiffes, dessen Masten von den Eisschollen überragt wurden. Eigentlich konnte man das Schiff kaum erkennen, so versteckt lag es da.

Sie rieb sich müde die Augen.

Je länger Vesper das Gemälde betrachtete, umso mehr tauchte sie in es ein. Fast war ihr, als könne sie die lauten Schreie der Seeleute hören. Der Maler hatte keine Menschen in dieses unwirtliche Eismeer gemalt; sie mochten sich im Bauch des Schiffes verstecken oder tot sein oder die Flucht über das Eis angetreten haben.

»Ein Bild mit einem Geheimnis«, hörte sie eine Stimme sagen. Erschrocken fuhr sie herum.

Der junge Mann, den sie nicht hatte kommen hören und der dicht neben ihr stand, trug ein braunes Tweed-Jackett, die dazu passende Hose, überhaupt nicht zu allem anderen passende schwere und ebenfalls braune Stiefel, eine altmodische Fliege. Das braune Haar stand ihm wie wild vom Kopf ab, und eine unruhige Tolle baumelte rastlos vor seiner hohen Stirn. Eine Hand ruhte einen Moment lang auf dem kantigen Kinn, dann steckte er sie in die Hosentasche und machte eine schaukelnde Bewegung zur Seite, als würde er auf einem für alle unsichtbaren Seil balancieren.

»Kennen wir uns?«

Er schüttelte den Kopf. »Nein, ich denke nicht.« Er griff in die Tasche seines Jacketts und hielt sogleich einen Apfel in der Hand. »Möchtest du?«

Instinktiv schüttelte Vesper den Kopf. »Nein, danke.«

Er biss hinein, kaute energisch, schluckte. *»Das Eismeer,* hm«, murmelte er. »Man weiß nicht, was aus der Mannschaft geworden ist, aber man spürt die Kälte und die Verzweiflung.« Er biss erneut in den Apfel hinein. »Sie ist überall, diese Verzweiflung, in den Formen und Farben und dem, was dazwischen verborgen ist.« Er lächelte sie an und deutete auf das Bild. »Das Eis drückt die mächtigen Schollen immer weiter gegen den Rumpf des Schiffes, und bald schon wird es zerbersten unter der Kraft der Natur.«

»Du bist sehr gesprächig«, sagte Vesper.

»Nein, eigentlich nicht. Bin eher der schweigsame Typ.« Er sah sie an. Aus dunklen braunen Augen. »Weißt du was? Das Schiff dort wird sinken. Mit Mann und Maus.«

Wer war der Kerl?

Vesper schätzte, dass er kaum älter war als sie selbst – was bedeutete, dass er vermutlich auch die Schule schwänzte. Andererseits sah er wie ein Student aus. Nein, verbesserte sie sich, eher wie ein Student, der sich wie ein alter Professor gekleidet hatte.

»Was hat diese Seeleute wohl dorthin verschlagen?« Diese Frage hatte ihr Vater auch immer gestellt.

Vesper wusste nicht, warum sie ihm antwortete. »Sie waren Entdecker.« Das war die Antwort, die ihr am glaubwürdigsten erschien – und die sie auch immer ihrem Vater gegeben hatte.

»Aber was wollten sie entdecken?«, fragte der junge Mann.

»Das Eismeer?«

Er lachte. Biss erneut in den Apfel.

Vesper grollte.

Ihr Vater hatte auch immer gelacht, und dann war er ernst geworden. Eine Antwort auf diese Frage jedoch hatte Vesper nie erhalten. Noch ein Rätsel, das sie aus der Kindheit mitgenommen hatte.

»Du siehst traurig aus«, erkannte der junge Mann.

»Eigentlich wollte ich allein sein.« Sie wusste, dass sie sich störrisch anhörte und unfreundlich.

»Ja, ja, ich auch.« Ein tiefer Schatten huschte über sein Gesicht. »Aber dann sehe ich dich, und du betrachtest das gleiche Bild.« Er klatschte in die Hände. »Na ja, keine Ahnung, was das bedeutet.« Er grinste. »Ein Zeichen?«

Na, wenigstens schien er einen seltsamen Sinn für Humor zu besitzen.

»Wir sind in der Kunsthalle. Hier betrachten viele Leute die gleichen Bilder.«

Er hob den Zeigefinger, was sehr belehrend wirkte. »Nicht so, nein. Nicht. So. Wie du. Das Bild hat eine Bedeutung für dich.«

Was sollte das werden?

Er wartete nicht ab, ob sie ihm antworten würde. »Für mich hat es auch eine Bedeutung.«

»Ach, ja?«

Er nickte. »Ja.« Biss wieder in den Apfel.

Sie seufzte. Es schien nicht einfach zu sein, ihn abzuwimmeln. »Sagst du mir auch, welche Bedeutung es für dich hat?«

Er überlegte kurz und sagte dann: »Ist sehr persönlich.«

»So?«

»Für dich ist es auch sehr persönlich.« Er fuchtelte mit dem Finger vor ihrem Gesicht herum. »Man sieht es dir an. Du bist hier, weil es dich an etwas erinnert.« Er seufzte, und etwas, was verborgene Traurigkeit oder Reue sein mochte, lag in seinem Blick. »Geht mir genauso.«

»Du bist wirklich gar nicht gesprächig«, stellte Vesper fest.

Er grinste, irgendwie frech und sehr jungenhaft. »Sagte ich doch.«

Sie betrachtete erneut das Bild.

Und malte sich dabei die neue Wohnung ihres Vaters aus. Sie war noch nie dort gewesen. Aber sie stellte sich vor, wie ihr Vater regungslos auf dem Boden lag und von einer hübschen jungen Schauspielerin gefunden wurde. Die Szene spielte sich ab, als sei sie einem billigen Film entnommen, die Schauspielerin sah aus wie eine extrem schlampige Megan Fox und ihr Vater wie Ian McKellan (was der Wirklichkeit sogar vermutlich erschreckend nahe kam). Sie spürte die Träne, die ihr zögerlich über die Wange rann. Womöglich war er sogar in Gegenwart genau dieses Gemäldes gestorben. Vielleicht war das *Eismeer* mit seiner kalten schicksalhaften Darstellung des dramatischen

Schiffsuntergangs das Letzte gewesen, was Maxime Gold in seinem Leben gesehen hatte?

Vesper atmete tief durch.

Ihre Hände zitterten.

Warum nur war sie wirklich hier?

War dies alles, was ihr von ihm geblieben war? Nur dieses kleine Gemälde, das ein Eismeer zeigte?

Ihre Finger umspielten einander nervös.

»Es stört dich doch nicht, wenn wir das Bild gemeinsam betrachten?«

Der Junge nervte. »Eigentlich schon.«

»Okay, dann gehe ich ein wenig auf Distanz.« Er trat zwei Schritte zur Seite. »Etwa so.«

Wer war der Typ? Er wirkte verschroben, irgendwie auch nett, aber definitiv auch nervig.

»Noch einen Schritt.«

Widerwillig musste sie lächeln.

»Du hast gelächelt«, stellte er fest.

Sie erwiderte nichts.

»Ich bleibe hier stehen, genau an dieser Stelle, und wir betrachten das Bild gemeinsam.«

Er konnte einfach nicht den Mund halten!

»Was wird das hier?«

Er beugte sich ein wenig nach vorn, balancierte wieder unruhig herum. »Wie meinst du das?«

»Du bist dir im Klaren darüber, dass dies die dämlichste Anmache überhaupt ist?«

Er schüttelte schnell den Kopf. »Oh, nein, ist es nicht. Tut mir leid, wenn ich so wirke. Wirke ich so? Nein, ich denke nicht.« Er fuhr sich durchs Haar, atmete tief durch. »Meine Eltern sind kürzlich verstorben, das ist alles. Oh, du musst jetzt nichts sagen. Bitte, sag einfach nichts. Ich bin hier, weil ich das Bild mag. Genau dieses Bild da. *Das Eismeer.* Es erinnert mich an ... nun ja, egal.«

Sie starrte ihn an.

War das möglich?

Konnte so etwas ein Zufall sein, oder steckte mehr dahinter?

»Du ...«

Er zuckte die Achseln. »Deswegen bin ich hier.«

»Das tut mir leid«, flüsterte sie schließlich. Auf einmal kam sie sich unfair und dumm vor.

Er machte eine wegwerfende Handbewegung. »Weißt du was? Wir stehen hier einfach eine Weile herum und schweigen.«

»Kriegst du das denn hin?« Irgendwie schaffte er es, sie aufzuheitern.

»Zu schweigen?«

»Ja.«

»Denke schon.« Er lächelte sie an, als habe er etwas ausgefressen. »Du musst dir also keine Gedanken machen. Wir haben uns einander nicht vorgestellt, was okay ist. Zwischen uns bleibt alles unverbindlich. Wir sind einfach nur zwei Besucher in der Kunsthalle, zwei Fremde, die vor diesem Bild hier stehen und es betrachten.«

Vesper konnte das Lächeln nicht länger unterdrücken. »Gut«, sagte sie. Was hatte sie schon zu verlieren?

Er klatschte in die Hände. »Toll, das wäre also geklärt.«

Dann hielt er den Mund. Tatsächlich!

Vesper betrachtete abwechselnd das Gemälde und den fremden jungen Mann. In anderen Klamotten hätte er eine passable Figur abgegeben, aber so sah er aus wie jemand, der gern als Archäologe in einem Abenteuerfilm aus den späten Fünfzigerjahren aufgetreten wäre. Er stand ruhig da und betrachtete, wie versprochen, das Bild. Er ließ Vesper in Ruhe.

Seltsamer Kerl.

Sie versuchte ihn zu ignorieren und konzentrierte sich auf das Gemälde.

Die Kälte.

Jedes Gemälde erzählt eine Geschichte.

Erneut betrachtete sie die Eisschollen, die sich spitz gegeneinanderschoben. Die Kraft, mit der die Eisschollen sich erhoben, war allgegenwärtig. Fast war ihr, als sei es ihr eigenes Leben, das dort im Eismeer sein Ende fand.

Dummes Zeug, dachte sie.

Schüttelte den Kopf.

Ungeduld und Wut zerrten plötzlich an ihr.

Ihre Kindheit, Maxime und Margo. All diese schnöden, faden Erinnerungen, diese Schnappschüsse, wozu waren sie noch gut? Sie war gerade einmal siebzehn und lebte mitten in einem wilden Durcheinander von Dingen.

»Entschuldige …«

Sie wurde aus ihren Gedanken gerissen.

»Ich gehe jetzt.«

Was sollte sie darauf erwidern? »Ja, ist gut.«

»Es war schön, dir zufällig zu begegnen.«

»Ja.«

»Viel Glück«, wünschte er ihr.

»Wozu?«

»Wir alle brauchen Glück, oder etwa nicht?« Er sah sie lange an. »Du hast wunderschöne Augen.« Er ließ sie erst gar nicht zu Wort kommen, plapperte einfach weiter drauflos. »Aber sie sehen sehr traurig aus.« Die unruhigen Finger zupften an der Tolle, die bei jeder Bewegung seines Kopfs auf und nieder hüpfte. »Ich wünsch dir so viel Glück, dass deine Augen wieder zu lachen lernen.«

»Ja«, war alles, was sie zustande brachte.

Er machte auf dem Absatz kehrt und latschte mit beschwingtem Gang aus dem Raum.

Plötzlich war sie wieder allein mit dem *Eismeer.*

Warum passierten ihr andauernd so komische Sachen? Sie starrte dorthin, wo der Junge eben noch gestanden hatte.

Dann wandte sie sich wieder dem Gemälde zu.

All dem Tod.

Eis.

Verderben.

Nein, sie wollte es nicht länger betrachten. Das alles war so seltsam, als folge sie einem Drehbuch, aus dem ihr Vater einen skurrilen Film gemacht hätte. Die Gestalt, die ihr angeblich durch die Nacht folgte, der nervige Typ, der sie hier anquatschte, in den Nachrichten die Berichte über die Wölfe an der Spree, die eingeschlafenen Kinder und die bösen Träume, die so viele Menschen vergangene Nacht angeblich gehabt hatten.

War es ein Zufall, dass all das auf einmal passierte?

»Lebwohl«, flüsterte sie und schaute das Bild an. Auf einmal hatte sie das Gefühl, ganz schnell von hier verschwinden zu müssen.

So ging sie also mit immer schneller werdenden Schritten dem Ausgang entgegen. Der Hals schnürte sich ihr bitterschnell zu, und ihre schmalen Lippen bebten, doch entrann ihren Augen keine einzige Träne, nicht eine einzige, winzige. Es kam ihr so vor, als habe sie alle Tränen am Vorabend bereits vergossen.

Vesper war in die Kunsthalle gekommen, um Abschied zu nehmen. Das hatte sie getan.

Zeit, diese Brücke hinter sich zu lassen.

Sie lief hinaus in die Welt, die ihr an diesem Morgen wie ein verwunschener Wald aus Mauerwerk, Farblosigkeit und Regen vorkam, und schaute nicht mehr zurück. Denn der Anblick für immer eingestürzter Brücken war etwas, was sie heute nicht hätte ertragen können.

Sie zog den Schal enger um den Hals und schlug den Kragen der Jacke hoch; so ging sie zum Alsterufer. Der Wind zerrte an ihrer Kleidung, und das einzige Boot, das verlassen auf dem tiefgrauen Wasser schaukelte, wirkte einsam, ziellos und verlassen.

Vesper inhalierte die kalte Luft und widerstand dem Drang, sich eine weitere Zigarette anzuzünden.

Langsam ging sie an der Alster entlang und betrachtete müde die Fassaden der großen Jugendstilhäuser. Das

Hotel Atlantik Kempinski, das weiße Schloss an der Alster, der Pavillon, der Jungfernstieg und all die anderen edlen Gebäude, die ihren Weg säumten, waren kaum mehr als eine Kulisse an jenem Morgen. Die Autos waren wie wilde Tiere, die ungeduldig, boshaft und hungrig ächzten, mit leuchtenden Scheinwerfern, wütenden Augen gleich, ihren Weg durch den Wald suchten.

Vesper nahm das Handy aus der Tasche und rief ihre Mutter an. Niemand da.

Kurz darauf erhielt sie eine SMS: *Bin zu Hause. Erwarte dich. Bitte komm bald.*

Sie ließ das Handy in ihrer Lederjacke verschwinden und machte sich auf den Weg.

So wanderte sie die Alster entlang, alles andere als begierig darauf, ihr Ziel zu erreichen.

Hin und wieder drehte sie sich ruckartig um, weil sie das Gefühl beschlich, als folge ihr jemand. Nicht zum ersten Mal kam ihr der Gedanke, ob es nicht der seltsame Junge aus der Kunsthalle sein konnte, der ihr nachstellte. Aber dann sah sie seine Augen vor sich – so braun, dass man in ihnen versinken konnte, wenn man nicht aufpasste –, und sie schalt sich eine Närrin, so etwas auch nur anzunehmen. Er hatte skurril gewirkt, merkwürdig, aber nicht böse. Nein, das auf gar keinen Fall.

Trotzdem bekam sie ihn nicht aus ihrem Kopf. Er tauchte auf, verschwand wieder.

»Seltsames Leben«, sagte sie laut vor sich hin.

Und nur langsam schlenderte sie weiter.

Leichter Nebel hatte sich über diesen Teil der großen Hafenstadt gelegt, und im traumwandlerischen, von leichtem Nieselregen durchtränkten Herbstnebel war ihr erneut manchmal, als folgten ihr Schritte. Doch jedes Mal, wenn sie anhielt, erstarb das Geräusch, wie von der weißen Wand verschluckt. Konnte es sein, dass sie nicht allein hier draußen war?

»Du spinnst doch«, schimpfte sie sich selbst eine Närrin.

Wieder musste sie an die bösen Wölfe denken, an sie und den Mann mit dem unscharfen Tier auf der Schulter – und sie wunderte sich, wie sehr sie die alten Ängste, die sie als Kind so fest in ihren Fängen gehalten hatten, noch immer heimsuchen konnten.

Wölfe an der Spree?

Noch immer beunruhigte sie etwas an dieser Nachricht, doch sie konnte nicht sagen, was genau es war. Andererseits lenkte sie die Furcht vor den bösen Wölfen von dem ab, was ihr wirklich Kummer bereitete und sie mit einer dumpf nagenden Angst quälte.

Mehrmals blickte sie sich um, doch fand sie keinen einzigen wirklichen Hinweis darauf, dass ihr jemand folgte.

Sie ging am Haus für Kunst und Handwerk vorüber und ließ die großen klassizistischen Häuser der Schmilinskystraße hinter sich.

An einer Ampel wurde sie einer Mutter mit ihrer kleinen Tochter gewahr. Das Mädchen mochte sieben oder acht Jahre alt sein, etwas älter als Greta. Die Kleine trug eine Mütze und einen großen bunten Schulranzen. Die

Mutter, adrett gekleidet in Kostüm und Mantel und teuer geschminkt, zerrte das Kind hinter sich her, und ihre Ungeduld zog ihr die Mundwinkel nach unten.

Vesper und das Mädchen in der roten Jacke sahen einander an, als sie an der Ampel standen, und Vesper lächelte der Kleinen zögerlich, aber aufmunternd zu. Es war ein trauriges und offenes Lächeln, voller Verständnis für die Dinge, die das Mädchen wohl erleben musste, und das Mädchen in der roten Jacke, dessen Namen Vesper wohl nie erfahren würde, lächelte ebenso wissend, zögerlich und ebenso traurig zurück.

Vesper fragte sich, mit welchen Mitteln die überaus streng aussehende Frau ihre Tochter wohl bestrafen würde, wenn sie eine Strafe für angemessen hielt. Sie fragte sich, ob die Frau viel Zeit mit ihrer Tochter verbrachte. Sie fragte sich, ob auch die Kleine gestern eingeschlafen war.

Mädchen, weich vom Wege nicht.

So viele Fragen, so wenige Antworten.

Die Kleine indes starrte Vesper mit großen Augen und fern jeglichen Misstrauens an, und dann bemerkte ihre Mutter die junge Frau in der Lederjacke mit den überaus stark umschminkten Augen. Boshaft funkelte sie Vesper an, und ihr Blick ließ keine Zweifel daran aufkommen, dass sie nichts von ihr hielt. Sie zerrte weiter an ihrer Tochter, die keine Wahl hatte, als ihrer Mutter über die Straße zu folgen.

Vesper seufzte.

Sie dachte an die Märchen ihrer Kindheit und hoffte, dass das Mädchen eines Tages ein Leben finden würde, in dem es sich an der Sonne wärmen konnte. In den Märchen gab es Prinzen, die viele Abenteuer bestanden, um einen zu retten. Doch im richtigen Leben waren die meisten Männer nur sich selbst am nächsten. Die Prinzessinnen mussten ihr Leben selbst in die Hand nehmen, wenn sie dem Schicksal entrinnen wollten.

Sie mussten allein den Ausweg finden.

Du wirst einmal eine von den mutigen Prinzessinnen sein, hatte Amalia ihr immer gesagt.

Glaubst du?, hatte sie ihre Schwester dann gefragt.

Amalia hatte sie auf die Stirn geküsst und geantwortet: *Ich weiß es.*

Meine Güte, das war lange her. So verdammt lange und doch nicht lange genug. Das würde es nie sein, dessen war sie sich sicher.

Vesper schaute den beiden – Mutter und Tochter – hinterher und ging dann weiter ihres Weges.

Nach weiteren fünf Minuten zu Fuß war sie da.

Die Gerippe der kahlen Bäume, die bis über die Straße reichten, wiegten sich im Wind. Sie ließ den Nieselregen ihr Gesicht bedecken und genoss die Kälte auf ihrer Haut.

Zu viele Dinge kamen Vesper wieder in den Sinn. Märchen, die ihr Vater ihr erzählt hatte. Die seltenen Momente, in denen sie gemeinsam mit Margo Kuchen gebacken hatte. Wild durcheinandergeworfene Schnappschüsse, die bunt und schön waren und voller Musik, die so beschwingt und lustig war wie seitdem nie wieder.

Sie betrachtete ihr Spiegelbild im Fenster des Hauses, vor dem sie stand. Sah so jemand aus, der erwachsen war?

Sah so eine mutige Prinzessin aus?

Sie dachte an Amalia und das, was geschehen war. An den Grund für all das, jenen Grund, der bis heute fehlte.

»Komm schon«, sagte sie leise zu sich selbst, »bring es hinter dich.« Keiner ihrer Schritte wollte sie dorthin tragen, wo sie jetzt hingehen musste, aber sie taten es – und als Vesper vor dem Haus ihrer Mutter am Theresienstieg anhielt, da kam ihr der Gedanke, einfach umzukehren.

»Feigling«, zischte sie.

Sie strich sich das Haar aus der Stirn.

Nein, so einfach war das nicht. Sie wusste, dass sie sich der Trauer stellen musste. Und sie wusste, dass sie Angst davor hatte, ihre Mutter verzweifeln und weinen zu sehen.

Aber es gab kein Zurück. Manche Dinge mussten getan werden.

Und da war es – das riesige Haus mit den hohen Fenstern und den mächtigen Säulen, die den Eingang zierten. Einstmals hatte es wohlhabenden Kaufleuten gehört, doch dann, vor bereits zwei Jahren, als die Ehe ihrer Eltern so richtig zu bröckeln begann, hatte Margo Gold es erstanden, weil sie es für standesgemäß hielt, in einer Residenz wie dieser zu leben, wenn sie in Hamburg weilte.

»Ein ganzer Palast für dich allein«, hatte Vesper gespottet. Kaum anders als das Haus in Berlin.

»Für uns«, war die Antwort gewesen, »für uns, Kleines.«

Sie schluckte.

Ganze vier Tage hatte Vesper in diesem Haus gelebt – es war nur eine Lösung für den Übergang gewesen, so lange, bis ihre eigene neue Wohnung bezugsfertig war.

Die langen Korridore, die hohen Räume, die dumpfen Geräusche, die das Gebäude des Nachts machte, hier ein Knarren der Dielen, dort ein Schaben der Türen. Noch heute überkam sie ein Schaudern, wenn sie daran zurückdachte. Das Grundstück war von einer hohen Mauer umgeben, an der Efeu wucherte. Laternen säumten den Weg zum Haus. Die parkähnlichen Anlagen, die das Haus umgaben, waren steril und symmetrisch und perfekt wie alles, was ihrer Mutter in die Finger geriet. Jeder Strauch und jeder Baum war zugeschnitten, jedem Ding war eine Form auferlegt worden, die es, komme, was wolle, beibehalten musste.

Vespers Schritte knirschten auf dem feinen Kiesweg, der zum Haus führte und dabei einen sanften Bogen beschrieb.

Sie sah den eleganten Wagen ihrer Mutter neben dem Haus in der Einfahrt stehen. Einen *Jaguar XJ*, pechschwarz und teuer. Margo Gold wechselte von einer luxuriösen Marke zur nächsten im gleichen Rhythmus, wie ihre Liebhaber kamen und gingen.

Ein eiskalter Wind ließ die Äste der Bäume am schrägen Dach des Hauses schaben.

Wie oft war sie in den letzten beiden Jahren heimlich in der Dunkelheit über das Grundstück in Berlin gelaufen, weil sie zu spät aus der Diskothek oder einem der

Clubs nach Hause gekommen war? Dafür hatte Margo ihr oft zugehört, wenn niemand sonst das getan hatte. Immerhin hatte sie den ersten Liebeskummer ihrer Tochter gelindert und ihr mit Ratschlägen zur Seite gestanden.

Und Maxime?

Während der ersten Tage in Hamburg hatte sie ihren Vater oft angerufen. Sie wollte seine Stimme hören, mit ihm reden, doch nie hatte er sich wirklich die Zeit für sie genommen. Immerzu war er von einem wichtigen Termin zum nächsten gehetzt. Immerzu war er in Begleitung einer neuen gesichtslosen Unbekannten gewesen. Viel zu viele Frauennamen waren gefallen.

Vesper schnaubte.

Nein, geredet hatten sie wenig miteinander. Wenn doch, dann war Vesper es gewesen, die es getan hatte. Denn eigentlich war Amalia sein Liebling gewesen, sein Augenstern, seine Prinzessin.

Vesper stöhnte innerlich auf.

Sie war an der Haustür angekommen.

Kurz zögerte sie, die Klingel zu drücken.

Noch könnte sie umkehren.

Komm bald.

Sie würde einfach wieder nach Hause gehen und ignorieren, dass ihr Vater gestorben war. Es wäre so einfach, das zu tun. Sie dachte an die Beerdigung, die in Berlin stattfinden würde. Sie stellte sich weinende Frauen am Grab ihres Vaters vor, allesamt blutjunge Schauspielerinnen und hübsche Regieassistentinnen, alle theatralisch trauernd, in Taschentücher schnäuzend und enttäuscht, weil er ihnen keine Rollen, Geld und anderes mehr geben würde.

»Tu es einfach«, forderte sie sich selbst auf.

Es würde nicht einfacher werden, je länger sie wartete. Außerdem brauchte Margo vielleicht auch jemanden, mit dem sie reden konnte. Der gestrige Besuch in der Schule schien Jahre zurückzuliegen. So viel war passiert, so viel hatte sich mit einem Schlag geändert.

Langsam streckte Vesper die Hand aus.

Ihr Finger berührte den glänzend vergoldeten Knopf, er war kalt, sie drückte ihn und hörte das Läuten von drinnen.

Sie wartete.

Die Tür öffnete sich schließlich nach einigen Augenblicken mit einem leisen Klicken.

Vesper erwartete ihre Mutter dort stehen zu sehen, doch da war niemand. Jemand hatte die Tür automatisch geöffnet und bot ihr Einlass, das war alles.

Vesper lauschte.

Kein Geräusch war zu hören, nichts, nur Stille. Eine Ruhe, die nicht gut war.

Sie hatte keine Ahnung, was das sollte.

»Margo?«

Vorsichtig lugte Vesper durch den Türspalt ins Innere.

Dann trat sie vor und öffnete die Tür.

»Hallo?« Fast war es, als höre sie die Stimme des kleinen Mädchens, das sie einmal gewesen war.

Nichts, nur Schweigen.

Vesper tat einen weiteren Schritt, sah sich um.

Die Diele ganz aus Marmor war kalt und steril. Eine hölzerne Skulptur, die eine grazile Meerjungfrau auf einem kleinen Felsen darstellte, erhob sich in der Mitte der Diele. Einige chinesische Steinbrunnen plätscherten friedvoll vor sich hin. Modernster *Feng-Shui*-Blödsinn. Der Boden war bedeckt von einem runden Teppich, dessen kaltes Blau, zur Skulptur passend, Wellenmuster aufwies.

Vorsichtig ging sie ins Haus hinein.

Alles war ruhig, noch immer.

Auf dem Treppenabsatz saß ein Buddha aus dunklem Holz, fast so groß wie ein Stuhl.

»Du und dein Eso-Scheiß«, hörte sich Vesper flüstern und dachte an all die Gurus, deren Workshops ihre Mutter besucht hatte.

Sie lauschte.

Immer noch war alles ruhig.

Nichts deutete darauf hin, dass sich außer ihr selbst jemand in diesen Mauern aufhielt. Nicht einmal die Beleuchtung war eingeschaltet. Das Haus war eine Welt aus Schatten und wabernder Stille, die im Schweigen Dinge wisperte, die längst Staub angesetzt hatten.

Verschüttete Erinnerungen kamen zurück. Erinnerungen an Berlin und an Amalia, ihre ältere Schwester. An die Geheimnisse, die jede Familie in ihrer Mitte begräbt und die in Momenten wie diesem offenbar zu werden drohen. Dunkle tiefe Gräber aus Vergangenheit und Falschheit. Kranke Geister aus der eigenen Vergangenheit. Laute,

Gerüche, der Geschmack einer Kindheit und die leise Berührung von toten Teenagerträumen.

Draußen regnete es jetzt heftiger. Sie hörte das Plätschern auf den Steinstufen hinter sich.

Sie schloss die Tür.

Klick.

Es war so unheimlich, wieder hier zu sein. Sie ließ den Blick neugierig und vorsichtig zugleich umherschweifen und fragte sich erneut, warum niemand da war, um sie zu begrüßen.

»Hallo?«, rief sie wieder und wieder in die Stille hinein, während sie langsam weiterging.

Nichts.

Keine Antwort.

An den hohen Wänden hingen teure Wandteppiche, manche so alt wie die Märchen, die ihre Eltern so gemocht hatten. Das mächtige Treppengeländer aus Stein würde jedes Kind dazu einladen, darauf hinabzurutschen, doch Dinge wie diese waren von vornherein verboten gewesen in diesem Haus – wie in dem davor in Berlin. Alles, was nicht mit Musik zu tun gehabt hatte, durfte nur leise und verhuscht daherkommen, damit kein Geräusch die große Pianistin störte.

Wie hatte sie das nur ausgehalten?

Vesper wagte sich tiefer ins Haus hinein.

Alles hier wirkte perfekt, nichts war dem Zufall überlassen. Jede Kommode, jede Pflanze und jeder noch so kleine Gegenstand hatte seinen Platz – und Vesper wusste, dass es ihre Mutter über alle Maßen erzürnen würde, stünde auch nur ein einziger dieser Gegenstände irgendwie anders. Sie würde es bemerken, wenn er nur einen Millimeter verrückt worden wäre.

Feng Shui.

Vesper hielt inne.

Fucking Feng Shui.

Sie war unschlüssig, was zu tun war.

»Margo?«

Beiläufig nahm sie einen Kerzenständer von der Kommode und verschob ihn um einige Zentimeter. Das Lächeln, das sie sich nicht verkneifen konnte, tat gut.

Trotzdem.

Etwas stimmte hier nicht.

Die Lichter waren alle ausgeschaltet. Nichts hier wirkte so, als sei jemand zu Hause.

Sie ging auf den Spiegel zu, der die Diele beherrschte.

Da war nur das Klacken ihrer eigenen Stiefel auf dem Marmorboden.

Ihr Spiegelbild wirkte müde und ausgezehrt – und fast war ihr, als wäre dort tatsächlich ein Abbild des Eismeers in dem hellen Grün ihrer Augen zu erkennen. Vesper suchte in dem Spiegelbild verzweifelt nach dem Mädchen, das einmal bei seinen Eltern gelebt hatte, damals, als diese noch ein glückliches Paar gewesen waren; doch nichts von der kleinen Vesper war mehr übrig.

Diese Stille!

Sie wusste nicht, *was* genau sie erwartet hatte; nur dass sie nicht mit *dieser Situation hier* gerechnet hatte. Nicht mit dieser Stille.

Sie lauschte.

Tief in sich.

Ganz versunken war sie in ihre Gedanken.

Als plötzlich Musik erklang.

Beinah hätte sie aufgeschrien. Die Stille wurde in kleine Fetzen geschnitten, die Vespers angespannte Nerven ein altes Lied singen ließen.

Pling.

Pling, pling!

Pling.

Nur viermal der gleiche Ton.

Grell.

Schrill.

Hart.

Wie Wasser, das auf kaltem Stein zerschellt.

»Verdammt«, murmelte sie und schnappte nach Luft. »Du bist ganz schön im Arsch, Vesper, *Kleines*.« Sie strich sich das Haar aus der Stirn.

Pling.

Pling, pling!

Pling.

Was sollte das?

Warum diese geisterhafte Atmosphäre? Was war hier nur los?

Die Töne des Flügels schwebten durchs Haus wie schnelle Schüsse, gezielt und rhythmisch. Mit jedem Ton, der verhallte, wurde Vesper weiter in der Zeit zurückgeschleudert; so lange, bis sie wieder der Teenager war, der beinah an der Kälte der Musik erstickt wäre. Sie dachte an den schwarzen Flügel und die Gestalt ihrer Mutter davor. Die steife Haltung und das sparsam und kühl dosierte Minenspiel, das äußerste Konzentration und Hingabe an die Kunst ausdrückte.

»Ohne Musik geht es nun mal nicht.« Es tat gut, die eigene Stimme zu hören. Sie nahm einen bei der Hand und ließ nie los, auch wenn der Weg, der vor einem lag, noch so düster sein mochte.

Der Flügel also.

Im Salon.

Oben.

Vesper schaute sich um.

Okay, dann war sie also im Salon.

Pling.

Pling, pling!

Pling.

An den Wänden hingen teure Bilder. Kunstdrucke von japanischen Malern, ein Bild von den Goldmädchen, wie Maxime Gold die Schwestern zu nennen pflegte, wenn er guter Laune gewesen war. Vesper senkte den Blick und vermied es, ihrer Schwester ins Gesicht zu sehen.

Schnell stieg sie die lange Treppe hinauf.

Oben im ersten Stock waren die langen Korridore dunkel, und nur das Licht, das durch die regentropfenbesprenkelten hohen Fenster und die feinen Vorhänge ins Innere fiel, zauberte lange und zerrupfte Schatten auf Boden und Wände.

Pling.

Pling, pling!

Pling.

Das Klavierspiel hörte nicht auf. Die Töne indes waren falsch und verzerrt. Fast klang es so, als wäre es wirklich nur ein einziger Ton, der unterschiedlich laut gespielt wurde; ein einziger Ton, der alles ausdrückte, was sie an diesem Tag empfand.

Trotzdem …

Etwas war nicht richtig.

Vesper spürte es. So sehr, dass sie ihren Herzschlag den Rhythmus der Töne annehmen hörte.

Das Klavierspiel ihrer Mutter war immer voller Anmut gewesen. Eine wahre Virtuosin, das war Margo Gold immer schon gewesen und das hier klang in keiner Weise nach ihr.

Pling.

Pling, pling!

Pling.

Der Rhythmus wurde schneller, je näher Vesper dem Salon kam. Sie stellte sich einen manikürten Finger ihrer Mutter vor, der Nagel feuerrot glänzend, wie er ständig auf ein und dieselbe Taste einhieb.

Pling.

Pling, pling!

Pling.

Sie erreichte den Salon.

Pling.

Pling, pling!

Pling.

Die hohen Türen waren nur angelehnt. Sie öffnete sie.

Pling …

Die Musik erstarb, wie sie begonnen hatte. Die plötzliche Stille war wie ein Schlag ins Gesicht.

Vesper stockte. Ihr Herz pochte noch immer im Takt der Töne. Dann trat sie langsam ein.

Und schon war sie wieder das kleine Mädchen, das zaghaft den Raum betrat, in dem seine Mutter die klassischen Partituren einübte. Das Mädchen, das wusste, dass es nicht stören durfte. In jedem Haus, in dem sie gelebt hatte, war ein Raum wie dieser gewesen, irgendwo. Anfangs war es nur ein kleiner Raum gewesen, ärmlich und karg eingerichtet, mit einem alten Klavier darin; später dann, nach den großen Erfolgen in den Konzerthäusern der Welt, waren die Räume größer geworden, luxuriöser und mit einem teureren und besseren Flügel ausgestattet.

Dieser Raum nun wurde von einem großen Flügel beherrscht, schwarz glänzend und edel und so teuer, dass sein Wert mühelos alles überbot, was Vesper an Krimskrams in ihrer schäbigen Wohnung besaß. Die Möbel im Salon, allesamt kostbare und exklusiv erstandene Antiquitäten mit schillernder Vergangenheit, erzeugten die sterile Eleganz einer Theaterbühne, die, verborgen hinter einem roten Samtvorhang, ihrer alten Eleganz nachtrauerte.

Nein, nichts hier in diesem Haus sah wirklich bewohnt aus, aber so war es schon immer gewesen.

All diese Gedanken, die ihr die Seele fluteten; all die dumpfe Furcht, die verschwunden war – und dann erst bemerkte Vesper die Silhouette der Frau. Sie stand am Fenster und blickte nach draußen. Sie trug schwarze Schuhe mit hohen Absätzen und eine dunkle Weste, dazu einen Schal, grau und ohne Muster. Ihre hohe Gestalt warf einen langen Schatten, der Vesper fast schon berührte.

Etwas war anders.

Mädchen, weich vom Wege nicht.

»Mama?« Ihre eigene Stimme klang brüchig und erschöpft ... und unsicher. Sie klang wie das Mädchen, das sie einmal gewesen war.

»Ich habe es heute Morgen erfahren«, sagte ihre Mutter. Mit einer Bewegung, die wie einstudiert wirkte, deutete sie zum Flügel hinüber. Dort lagen Notenblätter und das *Abendblatt.* Die kleine Vase mit den Blumenornamenten war umgestürzt, und die beiden Orchideen bedeckten die Schlagzeile und das dazugehörige Bild. Die Pfütze hatte die aufgefaltete Zeitung an den Rändern aufgeweicht.

Etwas an ihr ist falsch.

Nicht richtig.

Es war nur ein Gefühl, aber es machte Vesper Angst.

»Ich habe ihn einmal geliebt«, sagte sie.

»Ja, ich weiß.« Etwas Besseres fiel Vesper nicht ein.

Jetzt erst drehte sich Margo Gold zu ihrer Tochter um. Sie trug eine schwarze Sonnenbrille, edel, extravagant und so dunkel, dass man nichts dahinter erkennen konnte. Unpassend in diesem schattigen Raum, aber Margo Gold war niemals in ihrem Leben nicht exzentrisch gewesen.

Was, in aller Welt, war mit ihr passiert? Erst vor einem Tag hatten sie sich im Korridor der Schule voneinander getrennt, doch hatte Vesper das Gefühl, eine vollkommen andere Frau vor sich zu haben.

»Vesper«, sagte sie, als sie ihre Tochter ansah. »Du siehst nicht gut aus.«

»Papa ist tot.« Jetzt hatte sie es ausgesprochen.

»Ja.« Nur dieses eine Wort, sonst nichts. Margo ging zu der Bar in dem Biedermeierschrank und schenkte sich einen Cognac ein. »Möchtest du auch einen?«

Vesper stutzte. »Du bietest mir Alkohol an?«

»Du bist alt genug, warum sollte ich dir keinen anbieten.«

Falsch, falsch, falsch.

Vesper begann sich unwohl zu fühlen.

Sie verhält sich nicht wie Margo.

Etwas stimmte hier nicht, nein, etwas stimmte hier ganz und gar nicht. Sie fühlte sich, als müsste sie ein Bild betrachten, auf dem alles unscharf war – und dieser Gedanke führte sie erneut zu der Gestalt am Hafen und den Schritten, die sie vorhin im Nebel am Alsterufer gehört zu haben glaubte.

Hüte dich vor den Wölfen.

Etwas war falsch, einfach falsch im Sinne von überhaupt nicht richtig. Doch was dies war, konnte sie nicht sagen.

»Was ist mit Papa passiert?«

»Er hatte einen Unfall.« Margo Gold umkreiste ihre Tochter und ließ sie nicht aus den Augen.

»Einen Unfall?« Vorhin noch hatte Vesper das Verlangen verspürt, ihre Mutter zu umarmen, doch jetzt erfüllte sie der Gedanke, sich ihr auch nur kurz zu nähern, mit einem Abscheu, den sie sich nicht erklären konnte.

Ich habe Angst vor ihr.

»Sagte ich das nicht?« Etwas war mit ihrer Stimme. Auch sie wirkte falsch und unscharf.

Ich fürchte mich vor ihr, wie ich mich damals vor dem Wolf in meinem Traum gefürchtet habe.

Margo Gold trat auf ihre Tochter zu, und ihre schmalen Lippen entgleißten zu einem bösartigen Lächeln. Etwas tief unter ihrer Haut schien sich zu bewegen.

Vesper wich angeekelt zurück.

»Ich habe dich so sehr vermisst, Kleines«, säuselte Margo Gold. »Du bist die einzige Tochter, die mir noch geblieben ist.«

Es ist ihre Stimme.

Etwas knirschte in ihrem Mund.

Sie ist nicht richtig, nicht ganz … als würde sie sich Mühe geben, wie Margo zu klingen.

Vesper musste schlucken. Den Geruch, den ihre Mutter verströmte, kannte sie nicht.

»Amalia – sie hat geahnt, was geschehen wird, deswegen nahm sie sich das Leben.«

»Wovon sprichst du?«

Margo Gold starrte sie nur an, und Vesper erkannte ihr eigenes bleiches Spiegelbild in der Sonnenbrille ihrer Mutter.

»Was soll das alles?«, schrie Vesper sie unvermittelt an.

Hüte dich …

»Du hast natürlich keine Ahnung, mein Kind.« Die Stimme, die noch immer die Stimme ihrer Mutter war, dehnte sich und wurde zu einem Geräusch, das die Laute menschlichen Lachens kopierte, kaum mehr. »Hat Maxime dir nicht noch einen Brief geschickt, zum Abschied?«

Vesper war wie erstarrt. »Nein«, stammelte sie. Wovon redete sie nur?

Erneut fiel ihr Blick auf den Flügel.

Warum trägt sie die Sonnenbrille?

Sie trat einen Schritt zur Seite.

»Warum hast du diese Melodie gespielt?« Sie drückte eine Taste nach unten, weil sie wusste, dass ihre Mutter es nicht ausstehen konnte, wenn jemand ihr Instrument berührte.

Klack.

Vesper hielt inne, starrte die Taste an, dann ihre Mutter.

Klack.

Klack.

Kein Ton.

»Warum …?« Vesper stockte.

Ihre Mutter war ordentlich, außerordentlich pedantisch. Und der Flügel sah nicht so aus, als gehöre er Margo Gold. Die Notenblätter standen verkehrt herum im Ständer. Da war eine Pfütze unter der Vase. Die aufgeweichte Zeitung mit den Schlagzeilen des Tages.

»Du hast eben nicht meine Begabung«, sagte Margo Gold, die den Blick ihrer Tochter bemerkt hatte. »Du hast überhaupt keine Begabung. Deswegen entlockst du dem Flügel auch keinen Ton.«

Vesper starrte nur das Instrument an. Ihr Herz schlug in rasendem Tempo.

Sie drückte die Taste erneut.

Klack.

Klack.

Dann die anderen Tasten.

Klack, klack, klack.

Die meisten Tasten ließen sich nur schwer herunterdrücken. Weil etwas sie blockierte.

»Nun?«, säuselte Margo Gold. »Neugierig?«

Benommen hob Vesper den Deckel an.

Das Geräusch, das ihrer Kehle entrann, war wie Sterben, nur anders.

Sie schrie auf, noch bevor sie verstand, was sie sah.

»Mama, oh Gott«, stammelte sie.

Ihr schwindelte, sie konnte kaum atmen.

Denn das, was im Innern des Flügels war, überforderte ihren Verstand, und ein Schock, so wild und mächtig wie nichts, was sie jemals zuvor in ihrem Leben empfunden hatte, bohrte sich ihr ins Herz und schleuderte es einem Abgrund entgegen, mit dem sie niemals, nicht in ihrem schlimmsten Albtraum, je gerechnet hätte. Das Bild, das sich ihr dort bot, war mit nichts zu vergleichen, was sie jemals gesehen hatte. Die Wirklichkeit, die sie gekannt hatte, zersplitterte und ließ alles in ihr erbeben.

»Du neugieriges, neugieriges Kind«, hörte sie eine Stimme sagen.

Vesper hustete, schnappte nach Luft.
Konnte den Blick nicht abwenden.

Das Innere des Flügels war voller Pflanzen, die ihre Ranken um den Körper einer Frau wanden. Da waren gekrümmte Dornen, die sich in die Haut bohrten. Es pulsierte, was immer es war.

»Mama«, keuchte sie wieder und wieder, ganz weinerlich und schwach. Sie wusste nicht, wie lange sie ihre Mutter nicht mehr so genannt hatte, aber jetzt tat sie es. Sie schlug die Hand vor den Mund, um einen weiteren Schrei zu unterdrücken.

Nein, das konnte nicht wirklich sein.

Hüte dich …

Margo Gold war tot.

Einfach so.

Sie lag mit verrenkten Gliedmaßen in ihrem Flügel und atmete nicht mehr. Die Ranken der Pflanze steckten ihr in Mund, Nase und Augenhöhlen. Dunkles Blut rann ihr über das leblose Gesicht, und die Enden der Pflanze schienen dieses Blut so gierig zu trinken, als fürchteten sie, der Strom könne versiegen. Rosarote Blüten öffneten sich an den grünen Ranken und wisperten zischend wie winzige Schlangen, als sie Vesper bemerkten, und in ihnen schrien kleine Gesichter, die alle wie das Gesicht ihrer Mutter aussahen.

Vesper ließ den Deckel los.

Mit einem lauten Knall schlug er zu.

Sie wich zurück.

Zitterte am ganzen Leib.

Was ging hier nur vor?

Das Wesen, das wie ihre Mutter aussah, stand plötzlich vor ihr. Es verzog das Gesicht zur Grimasse eines Lächelns.

»Was ist hier los?«, schrie Vesper. Die Panik explodierte in ihr. Sie schnappte nach Luft.

Alles drehte sich ihr vor Augen.

Nein, nein, nein!

Sie durfte das Bewusstsein nicht verlieren. Nicht hier, nicht jetzt. Das wäre ihr Ende, sie wusste es.

Zornig und verwirrt riss sie ihrem Gegenüber die Sonnenbrille vom Gesicht.

Und schrie erneut auf.

Taumelte weiter nach hinten zurück.

Denn die Kreatur, die wie ihre Mutter aussah, hatte überhaupt keine Augen mehr. Da, wo die Augen hätten sein sollen, waren Stücke von einem zerrissenen weißen Laken auf die Haut aufgenäht. Und auf diese Lumpenfetzen waren mit schwarzer Farbe große starre Augen aufgemalt worden, kindlich verzerrt und weit aufgerissen.

»Sieh mich nur an«, sagte das Ding, das wie ihre Mutter aussah. »Sieh mich an und hab keine Angst. Du bist zu mir gekommen, Vesper. Nur darauf habe ich so lange gewartet.« Es gluckste in ihr, was einem Lachen wohl am nächsten kam. »Dafür bin ich geschaffen worden.« Das Ding stellte die große Flasche Cognac seelenruhig auf dem Flügel ab.

Vesper wich nach hinten zurück.

»Wenn du willst, dann bin ich deine Mutter.«

»Was …« Die Worte zerbrachen ihr im Hals.

»Lass mich deine Mutter sein«, säuselte das Ding. »Nur ganz kurz, bitte, nur ganz kurz.«

Hinter der Kreatur bewegte sich etwas in dem schattenhaften Dämmerlicht des Salons.

Ein großer Wolf stand dort. Ruhig. Abwartend. Mächtig.

Vesper schluckte.

Sie spürte, wie ihre Beine unkontrolliert zu zittern begannen.

Nein, das konnte nicht sein. Ihr Leben stellte sich auf den Kopf, und nichts von alledem ergab einen Sinn.

»Was bist du?«, keuchte Vesper. Sie wusste nicht einmal, wen von beiden sie meinte.

Meine Güte, ihre Mutter war tot.

Margo Golds Leichnam lag in dem Flügel.

»Was …?« Erneut versagte ihr die Stimme.

Das Ding, das wie ihre Mutter aussah, kicherte, und winzige Brocken dunkler Erde fielen ihm aus dem Mund. *»Knusper, knusper, knäuschen«*, zischte es, eine alte Melodie summend, *»wer knuspert an meinem Häuschen.«* Es kicherte, und es klang, als müsse sich das Margo-Ding gleich übergeben.

Der Wolf indes stand nur knurrend da und fixierte Vesper. Er war groß, und die Muskeln unter dem Fell zeichneten sich deutlich ab, sobald er sich bewegte. Speichel troff ihm von den Lefzen, und er schien zu lächeln. »Du bist vom Weg abgekommen, Kleines«, knurrte er tief und spottend. »Weißt du denn nicht, dass junge Mädchen das nicht tun sollen?«

Vesper wusste nicht mehr, wie ihr geschah.

»Du redest ja«, stammelte sie.

Der Wolf neigte den Kopf ein wenig zur Seite. »Ist nicht schwierig«, fauchte er.

Vesper dachte an die Märchen ihrer Kindheit. Und instinktiv spürte sie, dass ihre Mutter wirklich tot war. Sie hatte den Leichnam natürlich gesehen und sofort gewusst, dass ihre Mutter tot war. Aber jetzt *fühlte* sie es. Die dumpfe Trauer, die ihr Herz und Verstand flutete, ließ sie hilflos und ratlos in diesem widersinnigen bedrohlichen Augenblick zurück.

Sie schaute ihr Gegenüber an.

Was immer diese Kreatur war, sie war eine Kopie ihrer Mutter. Ein Köder, eine Falle, was auch immer. Bruchstückhaft setzte ihr entsetzter Verstand die Puzzlestücke zusammen. *Dafür bin ich geschaffen worden.* Doch das Bild, das sie sah, ergab keinen Sinn. *Lass mich deine Mutter sein.* Die Kreatur stand da und beobachtete sie.

Und dann der Wolf.

Vesper hätte am liebsten panisch losgelacht.

Woher kam dieser Wolf, der genauso aussah wie der Wolf ihrer Kindheit? Es gab keine Wölfe in Hamburg. Mit Sicherheit gab es überhaupt keine Wölfe, die wie der Wolf aus ihrer Kindheit aussahen. Das große schwarze Biest aus ihren Träumen. Der Räuber, den sie in einem illustrierten Märchenbuch ihres Vaters zum ersten Mal gesehen hatte, als sie keine sechs Jahre alt gewesen war.

»Was wollt ihr von mir?« Die Frage galt beiden, dem Margo-Ding und dem Wolf.

Das Margo-Ding schwieg.

»Ich bin der böse Wolf«, sagte der böse Wolf, und seine Stimme war heiß und warm wie der Tod, den er in die Welt brachte.

»Was willst du von mir?«

Die Raubtieraugen suchten ihren Blick. »Ich werde dich fressen.«

Sie schluckte. Alles, was ihr zu sagen einfiel, war: »Blödsinn!«

Der böse Wolf trat näher. »Du hast so schöne große Augen«, knurrte er. »Die werden mir am besten schmecken.« Die spitzen Krallen machten leise schabende Geräusche auf dem Parkettboden. »Und dein frischer Körper; nichts gleicht dem Geschmack von zartem Fleisch, wenn es jung ist.«

Vespers Knie zitterten.

Das konnte doch nur ein Albtraum sein!

»Warum willst du mich fressen?« Stellte sie dem bösen Wolf wirklich diese Frage? Fast hätte sie lachen müssen, so absurd war die Situation.

Der Wolf hielt inne und sah überrascht aus. Dann sagte er: »Du bist eine von ihnen.«

Vesper hatte keine Ahnung, was er meinte. »Eine von ihnen?« Was hatte das zu bedeuten?

»Ich werde dir keine Erklärung geben«, antwortete der Wolf. »Ich werde dich einfach nur fressen.«

»Kein Brief, kein nichts«, teilte das Margo-Ding dem großen Tier mit.

Das Grollen in der Kehle des Wolfes war die einzige Antwort, die durch den Raum donnerte.

»Er wird dich in Stücke reißen«, sagte das Margo-Ding, »und dann wird er die Stücke verschlingen. Eines nach dem anderen. Und nichts, mein Kind, rein gar nichts, wird mehr von dir übrig bleiben.« Traurig fügte die Kreatur hinzu: »Und dann bist du nie meine Tochter, und ich werde nie deine Mutter sein.«

Vesper schüttelte den Kopf.

Das war Irrsinn.

Wurde sie verrückt? Fühlte es sich so an, wenn man den Verstand verlor?

Sie dachte an die Zeitungsmeldung.

Wölfe an der Spree?

Und an die Warnung ihres Vaters.

Hüte dich vor den Wölfen.

»Die Zeit ist um«, knurrte der Wolf und setzte zum Sprung an.

Vespers Hände suchten instinktiv ihren Weg in die Taschen ihrer Lederjacke. Während sie darin herumkramte, wich sie weiter nach hinten zurück. Wolf und Margo-Ding folgten ihr. Schließlich hielt sie ihr Deo-Spray in den Händen, eine kleine Dose.

Das große Tier knurrte belustigt. »Die wird dir nicht helfen.«

Sie sah dem bösen Wolf in die stechenden Augen, während ihre andere Hand wie mechanisch das Feuerzeug anzündete.

Der Wolf stieß sich vom Boden ab. Ein tiefes Grollen entrang sich seiner Kehle, und die weißen Zähne blitzten auf.

Vesper hielt das Deo-Spray hinter das Feuerzeug und sprühte eine Ladung Lavendelduft mitten in die Flamme hinein.

Sofort züngelte eine große Stichflamme nach dem nahenden Ungetüm und traf es zwischen den Augen und an der Schnauze. Vesper wich zur Seite aus, und der Wolf stürzte an ihr vorbei. Die Kreatur heulte laut auf und rollte sich auf dem Boden hin und her. Ohne Zeit zu vergeuden, trat Vesper auf den Wolf zu und sprühte erneut in die Flamme. Das zottige Fell brannte jetzt an einigen Stellen, und es roch nach verkohltem Fleisch.

Der Wolf heulte, und aller Zorn der Welt wehte in diesem Heulen durch das einsame Haus.

Vesper wartete nicht ab, was als Nächstes passieren würde.

Sie richtete Flamme und Spray auf das Margo-Ding und setzte es in Brand. Das Ergebnis erstaunte sie selbst am meisten. Hatte der Wolf erst langsam zu brennen begonnen, so entzündete sich das Margo-Ding lichterloh, sobald die erste Flamme es berührt hatte. Die Kleider schälten sich ihm von der Haut, und es sah aus, als seien es gar keine richtigen Kleider, sondern nur ein Teil der Illusion, die dieses Wesen war. Grüne Flüssigkeit, die wie Pflanzensaft aussah, lief aus den Wunden, wenn die Flammen die Haut aufplatzen ließen.

Das Wesen kreischte wie am Spieß und schlug sich mit den Händen gegen den Kopf, von dem Teile abbrachen. Das Margo-Ding brannte ab wie eine trockene Pflanze und wankte dabei durch den Salon, stieß gegen den Flügel, torkelte weiter zum Fenster, wo es sich in den Vorhängen verfing.

Vesper rannte zum Flügel, griff blindlings nach der Flasche Cognac und zerschlug sie an dem harten Holz. Den abgebrochenen Flaschenhals in der Hand, sprang sie zögerlich vor und stieß dem winselnden Wolf die zackige Flasche ins brennende Gesicht.

Der große Wolfskopf zuckte zur Seite, und mit der kräftigen Schnauze riss er ihr den Flaschenhals aus der Hand.

Vesper fluchte.

Der Wolf heulte wütend auf.

Die langen Vorhänge, in denen sich das Margo-Ding verheddert hatte, fingen augenblicklich Feuer, das gierig nach allem leckte, was brennbar war. Die winzigen Flammen krochen über die Tapete, Funken stoben hinab zu den Sesseln.

Vesper rannte aus dem Raum.

Sie musste fort von hier, so schnell es ging. Sie hatte keine Ahnung, ob sie den Wolf außer Gefecht gesetzt hatte, und sie wollte nicht abwarten, bis sie eine Antwort auf diese Frage erhalten würde.

Also rannte sie.

Die Korridore erschienen ihr lang und endlos, glichen den Bildern, die einem normalerweise nur in Albträumen begegneten. Vesper hatte das klamme Gefühl, dass sie, je schneller sie lief, umso langsamer vorankam. Die Räume dehnten sich in die Ferne, natürlich nur in ihrer Vorstellung, das hoffte sie, und nach Sekunden, die ihr wie zäh verrinnende Stunden vorkamen, erreichte sie endlich das Treppenhaus. Sie nahm mehrere Stufen auf einmal, stolperte, stürzte.

»Mist«, fluchte sie.

Rappelte sich auf.

Die Hüfte und das rechte Bein schmerzten, doch das ignorierte sie. Alles, was jetzt wichtig war, lag vor ihr. Die Tür nach draußen, der Kiesweg, hinaus in die Stadt. Sie musste dorthin, wo Menschen waren.

Von weiter oben hörte sie ein wütendes Heulen.

Es kam näher.

Schauerlich hallte es durch die Korridore.

Der böse Wolf, dachte sie, meine Güte, der böse Wolf ist hinter mir her, ist das denn zu glauben?!

Vesper stürmte zur Tür, riss sie auf, stolperte nach draußen.

Da!

Wieder das laute Wolfsgeheul.

Die Bestie näherte sich schnell, und bang fragte sich Vesper, ob sie dem Wolf überhaupt würde davonlaufen können.

Sie bebte vor Angst, lief mit offener Jacke weiter.

Die kalte Luft schlug ihr ins Gesicht und brachte ihr das Bewusstsein und klarere Gedanken zurück.

Hinter sich hörte sie Fensterglas bersten.

Sie hob den Blick und sah, wie Flammen wild aus den Fenstern züngelten.

Irgendwo hinten, im Schatten der Bäume, heulte ein Wolf.

DER Wolf.

»Oh, Gott«, entfuhr es ihr, »das gibt's doch nicht.« Sie konnte die Gestalt des Tieres, das sich ihr näherte, erkennen. Sie war wieder fünf Jahre alt und in einen schlimmen Traum gefallen.

Der böse, böse Wolf.

Sie rannte los.

Hinter sich hörte sie erneut Fensterglas bersten. Das Feuer breitete sich also schnell aus.

Du bist eine von ihnen, hatte der Wolf gesagt. Die Worte tauchten aus ihrer Panik auf wie Luftbläschen.

Was, zur Hölle, hat er damit gemeint?

Der Schatten näherte sich, schnell und unbarmherzig. Der große Wolf rannte über den Rasen, und Vesper fühlte sich im allerschlimmsten Traum ihrer Kindheit gefangen: *Sie rennt über eine Wiese, in deren Mitte ein knorriger Baum steht, das Gras ist hoch und weht im Wind, und dann sieht sie den Wolf, der schwarz und hungrig auf sie zukommt.* Verdammt, sie wusste einfach, dass dies der Wolf aus ihren Träumen war. Er sah nicht aus wie ein echter Wolf, nein, irgendetwas war anders an ihm. Und als sie ihn jetzt im Licht des grauen Tages sah, da wusste sie, was es war.

Er sah wie gezeichnet aus.

Das Schwarz seines Fells war zu schwarz, um natürlich zu sein. Die Umrisse waren zu schemenhaft, um wirklich zu sein.

Der Wolf, der ihr folgte, war der Wolf aus den Träumen des kleinen Mädchens, das sich allein in der Nacht gefürchtet hatte.

Jetzt war er hier.

Ihre Mutter ermordet, ihr Vater tot.

Sie war allein, ganz allein.

Verzweifelt suchte ihr Verstand nach Antworten, doch welche sollten das sein?

Du bist jetzt ein Waisenkind.

Skurrilerweise war dies der erste klare Gedanke, der sich manifestierte.

Du bist ein Waisenkind.

Sie stolperte, stürzte.

Du bist jetzt frei.

Sie keuchte. Erbebte in einem Anflug von Erleichterung, der ihr irgendwie unpassend erschien.

Schnell war sie wieder auf den Beinen.

Die Wolfsbestie kam näher.

Sie schaute nach vorn, zum Tor. Dahinter lag der Theresienstieg mit seinen Passanten und dem Verkehr. Sie hörte die Autos und die Geräusche der Stadt, ja, dort wäre sie sicher.

Oder?

Vesper rannte den Kiesweg hinab, so schnell es ging. Hinter sich hörte sie die Bestie keuchen. Sie vermied es, einen Blick zurückzuwerfen; nein, das wäre ein Fehler gewesen. Sie wusste, was ihr auf den Fersen war. Der wilden Bestie in die glühenden Augen zu blicken würde an der Situation nichts ändern.

Weiter, weiter, weiter!

Nur diese Worte schrien in ihr.

Du schaffst es.

Musst es schaffen.

Vesper erreichte das Tor und taumelte auf die Straße.

Blickte panisch umher.

Es war einmal …

Einige Passanten starrten sie überrascht an. Doch keiner eilte ihr zu Hilfe, weil sie nicht wie jemand aussah, dem man freiwillig seine Hilfe anbot. Vesper spürte, wie die Passanten sie anfunkelten, wohlbetuchte Leute aus der Gegend und ablehnend allem Fremden, Seltsamen und weniger Wohlbetuchten gegenüber. Keiner von denen hatte seine Eltern beide an einem einzigen Tag verloren, keiner von denen war auf der Flucht vor einem bösen Wolf, der sprechen konnte.

Vesper rieb sich die Augen, wischte sich den Schweiß von der kalten Stirn.

Ja, ihr wurde bewusst, dass niemand ihr Schicksal teilte, und das machte sie wütend, selbst jetzt, in dieser ausweglosen und gefährlichen Situation. Vesper Gold war einfach nur verzweifelt, und all der Druck, der auf ihr lastete, entlud sich in abfälligem Hass gegenüber diesen Menschen, die sie noch nie zuvor in ihrem Leben gesehen hatte.

»Und was jetzt?«, flüsterte sie außer Atem.

Dann blickte sie zurück über die Schulter, und was sie sah, gefiel ihr noch weniger als der böse Wolf.

»Na, klasse«, entfuhr es ihr.

Der Wolf war verschwunden. An seiner statt stand nun ein großer Mann auf dem Rasen. Er war unscharf und so schwarz wie eine Kohlezeichnung in einem Kinderbuch. Und er kam auf sie zu.

Und Vespers Verstand? Der akzeptierte vorbehaltlos, was sie sah.

Sie hatte bisher nie daran geglaubt, dass es Kreaturen wie die aus den Horrorfilmen und Märchen gab, aber was sie gesehen hatte, stand ihr noch klar vor Augen – und das, was man sah, konnte man doch glauben, oder?! War das denn nicht auch eine der Gewissheiten, die die alten Märchen einem Kind mit auf den Weg gaben?

In Wirklichkeit hatte sie keine Ahnung, was diese Kreatur war, ob Wolf oder Mensch, Werwolf oder Gestalt aus dem Märchenbuch ihrer Kindheit. Das Ding war hinter ihr her, und das war alles, was jetzt zählte. Es sah aus wie eine Radierung, Konturen, Schwärze, kaum mehr.

»Egal«, keuchte sie.

Sie musste von hier fort. Sie wollte sich nicht ausmalen, was ihr widerfahren würde, brächte dieses Ding sie in seine Gewalt.

Also rannte sie.

Sie lief den Theresienstieg entlang, dorthin, wo Menschen waren. Inständig hoffte sie, dass sie die Gesellschaft vieler Menschen schützen würde, dass das Ding vielleicht von ihr ablassen würde und sie ihm entkommen würde. Sie rannte und rannte, am Schwanenwik entlang, durch die engen Gassen und verwinkelten Straßen von St. Georg, vorbei an den Gay-Cafés und Clubs, Restaurants und kleinen Geschäften. Traurig abgewrackte Jugendstil-Altbauten, schmierige Sexshops und Ramschsupermärkte flogen an ihr vorbei wie Traumfetzen, und niemand auf der Straße schenkte ihr Beachtung.

Hin und wieder warf sie einen Blick zurück und wurde der Silhouette des dunklen Mannes gewahr, der ihr folgte. Sie wusste nicht, ob der Mann und der böse Wolf die gleiche Kreatur waren, aber das war auch nicht wichtig. Ohne Zweifel gehörten die beiden zusammen, irgendwie.

Du bist eine von ihnen.

Vesper fühlte sich elend.

Gejagt.

Verloren.

Nie war ihr die Stadt grauer und kälter vorgekommen als heute. Die Luft roch nach Schnee, und das Herbstlaub wehte ihr um die Füße, als wolle es alle Spuren verwischen.

Vesper Gold rannte.

Den ganzen langen Weg bis zur großen Kuppel des Bahnhofs trugen sie ihre Beine, vorbei an der Kunsthalle, hinein ins Getümmel der weiten Wandelhalle mit all ihren Geschäften und den Massen umhereilender Menschen, die keine Blicke füreinander hatten und nur ihren kleinen persönlichen Terminen nachhetzten.

Vor dem Blumenladen neben der Buchhandlung blieb Vesper stehen, doch nur kurz. Die Gerüche der Schnittblumen trafen saftig und dicht ihre Nase und erinnerten sie an die hungrigen Ranken, die den Leichnam ihrer Mutter in dem Flügel umschlungen gehalten hatten.

Alles dort würde jetzt ein Opfer der Flammen werden.

Das Haus am Theresienstieg.

Margo Gold.

Erneut dachte sie den Gedanken, der ihr das Herz zerriss und zugleich die Freiheit bedeutete: Sie war jetzt allein in der Welt. Ihre Familie gab es nicht mehr. Sie war nur Vesper Gold, eine gewöhnliche Schülerin auf der Flucht.

Du bist eine von ihnen.

Vesper hob den Blick, schloss kurz die Augen, öffnete sie sofort wieder.

Die Glas- und Stahlkonstruktionen des Hauptbahnhofs spannten sich über den Menschen, die alle hektisch durcheinanderliefen. Geschäftsleute mit Laptops, die wichtigtuerisch in ihre Telefone nuschelten; Reisende mit vielen Koffern, die rücksichtslos ihre Wagen durch den Tumult steuerten; Kinder, die fassungslos an den Händen ihrer Eltern durch die Halle gezogen wurden, die faszinierten Blicke offen für jedes noch so alltägliche Wunderwerk, das jemand jenseits der zwanzig gar nicht mehr registrierte.

Vesper schaute zum Eingang der Halle.

Da war sie – die Kreatur!

Der Wolf.

Der Mann.

Der Schemen.

Was auch immer er war.

Er war noch immer da.

Drüben am Eingang zur Wandelhalle stand er und streckte das Gesicht in den Wind. Er sah aus wie jemand, der lange und tief Witterung aufnimmt und nicht lockerlassen wird. Sein schattenhaft gesichtsloses Antlitz wandte sich ihr zu, er hatte sie entdeckt.

Panisch rannte Vesper weiter.

Sie sah zwei Polizisten in ihren blauen Uniformen und mit den demonstrativ zur Schau getragenen Waffen und Walkie-Talkies. Sofort wusste sie, dass sie von den beiden keine Hilfe zu erwarten hatte. Was hätte sie ihnen denn schon sagen können? Dass ihre Mutter tot in einem Flügel lag, begraben unter den Ranken einer seltsamen Pflanze; in einem Haus am Theresienstieg, das in eben diesem Augenblick bis auf die Grundmauern abbrannte?

Nein, sie konnte dieses Wissen mit niemandem teilen. Nicht hier, nicht jetzt.

Wo also sollte sie hin?

»Denk nach, denk nach«, flüsterte sie. Doch ohne weiter nachzudenken, lief sie zu den Zügen, die nächste Rolltreppe hinab zu einem der Bahnsteige, weil ihr der Rückweg in die Stadt hinaus von dem bösen Wolf versperrt war. Der Gesichtslose, der einmal der böse Wolf gewesen war, folgte ihr dicht, sie spürte es.

Also mobilisierte sie ihre letzten Kräfte und lief weiter und weiter.

Der Gesichtslose kam ihr unverdrossen hinterher.

Dann fiel Vesper etwas auf, was ihrer Furcht Nahrung gab: Die anderen im Bahnhof umhereilenden Passanten schienen die etwas unscharfe Gestalt kaum zu beachten. Die Leute machten Gesichter, als ließe sie etwas frösteln, und traten zur Seite, um ihn durchzulassen. Es sah aus, als streife sie die Erinnerung an kindliche Albträume, aber keiner von ihnen drehte sich nach dem Mann um, der auch hier, im grellen Licht der Neonröhren, kaum mehr als ein Schemen war, nicht Mensch, nicht Wolf, nur ein eben erwachtes Ding aus einem bösen Traum. Er floss wie eine geflüsterte Drohung durch die Lücken in dem Menschenmeer und kam auf sie zu, unaufhörlich.

Die Fahrplananzeige flackerte.

Der Intercity *Altona* würde in dreißig Sekunden nach München abfahren.

Vesper lief den Bahnsteig entlang, obwohl ihr die Füße wehtaten, während überall Menschen in den Zug einstiegen, Koffer schleppten und sich hektisch und rücksichtslos gebärdeten. Die Schaffner standen teilnahmslos in der Menge und warteten darauf, endlich den Zug besteigen zu können.

Und ihr Verfolger?

Sie konnte ihn erkennen.

Der Gesichtslose war jetzt ebenfalls auf dem Bahnsteig. Er glitt durch die Trauben von Reisenden und ließ nicht von ihr ab. Definitiv trug er keinen Mantel mit Silberknöpfen.

Vesper lief weiter, zwängte sich durch die Menge, bis der Zug kurz vor der Abfahrt war.

Sie sprang durch die nächste Türöffnung und kam für Sekundenbruchteile zur Ruhe.

Das nervige Piepsen erklang überall im Zug, und die fluchenden Reisenden schoben ihr sperriges Gepäck durch die Gänge. Eine sterile Stimme kündigte die Abfahrt an.

Jetzt!

Vesper warf schnell einen Blick nach draußen auf den Bahnsteig.

Der Gesichtslose war fort. Jedenfalls war er nicht mehr zu sehen.

Doch Vesper atmete nicht auf, nein, noch nicht. Der Gesichtslose, dessen war sie sich sicher, war weiter vorn in den Zug eingestiegen. Konnte es also sein, dass ihr Plan tatsächlich aufging?

Bevor die Tür sich endgültig schloss, schlüpfte Vesper wieder nach draußen. Sie strauchelte, stolperte gegen einen Passanten, der sie wütend von sich stieß, erlangte die Balance zurück, kam zum Stehen.

Ohne abzuwarten, lief sie auf die nächste Treppe zu. Es galt, keine Zeit zu verlieren. Sie erklomm die vielen Stufen, so schnell es ihr möglich war, und warf schließlich einen Blick zurück.

Der Gesichtslose war nicht auf dem Bahnsteig.

Keuchend hielt sie sich am Geländer fest. Starrte auf den Bahnsteig unter sich.

Der Zug fuhr weiter, und während sich die Reisenden auf dem Bahnsteig in den Fenstern des fahrenden Zuges spiegelten, erkannte sie den ausgefransten und schwarzen Schemen des Gesichtslosen hinter einem der Fenster.

Der böse Wolf war erst einmal fort.

»Gute Reise«, murmelte Vesper und schnappte nach Luft.

So verließ sie den Bahnhof.

So entkam sie dem Wolf.

Allein, erschöpft und besinnungslos vor Angst, kehrte sie eine halbe Stunde später in ihre kleine Wohnung zurück. Wie benommen nahm sie die Post aus dem Briefkasten, schlurfte die enge Treppe hinauf, hörte die hölzernen Stufen knarren und betrat ihr Zuhause hoch oben unter dem Dach. Sie ging zur Heizung unter dem Fenster, das voller verlorener Regentropfenrinnsale war, sank erschöpft zu Boden und umschlang die angewinkelten Beine mit den Armen, ganz fest.

Vesper Gold verharrte dort, bis die Nacht hereinbrach. Sie zitterte, verzweifelte, und als es draußen zu schneien begann, da zerbrach das Eismeer in ihren Augen endlich zu heißen, bitteren Tränen.

Eine verwehte Spur aus Rosenstaub

Es gibt Augenblicke, in denen bleibt einem keine einzige Lüge mehr, hinter der man sich verstecken kann. Die bitter schmeckenden Gewissheiten des Lebens verbergen sich nicht länger in dem Versteck, das man ihnen mühsam geschaffen hat. Sie stehen aufrecht da und neigen den Blick nicht länger zu Boden. Die Worte aus ihrem Mund sind klar und schneidend, und es gibt nichts, was dann noch Trost zu spenden vermag.

Vesper Gold wurde dieser schmerzhaften Gewissheit ihres jungen Lebens durch ein Meer von Tränen gewahr, als sie erschöpft in ihrer kleinen Wohnung kauerte und vor Verwirrung und Trauer kaum einen Gedanken fassen konnte. Sie betrachtete schluchzend all die Bilder, die sich so lange schon in ihr aufgestaut hatten. Vesper weinte und spürte den Schmerz, der ihr Herz, Zuversicht und Glauben gleichsam zu zerreißen drohte.

»Warum?«, fragte sie sich.

Wieder und wieder und immer nur wieder.

Denn sie wusste jetzt, wie sehr sie ihre Eltern geliebt hatte. Sie wusste, dass sie es ihnen nie wieder würde sagen können. Ja, das war die bittere Gewissheit, die ihr der Tag gebracht hatte. Und sie fragte sich, ob ihre Eltern sie vermisst hatten.

Sie schloss die Augen, fest, so fest, doch wenn sie dies tat, dann sah sie nur jenes Bild vor sich, das sie zu vergessen trachtete. Margo Gold, deren Körper tot und verrenkt in dem Flügel lag.

Wie war sie gestorben?

Hatte sie leiden müssen?

Hatte sie Reue gefühlt?

Angst?

Verzweiflung?

Wusste sie, warum man sie getötet hatte?

Vesper dachte an die schönen Momente ihrer verdrängten Kindheit; an eine Mutter, die exotische Gerichte kochte, wenn sie einmal zu Hause war, in kaum mehr als einer kurzen hektischen Pause, bevor sie zur nächsten Tournee aufbrach.

Verdammt, warum musste man immer an die schönen Momente denken und nicht an alles andere?

Du wirst eine mutige Prinzessin sein.

Sie dachte an Amalia, ihre Schwester, die neben ihr auf der Bettkante saß und ihr Geschichten vorlas; an Eltern, die manchmal sogar Hand in Hand und glücklich neben ihr und ihrer Schwester hergingen; an seltene Picknicks im Spreewald, alle auf einem großen Tuch sitzend und die Sonne genießend, während das kleine Mädchen, das Vesper damals gewesen war, beschwingt und lebhaft hin und her rannte, Blumen auf einer Wiese sammelte, mit den Brotkrumen nach den trägen Enten im Wasser warf, lachte und quietschte und an den niedrigen Ästen der Bäume hangelte.

Doch die Ränder dieser Bilder krümmten sich in der Hitze der Flammen, die das große Haus am Theresienstieg auffraßen.

»Was soll ich jetzt nur machen?«, fragte sich Vesper laut, und selbst die eigene Stimme ließ sie zusammenzucken.

Ja, was sollte sie jetzt tun?

Was?

Sie war keine mutige Prinzessin. Nein, ganz sicher nicht. Sie war nur allein und durcheinander.

Es war kalt, und die Stadt war ihr fremd.

Sie dachte an das Wolfwesen, das ihr gefolgt war. Der Zug hielt erst wieder in Bremen an, doch vielleicht war die Kreatur schon früher abgesprungen. Würde das Wesen ihr bis hierher folgen? Noch immer hatte sie Mühe zu begreifen, dass die Dinge, die sie erlebt hatte, wirklich so geschehen waren.

Warum willst du mich fressen?, hatte sie den Wolf gefragt.

Du bist eine von ihnen. Mehr hatte er nicht gesagt.

Sie seufzte.

Eine von ihnen …

Was meinte er nur damit? Hatte ihre Mutter sterben müssen, weil sie eine Gold war?

Vesper schloss die Augen, spürte die Tränen brennen.

Ihre kleine Welt war binnen weniger Augenblicke verschwunden, einfach so. Nichts, aber wirklich gar nichts, war mehr so, wie es hätte sein sollen. Sie war jetzt ein richtiges Waisenkind, wie in den Geschichten, die ihre Schwester ihr damals erzählt hatte, wenn sie traurig gewesen war.

Doch wie konnte das sein? Wie war es möglich, dass sie beide Eltern verlor, innerhalb von nur wenigen Tagen?

Gab es da einen Zusammenhang?

Natürlich, es *musste* da einen Zusammenhang geben, denn seltsame Zufälle wie dieser hier, die gab es gar nicht.

Vesper zitterte. Sie kauerte an der Heizung und ertrank in der Wärme, die klappernd und keuchend die Wohnung erfüllte.

Du bist eine von ihnen.

Ja, nur so konnte es gewesen sein. Es musste etwas mit ihrer Familie zu tun haben. Doch was? Warum musste Margo Gold sterben?

Vesper spürte die Trauer, die ihr den Hals zuschnürte.

Vielleicht aus demselben Grund wie ihr Vater. War der Wolf womöglich das gleiche Wesen, das vor wenigen Tagen in Berlin gesichtet worden war? War der Gesichtslose jene Gestalt von den Landungsbrücken, die ihr, da war sie sich jetzt sicher, seit einiger Zeit folgte?

Fragen über Fragen.

Und der seltsame Junge aus der Kunsthalle? Wohin gehörte der?

Sie begann immer mehr zu zittern, trotz der Wärme, die sie umgab. Draußen senkte sich die Nacht über die Stadt.

Gab es vielleicht sogar mehrere dieser Wesen? Waren die Wölfe in mehreren Städten unterwegs?

Sie schüttelte den Kopf.

Nein, nein, nein, das war nicht einmal ein richtiger Wolf gewesen. Es war ein Ding aus den Träumen eines kleinen Mädchens, das da draußen niemand richtig sehen konnte. Kein einziger Mensch hatte die Kreatur beachtet, als sie in den Bahnhof geflüchtet war.

Dennoch hatten die Passanten, an denen die Kreatur vorbeigekommen war, ihre Gegenwart wahrgenommen.

Vesper öffnete die Augen, blinzelte.

Dann fiel ihr Blick auf die Post.

Sie lag auf dem Boden neben der Tür, wo sie sie einfach und wie immer hatte fallen lassen, als sie hereingekommen war.

Ja, sie erinnerte sich. Mechanisch hatte sie den Briefkasten geleert und alles, was sie hatte packen und tragen können, mit nach oben genommen. Keinen Blick, nein, keinen einzigen, hatte sie darauf verschwendet, was genau sie da in Händen hielt.

Sie ging zu dem kleinen Häufchen hin und stocherte lustlos mit dem nackten Fuß in den Briefen und Reklameheften.

Dann bemerkte sie ihn.

Stutzte.

»Was, in aller Welt«, murmelte sie leise, und der Rest des Satzes verebbte in ihrer Neugierde.

Es war ein Brief, braun und dick, ein gepolsterter Umschlag.

Sie bückte sich, hob den Brief auf, drehte ihn herum. Es war ein sehr offiziell aussehender Brief mit einem eleganten Schriftzug und einer ganzen Reihe von Briefmarken, runden und eckigen Stempeldrucken und gelbroten Vermerken.

»Aus Berlin?«, erkannte sie erstaunt. Neugierig las sie den Absender: »*Cornelius Abendroth, Notar*«. Der Brief wog schwer.

Sie konnte etwas ertasten.

Hastig öffnete sie ihn, riss das Papier förmlich in Fetzen.

Etwas fiel aus dem Umschlag heraus.

Sie beugte sich zu Boden, wo ein großer altmodischer Schlüssel lag. Der und noch etwas, was jemand in ein altes Spitzentuch eingewickelt und mit einer Schnur verknotet hatte.

Der Schlüssel war lang und hatte einen breiten Bart. Sah aus wie ein Requisit aus einem Stück, in dem jemand des Nachts die geheimen Räume eines alten Hauses erkundet.

Sie ging zum Arbeitstisch und legte den Schlüssel auf einen flachen roten Stoffballen.

Neugierig las sie das Anschreiben, das kurz und knapp verfasst worden war.

Cornelius Abendroth stellte sich äußerst sachlich und trocken höflich als der von Maxime Gold mit der Nachlassverwaltung beauftragte Notar vor. Er sei der dringlichen Anweisung seines ehrenwerten Mandanten gefolgt, im Falle seines Ablebens augenblicklich und schnellstmöglich diese Briefsendung seiner Tochter in Hamburg zukommen zu lassen.

Mit zitternder Hand las Vesper den Brief.

Liebe Vesper!
Wenn Dich dieser Brief erreicht, werde ich tot sein. Bring den Schlüssel zu Friedrich Coppelius. Er wird Dir in allem helfen. Der Ring gehört jetzt Dir. Trage ihn immer bei Dir. Und traue niemandem!

M.

PS: Hüte Dich vor den Wölfen. Und dem, was ihnen folgt.

Sie starrte die geschwungene Handschrift an, die ihrer so ähnlich war. Die Handschrift ihres Vaters.

Sie drehte den Brief um, betrachtete die Rückseite und dann wieder die Handschrift.

Hüte Dich vor den Wölfen.

Das war alles?

Und dem, was ihnen folgt.

Und als Unterschrift nur *M.*, beinah kamen ihr erneut die Tränen. *M.* – so hatte er sich oft selbst genannt. *M.* – weil er Ian Fleming gemocht hatte? Gaetano hatte es sofort erkannt. Doch Vesper würde ihren Vater nie mehr fragen können, ob M. wirklich eine Anspielung auf die Agenten-Romane gewesen war.

Das Briefpapier fühlte sich rau an und kalt. Sie berührte die Buchstaben, fast als könne sie es kaum glauben, sie dort zu sehen.

Die Bemerkung des Margo-Dings kam ihr wieder in den Sinn: *Kein Brief, kein nichts.* War es möglich, dass der Wolf in den Besitz eben dieses Briefes hatte gelangen wollen? Doch warum?

Hüte Dich vor den Wölfen.

Verdammt, das alles wurde immer unheimlicher.

Und dem, was ihnen folgt.

Sie legte den Brief beiseite und las die angeheftete Anmerkung des Notars, der ihr lediglich mitteilte, dass besagter Herr Coppelius (laut den Recherchen, die der Notar kostenlos angestellt hatte, handelte es sich bei dieser Person um einen Schauspieler) sich in Blankenese zur Ruhe gesetzt habe.

»Du und deine Rätsel«, murmelte Vesper nur, musste sogar kurz lächeln, und fragte sich, was sie mit dieser Information anfangen sollte. Dies alles kam ihr so vor, als sei sie in einem Drehbuch ihres Vaters gefangen. Maxime Gold hatte Rätsel geliebt. *Moonfleet – Das Schloss im Schatten* von Fritz Lang war für ihn der Inbegriff des perfekten Films gewesen.

Sie hob den Schlüssel auf und drehte ihn in der Hand hin und her. Er war alt und groß und sah aus, als würde er zu einem uralten Schrank oder einer mächtigen Truhe oder etwas ähnlich magisch Verwunschenem gehören.

Sie las den Brief erneut, berührte zögerlich die Handschrift ihres Vaters, fand aber keinen Hinweis darauf, welchem Zweck der Schlüssel diente – sah man einmal davon ab, dass sie ihn besagtem Friedrich Coppelius überbringen sollte.

Sie seufzte.

Maxime Gold hatte also vorhergesehen, dass er sterben würde, und er hatte geahnt, dass der Tod, wenn er käme, sehr überraschend kommen würde. Hatte er auch gewusst oder gedacht, dass sein Tod etwas mit den Wölfen zu tun haben würde?

Hüte dich vor den Wölfen.

Vesper bekam eine Gänsehaut.

Und dem, was ihnen folgt.

Der Mann im Mantel?

Sie bemerkte, dass sie unruhig nach draußen in die Nacht schaute. Nicht einmal die Schneeflocken konnten der Dunkelheit die Kälte nehmen. Nicht jetzt, nicht heute.

Dann wickelte sie den Ring aus dem Tuch.

Der Ring gehört jetzt Dir.

Ein kleiner grüner glatter Stein in einer verspielten Fassung aus Kupfer, das war der Ring.

Trage ihn immer bei Dir.

Sie drehte ihn um, ertastete die filigranen Verzierungen. Er schien ihr zu groß zu sein, doch dann, als sie ihn über den Mittelfinger ihrer rechten Hand streifte, passte er auf einmal wie angegossen. Er fühlte sich warm an, und sie konnte in dem Stein ihr Spiegelbild erkennen, matt und in weiter Ferne, wie von jemandem, der nur noch eine Erinnerung ist.

»Du bist wunderschön«, sagte sie laut, und der Klang ihrer eigenen Stimme erschreckte sie.

Der Ring antwortete nicht.

Diesmal.

Bring den Schlüssel zu Friedrich Coppelius.

Woher kannte sie den Namen nur?

Friedrich Coppelius?

Der Name war ihr wie eine alte Erinnerung.

Er war, glaubte sie dem Notar, ein alter Schauspieler, der sich in Blankenese zur Ruhe gesetzt hatte.

Nun denn, vermutlich jemand, mit dem ihr Vater zusammengearbeitet hatte, damals, als er noch richtig gute Filme gemacht hatte und nicht alle Energie darauf verwendet hatte, den jungen Mädchen, die so alt wie seine Tochter waren, am Set und im Studio hinterherzusteigen. Die Filme aus den besseren Zeiten der Familie Gold.

Den goldenen Zeiten, in denen es noch zwei Gold-Schwestern gegeben hatte.

Friedrich Coppelius.

Ein Schlüssel – und ein Ring.

Fast hätte sie lachen müssen. Sie starrte den Schlüssel an und fragte: »Bist du meine Spur aus Rosenstaub?«

Du meine Güte, wie lange hatte sie nicht mehr *daran* gedacht? Die Erinnerung kehrte so schwungvoll zu ihr zurück, dass sie beinah das Gleichgewicht verloren hätte.

Das Märchen vom Blumenmädchen.

Wie oft hatte Amalia ihr davon erzählt. Immer hatte Vesper ihr andächtig gelauscht, und später, als sie größer gewesen war, da hatte Amalia ihr die Moral der Geschichte erklärt – eine Moral, die sogar zu einer Art geflügeltem Wort in der Familie Gold geworden war, später.

Vor langer Zeit, so hatte es begonnen, *da lebte in einer großen Stadt ein Blumenmädchen namens Rosa.*

Mit einem Mal war Vesper, als könne sie wieder die Stimme ihrer Schwester hören.

So klar und deutlich, als sei sie niemals verstummt. Sie war wieder ein Kind, und ihre große Schwester lag neben ihr im Bett, und während draußen der Regen gegen die Fenster und auf die Dachziegel prasselte, ließ Vesper sich ins Märchenland entführen.

Wie eigenartig, dass sie gerade jetzt daran denken musste. Wie durch und durch merkwürdig …

Denn vor langer Zeit, da lebte tatsächlich in einer großen, großen Stadt ein Blumenmädchen namens Rosa.

Vesper hatte das niemals angezweifelt; jedes Wort hatte sie Amalia geglaubt, vorbehaltlos und hingebungsvoll.

Die Eltern des Blumenmädchens waren früh gestorben, und so lebte es bei seinem Onkel und seiner Tante, die grimmige und herzlose Menschen waren und keine Gelegenheit ausließen, die kleine Rosa das Leid und die Kälte der Welt spüren zu lassen. Jeden Tag ging Rosa mit einem Korb voller Blumen hinaus in die endlose Stadt, die ringsum bis zum Horizont reichte, und erst am Abend kehrte sie müde und hungrig nach Hause zurück. Die wenigen Taler, die sie verdiente, musste sie abgeben, damit der Onkel sich Tabak und die Tante sich neue Kleider kaufen konnte.

Als dann eine Hungersnot über die Stadt kam, da beschlossen der Onkel und die Tante, das Mädchen in einen der äußeren Randbezirke der Stadt zu führen. Dort, so sagten sie ihr, sollte sie Blumen verkaufen, dort, so logen sie, gebe es neue Kunden. Sie würde dort einen Tag lang ihre frischen Blumen feilbieten, während der Onkel und die Tante wichtige Besorgungen machen würden.

Doch in der Nacht, bevor sie in diesen entlegenen Teil der Stadt aufbrachen, belauschte Rosa die beiden. So wusste sie, was die beiden vorhatten. Sie wusste, dass sie den Weg nach Hause allein nicht mehr finden würde, und sie fürchtete sich vor der großen, großen Stadt, die gierig war und Einsame und Verlorene auffraß, das sagte jeder. Sie verhungerten oder fielen bösen Banden zum Opfer. Es gab auch Tiere, doch davon trauten sich selbst die Erwachsenen nicht zu erzählen, und deshalb fürchtete sich das Mädchen vor den Tieren ganz besonders.

Die ganze Nacht über zerbrach sich Rosa den Kopf darüber, wie sie ihrem Schicksal entrinnen könnte. Sie erinnerte sich an das alte Märchen von den beiden Geschwisterkindern, die im Wald Kieselsteine und Brotkrumen ausgestreut hatten. Aber dieses Märchen war nicht gut ausgegangen. Außerdem hatte sie keine Kieselsteine, und die Brotkrumen würden sicherlich die hungrigen Bettler vom Boden auflesen und essen.

In seiner Verzweiflung begann das Blumenmädchen bitterlich zu weinen, und dann, im Augenblick größter Verzweiflung, hatte es eine Idee.

Es ging zu dem Blumenkorb und zog eine Handvoll Rosen hervor. Die legte es heimlich vor den Kamin, der noch warm war, sodass sie schnell trocknen würden. Am frühen Morgen stand es dann auf, bevor der grimmige Onkel und die böse Tante erwachten, und rupfte die Rosenblätter von den Stielen und zerrieb die Blütenblätter zu feinem Staub, den es unten im Korb versteckte.

Ja, damit würde sie eine Spur legen, die sie wieder nach Hause führen würde.

Eine Spur aus Rosenstaub (Vesper fragte sich schon damals, wie es dem Mädchen nur gelungen war, aus den wenigen Rosen, die sich zweifelsohne in dem Korb befunden hatten, so viel Rosenstaub zu gewinnen, dass sie damit eine lange Spur legen konnte – aber letzten Endes war es nicht wichtig gewesen, *wie* sie es gemacht hatte. Das war es in Märchen nie. Es war nur eine Geschichte, und in den Geschichten, das wusste Vesper schon damals ganz sicher, war einfach alles möglich).

Als nun der Tag anbrach, führten der Onkel und die Tante das Mädchen in die große, große Stadt hinaus. Sie überquerten Plätze und Brücken, wagten sich durch dunkle Gassen und trafen auf breite Boulevards. Schließlich, als sie einen Teil der Stadt erreichten, der so weit vom Zuhause des Mädchens entfernt war, dass die Menschen sich dort sogar in einer anderen Sprache unterhielten, da ließen sie Rosa mit dem Versprechen zurück, bald wieder da zu sein, noch bevor die Nacht hereinbrach, denn dann kamen die Banden, so sagte man, aus ihren Löchern und fielen über all diejenigen her, die sich nicht nach Hause begeben hatten – ganz zu schweigen von den Tieren, über die zu reden sich niemand traute. Rosa nickte und sah ihnen hinterher, bis sie verschwunden waren.

Sogleich machte sie sich auf den Weg.

Denn unterwegs hatte das Blumenmädchen an jeder Ecke seinen Rosenstaub verstreut und so eine Spur gelegt, die es zurück nach Hause führen sollte.

Sie wusste, dass sie dort kein Glück erwartete, aber immerhin auch nicht der Tod.

Also ging sie los.

Doch mit der Zeit bemerkte sie, dass der Wind den Rosenstaub an vielen Stellen verweht hatte. Die Spur führte nun in eine ganz andere Richtung, aber das bemerkte sie nicht, weil sie ja in der Fremde war (Vesper fragte sich, weshalb der Wind den Rosenstaub *zufällig* zu einer neuen Spur zusammengeweht hatte, anstatt ihn vollständig zu *ver*wehen – doch auch das war eigentlich gar nicht so wichtig, denn wichtig war nur, dass Rosa der Spur folgte. Wichtig war, dass sie Zuversicht und Vertrauen hatte. Das war es, worauf es in der Geschichte ankam).

Und so ging Rosa weiter.

Ihre Beine schmerzten, und schließlich führte sie die Spur zu einem kleinen Haus. Das Haus stand inmitten riesiger Häuser, die bis hinauf in den Himmel zu reichen schienen, und in dem Haus wohnte eine Witwe, die sich schon immer ein Mädchen gewünscht hatte.

Rosa klopfte an die Tür, weil hinter ihr die Nacht hereinbrach, und als die alte Frau die Tür öffnete, da begann sie, obwohl sie Rosa nicht kannte, zu weinen, weil sie das Mädchen erblickte, nach dem sie sich so gesehnt hatte. Und Rosa, die endlich ein Zuhause gefunden hatte, weinte ebenfalls.

Vesper hatte schon als Kind gewusst, wo die Moral dieses Märchens verborgen lag: *Folge einfach der Spur aus Rosenstaub, egal, wohin sie führen mag.* Eigentlich war es ganz einfach. *Sei offen für das, was das Schicksal dir in die Hände gibt.* Und, das war überhaupt das Allerwichtigste: *Nimm dein Schicksal selbst in die Hand.*

Sie musste lächeln.

Selbst heute, an diesem trostlosen Tag. Sie betrachtete den Schlüssel, der schwer war und geheimnisvoll. Und erneut flüsterte sie: »Bist du meine Spur aus Rosenstaub?«

Doch warum fragen? Vesper wusste, dass es so war.

Ja, dies war ihre Spur aus Rosenstaub. Ihr musste sie folgen, wohin sie auch führen mochte.

Sie rief sich die alte Wohnung der Familie Gold in Berlin ins Gedächtnis. Die Wände im Treppenhaus und im Arbeitszimmer ihrer Eltern waren voller Gesichter gewesen: Musiker, Sänger, Schauspieler, Regisseure, große Stars und Namenlose, Schriftsteller und Drehbuchautoren, unscheinbare Komponisten. Die Welt ihrer Eltern war schon immer so gewesen, hell erleuchtet vom schönen Schein der unwirklichen Welt, die auf der Leinwand und den Brettern der Theaterbühnen geboren wurde.

Das Leben, das wusste Vesper jetzt schon lange, war wirklich nichts anderes als eine große, große Stadt.

Sie schaute aus dem Fenster hinaus.

Draußen schneite es jetzt dicke Flocken, als wolle die Welt zu einem Winterland werden.

Dann hörte sie Schritte.

Hüte Dich vor den Wölfen.

Sie spürte, wie die Panik in ihr erwachte. Eine Angst, die schwärzer war als die Nächte in den Märchen.

Und dem, was ihnen folgt.

Konnte es sein, dass sie sich geirrt hatte? Nein, nein, nein. Sie lauschte, ganz angestrengt.

Kein Zweifel, da waren Schritte, draußen im Treppenhaus. Jemand kam nach oben, näherte sich stetig. Auf den

Treppenabsätzen hielt er kurz inne, weil er vermutlich die Namensschilder an den Wohnungstüren las, doch schnell ging er weiter.

Hinauf, hinauf, hinauf.

Wer konnte das sein? Wie war derjenige ins Haus gelangt? Augenblicklich dachte Vesper an das Wolfswesen, und eine wachsende Panik bemächtigte sich ihrer. Wohin sollte sie nur fliehen, wenn die Kreatur sie hier ausfindig gemacht hatte? Ihr Herz pochte, und da war erneut die pulsierende Angst, die ein schwaches Beutetier in Gegenwart des gierigen Raubtieres verspürt, eine Furcht, die sie, so kreischend und urtümlich und lähmend, vor wenigen Stunden zum allerersten Mal in ihrem Leben verspürt hatte, als sie vom Haus am Theresienstieg durch die Stadt zum Bahnhof geflüchtet war.

Die Schritte näherten sich.

Hüte dich vor den Wölfen.

Wurden lauter.

Vor dem, was ihnen folgt.

Vesper nahm allen Mut zusammen, atmete tief durch.

Jemand klopfte an die Tür.

Langsam, furchtsam, spähte Vesper durch den Spion an der Tür.

Atmete erleichtert auf, erst einmal.

»Moment«, rief sie, drehte den Schlüssel um und öffnete.

Zwei Polizisten standen dort im Treppenhaus und nickten ihr zu. Die dunklen Uniformen der Hansestadt aber wirkten heute bedrohlich und einschüchternd auf sie. Die beiden trugen Pistolen an den Gürteln und sahen ernst und eilig aus.

»Fräulein Gold?«, fragte der eine, und er klang zögerlich. »Vesper Gold?«

Vesper nickte. »Ja, das bin ich.« Tausend Lügen kamen ihr in diesem Augenblick in den Sinn. Tausend Lügen, die sie in den nächsten Momenten würde vorbringen müssen.

Die beiden Polizisten stellten sich ihr kurz und knapp vor. »Mein Name ist Lettinger.«

»Hoffmann«, sagte der andere.

Der eine der beiden, Lettinger, war noch jung, kaum älter als sie selbst. Sein um einige Jahre älterer Kollege, Hoffmann, hingegen wirkte wie jemand, der die verwinkelten Gassen und Straßen Hamburgs wie seine Westentasche kannte. Wie jemand, der niemals zu Späßen aufgelegt ist, wenn er sich im Dienst befindet, und der Hemden niemals ungebügelt und ohne Krawatte tragen würde.

»Geht es Ihnen gut?«, fragte Hoffmann. »Sie sehen aus, als hätten Sie gerade ein Gespenst gesehen.«

Vesper schüttelte schnell den Kopf. »Mein Vater ist gestorben«, antwortete sie, »ich habe es gestern erst erfahren.«

Die beiden Polizisten nickten und sahen einander ernst und traurig an. »Ihre Mutter ist Margo Gold?«

Sie nickte.

Langsam.

Vesper konnte sich sehr wohl denken, weshalb die beiden hier waren. Das Haus am Theresienstieg war abgebrannt, und man hatte den Leichnam ihrer Mutter gefunden. Fieberhaft überlegte sie, was sie den beiden sagen sollte, wenn sie ihr Fragen stellten. Fragen, die Vesper nicht beantworten wollte. Doch würde es vorerst wohl ausreichen, wenn sie die Unwissende mimte.

»Ihre Mutter ist heute Nachmittag verstorben«, begann Hoffmann, und das, was er sagte, ging wie in einem Rauschen unter. »Es hat einen Brand gegeben, und Ihre Mutter ist den Flammen zum Opfer gefallen.«

Vesper starrte die beiden an, öffnete in stillem Entsetzen den Mund, aber kein Laut entfuhr ihr. Sie schlug die Hände vors Gesicht und schnappte laut nach Luft. Plötzlich kam sie sich wieder vor wie das Schulmädchen, das lügen und sich verstellen konnte, um die Eltern zu täuschen, wenn es sich heimlich in der Stadt herumgetrieben und erst am Morgen des nächsten Tages in aller Früh wieder nach Hause gekommen war. So oft hatte sie ihre Eltern belogen, geschwindelt, Dinge nicht wirklich wahrheitsgemäß wiedergegeben, um sich Freiräume zu ergaunern, die man ihr sonst nicht gewährt hätte.

Natürlich wusste Vesper, dass ihre Mutter tot war, aber diese Tatsache jetzt von den beiden Polizisten zu hören, machte die Erinnerung an die grauenhafte Momente im Haus ihrer Mutter zu einer unabwendbaren Wirklichkeit. Die Trauer, die sie tatsächlich verspürte, erleichterte ihr das Schauspielern. Vor allem aber blieb ihr nichts anderes übrig, als ein wenig zu schauspielern. Niemand würde ihr das, was sie vor wenigen Stunden erlebt hatte, abkaufen. Nie und nimmer. Die beiden Polizisten hier schon gar nicht.

»Es tut uns leid«, sagte Lettinger und wirkte unsicher. Vermutlich hatte er noch nicht sehr vielen Menschen die Nachricht überbracht, dass ein Angehöriger gestorben war.

»Ja«, sagte Vesper. Sie trat zur Seite. »Mir tut es auch leid.« Sie hustete. »Aber treten Sie doch ein. Ich …« Die Stimme versagte ihr. Sie musste es *wirklich* nicht einmal schauspielern.

Die beiden Polizisten betraten zaghaft die Wohnung.

Vesper konnte sich vorstellen, dass es in ihrem Beruf angenehmere Aufgaben gab, als Botschaften dieser Art zu überbringen.

»Ich …«

»Es ist heute Nachmittag passiert.«

»Wie?«

Hoffmann sah sich in der Wohnung um. Mit dem neugierigen wachsamen Blick eines Polizisten, der irgendetwas zu finden hoffte. Etwas, was von Bedeutung sein konnte. Etwas, was man später als Information würde verwenden können. »Die Ursache des Brandes wurde bisher noch nicht geklärt. Die Nachbarn haben das Feuer entdeckt und sofort gemeldet.« Hoffmann machte eine kurze Pause und kam dann zur Sache: »Wann haben Sie Ihre Mutter zum letzten Mal gesehen?«

Vesper schluckte, sah ihm in die Augen und wusste, dass sie weinte. »Das war gestern, in der Schule.« Das entsprach immerhin der Wahrheit. »Sie hat die Konzerte abgesagt. Ich wollte zu ihr. Wegen meines Vaters.« Sie wischte sich eine Träne aus dem Gesicht. Dass sie noch immer weinen konnte, wunderte sie fast selbst.

»Maxime Gold?« Es war keine Frage. »Der Regisseur.«

Sie nickte. »Als ich es erfahren hatte, wollte ich zu ihr, aber …«

»Aber?«

»Sie schickte mir eine SMS und teilte mir mit, dass sie erst morgen nach Hamburg kommen könnte …« Sie senkte den Blick. »Das ist alles.«

»Aber allem Anschein nach ist sie heute schon zurückgekehrt.«

»Wenn Sie es sagen.«

»Hat Ihre Mutter Feinde gehabt?«

»Feinde?« Vesper sah ihn an. Überzeugend überrascht genug, wie sie hoffte. »Sie hat nicht gerade viele Freunde gehabt.« Nachdenklich betrachtete sie die beiden Polizisten. »Wissen Sie, wer sie war?« Sie wartete die Antwort nicht ab. »Sie war Pianistin. *Die* Pianistin schlechthin. Sie war eine Diva, und jeder, der mit ihr zu tun hatte, stand in ihrem Schatten. Und wenn er nicht schon dort stand, dann hatte er sich gefälligst dorthin zu begeben.« Sie spürte eine Träne über ihre Wange rinnen. »Es gab bestimmt Menschen, die sie nicht mochten …«

»Entschuldigen Sie bitte die Fragen«, sagte Hoffmann. »Aber wir nehmen an, dass sie keines natürlichen Todes gestorben ist.« Er erwähnte kurz den Flügel und die seltsame Position, in der man Margo Gold gefunden hatte.

»Und eine Nachbarin glaubt, jemanden auf dem Grundstück gesehen zu haben.«

Vesper schaute auf.

Bloß das nicht.

Sie musste ruhig bleiben. Hatte sie jemand gesehen? Wenn ja, dann würde sie das, was sie eben noch gesagt hatte, in einige Schwierigkeiten bringen.

»Sie können uns also nicht mit Sicherheit sagen, ob Ihre Mutter Feinde hatte?«, kam Hoffmann auf seine Frage von vorhin zurück.

»Nein, tut mir leid.«

Er nickte, sinnierte über das, was sie gesagt hatte. »Es kann sein, dass wir in den nächsten Tagen mit weiteren Fragen auf Sie zukommen.«

»Ist okay. Bitte, tun Sie das.«

»Fräulein Gold«, blieb Hoffmann hartnäckig, »sind Sie sicher, dass Sie nicht dort waren?«

Vesper starrte ihn entgeistert an. Was wusste der Kerl? Hatte ein Passant sie gesehen und beschrieben? Meine Güte, sie war vor dem Wolfsding geflüchtet – und wie hatte das wohl für einen Außenstehenden ausgesehen? Wie jemand, der auf der Flucht ist. Vesper starrte ihn weiter an und entschloss sich für einen lauten und verzweifelten Gegenangriff.

»Was soll das?«, herrschte sie die Polizisten an, und ihre Stimme nahm einen schrillen Ton an. »Was wollen Sie eigentlich von mir?« Sie schnappte nach Luft. »Was soll ich denn getan haben?« Sie rieb sich die Augen, schlug die Hände vors Gesicht, atmete tief durch. »Sie ist jetzt tot, und ich habe immer noch nicht wirklich kapiert, dass es so ist.« Nach einer Weile des unangenehmen Schweigens sah sie die Polizisten an. »Wenn sie Feinde hatte, dann weiß ich es nicht.« Und kleinlaut und schwach fügte sie hinzu: »Ich war jedenfalls nicht ihr Feind.« Sie schluckte schmerzhaft. »Nur ihre Tochter, mehr nicht.« Sie schaute Lettinger an, und ihre Stimme krächzte. »Heute ist nicht mein Tag.« Sie erhielt natürlich keine Antwort, nur einen mitleidigen Blick, auf den sie gut und gern verzichten konnte. »Bitte, gehen Sie jetzt.« Ihre Stimme klang rau und brüchig. »Stellen Sie mir Ihre Fragen ein andermal. Ich ...« Die Tränen kamen einfach so, wie bestellt. »Ich wäre jetzt einfach nur gern allein ...«

Die beiden Polizisten blickten sie verlegen an. »Fräulein Gold, wir wollten nicht ...«

»Wirklich nicht«, sagte auch Hoffmann.

Vesper war zufrieden mit ihrer Vorstellung. »Schon gut, ich weiß. Es ist nur so, dass ...« Sie schluckte. »Sie ist tot. Gestern habe ich ihr nur Ärger in der Schule gemacht. Kann sein, dass ich dort gefeuert werde. Sie war sauer und ging auf Reisen. Und jetzt das. Was glauben Sie, wie ich mich gerade fühle?«

»Es tut uns leid«, sagte Lettinger.

»Mir auch«, gestand Vesper. Dann geleitete sie die beiden zur Tür. »Wenn es noch Fragen gibt – Sie wissen ja, wo ich wohne.«

»Sie sind noch minderjährig«, stellte Hoffmann fest.

Gut beobachtet, dachte Vesper. Sagte aber nur: »Ja.«

»Wer kümmert sich jetzt um Sie?«

»Es gibt da eine Tante«, log sie.

Die beiden Polizisten nickten. »Melden Sie sich doch innerhalb der nächsten Tage noch einmal bei uns.« Er gab ihr eine Telefonnummer.

Dann verabschiedeten sich die beiden und verließen endlich die Wohnung.

Vesper ließ die Tür hinter ihnen ins Schloss fallen und atmete tief durch. Sie zitterte.

Sie hatte gelogen und sich immerhin so gut verstellt, dass ihr Vater stolz auf sie gewesen wäre.

Trotzdem ...

Sie steckte in der Klemme.

Eine Nachbarin hatte jemanden gesehen, der sich auf dem Grundstück herumtrieb. Und das bedeutete ...

Was?

Wenn die Polizei herausbekam, dass sie heute Nachmittag ihrer Mutter einen Besuch abgestattet hatte, in eben jenem Moment, als die Flammen ausgebrochen waren, dann würde sie ein wirklich *sehr, sehr* ernsthaftes Problem haben. Immerhin war sie diejenige gewesen, die das Anwesen in Brand gesteckt hatte. Sie hatte das Feuerzeug und das Deo irgendwo im Salon fallen lassen. Warum hatte sie vorher nicht daran gedacht? Irgendwann würde man beides finden. Und was dann? Ihre Fingerabdrücke waren auf beiden Gegenständen. Meine Güte, sie kannte nur die blöden Krimis aus dem Fernsehen, und eigentlich kannte sie gar keine Krimis, weil sie das Fernsehen hasste und das Theater liebte, aber sie konnte sich an die alten Krimis erinnern, die sie als kleines Mädchen angeschaut hatte, an schwarz-weiße Edgar-Wallace-Filme mit Joachim Fuchsberger und Klaus Kinski und die Abenteuer von Heinz Rühmann als Pater Brown. Fanden sie dort nicht immer Fingerabdrücke? Und stellten sie den Verdächtigen nicht so lange Fragen, bis sie sich verrieten? Ihre Mitschüler schauten sich alle *CSI* und *Akte X* und den ganzen Mist an.

Ein Lügner, erinnerte sie sich wieder an die Worte ihres Vaters, *muss ein gutes Gedächtnis haben.*

»Auch das noch«, sagte sie laut, als es ihr bewusst wurde.

Es gab natürlich Hinweise darauf, dass sie am Theresienstieg gewesen war, ganz gewiss gab es die.

Und wenn sie dahinterkamen, dass sie dort gewesen war, was dann?

Ja, dann, da war sie sich sicher, würden sie nach einem Motiv suchen. In den Filmen taten sie das immer.

Die winzigen Puzzlestücke setzten sich in Vespers Kopf zu einem düsteren Bild zusammen. Es war wie eine Filmmontage, die schnelle Rückblenden hintereinander präsentiert. Ihr Vater war gerade erst gestorben, ein berühmter Regisseur. Ihre Mutter war in ihrem eigenen Haus verbrannt, nachdem Vesper, die böse und verlorene Tochter, ihr einen Besuch abgestattet hatte. Ein berühmter Regisseur, sehr wohlhabend. Eine Diva, ebenfalls gut betucht.

Und ihre einzige noch lebende Tochter würde ab sofort nicht länger als arme Theaterschneiderin arbeiten müssen. Sie müsste nicht länger in einer winzigen Dachgeschosswohnung leben.

In jedem Kinofilm wäre dies ein todsicheres Motiv, um im Gefängnis zu landen.

Sie würden bestimmt die Spinner in der Schule befragen, all die dämlichen, gut gebauten Sportler und die Tussis, für die Vesper nichts weiter als ein schräger *MOF* –

ein *Mensch ohne Freunde* – war. Frau Dr. von Stein und die Wissmann und einige andere dazu würden bestimmt allerlei Gerüchte ausplaudern und sich an Dinge erinnern, die nie passiert waren.

Vesper gestand es sich ein. Sie hatte ein Problem.

Sie hatte eben zwei Polizisten belogen.

»Ich habe es wirklich getan«, entfuhr es ihr laut. Sie wusste nicht einmal, ob sie sich ob dieser überraschenden Courage freuen oder aber ob dieser unglaublich großen Dummheit verzweifeln sollte.

Nur einen winzigen Augenblick lang fragte sie sich, ob sie den Polizisten hinterherlaufen und erklären sollte, was wirklich passiert war, doch dann schalt sie sich eine Närrin, auch nur daran zu denken, so etwas Dummes zu tun. Was, in aller Welt, sollten die beiden davon halten? Die Geschichte, in der ein Wolf und ein Ding, das ihre Mutter kopiert hatte, vorkamen, klang wirklich alles andere als glaubwürdig.

Sie ging zum Fenster und blickte nach unten auf die Straße. Sie sah, wie die beiden in ein Auto stiegen und davonfuhren.

Gut so!

Das verschaffte ihr ein wenig Luft.

Trotzdem, das ungute Gefühl, den falschen Weg eingeschlagen zu haben, ließ sie nicht los.

Fieberhaft versuchte sie sich zu erinnern, ob jemand sie dort gesehen hatte. Ob sie jemand *erkannt* hatte.

Vesper lief unruhig in der Wohnung auf und ab. Die Polizisten hatten den Weg hierher gefunden, und sogar ihr Vater hatte ihre Anschrift gehabt und sie an den Notar weitergegeben.

Was wäre denn, wenn das Wolfswesen ebenfalls der Spur folgen würde? Was dann? Und wo war der Unbekannte mit dem Mantel abgeblieben?

Sie schluckte.

Nein, es gab nur einen einzigen Weg. Sie musste von hier fort. Sie musste die Nacht an einem anderen Ort verbringen, irgendwo, wo niemand sie vermuten würde.

Doch wo könnte das sein?

Im Theater?

Nein, dort würde man sie finden.

Bei Ida und Greta?

Sie schüttelte den Kopf, nein, besser nicht, das waren alles Spuren, denen ein geschickter Verfolger unschwer würde folgen können.

Sie rieb sich die Augen, raufte sich verzweifelt das Haar.

Was sollte sie nur tun?

Draußen wurde es bereits dunkel. Und kamen die Wölfe nicht bevorzugt in der Nacht?

Die Unruhe ergriff immer mehr von ihr Besitz. Sie wollte fort von hier und wusste nicht einmal warum. Sie hatte Angst vor den Wölfen, natürlich, die Wölfe rannten wirklich da draußen durch die Nacht.

Sie sind eine von ihnen.

Sie ging in Gedanken eine Liste der Menschen durch, die sie in einer solchen Situation mit einem Anliegen behelligen konnte, doch viele waren es nicht. Sie ging die

Schauspieler am Theater der Reihe nach durch, zog sogar in Betracht, ihren Exfreund anzurufen.

Ach du meine Güte, *so* verzweifelt war sie also schon!

Doch, nein, überall dort würde man sie ausfindig machen …

Überhaupt; sie wusste ja nicht einmal, wie dieses Wolfswesen jagte. Sie wusste nicht, ob es allein war. Konnte es einfach nur Witterung aufnehmen? Oder suchte es nach ihr, indem es seinen Verstand benutzte?

Am Ende musste sie sich eingestehen, dass sie es einfach nicht wusste. Gar nichts wusste sie, so simpel war das. Sie hatte nicht einmal eine Ahnung, um was für ein Wesen genau es sich bei der Kreatur handelte. Sie musste einfach nur von hier verschwinden.

Ja, genau, das war jetzt wichtig.

Je länger sie hier in ihrer Wohnung blieb, umso größer wurde die Gefahr, aufgespürt zu werden.

Doch wohin, wohin, wohin?

Sie ballte die Fäuste, starrte nach draußen.

Die Schneeflocken zauberten plötzlich ein Lächeln auf ihr müdes Gesicht.

»Mischa«, murmelte sie.

Das Lächeln wurde breiter.

Sie begann ein paar wenige wichtige Habseligkeiten in einen Rucksack zu stecken. Und als sie das tat, wurde ihr erst bewusst, dass sie sich auf der Flucht befand.

Sie hatte keine Ahnung, wann sie in ihre Wohnung zurückkehren würde. Nein, ihr Leben drehte sich gerade in einem Wirbel aus Ereignissen, die sich ihrem Einfluss entzogen. Sie würde fliehen und sich verstecken und am nächsten Morgen nach Blankenese fahren, weil dies die Spur aus Rosenstaub war, der sie folgen musste.

Mehr, das wusste Vesper, konnte sie im Augenblick nicht tun. Und so verlor sie keine Zeit und machte sich auf den Weg.

Mischa Lohse war Schauspieler, die Zweitbesetzung des Fortinbras im *Thalia Theater*, und im letzten Herbstprogramm – das erzählte er wirklich jedem – hatte er die Vogelscheuche im *Zauberer von Oz* gegeben. Neben seinem derzeitigen Dauerengagement am *Thalia Theater* und mehr als nur gelegentlichen im *Theater am Fleet* arbeitete er als Nachtportier in einem kleinen Hotel drüben in der von Gassen und Fleeten durchzogenen Altstadt, direkt am Nikolaifleet in der Deichstraße. Er war ein netter Hallodri, ein Künstler, für den es keine Regeln und keine Norm gab. Am Theater machte er sich an alles heran, was weiblich und gutaussehend war. Ja, Mischa war ein netter Kerl, etwas verrückt, aber in Ordnung; jemand, auf den man sich verlassen konnte, wenn man nicht mit ihm zusammen war. Er war immer zu Scherzen aufgelegt und gut für ein Gespräch; die Sorte Mann, die einem das Gefühl gibt, ein gutes Leben zu führen, allein schon deshalb, weil einem bewusst wird, wie unnötig dreckig es anderen mit ihren hausgemachten Problemen und Neurosen geht.

Sie musste schmunzeln.

Bei ihrer ersten Begegnung vor vier Monaten hatte nur eine einzige Tasse Kaffee in der Kantine des Theaters ausgereicht, um ihn die Leidensgeschichte seines jungen und harten Schauspieler- und Sängerlebens vor ihr ausbreiten zu lassen.

Später hatte sie Ida davon berichtet.

Du musst dich vor ihm in Acht nehmen, hatte Ida sie gewarnt.

Warum?

Er ist eine Uschi.

Eine Uschi?

Ida hatte gelacht. *Männer, die wehleidig sind und andauernd jammern. Ich nenne sie die Uschis.*

Vesper hatte sich den Ratschlag zu Herzen genommen. Sie hatte Mischa, ihrer *Uschi,* bei den nächsten Treffen in der Kantine geduldig zugehört und gut zugeredet, ihn getröstet, ihm Mut gemacht. Und ihn darauf hingewiesen, dass sie erst siebzehn war.

Ja, wenn es einen Menschen gab, der ihr vorbehaltlos helfen würde, dann war es Mischa Lohse.

So war sie also aufgebrochen.

Vesper war zu Fuß in die Nacht hinaus geflüchtet, bestückt nur mit einem Rucksack voll wild zusammengeworfener Habseligkeiten, ausreichend für ein bis zwei Tage woanders. Unterwegs hatte sie wieder und wieder und wirklich immer nur wieder *Rusted from the Rain* von Billy Talent auf ihrem iPod laufen lassen. Sie musste an das warmherzige Musikvideo denken, das sie zum ersten Mal im Club Mabuse gesehen hatte.

I stumble through the wreckage, rusted from the rain.

Die Schneeflocken trieben wie verlorene Träume durch die Nacht, benetzten alles mit dem Zauber einer zögerlichen Winternacht.

There's nothing left to salvage, no one left to blame.

Sie hastete weiter durch die Stadt, getrieben vom knirschenden Rhythmus des Liedes, das sich ständig wiederholte. Ihr Atem formte kleine Wölkchen vor ihrem Gesicht, zerstob in der flackernden Nacht der Stadt. Es war kalt, und die Häuser, erleuchtet und hoch, waren die Bäume und das dichte Geäst eines wilden Waldes, in dem sie vom Weg abgekommen war. Haltlos und verirrt, ja, genau das war sie.

Sie rieb sich die Augen, blinzelte ins Licht einer Neonreklame, die billigen Ramsch in einem Gemischtwarenladen anpries.

Traurigkeit spürte sie in sich, weil sie das Video gerührt hatte.

You hung me like a picture, rusted from the rain.

Da war ein alter Mann in dem Video zu sehen, ein alter Mann, der auf dem Schrottplatz, wo er wohl lebte, aus all dem Müll und Unrat ein Kinderkarussell zusammenschweißte; ja, *das* hatte sie berührt.

Go on crush me like a flower, rusted from the rain.

Come on strip me of my power, beat me with your chains.

Warum sie diesen Song ausgerechnet heute hörte, wusste sie nicht. Ob es überhaupt eine gute Idee war, mit den Kopfhörern in den Ohren durch die Nacht zu laufen, konnte sie ebenso wenig sagen. Sicherlich hätte sie einen

Verfolger besser bemerkt, wäre da keine Musik gewesen, die sie auf andere Gedanken brachte.

Oh the sun will shine again.

I'm rusted from the rain.

Doch sie musste es einfach tun, die Melodie des Liedes blendete die Welt da draußen ein wenig aus; sie machte aus der nächtlichen Stadt mit ihren funkelnden Lichtern und wabernden Abgasen und leicht verschwommenen Träumen eine bis zur Unkenntlichkeit entrückte Illusion, durch die sie sich bewegte wie eine Wanderin, die niemals dort ankommen will, wo sie hinläuft.

Hüte dich vor den Wölfen.

Sie schauderte.

Und dem, was ihnen folgt.

Zu ihrer Rechten konnte sie in der Ferne einige kleine Barkassen im Binnenhafen erkennen. In Richtung Zollhafen tuckerten sie, gelangweilte und mit Kameras bewaffnete Touristen an Bord.

Vesper drehte den iPod in der Hand, drehte mit dem Finger ein wenig weiter, bis endlich *The Beginning* von Ian Brien O'Docker kam.

Sie blieb kurz stehen, wippte mit den Füßen im Takt.

And I'm starting to believe

that this is the end.

Ja, das war besser.

This is the beginning,

cause this is the end.

Sie atmete die vom Schnee durchtränkte Nachtluft ein, lauschte dem Verkehr, der lautstark allgegenwärtig war, trotz der Musik in ihren Ohren, betrachtete die Passanten, die achtlos und grau an ihr vorbeiliefen. Niemand schenkte der jungen Frau Beachtung.

Mit einem unruhigen Schaudern dachte Vesper an das Wolfswesen, das auch von niemandem bemerkt worden war. Sie sah sich um. Die dunkle Stadt hatte sich mit ihrem Geäst ganz um sie herumgelegt.

Try to calm down my circulation.

Plötzlich veränderte sich etwas. Obwohl sie nur die Musik hörte, war es nicht zu übersehen. Als trüge der eisige Wind mit dem Schnee eine unsichtbare Bedrohung in die Stadt.

Sie sah, wie Menschen plötzlich am Boden kauerten. An einer Bushaltestelle rannten die Passanten plötzlich aufgeregt hin und her, hielten auf der Straße wild Ausschau nach irgendetwas.

Vesper zog die Stöpsel aus den Ohren.

Sofort wurde sie der Sirenen gewahr.

Hüte dich vor den Wölfen.

Und dem, was ihnen folgt.

Sie hörte Krankenwagen, sah Polizisten mit den Menschen reden. Die Autos hielten an, der Verkehr kam zum Erliegen. Es war, als hielte die ganze Stadt mit einem Mal die Luft an.

Wie angewurzelt blieb sie stehen.

Die Menschen kamen aus den Häusern auf die Straße gerannt. Keiner wusste, was er tun sollte.

Und dann sah sie es.

Die Passanten waren überall stehen geblieben und kauerten über den reglosen Leibern von Kindern. Die Mütter weinten, und alle griffen zu ihren Handys. Alle wählten die Nummer von Angehörigen, von Ärzten, von jemandem, dessen Hilfe sie sich erhofften.

Doch niemand konnte helfen.

Kinder, die auf den Rücksitzen der Autos gesessen hatten, hingen regungslos in den Gurten. Fenster in den Häusern wurden aufgerissen, und verzweifelte Eltern riefen um Hilfe, die nicht kam.

Es passierte schon wieder.

Hüte dich vor dem, was ihnen folgt.

Sie sah eine kreischende Mutter, die über ihr Kind, einen Jungen mit bunter Zipfelmütze, gebeugt auf den Pflastersteinen kniete. Ein Vater bettete seine leblose Tochter auf die zusammengerollte Jacke, die er sich ausgezogen hatte. Ein junges Ehepaar, dessen Wagen auf einen anderen aufgefahren war, kümmerte sich nicht um den Unfall, sondern stand wie gelähmt vor dem stumm schlafenden Baby.

Die Menschen riefen in Panik umher.

»Sie nehmen uns die Kinder!«, schrie eine Frau – und Vesper fragte sich ganz bang, ob sie eine Vorstellung davon hatte, wer *sie* sein konnten. »Was sollen wir nur machen?«

Vesper traute sich nicht, näher an die Menschen heranzugehen. Sie war nur eine Passantin, die mit all dem nichts zu tun hatte.

Langsam ging sie weiter.

Wohin sie auch sah, bot sich ihr das gleiche Bild. Weinende Eltern, die in stiller Hilflosigkeit die Körper ihrer

Kinder festhielten. Überall, wo eben noch die Kinder gewesen waren, bedeckten nun schlafende Körper die Wege und Straßen.

Vesper konnte es nicht fassen.

So sah es also aus, wenn es passierte.

Und dennoch – es war so unwirklich. Wie eine Szene in einem Film, genauso mutete alles an. Die Kinder waren wieder in einen tiefen Schlaf gefallen, ohne Grund, einfach so, wie am Tag zuvor. Ihre kleinen Körper sackten in sich zusammen und bedeckten regungslos den Boden. Die Eltern rauften sich die Haare, rannten kopflos umher. Krankenwagen fuhren wild und ziellos herum, und immer mehr Polizisten versuchten, der Situation Herr zu werden. Sie redeten auf die Eltern ein und sahen ratlos und besorgt aus.

This is the beginning.

Und dann, so schnell, wie es begonnen hatte, war es wieder vorbei.

Die Kinder öffneten die Augen, sie bewegten sich, und der Spuk war vorüber, als habe er niemals stattgefunden.

Von überallher hörte man das erleichterte Lachen der Erwachsenen und vereinzelt auch die Stimmen der Kinder, die keine Ahnung zu haben schienen, was da gerade mit ihnen geschehen war.

Vesper, die alles aus der Ferne beobachtet hatte, rief Ida an, doch niemand ging ran.

Wo steckst du nur?

Sie konnte nur hoffen, dass es Greta gut ging.

Okay, bis zum Hotel war es nicht mehr weit.

Sie wollte weg von der Straße. Viel zu viele Dinge, die normalerweise nicht passierten, häuften sich.

Sie hatte keine Ahnung, was hier los war, aber sie hatte Angst. Denn insgeheim fragte sie sich, wie zufällig all diese Zufälle eintreten konnten und wie lange es dauern mochte, bis die Gesichter aus den Schatten treten würden, um zu tun, was immer sie auch im Schilde führten.

Sie lief den Baumwall hinauf, dann ein Stück am Binnenhafen entlang, wo sich zu dieser Uhrzeit nur noch wenige Touristen – und erst recht keine Kinder – herumtrieben. Die Gegend, die sie betrat, wurde schneller, als man blinzeln konnte, zu einem Stadtbild, wie es sich wohl vor hundert Jahren schon einem Wanderer gezeigt hatte.

Nicht lange, und sie erreichte ihr Ziel.

In einem der vielen althamburgischen Bürgerhäuser, die sich in dieser Gegend dicht aneinanderreihten, befand sich das Hotel *Zum Seepferdchen*. Genau dorthin zog es Vesper, dort gedachte sie die Nacht zu verbringen.

Sie betrachtete das bunte Seepferdchen, das über dem Eingang baumelte und wie die Meerestiere auf den alten Seekarten aussah; wie jene Kreaturen, die dort an den ausgefransten Rändern der Welt lebten, wo das Land, noch unerforscht, von den Seefahrern und ihren Kartografen mit der vielsagenden Bezeichnung *Hier seyen Drachen* bedacht worden war. Sie dachte an die alten Märchen ihrer Kindheit und den Wolf – und mit einem Mal kroch ihr die Angst in Augen und Herz.

Schnell trat sie auf die Tür zu.

Im Schatten des Seepferdchens klingelte sie, und es dauerte nicht lange und ein erstaunter Mischa Lohse öffnete ihr die Tür.

»Vesper Gold?« Er war unrasiert, hatte die langen schwarzen Haare zu einem dichten Zopf gebunden. Ihre *Uschi*! Die wachsamen blauen Augen starrten sie durch eine altmodische Randbrille an. »Was verschlägt dich denn hierher?« Er trug ein T-Shirt mit dem Aufdruck *I will rock YOU!* und ein dickes Flanellhemd, das er nicht zugeknöpft hatte.

»Ja. Sieht aus wie ich«, entgegnete sie trocken und betrachtete ihr müdes Bild im Spiegel hinter ihm.

Er warf einen Blick auf die Uhr. »Was führt dich hierher? Hab ich 'ne Probe verpennt?« Er war wirklich cool, ein richtiger Schauspieler.

Auch das, hatte Ida ihr eingeschärft, *ist ein Merkmal der Uschis. Sie sehen auf den ersten Blick nicht wie Uschis aus.*

Vesper schüttelte den Kopf. »Meine Eltern sind beide gestorben, und der böse Wolf ist hinter mir her.« Sie brachte die Worte über die Lippen, ohne zu stocken, und dabei hätte sie beinah lauthals losgelacht, weil kein Mensch in ihrer Situation so etwas sagen würde. »Ich brauche eine Unterkunft für die Nacht. Kein Scheiß.«

»Oh, Vesper-Baby.« Er trat auf sie zu, nahm sie kurz in den Arm, ließ sie wieder los. »Du machst Sachen.« Dann ließ er sie eintreten. »Ist das … ist das alles? Ich meine, du brauchst nur ein Zimmer?«

Sie lächelte. »Ist das nicht genug?«

»Als wir uns vorgestern gesehen haben, da hattest du noch eine Wohnung.«

»Ich muss woanders übernachten.«

Er überlegte kurz, nickte dann. »Keine Fragen?«

Sie schüttelte den Kopf. »Du sagst es. Ich will nur schlafen.«

»Okay, also keine Fragen.«

Er kramte hinter der Rezeption in einem Wandschrank herum. »Die Welt ist völlig durchgedreht«, sagte er und deutete zu dem Fernseher hinter sich. »Kinder schlafen ein, einfach so. Eben ist es schon wieder passiert. Kannst du mir sagen, was das soll?«

Sie zuckte die Achseln. »Ich habe es gesehen.«

»Puh, ganz schön gruselig, sag ich dir. Hast du die Nachrichten gesehen? In der letzten Nacht hatten alle Eltern den gleichen Traum. Behaupten jedenfalls die Medien. Kannst du dir das vorstellen? Überall in Europa. Meine Güte, hast du eine Ahnung, wie viele Menschen das sind? Müssen Millionen von Eltern sein, da draußen. Wie soll denn so was funktionieren?«

Vesper sagte nur: »Ich weiß es nicht.«

»Na ja, meine Schwester hat auch ein Kind. Die sind seit gestern vollkommen im Eimer.« Mischa fand, wonach er gesucht hatte. »Hier ist jedenfalls der Schlüssel.« Er hielt ihn ihr hin. »Nummer 18 ist frei. Mit Blick aufs Fleet.« Die hellen blauen Augen, die so viele junge Tänzerinnen in Windeseile ganz schwach werden ließen, waren ernst geworden. »Du musst nix zahlen. Nummer 18 wurde vor einer Stunde erst storniert. Hängt irgendwo im dichten Schneetreiben fest, wer immer dort absteigen wollte.«

»Klasse.« Sie meinte es, wie sie es sagte.

»Du kennst mich«, grinste er, »ich helfe gerne jungen Mädchen.«

Sie nahm den Schlüssel. Schenkte ihm ein Lächeln, das ehrlich war und alles, was sie derzeit zu geben hatte.

»Vesper-Baby?«

»Ja?«

»Du siehst nicht gut aus. Ehrlich.«

Sie zuckte die Schultern. »Besser, als ich mich fühle, kannst du mir glauben.«

»Glaub ich dir aufs Wort.« Er stand irgendwie ratlos herum. »Das mit deinen Eltern war kein Scheiß, was?«

Sie schüttelte den Kopf. »Ist die Wahrheit.«

»Oh, Mann.« Er zischte durch die Zähne. »Tut mir leid, echt.«

»Danke, dass ich hier schlafen kann.«

»Du musst um acht Uhr raus«, gab er ihr mit auf den Weg.

»Ist gut.«

Er zwinkerte ihr zu. »Den Aufzug würde ich nicht nehmen.«

Sie ging durchs Treppenhaus nach oben. Mischa konnte wirklich schweigen, wenn es sein musste. Er tat das nicht oft, aber heute gelang es ihm. Alles andere war im Augenblick egal.

Wie gesagt – man konnte sich auf ihn verlassen, solange man nicht mit ihm zusammen war.

Leise wie auf Katzenpfoten schlich sie durch den Korridor, fand das Zimmer, schloss auf.

»Willkommen daheim«, flüsterte sie, und es klang verzweifelter, als ihr lieb war.

Sie trat ein.

Hielt inne.

This is the beginning.

Das Zimmer war klein und roch nach Staubsauger und Teppichboden. Mattes Licht fiel durch das Fenster und überzog das schmale Bett und den Sessel mit Schattenpunkten, die irgendwo in der Nacht da draußen Schneeflocken waren. Sie ließ das Licht aus, schloss die Tür hinter sich, ließ den Rucksack auf den Boden fallen.

Vesper kam sich vor wie eine Verdächtige auf der Flucht, was sie ja eigentlich auch war.

Arriving on a thursday,

walking down the streets.

Sie ließ sich aufs Bett fallen und schloss die Augen. Sie lauschte auf ihren Atem und auf die Musik der finsteren Winternacht, die sich hinter dem geschlossenen Fenster auftat, dort unten über dem Fleet und der Stadt, die immer mehr zu einem bösen Märchenwald wurde.

Durch das Geflecht von Schatten und dumpfen Geräuschen, die von der Stadt in die Nacht gewebt wurden, kehrten ihre Gedanken in die hellen Jahre ihrer Kindheit zurück.

Bilder wie aus einem Fotoalbum gaukelten sie ihr vor, durchtränkt von Kinderlachen und Ballspielen auf einer Wiese. Vesper war nicht allein, nein, ihre Schwester war bei ihr. Sie spielten und stritten miteinander, und am Abend las Amalia ihr Geschichten vor. Das Haus war vollgestopft gewesen mit Büchern. Regalwände voller dicker Wälzer, Ablagen, die unter der Last der Drehbücher und Entwürfe ächzten. Überall verbargen sich Geschichten. Manchmal, wenn niemand zu Hause war, stahlen sich die beiden Mädchen in das Arbeitszimmer von Maxime Gold, was ihnen, das sei kurz angemerkt, strengstens verboten war, und zogen vorsichtig eines der wirklich alten Bücher aus den Regalen. Nicht selten mussten sie den feinen Staub vom oberen Schnitt pusten und Spinnweben fortstreichen. Doch dann, wenn sie fertig waren, ließen sie sich an einem gemütlichen Platz nieder, und Amalia begann der kleinen Vesper vorzulesen. Es waren immer wieder andere Geschichten, doch alle handelten sie von Prinzessinnen, die mutig waren, und Schneiderinnen, die verwegen gegen böse Wesen kämpften, und Königinnen, die ihre Kinder befreiten. Vesper wusste, dass Amalia ihr diese Geschichten mitnichten so erzählte, wie sie in den Büchern aufgeschrieben waren.

»Das wäre zu dumm«, pflegte sie zu sagen und ihr dabei über die Wange zu streichen, »denn die Geschichten handeln immer nur von mutigen Männern, aber niemals von mutigen Frauen.«

»Warum sind Mädchen nicht mutig?«

Amalia lächelte dann wissend. »Sie sind nur in den Geschichten nicht mutig, kleine Schwester.« Sie hob den Zeigefinger, machte ein vielsagendes Gesicht und grinste. »Im wahren Leben, musst du wissen, sind es die Mädchen, die zu Heldinnen werden, und die Frauen, die sind immer am mutigsten. Das darfst du niemals vergessen.«

»Warum steht es denn nicht so in den Geschichten?«

»Die Geschichten wurden von Männern geschrieben.«

»Dummen Männern?«

»Nein, sie waren klug. Aber es waren Männer.«

»Aber sie haben gelogen.«

»Mit voller Absicht.«

Vesper hatte genickt, obwohl sie nicht wirklich verstanden hatte, was ihre Schwester ihr hatte sagen wollen.

»Aber das mit den Männern ist nicht so wichtig«, fuhr Amalia fort. »Denn es gibt etwas viel, viel Wichtigeres, was du beachten musst.«

»Was denn?«

»Manche Geschichten«, warnte sie Amalia, »sind sehr gefährlich. Deswegen kann man sie nur anders erzählen.«

»Wie meinst du das?«

»Anders, als sie passiert sind.«

Vesper hatte auch dazu genickt. Und eigentlich gar nichts verstanden.

Am Ende war es auch egal gewesen. Sie war noch klein, und die Welt war ein schwereloser Planet voller wundersamer Dinge. Sie hatte einfach nur die Stimme ihrer großen Schwester genossen. Sie war wie eine Melodie gewesen, und sie hatte die Buchstaben aus den Büchern zu Magie und Abenteuer und Geheimnissen verflochten, hatte Paläste, dunkle Wälder, wilde Wölfe und gefahrvolle Stunden heraufbeschworen. Amalia hatte es sichtlich genossen, ihrer kleinen Schwester vorzulesen – und das war es, woran sich Vesper auch heute noch erinnerte. Niemals hätte sie diese Stunden missen mögen.

Amalia war acht Jahre alt, als sie Vesper vorzulesen begann. Und als Vesper zwölf geworden war, war Amalia bereits tot.

Vesper seufzte.

Warum musste sie ausgerechnet jetzt daran denken?

All die letzten Jahre hatte sie sich solche Mühe gegeben, die Geschehnisse von damals zu vergessen. Jene Nacht, die sturmumtost und seltsam gewesen war.

Man hatte einen Abschiedsbrief auf Amalias Schreibtisch gefunden, einen Zettel, der nicht einmal ein richtiger Brief war.

Alles ist wahr, stand darauf geschrieben, sonst nichts.

Vesper hatte ihre Eltern gefragt, was sie damit gemeint haben könnte. Doch beide wandten sich von ihrer jüngsten und nunmehr einzigen Tochter ab, ließen sich von ihrem eigenen Kummer ausweiden, sahen nur ihr eigenes Leid und einander schon gar nicht mehr – und sie vergaßen das andere Kind, das in der Stille seines Zimmers und der lauten Welt verkümmerte.

Jetzt stand Vesper am Fenster und blickte nach draußen in die Nacht und fragte sich, wohin all die Jahre verschwunden waren.

Als kleines Mädchen hatte sie geglaubt, niemals ohne ihre Schwester leben zu können, doch dann hatte sie feststellen müssen, dass Jahre vergehen können und man Dinge einfach vergisst und andere Dinge einfach verblassen, ohne Grund, einfach so. Zurück blieb nur die Leere, die man manchmal spürte und meistens nicht, wenngleich sie nie ganz fort war, gerade dann nicht, wenn man glaubte, sie endlich überwunden zu haben.

Vesper stellte sich das Gesicht ihrer großen Schwester an einem Novembertag wie diesem vor, und die Erinnerungen, das musste sie feststellen, taten noch immer so weh wie damals, als Amalias Grab zum ersten Mal frischen Schnee erblickt hatte.

Nein, daran wollte sie nicht denken.

Nicht jetzt, jedenfalls.

Sie rief Ida an, die noch immer nicht ans Telefon ging.

This is the beginning.

Irgendwo da draußen war das Wolfsding, das sie verfolgt hatte. Das war es, worauf sie sich konzentrieren sollte.

Da waren das Wolfsding und die Gestalt in dem Mantel.

Noch immer konnte sie nicht sagen, ob die beiden womöglich ein und dieselbe Person waren.

Sie betrachtete den Ring an ihrem Finger. In einem hellen Grün funkelte er im schattenhaften Halbdunkel des Hotelzimmers. Der Schlüssel steckte noch in ihrer Jacke.

Sie suchte in ihrer Vergangenheit nach dem Namen Friedrich Coppelius und war sich sicher, ihn schon einmal gehört zu haben. Andererseits war das Leben ihrer Eltern voll seltsamer Berühmtheiten gewesen. Für Vesper waren sie alle nur Gesichter gewesen, kaum mehr. Gestalten aus dem Kino und von der Bühne, zum Leben erwacht. Stars von den Filmplakaten im Arbeitszimmer ihres Vaters.

Draußen war die Nacht wie die Finsternis in den Märchen. Da war mehr, als man erkennen konnte. Sie spürte es, und wie zum Trost berührte sie den Ring, der ihr zwar keine Antworten gab, aber glatt und schön anzuschauen und irgendwie beruhigend war.

Erschöpft näherte Vesper sich rückwärts dem Bett.

Die Schwerkraft wisperte ihr Erlösung ins Haar und nahm sie bei den Schultern.

Vesper ließ sich einfach auf das Bett fallen. Sie lauschte ihrem Atem und folgte den Schattenspielen, die von den Nachtlichtern der Stadt an die Decke des kleinen Zimmers gemalt wurden. So lag sie regungslos da, und irgendwann übermannte sie die Erschöpfung. Sie zog die Beine an, rollte sich wie eine Katze zusammen und war zu müde zum Weinen.

Die Schatten tanzten weiter über die Decke, und endlich schloss Vesper die Augen und schlief ein.

Am Morgen berührte sie dieser Hauch von Unwirklichkeit, der einen immer dann sorgsam streift, wenn man in einem fremden Raum erwacht und sich in den ersten Augenblicken des Wachseins fragt, wo genau man denn wohl gestrandet ist.

Das Telefon hatte sie unsanft geweckt. »Aufstehen, Vesper-Baby«, begrüßte Mischa sie.

»Hmpf«, murmelte sie nur, legte den Hörer auf und drehte sich um, wickelte die Decke um sich und seufzte lang. Schließlich streckte sie sich und blinzelte ins Zwielicht des Zimmers.

Morgenmürrisch stand Vesper auf, betrachtete ihre Füße, die noch in den Strümpfen steckten. Wenn man in einem fremden Raum erwacht *und* feststellt, dass man die ganze Nacht in seinen Klamotten geschlafen hat, dann rückt die Welt noch ein Stück weiter zur Seite, und nicht einmal die zögerlichen Sonnenstrahlen können die Gewissheit verbergen, dass etwas im Leben aus der Bahn geraten ist.

Vesper jedenfalls streifte alles ab, was sie am Leib trug, und schlüpfte unter die Dusche, wo sie so lange im rauschenden Dampf stehen blieb und das heiße Wasser über ihren Körper rinnen ließ, bis sie endlich das Gefühl hatte, auch die letzte Sekunde der vergangenen Stunden abgewaschen zu haben. Natürlich, das wusste sie, war dies kaum mehr als eine Illusion; dafür aber eine Illusion, der sie sich gern hinzugeben bereit war.

Sie trat aus der Dusche, wischte Muster in den beschlagenen Spiegel, sodass sie ihre ungeschminkten, müden Augen erkennen konnte, und schließlich spürte sie die Geschwindigkeit langsam in ihr Leben zurückkehren. Sie schlüpfte in die Klamotten, betrachtete die kleinen Schiffe auf dem Fleet, kehrte ins Bad zurück, als sich der Dampf verzogen hatte, und schminkte sich lange und langsam – und fühlte sich dabei wie ein Ritter, der Stück um Stück seine schimmernde Rüstung anlegt, ohne die in die Schlacht zu ziehen ihm der Mut fehlt.

Als Letztes streifte sie sich den grünen Ring über, betrachtete ihn, fühlte sich gut dabei.

Dann stopfte sie alles, was auf dem Boden verstreut lag, in ihren Rucksack.

Knapp zwei Stunden nach dem Aufwachen verließ sie das Hotelzimmer. Sie hatte den Geruch von Hotelkorridoren noch nie gemocht.

»Du bist spät dran«, begrüßte sie Mischa, als sie unten ankam.

»Danke für den Weckruf.« Sie gab ihm den Zimmerschlüssel zurück. »Danke. Für alles.« Sie lächelte und gab Mischa zum Abschied einen Kuss auf die Wange.

»Es ist schon wieder passiert.«

»Die Träume?«

Er sah müde aus. »Laut den Nachrichten betrifft es nur Eltern, deren Kinder in den geheimnisvollen Minutenschlaf gefallen sind. Gruselig, was? Fast wie bei Dornröschen. Sie haben alle von einer Stimme geträumt. *Derselben* Stimme, wird behauptet. Mehr erfährt man aber nicht. Und Erklärungen gibt es bisher auch noch immer keine. Den ganzen Tag über kommen Sondersendungen.«

»Seltsame Zeiten«, murmelte Vesper nur und schickte sich an zu gehen. Sie musste los, wenn sie den Zug erwischen wollte.

»Pass auf dich auf«, sagte Mischa und fügte, irgendwie scherzhaft und irgendwie doch nicht, hinzu: »Und komm nicht vom rechten Wege ab.«

Ein Schauder lief ihr über den Rücken, als er das sagte. »Keine Angst, ich bin ein großes Mädchen.« Sie schenkte ihm ein wehmütiges Lächeln. Sie würde nicht vom rechten Wege abgekommen, denn das war es, was ihr eigentlich schon am gestrigen Tag passiert war. Wenn man einer Spur aus Rosenstaub folgte, dann geschah dies selten auf Pfaden, die man sicher beschreiten konnte. Wege wie dieser lagen immer tief in den Schatten, in dunklen Gefilden, in welche man sich nur mit schimmernder Rüstung und einem Schwert und verzweifeltem Mut vorzustoßen traute.

Mit dieser Gewissheit verließ Vesper Gold an jenem Morgen das Hotel *Zum Seepferdchen* und trat in die kalte Winterluft hinaus.

Sie fühlte sich einsamer als je zuvor.

In der Nacht hatte sich eine feine Schneedecke über der Stadt ausgebreitet, und die Geräusche wie die Farben, waren gedämpft und ruhig. Das Leben wirkte erstarrt, und als Vesper das Hotel verließ, war die Sonne nur eine blasse Scheibe an einem Himmel aus Grautönen und Wolken. Sie fingerte ihren iPod aus der Tasche ihrer Lederjacke, wickelte den Schal noch enger um den Hals, suchte nach einem Lied, das sie in den nächsten Stunden begleiten konnte. Ja, sie neigte dazu, sich immer und immer wieder das gleiche Lied anzuhören, so lange, bis die Melodie an allen Gefühlen gezehrt hatte.

Sie scrollte sich durch die Liste und fand schließlich *Le jour le plus froid du monde* von Dionysos.

Zur glashell tragenden Melodie und dem klingenden Geräusch der zwischen den Stimmen verborgenen tickenden Kuckucksuhr erwachte die Stadt träge zum Leben. Die Menschen strömten auf die Bushaltestellen und U-Bahn-Stationen zu, und keiner achtete auf den anderen.

On dit que je suis né le jour le plus froid du monde.

On dit que je suis avec le cœur gelé.

Ja, so fühlte sie sich. Kalt und erstarrt in einer Welt, die vom klirrend kalten Winter geküsst worden war.

Das, was sie heute vorhatte, musste sie allein tun. Sie konnte weder Ida noch sonst irgendwen damit behelligen.

Trotzdem rief sie von unterwegs aus Ida an.

»Wo hast du denn nur gesteckt?«, begrüßte Vesper sie, in gleichem Maße erleichtert und aufgeregt. »Ich habe den ganzen Abend versucht, dich zu erreichen.«

»Es ist wieder passiert«, sagte Ida.

»Ich habe es gesehen. Auf der Straße.«

»Mein Gott, Vesper, was passiert nur mit uns?«

»Wie geht es Greta?«

»Wie alle Kinder ist sie für ein paar Minuten eingeschlafen. Danach ging es ihr wieder gut. Sie ist jetzt im Kindergarten.«

Vesper musste an das alte Märchen denken. Dornröschen. Daran, wie alle im Schloss in einen tiefen Schlaf gefallen waren. Das Kinderbuch, das sie gemocht hatte, war voller Zeichnungen gewesen. Eine der Radierungen zeigte den Hofstaat im Schlaf. Alle waren bei dem, was sie gerade getan hatten, als der Schlaf sie übermannte, mitten in der Bewegung erstarrt. Sogar der Koch war eingeschlafen in dem verwunschenen Schloss. In dem Bilderbuch war er mit dem hölzernen Kochlöffel in der Hand erstarrt, jenem Löffel, mit dem er dem nunmehr ebenfalls schlafenden faulen Küchengehilfen den Hintern hatte versohlen wollen.

»Was hat es mit diesen Träumen, von denen alle reden, auf sich? Hattest du auch einen?«

Stille.

Dann: »Ja.«

»Willst du darüber reden?«

»Da gibt es nicht viel zu sagen.« Sie suchte nach Worten. »Ich habe geträumt, dass ich in einen Spiegel schaue.« Sie stockte. Das Reden fiel ihr nicht leicht »Mein Spiegelbild hat etwas zu mir gesagt.«

Knacken in der Verbindung.

Vesper wich einem Passanten aus. Alles schien wieder ganz normal zu sein in der Stadt.

»Was hat es gesagt?«

»Es hat sich angehört wie ganz unglaublich viele Kinderstimmen«, sagte Ida mit brüchiger Stimme. »So, als würden Hunderte von Kindern etwas flüstern. *Wir sind hier,* das hat es zu mir gesagt.«

Vesper erschauderte.

»Millionen von Menschen haben das Gleiche geträumt.«

Vesper stellte sich vor, wie all diese Menschen zur gleichen Zeit aus dem gleichen Traum erwachten, zitternd und bebend vor Angst, weil sie alle jene Worte vernommen hatten – *Wir sind hier!* –, und dann furchtsam und besorgt in die Kinderzimmer schlichen, um nach den Kleinen zu sehen.

»Heute Nacht habe ich wieder einen Traum gehabt. Nur hat der Spiegel etwas anderes gesagt. *Wir sind erwacht.*«

Vesper war sprachlos. Davon war in den Medien nichts erwähnt worden.

»Wer sind *wir*?«

»Es hat mit den Kindern zu tun, Vesper. Ich habe solche Angst davor, dass es wieder passiert. Du kannst dir nicht vorstellen, wie es ist, wenn dein Kind einfach so zusammenbricht.« Sie schluckte, hustete. »Es wird wieder passieren, ich weiß es. Greta hat solche Angst.«

»Haben die Kinder auch geträumt?«

»Greta kann sich an nichts erinnern. Und den anderen Eltern, mit denen ich gesprochen habe, ergeht es wie mir. Niemand weiß etwas. Die Ärzte sind ratlos.«

»Oh, Ida.«

»Greta hat Angst, weil sie spürt, wie ängstlich ich bin.«

Dicke Schneeflocken trieben in den anbrechenden Tag hinein und dämpften den Herzschlag der Stadt. Penner wühlten in Mülltonnen, und Geschäftsleute eilten zur Arbeit.

Vesper fragte sich, wie viele von ihnen den Traum gehabt hatten.

Wir sind erwacht!

Sie bekam das Bild aus dem Märchenbuch nicht mehr aus dem Kopf.

Es war einmal …

Dornröschen.

This it the beginning.

Wölfe.

This is the end.

Seltsame Begebenheiten.

»Aber wie geht es dir?«

Vesper öffnete den Mund und hätte ihr am liebsten von allem erzählt, was sie bedrückte. Doch sie besann sich. Es würde sich durch und durch verrückt anhören. Sie konnte Ida jetzt nicht auch noch damit belasten.

»Ich bin heute Abend wieder da«, sagte sie nur.

»Kommst du her?«

»Ich rufe dich an«, versprach Vesper. »Grüß Greta von mir.« Dann legte sie auf.

Mit schnellen Schritten ging sie in Richtung Stadthausbrücke, schlüpfte in ein Internetcafé am Rödingsmarkt und ließ sich einen Stadtplan von Blankenese ausdrucken. Sie faltete das Blatt und stopfte es in den Rucksack zu dem restlichen Kram. Dank des eifrigen Notars kannte sie die Anschrift jenes geheimnisvollen Herrn Coppelius, immerhin.

Zwei Straßen weiter bestellte sie zwei Espressi, knabberte an einem Croissant und überflog die *Morgenpost*. Die berühmte Pianistin Margo Gold sei in ihrem Haus in St. Georg verbrannt.

Toll, die Familie schaffte es jeden Tag in die Schlagzeilen! Die Tussis in der Schule würden sich die Mäuler zerreißen deswegen. Vesper Gold war bestimmt das Thema des Tages auf dem Schulhof und bei *Facebook*.

Was soll's …

Vesper seufzte und trank den Rest des mittlerweile kalten Espressos. Es war nur eine sehr kurze Mitteilung in der Zeitung – und doch war sie für Vesper wie ein schriller Weckruf, weil ihr bewusst wurde, dass nichts von dem, was ihr im Kopf herumspukte, ein Traum gewesen war.

Sie verließ das *Segafredo* und ging zu Fuß bis zur Stadthausbrücke und fühlte sich allein und verloren.

Das Gefühl, vom Weg abgekommen zu sein, war schon jetzt so stark, dass Rotkäppchen wohl kaum anders empfunden haben konnte. Sie telefonierte von einem öffentlichen Telefon aus mit der Schule und meldete sich für drei weitere Tage krank.

Sie löste ein Tagesticket, ging zur Linie 11 der S-Bahn in Richtung Wedel und sprang in den nächsten Zug.

Die schmutzigen Wagen, die Richtung Hamburg fuhren, waren vollgestopft mit Pendlern, die sie auf die Bahnsteige ausspuckten, eine Masse unglücklich und neidisch aussehender Krawattenträger und Schüler. Glücklicherweise war der Zug in Richtung Blankenese fast leer. Wer fuhr schon morgens um diese Zeit dorthin?

Vesper suchte sich einen Sitzplatz, lehnte den Kopf gegen die Fensterscheibe, ließ sich vom Rhythmus des Zuges hinwegtragen.

Noch immer lief das Lied in ihrem Kopf.

On dit que je suis né le jour le plus froid du monde.
On dit que je suis avec le cœur gelé.

Mit leerem Blick ließ sie draußen die Elbe am Fenster vorbeiziehen. Als sie Altona hinter sich ließen, veränderte sich das Stadtbild schnell. So sah es also aus, wenn man der Spur aus Rosenstaub folgte. Im botanischen Garten in Klein Flottbek klirrte überall auf den Bäumen Schnee, in dem sich das matte Licht der grauen Sonne brach. Vesper berührte den Ring an ihrem Finger und konnte die Augen nicht von ihm abwenden.

Sie mochte den Ring, als sei er schon immer in ihrem Besitz gewesen. Sie konnte nicht sagen, warum dies so war, aber der Ring war etwas, was sie an ihren Vater erinnerte. Sie stellte ihn sich vor, wie er den Ring und den Schlüssel in dem Briefumschlag beim Notar abgab.

Was hatte er sich nur dabei gedacht?

Sie wusste es nicht.

Vielleicht, so hoffte sie inständig, würde sie es wenigstens bald herausfinden. Vielleicht wüsste Friedrich Coppelius die Antworten. Im Internet hatte sie kurz nach ihm gesucht und war schnell fündig geworden. In den Sechzigerjahren war er in ersten Rollen zu sehen gewesen. Ein kleiner Mann mit schwarzem Haar und einer Brille, markantem Gesicht und sportlicher Attitüde. Er hatte in Krimis oft den Bösewicht gespielt, seltener den Liebhaber oder Helden. Über sein Privatleben erfuhr man nicht viel im Netz. Er war lange Jahre verheiratet gewesen, keine Kinder. Seine Frau war vor fünf Jahren gestorben, und das war alles, was Vesper in Erfahrung hatte bringen können. Bilder neueren Datums fand man keine, nur Standfotos und Szenenbilder aus der Blütezeit des deutschen Kinos der Sechziger- bis Siebzigerjahre.

Das war alles, das war die Spur aus Rosenstaub, der sie folgte.

Ihr mattes Spiegelbild im Fenster wirkte alles andere als zuversichtlich, und doch gab es sonst nichts zu tun, als diese Flucht nach vorn anzutreten. Und deswegen zweifelte sie keinen Moment daran, das einzig Richtige zu tun.

Während draußen die Welt im Grau des Wintertages verwischte, lauschte sie also dem Lied in der Endlosschleife und gab sich ganz der Sprache hin, die sie nur kümmerlich verstand.

Nach halbstündiger Fahrt erreichte die S-Bahn schließlich Blankenese.

Vesper trat auf den Bahnsteig hinaus und sah die sanfte Erhebung des Sellbergs vor sich.

Erst ein einziges Mal in ihrem Leben war sie hier gewesen, an einem schönen Tag Ende August, den sie mit vielen Theaterleuten untätig in der Sonne lungernd unten am Strand und am Jollenhafen verbracht hatte. Es war ein perfekter Tag gewesen, so angefüllt mit Lachen und Musik und Unbeschwertheit, dass er ihr im Nachhinein unwirklich wie ein Traum vorkam.

Heute war es kalt und karg, und der Zauber, der im Sommer über dem kleinen Fischerdörfchen von einst lag, war nur zu erahnen.

Vesper betrachtete das Gewirr von im Hang verwurzelten verwinkelten Treppen, die schmale Gassen und sich wie Schlangen windende Straßen miteinander verbanden. All die ehemaligen Fischerhäuschen mit ihren Reetdächern und die großen Kaufmannsvillen gaben dem Ort das zeitlose Flair einer vergangenen Epoche, als diese Ansammlung von Backsteinhäusern ein Zuhause für viele Fischer, Seeleute, Kapitäne und Lotsen gewesen war. Heute residierten hier die Wohlhabenden: Schauspieler, Künstler, Prominente. Trotzdem herrschte etwas vor, was man als Dorfidylle bezeichnen konnte. Zudem gab es überall Bäume und Sträucher, die, wenngleich jetzt nur vom Schnee besprenkelte Gerippe, im Sommer ein Hort aus Grün waren.

Vesper kramte den Brief des Anwalts hervor.

Las die Anschrift.

Forsch marschierte sie über den Bahnhofsvorplatz und sprang in den dort wartenden, seltsam aussehenden Bus. Da es nur eine Linie gab, konnte sie nichts falsch machen.

Die Bergziege, wie der wendige Kleinbus von den Einheimischen genannt wurde, brachte sie ein gutes Stück den Berg hinauf.

Auf der dem Wasser zugewandten Seite stieg Vesper am Süllbergsweg aus und folgte dem Plan, den sie sich ausgedruckt hatte. Schweres Kopfsteinpflaster bedeckte den Boden, und die Treppenstufen erinnerten sie an diesem Tag an die Filme von Robert Wiener. Alles hier war irgendwie schief und schräg und sah aus, als sei es ein skurriles Set-Design für einen flackernden Schwarz-Weiß-Film, in den sich nur hin und wieder ein paar matte Farbtupfer verirrt hatten.

So erreichte Vesper das Haus am Helmstieg nach nur wenigen Minuten. Es war ein altes Fischerhaus, nicht sehr groß, aber auch nicht sehr klein, mit einem so tief herabreichenden Reetdach, dass die Enden des Daches fast schon den hart gefrorenen Boden berührten.

Sie las das Namensschild am Zaun, der von einer Hecke überwuchert wurde, und öffnete sodann das niedrige Gartentor aus Holz und ging den schmalen, sich durch Blumenbeete und Schilfgräser windenden Pfad entlang. Ein rostiger Anker lag inmitten von Sträuchern, und eine Schiffslaterne baumelte neben der Tür, die fast kreisrund und massiv war.

Vesper betätigte den Türklopfer, der einem sehr grimmig dreinschauenden Seeungeheuer nachempfunden war.

Kurze Zeit später öffnete ein älterer Herr die Tür. Er trug einen bunten Hausmantel, darunter ein braunes Hemd mit Krawatte. Eine Pfeife ragte ihm aus dem Mund, und der Backenbart, der dicht und buschig war, ließ ihn wie das Relikt aus der Zeit des Stummfilms erscheinen. Das graue Haar stand ihm wild vom Kopf ab, als sei er gerade durch einen Sturm zur Tür gewandert. Keineswegs sah er so aus wie der Schauspieler auf den Bildern im Internet, doch seine Augen hatten noch das gleiche Leuchten wie auf den alten Filmbildern.

»Ein schönes junges Fräulein«, stellte er fest, und die dunklen Augen unter den buschigen Brauen sahen belustigt und neugierig auf den gewiss ungebetenen Gast. »Es kommt selten vor, dass mich jemand besucht.«

»Ich bin auf der Suche nach Herrn Friedrich Copelius«, sagte sie vorsichtig und wartete seine Reaktion ab.

»Sie haben ihn gefunden, würde ich sagen«, entgegnete er.

»Ich bin Vesper Gold«, fiel sie mit der Tür ins Haus. »Ich glaube, Sie kannten meinen Vater.«

Augenblicklich wurde das Gesicht des Mannes ernst und sorgenvoll. Wie gehetzt schaute er nach draußen, Vesper Gold über die Schulter, den gewundenen Weg hinab und die Gasse hinauf.

»Ich dachte schon, Sie seien eine Studentin, die für den Postdienst arbeitet.« Dann griff er behutsam Vespers Schultern und zog sie sanft nach drinnen. »Treten Sie schnell ein«, forderte er sie auf, »wir sollten nicht länger als nötig hier draußen herumstehen.«

Sie tat wie geheißen.

»Ist Ihnen jemand gefolgt?«, wollte er wissen.

Sie schüttelte den Kopf. »Ich glaube nicht.«

»Man weiß nie, man weiß nie«, murmelte er. »Sie sind geschickt. Das waren sie schon immer.«

»Wer?«, fragte sie.

Er sah sie ernst an. »Die Kreaturen, die Ihre Eltern getötet haben, würde ich sagen.« Er verschloss die Tür. »Kommen Sie mit.«

Er wusste also Bescheid.

Immerhin!

Vielleicht war es wirklich die richtige Entscheidung gewesen, hierherzukommen.

Friedrich Coppelius' Blick jedenfalls fiel auf ihre Hand mit dem grünen Ringstein, und ein zögerliches und zugleich besorgtes Lächeln umspielte seine Lippen.

Konnte es sein, dass er den Ring erkannte?

Vesper beschloss, erst einmal zu schweigen. Sie musste vorsichtig sein, trotz allem. Nie und niemandem war zu trauen – war es nicht das, was ihr Vater ihr in dem Brief geraten hatte?

Hüte dich vor den Wölfen.

Und dem, was ihnen folgt.

So ging sie hinter Friedrich Coppelius durch die kleine Diele, an deren Wänden ein Spiegel und das große gerahmte Bild eines holländischen Windjammers hingen, in den angrenzenden Raum.

»Nehmen Sie Platz«, forderte Coppelius sie freundlich auf.

Vesper sah sich um.

Das Wohnzimmer war eine kunterbunte Ansammlung von teuer aussehenden Antiquitäten, die allesamt nicht wirklich zueinanderpassten. Einige der eleganten Möbelstücke glaubte Vesper noch aus alten deutschen Filmen zu kennen, aber das konnte täuschen.

Ein ovaler Schreibtisch beherrschte den Raum, davor stand ein kleiner runder Tisch mit zwei dunklen Sesseln, dahinter eine seltsam geformte Stehlampe mit futuristisch anmutendem Schirm.

»Haben Sie *Metropolis* gesehen?«

Vesper nickte. »Ist schon etwas her.« Eigentlich erinnerte sie sich eher an die Bilder in den Schaukästen des

Kinos, das nicht weit entfernt gewesen war von ihrem Elternhaus in Berlin.

»Das ist der Tisch, an dem Alfred Abel und Gustav Fröhlich standen.«

Vesper nickte höflich. Sie konnte sich nur dunkel an die Szene in dem grauen Wolkenkratzer der Oberstadt erinnern.

»Ah, und diese Uhr stammt aus Venedig.«

Sie bewunderte die gigantische Standuhr hinter dem Schreibtisch.

»Haben Sie jemals zuvor eine so große Uhr gesehen?«

Sie schüttelte den Kopf.

Der Körper der Standuhr war breit wie ein kleiner Schrank, doch wirkte er in keiner Weise massig und plump. Die Standuhr war ein filigraner Riese aus alter Zeit, elegant und Ehrfurcht gebietend. Da war ein riesiges güldenes Ziffernblatt mit einer Vielzahl von eingravierten Tieren und Fabelwesen; dazu das mächtige Pendel, das majestätisch im Takt schwang.

»Sie ist sehr schön«, gestand Vesper.

Friedrich Coppelius nickte geistesabwesend.

»Warum sind Sie hergekommen?«, fragte er. »Hat Maxime Sie geschickt?«

An der Wand hing der Kunstdruck des Bildes, das auch ihr Vater so gemocht hatte.

Das Eismeer.

Konnte es ein Zufall sein, dass sie auch hier auf dieses Bild stieß? Hatte das Gemälde eine besondere Bedeutung? Oder bildete sie sich das alles nur ein, suchte sie Zusammenhänge, wo in Wirklichkeit keine waren?

»Ich bekam gestern einen Brief«, gestand sie, »den er schon vor einiger Zeit geschrieben haben muss.«

»Im Falle seines Todes sollten Sie mich aufsuchen?«

Sie nickte. Erwähnte den Notar und den Hinweis auf die Anschrift hier in Blankenese.

»Hat er Sie vor den Wölfen gewarnt?«

»Ja«, sagte sie hastig. »Was wissen Sie darüber?«

»Viel«, antwortete er, »aber leider nicht genug. Ja, leider, leider nicht genug. Unsere Generation ist nie mit ihnen in Berührung gekommen, nicht wirklich. Wir haben nur die Geschichten gehört und die Dokumente gelesen, das war alles. Es ist sehr, sehr lange her, dass die Gesellschaft sich mit dieser üblen Plage auseinandersetzen musste und zum Kampf ausgezogen ist.«

Vesper hatte keine Ahnung, wovon er sprach.

»Die Gesellschaft?«

Coppelius atmete tief durch, faltete die Hände. »Ich werde Ihnen wohl alles von vorn erklären müssen.« Er seufzte. »Ich habe es befürchtet, als ich vom Tod Ihres Vaters in der Zeitung las. Und dann erhielt auch ich einen Brief, den womöglich derselbe Notar abgeschickt hat, der Sie über mich in Kenntnis setzte.«

»Ein Brief von meinem Vater?«

»Er kündigte Ihr Kommen an und bat mich, Sie in alles einzuweihen.«

Vesper starrte ihn nur verständnislos an. »Ich habe keine Ahnung, wovon Sie reden.«

»Das dachte ich mir schon, ja, das dachte ich mir«, murmelte er und fuhr sich mit der Hand durch das wallende greise Haar. »Ich muss aber von vorn beginnen, so schnell, ja, ganz so schnell geht das alles nicht.« Er sinnierte, Unverständliches grummelnd, und stellte sodann fest: »Es ist doch bestimmt nichts gegen einen Tee einzuwenden, oder?!«

Sie schüttelte den Kopf. »Nein. Tee ist gut.«

»Es ist so kalt da draußen, und Sie sehen ganz durchgefroren aus. Ja, ein Tee kann wahre Wunder bewirken.« Ohne eine Reaktion Vespers abzuwarten, lief er aus dem Raum, und sie hörte ihn nebenan mit Tassen und Löffeln klappern, dann lief Wasser aus einem Hahn, und ein Kessel wurde geräuschvoll auf eine Herdplatte gestellt.

Erst jetzt fiel ihr auf, dass im Hintergrund ein Lied von Zarah Leander lief.

Der Wind hat mir ein Lied erzählt.

Vesper kannte es, ihre Mutter hatte diese Art von Musik sehr geschätzt – und Vesper selbst fand sie angenehm unzeitgemäß. Sie trat an den Tisch und sah sich weiter um.

Öffnete die Jacke, lockerte den Schal – ein wenig.

Auf dem riesigen Schreibtisch verstreut lagen zwischen diversen Schreibutensilien alte Bücher und Zeitschriften, aktuelle Tageszeitungen und Kopien aus Büchern oder diversen Magazinen. Es war ein Haufen aus Krimskrams und Blättern, Zetteln und Notizen, kunterbunt durcheinander, zerwühlt und ohne jede erkennbare Systematik in wilden Haufen übereinandergeschichtet.

Dazwischen standen überall Teller voller Krümel und jede Menge Tassen mit Kaffeerändern.

Kurz darauf kehrte Coppelius zurück, sah sie erneut an, als könne er gar nicht fassen, sie hier zu sehen. »Sie sind also Maxime Golds Tochter«, stellte er fest, noch bevor sie auch nur ein Wort gesagt hatte. Er spähte an ihr vorbei durchs Fenster, die Gasse hinab, die Treppenstufen zum Berg hinauf, wachsam wie ein unruhiges Tier, das sich verfolgt wähnt. »Er hat Ihnen also gesagt, dass Sie zu mir kommen sollen.« Er seufzte erneut, und es kam Vesper vor, als laste das Gewicht großer Geheimnisse auf seinen Schultern. »Hat er einmal Andeutungen gemacht?«

»Andeutungen?«

»Bezüglich gewisser«, hier machte er eine Pause, beobachtete sie eingehend, bevor er betonte: *»geheimnisvoller* Dinge.«

Geheimnisvolle Dinge? Sie schüttelte den Kopf. »Eigentlich habe ich keine Ahnung, was ich mache.«

»Soll das heißen …?«

Was immer er auch meinte … »Ja«, sagte sie ungeduldig.

»Sie wissen nichts von dem, was Ihr Vater getan hat?«

»Er war Regisseur.«

»Ja, er mochte Geschichten. Doch darüber hinaus …«

Erneutes Kopfschütteln ihrerseits.

»Sie wissen demnach nichts vom Refugium.«

Bingo! »Nein.«

Er starrte sie an. »Er hat es niemals erwähnt?«

Sie erzählte ihm von dem Besuch bei ihrer Mutter und dem, was sie dort gesehen hatte. »Mein Vater schickte mir diesen Ring und einen Schlüssel. Einen sehr alten Schlüssel.« Sie kramte ihn aus der Tasche hervor. »Den hier.«

Coppelius erstarrte. »Das ist einer der Schlüssel zum Refugium.«

»Kann sein«, murmelte sie nur und ließ den eisernen Schlüssel schnell wieder in der Tasche ihrer Lederjacke verschwinden.

»Sie meinen«, hakte er erneut nach und zupfte an seiner rechten Augenbraue, »Sie meinen, Sie wissen wirklich gar nichts vom Refugium in der Speicherstadt? Sie haben noch nie davon gehört? Nicht ein einziges Mal? Sie wissen nicht, wo es ist und warum es erschaffen wurde?«

»Herrje, nein.« Sie kam sich vor wie in einem Schauermärchen, wo erst viel zu langsam die düsteren Geheimnisse aus alter Zeit offenbar werden. »Nun sagen Sie mir schon, was hier los ist.« Sie wusste, dass ihre Stimme nicht gerade höflich klang.

»Das Refugium«, sagte Coppelius, von ihrer Ungeduld unbeirrt, »ist eines der letzten in diesem Teil der Welt. Die anderen wurden alle vernichtet, als ...« Er hielt inne, seufzte. »Sie wissen wirklich überhaupt nichts von der *Bohemia*?« Als sei dieser Sachverhalt ganz und gar unmöglich zu fassen, so sah er aus, als er ihr die Frage stellte.

Vesper zuckte die Achseln. »Ich habe nie davon gehört.« Sie wusste nicht einmal, was oder wen er damit meinte.

»Dann«, meinte Coppelius, »sollte ich jetzt erst einmal den Tee bringen und Ihnen dann von allem berichten. Es ist eine lange Geschichte, die ich zu erzählen habe. Aber wir haben ja Zeit, nicht wahr?!« Er verschwand erneut in dem Nebenraum, und Vesper hörte, wie er laut mit Geschirr herumhantierte. Es schepperte und klirrte und klapperte.

Derweil betrachtete sie die Zeitungen, die auf dem Tisch lagen. Coppelius hatte die meisten der Artikel markiert. Es ging, neben dem seltsamen Kinderschlaf und den Träumen, um das Verschwinden von Kindern irgendwo in der Eifel. Um Wölfe, die man in den Wäldern dort angeblich gesehen hatte. In einem Artikel war von einem Nebelspinner die Rede (was auch immer das sein sollte), in einem anderen von alten Märchen. Nichts an diesen Artikeln ließ einen Zusammenhang vermuten: Da ging es um den Brand einer Lagerhalle in München, einen Autounfall irgendwo am Bodensee, um seltsame Wetterphänomene, die mit neuartigen Wolkenbewegungen zu tun hatten, um eine Auktion, bei der alte Bücher und mittelalterliche Möbelstücke feilgeboten worden waren, um den Absturz einer einmotorigen Chessna irgendwo in den Alpen. Mitten in dem Durcheinander lag eine uralte Ausgabe der *Kinder- und Hausmärchen* der Brüder Grimm. Einige Stellen darin waren mit gelben Klebezetteln markiert.

»Ah, Sie haben sich bereits mit der Literatur vertraut gemacht«, sagte er, als er zurückkehrte. Coppelius balancierte ein silbernes Tablett mit zwei Tassen und einer Teekanne darauf.

»Ich wollte nicht neugierig sein.«

Er lachte laut auf. »Sie sind Fräulein Gold. Wenn Sie auch nur eine Spur nach Ihrem Vater geraten sind, dann sind Sie ein äußerst unruhiger Geist, dessen bin ich mir sicher.«

Vesper musste lächeln. Zum ersten Mal kam ihr der Gedanke, dass dieser alte Mann ihren Vater besser gekannt haben könnte als sie selbst.

Und als erriete er ihre Gedanken, sagte Coppelius: »Ihr Vater und ich lernten uns Anfang der Sechzigerjahre in München kennen.« Er stellte das Tablett auf dem Schreibtisch ab und bot Vesper einen Platz in einem der Sessel an. »Wir waren beide beim Film gelandet.«

Vesper legte die Jacke ab und ließ sich in den Sessel sinken.

»Blutjung und voller Energie waren wir, und wir wollten unsere Geschichten erzählen.« Der alte Mann schenkte ihr Tee ein und nahm in dem anderen Sessel Platz. »Max wollte damals schon Regie führen, und mein Herz, ja, meines, das hing schon immer an der Schauspielerei. Doch als wir einander über den Weg liefen, gehörten wir zu den allerkleinsten Rädchen im System, könnte man sagen.« Versonnen dachte er an die alten Zeiten. »Maxime war ein unbedeutender kleiner Drehbuchassistent bei einem neuen Film, den Frank Westlandt produzieren ließ. *Das Geheimnis der schwarzen Mönche,* nach einer Vorlage des damals überaus berühmten englischen Krimischreibers P.C. Kingsley. Ich war nur ein Kabeljunge, der Laufbursche des Kameramanns, nicht mehr, aber auch nicht weniger. Im selben Jahr drehten wir noch *Der Fluch der indischen Schatulle,* doch das war nicht wichtig. Wir lernten uns kennen und stellten fest, dass es kein Zufall war, dass wir einander getroffen hatten. Unsere Eltern hatten sich bereits gekannt und alles in die Wege geleitet, damit wir uns begegneten.«

Vesper hatte nicht die geringste Ahnung, was genau er ihr erzählen wollte.

»Schon unsere Eltern nämlich waren Mitglieder der *Bohemia*«, erklärte er, als müsse sie vor Erleuchtung und Erkenntnis aufspringen, sobald er diesen seltsamen Namen auch nur nannte.

Tat sie aber nicht.

»Ich habe noch nie etwas davon gehört, ganz ehrlich.« Ihr Vater hatte früher alle möglichen Geschichten erzählt, aber diesen Namen hatte er niemals erwähnt, da war sie ganz sicher.

Coppelius nickte traurig. »Ja, das war ein großer Fehler. Das war der Fehler, den wir alle begangen haben. Wir dachten, es sei alles vorbei. Und jetzt passieren wieder die gleichen seltsamen Dinge wie damals, in der alten Zeit.« Er atmete schwer. »Maxime ist tot. Margo ebenso.« Er rieb sich müde die alten Augen. »Viele andere auch. Niemand sieht heute mehr die Zusammenhänge, wenn er die Zeitungen liest, doch so fing es auch damals an.«

»Was?«, fragte Vesper. »Was fing damals an?«

»All diese Dinge. Die Kinder, die Träume, das Auftauchen der Wölfe.«

Ihr schwindelte.

Das war schon einmal passiert. »Wann?« Von welcher Zeit sprach der alte Mann?

»Oh, das ist eine wirklich lange Geschichte. Wir müssen uns Zeit lassen, es geht leider nicht anders. Man muss alles der Reihe nach erzählen, junges Fräulein, sonst ergibt es keinen Sinn. Aber Sie haben ja schon einen von ihnen mit eigenen Augen gesehen, das macht es einfacher.«

»Sie meinen das Wolfswesen.«

»Früher haben wir sie *Menschenwölfe* genannt.« Er sah traurig aus, Furcht in der Erinnerung.

»Menschenwolf«, flüsterte Vesper. Das klang nicht gut.

Coppelius schwieg nachdenklich, sah zum Fenster hinaus.

»Ja, Menschenwolf«, fuhr er schließlich fort. »Sie haben mit eigenen Augen gesehen, dass es derartige Wesen gibt. Sie wissen, dass sie existieren und nicht das Hirngespinst eines alten Mannes sind, der seine Zeit verrinnen sieht. Andernfalls hätte es sein können, dass Sie meine Worte als die eines senilen alten Schauspielers abgetan hätten, nicht wahr?! Doch jetzt, da Sie bereits einem begegnet sind …«

Vesper schnaubte. »Nun erzählen Sie schon!«, drängte sie ihn, ebenso fasziniert wie unhöflich.

Der alte Mann konnte sich ein Lächeln nicht verkneifen. »Sie sind genauso ungeduldig, wie Ihr Vater es immer war. Überhaupt, junges Fräulein, sind Sie ihm sehr ähnlich.«

Sie schwieg.

»Und wie ich sehe, hat er Ihnen seinen Ring geschickt.« Voller Ehrfurcht betrachtete Coppelius das Schmuckstück.

»Maxime war damals zum Hüter des grünen Splitterstücks auserkoren worden. Das andere der beiden Splitterstücke ging an …« Er hielt inne, murmelte leise und nahezu unverständlich: »Nun ja, das ist unwichtig.« Er löste den Blick von dem Ring und sah Vesper in die Augen. »Sie haben den Ring, und das ist gut so. Er kann Ihnen helfen, wissen Sie?!«

»Helfen? Wobei?«

»Ach, wenn Sie nur wüssten, was Sie da am Finger tragen, junges Fräulein.« Er senkte den Kopf und nippte an seinem Tee. »Ihr Vater, ich, all die anderen«, erinnerte er sich, »wir haben die überlieferten Geschichten gekannt. Wir wussten, was einst geschehen war. Und doch waren wir so unwissend wie Kinder. Wir gehörten einer Generation an, die nur das Wissen bewahren musste, kaum mehr. Keiner von uns dachte auch nur im Traum daran, dass jemals wieder erwachen würde, was einst verbannt worden war.«

Vesper beugte sich vor. Das, was sie hörte, klang völlig verrückt. Wie aus einem der Drehbücher, die ihr Vater so gemocht hatte. Und hätte sie gestern nicht mit eigenen Augen das Wolfswesen – den *Menschenwolf* – gesehen, so wäre sie womöglich enttäuscht und wütend aus dem Fischerhaus gestürmt. Eingedenk dieser Begegnung blieb sie jedoch und war offen für alles, was über die Lippen des alten Mannes kam.

»Kennen Sie das Bild dort?«

»Das Eismeer?« Sie dachte an den Besuch im Museum. »Mein Vater mochte es.«

»Dort fing es an.« Er seufzte. »Hat er Ihnen jemals die Geschichte erzählt?«

»Er hat mir nur Märchen erzählt.«

Coppelius sah sie müde an. *»Märchen, ja, die sind wichtig. Sie erklären uns nicht nur, dass es Drachen gibt, sondern, was viel wichtiger ist, sie zeigen uns auf, wie man die Drachen besiegen kann.«* Er lächelte versonnen. »Chesterton hat es, wie so vieles andere, auf den Punkt gebracht.«

Vesper hatte keine Ahnung, wovon er sprach.

»Entschuldigen Sie.« Coppelius schüttelte das Haupt und sog an der Pfeife. »Ich schweife ab. Das Laster eines geschwätzigen alten Mannes, der all die Jahre über schweigen musste.« Er blies den Rauch in den Raum. »Doch lassen Sie uns über die *Bohemia* reden«, begann er schließlich und wollte gerade eine weitere Ausführung beginnen, als es an der Tür klopfte.

Vesper und Coppelius sahen einander an.

»Erwarten Sie noch Besuch?«, fragte Vesper.

»Könnte sein«, flüsterte er geheimnisvoll und zwinkerte ihr zu. Dann erhob er sich, und der Sessel ächzte, als wolle er ihn nicht gehen lassen. »Sie sind nicht das einzige Waisenkind, das durch die Welt irrt.«

Während er in gemächlichem Tempo das Wohnzimmer verließ und zur Tür ging, fragte sich Vesper, was genau er damit nun wieder gemeint hatte. Gab es etwa noch andere Kinder wie sie? Kinder, die in den letzten Tagen ihre Eltern verloren hatten? Erneut fiel ihr Blick auf die Zeitungen und die Schlagzeilen von überraschenden Unglücken und seltsamen Vorkommnissen.

Eine verwehte Spur aus Rosenstaub.

Hüte dich vor den Wölfen.

Plötzlich fühlte sie sich wie ein Tier in der Falle. Mit einem Mal kam sie sich dumm und naiv vor. Sie saß hier in diesem fremden Haus in Blankenese und hörte sich die Geschichten an, die dieser Mann ihr erzählte. Doch hatte sie gestern zunächst nicht einmal erkannt, dass sie nicht ihrer eigenen Mutter gegenüberstand. Wie also konnte sie sich jetzt sicher sein, in dem alten Mann wirklich Friedrich Coppelius gefunden zu haben?

Doch nein, dieses Misstrauen war absurd.

Ihr Vater hatte sie hierhergeschickt.

Der Notar hatte ihr die Anschrift genannt. Und der Notar hätte sie doch nicht angelogen, oder?

Dennoch – konnte es eine Falle sein? Hatte man sie in böser Absicht hierhergelockt, während sie sich in Sicherheit wiegte?

Ihr Herzschlag beschleunigte sich, alles in ihr spannte sich an, war bereit zur Flucht.

Doch wohin? Und – *wovor*?

Hatte der alte Mann denn nicht ruhig gewirkt, als er das plötzliche Klopfen vernommen hatte? Sicherlich erwartete er jemanden, womöglich, das hatte er schließlich angedeutet, nur ein weiteres Waisenkind, dessen Eltern in irgendeiner Verbindung zu dieser geheimnisvollen Gesellschaft namens *Bohemia* gestanden hatten – und im Zuge eines tragischen Unfalls oder höchst unverhofft durch einen bösen Schicksalsschlag gestorben waren.

Wie auch immer – Vesper konnte nichts tun als warten.

Sie hörte, wie der alte Mann die Tür öffnete.

Das war doch alles verrückt, total überdreht.

Oder?

Im Hintergrund sang jetzt Lisa Lesco. Musik, die ihrer Mutter nicht gefallen hätte. Ihrem Vater schon.

Fräulein, Sie dürfen heut nicht allein sein.

Was sollte sie tun, wenn der alte Mann gar nicht Friedrich Coppelius war? Wenn der Besucher an der Tür sich als jemand herausstellte, der ihr nachstellte?

Menschenwolf, Menschenwolf.

Vesper biss sich nervös auf die Lippe, ihr Herz hämmerte. Dummes Zeug! Sie schalt sich selbst eine Närrin.

Er war nett und skurril. Jemand, mit dem ihr Vater sich ganz bestimmt eingelassen hätte. Sie spürte es, und manchmal musste man doch auch seinen Gefühlen trauen.

Trotzdem!

Sie hatte Angst.

Plötzlich.

Unbändig.

Sie lauschte der Stimme des alten Mannes. Er begrüßte irgendjemanden, das war alles, was sie verstehen konnte.

Vesper erhob sich leise vom Sessel.

Wohin sollte sie gehen, falls etwas Böses ins Haus gekommen war?

Sie sah sich um.

In wachsender Panik.

Ein dumpfer Schlag hallte mit einem Mal laut durch die Diele, und das leise Knurren, das dem Schlag folgte, machte ihr bewusst, dass sie in der Patsche saß. Die Stimme des alten Mannes war nur mehr ein Ächzen, Leben, das entwich, von Bedauern in matte Farben getaucht.

Hüte dich vor den Wölfen.

Vesper hätte am liebsten aufgeschrien.

Und dem, was ihnen folgt.

Der Weg nach draußen war ihr verwehrt. Sie wusste, dass der alte Mann tot war. Tief in ihr drinnen schrie diese Gewissheit all die bittere Verzweiflung des kleinen Mädchens, das sich früher in der Dunkelheit gefürchtet hatte, in die tiefrot pochende Stille ihres Herzens. So suchte sie nach dem Ausweg, der ihr verborgen blieb, und spürte, wie ihr die Zeit wie Sand durch die Finger rann, warm und heiß wie die letzten Tränen am Ende des Weges, während sich ihr das tiefe Knurren auf großen Pfoten unaufhaltsam näherte.

Der schattenkalte Hauch von einst

Keine einzige Sekunde zu spät verschwand Vesper Gold im Bauch der Uhr, deren Pendel unverdrossen weiterschwang und deren lange, spitze Zeiger sich mit dem Ticken des Takts bewegten, als sei nichts Außergewöhnliches geschehen. Sie hatte die Lederjacke und den Rucksack unter den Sessel, auf dem sie eben noch Platz genommen hatte, geschoben, still hoffend, dass, wer auch immer gleich den Raum betreten würde, nichts davon bemerken würde. Sie dankte dem Schicksal und der Sammelleidenschaft des alten Mannes für die riesenhafte Standuhr und kam sich vor, als sei sie in einem düsteren Märchen gefangen. Sie war durch die große Tür an der Seite der Standuhr nach drinnen gelangt. So hatte sie mühelos einen Unterschlupf gefunden – und nun steckte Vesper in der Uhr, in dem Verschlag hinter der Pendelkammer, und versuchte sich und ihren Herzschlag zu beruhigen. Nur durch einen schmalen Schlitz konnte sie nach draußen ins Wohnzimmer spähen, wobei ihr Blick im Sekundentakt vom vorbeischwingenden Pendel unterbrochen wurde.

Die Schallplatte, die Friedrich Coppelius aufgelegt hatte, spielte nun *Beim ersten Mal, da tut's noch weh*. Hans Albers nölte mit der ihm eigenen, versoffen unvergleichlichen Stimme die Melodie, und es klang so lustlos, als habe man ihn gezwungen, dieses Lied zu singen. Des ungeachtet war die Musik ihr großes Glück, hatte sie doch die Geräusche überdeckt, die das Öffnen der Tür zwangsläufig mit sich gebracht hatte.

Vesper hielt den Atem an.

Um sie herum tickten Zahnräder und unsichtbare Mechanismen, klickte es still und leise und unaufhörlich.

Langsam, sehr langsam, wurde ihr Herzschlag ruhiger.

Sie wagte kaum zu blinzeln.

Durch den Spalt wurde sie einer männlichen Gestalt gewahr, die das Wohnzimmer betrat und sich umschaute. Sie war nicht ganz Mensch und auch nicht ganz Wolf, sondern etwas dazwischen. Sie hielt etwas mit der Hand gepackt, zerrte einen schweren Körper hinter sich her.

Vesper schluckte.

Als sie eben die Standuhr betrachtet hatte, da war ihr der Spalt hinter dem Pendel gar nicht aufgefallen. Die Glasscheibe, die vor dem Pendel war, spiegelte den Raum und verbarg, was dahinter lag. Inständig hoffte Vesper, dass diese Tarnung ihr nun Schutz bieten würde.

Die Kreatur jedenfalls, die das Wohnzimmer betreten hatte, schien sich der Gegenwart der jungen Frau in keiner Weise bewusst zu sein. Stattdessen galt ihre Aufmerksamkeit dem alten Mann, der eben noch bereit gewesen war, Klarheiten in Vespers Leben zu bringen.

Die prankenartige Hand zerrte den Leichnam von Friedrich Coppelius in den Raum, ließ ihn neben dem Schreibtisch auf den Teppich fallen. Dann schnüffelte die Gestalt, hielt den Kopf schief, verharrte still. Sie trug einen Mantel, und langes Haar wallte ihr bis über die Schulter. Alles an ihr wirkte zottelig, selbst der Stoff des Mantels wirkte wie Fell, das jemand mühsam glattgestrichen hatte, um ihm den Anschein von Arglosigkeit zu geben.

Vesper spürte den Ring an ihrem Finger. Fast war ihr, als könne sie das Grün fühlen. Warm strahlte die Farbe eine leise Zuversicht aus, die sich die junge Frau wahrlich nicht erklären konnte.

Denn insgeheim fluchte Vesper.

Sie saß in der Falle.

Wie hatte sie nur so dumm sein können!?

Die Gestalt, die irgendwie unscharf wirkte, sah sich ausgiebig und ruhig die auf dem Schreibtisch verstreuten Artikel und Bücher an.

Dann nahm sie etwas aus der Manteltasche, legte es behutsam auf den Schreibtisch und ging in die Küche. Vesper konnte nicht erkennen, um was genau es sich bei dem zurückgelassenen Gegenstand handelte. Es sah jedoch aus wie eine kleine Pflanze mit zarten Blättern. In einem Beutel voll tiefdunkler Erde steckte sie, und die Pflanzenstängel, die ebenso gut Tentakel oder auch Wurzeln hätten sein können, regten sich nicht.

Aus der Küche drang das Geräusch des Wasserhahns herüber, und nach einem kurzen Augenblick kehrte die Gestalt mit einem Glas Wasser ins Zimmer zurück.

Die Gestalt nahm die Pflanze und stellte sie in eine fleckige Kaffeetasse, die sie auf dem Schreibtisch fand, und diese dicht neben den leblosen Körper des alten Mannes auf den Teppich.

Gleich darauf benetzte sie die kleinen Blätter mit einigen Tropfen des Wassers aus dem Glas und murmelte etwas in einer fremden Sprache, die Vesper noch nie zuvor gehört hatte.

Dann erhob sich die Gestalt und wartete.

Worauf?

Vesper wusste es nicht.

Sie wurde unruhig, weil sie spürte, dass gleich etwas passieren würde.

Es war, als sei sie in einem Traum gefangen. Als könne sie nicht fortlaufen, egal, wie schnell sie rennen würde.

Mit angestrengtem Blick versuchte sie etwas zu erkennen.

Das Pendel der Uhr schlug hin und her.

Tick, tack.

Unaufhörlich.

Und dann glaubte sie zu sehen, wie die Pflanze sich zu bewegen begann. Ja, sie streckte die dürren Stängel nach dem regungslosen Körper des alten Mannes aus.

Die schlangenhaften Auswüchse der Pflanze berührten die faltige alte Haut, schienen in sie hineinzustechen und tief ins Fleisch einzudringen. Was sie genau taten, vermochte Vesper nicht zu erkennen.

Immer wieder fegte das Pendel vorbei und beschwor ein Schwindelgefühl in ihr herauf.

Die Gestalt indes rührte sich nicht.

Sie wartete.

Vesper fragte sich, warum das Wesen sie nicht witterte. Sie war sich sicher, dass dies der Wolf – der *Menschenwolf*, so hatte Coppelius ihn genannt – aus dem Haus ihrer Mutter war.

Sie spürte es.

Die Gestalt sah jetzt aus wie ein Mann, aber die Unschärfe, die ihn umgab, hatte etwas Wölfisches und Boshaftes; etwas, was die Menschen am Bahnhof hatte zur Seite weichen lassen, sobald er sich ihnen genähert hatte.

Er war ein Mensch, in dem der böse Wolf aus allen Märchen hauste; ein Wolf, der die Gestalt eines Menschen hatte. Der hungrige Menschenwolf aus Vespers Träumen.

Das Ding, das sich in den sturmumtosten Träumen ihrer einsamen Kindheit an sie herangeschlichen hatte.

Vesper atmete tief durch.

Sie war dankbar für die Musik, die im Hintergrund lief.

Lasst den Kopf nicht hängen.

Lizzi Waldmüller.

Wie passend!

Wäre die beschwingte Melodie nicht gewesen, so hätte sie geglaubt, der Fremde müsse ihren Herzschlag einfach hören.

Überdies schwebte noch der Geruch von Pfeifentabak im Raum. Der mochte die Kreatur zusätzlich täuschen.

Das Pflanzending jedenfalls, das immer weiter anwuchs, schien das Blut des Toten zu trinken und wurde schnell größer. Die Blätter wurden flach und breit; es trieben fleischfarbene Blüten aus dem Grün. Die fahlen Knospen, die sich träge öffneten wie Münder, wuchsen zu unförmigen Gebilden heran, deren Konturen zu einer menschenähnlichen Gestalt verschwammen.

Vesper hätte am liebsten laut aufgestöhnt, als ihr bewusst wurde, was da vor sich ging. Denn mit einem Mal wurde ihr bewusst, dass das, was sie da erblickte, nichts anderes als Arme und Beine, ein Kopf, Hände mit Fingern, Haare und Fingernägel waren. Ein Torso schälte sich aus der wabernden grünen Masse heraus, gefolgt von einem Gesicht, dessen Beschaffenheit unruhig in immer wieder neue Formen floss, als sei dort eine ungeheuere Hitze am Werk.

Vesper wagte es nicht, sich zu rühren.

Sie dachte an ihre Mutter, wie sie tot in dem Klavier lag, und zitterte am ganzen Leib.

Was ging hier nur vor?

Dass die dunkle Gestalt der Verfolger vom Vortag war, stand für sie nun außer Frage.

Doch was war das für ein Pflanzending?

Die Gestalt am Boden drehte sich, rollte zur Seite, sodass Vesper nicht mehr sehen konnte, wie sie sich veränderte, wurde fester. Der Menschenwolf trat jetzt zwischen die Standuhr und das Ding am Boden; sein massiger Leib nahm Vesper die Sicht auf das, was dort geschah.

Erst als die Kreatur weiter um das Pflanzending herumging, erkannte Vesper den nackten Körper eines alten Mannes, der zusammengekrümmt und bebend auf dem Teppich lag. Schließlich erhob er sich mithilfe des Menschenwolfs, langsam und ein wenig wankend. Mit beiden Händen stützte er sich an der Tischkante ab. Sein Gesicht war vor Anstrengung verzerrt.

Er blieb vor dem Menschenwolf stehen und wurde begutachtet.

Friedrich Coppelius.

Er stand dort, als sei er nie tot gewesen.

»Zieh dir was an«, knurrte die tiefe Stimme des Raubtiers.

Und der alte Mann schlurfte durch das Haus. Leblos und doch lebendig, eine Kopie, die atmete. Eine Marionette, die den Weisungen ihres Gebieters gehorchte, komme, was wolle.

Vesper erstarrte immer mehr. Ihre Glieder begannen zu schmerzen, die Hitze in der Standuhr wurde immer unerträglicher. Sie hatte Angst, und diese Angst war die Furcht, die ein Kind verspürt, wenn es allein in einen tiefen, dunklen Keller hinabsteigen muss. Es sieht die lange Treppe hinab und weiß um die Dinge, die sich dort unten verbergen. Es weiß um all das, was den Augen der Erwachsenen verborgen bleibt.

Doch dies hier war kein Keller.

Sie war in keinem Traum gefangen.

Alles, was sie sah, passierte wirklich. Es geschah jetzt. Und sie, Vesper Gold, war mittendrin.

Mein Gott, schrie es in ihr, *es hat ihn kopiert!*

Friedrich Coppelius.

Sein Leichnam lag noch immer da, wo die Pflanze von ihm getrunken hatte.

Vesper hätte am liebsten geschluchzt und geweint vor Angst, doch war sie zu starr und gelähmt, um irgendetwas anderes zu tun, als still in der Standuhr zu verharren.

Das Gleiche wie Herrn Coppelius war offenbar ihrer Mutter widerfahren. Der Menschenwolf war in die Villa am Theresiensteg gekommen und hatte sie ohne Vorwarnung getötet, und das Pflanzending hatte das Blut ihrer Mutter getrunken und war anschließend zu einer Kopie herangewachsen.

Der Menschenwolf setzte sich an den Schreibtisch, mit dem Rücken zur Standuhr.

Vesper konnte sein Gesicht nicht erkennen. Doch insgeheim wusste sie, dass, selbst wenn sie es sähe, es kaum ein Gesicht wäre, weil es bei diesem Menschenwolf keine festen Konturen zu haben schien. Es sah aus, als würde der Wolf durch eine dünne Menschenhaut schimmern. Als sei er allzeit in Bewegung, ja, genauso sah es aus, sogar von hinten. Schwierig zu betrachten, wie eine Fata Morgana, die unruhig flimmernd am Horizont steht.

Er las weitere Artikel. Dabei summte er mit tiefer Stimme zu der Melodie von der Schallplatte.

Dann, nach lähmenden Minuten, die Vesper wie endlose Stunden vorkamen, kehrte das Ding zurück.

Es sah aus wie Friedrich Coppelius, jetzt konnte sie es besser sehen als vorhin. Es war perfekt, in jedem Detail. Sogar die buschigen Augenbrauen hatte es kopiert. Es trug jetzt seine Kleidung und selbst die Hausschuhe des alten Mannes.

»Seid mir gegrüßt, alter Mann«, sagte das schattenhafte Wolfswesen, und die Stimme war ein tiefes Grollen voller Spott, dunkel und kalt. »Wie ist dein Name?«

»Ich bin Friedrich Coppelius«, sagte das Ding. Es legte den Kopf schief und schnalzte unbeholfen mit der Zunge. »Ich bin Friedrich Coppelius.« Diesen Satz sagte es vor sich hin wie ein Gebet, und bei jedem weiteren Mal hörte es sich mehr wie der alte Mann an. »Friedrich Coppelius, das bin ich. Gestatten, ich bin Friedrich Coppelius. Es freut mich, dass Sie mich gefunden haben. Friedrich, ja, Friedrich Coppelius, so lautet mein Name.« Es neigte den Kopf und betrachtete den Leichnam des alten Mannes, der zu seinen Füßen lag. Leicht stieß es ihn mit dem Fuß an. »Ich bin Friedrich Coppelius, und du bist es nicht mehr. Ich kann jetzt atmen und reden.« Es übte ein Lächeln, schaute sich im Raum um. »Ich bin, denn ich rede. Ich rede, also bin ich.«

Es übt, dachte Vesper.

Fassungslos.

Und zugleich fasziniert.

Die Gestalt am Schreibtisch knurrte: »Sei jetzt still!« Sie hob gebieterisch die Hand, spitzte die Ohren, lauschte.

»Er kommt. Ich kann ihn hören. Er kommt die Treppen am Ginsterbusch hinauf.«

Vesper hatte keine Ahnung, von wem er sprach.

Der Menschenwolf konnte einen nahenden Gast hören, doch aus einem Grund, der ihr vielleicht entgangen war, konnte die Kreatur das in der Standuhr verborgene furchtsame Mädchen nicht wittern. Sie hatte keine Ahnung, warum sie dieses Glück hatte, aber am Ende, auch das wusste sie, war es egal. Sie blieb vorerst unentdeckt, nur das zählte.

Dann fiel ihr Blick durch das Fenster hinter den beiden ungebetenen Gästen. Sie konnte den gewundenen Gartenweg erkennen, das ganze Stück zwischen den Büschen hindurch bis hin zum niedrigen Gartentor. Nur unterbrochen vom Schwung des Pendels, wurde sie dort einer weiteren Gestalt gewahr.

Sie war hager und trug einen dunklen Mantel, mehr war nicht zu erkennen. In der Hand hielt sie etwas. Einen Gehstock, vielleicht. Sie besaß kaum Ähnlichkeit mit der Gestalt, die ihr gefolgt war. Keine Silberknöpfe am Mantel, zumindest sah sie keine.

Als die Gestalt das Gartentor öffnete, schnellte der Kopf des Menschenwolfs herum und starrte aus dem Fenster.

»Heiße ihn willkommen«, knurrte er.

Das Coppelius-Ding nickte. Es bückte sich und zerrte den Leichnam des alten Mannes schnell in die Küche. Dann schloss es die Tür und schlurfte hinaus aus dem Raum und murmelte dabei fortwährend: »Friedrich Coppelius ist mein Name – und wer sind Sie?«

Vesper fragte sich, wer der Mann da draußen sein mochte. Gehörte er zu der Kreatur, war er womöglich sogar ihr Gebieter? Oder war er ein argloser Besucher, der nur zufällig hier vorbeikam?

Dummes Zeug, schalt sie sich selbst.

Wie konnte sie das nur annehmen?! Kein Mensch verirrte sich zufällig in diese Gegend.

Dennoch schien sich der Fremde nicht auszukennen. Er las erneut das Schild am Gartentor, kramte einen Zettel aus seiner Manteltasche hervor.

Er ist zum ersten Mal hier, wie ich, durchfuhr es Vesper. Er hat sich einfach nur vergewissert, dass er beim richtigen Haus angekommen ist. So, wie ich es eben getan habe. Er will mit Friedrich Coppelius sprechen, warum auch immer, und er hat keine Ahnung, was da hinter der Tür auf ihn lauert.

Am liebsten hätte sie lauf aufgeschrien.

Was sollte sie denn nur tun?

Aus ihrem Versteck in der riesigen Standuhr herausspringen und sich dem Menschenwolf entgegenstellen?

Meine Güte, sie hätte nicht den Hauch einer Chance!

Aber was war die Alternative?

Sie würde warten, bis der ahnungslose Mann da draußen die Tür erreichte, klingelte, eintrat. Das Pflanzen-Ding würde ihm öffnen und ihn hier willkommen heißen, wie es die Kopie ihrer Mutter gestern in der Villa mit ihr getan hatte, und dann, wenn er eingetreten war, ja, dann würde etwas wirklich Schlimmes geschehen.

Sie schluckte.

Ihre Hände begannen zu zittern.

Hans Moser sang *Sag beim Abschied leise Servus*.

Na, klasse!

Trotzdem – sie musste jetzt ruhig bleiben. Hatte der alte Mann vorhin nicht erwähnt, dass sie nicht das einzige Waisenkind war, das derzeit durch die Welt irrte?

Was genau hatte er damit gemeint?

Denk nach! Denk nach!

Sie stellte sich die falschen Fragen. Ja, es musste einen Grund für all das geben.

Doch welcher konnte dies sein?

Sie dachte an ein anderes Lied von Billy Talent.

I've got the devil on my shoulder … over and over,

And I just can't sink any lower … lower and lower.

Der Menschenwolf riss sie aus ihren Gedanken.

Er erhob sich aus dem Sessel und ging in die Hocke, wurde noch unschärfer, und nachdem Vesper einmal geblinzelt hatte, sah sie einen zottigen Wolf, ein böses, gewaltiges Tier, das dem mit Tusche gezeichneten Wolf aus dem Kinderbuch, das sie all die Jahre über begleitet hatte, erschreckend nahe kam. Aus ihrem Versteck heraus bemerkte sie, dass er tatsächlich nicht wie ein richtiger Wolf aussah. Nein, eher so, wie ein Kind, das sich aufs ärgste fürchtet, sich einen bösen Wolf vorstellt, wenn es allein in seinem dunklen Zimmer liegt und nicht einschlafen kann, weil die Äste eines Baumes am Dach entlangschaben und Geräusche machen wie ein Raubtier beim Fressen.

Der große Wolf trabte gemächlich in die Ecke gegenüber der Standuhr, wo er sich niederkauerte und einfach nur wartete. Seine Gestalt verschmolz fast mit dem Hintergrund, der matten Tapete, dem Teppich, den Farben der Möbel – und wenn man sich nicht darauf konzentrierte, ihn dort sehen zu wollen, dann sah man ihn auch nicht, so einfach war das. Schließlich verschwand er förmlich und wurde unsichtbar für die Unwissenden.

An der Tür klopfte es.

Vesper zuckte zusammen.

Tick, tack,

tick, tack.

Der Wolf verhielt sich ganz still. Seine Augen glühten dunkel und tiefrot wie verschwiegene Drohungen in den Schatten.

In dem Märchenbuch aus ihrer Kindheit war eine Zeichnung gewesen, oder vielmehr eine Radierung. Ein schwarzer Fleck nur, nicht mehr, und darunter stand geschrieben: *Dies ist die rabenschwarze Nacht.* Vesper hatte gewusst, dass es Dinge gab, die in dieser rabenschwarzen Nacht lebten. Sie hatte sich vor diesem Bild gefürchtet und ihren Vater gebeten, schnell weiterzublättern, wenn sich die Seite näherte. Und jetzt war es hier: das Wesen, das all die Jahre über in der rabenschwarzen Nacht gelebt hatte.

Sie ballte die Hände zu Fäusten.

Zitterte am ganzen Leib.

Sag beim Abschied leise Servus.

Aus der Ferne der Diele erklang die perfekte Imitation der alten Stimme des Schauspielers. »Mein Name ist

Friedrich Coppelius«, hörte sie das Ding sagen. Es lachte sogar freundlich.

Der Gast erwiderte etwas, was Vesper nicht verstehen konnte. Dann näherten sich die Stimmen.

Beide betraten sie das Wohnzimmer.

Leise lauerte der Menschenwolf.

»Ich habe Ihre Eltern gut gekannt«, sagte das Coppelius-Ding. »Ihr Vater trug mir auf, Sie zu geleiten.« Er hustete. »Sie müssen so viel erfahren. Es ist gut, dass Sie sofort hergekommen sind.«

Der Angesprochene tat, was auch Vesper gemacht hatte. Er schaute sich im Raum um.

»Ein schöner Schreibtisch«, stellte er fest, trat vor und betrachtete das darauf liegende Durcheinander. Sie hörte ein Knacken, das sich anhörte, als bisse jemand in einen Apfel.

»Ich habe es in der Zeitung gelesen«, sagte das Coppelius-Ding. »Es tut mir so leid.«

»Ja. Mir tut es auch leid.« Da war ein unterdrücktes Krächzen in der Stimme des Mannes, die sehr jungenhaft und lebhaft klang.

»Haben Sie die Dinge dabei, die Ihr Vater Ihnen geschickt hat?«

»Was meinen Sie?«

»Nun ja«, begann das Coppelius-Ding mit der Stimme des alten Mannes und zwinkerte dem Gast zu, »aus dem Nachlass Ihres Vaters sollten Ihnen gewiss zwei Dinge geschickt worden sein.«

Schweigen.

»Ein Brief sollte Sie in den letzten Tagen erreicht haben.«

Der Menschenwolf lauschte im Verborgenen.

»Ein Schlüssel und eine Uhr.«

Auch Vesper lauschte angestrengt.

»Oder ein Ring.«

Das war es also, was sie wollten! Sie erinnerte sich an das, was das Margo-Ding gesagt hatte: *Kein Ring, kein nichts.* Erst danach hatte der Menschenwolf sie töten wollen.

Sie spähte hinüber zur Lederjacke, die mit dem Rucksack noch immer unter dem Sessel lag.

Oh, nein, bitte nicht!, flehte sie insgeheim. Der Schlüssel steckte in der Jacke, der Ring an ihrem Finger.

Tick, tack.

Der Menschenwolf rührte sich noch immer nicht, und anscheinend war er für den Besucher unsichtbar.

Er sieht ihn ebenso wenig, wie ich ihn gesehen habe, als er in der Wohnung meiner Mutter auf seinen Auftritt gewartet hat.

»Ich habe nur einen einzigen Brief erhalten«, erklärte der junge Mann. Sie erhaschte einen kurzen Blick auf ihn, doch nicht auf sein Gesicht. »Ich sollte Sie aufsuchen, das trug mein Vater mir auf. Es sei von äußerster Wichtigkeit, dies zu tun. Sie würden mir alles sagen, was ich wissen muss. Das ist alles.« Er legte den Mantel geräuschvoll ab, warf ihn über den Sessel, unter dem Vespers Kram lag. »Und«, er klatschte leise in die Hände, »hier bin ich. Bereit, mir alles anzuhören, was Sie mir zu sagen haben.« Den Gehstock stellte er nirgends ab.

»Kein Schlüssel und keine Uhr?«, hakte das Coppelius-Ding erneut nach.

»Und auch kein Ring«, gab der Fremde zur Antwort. »Nein, es tut mir leid, nichts dergleichen.«

»Das ist schade.«

»Was hat es denn für eine Bewandtnis mit diesen Dingen?«

»Ah, das ist eine lange Geschichte.«

»Ich bin ein geduldiger Zuhörer.« Er beugte sich über den Schreibtisch und las, was er entdecken konnte.

»Wir müssen das Refugium finden«, sagte das Coppelius-Ding listig.

»Welches Refugium?« Der junge Mann zuckte die Achseln. »Ich weiß nichts von einem Refugium.«

»Aber hat Ihr Vater nicht dort gearbeitet?«

»Mein Vater«, antwortete er schnell, »war Schriftsteller.« Er lachte kurz auf und konnte seine Traurigkeit in diesem Moment doch nicht gänzlich verbergen. »Der wirklich einzige Ort auf der Welt, den er als sein kleines Refugium bezeichnete, war eine winzige, mit Büchern vollgestopfte Kammer oben unter dem Dach, wo er in Ruhe arbeiten konnte, als wir Kinder klein waren.«

Vesper versuchte den Menschenwolf hinter dem jungen Mann zu erkennen, aber er war fast durchscheinend hinten an der Wand.

Wie machte er das bloß?

»Ich habe«, brachte es der junge Mann, dessen Name bisher noch nicht gefallen war, auf den Punkt, »wie bereits erwähnt, nur einen Brief erhalten, das ist alles.«

Er lügt, dachte Vesper mit einem Mal. Mit einer Stimme, die ihr irgendwie bekannt vorkam.

Er lügt.

Das dachte sie, weil sie das Gleiche getan hätte.

Kauf dir einen bunten Luftballon.

Sang Alda Noni.

Die Schallplatte, die kratzte, musste doch irgendwann zu Ende sein …

»*Sie,* Herr Coppelius, sind, glaube ich, derjenige, der *mir* die Dinge erklären muss.«

Womöglich spürt er, dass etwas nicht in Ordnung ist.

Dass der Mann, der vor ihm steht, ein wenig seltsam wirkt.

Vesper war sich plötzlich sicher, dass er sowohl die angesprochene Uhr als auch den Schlüssel bei sich trug – oder beides zumindest erhalten hatte. Dennoch verriet er der Kreatur davon nichts.

Das Coppelius-Ding stand folglich ein wenig ratlos im Wohnzimmer herum.

Die Augen des Menschenwolfs funkelten rot und voller Ungeduld.

Plötzlich drehte sich der junge Mann auf dem Absatz um und sah dorthin, wo die unsichtbare Kreatur hockte.

»Ich kann Sie sehen«, bekannte er.

Der Menschenwolf, der jetzt aus der Unkenntlichkeit trat, wirkte überrascht und wütend. »Wir sind uns nie zuvor begegnet«, knurrte er, und die Konturen, die undeutlich die eines reinen Wolfs gewesen waren, wurden mit einem Wimpernschlag zu denen eines hochgewachsenen Menschenwolfs. »Doch glaube ich, mein junger Herr, dass Sie besagte Uhr bei sich tragen. Und ebenso den Schlüssel zum Refugium.«

»Ich weiß nicht, was das Refugium sein soll.«

»Nur deswegen, müssen Sie wissen, sind wir hier.« Der Menschenwolf kam näher.

Vesper spähte an dem Pendel vorbei und bemerkte den festen Griff des Gasts um den Gehstock.

»Wegen einer Uhr und eines Schlüssels? Deswegen sind Sie hier?«

»Deswegen, ja«, lachte der Menschenwolf, »und um Sie zu töten.«

Der junge Mann schwieg. Schließlich fragte er: »Warum?«

»Warum *was*?«

»Warum wollen Sie mich töten?«

»Weil Sie einer von ihnen sind.«

Vesper zuckte zusammen. Da! Die gleiche Antwort, die der Wolf auch ihr gegeben hatte.

»Sie haben meinen Vater getötet.«

»Ich habe Ihren Vater nie getroffen.«

»Aber Sie stecken dahinter.«

»Das Rudel ist groß«, war alles, was er antwortete.

»Aber ...«

»Ich werde Sie fressen, mit Haut und Haaren, könnte man sagen«, stellte der Menschenwolf sachlich fest, »und wenn Sie uns nicht helfen, dann wird es jemand anders tun.«

»Wobei soll ich Ihnen helfen? Und wer ist dieser andere?«

Der Menschenwolf lachte boshaft. »Die *Bohemiens* haben alle fleißig Briefe verschickt. Früher oder später wird jemand auftauchen, der uns zum Refugium führt. Auch wenn die meisten der *Bohemiens* selbst nicht mehr unter uns weilen.« Er lächelte süffisant. »Ich bin nicht der einzige Wolf, der durch die Nacht streift, könnte man sagen.«

»Wie beruhigend.«

»Jedenfalls sind wir, wie ich eben bemerkte, auf der Suche nach dem Refugium.«

»Ich sagte bereits, ich weiß nichts von einem Refugium.«

»Aber von einer Uhr.«

»Auch nicht von einer Uhr. Ich habe keine Ahnung, wovon Sie reden.«

»Es gibt eine Uhr und einen Ring. Beides, so möchte ich es ausdrücken, sollte bald schon in meinen Besitz gelangen. Denn schon bald werden sich die Dinge ändern.« Er lachte genüsslich und wissend. »Sie haben ja keine Ahnung, *wie sehr* sich die Dinge ändern werden.«

Das Coppelius-Ding schlurfte zur Tür und versperrte den Weg nach draußen.

Wir sind hier!

Die Nachricht aus den Träumen.

Mit einem Mal wunderte Vesper sich, warum der Fremde das Auftauchen des Menschenwolfs so bereitwillig akzeptieren konnte. Er wirkte gefasst, wenngleich nicht unbedingt vorbereitet auf diesen Anblick. Aber eben auf keinen Fall wie jemand, den das Auftauchen eines Wolfs überraschte.

»Sie sind nicht so klug, wie Sie glauben«, sagte der Menschenwolf drohend und trat einen weiteren Schritt auf den jungen Mann zu. »Sie haben mich dort in den Schatten erblickt. In der Tat, Sie sind geschickt. Und wenn Sie das sind, dann wissen Sie auch, wo sich das Refugium befindet.«

»Wesen wie Sie haben meinen Bruder auf dem Gewissen«, sagte der Fremde.

Vesper musste wieder an Amalia denken – *Es ist alles wahr!* – und empfand augenblicklich so etwas wie Sympathie für den Fremden.

Der Menschenwolf legte den Kopf schief. »Davon weiß ich nichts.«

»Alle haben mich damals, als es passiert ist, für verrückt erklärt, als ich ihnen davon berichtet habe. Doch jetzt bin ich froh, Sie hier zu treffen.«

»Ich werde Sie fressen.«

»Immerhin sind Sie der Beweis dafür, dass ich nicht verrückt bin.« Der junge Mann wirkte trotz seiner nach außen zur Schau getragenen Lässigkeit angespannt. »Das, was ich damals gesehen habe, war keine Einbildung.« Er umfasste den Griff des Gehstocks ganz fest. »Ich sollte Ihnen dafür danken.« Er hob den Gehstock. »Doch in einem muss ich Sie enttäuschen.« Er ging einen weiteren Schritt nach hinten, seine Schritte waren deutlich zu hören.

Der Menschenwolf folgte ihm, genüsslich langsam, wie ein Raubtier, das sich auf die Beute freut.

»Ich werde mich natürlich nicht von Ihnen fressen lassen.« Der junge Mann schüttelte den Kopf, und das wild zerzauste Haar führte einen seltsamen Tanz auf. »Absurder Gedanke, so was.«

Der Menschenwolf schien amüsiert. »Sie haben gar keine Wahl, mein junger Herr.«

»Jeder hat eine Wahl, immerzu.«

»Sie nicht.«

Der Menschenwolf machte sich zum Sprung bereit.

Vesper drehte sich, sodass sie die Silhouetten der beiden ein wenig besser erkennen konnte.

Tick, tack,

tick, tack.

Ein Knurren zerriss die Stille.

Ehe der junge Mann etwas tun konnte, war die Kreatur über ihm. Sie wurde, während sie sprang, wieder zum reinen Wolf. Der junge Mann wollte sich mit dem Gehstock verteidigen, doch riss ihm der Wolf den Stock so schnell aus der Hand, dass Vesper die Bewegung nicht einmal hatte sehen können. Polternd fiel der Gehstock zu Boden, rollte über den Teppich und blieb am Fuß der Standuhr liegen. Erschrocken und fluchend schrie der junge Mann auf, doch das Fauchen der Kreatur übertönte jedes andere Geräusch im Raum. Beide gingen sie zu Boden, und Vesper konnte nicht mehr sehen, was jetzt geschah.

Da waren nur ein Knurren und das Keuchen des jungen Mannes.

Das Uhrwerk.

Tick, tack.

Das Coppelius-Ding indes regte sich noch immer nicht, stand nur abwartend im Türrahmen und schwieg in stiller Lethargie. Es schaukelte mit dem Kopf, als habe es den Verstand verloren.

Der junge Mann, das konnte Vesper den Geräuschen entnehmen, wehrte sich verzweifelt, während der Menschenwolf ihn scheinbar mühelos zu Boden drückte. Vesper konnte die zappelnden Beine des Fremden erkennen.

Vesper zitterte am ganzen Leib.

Nein, so durfte es nicht enden!

So nicht.

Das unablässige leise Ticken der Standuhr wurde schnell lauter als ihr eigener Herzschlag. Es tat ihr weh, dem Rhythmus lauschen zu müssen. Er war wie eine Anklage gegen jede Art von Feigheit. Die Schwingungen des Pendels in der Stille waren wie schnelle Schnitte mit einem Messer, das die Haut ritzt.

Tick, tack.

Nein, nein, nein!

Der junge Mann, das spürte sie, war auf ihrer Seite. Zumindest hatte er den Wolf belogen. Er wusste etwas von dem Ring und der Uhr und dem Schlüssel. Er hatte erwähnt, dass auch sein Vater gestorben war. Und der Menschenwolf hatte, wie Coppelius vorhin, jene *Bohemia* erwähnt. Welches Rätsel es auch immer zu lösen galt, der junge Mann war ein Teil davon. Ebenso, wie Vesper ein Teil dieses Geheimnisses war.

Tick, tack,
tick, tack …

Vesper ballte die Fäuste. Sie spürte den Ring an ihrem Finger.

Sie musste etwas tun.

Tick, tack, tick, tack, tick, tack …

Das Pendel schwang unablässig vor ihr hin und her, zerteilte die Wirklichkeit in kleine Stücke Furchtsamkeit.

Der Menschenwolf war dem Fremden, das spürte Vesper, obwohl sie nicht alles sehen konnte, ganz nah. Sie wusste, dass er nicht lange mit ihm spielen würde. Diese Kreatur war ein Jäger, sie war boshaft und hungrig, und es gierte sie nach dem Leben, das ihre Fänge und Krallen so scheinbar mühelos zu nehmen verstanden, wann immer es ihnen beliebte.

Tick, tack, tick, tack …

Vesper konnte nicht sagen, warum sie die Standuhr verließ, doch sie tat es.

Mutige Prinzessin.

Einfach so.

Als hätte Amalia es damals geahnt.

Sie war noch nie besonders wagemutig gewesen, aber manchmal gab es Augenblicke, in denen man dumme Dinge tat, weil es einfach nicht besonders schwierig war, diese dummen Dinge zu tun. Man dachte nicht an die Konsequenzen, die überaus schlimm sein konnten und eine Tragweite besaßen, die man selbst kaum zu fassen vermochte; und man hörte nicht auf die Angst, die leise wispernde Versprechen hauchte, bebend und nahezu besinnungslos; nein, man folgte einfach nur seinem Instinkt und stürmte hinaus in die Schlacht, und die eigene Zaghaftigkeit und Furcht, all die Verzweiflung und Hoffnungslosigkeit, trugen einen plötzlich auf dem Wind nach vorn, dem unwiederbringlichen Ende entgegen.

So mussten sich früher die Streiter vor einer großen Schlacht gefühlt haben. Man warf sich ins Getümmel, und der Strudel der Ereignisse zog einen förmlich mit sich mit.

Ein dummes Verhalten, typisch menschlich und töricht.

Vesper seufzte.

Goodbye, Johnny, nölte Hans Albers auf der Schallplatte.

Ja, genauso fühlte sie sich nun.

Sie stolperte aus der Standuhr, und die frische Luft im Raum tat irgendwie gut. Die Enge des Uhrkastens zu verlassen, dem Pendel und dem drängenden *Tick-tack-*Geräusch zu entrinnen, das alles brachte frischen Mut und die wilde Entschlossenheit einer Unwissenden hervor.

Der Menschenwolf drehte den großen Kopf in ihre Richtung, und seine rotglühenden Augen funkelten sie überrascht und wütend an.

Er erkennt mich, dachte sie, als sie das Glimmen in seinem Blick sah. *Es ist derselbe Wolf, den ich gestern getroffen habe. Der Mörder meiner Mutter, da ist er also wieder!*

Schnell schaute sie sich um, bückte sich und nahm den Gehstock, der bis vor die Standuhr gerollt war. Sie hielt ihn wie eine Waffe vor sich und trat beherzt auf den Wolf zu. Sie hatte natürlich überhaupt keine Ahnung, wie man sich einem gefährlichen Raubtier wie diesem gegenüber verhalten musste.

»Verschwinde!«, herrschte sie die lauernde Kreatur laut an. Als sie sich ihrer eigenen Stimme bewusst wurde, kam sie sich mit einem Mal unglaublich dumm vor. Der

Wolf würde sie zerreißen, wie er es in ihren Träumen immer vorgehabt hatte. Keine Chance hätte sie gegen dieses Ding, ausgeschlossen.

»Sie sind hier?«, knurrte das Wesen. Verwirrung verbarg sich tief in seiner Stimme. Die schwarzen Haare stellten sich ihm am Rücken auf, und die spitzen Ohren ragten in die Höhe.

»Ja, das bin ich!«, antwortete Vesper trotzig.

Speichel troff dem Wolf von den Lefzen.

Zum ersten Mal sah Vesper den Fremden deutlich vor sich und war erstaunt. Der junge Mann, der sich immer noch hilflos im Griff des großen Wolfes wand, wirkte ebenso überrascht, sie hier zu treffen. Er starrte sie verdutzt an, und seine Augen schienen nur Vesper zu sehen. Sie waren dunkel und so schön wie die Nacht, wenn man die Sterne, die man zu finden hoffte, für einen kurzen Moment, bevor sich erneut die grauen Wolken vor sie schoben, zu erblicken vermochte.

»Du?«, fragte sie.

Er zeigte ihr, wie gestern in der Kunsthalle, ein seltsam überdrehtes Lächeln, glücklich und verwundert.

»Was machst du hier?«

»Wonach sieht es denn aus?«, keuchte er. Die Fliege saß schief an seinem Hals, und sein Haar war noch zerwuschelter als am Vortag.

Der Menschenwolf wirkte verwirrt.

Vesper trat auf ihn zu. »Sie haben meine Mutter getötet.« Es kam ihr absurd vor, so zu diesem Wesen zu reden, aber sie tat es dennoch.

Dann bemerkte sie den Schatten, der sich ihr von der Seite näherte, und ihr wurde bewusst, dass sie einen Fehler begangen hatte. Sie hatte nicht mehr an das Coppelius-Ding gedacht.

Mist!, dachte sie.

Das Coppelius-Ding schnellte vor und entwand Vesper mit einem überaus schmerzhaften Griff den Gehstock. Nur einen winzigen Sekundenbruchteil später traf sie ein harter Schlag gegen die Schulter, dann noch einer in den Bauch. Sie krümmte sich vor Schmerzen und taumelte zur Seite. Die Luft blieb ihr weg, und ihr schwindelte.

Das Coppelius-Ding kam auf sie zu.

Sie stieß hart gegen den Plattenspieler, und Hans Albers verstummte mit dem langgezogenen Krächzen einer über Vinyl kratzenden Nadel.

Der Menschenwolf knurrte kehlig: »Sie haben doch nicht etwa geglaubt, dass Sie sich mit mir messen können, Fräulein Gold.«

Vesper erstarrte.

Sie rappelte sich auf, wich zurück, griff nach einem der kunstvollen Stühle vor dem Schreibtisch, schwang ihn gegen das auf sie zuschlurfende Coppelius-Ding.

Der Menschenwolf indes packte den jungen Mann noch fester am Hals. »Wir werden unseren Tanz wohl gleich beenden«, versprach er und ließ Vesper nicht aus den Augen.

Diese aber wich nach hinten aus und kam sich auf einmal wirklich extrem dumm vor.

Das Coppelius-Ding war stehen geblieben, bückte sich und ergriff den ihm entfallenen Gehstock.

Was, in aller Welt, hatte sie sich nur dabei gedacht? In der Standuhr wäre sie sicher gewesen, vorerst zumindest. Vielleicht hätte sie sich dort drinnen verbergen können, doch jetzt war sie hier. Sie stand mitten im Raum und forderte den großen, bösen Wolf zum Kampf heraus.

Sie musste verrückt geworden sein.

Doch half ihr diese Erkenntnis weiter?

Mitnichten!

They've come to take me, take me over … over and over.

Sie taumelte zum Schreibtisch, und ihr Blick war abwechselnd auf das Wolfswesen und das Coppelius-Ding gerichtet.

I've got the devil on my shoulder …

Der Wolf sah noch immer recht unscharf aus; als würden seine Konturen mit dem schattenhaften Hintergrund des Raumes verschmelzen. Die Zähne jedoch blitzten weiß und groß. Aus der Nähe sah das Wesen noch viel mehr aus wie der Wolf aus den Träumen, die sie immer schreiend hatten erwachen lassen.

Dies ist die rabenschwarze Nacht …

»Ich denke«, sagte der Menschenwolf, dem jungen Mann zugewandt, »dass wir es jetzt beenden.« Er bleckte die Zähne und neigte seine Schnauze dem Hals des verzweifelt um sich schlagenden jungen Mannes entgegen.

Vesper schluckte, spürte, wie die Panik ihr den Atem nahm.

Was, in aller Welt, hat dieser Junge hier zu suchen?

Sie wusste nicht, was sie tun sollte.

Tick, tack, tick, tack, tick, tack.

Die Zeit lief ihr davon.

Oh ja, er hat erwähnt, dass seine Eltern gestorben sind. Dass sie das Gemälde mochten.

Ohne nachzudenken, nahm sie das erstbeste Buch, das auf dem Schreibtisch vor ihr lag, und warf es mit aller Kraft nach dem Wolf. Es war ein schweres Buch, alt und mit brüchigem Einband. Sie schleuderte es mit aller Wucht in Richtung des Wolfskopfes und hoffte inständig, dass sie das Richtige tat.

Was dann passierte, geschah so rasend schnell, dass es sogar die Kreatur selbst überraschte.

Noch bevor das Buch den Kopf des Menschenwolfs traf, glaubte Vesper zu bemerken, dass die Kreatur mit einem Mal gar nicht auf das Buch starrte, sondern auf den Ring an ihrem Finger. Ein mattes Leuchten ging von ihm aus, sanft und so zart, dass es wie eine Täuschung anmutete. Dazu erstrahlte eine Wärme wie von Sonnenschein, leicht und verweht, ein glimmendes Glühen, das sie vorhin in all der Aufregung gar nicht bemerkt hatte, sofern es vorhin überhaupt schon da gewesen war.

Die Kreatur deutete mit der Krallenhand auf sie. »Der Ring!« Dann verzerrte sich die Fratze vor Schmerzen, als das Buch sein Ziel fand. Ein dumpfer Aufprall, ein schnelles Zucken mit dem Kopf.

Der junge Mann ergriff die Gelegenheit in diesem Moment der Verwirrung und entwand sich dem Griff der Kreatur, wurde aber sogleich von einem kräftigen und unkontrollierten Schlag ihrer Pranke zu Boden geschleudert.

Mit einem dumpfen Ächzen schnappte der junge Mann nach Luft, blinzelte benommen, kroch von dem Wolf weg.

Vesper dachte, dass sie das Buch mit eben jener Hand geworfen hatte, an der ihr neuer Ring steckte.

Und dann, bevor sie einen weiteren Gedanken fassen konnte, zerschnitt ein zähneknirschendes Kreischen die Stille.

Denn dort, wo das Buch den Wolf getroffen hatte, bedeckten jetzt winzige schwarze Flecken dessen Haut. Sie waren wie aus dem Nichts gekommen, als der Staub vom Buchdeckel das Haupt des Wolfes bedeckt hatte.

Vesper konzentrierte sich.

Staub?

Nein, das war kein Staub.

Das Buch hatte sauber zwischen all den anderen Dokumenten auf dem Tisch gelegen. Es war etwas anderes, was dem Wolf zu schaffen machte.

Erst beim zweiten Hinsehen bemerkte Vesper, dass die Flecken aussahen wie winzige Buchstaben, die wie dichter Staub aus dem Buch, das sie geworfen hatte, gerieselt waren.

Da, wo sie die Haut des Wolfes berührt hatten, begann diese zu welken. Sie wurde dunkel und schälte sich ab, und das sterbende Fleisch darunter roch herb verbrannt und nach süßlicher Verwesung.

Laut und gequält heulte das Wesen auf. Es hatte Schmerzen, so viel war klar. Gleichzeitig war es unfähig, seiner

Misere Einhalt zu gebieten. Wütend hieb es sich selbst mit den Pranken gegen den Kopf, ohne Erfolg.

Die winzigen Buchstaben fügten dem Wolf weiterhin Verletzungen zu, so klein und unscheinbar, dass nichts gegen sie gefeit war.

Vesper starrte auf das Buch, das am Boden lag.

Die gesammelten Hausmärchen der Brüder Grimm, eine wirklich uralte Ausgabe.

Der junge Mann rappelte sich hinter dem Menschenwolf auf und wich noch ein Stück zurück. Er erhob sich und bewegte sich mit dem Rücken zur Wand um den Schreibtisch herum auf Vesper zu.

Der Wolf indes fauchte, und in den rotglühenden Augen blitzte Verzweiflung auf – und Furcht.

Vesper stöhnte auf. Die Kreatur würde sie ohne Mühe töten können, doch etwas hielt sie zurück. Etwas verunsicherte sie. Etwas, das spürte Vesper, was mit ihr zu tun hatte.

Der Wolf starrte unverwandt den Ring an ihrem Finger an.

»Verschwinde!«, schrie Vesper die Kreatur an. Etwas Besseres fiel ihr einfach nicht ein.

Du meine Güte, was tat sie hier überhaupt?!

Der junge Mann, der sich ihr näherte, konnte den Blick ebenso wenig wie sie selbst von dem abwenden, was sich da vor ihrer beider Augen zutrug. Dann schnappte auch er sich eines der Bücher und schmetterte es dem Coppelius-Ding mitten ins Gesicht.

Die Kreatur wankte und ließ überrascht den Gehstock fallen.

Vesper hatte keine Ahnung, was genau hier gerade geschah.

Der Menschenwolf riss sich wie tobsüchtig verzweifelt das Fell vom Leib.

Die gesammelten Hausmärchen der Brüder Grimm.

War es nicht nur ein gewöhnliches Buch gewesen, das sie dem Wolf an den Kopf geworfen hatte? Und was geschah jetzt mit ihm? Zwar konnte sie sehen, was mit ihm geschah, aber sie *verstand* es einfach nicht. Der Anblick, der sich ihr bot, fügte sich nicht in das Bild der Wirklichkeit, das sie bisher mit sich herumgetragen hatte. Nein, das hier war schlicht und ergreifend etwas, was es gar nicht geben konnte.

Und doch passierte es, hier und jetzt.

Das einst dichte Fell wurde grau und fiel ihm in großen Büscheln aus, auch ohne sein Zutun; und die Buchstaben, die aus dem Buch gerieselt waren, fraßen sich ihm durch den Leib. Wütend und voller Schmerzen heulte der Wolf auf. Er ging in die Knie und rieb die Schnauze am Boden. Das Rot erlosch in den wilden Augen, und schwarze Tränen benetzten ihm Zunge und Gesicht.

Er hieb sich mit den Klauen auf die Schnauze, und dunkles Blut quoll ihm aus den Verletzungen an der Stirn, die er sich selbst zugefügt hatte.

Das Coppelius-Ding, das alles beobachtet hatte, schien verwirrt zu sein. Es torkelte unsicher und haltlos und konnte sich nicht entscheiden, was es als Nächstes tun sollte. Es sah aus, als verlöre es gänzlich die Orientierung.

Der junge Mann erstarrte für einen kurzen Augenblick entsetzt neben dem Schreibtisch und beobachtete den Wolf. Das große Wesen hockte am Boden, und eine Verwandlung setzte ein. Die Gliedmaßen wurden wieder menschlich, aber die Metamorphose schien ihm nicht gänzlich zu gelingen. Boshaft funkelten die roten Augen die beiden Widersacher an. Wild drehten sich die Augäpfel in den tiefen Höhlen. Die gespitzten großen Ohren knickten ein.

Ein erbärmliches Jaulen entfloh der Kehle des Wesens.

Vesper hörte ein Zischen.

Ganz plötzlich.

Viel zu nah.

Sie schaute hinter sich.

Das Coppelius-Ding wankte auf sie zu. Es hörte sich an wie eine Schlange, die das Rascheln einer Pflanze nachzuahmen versucht, schleichend und giftig und hinterlistig wie beißender Hunger, der nach Nahrung sucht.

Der junge Mann, der jetzt nach vorn hastete und seinen Gehstock vom Boden aufhob, zog sogleich eine Art Säbel daraus hervor und hieb damit wild auf das Coppelius-Ding ein. So unelegant und hektisch waren seine Bewegungen, dass man das, was er da tat, nie und nimmer als Fechtkunst hätte bezeichnen können. Er war alles andere als ein geübter Kämpfer. Aber er gab sich Mühe.

»Oh, verflixt!«, fluchte er.

Und Vesper musste kurz grinsen, weil sie sich nicht erinnern konnte, wann sie zuletzt jemanden dieses Wort hatte sagen hören.

Doch so stümperhaft die Hiebe auch anmuteten, sie kamen sehr schnell und immer noch schneller; und sie trennten dem Coppelius-Ding den Kopf vom Leib, was einfach und so schnell wie der Blitz passierte und den jungen Mann selbst augenscheinlich überraschte.

Der abgetrennte Kopf fiel zu Boden und entwickelte dort ein Geflecht aus Wurzeln und Ranken, die am Halsansatz aus der Wunde quollen.

Vesper verzog vor Ekel das Gesicht.

Der Körper stand noch immer aufrecht und unschlüssig da, kippte dann zur Seite und blieb zuckend auf dem Teppich liegen. Kein Blut trat aus dem verbliebenen Halsstumpf, sondern brauner Pflanzensaft, eine Flüssigkeit, die zäh und klebrig aussah.

»Was ist das für ein Ding?«, fragte sich Vesper laut und sah zwischen dem Wolf und dem Coppelius-Ding hin und her.

»Keine Ahnung«, keuchte der junge Mann atemlos. »Aber es ist eklig, nicht wahr?!«

Vesper trat zwei Schritte zurück. »Witzbold.«

Etwas passierte mit dem Ding.

Was immer es auch war.

»Es riecht nicht gut«, stellte der junge Mann fest und rümpfte die Nase.

Vesper war die Letzte, die ihm widersprochen hätte.

»Was ist das?«, flüsterte sie.

Die Ranken aus dem abgetrennten Kopf krochen zielstrebig auf den Torso zu; und als sie ihn erreichten, da tauchten sie in den Pflanzensaft ein und tranken davon.

Der abgetrennte Kopf zog sich mithilfe der Ranken zum Körper hin, stetig und geduldig, während die Augen wach und gierig blinzelten und Vesper und den jungen Mann arglistig beobachteten.

»Herrje, was ist das?«, entfuhr es ihr erneut. »Was tut es da?« Etwas Besseres, was sie hätte sagen können, fiel ihr einfach nicht ein.

»Woher soll ich das wissen?«, antwortete der junge Mann. Dann schaute er auf den Wolf, der sich winselnd auf dem Boden krümmte. »Was hast du mit ihm gemacht?«

Vesper zuckte die Achseln. »Ich habe ihm nur das Buch an den Kopf geworfen.«

»Die Märchensammlung?«

»Ja.«

»Die Macht des geschriebenen Wortes.« Sie wusste nicht, ob er scherzte oder es ernst meinte.

»Sieht so aus«, war alles, was sie darauf erwiderte.

Der Menschenwolf kniete jetzt am Boden und leckte sich mit einer unglaublich langen Zunge, die schwarz wie Leder war, über die Wunden. Sein Atem wurde langsamer, ruhiger und kontrollierter.

»Schon irgendwie faszinierend, diese Kreatur.« Der junge Mann trat rasch auf sie zu. »Na ja, wir sollten jetzt vielleicht trotzdem abhauen.« Seine Hand ergriff fest die ihre. »Kommst du mit?« Vesper schrie laut auf, als die Berührung sie aus ihren Gedanken riss.

Dann nickte sie.

Er deutete zu den Wesen. »Sieht so aus, als würden sich die beiden erholen!«

Sie öffnete den Mund, konnte aber noch immer nichts sagen.

Die Wunden des Menschenwolfs begannen zu heilen, und das ohne erkennbaren Grund. Die Hände des Coppelius-Dings packten jetzt den eigenen Kopf und zogen ihn zum Halsansatz, wo die Ranken, die wie Tentakel aus dem Kopf ragten, diesen erneut mit dem Körper verbanden.

»Es wächst wieder zusammen«, flüsterte Vesper fassungslos.

»Wir sollten nicht warten, bis es den beiden wieder besser geht.« Der junge Mann mit den großen Händen und den großen Ohren lächelte ihr zu. »Falls es dich tröstet, ich habe genauso wenig eine Ahnung bezüglich dessen, was hier gerade geschieht, wie du. Aber ich weiß, dass wir besser beide verschwinden. Ist nicht gut, länger zu verweilen.«

Sie nickte. Flink schlüpfte sie in ihre Lederjacke und schnappte sich den Rucksack, der die ganze Zeit über unbemerkt unter dem Sessel gelegen hatte. Der junge Mann schnappte sich seinen Mantel und steckte den Säbel in den Gehstock zurück.

Er fischte sich eine Strähne seines widerspenstigen Haars aus der Stirn, atmete tief durch.

»Ich bin Leander Nachtsheim«, stellte er sich vor, als sie durch den Korridor zur Tür stürmten.

»Vesper«, keuchte Vesper nur. »Vesper Gold.«

Er schenkte ihr ein Lächeln, nahm sie erneut bei der Hand und zog sie hinter sich her, fort von diesem Ort, der düster wie ein ganzer Wald geworden war. So verließen sie das Haus am Helmstieg und rannten kopflos hinaus in die Winterwelt, die erfüllt war vom trostlosen Heulen des bösen Wolfs und ihren eigenen furchtsam pochenden Herzen.

Wie wehende Tücher aus leichtem Weiß

Wie ein argloses Flüstern, schneeweiß und weich, hatte sich heimlich während der vergangenen Stunde gar lautlos der wirkliche Winter über die eisige Welt gelegt, und die bedrohlichen Geräusche, die wie dunkle Lieder in der Nacht waren, wurden sorgsam von den dicken Schneeflocken, die, getragen von kleinen Wirbelwinden, ihre Tänze aufführten, gedämpft.

Vesper, die hartnäckig mit Leander Nachtsheim Schritt zu halten versuchte, war sich ihres immer lauter und angestrengter werdenden Keuchens bewusst. Die Kehle brannte ihr wie Feuer in der Kälte.

Sie bekam langsam Seitenstechen und musste fortwährend nach Luft schnappen. Ihr unruhiger Atem bildete kleine unstete Wölkchen in der eisigen Luft vor ihrem Gesicht und verweilte ebenso wenig wie die wirren, sprunghaften Gedanken, Ängste und Erklärungsversuche, die ihr alle gleichermaßen durcheinander in den Sinn kamen.

Die Knie zitterten ihr noch immer. Selbst jetzt, während des Laufens.

Das alles hier war doch nur ein einziger Albtraum. Ja, ein böser Traum ohne auch nur die geringste Verschnaufpause.

Sie fühlte sich unendlich müde und schwach; wie ein Tier, auf das es eine Horde von Räubern abgesehen hat.

Die Erschöpfung zerrte an ihren Gliedern, doch die Angst ließ sie laufen.

Ja, sie rannte.

Weiter und weiter.

Ohne Unterlass.

Sie rannte.

Rannte.

So schnell sie nur konnte. Und wenn es ihre letzten Kräfte kosten würde, sie musste fort von hier.

»Alles okay mit dir?« Leander sah sie an mit diesen faszinierenden Augen. »Es ist nicht mehr weit.«

Ein schwacher Trost, aber immerhin.

»Geht schon«, log sie. Die eisig kalte Luft erweckte ihre kraftlosen Sinne wieder zum Leben. Der nach Salz und Schnee riechende Wind machte es ihr leicht, die träge Benommenheit abzuschütteln.

Sie ließ wachsam den Blick schweifen.

Die Häuser schienen sich an den Süllberg zu schmiegen, als könnten sie so dem Bösen entgehen, das sich irgendwo hier oben im Geheimen tummelte. Die schiefen Dächer aus dunklem Reet, nunmehr bedeckt von einem zaghaften Weiß, reckten ihre Schornsteine in den trüben

Himmel – und selbst der Rauch zog nur vorsichtig und zögerlich über den kleinen Ort.

Leander betrachtete sie einen Moment lang.

Kurz nur, wie ein Gedanke am Morgen.

»Gut, dann weiter.« Er ergriff ihre Hand und zog sie hinter sich her. Ihm war es egal, dass sie nicht darum gebeten hatte, er tat es einfach.

Also rannte sie.

Nein, das hier war bestimmt kein Traum.

Sie war hellwach.

Und sie lebte.

Dieser Gedanke jedenfalls ließ sie kurz frohlocken.

Ja, sie lebte.

In einer Welt, in der es pechschwarze Wölfe und noch einige andere höchst seltsame Dinge gab. Sie verstand nichts von alledem; nur das eine, nämlich dass sie laufen sollte, dass sie nicht anhalten durfte, denn das, was hinter ihr und dem Jungen her war, wollte sie beide töten.

Das Coppelius-Ding dürfte jetzt seinen Kopf wieder auf dem Hals tragen, und der Menschenwolf ... nun ja, sie wollte sich gar nicht ausmalen, was mit dieser Kreatur geschehen war. Zweifel daran, dass das Wesen sich an ihre Verfolgung machen würde, hatte sie jedenfalls keine.

Vesper schnappte nach Luft.

Hörte die eigenen Schritte klappern.

Den eigenen Herzschlag rasen.

Nein, ein Traum war dies beileibe nicht. Schlimme Träume sahen anders aus, waren kürzer.

Sie beobachtete ihren Begleiter. Mit sprunghaften Bewegungen rannte er vor ihr her.

Leander Nachtsheim – so hieß er also, ihr seltsamer Unbekannter, der, sah man von dem Namen ab, ihr gar nicht mehr so unbekannt war. Immerhin waren sie einander schon im Museum begegnet. Der Junge mit dem Apfel und den tollen Augen und dem Lächeln, das so fehl am Platze und dennoch so aufrichtig wirkte wie nur irgendwas.

Was für ein Zufall.

Jetzt waren sie schon gemeinsam auf der Flucht.

Das Leben konnte einem wirklich seltsame Streiche spielen.

Sie rannten flink einige der schmalen Gassen entlang, duckten sich, wenn die kahlen Äste der vielen Bäume nach ihnen griffen. Dann ging es enge und steile Treppen hinab. Der ganze Ort wirkte irgendwie verwunschen, so still, als hielte er den Atem an. Ein Labyrinth aus Sträuchern, gerippeartigen Bäumen, heimeligen Häusern und unendlich vielen Treppenstufen.

An einer Weggabelung blieb Vesper schließlich stehen. »Moment«, keuchte sie, »hast du eine Ahnung, wo du hinläufst?«

Leander hielt ebenfalls an. Sah sich um, nickte leicht, als wolle er sich selbst etwas bestätigen. Dann zeigte er ihr ein strahlend verrücktes Lächeln und strich sich unternehmungslustig die Tolle aus der Stirn. »Nein, aber ich bin sicher, dass es dort entlanggeht.« Er deutete nach unten, eine weitere Treppe hinab.

Vesper fand das nicht komisch. »Bist du dir wirklich sicher?«

Er zögerte, aber nicht lange. »Nein, eigentlich nicht. Aber es klingt doch gut, oder? Wir müssen vom Berg runter, ist doch klar. Man sollte niemals nach oben flüchten, immer nur nach unten.«

»Wie witzig.«

»Nein, im Ernst, da unten steht mein Auto.«

»Du bist mit dem Wagen hier?«

Er lächelte stolz. »Genau.«

Na, immerhin. Eine Fluchtmöglichkeit!

»Komm!«, forderte Leander sie auf. »Es ist nicht mehr weit. Glaube ich. Und ich will nicht warten, bis dieses Ding sich erholt hat.«

Ich auch nicht, dachte Vesper. »Hast du eine Ahnung, was das war?«, fragte sie.

»Ein Wolf.«

»Das habe ich auch gesehen.«

»Der böse Wolf aus den alten Märchen«, präzisierte er seine Antwort. Er sah zweifelnd aus.

»Würde ich mittlerweile auch glauben«, sagte Vesper.

»Er sah zumindest aus wie ein Wolf.«

»Du hast ihn gesehen.«

»Ja, habe ich.«

»Andere Menschen können das nicht.« Vesper erinnerte sich an ihre Flucht im Bahnhof.

»Sieht so aus.«

»Und warum kannst du das?«

»Du hast ihn auch gesehen.«

»Lenk nicht ab.«

»Du willst also wissen, warum ich ihn gesehen habe?«

Das war doch nicht auszuhalten!

Sie schnappte nach Luft und funkelte ihn wütend an. »Warum?«

Er fuchtelte mit beiden Händen ungelenk in der Luft herum. »Weil ich einen magischen Blick habe?« Er grinste wieder breit, so vertrauensselig und aufgeregt verdreht, dass man ihm irgendwie nicht böse sein konnte.

»Na klar, ein magischer Blick.« Machte er sich etwa über sie lustig?

Er trat auf sie zu, sah ihr tief in die Augen.

Grinste.

»Blödmann«, sagte Vesper und gab ihm wütend einen Stups. Eine Geste, die vertrauter wirkte, als sie es eigentlich war.

»Nein, ehrlich, ich habe keine Ahnung«, bekannte er aufrichtig. »Ich habe einfach gewusst, dass er da ist und dort in der Ecke lauert.« Die beschwingte Leichtigkeit in seinem Gesicht verflog. »Aber warum ich das erkannt habe ...?« Er zuckte die Achseln. »Ich habe es einfach nur gewusst.«

Konnte das sein?, fragte sie sich. War es wirklich möglich, dass er ebenso wenig Ahnung von dem hatte, was hier vor sich ging, wie sie selbst?

In seinen Augen war keine Lüge zu erkennen.

Immerhin!

Aus der Ferne erklang plötzlich ein Heulen, kehlig und verletzt, hungrig und fordernd.

»Klingt nach dem Menschenwolf«, stellte Vesper fest. »Er ist also nicht tot.«

»Nein, nur wütend.«

»Und das andere Ding?«

»Das Coppelius-Ding, das so gestunken hat?«

Sie nickte nur.

»Das Pflanzending ist zu langsam, um uns zu folgen.«

»Bist du dir sicher?«

»Sehe ich so aus?«

Beide blickten den Weg zurück, dorthin, wo er in dem Schneeflockentreiben verschwand.

»Den Menschenwolf auf der Jagd zu wissen ist auch nicht besser.«

»Sehe ich genauso.«

»Lauf!«, schlug er vor, als das raue Heulen ein weiteres Mal erklang. Dazu klatschte er in die Hände.

Und lief los.

Vesper sah ihm einen winzigen Augenblick lang hinterher, dann folgte sie ihm.

Was hätte sie auch anderes tun sollen?

Während sie lief, registrierte sie, dass es auffallend ruhig war im Ort. Passanten begegneten ihnen kaum an diesem Tag. Als habe sich die Welt vor dem, was hier draußen durch den Winter schlich, verkrochen. Als mieden die Leute diese Welt der Treppenstufen.

Wie in den alten Märchen.

In den Dörfern, die vom Unheil heimgesucht wurden.

Die Fensterläden wurden zugeklappt, und jeder fürchtete sich vor dem, was die Wälder verlassen hatte und auf der Jagd war. Alle wussten sie, dass etwas geschah, doch niemand hatte den Mut, ihm in die Augen zu sehen. Man hörte die Geräusche und schloss die Augen und hoffte, dass die Menschen, die man kannte, ebenfalls im sicheren Inneren ihrer Katen und Hütten saßen.

Oh, diese Lauferei! Sie musste an die Sportstunden in der Schule denken, den miesen Dreckskerl in Berlin, der sie begrapscht hatte. Sportlehrer! Ein Ball hatte ihn zufällig mitten ins Gesicht getroffen. Dumm gelaufen.

Meine Güte, warum fiel ihr das ausgerechnet jetzt ein? Sie erinnerte sich an die Geräusche in der Turnhalle, die Gerüche – und dann fiel ihr ein, dass sie vor vier Stunden eine Englischarbeit verpasst hatte.

»Was hast du?«, wollte Leander wissen. Der Kerl rannte und rannte.

»Hab an die Schule gedacht.«

Die Antwort überraschte ihn. »Was? Ausgerechnet jetzt?«

Sie hielt an, stemmte die Hände in die Seiten. »Ja, jetzt«, fuhr sie ihn an.

Er bremste ab, starrte sie an. »Du sollst jetzt nicht an die Schule denken.«

»Idiot«, entgegnete sie.

Leander grinste breit. »Wir sind gleich beim Wagen«, versprach er.

Vesper stieß, innerlich erschöpft, sämtliche Flüche aus, die ihr spontan einfielen. Ihr altes Leben hatte sie irgendwo hinter sich zurückgelassen. Es war einfach passiert, ja, das war alles.

Einfach.

So.

Passiert.

Vesper schüttelte die Gedanken ab und konzentrierte sich auf die Stufen und das Eis unter dem Schnee.

Leander indes rannte unverdrossen weiter.

Weiter, weiter, weiter und immer schneller, die schmalen moosbewachsenen Stufen hinab, die sich schier endlos vor ihnen in die Tiefe erstreckten. Der frisch gefallene Schnee, der alles bedeckte, und das jungfräuliche Eis, das darunter lebte, machten den Abstieg zu einer wahren Rutschpartie. Weiter unten konnte man die graue Elbe erkennen. Kalt und leer wirkte der Fluss, trotz der riesigen Schiffe, die wie Särge darauf fuhren.

»Bist du mir gefolgt?«, wollte sie im Laufen wissen.

Er schüttelte den Kopf. »Nein, warum?«

»Wegen der Begegnung im Museum.«

»Nein, das war ein Zufall. Ehrlich. Ich wollte das Gemälde betrachten, sonst nichts.«

Bevor sie etwas erwidern konnte, erklang erneut jenes Geräusch, das ihr das Blut in den Adern gefrieren ließ.

Beide blieben sie wie angewurzelt stehen.

Der Wind trug ein kehliges Heulen durch das Schneegestöber. Langgezogen, tief und boshaft. Und so anders als das Geräusch, das der Wolf vorhin im Haus von sich gegeben hatte.

»Was war das denn?« Die Frage war rein rhetorisch.

»Noch mehr Wölfe«, bemerkte Leander lakonisch. »Es hat sich angehört wie … noch mehr Wölfe.«

»Noch mehr Wölfe«, wiederholte Vesper.

»Der Menschenwolf hat Verstärkung mitgebracht.«

»Du magst es, diese Dinge zu sagen, was?!«

»Welche Dinge meinst du?«

»Dinge wie diese.«

Leander nickte. Irgendwie wirkte er unruhig und doch auch neugierig. »Das sind viele Wölfe.« Er überlegte, kratzte sich am Kinn, sah sie abwartend an. »Hast du einen Plan?«

Hatte sie richtig gehört? »Ich? Wieso denn ich?«

»Na ja, du hast mir das Leben gerettet. Normalerweise haben Retter einen Plan.«

Beleidigt sagte sie: »Ich habe keinen.«

»Dachte ich mir.«

»Außerdem bin ich nicht dein Retter.«

»Doch, bist du.«

»Ich hatte auch nicht geplant, dir das Leben zu retten.«

»Trotzdem danke ich dir. Das Versteck in der Standuhr war gut gewählt.«

Das Heulen erklang erneut. Diesmal definitiv aus vielen Kehlen. Und schon ein wenig näher.

»Aber was den Plan betrifft. Ich habe auch keinen. Nicht wirklich. Ehrlich.«

»Das glaube ich dir sogar.«

Das wütende Heulen aus den vielen Kehlen schnitt scharf durch den stillen Schnee und hinterließ eine tiefe Narbe, die finster und furchtbar war und die rabenschwarze Nacht selbst erahnen ließ.

»Es klingt seltsam«, bemerkte Leander.

»Ja, so *unfertig.*«

Sie wussten beide nicht, was sie mit dieser Bemerkung anfangen sollten. Die Beschreibung traf genau das Gefühl, das sie beide hatten. Es klang *unfertig*, aber was hatte das zu bedeuten?

»Woher kommt es?«

Vesper wusste, dass sie die Antwort, die sie ihm gab, hasste: »Von überallher, so hört es sich jedenfalls an.«

Der Wind trug es über die Dächer der Häuser, und es war nicht möglich zu erkennen, wo genau sich sein Ursprung befand. Irgendwo hoch oben am Berg, womöglich aber auch an den Seiten oder unten am Fluss. Die Geräusche, das wusste Vesper aus den alten Märchen, waren noch nie vertrauenswürdig gewesen, allzeit wollten sie nur täuschen und Wanderer in die Irre führen. Sie lockten einen und waren Lügen im Wind.

»Von überallher, hm, tja, das ist ein Problem.« Er nickte schnell, kratzte sich am Kinn, schnalzte mit der Zunge. »Was, was, was also tun wir?« Er lauschte erneut in das Schneegestöber hinein, sagte dann energisch: »Ich denke, wir sollten jetzt wirklich abhauen.«

»Na, bitte.«

»Zum Wagen.«

»Gute Idee.«

Er lief voran.

Sie folgte ihm.

So weit nichts Neues.

Endlich, nach einigen weiteren Treppenstufenwegen, erreichten sie eine Art Hauptstraße, die zumindest so breit war, dass Autos dort fuhren.

»Wer bist du?«, fragte sie im Laufen.

»Sagte ich dir doch. Leander Nachtsheim. Du kannst mich Leander nennen.«

»Das meine ich nicht.« Er hatte einen leichten Akzent. Ein hart rollendes R, eine seltsame Intonation, irgendwie ausländisch.

»Ich bin Student.«

»Glaube ich nicht.«

»Was heißt das, du glaubst das nicht? Was gibt es da denn nicht zu glauben?«

»Du wirkst so … anders.«

»Ach ja?«

»So altmodisch.«

»Das machen die Klamotten.«

»Könnte sein.«

»Ich finde sie chic. Sehr *akademisch.*« Fast klang er ein wenig beleidigt.

»Aber nicht modern.«

»Sie lassen mich klug und weltgewandt erscheinen, findest du nicht?«

Was für ein seltsames Gespräch, dachte Vesper und schnappte nach Luft.

»Du bist schnell außer Atem«, bemerkte er.

»Sonst noch was, Professor?«

»Rauchst du?«

»Manchmal.«

»Warum?«

»Ist doch meine Sache, oder?«

»Du solltest damit aufhören«, schlug er vor.

Sie starrte ihn entgeistert an. »Du gibst mir Ratschläge? Jetzt?«

»Warum nicht?«

»Wir sind gerade auf der Flucht.«

»Und reden trotzdem miteinander.«

»Verdammt, wer bist du?«, schrie sie ihn fast an.

Sie erreichten eine Weggabelung.

Er blieb stehen, sah sie an. Seufzte: »Die Kurzfassung?«

Wieder erklang das Heulen, diesmal von oberhalb der Treppe, die sie eben noch hinabgestiegen waren.

»Ja, die Kurzfassung. Bitte.«

»Meine Eltern wurden vermutlich beide von den Wölfen ermordet. Okay, es sah wie ein Unfall aus, aber man muss ja nicht alles glauben. Ich bekam einen Brief und bin gleich hierhergeflogen.«

»Von woher?«

»Oxford.«

»In England?«

Er schüttelte den Kopf. »Nein, das andere Oxford.«

Sie sah ihn fragend an.

»Das Oxford auf Madagaskar.« Er zog ein Gesicht, schnalzte mit der Zunge. »Natürlich England, wo sonst?«

Vesper fand das nicht komisch.

Leander, der einen entnervten Gesichtsausdruck erkannte, wenn er ihn sah, sagte nur leise: »Tut mir leid.« Seine Augen lächelten nicht einmal mehr. »Du bist nicht die Einzige, die durcheinander ist. Ehrlich gesagt, ich habe keine Ahnung, was hier los ist. Mein Bruder wurde von Wölfen wie diesen entführt, als ich noch ganz klein war.

Kein Mensch hat mir damals geglaubt, aber ich habe es gesehen. Jetzt sind meine Eltern tot, und ich bin den Anweisungen meines Vaters gefolgt und in dieses verlassene Nest gekommen, um Coppelius zu treffen.«

»Okay«, sagte sie nur. »Okay, okay, okay.«

»Das alles ist ein großes Durcheinander.«

»Okay.«

»Ein Rätsel.«

»Und wir mittendrin.«

»Du sagst es.«

»Und die *Bohemia*?«

Er zuckte die Achseln. »Nie zuvor von ihr gehört.«

Das Heulen durchschnitt wieder die Stille des Tages.

»Komm, weiter!«, drängte er sie.

Beide beschleunigten ihre Schritte.

»Weißt du, was das war?« Es hörte sich an, als würden die Wesen, die ihnen folgten, miteinander reden.

»Ein Wolf. Oder etwas Ähnliches, ich bin mir da noch nicht so sicher.« Er sah sich um, unruhig, wachsam. »Es hörte sich irgendwie an wie ein Wolf, aber anders als das Ding, das bei Coppelius war.«

»Ja.«

Unfertig, kam es ihr wieder in den Sinn.

Vesper dachte an die Zeitungsartikel, die von Wölfen in Berlin berichtet hatten.

Das Rudel war jetzt also hinter ihnen her.

Sie betrachtete den Ring mit dem grünen Stein an ihrem Finger. Noch immer verstand sie nicht, was genau sie vorhin in dem Haus von Herrn Coppelius getan hatte. Es war einfach passiert, ohne dass sie wusste, woher diese Kraft gekommen war.

Und Leander trug den Gehstock bei sich, den er mehr schlecht als recht als Waffe benutzt hatte. Von einem weltgewandten, geübten Kämpfer war auch er weit entfernt.

»Was werden sie mit uns tun, wenn sie uns zu fassen kriegen?«

»Wenn uns die Monster kriegen?«, fragte er.

Sie nickte. Irgendwie gefiel ihr nicht, dass er sie als Monster bezeichnete.

»Ich will es nicht unbedingt herausfinden.«

Ein Schatten sprang hinter ihnen auf die Straße.

»Vorsicht!«, schrie Vesper.

Leander duckte sich instinktiv und drückte Vesper unsanft zur Seite. Er zog den Säbel aus dem Stock und schlug dem nahenden Wolfswesen, noch während es in der Luft war, gegen den Schädel. Mit einem Knurren ging die Kreatur unsanft zu Boden. Dort, wo sie aufprallte, wurde der Schnee aufgewühlt, doch dann löste sich das Wolfswesen in Luft auf, als sei es niemals dort gewesen.

»Verdammt, was war denn das?«, keuchte Vesper, die ebenfalls am Boden lag.

»Viel heiße Luft«, antwortete Leander, war sich aber nicht sicher, ob die Gefahr gebannt war.

Vesper rappelte sich auf, klopfte sich Schnee von der Jacke. »Danke«, sagte sie.

»Keine Ursache.«

Und dann sah Vesper sie.

Wie neu geborene Schatten erschienen sie hoch oben auf dem Absatz der Treppe, die Vesper und Leander eben noch hinabgestiegen waren, keine zweihundert Meter über ihnen. Es waren drei Tiere, groß und schemenhaft. Ihr Fell war dunkel und sehr zottig, und ihre Lefzen entblößten spitze Zähne, die blitzten wie wütende Eiskristalle im sterbenden Schnee. Sie sahen aus wie von zitternder Hand gezeichnet, pechschwarz, als habe jemand sie mit einem Kohlestift nach dem Erwachen aus einem bösen Traum skizziert. Nur die Augen leuchteten orangerot, kalt und so berechnend, dass niemand, der tief in sie hineinblickte, an Gnade zu denken vermochte. Sie warteten nicht ab, was passierte, sondern näherten sich schnell.

»Sie sehen so *unecht* aus«, bemerkte Leander.

»Aber es sind Wölfe.«

Verwirrt nickte er. »Ja, sie sehen so aus.«

»Und das Ding, das mich anspringen wollte?«

»Hat sich einfach aufgelöst. Frag lieber nicht, warum.«

»Wo steht dein Wagen?«

»Gleich da unten, neben dem Fischrestaurant. Ist nicht mehr weit.«

»Wir sollten keine Zeit mehr verlieren.«

Er nickte. »Sehe ich auch so.«

Ohne ein weiteres Wort zu verlieren, traten sie panikartig die Flucht nach vorn an.

Die Wölfe, die ihnen nachsetzten, waren wirklich kaum mehr als unscharfe Umrisse. Sie sahen aus wie Wolfs*sche-*

men! Sie waren durchscheinend, als seien sie kaum mehr als die Andeutung von Wölfen. Wie Geister, die noch gar nicht richtig in dieser Wirklichkeit angekommen waren. Doch wirkten sie nicht nur *unecht*, sondern auch äußerst gefährlich.

Und sie waren schnell.

Vesper und Leander stolperten bergab die Hauptstraße entlang.

Hier gab es immerhin Menschen, dachte Vesper hoffnungsvoll, dann aber entsann sie sich der Verfolgungsjagd am Hamburger Bahnhof, und die Hoffnung zerstob, noch bevor sie ihr Flügel verliehen hatte.

Ja, Menschen gab es hier. Sie schlenderten an den Schaufenstern vorbei und gingen ihren Geschäften nach. Ein gemütliches Dorfleben, wie aus dem vertrauten Winterbilderbuch.

Aber niemand hier beachtete die Wolfsschemen. Nein, nicht einmal das Heulen schienen die Menschen zu hören.

Doch letztlich war das alles nicht wichtig.

Nicht hier, nicht jetzt.

Leander zog sie einfach die Straße entlang. Er hatte sich ihrer angenommen, obwohl Vesper nicht darum gebeten hatte. Er tat es einfach. Entschlossen achtete er darauf, dass sie nicht zurückfiel. Und Vesper freute sich insgeheim, dass sie jemanden gefunden hatte, der so war wie er.

Sie wichen einigen Autos aus und stürmten hinunter zum Strand, wo eine schmale Straße oberhalb des knappen Sandstrandes entlanglief. Die Autos, die hier fuhren, waren infolge von Schnee und Eis langsam und vorsichtig.

Vesper drehte sich kurz um und sah einen jungen Mann, der sich gerade eine Zigarette anzündete. Er trug eine weiße Daunenjacke und eine breite Kappe mit Fellbesatz an den Ohrenklappen.

Der erste der nahenden Wolfsschemen sprang den Mann ohne Vorwarnung an.

Der Mann ließ überrascht seine Zigarette fallen und wurde von der schweren Kreatur zu Boden geworfen. Vesper musste zweimal hinschauen, um sich zu vergewissern, dass das, was sie gerade gesehen hatte, auch wirklich passiert war.

Der Mann mit der Kappe wirkte überrumpelt und ein wenig ängstlich, doch dann verschwand der Gesichtsausdruck, der zu ihm gehörte, und alles, was einmal menschlich gewesen war, wich einer Grimasse, die in einem Lächeln erstarrt war.

Der Wolfsschemen, der den Mann zu Boden geworfen hatte, verschmolz nun augenblicklich mit dem Körper, der sich kurz aufbäumte, dann aber im Schnee auf dem Gehweg liegen blieb. Es sah aus, als sei der Schemen förmlich in den Körper des Mannes *hineingesickert*. Der Mann rollte sich auf den Bauch, und dann stand er auf allen vieren da. Er hechelte wie ein Tier. Die Kappe lag neben ihm auf dem Gehweg.

Wie ein richtiger Wolf hockte der junge Mann sich auf den Boden.

Dann hob er den Blick, spähte angestrengt ins Schneetreiben und reckte die Nase in den Wind. Seine Augen leuchteten orangerot wie die des Wolfsschemens. Unter der blassen Haut des Mannes glaubte Vesper den Wolf zu erkennen, sogar auf die Entfernung. Als drücke sich der Schemen des Wolfes von innen gegen die Haut des Menschen, als habe sich der Wolfsschemen ein Kostüm aus Fleisch und Haut und Haaren übergezogen.

»Hast du das gesehen?«, fragte Vesper.

»Faszinierend«, murmelte Leander. Er stand mit leicht offenem Mund da und konnte den Blick kaum von der Kreatur lösen. »Wirklich, faszinierend.«

Sie starrte ihn an.

Das war alles, was er dazu zu sagen hatte? *Faszinierend?*

»Wow!«, ergänzte er.

»Ja, toll. Ich bin ganz aus dem Häuschen.«

Der Mann in der Daunenjacke sprang plötzlich auf und kam auf allen vieren auf sie zugerannt. Er war schnell wie ein Wolf, und er knurrte.

Die anderen Passanten starrten verwirrt und überrascht auf den jungen Mann, doch niemand schien sich wirklich zu fürchten. Alle wirkten sie nur ein wenig verwundert, weil ein Mann wie ein Tier über die Straße lief.

»Lauf!«

Sie fand, dass dies eine gute Idee war.

Mit spinnenartigen Bewegungen setzte die Gestalt ihnen nach. Hände, Arme und Beine bewegten sich in einem für einen Menschen unnatürlichen Rhythmus.

Vesper war irritiert, weil sie nicht gewusst hatte, dass sich ein Mensch auf diese Art und Weise bewegen konnte.

Leander zog sie hinter sich her.

»Da drüben ist es.«

Sie löste den Blick von der Kreatur und blickte nach vorn, wo sie das Schild eines Fischrestaurants erkannte. Hinter den Fenstern des Hauses brannte Licht, die Gardinen gaben dem Restaurant eine typisch norddeutsche Gemütlichkeit. Gäste aßen ruhig ihre Mahlzeit, niemanden kümmerte, was hier draußen geschah.

Der Mann in der weißen Daunenjacke indes kam ihnen schnell auf allen vieren hinterher. Mit großen Sprüngen setzte er ihnen nach. Er knurrte, und sein Heulen wurde aus vielen anderen Kehlen von überallher erwidert.

»Wie viele sind das wohl?«, keuchte Vesper.

»Ich möchte es ungern herausfinden«, lautete die Antwort.

Vesper rannte einfach weiter.

Sie warf einen Blick zurück und sah, dass die zwei verbliebenen Wolfsschemen sich in die Körper anderer Passanten gedrängt hatten, den einer älteren Dame und den einer Frau, die eben noch zwei Einkaufstüten getragen hatte. Die Einkaufstüten lagen jetzt auf dem Boden, und ihr Inhalt ergoss sich über die Straße.

Die alte Dame und die Frau liefen nun auf allen vieren die Straße entlang und knurrten. Ihre Gliedmaßen, ihr Hals, das alles sah unnatürlich verrenkt aus – und dennoch bewegten sie sich mit einer erschreckenden raubtierhaften Eleganz, die Vesper erschaudern ließ.

Das Auftauchen dieser seltsamen Geschöpfe erregte jetzt aber doch endlich die Aufmerksamkeit der anderen Passanten.

Einige von ihnen schrien entsetzt auf, andere deuteten fassungslos mit dem Finger auf die seltsamen Wesen.

Vesper wusste nur, dass ihnen nicht mehr viel Zeit blieb.

»Da ist er!«

Sie wurde eines gelben Citroëns gewahr. Zielsicher lief Leander auf diesen Wagen zu.

»Das ist dein Auto?«

Einsam stand der Wagen im Schnee, in einem matten Gelb und altmodisch, mit den beiden typischen kreisrunden Scheinwerfern, die wie traurige Augen aussahen, und den haubenartigen, fast schon lebendig wirkenden Kotflügeln.

»Ein 2CV. Oder *deux chevaux*.« Er grinste stolz. »Was gibt es schon Besseres als eine gelbe Ente?!« Er schnappte sich den Schlüssel aus der Hosentasche, und als sie beim Wagen waren, öffnete er die Tür. »Bitte sehr.« Er ließ ihr den Vortritt.

Vesper kletterte hinein.

Die gelbe Ente schaukelte, als auch Leander hinters Steuer stürzte.

Der Wolfsschemen in der weißen Daunenjacke kam unverdrossen weiter hinter ihnen her. Er hatte den Parkplatz fast erreicht.

Vesper hoffte inständig, dass Tür und Fenster halten würden. Der Wagen war mit Sicherheit keine Ausgeburt an Stabilität, so viel war klar. Dünnes Blech, winzige Türschlösser, zerbrechlich wirkende Fensterscheiben, gebogene Blechfalzen und oben ein aufrollbares Vinylverdeck.

Leander fuchtelte mit dem Schlüssel herum, steckte ihn ins Zündschloss, drehte ihn um.

»Döschewo«, murmelte er. »Von wegen hässliches Entlein.«

Der Motor knatterte, machte aber keinerlei Anstalten, zu laufen.

»Komm schon«, flüsterte Leander verschwörerisch.

Vesper indes wurde ungeduldig. »Das ist nicht dein Ernst, oder?«

»Ist die Kälte«, grummelte Leander und hämmerte mit den Fäusten auf das Lenkrad ein.

»Glaubst du, das hilft?«

Er schüttelte den Kopf. »Nein, ist bloß wegen der Nervosität.«

Der Wolfsschemen in dem Daunenjacken-Mann war jetzt fast beim Wagen und machte sich zum Sprung bereit.

Vesper konnte sich die Bemerkung nicht verkneifen. »Du bist nervös?«

Leander zog ein Gesicht. »Nein, ich nicht. Aber der Wagen.« Erneut fuchtelte er an der Schaltung herum. »Enten fürchten sich vor Wölfen.«

Ohne es zu wollen, musste Vesper laut loslachen. »Oh, Mann«, murmelte sie, dachte insgeheim an *Peter und der Wolf* und kicherte auch dann noch, als der Wolfsschemen mit vollem Tempo auf den Wagen zurannte und sprang.

Leander drehte den Schlüssel erneut um.

Wieder nur ein Knattern, asthmatisch und schwach.

Der Wolfsschemen prallte gegen die Ente. Feine Risse breiteten sich wie Spinnennetze über die Scheibe aus.

»Wird das Glas dem Aufprall standhalten?«

»Es gibt nur einen Weg«, presste Leander hervor und malträtierte die Kupplung wie ein Besessener, »wie wir das herausfinden können.« Besorgt musterte er die Risse im Glas.

Der Wolfsschemen war neben der Ente zu Boden gegangen und schüttelte den Kopf.

»Okay, okay, okay.« Noch ein Versuch, die Kiste zu starten.

Die Ente erwachte mit einem knatternden Geräusch zum Leben. Vesper kam sich vor wie in einem Comic.

Der Wolfsschemen unternahm den nächsten Versuch, machte einen Satz und prallte gegen die Seite der Ente. Der Aufprall beulte das Blech ein, und die Finger des *Wolfsschemen-in-Daunenjacke-Mannes* bogen sich in einem unnatürlichen Winkel zu Krallen und packten den Türgriff auf der Beifahrerseite.

Vesper schrie erschrocken auf. »Fahr schon los, verdammt noch mal.« Mit beiden Händen hielt sie die Tür von innen fest, während sie die Kraft der Kreatur spürte.

Leander gab Gas, zerrte an der Gangschaltung.

Die Ente machte einen Sprung zurück.

Seine Hände waren emsig in Bewegung, und sein Gesicht schnitt angestrengte Grimassen, während er mit dem Wagen kämpfte.

Das Gesicht des Daunenjacken-Mannes indes war blutig vom Aufprall. Er hatte wütend die Zähne gefletscht, und hinter den fleckigen Zähnen des Menschen waren die spitzen Fänge des Wolfes zu erkennen. Es sah aus wie zwei Bilder, die einander überlagerten. So unscharf, dass es einen förmlich schwindeln ließ. Die Finger waren Krallen und schabten über das Chassis.

»Los geht's!«

Leander gab Gas.

Die spitzen Krallen schnitten gellend über den gelben Lack. Die blutigen Finger rutschten ab.

Die Ente raste vom Parkplatz herunter.

Mitten auf den Strandweg.

Dort gab Leander erneut Gas, trampelte förmlich auf dem Pedal herum.

»Wir müssen diese blöde Straße verlassen«, fluchte er.

»Oh, Mann.« Vesper hielt sich mit beiden Händen an den Griffen im Innenraum fest. »Da drüben sind die anderen.« Sie deutete auf die beiden anderen Wolfsschemen, die in ihren Menschenkörpern von der Seite auf sie zugestürmt kamen.

Zusätzlich zu den beiden – den Wolfsschemen, die in der Frau und der alten Dame steckten – erschienen nun noch zwei weitere Wolfsschemen. Sie kamen aus einer Gasse weiter vorn und bleckten die Zähne. Sie fielen ohne Vorwarnung und so schnell, dass kaum jemand auf der Straße es registrierte, über ein Paar her, das eng umschlungen den Strandweg entlangschlenderte, sich eben noch geküsst hatte und auf die Elbe hinausblickte. In

Windeseile gab es zwei weitere Verfolger in menschlicher Gestalt.

»Warum tun die das?«

Leander zuckte die Achseln. »Sie werden wohl ihre Gründe haben.« Die Ente begann bedrohlich zu schwanken, als er sie in der Spur zu halten versuchte. »Ganz schön glatt, heute.«

»Vielleicht brauchen sie einen Körper, der nicht ganz so unscharf ist wie sie selbst.«

»Darüber können wir später nachdenken.«

Die Ente raste los, beschleunigte auf dem Strandweg.

Die beiden Wolfsschemen hinter ihnen folgten ihnen unverdrossen. Das Paar kam ihnen von vorn entgegen.

In unnatürlichen Bewegungen verrenkten sich die Körper der Menschen, in denen die Wolfsschemen hausten. Sie sprangen und liefen fast wie Insekten.

»Wie können sie das tun?«

»Yoga«, stellte Leander fest.

Vesper wusste nicht, ob er das ernst meinte oder ob er scherzte. »Du …«

»Halt dich fest!«, schrie er mit einem Mal.

Sie erreichten jetzt das Paar. Der Mann, der einen hellen Schal trug, fauchte den nahenden Wagen an und preschte auf ihn zu.

Leander riss das Steuer herum, und die Ente streifte den Mann, der jaulend zu Boden ging. Sofort verließ der dunkle Schemen seinen Körper und sprang einen Jogger an, der am Straßenrand angehalten hatte, um alles zu beobachten. Der Jogger krümmte sich kurz, dann heulte er wütend auf, streckte sich – und sprang auf allen vieren hinter der taumelnden Ente her.

»Pass auf!«, schrie Vesper.

»Hab's gesehen.« Leander, der Mühe hatte, die Kontrolle über die Ente nicht zu verlieren, riss erschrocken das Steuer zur Seite und wich der Steinbank, die vor ihnen aufgetaucht war, nur knapp aus.

Die Straße war wirklich sehr eng.

Zur dem Fluss zugewandten Seite standen schwere steinerne Poller, so dicht an dicht, dass es kein Hindurchkommen gab, und dahinter fiel eine Mauer fast zwei Meter tief zum schmalen Sandstrand hin ab, ein einziger Wellenbrecher und Hochwasserschutz. Viel Platz zum Manövrieren gab es deshalb auf der Straße wahrlich nicht.

Ein neuer Wolfsschemen, den keiner der beiden hatte kommen sehen, stand plötzlich nach einem Sprung von einem der Dächer hinab auf der Straße, funkelte die Ente samt Insassen wütend an und sprang einem Motorradfahrer, der ihnen entgegenkam, an den Hals.

Der Wolfsschemen sickerte nur kurz in den Körper des Motorradfahrers. Lange genug aber, um seine Absicht in die Tat umzusetzen.

Das Motorrad wankte und schlidderte über die Straße, direkt auf die Ente zu.

Leander riss das Steuer erneut herum, weil er sonst einfach nichts tun konnte.

»Geronimo!«, schrie er laut und wütend und biss die Zähne zusammen.

Vesper wurde gegen die Tür geschleudert.

Das Motorrad schob sich unter die Ente, und der leichte Wagen kam ins Schleudern. Die Ente neigte sich gefährlich zur Seite, Leander lenkte wie ein Verzweifelter.

Dann verließ der Wagen den Strandweg, raste auf dem Gehweg gegen einen der Poller, der die Schnauze der Ente hochschnellen ließ, aber den Wagen nicht aufzuhalten vermochte.

Der Schwung trug die Ente über den Poller, und schon stürzte sie, die Schnauze mit den beiden runden Scheinwerferaugen voran, rund zwei Meter in die Tiefe und bohrte sich dort unten endlich in den Sand.

Die eisige Elbe tauchte vor ihnen auf.

»Nicht gut«, murmelte Vesper. Sie spürte einen lauten Schwindel und reckte sich instinktiv.

Sie schien nicht verletzt zu sein.

»Nein, nein, gar nicht gut«, murmelte sie erneut.

Und Leander, der an seinem Gurt zerrte, sagte: »Ich habe da ein ganz mieses Gefühl.«

Beide schauten sie zurück.

Aus dem Rückfenster heraus konnten sie nach oben zum Strandweg blicken. Die Wolfsschemen in den gestohlenen Menschenkörpern standen dort jetzt nebeneinander und sahen auf die erlegte Ente herab.

Vier Menschenkörper, unnatürlich verrenkt und mit bösartig funkelnden Augen. Die alte Dame sprang als Erste in den Sand. Die anderen folgten ihr. Einigen von ihnen lief Blut übers Gesicht.

»Tolle Flucht«, bedankte sich Vesper.

»Sagt die Retterin.«

Die Wolfsschemen näherten sich, bedächtig und vorsichtig.

Sie bildeten wachsam einen großen Halbkreis um die Ente, der jede Flucht unmöglich machte.

»Irgendwelche Vorschläge?«, murmelte Vesper entnervt.

Leander zuckte die Achseln. »Ich überlege noch.«

Dann stiegen sie aus, kletterten unbeholfen aus dem Wagen, der rauchte und verbeult war.

»Arme Ente«, murmelte Leander.

Vesper schwieg.

Erst einmal draußen, standen sie vor den Wolfsschemen, die sich vorerst nicht rührten.

Leander, unsicher taumelnd, hielt seinen Gehstock schützend hoch und stellte sich zwischen Vesper und die Wolfsschemen, schwenkte drohend den Stock in ihre Richtung. Die Wolfsschemen in ihren menschlichen Körpern näherten sich ihnen vorsichtig, mit voller Berechnung.

Abwartend.

Lauernd.

»Und was jetzt?« Eigentlich stellte Vesper die Frage nicht wirklich. Sie stand vor einer schrottreifen Ente mit zertrümmerter Schnauze, hinter sich eine fast zwei Meter hohe Wellenbrechermauer aus grob behauenen Steinbrocken und vor sich ein ganzes Rudel dieser Viecher.

Oben auf der Straße erschien zu allem Überfluss nun auch noch der Menschenwolf aus dem Haus. Er sah aus wie ein Mann, wieder unscharf. Er wirkte erschöpft, und sein Gesicht war jetzt voller Narben, die alle die Form winziger Buchstaben hatten.

»Er hat meine Mutter getötet«, flüsterte Vesper. Instinktiv trat sie nah an Leander heran.

Dieser nickte ernst.

Der dunkle, böse Mann, der jetzt kein Wolf war, ließ den Blick ausschweifend über den Strand wandern. Gelassen betrachtete er die Ente mit dem ratlosen Paar davor.

»Hier bringen wir es also zu Ende«, knurrte er, sobald er in Hörweite war.

Hinter ihm, auf dem Gehweg, versammelten sich jetzt neugierige Passanten. Keiner der Anwesenden traute sich jedoch, dem Mann mit den Narben im Gesicht zu nahe zu kommen.

Vesper schluckte.

Sie spürte einen metallischen Geschmack im Mund.

Mit der einen Hand hielt sie den Rucksack, den sie hinter sich aus dem Wagen gezerrt hatte, fest, mit der anderen Hand fasste sie sich an die Stirn, die schmerzte.

Anscheinend machte es den Wolfsschemen überhaupt nichts mehr aus, wenn sie Aufmerksamkeit erregten.

»Es ist erst zu Ende«, rief Leander dem Mann zu, »wenn es zu Ende ist.«

Vesper starrte ihn an.

Er zeigte ein selbstsicheres Grinsen. »Ich dachte, ich sage zum Abschluss noch etwas Heroisches.«

Sie seufzte.

Jungs!

Der Mut verließ sie.

Da raste, wie aus dem Nichts, aus der Ferne ein riesiger schwarzer Range Rover den Strandweg entlang auf sie zu. Die Scheiben waren ebenso schwarz und undurchsichtig wie alles an diesem Wagen.

Der Menschenwolf drehte den Kopf zur Seite. Das vernarbte Gesicht wurde zu einer wütenden Grimasse.

Dann wendete er sich Leander zu. »Ich weiß«, knurrte er, »wo Ihr Bruder ist.« Er zeigte ein durchtriebenes Lächeln, kostete den Augenblick aus. Dann drehte er sich um und lief davon.

Die Wolfsschemen indes hielten die Stellung.

Und Leander wurde ganz bleich.

Vesper berührte ihn an der Schulter. »Hey, alles in Ordnung?«

Sie erkannte die Verunsicherung in seinen Augen. Etwas, was irgendwann in Tränen glitzern mochte, lag darin verborgen. »Hast du gehört, was er gesagt hat?«, fragte er sie.

»Ja.« Sie wusste, dass er die Antwort nicht hören wollte.

Er schnappte nach Luft. »Okay, okay, okay.«

»Er sagte etwas über deinen Bruder.«

Leander atmete tief, tief durch. »Er lebt also doch noch.« Es war, als könne er es nicht fassen.

Sie hörten die Bremsen des Range Rover quietschen.

Dann griffen die Wolfsschemen an.

Die Frau mit der grünen Jacke, die vorhin noch mit ihrem Freund auf dem Gehweg geknutscht hatte, sprang auf Vesper zu, doch Leander warf sich zwischen die beiden.

Der Schwung des Wolfsschemens, der unter der Haut der Frau die Lefzen hochzog, riss ihn von den Beinen. Gemeinsam mit dem Wesen stürzte er in den Sand.

Schnell rollte er sich zur Seite, zog den Säbel und verteidigte sich ungelenk. Er brachte der Frau eine Schnittwunde am Arm bei, und die Kreatur schrie gellend auf, wälzte sich wie in Qualen auf dem Boden umher. Dann schlug Leander ihr auf den Kopf, und sie kippte bewusstlos zur Seite.

Der Wolfsschemen verließ augenblicklich den Körper der jungen Frau und stand knurrend auf dem Schneestrand. Die Nackenhaare sträubten sich ihm, doch er wirkte unsicher.

Nein, *unscharf,* dachte Vesper.

Irgendwie kraftlos.

Sie brauchen die Körper, damit sie uns angreifen können, dachte Vesper. Ja, nur so ergab es einen Sinn.

Der Wolfsschemen rannte über den Strand, dorthin, wo die Schaulustigen standen. Keiner von ihnen schien den Schemen zu sehen, doch als er einen kahlrasierten Teenager aus ihrer Mitte ansprang und in ihn hineinfuhr, da bemerkten selbst die Nachlässigsten unter ihnen, dass etwas nicht stimmte. Der Junge, der kaum älter als Vesper sein mochte und eine Lederjacke mit vielen Nieten trug, kauerte plötzlich auf allen vieren da inmitten der anderen Passanten, knurrte tief und guttural, und das löste letztendlich spontan eine Panik aus, die die Menschenansammlung auflöste.

»So funktioniert es also auch nicht«, murmelte Vesper.

Leander stand jetzt mit dem Rücken zur Ente.

Vesper dicht neben ihm.

Ein weiterer Wolfsschemen – diesmal die alte Dame – wollte sich auf Vesper stürzen, als Leander einen roten Apfel aus der Manteltasche zog und ihn mit aller Kraft warf. Die alte Dame mit den Reißzähnen hinter ihrem eigenen Gebiss wurde zwischen den Augen getroffen und sackte, die orangegelben Augen verdrehend, in sich zusammen.

»Treffer!«, freute sich Leander.

Der pechschwarze Range Rover mit der seltsamen Kühlerabdeckung hielt direkt auf den frisch verschmolzenen Teenager-Wolfsschemen zu, bremste unsanft ab, wobei er den Teenager so hart streifte, dass er mit Schwung zur Seite geschleudert wurde. Sofort verließ der Wolfsschemen den Körper des Jungen.

»Wer ist das denn nun schon wieder?«, wollte Vesper wissen.

Leander indes starrte nur nach oben.

Die Tür des Wagens öffnete sich, und ein Mann in einem langen grauen Mantel entstieg dem Inneren. Vesper erkannte die silbernen Knöpfe und die Farbe des Mantels wieder.

Der geheimnisvolle Mann, der ihr während der vergangenen beiden Tage gefolgt war!

Sogar die Wolfsschemen hielten inne.

»Wer sind Sie?«, fragte Leander.

»Ich bin einer von den Guten«, antwortete der Mann, zeigte ein jungenhaftes Grinsen und trat auf die Mauer zu. Sein kurz geschnittenes Haar und die strahlend blauen Augen ließen ihn weitaus jünger erscheinen, als er war. Er öffnete den Mantel wie der Held in einem Western und zog sogleich eine alte Pistole aus dem Halfter unter dem linken Arm. Alles an ihm wirkte altmodisch, irgendwie so, als sei er einem Schwarz-Weiß-Film entsprungen.

»Was …?«

Er zwinkerte ihnen zu. »Der Schlüssel steckt noch«, sagte er und deutete auf den Wagen. »Keine Angst, ich werde euch beide schon finden.« Dann sprang er mit einem Satz nach unten in den Sand und ging ruhig und selbstsicher auf die dort verbliebenen Wolfsschemen in Menschengestalt zu. »Nun verschwindet schon, los, los, wir haben nicht alle Zeit der Welt. Ich kümmere mich derweil um das Gesindel hier.« Und ohne eine weitere Antwort abzuwarten, feuerte er einen Schuss auf den ersten Wolfsschemen ab, der noch in derselben Sekunde den Menschenkörper verließ.

»Bereit zum Tanz, meine Lieben?«, fragte der Fremde die übrigen Wolfsschemen.

Vesper starrte ihn nur an.

Dann spürte sie eine Hand auf ihrer Schulter.

»Lass uns verschwinden«, schlug Leander vor.

Sie zögerte einen Moment, dann nickte sie.

Gemeinsam kletterten sie die Steinwand empor. Der Range Rover stand noch immer da, pechschwarz und elegant. Leander schob Vesper ins Innere des Wagens und nahm auf dem Fahrersitz Platz. Vesper hörte die Türen zuschlagen, noch ganz benommen, und während die Geräusche vom Strand verschwanden, ließ sie sich in den Sitz sinken, der weich und bequem war. Sie lauschte den leise und ruhig schnurrenden Lauten des Motors und der Stimme Leanders, der noch immer redete. Es roch nach warmem Leder und Sauberkeit und einem Geheimnis, das im Augenblick noch geheim bleiben wollte. Und als sie den Elbstrand verließen, fand sie endlich die Kraft, wieder ruhig zu atmen.

Im Vergleich zu der Ente war der Range Rover riesig. Alles roch neu und nach Leder.

»Sie folgen uns nicht«, stellte Leander nach einigen nervösen Blicken in den Rückspiegel fest. »Sieht zumindest so aus.« Seine langen, rastlosen Finger hielten das elegante und sportlich schwarze Lenkrad fest umklammert, und seine Blicke wanderten zwischen der Straße und den Spiegeln hin und her.

Zur Sicherheit schaute Vesper sich ebenfalls um.

Nichts.

Sie konnte es nicht fassen, dass sie davongekommen waren.

Du mutige Prinzessin!

So viele Verfolger waren es gewesen. Ihre Gedanken schlugen Purzelbäume, unentwegt.

»Fahr vorsichtig«, sagte sie leise.

Sie rasten durch den leise fallenden Schnee, verließen den Strandweg, folgten der Hauptstraße. Die kleinen Häuser mit ihren Reetdächern flogen nur so an ihnen vorbei, und einige der Passanten sahen ihnen missbilligend hinterher. Ein Ort wie Blankenese war dieses Tempo nicht gewöhnt. Hier gab es normalerweise keine lautstark und gequält quietschenden Bremsen, keine aufheulenden Motoren, ebenso wenig wie aggressiv klingendes Hupen und die Neigung, rote Ampeln mit hohem Tempo zu überfahren.

»Keine Angst, ich kann das schon.«

Sie lehnte sich kurz zurück.

Seufzte angespannt.

Ihre Hände waren in den Sitz gekrallt.

Und während Leander den Rover fuhr und sich mit flinken Fingern mit den diversen Funktionen vertraut machte, indem er wahllos Tasten und Knöpfe drückte und abwartete, was geschah, untersuchte Vesper das Innere des Wagens. Irgendwo, dachte sie, musste sich doch ein Hinweis auf ihren Retter, wer auch immer er war, finden.

Doch weit gefehlt.

Da war nichts, was wenigstens eine Andeutung im Hinblick auf die Identität ihres geheimnisvollen Wohltäters hätte geben können.

Auf dem Boden zu ihren Füßen lagen zwei Tageszeitungen, in denen die Artikel über die seltsame Schlafkrankheit der Kinder aufgeschlagen waren. Das Handschuhfach gähnte sie einfach nur leer an, und auch hinter den beiden Sonnenschutzklappen vorn an der hohen Windschutzscheibe fanden sich weder Fahrzeugpapiere noch andere Hinweise.

»Immerhin hat er uns einen tollen Wagen überlassen«, stellte Vesper fest und klappte das Handschuhfach zu.

»Ich habe die Ente gemocht.« Leander seufzte theatralisch auf, drückte einige Tasten am Navigationsgerät und deaktivierte es sogleich. »Außerdem habe ich jetzt ein Problem. Die Ente war nur geliehen.«

»Wer verleiht eine so alte Ente?« Das Ding war zwar schön gewesen, letzten Endes aber nur Blech und Rost, zusammengehalten von gelbem Lack.

»Studenten«, gab er zur Antwort.

Sie stellte keine weiteren Fragen, lehnte sich in dem bequemen Sitz zurück und hoffte, dass der Fremde wusste, wie er mit den Wolfswesen umzugehen hatte. Er hatte sehr selbstsicher gewirkt, irgendwie alt und erfahren, dennoch trainiert und zu allem bereit. Etwas war in seinen Augen aufgeblitzt, etwas Tieftrauriges, Verlorenes, das Vesper nicht zu deuten vermocht hatte. Der lange graue Mantel mit den Knöpfen hatte ihn militärisch aussehen lassen – aber eher so, wie Militärs in den alten Filmen aussahen. Ein Offizier womöglich, doch vielleicht hatte er auch nur einen alten Mantel aus einem Secondhandladen erstanden. Am Ende blieb alles reine Spekulation.

»Ich bin sicher, dass er uns finden wird, wenn er uns finden möchte«, sagte Leander.

Das glaubte Vesper auch. Die Frage war nur, ob sie sich wirklich von ihm finden lassen *wollte*.

»Lassen wir uns doch einfach überraschen«, schlug Leander vor und drückte einen Knopf, der die Rückenlehne seines Sitzes automatisch nach hinten kippen ließ. »So was, so was«, murmelte er und ließ den Sitz wieder in die alte Stellung zurückschnappen.

»Achte auf die Straße«, schlug Vesper vor.

»Zu Befehl«, sagte Leander und gab erneut Gas, ließ den Wagen über eine Kreuzung fliegen, lächelte, als eine Radarfalle sie blitzte, fuhr dann weiter und wurde langsamer.

»Jungs«, murmelte Vesper und warf einen Blick in den schmalen Spiegel an der Sonnenschutzklappe.

Leander, dem die Geste nicht entgangen war, konterte mit: »Mädchen.«

So verließen sie Blankenese.

Während der weiteren Fahrt schwieg Leander sich aus, und Vesper schaute nach draußen, wo es langsam Abend wurde und die vielen grellen Scheinwerfer der anderen Autos kaum mehr als einsam verlassene Inseln in der aufkommenden Dunkelheit waren.

»Wo fährst du hin?« Nur diese Frage, sonst nichts. Vesper war müde, und ihre Gedanken verlangten nach einigen Augenblicken der Ruhe. Es war definitiv zu viel geschehen.

»Zurück nach Hamburg.«

Sie nickte nur, erschöpft und matt. Zurück nach Hamburg zu fahren war gut; etwas Besseres fiel ihr auch nicht ein. Sie mussten irgendwo die Nacht verbringen und schlafen, wieder zu Kräften kommen, sich ausruhen und nachdenken, wie sie die nächsten Tage überleben sollten.

»Willst du reden?«, fragte er schließlich, nachdem das beidseitige Schweigen zu laut geworden war.

»Nein«, sagte sie. »Später vielleicht.« Dann legte sie kurz die Hand auf sein Bein, nahm sie aber sofort wieder fort, als ihr einfiel, dass sie sich ja noch nicht so gut kannten – was sie irgendwie vergessen hatte.

Er schaute nicht zur Seite. Sagte aber: »Gut, mir geht es ähnlich.« Und konzentrierte sich erneut auf den Verkehr.

Vesper indes schloss die Augen und ließ sich in Gedanken treiben. Sie dachte an die düsteren Märchen, die ihr Vater ihr früher so oft erzählt hatte. An die Abende, die viel zu kurz gewesen waren. An Margo, die für ihre Töchter Klavier gespielt und manchmal, wenn sie guter Laune gewesen war, auch dazu gesungen hatte. An das schöne Leben, das so schnell vorbei sein konnte, und die Momente, die auf ewig wie Reue bei einem blieben. Das Surren des Motors in der anbrechenden Dunkelheit war angenehm, wie ein leises Schlaflied, nur anders und nicht so warm. Sie erinnerte sich an die Stimme ihrer Schwester, die sie so oft auf Reisen in ferne Märchenländer entführt hatte.

Amalia, deren Gesicht sie noch immer so vor sich sah, als sei es ihr niemals genommen worden.

Vesper öffnete die Augen, blickte nach draußen.

Die Welt war so groß, und sie war mitten in ihr, allein und verloren. Ihr altes Leben war endgültig vorbei. Sie war auf der Flucht. Etwas ging da draußen vor, und das Gefühl, dass das alles etwas mit ihr zu tun hatte, ließ sich immer weniger leugnen.

Mit den flachen Händen massierte sie ihre Schläfen. Kopfschmerzen hatte sie schon als Kind bekommen, meist dann, wenn sie das Gefühl beschlichen hatte, die Kontrolle über ihr Leben zu verlieren.

Sie wurde unruhig.

Und die Unruhe vertrieb die Müdigkeit, die wie ein Nebel um ihr Innerstes schlich.

Nachdem sie zehn Minuten ohne ein Wort zu wechseln gefahren waren, brach Vesper das Schweigen. »Ich glaube, ich möchte jetzt doch reden«, sagte sie leise und schaute Leander von der Seite an. Die wilden Haare, die eine Tolle nur noch erahnen ließen, sahen mittlerweile aus wie der dunkelste Albtraum eines Friseurs.

»Worüber?« Er wirkte ebenfalls erschöpft. Seine Augen waren klein und ein wenig von dunklen Schatten umrankt. Er hatte eine Brille mit schwarzem Gestell aus der Tasche gezaubert.

»Über uns?« Eigentlich war es keine Frage.

Leander, mit einem Mal erwacht, grinste frech. »Findest du nicht, das ist ein wenig früh?«

Sie konnte nicht anders und musste das Grinsen erwidern. »Du weißt, was ich meine.«

»Ja, ja, natürlich.« Er nickte emsig. »Das Leben, die Welt, wir beide und natürlich unsere Zukunft.« Er sah sie an. Die Brille machte ihn intelligenter. »Die Beziehung, die wir führen werden. Die Kinder, die wir haben werden, all so was. Dachtest du daran?«

Sie rollte mit den Augen. »Klar, an was sonst?«

Sie mussten beide lachen, erst leise, dann laut schallend. Es war, als fiele all die dumpfe Furcht und klammernde Anspannung von ihnen ab. Lachen tat gut, sie sollten es öfter tun.

»Nur …«

Sie sah ihn an. »Nur – was?«

»Wir haben vergessen, uns richtig kennenzulernen.«

»Ach ja?«

»Ja.« Er nickte eifrig. »Man sieht sich, spricht einander an, führt Smalltalk, trinkt Kaffee. Normalerweise lernt man sich zwanglos kennen, gewinnt allererste flüchtige Einblicke in das Leben des anderen. Und so weiter und so weiter. Na ja, du kennst das bestimmt.« Er holte tief Luft, fuhr sich mit der Hand durch das wilde Haar. »Das haben wir irgendwie übersprungen, weil der böse Wolf und sein unscharfes Rudel hinter uns her waren.«

»Da könntest du Recht haben.«

»Außerdem kann es doch kein Zufall sein, dass wir uns heute über den Weg gelaufen sind. Ich schätze, dass der alte Herr Coppelius in den letzten Jahren nicht zu oft Besuch bekommen hat.«

»Also?«

»Fang du an!«

Sie seufzte. »Na gut«, begann sie ihre Geschichte und berichtete ihm alles, was er, wie sie dachte, wissen sollte. Sie erzählte von Margo und Maxime Gold. »Sie war wie die Mutter von Charlie Harper in *Two and a Half Men*. Und er war wie Ian McKellan, irgendwie weise, belesen und gelehrt.« Sie zögerte, dann sagte sie: »Und begehrt.« Sie berichtete von der Ermordung der beiden und den anderen seltsamen Todesfällen, von denen sie eigentlich nur vage durch die Zeitungen und Notizen bei Friedrich Coppelius erfahren hatte. Sie erzählte von dem bösen Wolf und dem Pflanzending in der Villa ihrer Mutter, ihrem Leben, der Schule und von all den unwichtigen Dingen, die ihr gerade in den Sinn kamen, weil plötzlich alles viel besser war, als einfach nur zu schweigen, das spürte sie ganz deutlich.

»Und du?«, beendete sie ihren Monolog.

»Ich studiere.«

»In Oxford.«

»Genau.«

»Dem Oxford auf Madagaskar.«

Er grinste. »Ja, gleich um die Ecke.«

»Warum bist du hier?«

»Meine Eltern leben seit Jahren getrennt.«

Willkommen im Club, dachte Vesper.

»Meine Mutter starb letzte Woche, in Berlin. Mein Vater hatte einen Autounfall am Bodensee. Keine drei Tage ist das her.« Sein Blick ruhte auf der Fahrbahn. »Das sind schon seltsame Zufälle, nicht wahr?!«

Vesper dachte an die Zeitungsartikel, die Herr Coppelius sorgfältig markiert hatte, an all die rätselhaften Unfälle, die sich überall in Deutschland während der letzten Tage ereignet hatten, an die Bemerkung des alten Mannes, dass alles einem Muster folge.

»Der Agent meines Vaters rief mich in England im Wohnheim an und teilte mir mit, was geschehen war.«

»Wer war dein Vater?«

»Peter Nachtsheim. Er schrieb Romane.«

»Ein Schriftsteller.« Vesper kramte in ihren Erinnerungen. Irgendwie kam ihr dieser Name bekannt vor. Sie brachte den Namen mit ihrem eigenen Vater in Verbindung, wusste aber nicht, warum.

»Das Geheimnis des Mondsteins.« Leander zog eine Grimasse. »Damit wurde er berühmt.«

»Davon habe ich gehört.« Ja, sie konnte sich sogar an das Buch erinnern. Es hatte im Arbeitszimmer ihres Vaters gestanden. Es war ein sehr dickes Buch mit altmodisch angehauchtem Einband.

»Ein romantischer Krimi. Ja, das ist von ihm. Er mochte diese altmodischen Geschichten. Irgendwie ist er nie richtig in der Gegenwart angekommen, glaube ich. Er hat Goethe und Schiller gemocht, all die alten Dichter. Tieck, die Brüder Grimm, E. T. A. Hoffmann.«

»Du hast ihn gern gehabt.« Auch das eine Feststellung. Sie wusste nicht recht, warum sie ihr über die Lippen gekommen war.

Ein wenig verlegen sagte er: »Du kennst mich doch kaum.«

»Man merkt es dir an.«

»Du siehst viel.«

Vesper schaute nach draußen, musterte ihr fahles Spiegelbild in der Seitenscheibe.

»Angeblich ist ihm ein Reifen geplatzt. Der Wagen kam ins Schleudern.« Er stockte. »Er hat in Lindau am Bodensee gelebt.«

»Du glaubst nicht an einen Unfall, nicht wahr?«

»Er war ein guter Fahrer. Seinen Wagen hat man aus dem Wasser gezogen. Er hat die Absperrung auf der Seebrücke durchbrochen. Mein Vater konnte sich wohl nicht mehr schnell genug aus dem Wagen befreien.« Leander schüttelte energisch und resigniert den Kopf. »Ist natürlich alles Blödsinn. Glaubst du daran, dass es ein Unfall war, als dein Vater starb?«

»Nein.« Mit einem Mal fiel ihr auf, dass sie gar nichts darüber wusste, sah man von den wenigen Informationen ab, die sie der Presse entnommen hatte.

»Mir geht es da nicht anders. Und die Tatsache, dass diese Wesen hinter uns her sind, ist doch sehr vielsagend.«

»Sie wollen deine Uhr und meinen Ring.«

»Und die Schlüssel, die wir bei uns tragen.«

Leander fummelte sich an den Haaren herum. »Die uralten Schlüssel für etwas, was der Menschenwolf als Refugium bezeichnet hat.«

Vesper zuckte die Schultern. »Wir haben das, was sie wollen.« Sie berichtete von dem, was Coppelius ihr mitgeteilt hatte. Von der *Bohemia* und den Dingen, die sich früher schon einmal zugetragen hatten.

»Ein Geheimbund, wie geheimnisvoll.«

»Das jedenfalls hat mir Coppelius gesagt.«

»Aber warum sie diese Gegenstände haben wollen, hat er nicht gesagt?«

»Er kam nicht mehr dazu.«

»Wie war er denn so?«

»Ich habe ihn nur kurz gekannt. Nett, irgendwie. Ein alter Herr.«

Leander schaute wachsam in den Rückspiegel. »Immerhin sind sie noch in unserem Besitz. Das ist doch das Wichtigste. Sie wollen sie haben, wir besitzen sie.«

Zur Rechten der Straße zog die eisige Elbe vorbei. Die Positionslichter der Schiffe darauf waren wie Sternfunkeln in dieser kalten Nacht. Einsame Reisende, mit unbestimmtem Ziel, die offene See noch vor sich, mit all den Stürmen, die da kommen mochten.

»Mein Vater hat mir die Uhr und den Schlüssel bis nach England geschickt«, gestand Leander nachdenklich. »Nur einen Tag nach seinem Unfall erreichte mich bereits der Brief, der die Gegenstände enthielt. Dazu nur ein kurzer Hinweis, mich vor den Wölfen in Acht zu nehmen.«

Das auch? »Und die Anweisung, Friedrich Coppelius aufzusuchen?«

»Ja.«

Vesper sagte: »Wie bei mir.«

»Es gibt keine Zufälle, oder?!«

»Und das Treffen im Museum?«

»Nein, das war wirklich ein reiner Zufall. Ich wollte bloß *Das Eismeer* anschauen«, erklärte er.

»Warum?« Er kam mit dem Flugzeug nach Hamburg, und das Erste, was er tat, war, sich das Gemälde anzuschauen?

»Mein Vater hat das Bild sehr gemocht. Es hing in seinem Arbeitszimmer. Dabei hat er überhaupt nichts für die Malerei empfunden. Aber dieses eine Gemälde war die große Ausnahme. Und, na ja, deswegen dachte ich, dass ich mir, wenn ich schon nach Hamburg reise, genauso gut das Original anschauen kann.« Seine langen Finger spielten unruhig am Lenkrad herum. »Ich musste es tun, verstehst du?«

»Ja.« Auch in Friedrich Coppelius' Behausung hatte sich ein Kunstdruck des Gemäldes befunden. »Bei mir war es genauso.«

»Du hast dir das Gemälde anschauen wollen, weil es dich an deinen Vater erinnert?«

»Ja.«

Er schaute sie an. »Ziemlich viele Zufälle, was?«

Sie wusste, was er meinte. »Ja«, sagte sie nur. Wie viele Menschen mochte es wohl geben, für die *Das Eismeer* das faszinierendste Gemälde der Welt war?

»Und warum hast du mich angesprochen?«

»Du hast es ebenfalls betrachtet. Außerdem bist du hübsch. Ich wollte den Augenblick nicht verstreichen lassen.«

»Und jetzt?«

Er warf ihr einen schnellen Blick zu. »Du bist immer noch hübsch.«

Sie lachte. »Ist das deine Masche?«

»Ich habe keine Masche.«

»Dann ist deine Masche also, keine Masche zu haben.«

Er überlegte. »Ja, vielleicht.«

Vor ihnen tauchte Hamburg auf. Das Licht vieler Laternen erhellte die Nacht.

»Mein Vater hat dieses seltsam hässliche Gemälde wirklich geliebt«, sagte er und verbesserte sich sogleich: »Nun ja, es ist vielleicht nicht unbedingt hässlich. Es ist kalt. Ich mag es nicht. Ich habe kein gutes Gefühl, wenn ich es betrachte. Deswegen war ich froh, es nicht allein betrachten zu müssen.« Er seufzte, kratzte sich am Ohr. »Das ergibt möglicherweise keinen Sinn, aber so war es.« Er wartete auf eine Antwort, aber Vesper sagte nichts. »Na ja, mein Vater hat es auch nicht unbedingt geliebt. Aber er war fasziniert davon. Ja, das war er. Er sagte immer, dass jedes Gemälde eine Geschichte zu erzählen habe und dass dieses Bild von einem Ereignis berichte, das von überragender Bedeutung für die Menschheit gewesen sei.«

»Sagte er das?« Vesper horchte auf.

Leander nickte. »Ja, er war davon überzeugt, dass dieses Gemälde deswegen so einzigartig sei.«

»Hat er gesagt, welches Ereignis er genau meinte?«

»Nein, hat er nicht. Nun ja, nicht wirklich. Aber er erwähnte eine Expedition, die Alexander von Humboldt angeblich im Jahre 1805 ins Eismeer unternahm. Das war alles.«

»Stimmt das?«

»Was?«

»Das mit der Expedition.«

Er zuckte die Achseln. »Keine Ahnung, ich habe das nie überprüft. Es fiel mir gerade eben wieder ein. Die Erinnerung kann einem schon Streiche spielen. Man erinnert sich jahrelang an bestimmte Dinge gar nicht mehr, und dann, mit einem Mal, springen sie einen förmlich wieder an.«

»Und man hat keine Ahnung, ob sie von Bedeutung sind oder nicht.«

»Ja, du sagst es.«

Vesper rieb sich müde die Augen.

Meine Güte, wohin führte sie das alles nur?

Doch dann kam ihr ein Gedanke, der eigentlich ganz und gar naheliegend war. Warum sie nicht schon früher darauf gekommen war, wusste sie nicht zu sagen. »Haben sich unsere Eltern gekannt?«

»Daran habe ich auch schon gedacht.« Er bremste ab, fädelte sich in den dichten Verkehr ein. Vor ihnen lag Altona. »Ich weiß es nicht. Vielleicht, ja. Es muss eine Verbindung geben.«

»Die *Bohemia*«, sagte Vesper schnell. »Vielleicht waren unsere Väter beide Mitglieder in dieser Gesellschaft.« Irgendwie schien das durchaus wahrscheinlich zu sein, oder etwa nicht?!

»Hat Coppelius dir gesagt, was genau die *Bohemia* ist?«

»Nein, dazu kam er nicht mehr.«

»Der Menschenwolf glaubt aber, dass es hier in Hamburg ein Refugium gibt.«

»So eine Art Stützpunkt.«

»Und Coppelius kannte diesen Ort womöglich.«

»Er wusste um die Schlüssel.«

»Die Schlüssel, die wir bei uns tragen.«

»Ich glaube, dass er ziemlich genau Bescheid wusste.«

»Und nicht alles preisgeben wollte?«

Sie nickte. »Wie auch immer, wir haben die Schlüssel.«

»Und die Schlüssel sollten uns das Refugium öffnen. Was auch immer das zu bedeuten hat.«

»Sieht wohl so aus.«

»Und? Macht uns dieses Wissen jetzt schlauer?«

Sie schüttelte den Kopf. »Leider nicht.«

Leander bremste plötzlich unsanft ab. Vor ihnen begann sich der Verkehr zu stauen. Es waren blinkende Blaulichter zu erkennen, irgendwo weiter vorn.

»Wer, glaubst du, war der Fremde, der uns geholfen hat?«

»Ich habe ihn bereits mehrmals gesehen«, gestand Vesper. Sie berichtete Leander von den kurzen und seltsamen Begegnungen in der Nacht und am Hafen. »Ich dachte, dass er mir Böses will. Dass er vielleicht der Menschenwolf ist. Oder sonst wer, jedenfalls keiner der Guten.«

»Er hat das Gegenteil noch nicht bewiesen.«

»Er hat uns gerettet.«

»Er hat uns den Wagen überlassen, das ist ein Unterschied. Mittlerweile traue ich keinem mehr.«

»Auch mir nicht?«

»Dir schon.«

»Könnte ein Fehler sein.«

»Fehler sind dazu da, dass man sie macht.« Er zwinkerte ihr zu. »Apfel?«, fragte er, zauberte einen aus seiner Manteltasche und reichte ihn ihr.

Sie nahm den roten Apfel und biss hinein. Das Fruchtfleisch war saftig und süß.

»Lecker, nicht wahr?«

Sie grinste in sich hinein.

Und schwieg.

Die Fahrzeuge vor ihnen setzten sich wieder in Bewegung, der Stau löste sich langsam auf. Was eigentlich los gewesen war, konnte Vesper nicht erkennen, als sie die Stelle des Unfalls passierten.

Der Range Rover suchte sich quälend langsam seinen Weg durch den weiterhin dichten Verkehr.

Sie waren jetzt endlich mitten in Hamburg angekommen, ließen die Straßen von Altona hinter sich und fuhren nach St. Pauli hinein. Sofort wurde es laut und bunt.

Draußen zog die Reeperbahn mit ihren schillernden, windige Wunder und heiße Erlebnisse versprechenden Leuchtreklamen vorbei. Menschen eilten auf den Gehwegen entlang, die Gesichter hinter Schals verborgen, die Schultern hochgezogen in der Kälte, die nach Salz und der nahen Nordsee roch. An den Ecken und in den Eingängen der Etablissements standen leichte Mädchen auf der Suche nach einem Freier oder Kundschaft für die Show.

Schließlich bog der Wagen in die Helgoländer Allee ein. Die kahlen Bäume, die vereinsamt und wie tot den alten Elbpark säumten, ließen Vesper eisig erschaudern. Unheil lag hier in der Luft, das konnte sie selbst hinter den getönten Scheiben des Wagens spüren.

»Wo wohnst du?«, fragte Leander.

»Ich kann nicht nach Hause. Der Menschenwolf weiß, wo ich wohne.«

»Dann kommst du mit zu mir.«

Vesper wusste nicht, ob sie sich über dieses Maß an Entschlossenheit seinerseits freuen oder ob sie verärgert sein sollte. »Und wo ist das?«

»Auf einem Schiff.«

Sie starrte ihn überrascht an. »Einem Schiff?« Sie gestand sich ein, dass sie sich freute.

»Nun ja, ich dachte, dass ich wenigstens stilecht wohnen will, wenn ich schon nach Hamburg komme.«

»Bist du reich?«

Er lachte, wurde ernst. »Ja«, sagte er.

»Sagtest du nicht, du bist Student?«

»Sagte ich.«

»Und?«

»Ich bin jetzt ein reicher Student.«

Vor ihnen erschienen die Landungsbrücken mit der Hochbahn. Vesper konnte in der Ferne die hohen Masten der *Rickmer Rickmers* erkennen.

»Kein Scheiß?«

»Seit gestern bin ich reich.« Er meinte es ernst. »Und du, Vesper Gold, bist es vermutlich auch.«

»Wie meinst du das?«

»Mein Vater hat mir eine hohe Geldsumme überwiesen. Eine *außerordentlich* hohe Geldsumme. Wohlgemerkt, das alles noch vor seinem zufälligen Unfall. Ich habe keine Ahnung, wie er zu diesem Vermögen gekommen ist, aber der Betrag ist auf meinem Konto aufgetaucht.«

Sie starrte ihn verdutzt an. »Und du glaubst …« Nein, sie wollte es gar nicht erst aussprechen.

»Dein Vater könnte das Gleiche getan haben. Hast du in den letzten Tagen dein Konto überprüft?«

Sie schüttelte den Kopf. »Nein.« Weshalb hätte sie das denn auch tun sollen? Meine Güte, daran hatte sie im Traum nicht gedacht. Sie quälte sich finanziell so durchs

Leben, mit der Schneiderei im Theater und manchmal auch noch einigen Gelegenheitsarbeiten in den Kneipen. Der Preis der Unabhängigkeit.

»Aber wenn das so wäre, dann …«

»Dann würde das bedeuten, dass unsere Väter von ihrem nahen Tod wussten.« Dann wäre es mehr als eine bloße Sicherheitsvorkehrung gewesen. Dann hätten sie gewusst, dass ihr Tod unausweichlich sein würde. Dann ergäbe alles einen neuen Sinn.

Beide schwiegen sie.

In was, um alles in der Welt, waren sie da nur hineingeraten?

Leander parkte den Wagen am Straßenrand unterhalb der Landungsbrücken.

»Den Rest des Weges müssen wir zu Fuß gehen.«

»Ich habe nur wenig Gepäck.« Sie nahm ihren Rucksack, das war alles.

Leander schaltete den Motor aus, zog den Schlüssel, betrachtete ihn lange und dachte nach. »Vielleicht finden wir im Kofferraum einen Hinweis auf unseren Retter.«

In eben diesem Moment, als sei es eine Reaktion darauf, erklang ein fiependes Geräusch aus dem hinteren Teil des Wagens.

Leander und Vesper erschraken gleichermaßen.

»Was war das?«

»Hörte sich an wie ein Tier.«

Unruhig rutschte Vesper auf ihrem Sitz herum. Der Gedanke, dass sich hier im Auto ein Tier aufhalten könnte, behagte ihr gar nicht. Vesper mochte Tiere in der Regel nicht. Die Aussicht, dass sich das Tier schon während der ganzen Fahrt dort hinten versteckt hatte, behagte ihr auch nicht.

»Ein kleines Tier«, fügte Leander beruhigend hinzu.

»Auch das noch«, seufzte sie, »schau du bitte nach.«

Leander schnallte sich los und beugte sich nach hinten, um besser sehen zu können.

»Komm raus, komm raus, wo immer du bist«, sagte er und lugte über die Rückbank nach hinten. Offenbar hatte er keine Bedenken, es könne sich bei dem Tier um ein *gefährliches* Tier handeln.

»Bist du sicher, dass …«

Das Tier erschien.

Es kroch aus einem Hohlraum zwischen den Sitzen hervor, hüpfte auf den Rücksitz und sah die beiden aus großen runden Augen an.

»Das ist ein Äffchen«, stellte Vesper überrascht fest.

»Ja, ein Äffchen in Schwarz-Weiß«, sagte Leander. Und brachte damit auf den Punkt, was an dem Tier so besonderes war. »Ein kleines Totenkopfäffchen. Nicht in Farbe, dafür aber mit Ton.« Er lächelte es an und sagte: »Hallo, du!«

Das Tierchen war knapp dreißig Zentimeter groß, maß man den Schwanz, der noch einmal so lang sein mochte, nicht mit. Das maskenartige Gesicht blickte die beiden freundlich an. Die unbehaarte kleine Schnauze verzog sich vorsichtig, und die kleine Nase nahm Witterung auf.

»Ieck«, krächzte das Äffchen.

»Hallo«, sagte Leander, »wir tun dir nichts.«

Das Äffchen legte den Kopf schief und sagte nichts.

»Du vermisst deinen Herren?«

Das Äffchen sagte nichts.

»Er hat uns geholfen und wird bestimmt bald wieder hier sein. Ich glaube nicht, dass er dich lange allein lässt.«

Das kleine Äffchen legte den Kopf schief und musterte sie eindringlich und wachsam.

»Warum ist es nur schwarz-weiß?« Vesper erinnerte sich an den Moment, als sie das Äffchen zum ersten Mal erblickt hatte. »Es sieht noch immer wie *gezeichnet* aus.« Als sie den Fremden in der Straße und am Hafen gesehen hatte, da war es ihr nicht möglich gewesen, das unscharfe Wesen zu erkennen, das da auf seiner Schulter gehockt hatte. Aber so, wie es aussah, war es wohl genau dieses kleine Äffchen gewesen. Und es sah wirklicher aus als vor zwei Tagen noch.

»Ieck«, sagte das Äffchen erneut. Dann setzte es sich ruhig auf den Rücksitz.

»Kennst du den Film *Das Grauen im Amazonas*?«

Sie schüttelte den Kopf.

»Ist ein Horrorfilm aus den Vierzigerjahren. Eine deutsche Produktion. Es geht um eine Amazonasexpedition, die nach einem legendären Goldschatz sucht und dabei auf ein uraltes Wesen aus der Mythologie der Indianer trifft.«

»Was hat das mit uns zu tun?«

»Na, schau doch, das Äffchen. Es sieht genauso aus wie das Äffchen in dem Film.«

Sie starrte Leander verdutzt an. Okay, sie hatte keine Ahnung, welchen Film er meinte, aber …

»Du meinst, dass dies hier das Äffchen aus dem alten Film ist?« Sie streckte langsam und vorsichtig die Hand nach ihm aus. Die Kulleraugen des Äffchens blickten neugierig und wachsam zugleich auf die Finger, die sich ihm näherten.

»Es ist schwarz-weiß«, gab er zu bedenken.

Vesper starrte ihn an, dann wieder das Äffchen. Es neigte den Kopf und ließ sich an der Stirn streicheln.

»Und es ist noch immer ein wenig unscharf.«

Ja, Vesper sah es ganz deutlich. Die dünnen Streifen, die sich manchmal auf altem Filmmaterial befanden und das Bild flackern und die Personen unscharf erscheinen ließen, liefen wie ein unruhiges Muster durch das hell-dunkle Fell des kleinen Tieres. Trotzdem fühlte es sich fest und warm an. Es lebte, es atmete und es war *wirklich*. »Du fühlst dich an wie ein richtiges Äffchen«, sagte sie zu ihm.

»Ieck«, quietschte es erneut. Offenbar hatte es keine Angst vor ihnen.

»Ja«, Vesper lächelte, »du bist ein richtiges Äffchen.«

»Wie viele Äffchen hast du in deinem Leben schon gestreichelt?«

Sie warf Leander einen bösen Blick zu.

»Ieck«, sagte das Äffchen erneut.

»Ich habe keine Ahnung, was du mir sagen möchtest«, sagte Leander zu dem kleinen Tier. »Aber du brauchst keine Angst zu haben. Nicht vor uns, jedenfalls. Wir tun dir nichts.«

Das Äffchen starrte ihn nur an, schien aber beruhigt zu sein.

»Und du«, fuhr Leander fort, »tust uns hoffentlich auch nichts.«

Vesper genoss es, die Finger durch das weiche Fell streichen zu lassen. Sie war einem Wesen wie diesem zum ersten Mal richtig nah. Sie wusste nicht, was es zu bedeuten hatte, aber sie mochte es und wollte am liebsten, dass es nicht wieder aufhörte, weil es einfach ein gutes Gefühl war. Es schien *richtig* zu sein. Es war, als könne sie ein Märchen berühren.

Ja, das war der Gedanke, der ihr kam. *Es ist, als würde man ein Märchen anfassen.*

Was das zu bedeuten hatte? Sie hatte nicht die geringste Ahnung.

Leander beugte sich nach hinten und flüsterte dem Äffchen zu: »Du kannst gern mit uns kommen.«

Vesper seufzte.

Ein Äffchen aus einem Afrikafilm, auch das noch …

Was für ein Tag!

Leander öffnete langsam die Tür. »Ich kenne mich nicht sehr gut mit Äffchen aus«, gestand er mit ruhiger Stimme und verbesserte sich sogleich: »Na ja, ganz ehrlich, eigentlich kenne ich mich mit Äffchen überhaupt nicht aus. In Filmen und Geschichten sitzen die Äffchen den Leuten immer gern auf der Schulter.« Er machte eine einladende Geste, klopfte sich auf die Schulter und schaute dem Äffchen in die Kulleraugen. »Wenn du das also tun möchtest, bitte sehr.«

Das Äffchen sagte nichts. Es berührte Vespers Hand mit seiner Pfote, und die kleinen Äffchenfinger waren sanft und vorsichtig.

Vesper konnte sich ein leises Schmunzeln nicht verkneifen. Die Situation war einfach zu absurd.

»Na, was meinst du?« Leander hielt dem Tier seine Schulter hin.

Das kleine Äffchen kam ein Stück auf ihn zu, schnupperte, zwinkerte mit den Kulleraugen.

Dann, mit einem wieselflinken Satz, sprang es nach vorn, wuselte Leander, der überrascht und erschrocken aufschrie, über den Schoß und entschlüpfte sogleich und flink wie ein Wiesel nach draußen. Schneller, als man *Äffchen* sagen konnte, kletterte es auf einen der nahe gelegenen Bäume, kreischte in die Nacht, schaute auf die beiden herab, sprang von Ast zu Ast, von Baum zu Baum, schaute neugierig zurück und hielt nicht an, bis es fort war.

»So viel zu dem Äffchen«, stellte Vesper fest.

»Du sagst es.« Leander starrte dem Äffchen hinterher und konnte offenbar nicht fassen, was gerade geschehen war.

»Bin gespannt, was sonst noch so passiert.« Vesper stieg aus und atmete die kalte Luft ein. Sie roch die nahe Elbe und war froh, wieder in der Stadt zu sein; in *dieser* Stadt, in die sie vor wenigen Monaten noch nie hatte ziehen wollen.

»Glaubst du, das Äffchen war eins von ihnen?«

»Wen meinst du?«

»Eins von diesen Wesen.«

Er zuckte die Achseln. »Es schien nett zu sein.«

»Es hat sich angefühlt, als würde man ein Märchen berühren«, sagte sie versonnen. »Es war schön, es anzufassen.«

Beide schauten in die Richtung, in der das Äffchen verschwunden war. Um sie herum war die Großstadtnacht, dunkel und lichterglanzhell zugleich, leise und laut, mit einem Märchen, das jetzt irgendwo in den Bäumen saß.

»Komm«, schlug Leander schließlich vor, »lass uns gehen.«

»Mach's gut, kleines Äffchen«, sagte Vesper in die Nacht hinein.

Dann gingen sie los, Leander voran.

Eine Treppe hinauf, bis sie auf der Promenade angekommen waren.

Vor ihnen breitete sich der Hafen aus.

Dicke Schleppschiffe kämpften sich durch die von Eis bedeckte Elbe. Die Takelage der schönen *Rickmer Rickmers* schob sich in den trüben Himmel. Zu ihrer Linken, drüben an der Überseebrücke am Niederhafen, deutete Leander auf ein Schiff.

»Das ist es«, verkündete er.

Vesper kannte sich hier aus. »Du hast ein Zimmer auf der *Cap San Diego*?«

»Eine Kabine. Ja.«

Die *Cap San Diego*, die keine zweihundert Meter von hier vor Anker lag, war ein ausgemustertes Frachtschiff, das früher, zu seiner Zeit, zwischen Hamburg und Südamerika gefahren war. Die unzähligen Ladebäume und Bordkräne ragten wie ein Wald aus dem langen, hohen Rumpf empor. Sie diente als Museumsschiff und schwimmendes Hotel zugleich.

»Die erste schöne Überraschung des Tages«, bekannte Vesper und sah sogar ein wenig glücklich aus.

Sie mochte Schiffe.

Schnellen Schrittes gingen beide die Promenade entlang. Die Passanten und Touristen wirkten an diesem Abend seltsam aufgeregt und hektisch. Allseits war eine ansteckende Unruhe zu spüren.

»Fällt dir etwas auf?«, fragte Leander.

Sie betrachtete die vertraute Gegend. Die Kioske, die Souvenirläden. Es war fast sechs Uhr abends.

Dann bemerkte sie es. »Es sind keine Kinder zu sehen.«

»Genau.«

Sie schaute sich um. Mit einem Mal kam dieses dumpfe Gefühl der Angst zurück. »Glaubst du, dass es wieder passiert ist?« Keine Kinder, wohin man auch sah.

Vesper griff nach ihrem Telefon und rief Ida an.

»Was machst du?«, wollte Leander wissen.

»Bei meiner Freundin nachhören, Ida Veidt. Sie hat eine kleine Tochter.« Nervös betrachtete sie das Display, dann legte sie auf. »Es geht niemand ran«, stellte sie besorgt fest. Die Luft über der Stadt schien mit einem Mal eine andere zu sein. Die Bedrohung war wie ein Geruch, der einem in die Nase stach.

»Komm!« Er ergriff ihre Hand, einfach so, ließ sie nicht wieder los.

Und sie ließ es geschehen.

Sie legten den Rest des Weges mit einem unguten Gefühl zurück.

Vesper schaute sich wachsam nach einem Verfolger um, konnte jedoch niemanden entdecken.

Sie fragte sich, warum der Fremde sein Äffchen im Wagen zurückgelassen hatte. Sie dachte an die Kinder, und schon war auch das Gefühl der Verlorenheit wieder da, übermächtig wie gestern, als sie aus der Villa ihrer Mutter geflohen war. Sie fragte sich sogar, was ihre Mitschüler dachten, wenn sie die Nachrichten schauten, fragte sich, ob sie unter all der Schminke und aufgetragenen Coolness ebenfalls so ängstlich waren wie sie selbst. Sie dachte, zum ersten Mal seit gestern, an Julia und Saskia, die sie im *Fackelholz* genervt hatten. Julia hatte einen kleinen Bruder und Saskia eine ältere Schwester, die vor wenigen Monaten ein Kind zur Welt gebracht hatte. Einige in der Klasse hatten sich darüber lustig gemacht, dass sie jetzt schon eine richtige *Tante* war. Vesper dachte an ihre Englischlehrerin, die auch ein kleines Kind hatte, an viele andere, um die sie sich nie Gedanken gemacht hatte. Sie alle waren jetzt irgendwo und hatten Angst.

»Was hast du?«

Sie schluckte. Hätte sich am liebsten an ihn geklammert. »Lauter unschöne Gedanken.«

»Unschön?«

Sie nickte nur. So verdammt viele Fragen, so wenige Antworten. »Ich habe Angst.« Der kalte Wind wehte ihr ins Gesicht und berührte sie wie der Tod im Traum.

Leander stand vor ihr und strich ihr sanft eine Strähne aus dem Gesicht. »Du bist nicht allein.« Das war alles, was er sagte. Mit einem Lächeln und Zuversicht in der Stimme. Einfach so.

Du bist nicht allein.

War das nicht alles, was es zu sagen gab?

Du bist nicht allein.

Sie sah ihn an, sonst nichts. Lächelte. Und dann war der Augenblick vorüber, ohne dass etwas passiert war. Ein Lächeln, vier Worte, sonst nichts.

Er zwinkerte ihr zu.

Griff in seine Manteltasche. »Apfel?«, fragte er.

Sie musste einfach lachen. »Du und deine Äpfel«, sagte sie.

Er hielt ihr den Apfel vors Gesicht. »Die sind lecker.«

Sie neigte den Kopf ein wenig zur Seite und biss schnell ein Stück Apfel ab. Leander ließ sie dabei nicht aus den Augen.

»Und?«

»Ist lecker.«

Du bist nicht allein. Das war es, was sie in diesem Moment dachte.

Leander nickte zufrieden, biss ebenfalls in den Apfel und sagte: »Okay, dann weiter.« Als wäre nichts gewesen. Er lief voran, und sie hetzte ihm hinterher, als würde ihr ganzes Leben seit wenigen Stunden nur noch aus schnellem Laufen und hastigem Weglaufen bestehen.

Du bist nicht allein.

Genau so was hatte sie von ihm hören wollen. Und er hatte es gesagt. Vesper ahnte, dass die Nacht dort, wo sie gemeinsam waren, nicht ganz so dunkel sein würde wie anderswo.

Nicht allein.

So überquerten sie die Überseebrücke und stiegen die steile Gangway zum Oberdeck des Schiffes hinauf. Die Stufen waren rutschig, und Vesper dachte an die Zeiten, da dieses gewaltige Schiff wirklich über die Meere fuhr. Es waren völlig andere Zeiten, eine vollkommen andere Welt.

Ein frischer Wind wehte ihr ins Gesicht, und als sie endlich oben an Deck angekommen waren, sah sie auf die Stadt. Das portugiesische Viertel war nicht weit von hier, und es kam ihr so vor, als sei sie seit Jahren nicht mehr zu Hause gewesen. Es war ein ganz und gar seltsames Gefühl. Irgendwo dort unten trieben sich all die seltsamen Wesen herum. Und sie war auf einem Schiff, kletterte eine Treppe nach der anderen hinauf, achtete auf die Stufen, die Taue, die Kanten.

Auf dem zweiten Oberdeck schließlich öffnete Leander die Tür zu einem Gang, der dunkel und eng war. Ein rostroter Teppichboden, abgetreten und leicht muffig, dämpfte ihre Schritte.

»Da ist es!«, verkündete er.

Er schloss die Tür auf und ließ Vesper an sich vorbei.

»Hier wohnst du also«, sagte sie und schaute sich um.

»Tritt ein und fühl dich daheim.«

Sie fühlte, wie der Boden unter ihr im Takt der Wellen wankte.

Die Passagierkabine war klein und eng, ausgestattet mit einem winzigen Bad und zwei Kastenbetten. Aus den eckigen Fenstern mit den altmodischen Vorhängen davor konnte man hinüber zum Südufer der Elbe sehen, dorthin, wo weiter flussabwärts die großen Trockendocks mit den Ozeanriesen darin schwammen, wo sich die Wälder aus Kränen erstreckten, die so typisch waren für die Containergebiete, fremdartige Landschaften, die kaum jemand, der in Hamburg lebte, aus der Nähe zu Gesicht bekam.

»Du kannst gern das Bett am Fenster nehmen«, schlug Leander vor.

Ein Koffer lag geöffnet auf dem anderen Bett, darüber ein weiteres Jackett und eine Tageszeitung.

»Hast du Hunger?«, fragte er.

Verwirrt erwiderte sie seinen Blick, ließ sich auf das Bett fallen. Ihr Rucksack glitt zu Boden.

»Hunger.« Er buchstabierte das Wort geradezu. »Essen. Möchtest du etwas essen?«

»Ja«, sie lächelte ihn an, einfach nur müde. »Ja, gern. Ja, ich bin sehr hungrig.« Sie machte eine verlegene Handbewegung. »Wie konnte ich das nur vergessen?« Jetzt, da sie hier war, schien sie die Erschöpfung der letzten Stunden schier zu übermannen.

»Ich springe kurz rüber zu den Landungsbrücken. Du kannst unterdessen ein wenig für dich sein.«

»Okay«, war alles, was sie herausbrachte.

Leander verschwand durch die Tür, kehrte dann kurz zurück und steckte den Kopf in die Kabine. »Sei noch hier, wenn ich zurückkomme.«

Sie musste lachen. »Versprochen.«

Er winkte ihr zu, dann war er fort.

Vesper blieb allein zurück.

Durch das Fenster sah sie, wie er schnell und mit schlaksigen Bewegungen die Gangway hinablief, die Überseebrücke hinter sich ließ und in dem gerade erst angebrochenen Abend verschwand.

Vesper ging zur Tür, verriegelte sie, schlüpfte schnell aus ihren Klamotten und sprang unter die Dusche. Das heiße Wasser rauschte nur so über ihren Körper, und sie dachte an rein gar nichts. Fast hatte sie vergessen, wie gut es tat, an wirklich überhaupt nichts zu denken. Einfach den Dampf zu spüren und die helle Wärme und die Schmerzen zu vergessen.

Als sie mit dem Duschen fertig war, rieb sie das Kondenswasser von dem Spiegel und betrachtete ihr bleiches Gesicht. Sie versank in ihren eigenen traurigen Augen, und tief darin war noch immer die ferne Kindheit, die sie niemals würde ablegen können. Da waren das Gesicht ihrer Mutter, die Stimme ihres Vaters und all die Umarmungen ihrer Schwester Amalia.

Einen Moment lang noch stand sie nackt vor dem Spiegel und betrachtete den Körper, den sie dort sah. Dann verließ sie das Bad, lief durch die Kabine und nahm dreist ein Hemd aus Leanders Koffer und schlüpfte hinein. Es war weich, und es war gebügelt und roch nach Sauberkeit und leider nicht wirklich nach ihm.

Du bist nicht allein.

Sie schnappte sich noch ein Paar Socken, und dann schaltete sie den kleinen Fernseher ein, der sich direkt neben der Minibar befand, und beim ersten Sender bestürmten sie bereits Bilder von Kindern, die in einen tiefen Schlaf gefallen waren.

Die Berichte kamen ebenso aus den großen Städten wie aus den Dörfern. Aufgeregte Reporter blickten in Kameras und berichteten exklusiv von einem weiteren Vorfall, der sich erst vor einer Stunde ereignet hatte.

Vespers Hände begannen zu zittern.

Es war also wieder passiert.

Instinktiv griff sie nach dem Telefon und rief bei Ida an. Diesmal hob ihre Freundin ab.

»Wo steckst du?«, fragte sie.

Vesper sagte es ihr.

»Greta ist eingeschlafen. Alle Kinder sind eingeschlafen, schon wieder.« Helle Panik loderte schrill in Idas Stimme. »Im Fernsehen haben sie gesagt, dass es überall passiert ist. Die Kinder sind einfach eingeschlafen. Weißt du, bei den letzten beiden Malen, da waren es nur fünf Minuten, aber dieses Mal dauert es schon weit über eine Stunde. Vesper, was soll ich denn nur tun?«

»Ich weiß es nicht«, sagte Vesper, denn dies war immerhin die Wahrheit. Sie sah Greta vor sich, mit ihrem Lächeln, ihren Zöpfen. Dem Kinderlächeln und den kecken Antworten.

»Sie wacht einfach nicht mehr auf. Sie schläft und ...« Der Rest ging in einem hemmungslosen Schluchzen unter.

»Ida?«

»Tut mir leid, ich melde mich später wieder.«

Mit erstickter Stimme flüsterte Vesper: »Okay.« Dann starrte sie das rote Telefon in ihrer Hand an. Und begann leise zu weinen.

Leander kehrte erst zurück, als sie sich die Tränen aus den Augen und dem Gesicht gewischt hatte.

Vesper ließ ihn ein, nachdem er dreimal geklopft hatte.

»Alles in Ordnung?«

Er sieht, dass ich geheult habe, dachte Vesper nur, und irgendwie war ihr das peinlich.

Sie schluckte, schüttelte den Kopf.

»Drüben reden die Leute von nichts anderem mehr«, erklärte er ernst.

Sie nickte, deutete auf die Plastiktüten in seiner Hand.

»Oh, das Essen«, sagte er bemüht fröhlich und stellte die Tüten auf dem Tisch ab, der am Boden festgeschraubt war. »Schönes Hemd«, bemerkte er beiläufig. »Feine Socken.«

»Was gibt es?«, fragte Vesper und fühlte sich irgendwie ertappt.

Leander packte überschwänglich die Plastiktüten aus. »Finkenwerder Scholle direkt vom Hafen. Dazu Salat, sehr gesund. Und Salzkartoffeln.« Er zwinkerte ihr zu. »Zur Beruhigung der Seele dann noch etwas Süßes: zwei Franzbrötchen mit Schokolade und Rosinen. Ach ja, und ein Kopenhagener. Nur für dich.«

Zum ersten Mal seit Stunden breitete sich ein Strahlen auf Vespers Gesicht aus. Es war nicht richtig glücklich, aber auch nicht unglücklich. Es war einfach da und sah so aus, wie sie sich fühlte.

Leander, der ein Strahlen erkannte, wenn er es sah, auch wenn es dezent und still daherkam, verkündete: »Und dazu gibt es noch *fritz-limo*.« Er präsentierte die grün glänzende Flasche und grinste.

Vesper lebte auf. »Hey, mit Melonenbrause, klasse.«

Leander ließ sich in den Sessel am Fenster sinken. Dann fielen sie beide über das Essen her.

Als sie fertig waren, sagte Vesper nur: »Danke.« Sonst nichts. Sie sah ihm an, dass er verstand, was sie meinte. Und sie war froh, dass nicht immer viele Worte nötig sind, um die Dinge sagen zu können, die man aufrichtig meint.

Die Müdigkeit ergriff schnell Besitz von ihnen.

Leander, der an der gegenüberliegenden Wand in seinem Kastenbett unter dem Laken verschwand, schaltete die Lampen aus; Vesper kroch in ihr Bett unter dem Fenster. Sie lag auf dem Rücken und betrachtete das dumpfe Licht der Stadt, das die Nacht am Hafen erhellte und unruhige Schatten an der Decke tanzen ließ. Draußen fiel noch immer der Schnee und verwandelte alles in ein Wintermärchen.

»Ich hatte einmal eine Schwester«, sagte sie mit einem Mal, und die Stille wurde lauter. »Amalia, das war ihr Name.« Warum sie jetzt darüber reden wollte, konnte sie nicht sagen. Aber Leander schien ihr der Richtige zu sein, um sich die Geschichte anzuhören. »Amalia.« Ihren Namen auszusprechen war bei Margo und Maxime tabu gewesen, all die Jahre lang. Jetzt war es wie ein Stück Magie, das sie sich bewahrt hatte. »Sie war diejenige, die mir die Märchen erzählt hat. Sie war da, als meine Eltern keine Zeit hatten. Und dann, eines Tages, hat sie sich das Leben genommen, einfach so. Keiner weiß, warum. Sie hat nur eine Nachricht hinterlassen. *Es ist alles wahr.* Mehr nicht.«

»Warum erzählst du mir das?«

»Vielleicht ist es wichtig.«

»Für dich ist es wichtig.«

»Ja.«

»Du kannst es nicht vergessen.«

Schweigen.

Dann: »Nein.«

Das Schwanken des Schiffes auf dem Wasser war der Rhythmus, der sie in den Schlaf wiegte.

»Hast du eine Geschichte für mich?«, fragte Vesper.

»Eine Gutenachtgeschichte?«

»Es kann auch eine wahre Geschichte sein.«

»Ja, vielleicht habe ich eine Geschichte für dich.« Er zögerte, wenn auch nur kurz. »Es waren einmal zwei Brüder«, begann er, und die Risse in seiner Stimme waren tiefer als noch vorhin. »Sie lebten beide wohlbehütet in einem kleinen Dorf in den Wäldern.«

Der eine Bruder, der nur zwei Jahre älter war, zeigte dem jüngeren Bruder all das, was er wusste. Eines Tages schenkte er ihm ein kleines rotes Taschenmesser, mit dem man schnitzen und vielerlei Dinge mehr tun konnte. Der jüngere Bruder hütete das Taschenmesser wie einen Schatz, denn er wusste, wie wertvoll es ihm war.

»Doch dann«, erinnerte sich Leander, »verlor er es.«

Er wusste nicht einmal, wie es geschehen war. Vermutlich war es nur eine dumme Unachtsamkeit gewesen, kaum mehr. Es passierte, wie Dinge nun einmal passieren. Er war zur Schule gegangen und hatte mit seinen Freunden auf dem Schulhof herumgetollt. Das Messer war ihm wohl aus der Tasche gefallen, das war alles.

»Der jüngere Bruder war untröstlich.«

Es war ein Wintertag.

»Wie heute.«

Der Schnee fiel in dichten Flocken und verschlang sämtliche Geräusche. Die Welt schien den Atem anzuhalten, jedermann spürte es, doch niemand wusste es; niemand wusste, was anders war als sonst. Niemand ahnte, was heimlich und böse im Verborgenen lauerte.

Der jüngere Bruder erzählte daheim von dem Unglück, und der ältere Bruder hörte ihm zu. Und wie es die Eigenart größerer Brüder ist, auch diesmal hatte er einen Rat.

Im Dämmerlicht der Schiffskabine konnte Vesper das Unheil fast greifen.

»Die beiden Brüder – nennen wir sie Leander und Alexander – gingen also zur Schule, um das Taschenmesser zu suchen.«

Nun trug es sich aber zu, dass Alexander das rote Taschenmesser an einem Freitagmittag verloren hatte. Das

Wochenende abzuwarten, hielt keiner der beiden Brüder für eine gute Idee. Also fassten sie sich ein Herz und gingen heimlich am nächsten Morgen, noch bevor die Eltern erwachten, in aller Frühe zur Schule, um das Messer zu finden.

Der Weg dorthin führte sie durch lange Straßen voller hoher und dunkler Häuser mit spitzen Dächern und schrägen Kaminen. An manchen dieser Häuser sahen sie Wasserspeier, hoch oben, steinerne Köpfe mit seltsamen Fratzen und langen Klauen.

Alexander hatte sich schon immer vor diesen Gestalten gefürchtet. Sie sahen so echt aus, obwohl sie nur aus Stein gehauen waren.

»Doch Leander nahm ihn bei der Hand.«

Vesper fand, dass sich das genauso anhörte wie der immer wiederkehrende Satz in einem Märchen, das ein gutes Ende hatte. Doch sie ahnte, dass dieser Satz in dieser Geschichte nur einmal vorkommen würde. »Wie alt war Alexander denn damals?«, fragte sie.

»Neun Jahre.«

»Und Leander?«

»Schon elf.« Er lächelte müde. »Für Leander war das Leben wie ein Spiel, und weil sein Bruder ihm alles nachmachte, war es das auch für Alexander.«

»Was passierte dann?«

»Leander ging mit seinem jüngeren Bruder zur Schule.«

Leer und karg lag das riesige Grundstück da. Das eckige graue Schulgebäude mit den langgezogenen hohen Fenstern und Betonsäulen dazwischen sah aus wie etwas, was im Dämmerlicht ruhte. Schnee wehte über den Schulhof, der einsam und verlassen dalag. Kein Geräusch erklang, alles war ruhig. Weit und breit war keine Menschenseele zu sehen. Nicht einmal der mürrische Hausmeister trieb sich um diese Uhrzeit hier draußen herum.

Ein hoher Zaun aus Maschendraht umgab das Gelände. Hoch, aber niemals hoch genug.

»Leander half seinem kleinen Bruder über den Zaun.«

Denn der Zaun war gerade einmal so hoch, dass Grundschüler ihn nicht allein bezwingen konnten. Doch gemeinsam schafften sie es, denn gemeinsam hatten sie bisher noch alles geschafft.

Die Hände in Fäustlinge gesteckt, wateten sie durch den neu gefallenen Schnee auf dem Schulhof. Wirklich überall schauten sie nach.

Der Schnee erschwerte ihnen die Suche.

Die Brüder suchten an den unterschiedlichsten Stellen auf dem Schulhof, und schließlich fand Alexander sein Taschenmesser. Es lag unter einer der steinernen Tischtennisplatten, die so klobig und grau aussahen. Alexander schrie vor Freude laut auf, ein Siegeslaut, gellend und überschwänglich, hineingeschmettert in die Stille dieses farblos kalten und menschenleeren Samstagvormittags.

»Er sah so verdammt glücklich aus«, erinnerte sich Leander, und das Mondlicht streifte sanft sein Gesicht.

Sie kamen sich vor wie die Sieger des Tages. Gemeinsam hatten sie es geschafft.

Doch dann erklang das Heulen.

»Es war das erste Mal in meinem Leben, dass ich dieses Geräusch hörte.« Vesper war es, als höre sie die Tränen in seiner Stimme klingen, wie winzige Glöckchen, dumpf und erstickt. »Es war ein Heulen wie die Angst vor der Nacht, die jedes Kind kennt.«

Es war rau, drang aus vielen Kehlen. Es schwebte durch den dichten Schnee und suchte sich seinen Weg.

Was war das?, fragte Alexander.

Weiß nicht.

Klang wie Wölfe.

Es gibt keine Wölfe in der Stadt, sagte Leander altklug.

In eben diesem Augenblick erklang es erneut.

Das sind Wölfe, jammerte der Kleine. Furcht zerschnitt sein Lächeln schnell in Fetzen nagender Verzweiflung.

Und Leander war sich mit einem Mal nicht mehr sicher, was dieses Geräusch noch anderes sein konnte als Wolfsgeheul. Er dachte an die Zeichnungen in den Büchern, die daheim in ihrem Zimmer mit dem Etagenbett standen.

Wir sollten rasch nach Hause gehen, schlug er vor.

Beide sahen sie sich furchtsam um.

Was ihnen vorher noch nicht bewusst gewesen war, wurde nun zu einer schmerzhaften Gewissheit: sie waren ganz allein hier draußen. Niemand wusste, wo sie waren. Nicht einmal ihren Eltern hatten sie es gesagt. Niemand würde nach ihnen suchen, wenn …

Das Heulen war wie der Wind, nur schlimmer.

»Dann sahen wir sie.« Seine Stimme klang wie Eis, das bald brechen wird.

Wölfe.

Viele.

Sie waren groß und hager, und zottiges Fell machte sie dunkel wie ein böser Traum in der tiefsten Nacht.

Sie standen bei dem Spielplatz, trabten um die Schaukel und die Rutsche herum, steckten ihre langen Schnauzen in den Schnee, zogen die Lefzen hoch und entblößten ihre spitzen Zähne.

»Es waren sechs Wölfe«, erinnerte sich Leander.

Vesper schauderte.

»Sie kamen langsam auf uns zu.«

Lauf!, rief Leander seinem kleinen Bruder zu.

Und Alexander ließ sich das nicht zweimal sagen.

Sie rannten beide auf den hohen Zaun zu, und Leander ahnte, dass sie es nicht schaffen würden. Dabei war er doch für seinen Bruder verantwortlich. Alexander hatte sich sein ganzes Leben lang auf ihn verlassen können. Niemals war ihm etwas zugestoßen, solange Leander in der Nähe gewesen war. Sie waren Brüder, die nichts trennen konnte, so hatten sie einander immer selbst gesehen. Naiv und gutgläubig, wie Kinder eben sind.

Und nun? Die Wölfe hinter ihnen kamen mit ruhigen Schritten näher und näher.

Alexander hatte zu weinen begonnen, und auch Leander war kurz davor, die Fassung zu verlieren.

»Ich half Alexander über den Zaun.«

Er machte eine Räuberleiter, während hinter ihnen die Bestien lauerten, und als Alexander endlich auf seinen Händen stand, da warf er ihn mit Schwung himmelwärts.

Der Junge hielt sich oben am Zaun fest, kletterte hinüber, kam auf der anderen Seite auf beiden Füßen auf. Er lächelte und sagte: *Jetzt du, schnell!*

»Doch ich rührte mich nicht.«

Denn das, was Leander sah, war schrecklicher als alles, was er in Träumen je erlebt hatte.

»Sie waren bereits bei ihm.«

Drüben, auf der anderen Seite des hohen Zaunes, da, wo Alexander jetzt war, erschienen zehn weitere Wölfe. Sie kamen hinter den Mülltonnen hervor, trabten aus den Straßen heran, krochen unter den parkenden Autos hervor, traten aus ihren Verstecken in den Hecken heraus. Es waren große Tiere mit struppigem Fell und glühenden Augen.

»Sie sahen *unecht* aus. Aber echt genug, dass wir Kinder an sie glaubten.«

Vesper setzte sich im Bett auf und lauschte.

»Alexander schrie panisch auf.«

Leander wusste nicht, was er tun sollte.

»Er schrie meinen Namen, immer und immer wieder.«

Doch Leander konnte nichts tun.

Sein kleiner Bruder stand ganz allein auf der anderen Seite des Zaunes. Die Handschuhe waren oben am Zaun hängen geblieben, als er hinübergeklettert war. Jetzt legte er seine Hand an den Zaun, griff durch die Maschen hindurch mit den Fingern, und Leander berührte sie.

Irgendwie wussten sie beide, dass diese Berührung das Letzte war, was ihnen voneinander bleiben würde.

Alexander schrie und weinte vor Angst, als sich die Wolfsschemen näherten.

»Sie sahen wie echte Wölfe aus, nicht so unscharf wie die Wesen, die uns in Blankenese gejagt haben.«

Die Wölfe kamen auf ihn zu und knurrten.

Leander wollte über den Zaun klettern, um seinem Bruder zu helfen, doch die Wölfe auf dem Schulhof fielen ihn an, als er es versuchte. Ihre Zähne bohrten sich in seine Jacke und seine Hose, zerrten an dem Stoff und hinderten ihn daran, den Zaun hinaufzuklettern.

Leander trat nach ihnen, wild und unkontrolliert. Er spürte nagende Furcht und Verzweiflung, doch nichts davon half.

Auf der anderen Seite des Zaunes versank Alexander in einem Meer aus schwarzen Fellleibern.

»Noch immer rief er nach mir.«

Sie umringten ihn, zogen ihn vom Zaun fort. Mit letzter Kraft noch hielt er sich an dem Maschendraht fest. Leander starrte auf den dünnen Arm, der aus dem Rudel der Wolfsleiber herausragte.

»Die kleinen Finger waren ganz weiß.«

Die Finger, die sich festkrallten, die weit aufgerissenen Augen, die Schreie, die Tränen.

Hilf mir!, flehte der Kleine.

Und Leander rief seinen Namen.

»Ich berührte seine Hand, sie war so kalt.«

Dann löste sich sein Griff, und das Wolfsrudel nahm ihn mit sich. Die Wölfe auf dem Schulhof ließen von Leander ab und trabten fort, so schnell, als habe es sie nie gegeben. Ein kalter Wind kam auf und verwehte die vielen Wolfsspuren im Schnee. Die Handschuhe, die eben noch oben am Zaun hingen, fielen zu Boden und wurden über die Straße geweht.

Leander schrie.

Den Namen seines kleinen Bruders, immer und immer wieder.

Mit zittrigen Händen und Beinen kletterte er über den Zaun und fiel auf der anderen Seite unsanft in den Schnee.

Die Wölfe, das hatte er gesehen, waren in einer Straße verschwunden. Aus der Ferne trug der Wind ihr Heulen herüber zur Schule, als wolle das Rudel den verlorenen Bruder verhöhnen. Dazwischen erklangen die klagenden Schreie des kleinen Jungen, der seinem großen Bruder vertraut hatte.

Leander rannte ihnen nach, bis ihm der Atem in der Kehle brannte. Er lief und lief. Kopflos und wie von Sinnen lief er durch die Straßen, weinte, schluchzte, war durcheinander. Die Wasserspeier lachten ihn aus, und ihre hämischen Fratzen kannten keine Gnade. Die Straßenlaternen neigten die Häupter, und der Schnee, so weiß, so dicht, war wie die Tränen, die ihm im Gesicht gefroren.

»Ich rannte dem Heulen hinterher, weil ich nicht anhalten konnte.«

Schließlich ging er vor Erschöpfung in die Knie.

Alexander, flüsterte er.

Das Heulen war jetzt der Wind, und der Wind war allein und ohne Wölfe und ohne den kleinen Jungen.

»Sie haben ihn mitgenommen.«

Vesper schluckte. Sie spürte, wie die Tränen ihr heiß in den Augen brannten, und war froh, dass es dunkel in der Schiffskabine war.

»All die Jahre blieb er verschwunden, es gab nicht eine einzige Spur.«

Der Rest dieses einen Tages glich einem Albtraum, der schlimmer nicht hätte sein können.

Leander ging nach Hause und erzählte die Geschichte von den Wölfen. Seine Eltern waren entsetzt. Sie riefen die Polizei. Das Schulgelände wurde untersucht, man leitete eine landesweite Suche ein. Überall sah man Alexanders Bild in den Nachrichten, doch niemand konnte Hinweise auf seinen Verbleib geben. Er blieb verschwunden.

»Sie haben dir nicht geglaubt.«

»Ich wurde untersucht. Ein Psychologe nahm sich meiner an.«

Er erzählte von den Wölfen und dem, was geschehen war.

»Es hatten sich keine Wolfsspuren im Schnee gefunden, nichts.«

Alles, was sie hatten, war die Phantasie eines Jungen.

»Und jetzt glaubst du, dass dein Bruder noch lebt.«

»Der Menschenwolf hat es gesagt.«

»Du glaubst ihm?«

»Ich weiß es nicht. Ich würde es gern glauben. Aber es könnte ebenso eine Falle sein. Alexander wäre heute achtzehn Jahre alt.«

Vesper schwieg.

»Die Wölfe haben mir damals mein Leben genommen.«

Nachdem Alexander verschwunden blieb, ließen sich Leanders Eltern ganz plötzlich scheiden. Schreie hallten durch das Haus, bittere Vorwürfe, Bosheiten wie Messerstiche.

»Wenn sie wütend waren, dann sprachen sie von den Wölfen, als würden sie meiner Geschichte Glauben schenken.«

So jedenfalls endete es. Leander lebte fortan bei seinem Vater. Die Vorwürfe, die ihm seine Mutter gemacht hatte, ließen ihn nicht länger den Kontakt zu ihr suchen.

Sie zogen an den Rhein, nach Köln, wo Leander zwei Jahre verbrachte, bis er nach England ging.

»Hier hielt mich nichts mehr.«

Die Nacht war dunkel geworden, da draußen.

Vesper begann instinktiv zu verstehen, was sich zugetragen hatte. »Deswegen konntest du ihn sehen. Den Menschenwolf, meine ich.«

»Ja. Ich habe an ihn geglaubt. All die Jahre habe ich versucht mir einzureden, dass er eine Einbildung war. Dass es die Wölfe nie gegeben hat. Alle diese verrückten Psychologen, die ich besuchen musste, haben es mir einzureden versucht.« Er seufzte. »Es war eine Erleichterung, diesen Menschenwolf zu sehen. Es war die Bestätigung, dass mit mir alles in Ordnung ist.«

Vesper schwieg. »Vielleicht«, flüsterte sie erst nach einer Weile, »sehen so viele Menschen deswegen nicht, was wirklich um sie herum geschieht.«

Die Antwort jedenfalls verbarg sich in der Stille, die sie beide in der Enge des Schiffs umgab. Da war nur ihrer beider leiser Herzschlag, zweimal tief in kalter, dunkler Nacht.

Schließlich, als sie es nicht mehr aushielt, kroch Vesper wortlos zu Leander ins Bett. Sie schmiegte sich einfach nur an ihn und ließ sich von ihm umarmen. Wie im Märchen waren sie einander vertraut, und keiner von ihnen schaute zurück, und keiner schaute nach vorn. Die Nacht wurde unverhofft und plötzlich zu nur diesem einen hellen Augenblick, der ganz hier und ganz jetzt war. Auch Leander schwieg. Stumm sah er sie an, und dann ließ er sich von ihr küssen, erst langsam und zögerlich. Seine Lippen waren ganz warm und weich, und sein Atem roch irgendwie nach Apfel, aber das konnte auch Einbildung sein. Am Ende war es Vesper egal. Es tat gut, in all diesen Küssen, die viel mehr als nur ein Hauch waren, zu versinken. Es war richtig, was sie taten. Es war das, was sie jetzt und hier tun wollten. Denn Vesper konnte nichts mehr sagen, und auch Leander hatte all seine Worte bereits aufgebraucht. Wie wehende Tücher aus leuchtendem Weiß im Wind, so schliefen sie schließlich ein. Nicht ahnend, wie schön und wie endlos die Nacht sein kann, wenn sie gerade erst über die Welt gekommen ist.

Von Geschichten und Geheimnissen

Das sanfte Schaukeln des Schiffes weckte Vesper am nächsten Morgen, noch bevor die Sonne aufgegangen war. Sie blinzelte in das Dämmerlicht hinaus, wo es kalt war und die Geräusche noch gedämpft. Sie hatte traumlos geschlafen – oder erinnerte sich nur nicht mehr an den Traum, der sie in seinen Fängen gehalten hatte. Eigentlich musste sie geträumt haben, denn sie fühlte sich ausgelaugt und erschöpft, und der Schatten einer Furcht, die Schlafende manchmal befällt, war in ihr wie der leise Geschmack nach Versprechen, die jemand, den sie schon lange vergessen hatte, nicht hatte einhalten können.

Sie betrachtete Leander, der neben ihr lag. Er war so nett; etwas seltsam, aber sie war froh, dass er da war.

Das Leben konnte wirklich ein Schuft sein. Ein richtiger Schuft, der einem in Windeseile das Herz durcheinanderbringen konnte.

Sie setzte sich vorsichtig, ohne ihn zu wecken, im Bett auf. Sie berührte sein Haar, und dann ging sie zum Fenster und beobachtete müde eine ganze Weile lang die Schiffe, die in aller Frühe bereits die Elbe befuhren. Einige Eisbrecher quälten sich an den Kaimauern vorbei, wo sich zwischen den vor Anker liegenden Schiffen schon eine feine Eisschicht gebildet hatte. Die Taue, mit denen die Schiffe an den Kais festgemacht waren, glänzten vor Frost und waren weiß besprenkelt mit Reif und Schnee.

Drüben am anderen Elbufer glommen Positionslichter wie ferne Rufe von Gestrandeten. Und unten vom Kai her hörte sie gedämpft durchs Fenster die Rufe der Hafenarbeiter, die das bullige Feuerschiff vom Anleger nebenan flottzumachen gedachten.

Schnee rann wie Regen am Fenster hinab. Vesper berührte das Glas, es war kalt.

»Woran denkst du?«

Sie schrak aus ihren Gedanken auf. »Du bist wach?« Sie trug noch immer sein Hemd, die oberen vier Knöpfe offen. Dazu die Socken. Schon wieder kam sie sich ertappt vor.

»Wach?« Er gähnte. »Nicht wirklich.«

»Hast du mich beobachtet?«

Er rieb sich die Augen. »Ich habe gesehen, wie du aus dem Fenster geschaut hast.«

»Konntest du schlafen?«, fragte sie.

Er setzte sich auf die Bettkastenkante, ließ die Füße baumeln. »Und du?«

Sie zog ein Gesicht. »Ich weiß nicht.« Ein Lächeln, vielsagend und dennoch verwirrt.

Leander stand langsam auf, räkelte sich, tapste zum Radio, schaltete es ein. »Musik, Musik, Musik, ohne die geht wirklich gar nichts an einem Morgen wie diesem«, murmelte er verschlafen und blinzelte, während seine Hände auf der Anrichte aus dunklem Holz nach seiner Brille suchten. Als er sie gefunden hatte, setzte er sie auf und sah damit gleich noch verpennter aus.

Im Radio lief *Fairytale Gone Bad* von Sunrise Avenue.

»Kann der Tag besser beginnen?«, fragte er sich.

Vesper wusste es nicht.

Sie war durcheinander.

Hier aufzuwachen, in dieser Kabine, auf diesem Schiff, neben diesem Jungen; das geschah alles so schnell und so unkontrolliert. Bei Tageslicht sahen die Dinge immer ein wenig anders aus.

Leander kam zu ihr und küsste sie auf den Mund. Vesper vergrub ihre Finger in seinem strubbeligen Haar und hielt ihn ein wenig länger bei sich, als er erwartet hatte.

»Das war kein Traum, oder?«, flüsterte sie nur.

Er schüttelte den Kopf.

Sie sagte: »Gut.«

Dann: »Und was passiert jetzt?«

Leander deutete mit einem Kopfnicken zum Bad. »Du zuerst, oder darf ich?«

Vesper musste still lächeln, dann schlug sie ihm scherzhaft auf die Schulter. »Idiot!« Er konnte wirklich überaus höflich sein. »Du zuerst«, sagte sie. »Mach schnell.«

Also schnappte er sich seine Klamotten und tapste ins Bad. Erneut gähnte er dabei und zupfte sich die noch nicht zur Tolle herangestylte Strähne des dunklen, widerspenstigen Haars aus dem Gesicht. Mit einem Klicken schloss sich die Tür hinter ihm.

Vesper hörte die Dusche rauschen und Leander singen.

Als er nach fünf Minuten aus dem Bad kam, sah er aus wie die Punkversion eines jungen Gelehrten aus einem Vierzigerjahre-Abenteuerfilm. Sein Haar stand wild nach allen Seiten ab, wenngleich die Tolle, die ihm in die hohe Stirn fiel, jetzt immerhin eine Frisur erahnen ließ.

»So!« Er klatschte in die Hände. »Jetzt ein Frühstück, und der Tag kann uns nichts mehr anhaben.« Er wirkte fröhlich und beschwingt, zu allem bereit.

»Ich geh ins Bad«, verkündete Vesper. Sie sammelte ihr Zeug ein – saubere Klamotten und Krimskrams aus ihrem Rucksack – und stakste durch den Raum.

»Ich hol uns Frühstück«, sagte Leander und wartete eine Reaktion ihrerseits ab.

»Klasse, danke, wäre toll.«

Er nickte, sah ihr hinterher.

Als Vesper die Tür im Bad hinter sich schloss, konnte sie sich ein zufriedenes Grinsen nicht verkneifen. Leander hatte doch tatsächlich auf ihre Beine gestarrt, als sie sich an ihm vorbeigedrückt hatte. Sie begutachtete sich im Spiegel, und das Gesicht, das ihr entgegenblickte, war … okay.

Draußen hörte sie die Kabinentür zuschnappen. Der Schlüssel drehte sich mit einem lauten Geräusch, er hatte also abgeschlossen. Gut so.

Vesper pinkelte, duschte, zog sich an.

Die matten Erinnerungen an das, was sie erlebt hatte, kehrten Stück für Stück zurück. Mit all der Heftigkeit, die Gedanken, die einem am Morgen kommen, zu eigen ist, sah sie das Gesicht ihrer Mutter vor sich. Seltsamerweise war Maxime bei ihr, und irgendwo, das wusste Vesper, war auch Amalia.

Sie rieb sich die Augen.

Atmete tief durch.

»Es ist vorbei«, sagte sie laut.

Denn wenn man Dinge laut sagt, das wusste sie, dann können sie einem nichts mehr anhaben.

Sie schminkte sich dezent und begann sich langsam wieder wie ein Mensch zu fühlen. Sie dachte an die vergangene Nacht und an Leander Nachtsheim, an die Berührungen und Küsse.

Sie seufzte, glücklich und betrübt zugleich. Sie hatte keine Ahnung, wohin das alles führen würde. Aber im Moment war es gut so, wie es war. Bei den Jungs, mit denen sie bisher zusammen gewesen war, hatte sie sich noch nie so gefühlt wie jetzt. Gestern Nacht war es anders gewesen. Dabei wusste sie doch gar nicht, was nun wirklich war. Sie waren beide in den Augenblick hineingestolpert und die Gelegenheit in sie.

Egal, es war, wie es war. Warum sich Gedanken machen?

Ein erneuter Seufzer, diesmal ein wenig befreiter.

Dann trat sie aus dem Bad.

Mittlerweile liefen im Radio die letzten Takte von *Ich geh auf Glas*. Sie summte die letzten Zeilen mit. Sie mochte Rosenstolz.

Mit nackten Füßen schlurfte sie über den Teppichboden, schlüpfte in Jeans und T-Shirt, alles in Schwarz. Sie hockte sich im Schneidersitz aufs Bett und sah erneut nach draußen. Das Lied verebbte, während Vesper einem Lastenschlepper nachschaute, der draußen Richtung Trockendock fuhr.

Dann wurde ihre Aufmerksamkeit auf die Stimme des Moderators gelenkt.

Er sprach von *Panik* in den Krankenhäusern, von Eltern, die *verzweifelt* waren. *Rätselhafte Schlafkrankheit,* so wurde das Phänomen jetzt in den Medien genannt. Die Kinder seien seit Stunden nicht mehr aufgewacht, und nach den Träumen, die die Eltern in der vergangenen Nacht gehabt hätten, gebe es kaum Hoffnung, dass die Lage sich bald entschärfen könnte.

Vesper wusste nicht, ob das alles wirklich geschah. Es klang so abgefahren, so unwirklich.

Es konnte einfach nicht sein, dass das alles wirklich passierte.

Fairytale Gone Bad.

Die Melodie des Liedes schoss ihr durch den Kopf wie ein schneller Schmerz aus Zähnen im Eis.

Dann lauschte sie weiter.

Sie erfuhr von einer Pressekonferenz, in welcher der Innenminister Stellung zur Lage beziehen würde. Sämtliche Oberhäupter der betroffenen Staaten kämen zu einer eiligen Krisensitzung am Nachmittag in Paris zusammen, hieß es. Ganz Europa sei betroffen und man prüfe noch, wie groß das Ausmaß des rätselhaften Phänomens wirklich sei. Die hinzugezogenen Ärzte und auch die Psychologen seien völlig ratlos. Die Kinder schliefen einfach, als sei ein Fluch über die Welt gekommen.

Sie drehte das Radio lauter.

Konnte nicht fassen, was sie da hörte.

Was war nur los mit der Welt?

Von bösen Träumen war erneut die Rede. Von etwas, was der Moderator als *eine kollektive Wahnvorstellung* bezeichnete. Das Gesundheitsministerium riet zu Ruhe und Besonnenheit. Den Kindern gehe es gut, so die Mediziner. Eltern, deren Kinder eingeschlafen seien, sollten unter gar keinen Umständen ein Krankenhaus aufsuchen. Es wurde empfohlen, die schlafenden Kinder zu beobachten. Darüber hinaus gab es keine Ratschläge.

Vesper schnappte sich augenblicklich das Telefon und rief Ida an. Während es klingelte, ging sie unruhig in der Kabine auf und ab. Ihr war schwindlig, und sie hatte Angst.

»Ida?« Endlich!

»Sie schläft«, war alles, was Ida sagte. Ihre Stimme klang, als sei sie in weiter Ferne verschollen.

»Meine Güte, ich habe es eben im Radio gehört.«

»Es hört nicht mehr auf. Greta schläft. Ich weiß nicht, was ich tun soll. Es ist einfach so passiert, aber jetzt hört es nicht mehr auf. Wir haben gestern Abend noch gemeinsam gespielt. Halma, das liebt sie doch so. Und dann hat sie einfach so die Augen geschlossen und ist umgekippt.« Ihre Stimme klang brüchig und der Verzweiflung nahe. »Sie lag auf dem Boden und rührte sich nicht. Wie tot. Aber sie atmete. Sie ist einfach eingeschlafen. Wie kann so was denn sein? Und weißt du was? Man bekommt nicht einen einzigen Arzt ans Telefon. Die Leitungen sind tot. Sie haben alle keine Ahnung, was jetzt passieren wird.« Leise, kümmerlich, fügte sie hinzu: »Keine Ahnung, Vesper, überhaupt keine Ahnung. All diese selbst ernannten Fachleute stehen nur herum und schauen einander Löcher ins Gesicht.«

Vesper schluckte. Sie scheute sich davor, leeren Trost zu spenden. Sie wusste auch nicht, was zu tun war. Dabei hätte sie Ida und Greta so gern geholfen. Die Ohnmacht war am schlimmsten.

»Was war das für ein Traum, letzte Nacht?«, fragte sie.

»Oh Gott, der Traum.« Ida stöhnte auf. »Der Traum war das Allerschlimmste. Im Fernsehen und im Radio sagen sie, dass alle Eltern den gleichen Traum gehabt haben. Schon wieder, kannst du dir das vorstellen? Das ist doch verrückt!«

Vesper sagte nichts. Sie versuchte sich das Ausmaß dessen vorzustellen, was da geschehen war.

»Ich war irgendwo«, begann Ida, »in einem großen Raum. Vielleicht war es ein Schloss, ich weiß es nicht. Ein riesiger Spiegel stand dort, und ich habe in ihn hineingeschaut. Und dann hat mein Spiegelbild zu mir gesprochen, genauso wie in den andern beiden Träumen.«

»Was hat es gesagt?«

»Oh, Vesper, es hat mit den Stimmen von unzähligen Kindern gesprochen. Es war mein Mund, der sich zu den Worten bewegte, aber die Augen, herrje, die Augen waren so kalt und leer und tot.« Sie begann zu weinen. »Nie und nimmer waren das meine Augen. Und dann diese Stimme, oh, diese Stimme, du kannst dir nicht vorstellen, wie sie klang. Als würden dir Tausende von Kindern gleichzeitig antworten, als würden Abertausende von Kindern am Boden eines tiefen Brunnens kauern und weinen.«

»Was hat sie gesagt?« Vesper wusste nicht, ob sie es wirklich erfahren wollte.

»Dein Kind gehört uns. Und dann: *Wir sind hier. Seht, was wir tun können.«*

Vesper hatte keine Ahnung, was das zu bedeuten hatte.

Sie dachte an die Wölfe.

»Und dann«, schluchzte Ida, »dann haben sie sich mir gezeigt.«

»Wer?«

»Sie!«

Vesper registrierte, wie verkrampft sie das Telefon umklammerte. Ohne es so recht zu merken, war sie aufs Bett zurückgekehrt und saß nun zusammengekauert in einer Ecke.

»Ich habe gesehen, wie mein Gesicht im Spiegel verschwand. Da war ein Wald um mich herum. Und Geräusche. Ich wollte nichts sehen, was Geräusche wie diese machte. Doch dann zeigten sie sich. Sie traten aus den Schatten, und es waren viele.«

»Wer?«

»Wölfe, Bären, Krähen. Zwerge, böse Hexen und Mädchen mit verdrehten Gesichtern. Da waren Riesen und

Erdgeister, ganze Häuser, die auf Vogelbeinen liefen, Knochenmänner und Irrlichter. Seltsame Wesen, die ich nicht beschreiben kann.«

»Was haben sie gemacht?«

»Sie haben gewispert: *Wir sind hier. Seht, was wir tun können.*« Ida weinte jetzt. »Ich habe sie gesehen, und dann sind sie verschwunden. Ich streckte die Hand aus und berührte mein Gesicht im Spiegel, und dann erwachte ich endlich.«

»Es war nur ein Traum«, sagte Vesper mechanisch, doch sie wusste, dass es viel mehr als das gewesen war.

»Sie sagen, dass Millionen von Menschen diesen Traum gehabt haben. Es ist überall passiert.«

»Ida«, flüsterte Vesper nur. Sie fühlte sich so nutzlos.

»Was soll ich denn tun, wenn sie nicht mehr erwacht?«

Das war die Frage, die Vesper sich nicht hatte stellen wollen.

»Was sollen wir tun, wenn keines der Kinder mehr erwacht?«

Vesper wollte sich gar nicht erst ausmalen, wie die Welt dann aussehen würde.

Sie sah Greta vor sich, das helle Lachen und die baumelnden Zöpfe.

»Dazu wird es nicht kommen.«

»Sagt wer?« Sie hörte verzweifelten Trotz in der Stimme ihrer Freundin.

»Ich«, antwortete Vesper hartnäckig.

»Du? Was kannst du schon tun?«

»Ich weiß nicht. Irgendwas.«

Es entstand eine Pause.

Lange.
Viel zu lange, um gut zu sein.

»Ich gehe heute nicht zur Arbeit«, sagte Ida. »Ich muss bei Greta bleiben. Ich denke, dass viele Menschen heute nicht zur Arbeit gehen.« Sie stockte, es knackte in der Verbindung. »Sie sieht so friedlich aus, wenn sie schläft. Als wäre gar nichts passiert.«

Vesper stellte sich vor, wie die Welt sich verändert hatte. Kindergärten und Schulen blieben verwaist. Viele erschienen nicht zur Arbeit. Das Leben hielt den Atem an, überall im Land.

»Ich komme zu dir«, versprach Vesper. »Irgendwie.«

»Wo bist du?«

»Ich muss mich verstecken.«

Eine weitere Pause trat ein.

»Vesper, es tut mir so leid. Ich habe gar nicht gefragt, wie es dir geht.«

»Ich habe es überlebt«, sagte sie. »Du würdest nicht glauben, was mir alles passiert ist.«

»Willst du es mir erzählen?« Sie schien froh um ein wenig Ablenkung zu sein.

»Später.«

Stille.

»Vesper?«

»Ja?«

»Sei vorsichtig. Die Welt hat sich verändert.«

Ihr fröstelte. »Gib Greta einen Kuss von mir.«

Sie hörte, wie Ida schluckte.

»Ich ruf dich an«, versprach Vesper.

Ida unterdrückte die Tränen, man hörte es durch ihr Schweigen hindurch.

»Vesper?«

»Ich bin noch da.«

»Lass mich nicht allein, hörst du?«

»Tu ich nicht.«

»Versprochen?«

Sie spürte die Träne, die ihr über die Wange lief. »Versprochen.« Dann legte sie auf und warf das Telefon vor sich aufs Bett, als habe sie sich die Finger daran verbrannt.

»Verdammt«, fluchte sie und schlug mit der Faust auf das Kopfkissen ein. Es war nicht richtig, dass so etwas passierte. »So eine Scheiße.« Sie kippte mit dem Gesicht voran aufs Bett und schrie, so laut sie konnte, ins Kopfkissen hinein, trommelte dabei mit den Fäusten auf die Matratze ein, schrie hilflos weiter und blieb endlich erschöpft liegen. Sie lauschte ihrem Atem, hob den Kopf, blickte zum Fluss hinaus. Ihr Spiegelbild sah traurig aus. Sie beschloss, es in Grund und Boden zu starren.

»Ich lass dich nicht allein«, sagte sie in den beginnenden Tag hinein. Dann klopfte es an der Tür, und ein Schlüssel wurde gedreht. Leander war wieder da, sie war nicht mehr verloren.

Sie ordnete sich die Haare, schniefte leise, rieb sich schnell die Tränen aus den Augen.

»Da draußen bricht die Hölle los«, sagte Leander und schloss die Tür hinter sich. Er ließ den Mantel aufs Bett fallen und stellte zwei braune Papiertüten von *Starbucks* auf den Tisch, dazu zwei Pappbecher mit dampfendem Inhalt.

»Ich habe es im Radio gehört. Und mit Ida gesprochen.«

»Deiner Freundin?«

»Ja.«

»Was hat sie gesagt?«

Vesper berichtete ihm von dem Traum.

»Du hast Angst um sie.«

Sie nickte nur. Sie wusste, dass ihre Stimme krächzen würde, wenn sie jetzt zu reden versuchte.

Leander sah sie lange an. Dann fragte er: »Cappuccino oder Latte?«

»Ähm, Cappuccino.«

»Bitte sehr.« Er schob ihr den Becher hin.

Sie schnupperte am Dampf.

»Du hast geweint.«

»Ich bin wütend.«

»Weil du nichts tun kannst?«

Sie nickte.

»Das verstehe ich.« Er beugte sich über die Papiertüte, öffnete sie und kramte darin herum. »Aber du siehst hübsch aus, wenn du geweint hast.«

»Blödmann«, sagte sie.

»Das war nett gemeint.«

Sie funkelte ihn wütend an. »Mir ist nicht nach nett zumute. Nicht jetzt, falls es dir entgangen sein sollte.«

Er reichte ihr ein Stück gelben Kuchen. »Der ist lecker.«

Immer noch musterte sie ihn wütend. Was bildete er sich ein? So mit ihr zu reden?

Sie wandte den Blick ab, schlürfte sauer am Cappuccino.

»Meine Mutter hat einen ähnlichen Kuchen gebacken. Aber das ist lange her. Weißt du, wie sie ihn genannt hat?«

»Zitronenkuchen?«

Er schüttelte den Kopf. »Eierschwer.«

Vesper schaffte es nicht, weiterhin sauer auszusehen. »Eierschwer?«

»Wegen der vielen Eier, die drin sind.«

»Das ist nicht dein Ernst.«

»Doch.«

Sie musste lachen, obwohl sie es nicht wollte.

»Ha!«, rief er plötzlich, klatschte in die Hände und sprang auf. »Du lachst, wer hätte das gedacht?«

»Du bist verrückt«, sagte sie.

Er nickte eifrig, setzte sich neben sie auf die Bettkante. »Lachen hilft immer«, sagte er, und seine Stimme war nicht mehr lustig. »Wir dürfen das nicht verlernen, weißt du? Dafür ist das Leben zu ernst.«

Sie nickte wie ein Schulmädchen. Sagte: »Eierschwer.« Und lachte erneut.

Leander nippte an seinem Caffè Latte. »Der Tag hat gerade erst begonnen.«

»Und?«

»Du lachst bereits.«

»Ach ja?« Fast unbeschwert wischte sie eine weitere Träne fort.

Er biss in ein Croissant. »Ja«, stellte er fest. »Furchterregende Dinge sind viel weniger furchterregend, wenn man über sie lachen kann.« Versonnen blickte er zu Boden. »Weißt du was? Als mein Bruder verschwand, damals, weißt du, was ich getan habe?«

»Was?«

»Ich habe den Fernseher eingeschaltet. Kennst du *Das Wirtshaus im Spessart*? Oh, ich mag diesen Film. Lieselotte Pulver ist umwerfend.« Schatten wanderten ihm über die Augen. »Ich habe mich köstlich amüsiert.« Er seufzte. »Meine Eltern hörten mein Lachen. Sie schalteten den Fernseher aus, und mein Vater schlug mich ins Gesicht. Er hat mich angeschrien. Ich hätte meinen Bruder im Stich gelassen, es sei meine Schuld, dass er fort sei. Er hat auf mich eingeschlagen, obwohl ich ihn angefleht habe, endlich damit aufzuhören.« Seine langen Finger fummelten nervös an dem Pappbecher herum. »Sie haben mir nie verziehen, dass ich nach so kurzer Zeit schon wieder lachen konnte.« Er kratzte sich am Kinn, schaute Vesper lange an. »Sie haben es einfach nicht verstanden. Sie haben es nicht verstehen *wollen*. Warum ich gelacht habe.« Leander lächelte nachdenklich, versunken in der Erinnerung. »Ich wäre verrückt geworden, hätte ich nicht gelacht.«

»Danke«, sagte Vesper.

Draußen hatte es erneut zu schneien begonnen.

»Und jetzt iss deinen Eierschwer auf«, sagte Leander. »Ich bin eine Ewigkeit gelaufen, um ihn zu holen.«

Im Radio lief *Try Again* von Keane.

Und an der Tür klopfte es.

Erschrocken hielten beide instinktiv den Atem an. Niemand wusste, dass sie an Bord der *Cap San Diego* waren. Wer also konnte das nur sein? Wer hatte herausgefunden, dass sie hier waren?

Es klopfte erneut.

Schnell.

Rhythmisch.

Eilig.

Vesper gestikulierte wild mit den Händen, schnitt einige Grimassen, blickte zum Fenster.

Nein, einen Fluchtweg gab es nicht. Zum einen war das Fenster viel zu klein, als dass man hätte hindurchschlüpfen können, zum anderen ging es unter dem Fenster mehr als zehn Meter in die Tiefe. Andererseits würde der Menschenwolf wohl kaum anklopfen, wenn er sie ausfindig gemacht hätte.

Leander jedenfalls zuckte die Achseln.

Ging zur Tür.

Lauschte.

Öffnete.

Das Erste, was Vesper sah, war die Silhouette eines Mannes, die sich vor dem Licht der Korridorlampen abhob. »Guten Morgen«, wünschte ihnen der Fremde in dem grauen Mantel mit den Silberknöpfen. Das schwarz-weiße Totenkopfäffchen hockte still auf seiner Schulter. »Edgar hier hat mich zu euch gebracht.« Das Äffchen kreischte leise und hob zur Begrüßung die winzige braune Pfote, die fast wie eine menschliche Hand aussah. Mit einem Satz hüpfte es auf die Kommode, von dort zum Bett und auf Vespers Schulter.

Vesper grüßte erschrocken und zugleich erfreut zurück und kraulte dem Tier den Hals. »Edgar?«

»Wie Edgar Rice Burroughs. Der Name gefällt ihm.«

Edgar, das Äffchen, ringelte den langen Schwanz um Vespers Schulter.

Leander sah überrascht aus. »Sie haben uns geholfen. Danke.«

»Gern geschehen.«

»Was ist mit den Wolfsschemen passiert?«

Der Fremde grinste. »Ich habe es überlebt. Die Wölfe sind jetzt erst mal fort.«

»Sehr geheimnisvoll«, sagte Leander.

»So bin ich«, erwiderte der Fremde.

»Der Rover steht ...«

»Hab ihn gefunden.«

Vesper schaltete sich ein. »Wer sind Sie?«

»Ich bin der Sandmann.« Er grinste breit, und seine blaugrauen Augen lachten mit. Für sein Alter sah er gut aus, dachte sie beiläufig. »Aber das ist nur der etwas seltsame Name, unter dem die Mythen mich kennen.« Er verneigte sich kurz und knapp. »Jonathan Andersen ist mein richtiger Name. Es tut mir leid, dass ich mich vorher nicht zu erkennen geben konnte, aber ich musste wirklich sicher sein, dass ihr keine Alraunen seid.«

»Alraunen?«

»Eine uralte magische Pflanze, die menschliche Gestalt annehmen kann. Die Wölfe benutzen sie, um die Menschen zu täuschen. Ihr habt gesehen, was sie tun kann.«

»Das Coppelius-Ding.«

»Und meine Mutter.« Schaudernd erinnerte sich Vesper an den Besuch in der Villa. An den Leichnam im Klavier. Unglaublich, erst zwei Tage war das her. Wie war es nur möglich, dass die Zeit so schnell verrann?

»Sie sind nicht sehr klug, aber sie vermögen uns zu täuschen. Sie sind perfekte Kopien.«

»Wer sind Sie?«, fragte jetzt auch Leander.

»Oh«, er lächelte. »Darf ich eintreten?« Er wartete die Antwort nicht ab, sondern schob sich charmant an Leander vorbei in die Kabine. »Friedrich Coppelius hat euch von der *Bohemia* erzählt, nicht wahr?«

»Nicht sehr viel«, stellte Vesper fest.

»Eigentlich nichts«, sagte Leander.

Jonathan Andersen schloss die Tür hinter sich, leise und behutsam. »Nun, ich gehöre irgendwie dazu, sozusagen.« Er zögerte ein wenig bei dieser Formulierung, wenn auch nur unmerklich. »Ja, ich gehöre der *Bohemia* an, auch wenn es Stimmen gibt, die etwas anderes behaupten.« Er machte eine wegwerfende Handbewegung. »Aber das ist eine andere Geschichte, die uns nicht interessieren soll.« Er schaute sich in der Kabine um. »Und jetzt? Ist es nicht eine außerordentlich üble Ironie des Schicksals, dass ausgerechnet ich noch übrig bin?«

Vesper und Leander tauschten Blicke.

Wer war dieser Kerl? Wovon redete er? Und – viel wichtiger – was wollte er von ihnen?

Er bewegte sich geschmeidig wie ein Tänzer und war sich seiner sicher. Er war schon recht alt, Vesper schätzte ihn auf Mitte vierzig. Die Haare adrett und kurz geschnitten, ein wenig wie Tom Cruise, jungenhaft und glatt. Er wirkte sehr zackig, rastlos und getrieben.

»Was meinen Sie mit *die Mythen*?« Sie hatte diesen Begriff als eine Art Namen vorher noch nie gehört. Aus dem Mund des Fremden hörte es sich an, als spräche er von lebendigen Wesen.

Jonathan Andersen ging in der engen Kabine auf und ab. »Es ist schön hier«, sagte er, »wirklich.«

Vesper wurde ungeduldig. »Hören Sie, es ist toll, dass Sie uns in Blankenese geholfen haben, aber es wäre jetzt wirklich außerordentlich nett, wenn Sie uns endlich sagen könnten, wer, in aller Welt, Sie sind. Ich meine, Sie tauchen hier einfach auf, nachdem Sie uns den Wagen überlassen haben, und erzählen uns all diese seltsamen Dinge. Warum sollten wir Ihnen trauen, wo Sie doch …«

»Es gibt sonst niemanden.« Er wurde ernst. Sah ihr direkt in die Augen. »Ich bin der Einzige.«

»Was meinen Sie?«

»Es gibt sonst niemanden mehr, dem ihr trauen könnt. Ich bin, soweit ich weiß, der letzte Überlebende. Alle anderen sind tot.«

»Sprechen Sie von der *Bohemia*?«

»Wovon sonst? All die mysteriösen Unfälle, von denen man seit Tagen hört. Sie haben einen nach dem anderen ausgeschaltet. Sie beseitigen alles, was ihrem Plan im Weg stehen könnte.«

Vesper fragte sich, wie ihr Vater wohl gestorben war. Wenngleich sie es eigentlich nicht wissen wollte, nagte die

Unwissenheit diesbezüglich doch sehr an ihr. Es war wie ein Schmerz, der niemals wirklich gehen würde.

»Was ist hier los?«, wollte Leander ebenfalls wissen. Er machte ein ernstes Gesicht, kniff die Augen zusammen, gab sich Mühe, gefährlich und entnervt auszusehen.

Andersen stand breitbeinig mitten im Raum. Er war nicht sehr groß, wirkte aber riesig, was er wohl seinem Ego zu verdanken hatte.

»Ihr beiden habt keine Ahnung, stimmt's?«

Beide schüttelten den Kopf.

Edgar, das Äffchen, sprang von Vespers Schulter auf den Fernseher und blieb dort sitzen.

»Aber ihr wisst, dass uns die Zeit davonläuft?«

»Ich habe es im Radio gehört«, sagte Vesper. »Das meinen Sie doch.«

»Ja, das meinte ich.«

Leander ging an ihm vorbei und ließ sich in einen der Sessel fallen. »Herrje, nun reden Sie schon!«

Andersen ging zum Fernseher und reichte dem Äffchen die Hand. Das kleine Tier schnupperte daran, dann hüpfte es auf den Koffer, der neben dem Bett stand.

»Gut, gut«, er knöpfte sich den Mantel auf. »Wo fange ich an, wo fange ich an?« Andersen trug ein blaues Hemd, ein Pistole unter dem Arm und dazu eine altmodische Bundfaltenhose, die aussah wie aus dem letzten Krieg.

»Am besten fangen Sie von vorn an«, schlug Vesper vor. Sie nippte schnell an ihrem Cappuccino, eine Übersprungshandlung. Sie wusste nicht recht, was sie tun sollte.

Die Situation war wirklich abgefahren, definitiv.

»Gut, gut.« Er schaute auf. »Zuallererst eine Frage: Ihr habt die Schlüssel?«

Leander zuckte die Schultern: »Und wenn wir sie nicht haben?«

Jonathan Andersen sah auf einmal sehr betrübt aus, ernsthaft besorgt und überhaupt nicht zu Scherzen aufgelegt. »Dann, meine Freunde, haben wir ein sehr, sehr ernsthaftes Problem. Denn nur mit den Schlüsseln können wir das Refugium betreten.«

»Das Refugium in der Speicherstadt«, erinnerte sich Vesper.

»Du kennst es?«

»Herr Coppelius hat es erwähnt.«

»Die Mythen wollen ebenfalls dorthin. Sie haben die Wölfe ausgeschickt, und sie werden, muss ich anmerken, immer stärker.« Er deutete auf einige Löcher, die sie ihm offenbar in seinen Mantel gerissen hatten. »Die Menschen beginnen nach all diesen seltsamen Ereignissen wieder an sie zu glauben. Genau das bezwecken sie; das und nichts anderes. Denn wenn man an sie glaubt, dann werden sie wieder stark.« Er seufzte. »Nur das, wovor man sich fürchtet, hat Macht über einen.«

»Sie meinen, deshalb waren sie so unscharf?« Weil niemand an ihre Existenz glaubte?

Er nickte. »Es ist komplizierter, aber: ja, so in etwa.«

Die Flucht durch den Bahnhof. Deswegen hatte niemand den Menschenwolf beachtet. Nur Vesper hatte ihn gesehen, hier und da hatte sich zwar ein kleines Kind unbehaglich umgedreht und nach etwas Bösem Ausschau gehalten, aber das war auch schon alles gewesen.

»Was hat es mit diesem Refugium auf sich?«

»Womöglich gibt es dort Hinweise auf eine Rettung, ich weiß es auch nicht wirklich. All die anderen Stützpunkte wurden zerstört. Es gab sie überall im Land, doch nur dieser hier blieb unangetastet. Bisher.«

»Die anderen?«

Er seufzte langgezogen. »Darf ich?« Er streckte die Hand nach dem Croissant aus.

»Bitte«, sagte Leander.

Andersen biss hinein. »Oh, das ist lecker.« Er schnippte ein Stückchen davon hinüber zu dem Äffchen.

»Er frisst Croissants?«

»Edgar frisst fast alles.«

Das Äffchen machte einige flinke Bewegungen mit den Vorderpfoten, die wie eine Gebärdensprache anmuteten.

»Nichts zu danken«, entgegnete Andersen. Dann fuhr er fort: »Die *Bohemia* ist eine Geheimgesellschaft. Sie wurde anno 1804 gegründet, um die Mythen, die damals noch überall lebten, zu bekämpfen.«

Leander schaltete sich jetzt ein. »Was, in aller Welt, sind denn nun *die Mythen*?«

Andersen erklärte geduldig: »Die Mythen, müsst ihr wissen, sind eine Art Volksstamm, ja, das könnte man so sagen. Magische Wesen, wenn man davon ausgeht, dass Magie real ist. Alles, was wir aus den alten Märchen kennen, ist auf die eine oder andere Art wahr und gelogen zugleich. Es ist das, was wir glauben sollen.«

»Geht das auch genauer?« Vesper wurde allmählich ungehalten. Er hatte eben Recht gehabt, als er betonte, dass ihnen die Zeit davonlief. Sie wollte zu Ida und der Kleinen und nachschauen, wie es ihnen ging.

Stattdessen saß sie hier auf diesem alten Frachter und lauschte der abstrusen Geschichte dieses Fremden.

»Das Volk der Mythen«, begann Andersen, »lebte schon immer unter uns. Die alten Märchen und Sagen wissen davon zu berichten. Die Mythen – das sind magische Geschöpfe, die sich die Welt mit den Menschen teilten. Sie lebten in den Wäldern und Flüssen, kamen in die Dörfer und beeinflussten die Geschichte der Welt. Sie waren ein Teil von allem, und Magie war etwas, was irgendwann einmal normal war.«

Das Äffchen hüpfte von dem Koffer und setzte sich neben Vesper aufs Bett.

»Realismus ist nur eine Sicht der Dinge, nicht die endgültige.«

Edgar, das Äffchen, schaute sie aus dunklen Knopfaugen an. Vesper streckte die Hand aus und streichelte ihm über den Kopf. Es schloss die Augen und seufzte, wie ein Mensch es hätte tun können.

»Er mag dich.«

Sie sah den Fremden an und sagte nur: »Schön.«

Andersen sah auf die Armbanduhr an seinem Handgelenk. »Okay, zurück zur Geschichte. Die Mythen …«

Vesper unterbrach ihn. »Mythen? Meinen Sie Märchenfiguren?« Wenn man es so ausdrückte, klang es banal und ungefährlich. Irgendwie dämlich und wenig geheimnisvoll.

Selbst Leander wirkte skeptisch. »Sie sprechen von Zwergen und Wölfen, Riesen und allem anderen auch?«

Es ist alles wahr, entsann sich Vesper plötzlich der letzten Worte ihrer Schwester. War es möglich, dass ... Nein! Oder doch? Verdammt noch mal, war es wirklich möglich, dass sie davon gewusst hatte? All die Jahre hatte sich Vesper gefragt, was Amalia wohl damit gemeint haben konnte. *Es ist alles wahr.* Und jetzt, an diesem Wintertag, kam es ihr so vor, als sei die Antwort auf diese Frage auf einmal zum Greifen nahe.

»Den Wölfen seid ihr ja schon begegnet.«

»Und?« Leander tat überaus wenig beeindruckt, hätte aber als Pokerspieler versagt.

»Die Mythen waren eins mit der Natur, mit allem, was Leben war. Doch zu oft taten sie Böses. Viel zu oft. Manche stahlen Kinder aus ihren Bettchen, andere fielen arglose Wanderer im Wald an. Wölfe lauerten am Wegesrand, Riesen streiften durch die Lande. Die Menschen fürchteten sich vor den Mythen, und als die Welt zusammenwuchs, weil alles sich veränderte und ganz *modern* wurde, da erfuhren die Menschen von den unterschiedlichsten Mythen. Sie erfuhren, dass überall Wesen in ihrer Mitte lebten. Es gab Erlkönige, denen die Mythen untertan waren. Es gab sogar Fehden und Kriege zwischen den Erlkönigen.«

Und dann veränderten sich die Zeiten, mehr und mehr. Die Welt änderte Tag für Tag ihr Gesicht.

Maschinen ersetzten Magie.

Wissenschaft ersetzte den Glauben.

»Die Menschen begannen, die Welt, in der sie lebten, zu durchdenken. Sie hinterfragten die bestehende Ordnung. Nichts blieb mehr so, wie es all die Jahrzehnte gewesen war. Die jungen Literaten überall veröffentlichten provokante Denkschriften, in denen sie eine neue Weltordnung befürworteten. Sie schrieben Theaterstücke und Gedichte, die sich allesamt mit der Vernunft auseinandersetzten. Der Staat selbst veränderte sich. Die Monarchie war nicht länger die von Gott und der Natur gegebene Ordnung. Kleinere einzelne Staaten wuchsen zu größeren Gemeinschaften zusammen. Alles, was Irrglaube war, sollte verdrängt werden.«

Leander brachte es auf den Punkt. »Dazu gehörte auch der Glaube an die Magie.«

Andersen nickte. »Die Welt war real. In dieser Wirklichkeit durfte es keine Magie geben. Das Übernatürliche wurde zum Unnatürlichen. Man verabscheute es und fürchtete es, weil es nicht kontrollierbar war.« Mit einem Blick auf Edgar, das Äffchen, fügte er hinzu: »Die Menschen verabscheuen alles, was anders ist als sie.«

Vesper fragte sich, woher das Äffchen wohl kam. »Die Mythen stellten also eine Gefahr dar.« Wenn sie an das dachte, was gerade da draußen in der Welt geschah, zweifelte sie keinen Augenblick daran, dass er die Wahrheit sprach. Die Dinge gerieten außer Kontrolle, alles veränderte sich.

»Die Menschen begannen das Wesen der Natur zu ergründen. Das, was sie nicht verstanden, erfüllte sie mit unbändiger Angst. Die Mythen zogen sich in die Wälder zurück und wurden bösartiger, weil man ihnen ihren Lebensraum nahm. Die Städte wurden immer größer, die Wildnis schrumpfte. Selbst in den bis dahin entlegendsten Gegenden wurden Straßen gebaut. Mit einem Mal gab es detaillierte Landkarten, es gab Vermessungen, die keinen Platz mehr für Geheimnisse ließen, und es gab die neuen Naturwissenschaften und medizinische Fortschritte. Es war kein Platz mehr für die Mythen in der Welt.«

Vesper nickte still. Sie kannte das alles aus der Schule. Die dunklen Wolken aus Aberglaube und Furcht, die sich am Himmel getürmt hatten, wurden durch Licht und die Sonne der Erkenntnis vertrieben. Es klarte auf, sozusagen. Das Zeitalter der Aufklärung war angebrochen. Die Menschen fingen an, sich ihres Verstandes zu bedienen. Immanuel Kant war einer der Vordenker, dem viele nachfolgten. Friedrich Wilhelm II. pflegte Kontakte zu Voltaire; überall kam es zu Reformen.

Vesper ahnte, worauf es hinauslief.

»Die Mythen haben sich gewehrt, habe ich Recht?«

Andersen nickte. »Ja, das haben sie.«

»Wie?«

»Die Mythen wurden bösartig und hinterhältig. Heimlich stahlen die Hexen in der Nacht kleine Kinder und fraßen sie auf. Berichte von umherstreifenden monströsen Gestalten tauchten in den Dörfern auf. Sie machten sich die dunklen Ecken der Städte zu eigen und bauten dort Nester, von wo aus sie ihre Raubzüge planten.«

»Wir reden hier immer noch von Märchenfiguren?«

Der Fremde schüttelte energisch den Kopf. »Nein, sie waren anders als die Gestalten, die uns die Märchen präsentieren. Die Märchen sind Lügen, geschickt kreiert, um ein einziges Ziel zu erreichen.«

»Welches Ziel?«

»Später ...« Andersen atmete tief durch.

»Sie waren also zu einer Bedrohung geworden«, brachte es Leander auf den Punkt.

»Und deswegen«, ergänzte Vesper, »wurde die *Bohemia* gegründet. Um die Menschen zu schützen.«

»Genau, nur war es komplizierter.« Andersen zog sich den Mantel aus und warf ihn über einen der Sessel. »Im Jahre 1791 trat Alexander von Humboldt, ein junger Student mit familiär bedingten sehr guten Kontakten zum Königshaus, beim preußischen Oberberghauptmann von Heinitz seinen ersten Dienst an. Während des Studiums in Freiberg musste er, neben dem theoretischen Studium, auch einen richtigen Bergmannsdienst verrichten. Er fuhr mit anderen in die Gruben hinein und fand Gefallen an dieser Arbeit. Es galt, da unten eine neue Welt zu entdecken.«

Vesper erinnerte sich an den Namen. Alexander von Humboldt war einer der großen Entdecker gewesen. Er hatte zahlreiche naturwissenschaftliche Werke und Reiseberichte verfasst.

»Er arbeitete dort unten in der stickigen Finsternis und entdeckte eine große Vielzahl neuer Pflanzen. Er sammelte seine Funde in einem dicken Buch: dem *Florae Fribergensis Specimen*. Darüber hinaus entwickelte er neuartige Verfahren zum Abbau von Schiefergestein und erstmalig auch Methoden zur Früherkennung von Grubenwettern. Er entwickelte sogar eine Art Gasmaske, mit der man sich untertage schützen konnte.«

»Was hat das mit den Mythen zu tun?«

»Wartet ab«, forderte Andersen. »Ich sagte bereits, das alles ist sehr kompliziert.«

Vesper bemühte sich um Geduld. Sie war noch immer aufgewühlt durch das Telefonat mit Ida.

Andersen fuhr fort: »Schließlich wurde von Humboldt ins Fichtelgebirge und in den Frankenwald beordert, wo er den dortigen Bergbau von Grund auf sanieren sollte. Und während seiner Arbeit dort stieß er auf einen verborgenen Stamm von Mythen. Sie lebten versteckt untertage und hatten dort große Städte errichtet. Ja, ganze Fabriken gab es dort unten.«

»Moment, Moment«, fuhr ihm Leander ins Wort, »Sie sprechen hier von Zwergen?«

Andersen sagte nur: »Ja.«

»Alexander von Humboldt hat Zwerge im Fichtelgebirge entdeckt?«

»Ja, das hat er. Aber stellt euch nicht diese kleinen lustigen Gesellen mit ihren bunten Zipfelmützen vor. Zwerge sind grimmige Wesen, die in der Dunkelheit sehen können. Ihre Haut ist bleich und ihr Körperbau kompakt. Sie mögen das Tageslicht nicht besonders, und ihre Augen sind normalerweise milchig weiß.«

Vesper verzog das Gesicht. Das klang in der Tat nicht nach den Zwergen, die Schneewittchen zu Hilfe eilten.

»Sie entwickelten Maschinen, tief im Inneren der Berge, so neuartig, wie man es sich nicht vorstellen konnte. Sie erschufen Waffen aus Erzen und Mineralien, die bis dahin noch nicht von den Menschen entdeckt worden waren. Und sie verkauften das, was sie erschufen, an diejenigen, die dafür zahlten.«

»Soll das heißen, dass sie Kriegstreiber waren?«

»Sie waren im Bunde mit anderen Mythen, die ihrerseits mit den großen Herrscherhäusern Europas und der Neuen Welt verkehrten. Ja, sie beeinflussten die Geschicke der Menschen nicht unwesentlich, indem sie die alte Welt gegen sich selbst ausspielten.«

»Was tat von Humboldt?«

»Er informierte augenblicklich die Bergverwaltung. Die Freiherrn von Stein und von Hardenberg schenkten ihm, anfänglich zwar noch voller Skepsis, durchaus Gehör und ließen sich schnell von den Fakten überzeugen. Eine nicht gerade kleine Abordnung von Soldaten wurde untertage gebracht. Die Stollen, die zu den Zwergenstädten und den Fabrikanlagen führten, wurden mit Sprengstoff zum Einsturz gebracht. Gleichzeitig sandte man Agenten aus, die das Ausmaß der Verschwörung erkunden sollten.«

Nicht einmal Leander unterbrach ihn jetzt. Die Geschichte, die Andersen da erzählte, war so unglaublich, dass man ihr nur lauschen konnte. Sie war besser als die Märchen ihrer Kindheit, definitiv.

»Alexander von Humboldt wurde zum Oberbergrat befördert. Ihm oblag nun die Überwachung der Gruben.«

Vesper versuchte sich vorzustellen, wie die Begegnung mit den Zwergen wohl ausgesehen hatte. Sie stellte sich blutige Kämpfe untertage vor, Explosionen in den Grubenanlagen. Was war mit den Zwergen geschehen, nachdem man ihnen den Weg in die Welt verwehrt hatte? Waren sie verhungert? Verfügten sie womöglich noch über andere Wege, die sie an andere Orte führten?

Wie auch immer, Vesper hatte kein gutes Gefühl bei dieser Sache. Etwas war falsch.

Unstimmig.

Vernebelt.

»Als dann 1796 seine Mutter starb und ihn mit einem Vermögen zurückließ«, fuhr Andersen fort, »da weitete er seine Tätigkeiten noch mehr aus. In Jena traf er auf Friedrich Schiller und Johann Wolfgang von Goethe, die ihrerseits bereits Erfahrungen mit den Mythen gesammelt und teilweise darüber geschrieben hatten.«

»Goethe hat über die Mythen geschrieben?«

»Offensichtlich.« Andersen sah sie nachsichtig an. »Der *Faust* ist nicht gänzlich die Erfindung eines Schriftstellers und Denkers.« Er erwähnte Werke wie *Die Braut von Korinth*, *Der Totentanz* und, nicht zuletzt, den *Erlkönig*.

Leander nippte an seinem Kaffee.

»Alle waren sich einig, dass die Mythen eine Bedrohung für die moderne Welt darstellten.«

Edgar, das Äffchen, neigte den Kopf und lauschte den Worten seines Herrn, als würde es sie verstehen.

»Noch immer töteten sie Reisende, verhexten unschuldige Menschen, fraßen kleine Kinder auf. In erster Linie aber waren sie ein Ärgernis für die lokalen Fürstentümer, die sich mit den Konsequenzen all dieser unkontrollierten Angriffe auseinandersetzen mussten. Die Welt wäre weniger gefährlich, so dachte man, wenn die Mythen kontrolliert oder gar, auch das fasste man schon gleich zu Beginn der Diskussionen ins Auge, verbannt werden könnten.«

»Also hat man die *Bohemia* gegründet.«

»Noch nicht, noch nicht.«

»Sondern?«

»Goethe trug die Problematik Wilhelm und Jacob Grimm vor, zwei Brüdern, die sich vorzüglich mit den Mythen auskannten. Lange Jahre hatten sie aus vielen Quellen Material gesammelt und diese Wesen spezifiziert und katalogisiert. Und es waren die Brüder Grimm, die die Gründung eines Geheimbundes vorschlugen.«

»Die Brüder Grimm gründeten die *Bohemia*?«

»Ja.«

»Dann waren sie nicht ausschließlich Gelehrte.«

»Nein, natürlich nicht.«

Das Äffchen gestikulierte mit den Pfoten.

Andersen nickte ihm zu. »Edgar möchte, dass ich noch auf ihre Feldstudien hinweise.«

»Sie verstehen, was das Äffchen sagt?«

»Edgar beherrscht die Gebärdensprache, wie euch bereits aufgefallen sein mag.«

»Das ist überaus seltsam«, bemerkte Leander.

»Nicht unbedingt«, antwortete Andersen. »Nur dann, wenn man es nicht glaubt.«

»Gutes Argument.«

Edgar gestikulierte erneut.

»Er findet es amüsant, dass ihm das niemand zutraut.«

Vesper starrte das Äffchen an. Dann lächelte sie, zwinkerte ihm zu. »Tut mir leid, das ist alles zu neu für mich.«

Edgar gab ein schnalzendes Geräusch von sich und wirkte zufrieden.

»Von welchen Feldstudien sprach Edgar?«, kam Leander zum Thema zurück.

»Die Brüder Grimm lebten lange Zeit bei den Mythen. Sie notierten sich die Gebräuche und Sitten. Sie analysierten die Sprache der Mythen, ihre Geschichte, alles, was sie herausfinden konnten. Auf der Basis dieser Erkenntnisse, die außerordentlich detailliert waren, verfassten sie eine Enzyklopädie der Mythen.«

Vesper schaute Leander an. »Das sind doch mal Neuigkeiten.«

»Allerdings.«

Edgar sah wieder zu seinem Herrn.

»Mit vereinten Kräften«, erklärte der, »suchte man dann nach Mitteln, um die Mythen zu bannen. Sie unschädlich zu machen.« Tiefe Schatten schwammen in den graublauen Augen des Fremden. »Und schließlich fanden sie heraus, dass die Menschen an die Mythen glauben mussten, wollten diese leben. Der Glaube war ihr Lebensatem.

Taten die Menschen das nicht, verließ die Wesen die Kraft.«

»Sie starben?«

»Eine Art Krankheit befiel sie. Sie wurden geschwächt und siechten dahin. Sie lösten sich auf. Keiner weiß, wohin sie dann gingen.«

»Sie vernichteten die Mythen?«

Vesper staunte: »Die Brüder Grimm töteten die Märchenfiguren?« Sie ahnte, dass sich das vollkommen verrückt anhören musste, doch Jonathan Andersen sah sie nur ernst und zugleich traurig an.

»Nein, sie verbannten sie.«

»Ist das ein Unterschied?«

»Ja.«

»Wohin wurden sie verbannt?«

»Das weiß niemand so genau. Sie verschwanden einfach, und das war alles, was wichtig war.«

»Wie hat man sie denn verbannt?«, wollte Vesper wissen. Etwas an der ganzen Geschichte kam ihr noch immer unglaubwürdig vor. So, als fehle ein ganz entscheidendes Puzzlestück.

»Eigentlich war es ganz einfach. Man musste den Glauben an sie zerstören, und schon hatte man sie besiegt.«

»Also musste man den Menschen nur glaubhaft versichern, dass die Mythen Hirngespinste sind.«

»Genau das taten sie.«

Vesper fühlte sich nicht wohl in ihrer Haut. »Das klingt nicht sehr nett.«

Andersen ignorierte ihre letzte Bemerkung. »Nachdem die *Bohemia* erst einmal gegründet worden war, gewann man in den folgenden Jahren noch andere, die der Bekämpfung der Mythen nicht abgeneigt waren. Neben den Brüdern Grimm sowie Goethe und Schiller traten Ludwig Tieck, E. T. A. Hoffmann, Ludwig Bechstein und Wilhelm Hauff dem Bund bei.«

»Um was zu tun?«

Vesper sah Leander an, dass er ahnte, was sie getan hatten.

»Sie alle schrieben erfundene Geschichten auf«, erklärte Jonathan Andersen, »denn nur so funktionierte es. Geschichten, die die Mythen ins trübe Reich der Phantasie verbannten.«

»Sie nahmen ihnen die Lebenskraft, weil sie die Menschen glauben ließen, dass die Mythen nur Geschöpfe der kindlichen Einbildung und des Aberglaubens seien?«

»Ja, und so verschwanden die Mythen schließlich aus der Welt.«

»Denn die Menschen glaubten, dass die Geschichten frei erfunden waren.« Mit einem Mal sah Vesper die alten Märchen in einem ganz anderen Licht.

»Die Menschen fürchteten sich nicht mehr vor dem, was in den Wäldern lauerte. Sie begannen jetzt ihren Verstand zu benutzen, und so brach ein neues Zeitalter für die Menschheit an. Nunmehr endgültig.«

»Und die *Bohemia*?«, fragte Vesper.

»Existiert seitdem.«

»Aber warum?«

»Das«, sagte Andersen, »ist das Problem.« Er seufzte. »All die Jahre über hat es immer wieder Versuche der Mythen gegeben, ihren Platz in der Welt zurückzuerobern. Sie waren hartnäckig. Und, nun ja, diese Versuche mussten unter allen Umständen vereitelt werden. Deshalb existierte die *Bohemia* weiter. Es war ihre Aufgabe, die Welt zu überwachen. Kam es vor, dass die Mythen auftauchten, dann wurde die *Bohemia* aktiv.«

»Das heißt?«

»Ihre Mitglieder gingen gegen die Mythen vor.«

Vesper fragte sich, was das alles sollte.

»Sie haben sie getötet?«

»Ihr habt die Wölfe gesehen. Sie führen nur Böses im Schilde.«

Das war keine Antwort auf ihre Frage. Vesper musste an den Menschenwolf denken, an die Buchstaben, die sich in seine Haut gefressen hatten. Sie hatte keine Ahnung, was sie da getan hatte. Sie hatte es tun können – aber sie wusste nicht, ob es *richtig* gewesen war.

Wie sie es getan hatte.

Es war einfach so passiert.

»Was geschieht mit den Kindern?«, wollte sie wissen.

Andersen winkte ab. »Dazu komme ich später.«

»Wir müssen etwas tun«, blieb Vesper hartnäckig.

»Ja, ja, ich weiß.« Er blickte nach draußen, wo sich neuer Schneefall am grauen Himmel ankündigte. »Es gab schon einen Versuch, gegen die Mythen zu kämpfen, lange bevor die *Bohemia* ins Leben gerufen wurde.«

»Wann?«

»Vor mehr als siebenhundert Jahren«, antwortete er. »Zumindest ist das einer der wenigen Fälle, die uns noch bekannt sind.«

»Was geschah damals?«

»Die katholische Kirche duldete keine Mythen neben ihrem Gott. Also nahm sich die Inquisition ihrer an. Hexen wurden verbrannt, alle Arten von seltsamen Tieren getötet. Die Scheiterhaufen brannten überall auf dem Kontinent. Und bald schon dachte niemand mehr an die Mythen. Die Angst vor der Inquisition war an die Stelle der Furcht vor den Mythen getreten.«

Vesper begann zu ahnen, was geschehen war. »Aber die Mythen überlebten.«

»Ja, sie taten etwas, was den Glauben der Menschen an sie wiederherstellte.«

»Was?«

»Sie nahmen sich ihre Kinder.«

Beide starrten ihn an.

Und heute passiert es wieder, dachte Vesper. *Nichts hat sich in all den Jahren geändert.*

Nichts.

»Es trug sich in einer Stadt namens Hameln zu.«

Das also war die Geschichte. Fast jedes Kind kannte sie. Die Geschichte vom bösen Rattenfänger, der die Kinder entführte. Doch insgeheim ahnte Vesper bereits, dass sie jetzt eine andere Geschichte präsentiert bekommen würde. Also lauschte sie.

»Im Frühjahr 1284«, begann Andersen, »kam ein wundersamer Mann in die Stadt. Er trug ein Obergewand aus buntem Tuch und spielte auf einer hölzernen Flöte gar seltsame Melodien, die alle verzauberten. Die Menschen tanzten zu seiner Musik in den Straßen und Höfen und feierten die ganze Nacht hindurch. Keiner von ihnen fragte sich, warum der seltsame Mann in die Stadt gekommen war. Nach dem Fest jedenfalls schliefen die Bewohner der Stadt erschöpft ein. Als man in Hameln am nächsten Morgen aus dem tiefen Schlaf erwachte, da waren alle Kinder verschwunden. Keines war mehr dort. Nur ein einziger Junge, der lahmte, war zurückgeblieben und konnte von dem nächtlichen Zug der Kinder berichten. Der wundersame Spielmann hatte nämlich eine neue Melodie auf seiner Flöte gespielt, und diesem Pfeifen waren die Kinder gefolgt. Keines von ihnen wurde jemals wiedergesehen.«

»Aber was war mit den Ratten?«, fragte Leander.

»Den Ratten?« Andersen lachte. »Die Ratten gibt es nur in der Geschichte der Brüder Grimm.«

»Es gab keine Ratten in Hameln?«

Er schüttelte den Kopf. »Da seht ihr, wie Geschichten unsere Vorstellung von der Wirklichkeit beeinflussen können. Die Brüder Grimm veränderten einfach die Geschichte. In ihrer Version fielen Scharen von Ratten im Frühjahr in Hameln ein. Sie scharrten an den Wänden, fraßen sich durch die hohen Kornspeicher und wuselten unter den Holzböden hindurch. Sie fraßen alles, was sie erwischen konnten. Sogar die Katzen, die man aus den Nachbardörfern herbeischaffte, wurden von ihnen gefressen. Der wundersame Spielmann, der als Rattenfänger und Retter in die Stadt kam, wurde von den Einwohnern um seinen gerechten Lohn geprellt. Dass er ihnen zur Strafe die Kinder raubte, war also durchaus gerechtfertigt.«

»Aber warum diese Geschichte?«

»Der wundersame Spielmann war eigentlich ein Handlanger der Mythen. Er nahm den Menschen die Kinder, weil sie nicht mehr an die Mythen glaubten. Er zeigte der Kirche, wer noch immer die Macht im Land besaß; die Macht, die Geschicke der Menschen zu lenken.«

»Und in der falschen Version?«

»Die Version, die von den Brüdern Grimm notiert wurde, hat nichts mehr mit den Mythen zu tun. Die verlorenen Kinder sind die gerechte Strafe für den Geiz und die Hinterhältigkeit der Menschen.«

Vesper verstand.

Sie veränderten die Wahrnehmung mittels ihrer Geschichten, so lief das also.

»Aber in Wirklichkeit wussten die Menschen, dass es die Mythen gab. Sie eroberten sich ihren alten Platz in der Welt zurück. Es heißt, dass die Eltern der Kinder, die verschwunden waren, alle den gleichen Traum träumten. Darin sahen sie die Mythen, und die Mythen sprachen zu ihnen. Sie drohten ihnen, und niemand konnte mehr leugnen, was sich zugetragen hatte. Die Kirche war machtlos gegen den Glauben der Menschen, der stärker geworden war als je zuvor.«

»Und das passiert jetzt wieder.« Leander schaute nachdenklich vor sich hin.

Andersen nickte. »Sie wollen wieder unter uns leben.«

»Aber dafür ist es notwendig, dass die Menschen an sie glauben.«

»Ja.«

»Aber wie kann es sein, dass so viele Menschen den gleichen Traum haben?«

Andersen zuckte die Achseln. »Ich weiß es nicht genau. Jemand muss ihnen aus freien Stücken Zugang zum menschlichen Bewusstsein ermöglichen.«

»Ein Mensch?«

»Jedenfalls keiner der Mythen.«

Leander sagte: »Sie meinen also, die Mythen haben einen Verbündeten?«

»Ja, den haben sie. Es ist der wundersame Spielmann. Er steckt hinter alledem. Er befehligt die Wölfe.«

Der wundersame Spielmann.

Das klang märchenhaft und bedrohlich zugleich.

»Was haben wir damit zu tun?«, fragte Leander.

»Die Mitglieder der *Bohemia* übertrugen, wenn sie alt wurden, die Aufgabe an ihre Kinder.«

Die Verantwortung wurde vererbt, na klasse. Vesper hatte geahnt, dass es auf so etwas hinauslief. »Dann waren unsere Eltern also vielleicht wirklich alle Mitglieder der *Bohemia*, wie Coppelius es gesagt hat.«

»Ja, aber sie waren unerfahren.«

»Weil die Mythen sich all die Jahre nicht hatten blicken lassen.«

»Genau. Sie kannten nur die alten Geschichten. Sie hatten es niemals selbst mit Mythen zu tun.«

»Aber dann erwachten die Wölfe zum Leben.«

»Ja. Und sie nahmen sich die Kinder.«

Wie damals in Hameln.

»Und wir müssen sie aufhalten«, stellte Leander fest. »Na, klasse.«

Genauso sah es wohl aus.

Vesper war ganz müde geworden. Konnte es wirklich sein, dass ihnen dieser Kerl die Wahrheit erzählte? *Du hast die Wölfe gesehen, was gibt es da noch zu zweifeln?,* schalt sie sich selbst.

Okay.

Die Geschichte war also wahr. Schön und gut.

Doch erklärte diese Geschichte noch nicht alles.

»Warum kann ich diese Dinge tun?«, fragte Vesper.

»Du hast einen von ihnen angegriffen.«

»Ja.«

»Ihr beide habt die Fähigkeit, das zu tun.« Jonathan Andersen zögerte kurz. »Weil ihr von den Musen abstammt.«

Leander hob die Hände und sagte lautstark: »Ho, ho, ho, Moment. Das geht mir jetzt zu schnell.«

»Kann ich verstehen.«

»Wer sind die Musen?«, wollte Vesper wissen.

»Die Erlkönige«, erklärte Andersen geduldig, »herrschten über die Mythen. Und die Musen waren die Töchter der Erlkönige.«

»Das klingt allerdings wieder sehr märchenhaft.«

»Fast alle Gründerväter der *Bohemia* hatten Affären mit den Musen. Dadurch erhielten sie die Macht, durch ihre Geschichten die Geschehnisse der Welt zu beeinflussen.«

»Sie meinen, dass die Brüder Grimm, Goethe, Schiller und all die anderen auch, dass sie alle etwas mit den Musen hatten? Ein Verhältnis, etwas in der Art?«

Er schüttelte den Kopf. »Goethe nicht. Die anderen schon.«

»Das ist doch verrückt.«

»Du hast gesehen, was du tun kannst.«

Sie erinnerte sich an die Sache mit den Buchstaben, die den Menschenwolf nahezu aufgefressen hatten. »Aber ich habe keine Ahnung, wie das funktioniert hat. Es ist mir absolut nicht klar, *wie* ich es gemacht habe!«

»Und was hat es mit den Gegenständen auf sich?«, hakte Leander nach. »Mit dem Ring und der Uhr?«

»Jedes Mitglied der *Bohemia*«, erklärte Andersen, »besaß einen solchen Gegenstand.«

»Sie auch?«

Er knöpfte sein Hemd am Kragen auf. An einer silbernen Kette baumelte ein Anhänger mit einem grünen Stein in der Mitte um seinen Hals.

»Was ist das für ein Stein?«

Andersen zuckte die Schultern. »Da gibt es viele Geschichten. Manche sagen, er sei aus den Tränen eines Erlkönigs entstanden, andere behaupten, der Traum einer Muse sei zu Stein geworden. Aber der Punkt ist, dass es niemand wirklich weiß.«

»Ach ja?« Noch so ein Geheimnis, das wurde ja immer besser. Vesper reichte es allmählich. Die Enge der Kabine begann mit einem Mal unerträglich zu werden.

»Sicher ist nur, dass die Fähigkeit, die Mythen zu bannen, mit diesem Stein zu tun hat.«

»Und der Tatsache, dass wir alle von den Musen abstammen«, sagte Leander ein wenig spöttisch.

Vesper konnte es sich nicht verkneifen, nach einer weiteren Sache zu fragen.

»Was ist mit dem Gemälde?«

»Dem *Eismeer*?« Andersen kannte sich wirklich aus.

»Es scheint ebenfalls eine Bedeutung zu haben.«

»Im Jahre 1805«, erklärte Andersen, »führte Alexander von Humboldt, nachdem er von einer Amerikareise heimgekehrt war, eine Expedition ins Eismeer durch. Niemand weiß genau, was dort geschah. Aber fest steht, dass von Humboldt mit diesem grünen Stein zurückkehrte.«

»Und das Gemälde?«

»Die Expedition endete in einer Katastrophe. Die *Hyperion*, das Schiff des Wissenschaftlers, ging mit Mann und Maus unter. Das Packeis ließ es nicht mehr los. Nur von Humboldt und einer kleinen Gruppe Überlebender gelang es, das Festland zu erreichen. Halb erfroren kehrten sie zurück und brachten Brocken dieses grünen Steins mit.«

»Die Geschichte wirft mehr Fragen auf, als sie beantwortet.«

»In der Tat«, gab er zu, »das tut sie.«

»Was passierte weiter?«

»Sie fertigten Schmuckstücke an. Uhren, Ringe, Anhänger, vieles mehr. Sie zerschlugen den grünen Stein, schliffen ihn und schufen auf diese Art und Weise eine Reihe von Gegenständen, die von Wert für sie waren.«

»Das, was ich getan habe, konnte ich also vielleicht auch deswegen tun, weil der Ring inzwischen in meinem Besitz war.«

»Du hast es erfasst.«

»Mir brummt der Schädel«, bekannte Vesper.

»Willkommen im Club«, bestätigte Leander.

»Sieben Jahre nach der Expedition«, beendete Andersen die Geschichte, die er begonnen hatte, »veröffentlichten die Brüder Grimm die erste Fassung ihrer Hausmärchen. In dieser Zeit verschwanden alle Mythen vom Angesicht der Erde. Seitdem wurden keine Mythen mehr gesichtet. Caspar David Friedrich malte später dann *Das Eismeer.*« Er faltete die Hände. »Das ist alles.«

»Die Mythen waren also gewissermaßen verschollen.«

»Bis heute.«

Irgendwie hatte Vesper noch immer das Gefühl, nicht die ganze Geschichte zu kennen.

»Und was sollen wir jetzt tun?«, fragte Leander.

Jonathan Andersen lächelte. »Wir gehen ins Refugium in der Speicherstadt.«

Vesper hatte es geahnt. »Und wann?«

Andersen sprang auf, warf sich seinen Mantel über. »Jetzt sofort, würde ich sagen.« Edgar hüpfte ihm mit einem schwungvollen Satz auf die Schulter. Selbst das kleine Äffchen sah unternehmungslustig aus. »Wir haben schließlich keine Zeit zu verlieren.«

Keine Viertelstunde später verließen sie das alte Frachtschiff und machten sich zu Fuß auf den Weg in Richtung Speicherstadt. Dicke Schneeflocken wirbelten in der Luft, und ein eisiger Wind wehte. Der Winter hatte nun endgültig alles, was vor wenigen Tagen noch ein letzter Hauch von sterbendem Herbstland gewesen war, hinweggefegt und die Macht ergriffen.

»Wir müssen vorsichtig sein«, warnte Andersen, »denn ihre Späher können überall sein.« Er ließ seinen Blick auch hinauf zum wolkenverhangenen Himmel schweifen. »Raben, Krähen, vielleicht sogar Möwen.«

»Sie glauben, dass sie uns folgen?«

»Der Menschenwolf, denke ich, hat die Suche noch nicht aufgegeben. Die Mythen werden in jedem Fall in den Besitz der Schlüssel gelangen wollen. Denn nur mit allen drei Schlüsseln ist einem der Zugang zu den Refugien möglich.« Der Wind ließ ihn die Augen zusammenkneifen.

»Warum ausgerechnet drei Schlüssel?«, wollte Leander wissen.

»Drei ist eine magische Zahl.« Jonathan Andersen sah sie ratlos an. »Keine Ahnung, aber damit hat es wohl etwas zu tun. Es sind drei Schlüssel; nicht mehr und auch nicht weniger. So war es schon immer.«

»Es mussten also immer mindestens drei Mitglieder zusammenkommen, um ein Refugium betreten zu können.«

»Ja.«

»Und Sie? Waren Sie schon einmal dort?«

Er zog den Kragen seines Mantels hoch. »Nein, ich habe noch nie irgendein Refugium betreten.«

»Weil nur Sie einen Schlüssel hatten?«

»Es ist komplizierter«, sagte er. Sein Blick schweifte wachsam und unruhig in alle Richtungen.

»Wir haben Zeit. Erklären Sie es uns.«

»Meine Familie wurde aus der *Bohemia* ausgeschlossen. Vor vielen, vielen Jahren schon. Aber, wie ich bereits sagte, es ist kompliziert.«

Aber dann, dachte Vesper, dürfte er doch gar keinen Schlüssel besitzen. Der Zugang zu den Refugien war doch nur den Mitgliedern erlaubt. Wie war er dann überhaupt an einen Schlüssel gekommen?

»Warum wurden Sie ausgeschlossen?«

Er blieb stehen. »Meine Güte, bist du neugierig.«

»Können Sie es mir verdenken?«

»Nein, eigentlich nicht.«

Er setzte sich wieder in Bewegung. »Angeblich weigerte sich einer meiner Ahnen, die Praktiken der Gesellschaft zu unterstützen. Er wurde um 1810 aus der *Bohemia* ausgeschlossen. Keiner seiner Abkömmlinge sollte jemals wieder in die Gesellschaft aufgenommen werden. Die Familie Andersen wurde geächtet, könnte man sagen.«

Das, dachte Vesper, geschah bestimmt nicht ohne Grund. »Was hat er denn getan?«

»Das hat mir mein Großvater nie gesagt.« Andersen vergrub die Hände in den Manteltaschen. »Vielleicht hat er es nicht gewusst, aber das glaube ich nicht.« Er deutete mit einem Kopfnicken zu dem Äffchen, das ihm brav auf der Schulter hockte und seltsamerweise überhaupt nicht zu frieren schien. »Ich weiß nur, dass Edgar hier seit langer, langer Zeit in unserer Familie lebt.« Das Äffchen flimmerte ein wenig, wie ein altes Fernsehbild.

»Das verstehe ich nicht.« Hatte das vielleicht etwas mit dem Rausschmiss zu tun? Es war doch nur ein Äffchen.

»Als ich ein kleiner Junge war«, versuchte Andersen zu erklären, »da stieß ich auf dem Dachboden auf eine Truhe, ein großes, altes Familienerbstück, und in dieser Truhe befanden sich haufenweise Schachteln voller Fotografien, Skizzen und Zeichnungen. Auf vielen dieser Fotografien und Zeichnungen konnte man ein kleines Äffchen erkennen.«

Leander ging rasch neben ihr her. »Edgar?«

Das Äffchen quietschte und nickte.

»Eine dieser Zeichnungen zeigte eine Expedition. Eine Reihe von Männern mit dichten Bärten und Tropenkleidung. Sie standen allesamt am Ufer eines breiten Flusses, irgendwo in einem dichten Dschungel. Hinter ihnen lag ein ausgehöhlter Baumstamm, den sie als Boot benutzt hatten, mit einer Art Blätterdach am Heck. Vier Indianer standen um das Boot herum. Und in einem Käfig, der neben den Forschern stand, hockte ein winzig kleines Totenkopfäffchen.« Er tippte dem Äffchen auf den Bauch. »Eben dieses hier.«

»Edgar.«

Das Äffchen nickte wieder, als würde es der Unterhaltung folgen können.

»Einer der Männer war Alexander von Humboldt.«

»Das sind ja Zufälle ohne Ende«, gab Leander zu bedenken.

Andersen ließ sich nicht beirren. »Später dann, als ich größer wurde, erfuhr ich, dass Alexander von Humboldt im Februar des Jahres 1800 von Caracas aus in das Strombett des Orinoko vorgestoßen und von dort schließlich zum Rio Negro gelangt war, dem er bis zum Amazonas zu folgen gedachte. In seinen späteren Reiseberichten erwähnt von Humboldt kein Äffchen, aber es war auf dieser Zeichnung.«

»Und die Fotografien?«

»Die waren jüngeren Datums. Die ersten waren aus dem Jahr 1910.«

»Mit Edgar darauf.«

Sie erreichten die Niederbaumbrücke.

»Es gibt nicht viele schwarz-weiße Äffchen, die so aussehen wie Edgar.«

»Dessen bin ich mir sicher«, bemerkte Leander.

»Irgendwie«, mutmaßte Andersen, »war das Äffchen in den Besitz meiner Familie gelangt. Wenn man all die Bilder zurückverfolgt, dann sieht man es fast überall. Sechs Generationen meiner Familie haben sich um Edgar gekümmert. Er ist wirklich ein sehr altes Äffchen.«

Vesper staunte nicht schlecht. »Sie wollen damit allen Ernstes sagen, dass Edgar etwa zweihundert Jahre alt ist?«

»Was soll ich sagen, ja. Sieht so aus.«

Edgar blinzelte mit seinen schwarzen Kulleraugen.

»Dafür sieht er sehr jung aus.«

Das Äffchen machte einige Gesten mit den Pfoten.

»Er bedankt sich.«

Leander zwinkerte ihm zu.

»Warum ist er schwarz-weiß?«, fragte Vesper.

»Oh, das.« Andersen konnte sich ein Grinsen nicht verkneifen.

»Ja, er sieht aus wie ein Äffchen aus einem alten Schwarz-Weiß-Film.« Die Bildstörungen inbegriffen.

»Das«, winkte er ab, »ist eine lange Geschichte.«

Und blickte nach vorn. Offenbar verspürte er keinerlei Drang, ihnen diese Geschichte auch noch zu erzählen.

»Nun ja, vielleicht hat einer Ihrer ehrenwerten Ahnen das kleine Äffchen ja gestohlen«, mutmaßte Leander frech.

Doch Andersen schien dieser Kommentar nicht weiter zu verwundern. Er sah den Jungen freundlich an und nickte nur kurz, als wäre Leander auf eine wirklich gute Spur gestoßen.

»Gleich sind wir da!«, verkündete Andersen.

Leander schaute zum Wasser hinaus, wo heute keine Touristen unterwegs waren. Niemand wollte den Hafen besichtigen, wenn die Kinder nicht mehr aus ihrem Schlaf erwachten.

Ja, dachte Vesper, es ist spürbar, dass sich etwas in der Welt verändert hat. Selbst jetzt, in dieser Gegend. »Sie wissen also, wo das Refugium sich befindet.«

»Ja.«

»Und woher?« Der Menschenwolf wusste es offenbar nicht. Und Coppelius war ganz verwundert gewesen, dass sie es nicht gewusst hatte.

»Ich habe so meine Quellen«, antwortete er geheimnisvoll. Dann lächelte er sein entwaffnendes Lächeln, und Vesper fiel es schwer, ihm ob dieser nervigen Geheimniskrämerei böse zu sein.

»Ihre Quellen«, echote sie matt.

Er beugte sich zu ihr, grinste noch breiter. »*Gute* Quellen«, bestätigte er.

Na, klasse.

Was aber noch lange nicht erklärte, wie er an den Schlüssel für das Refugium gekommen war.

Doch wie auch immer, es galt, keine Zeit zu verlieren.

Und so gingen sie einfach weiter.

»Warum nennt man Sie den Sandmann?«

»Sie haben behauptet, dass meine Familie den anderen Sand in die Augen streut. Wie der Kerl, der einem die Träume beschert. Dass wir alles verfälschen wollen, was richtig ist. Die Andersens seien üble Lügner und miese Verräter, das betonten schon die Brüder Grimm. Ja, es gibt tatsächlich Schriften, in denen es genauso steht.« Er seufzte. »Ich habe allerdings nie wirklich erfahren, was geschehen ist.« Er wirkte nachdenklich. Doch dann grinste er wieder so breit und frech wie immer und sagte: »Aber das Ganze hat auch etwas Gutes. Sie haben mich einfach so übersehen. Niemand war hinter mir her. Während überall Mitglieder der *Bohemia* ermordet wurden, hat man mich einfach in Ruhe gelassen.« Er schaute lange zu den Lagerhäusern und den Gassen dazwischen. »Ich habe verfolgt, was los war.« Er ließ die Schatten nicht aus den Augen. »Ich habe Zeitungen gelesen und die Fakten kombiniert.«

»Wie sind Sie auf uns gekommen?«

»Maxime Gold lebte in Berlin, und ich war in der Nähe. Es war ein Zufall. Er war das nächstbeste Mitglied, das ich erreichen konnte. Doch leider kam ich zu spät.«

Vesper schluckte.

Die letzten beiden Tage schienen schon viel zu lange Vergangenheit zu sein. Alles passierte so schnell, dass sie das Gefühl hatte, kaum mehr als ein Spielball zu sein, den jeder nach Belieben in eine andere Richtung zu schießen vermochte. Dies hier war nicht ihr Spiel, sie war in das Spiel anderer hineingezogen worden, und nun gehörte sie zu denen, die wie kopflos nach vorn stürmten und den Sieg zu erringen versuchten. Ohne zu wissen, wie der Sieg aussehen würde, dachte sie gallig.

»Wissen Sie, was passiert ist?«, fragte sie schließlich. Die Frage kostete sie mehr Mut, als sie zuerst gedacht hatte.

»Ich weiß nur, dass die Wölfe ihn auf dem Gewissen haben.« Er schüttelte traurig den Kopf. »Ich habe es aus den Medien erfahren. Ich wusste, wo Margo Gold wohnt, und ich ging davon aus, dass du bei ihr lebst. So bin ich nach Hamburg gekommen. Ich mutmaßte, dass dein Vater dir den Schlüssel und seinen Ring schicken würde.«

Er hatte also gewusst, dass Maxime Gold ein aktives Mitglied der *Bohemia* gewesen war.

»Also habe ich dich ausfindig gemacht und bin dir auf Schritt und Tritt gefolgt. Ich musste wissen, wer hinter dir her ist.« Er blieb an der nächsten Gabelung des Weges stehen. »Außerdem war ich mir lange Zeit nicht sicher, ob du noch du selbst bist. Theoretisch hättest du bereits eine Alraune sein können. Es war eben alles möglich.«

»Deswegen haben Sie so lange gewartet?«

»Ja.« Er las die Straßenschilder. Vor ihnen erstreckten sich die Fleete der Speicherstadt. »Da entlang«, wies er den Weg.

»Sie sind mir bis nach Blankenese gefolgt.«

»Ich kannte Friedrich Coppelius nicht persönlich, aber ich nahm an, dass er alles Weitere regeln sollte.«

»Wer war er?«

»Coppelius?«

Sie nickte.

»Ein Mitglied im Ruhestand, könnte man sagen. Eine Art Berater.«

»Und ich?«, fragte Leander. »Wie passe ich in dieses Spiel?«

»Du siehst aus wie dein Vater.«

»Sie haben ihn gekannt?«

»Nur flüchtig, aber das ist eine andere Geschichte.«

Davon scheint es viele zu geben, dachte Vesper. Jonathan Andersen scheint ein Mann der vielen geheimnisvollen Geschichten zu sein. Ein Rätselmann eher noch als ein Sandmann.

»Was tun Sie, wenn Sie keine Mythen jagen?« Leander wirkte jetzt wacher als noch vorhin.

»Dies und das«, antwortete Andersen. »Ich kann mich nicht beklagen.«

Tolle Antwort.

Wenn er nicht zur *Bohemia* gehörte, fragte sich Vesper, woher hatte er dann den Anhänger mit dem grünen Stein? Schlüssel und Stein. Womöglich hatte er sie einem echten Mitglied abgenommen. Blieb die Frage, ob dies gewaltsam passiert war oder nicht.

Sie beobachtete ihn.

Er schien wirklich nett zu sein, sein Lächeln war aufrichtig und offen. Vesper musste sich eingestehen, dass sie ihn mochte.

Davon abgesehen aber, warf er mehr Fragen auf, als er Antworten lieferte. Er führte irgendetwas im Schilde, und Vesper konnte einfach nicht sagen, was genau dies war. Sie blieb am besten vorsichtig und wartete ab, was passierte. Ja, das war wohl die beste Strategie.

Dessen eingedenk, beschloss sie, ihn erst einmal nicht weiter nach diesen Dingen zu fragen. Er würde ohnehin nichts sagen, da konnte sie sich die Fragerei getrost sparen.

Sollte er sich ruhig in dem Glauben wiegen, dass sie ihm vollauf vertraute.

»Und was passiert jetzt?«, fragte Leander. Er sprang auf der Stelle auf und ab, um vor Kälte nicht zu erfrieren.

»Das hier ist der Sandtorkai.« Jonathan Andersen schritt voran. »Wir gehen einfach ins Refugium und suchen dort nach Antworten.«

Na, das klang ziemlich einfach.

»Sie glauben, dass wir sie dort finden werden?« Vesper blieb skeptisch.

»Wenn nicht dort, wo dann?«

Nun denn.

Alle Hoffnung ruhte also darauf, dass im Refugium alles seine wohlverdiente Auflösung finden würde.

Vesper schaute sich um.

Eine Krähe hockte auf einem Laternenmast. Sie erhob sich und flog fort. Das war alles.

Ansonsten war es einsam und leer in den Straßen.

Die alte Speicherstadt ist ein Lagerhauskomplex nahe den Landungsbrücken, nicht weit von der *Cap San Diego* entfernt. »Die meisten dieser Häuser wurden auf Eichenpfählen errichtet«, erklärte Jonathan Andersen. »Früher war das hier alles ein Freihafen. Zollfreies Gebiet.«

Leander blies kleine Wölkchen vor seinem Gesicht her. »Hat es einen Grund, weshalb die *Bohemia* hier ein Refugium unterhielt?«

»Hamburg war schon immer das Tor zur Welt. Man musste die Stadt und den Hafen überwachen. Wenn Mythen den Kontinent verlassen wollten, dann konnten sie das in der alten Zeit nur mit dem Schiff tun.«

Das leuchtete Vesper ein.

»Die Refugien waren Kontrollzentren. Dort flossen Informationen zusammen, und von dort aus schwärmten die Einheiten aus, um die Mythen wieder dingfest zu machen, wenn sie auftauchten.«

»Woher wissen Sie so viel über die *Bohemia*?«

»Du meinst, obwohl ich kein Mitglied bin?«

»Ja.«

»Du bist wirklich sehr, sehr misstrauisch.«

»Ändern Sie was dran«, murmelte sie.

Dann schwieg sie missmutig.

Andersen indes ließ sich nicht aus der Ruhe bringen. »Bleib so neugierig. Das ist gut, wirklich.«

Leander taumelte auf sie zu und stupste sie freundschaftlich. »Das Schmollen steht dir gut.«

Vesper rollte mit den Augen. »Und?«

Sie gingen weiter den Sandtorkai entlang.

»Ich habe jemanden gekannt«, sagte Andersen dann schließlich doch noch, »jemanden, der sich …« Er seufzte, und sein Blick suchte schönere Tage, irgendwo hoch oben im wolkenverhangenen Himmel über den Dächern der gewaltigen Lagerhäuser. »Jemanden, der sich auskannte. Sich besser damit auskannte als ich.«

»Und der Anhänger?«

»Das ist auch eine lange Geschichte.« Er stockte. »Eine traurige Geschichte.«

Vesper hielt seinem Blick stand. Es war nicht einfach, aber sie schaffte es.

»Kommt!«, lenkte er ab und ging weiter voran.

Vesper und Leander tauschten vielsagende Blicke.

Eine traurige Geschichte? Vesper hätte lügen müssen, um die Neugierde, die in ihr aufflammte, zu verbergen.

Stattdessen sah sie sich um. Sie war früher schon einige Male hier entlanggewandert.

Die alten Lagerhäuser mit ihren roten Backsteinwänden und der neugotischen Bauweise hatten allesamt auf der einen Seite eine Anbindung ans Wasser, auf der anderen Seite mündeten sie in der Straße. An den spitzen hohen Hausgiebeln waren Seilwinden montiert, die es mühelos ermöglichten, die Waren vom Schiff in eines der fünf Stockwerke zu hieven.

»Dort drüben befindet sich das Gewürzmuseum«, las Leander laut ein Schild. Es war unschwer zu erraten, dass er ans Essen dachte.

Und Vesper stellte sich vor, wie es früher wohl hier ausgesehen hatte. Waren aus Übersee trafen den ganzen Tag über und selbst in den Nächten ein, in Schiffen mit hohen Masten und mächtigen Segeln. Die Bäuche der Schiffe waren randvoll mit erlesenen Gütern gefüllt. Es roch nach heißem Süden und fernem Orient, nach Zimt, Kaffee und Orangen. Die starken Kräne hievten die Lasten hoch empor, und unten lärmten die Arbeiter. Pferde zogen Karren durch die Straßen, überall waren Menschen, die ihrem Tagwerk nachgingen. Ein zollfreier Hafen, neutrales Gebiet, das nicht zur Zollunion gehörte.

Ein bedeutsamer Knotenpunkt, der bestimmte, was in der Welt geschah. Hier kreuzten sich Wege aus allen Teilen der Welt. Hamburg war das Tor hinaus in die Welt. Wer das Land verlassen wollte, tat es zumeist auf diesem Wege.

Und heute?

Die hohen Lagerhäuser waren noch immer da. Zwischen ihnen flossen, wie damals auch, die Fleete, die bei Ebbe ganz schlammig waren, doch bei Flut reichte das Wasser hoch hinauf, und selbst große Schiffe mit Tiefgang konnten die Wege befahren.

»Das ist es!« Jonathan Andersen führte sie zu einem alten Haus aus rotem Backstein, das die üblichen fünf

Stockwerke in den Himmel ragte. Die kahlen Bäume, die Teile der Front verdeckten, sahen im Vergleich dazu geradezu winzig aus, wie filigrane Spielzeuge in einem Miniaturland.

»Sieht aus wie alles andere auch.« Leander betrachtete die Fassade. »Wirklich gute Tarnung.«

Sie standen ein wenig ratlos vor der Treppe, die zum Eingang hinaufführte.

Das Haus hatte die Nummer 3.

Die andere Ziffer, die irgendwann dort gehangen haben musste, war abgebrochen. Jetzt gab es nur die 3, was auch irgendwie passte.

»Drei«, stellte Leander fest. »Wunderbar.« Er lief als Erster die Treppenstufen hinauf und betrachtete die Tür. »Drei Schlösser, in der Tat.« Er klopfte gegen das Holz, drehte sich zu ihnen um, sagte: »Keiner da.«

Jonathan Andersen war der Zweite, der die Treppen hinaufstieg. »Jeder muss seinen Schlüssel benutzen.«

So weit, so einfach, dachte Vesper.

Die Tür sah wie eine normale Haustür aus, altmodisch und hölzern.

Jonathan Andersen sah sich vorsichtig um. »Die Mythen wollen nichts mehr, als diesen Ort hier entdecken.«

»Aber warum?« Was war so bedeutsam an diesem Haus?

»Ehrlich gesagt, ich habe keine Ahnung. Vermutlich erhoffen sie sich tiefere Erkenntnisse über die *Bohemia*.«

Vesper sah ihn an, skeptisch, noch immer. Zu viele Puzzlestücke fehlten in dem Bild, das sich ihr bot. Nein, ihr gefiel das gar nicht.

»Ich weiß es wirklich nicht«, betonte Andersen erneut und brachte es auf den Punkt: »Aber wenn die Mythen scharf darauf sind, dieses Refugium zu finden, dann ist das, glaube ich, Grund genug für uns, das Refugium vor ihnen zu finden.«

Das war einleuchtend.

Vesper stieg nun rasch ebenfalls zur Tür empor.

Jeder zog seinen Schlüssel aus der Tasche. Sie steckten ihre Schlüssel in die Schlüssellöcher. Drehten sie um.

Vesper erwartete irgendetwas Magisches. Ein sanftes Leuchten, ein Summen, irgendwas. Doch nichts davon geschah. Da war nur ein dreifaches Klicken zu hören, dann öffnete sich die Tür.

»Na, das ging ja leicht!«, stellte Leander fest.

Sie traten ein und standen vor einem Treppenhaus.

Nichts hier drinnen wirkte auf den ersten Blick außergewöhnlich. Es war ein ganz normales Haus.

Aus dem kleinen Eingangsflur, in dem ein Tisch mit einem alten Fernsprecher stand, führte eine Treppe nach oben, eine nach unten. Es gab einen Aufzug und eine offen stehende Tür zu einem Büro, gleich neben dem Eingang, ein ehemaliges Empfangsbüro, das jetzt aber völlig verwaist war. Auf einem alten Holztisch stand eine mechanische Schreibmaschine, die bereits Rost angesetzt hatte, daneben lag ein Haufen vergilbtes Papier. Eine Staubschicht lag auf allem, Tisch, Stuhl und Schrank.

Vesper schloss die Tür hinter sich.

Blickte nach draußen, um sich zu vergewissern, dass ihnen niemand gefolgt war.

»Nehmen wir den Aufzug«, schlug Andersen vor. Er drückte einen großen runden Knopf, und das alte Ungetüm polterte von oben heran. Gittertüren öffneten sich lautstark, es roch nach Mottenkugeln, Holz und Staub, Staub, immer wieder nach Staub.

»Okay, nehmen wir den Aufzug.« Leander und Vesper hatten nichts dagegen einzuwenden.

Sie schoben die Gittertür noch ein wenig mehr beiseite, traten ein. Die bronzefarbenen Knöpfe zeigten die Stockwerke an, merkwürdigerweise sieben an der Zahl.

»Nehmen wir die Drei.«

»Einfach so?«

Andersen nickte. »Ja, einfach so.«

Gesagt, getan.

Der Aufzug beförderte sie nach oben. Die Kabine rumpelte unruhig. Über ihnen lärmte die altersschwache Mechanik alles andere als beruhigend.

Dann öffnete sich die Tür.

Und gab den Blick frei auf einen Raum, der sich über mehrere Stockwerke erstreckte.

Enttäuschung breitete sich auf Vespers Gesicht aus.

Sie hatte eine moderne Kommandozentrale erwartet, einen geheimen Ort, vollgestopft mit eleganten Computeranlagen und riesigen Bildschirmen. Wirklich nur die modernste Technik. Doch nichts dergleichen erwartete sie.

»Das ist alles?«, stellte sie fassungslos fest.

»Sieht so aus«, auch Andersen schien ein wenig enttäuscht zu sein.

Leander pfiff durch die Zähne. »Willkommen im Museum.«

Das, dachte Vesper, trifft es ganz gut.

Eine riesige Landkarte, auf der ganz Europa abgebildet war, beherrschte den Raum. Die Stockwerke waren aufgebrochen worden, und die vier Etagen waren wie offene Plattformen in einem gigantisch großen Raum voller Fenster. Auf allen gab es unendliche Reihen von Bücherregalen, zwischen denen sich Spinnennetze spannten. Alles hier war staubig, alt, seit Jahren ungenutzt. Nichts deutete darauf hin, dass irgendjemand in letzter Zeit hier gearbeitet hatte. Mattes Licht erhellte den riesigen Raum, der trotz der Weite und Tiefe labyrinthisch wirkte.

Immerhin, es gab zwei Computer. Sie sahen aus, als seien sie gegen Ende der Achtzigerjahre der letzte Schrei gewesen.

Auf großen Tischen stand eine Fülle von Gerätschaften, die auf seltsame Experimente schließen ließen. Eingetrocknete Flüssigkeiten bedeckten die Böden der Schalen. Wie eine Alchemistenwerkstatt, so sah es zum Teil aus. Zwei Tische aus glänzendem Metall befanden sich auf der zweiten Plattform, steril und kühl. Sie erinnerten Vesper an Obduktionen. Säuberlich aufgereiht standen Instrumente neben den matt glänzenden Tischen: überaus seltsam geformte spitze Zangen und löffelartige Gerätschaften mit Rändern, die wie winzige Zähne aussahen. Ein zylinderförmiges Glas, in dessen Mitte sich eine lange Nadel befand. Große Gläser, in denen Dinge schwammen, von denen Vesper nicht auch nur annähernd wissen wollte, wo sie herkamen oder was sie überhaupt waren.

Sie glichen Organen oder Körperteilen von Wesen, die keine Menschen waren.

Es gab viele Rohre, die von einem Ende des Raumes zum anderen verliefen, dazu eine ganze Reihe von unförmigen Gerätschaften, die wie kunstvoll zerbeulte Ansammlungen von Schrott wirkten, skurril und verdreht anmutende Systeme aus durchsichtigen Rohren, dürren Drähten und sich fortwährend bewegenden, irgendwie lebendig aussehenden Filtern. Stahlträger wuchsen aus den Wänden wie Fackelhalterungen aus Höhlenwänden.

Mehrere Wendeltreppen verbanden die Stockwerke, und unten, gleich über einer Sitzgruppe aus hässlich braunen Polstermöbeln, prangte unvermeidlich das Gemälde von Caspar David Friedrich.

»*Das Eismeer.* Hier also auch.« Leander setzte sich nachdenklich auf eine der Treppenstufen und starrte die Landkarte an, sonst nichts. Er strich sich die Tolle in die Stirn, knabberte an seiner Unterlippe herum, strich sich die Tolle wieder aus der Stirn.

»Was hast du?«

»Die Karte«, sagte er, »etwas daran stimmt nicht ganz.«

»Was?«

»Keine Ahnung. Sie sieht irgendwie komisch aus.«

Vesper schaute auf die riesige Landkarte. Hier und da waren bedeutsame Punkte markiert. Das mochten die Refugien sein.

»Sie sind überall in Europa.« Es mochten an die vierzig Standorte sein, sie reichten von Norwegen bis hinunter nach Portugal. Vierzig Standorte, mindestens drei Mitglieder je Standort. Vesper schauderte bei dem Gedanken daran, dass fast alle Mitglieder der *Bohemia* von den Mythen ermordet worden waren. Konnte es wirklich sein, dass nur noch sie drei übrig waren?

»Ein flächendeckendes Netz zur Überwachung der Welt«, kommentierte Leander.

Vesper ging an den Regalreihen voll alter Bücher vorbei. Manche von ihnen waren schon fast zerfallen. Die Buchrücken bröckelten, und wenn man sie berührte, hatte man Staub an den Fingern.

Sie fragte sich im Stillen, wie viele Schlüssel es wohl gab. Bei mindestens drei Mitgliedern pro Refugium müssten doch jede Menge Schlüssel in die Hände der Mythen gefallen sein.

»Was jetzt?«

»Wir suchen nach Hinweisen«, hörte sie Andersen, der bereits nach ganz unten zu den Computern gelaufen war, rufen.

Gut gesprochen.

Nur wo?

In den Büchern? Das würde Jahre in Anspruch nehmen. Kein Mensch konnte das ganze Zeug lesen.

Jonathan Andersen jedenfalls machte sich sofort an den beiden Computern zu schaffen. Edgar, das Äffchen, hüpfte wild herum und sah sich die entlegenen Winkel an, hielt sich aber von den Tischen mit den seltsamen Instrumenten fern.

Auch Vesper lief eine der Wendeltreppen bis ins Erdgeschoss hinab und sah sich dort um. Durch die hohen

Fenster hatte man einen guten Ausblick auf das verlassene Brooksfleet. Dichte Wolken ließen draußen ihre Schatten über die Wände der Lagerhäuser auf der anderen Seite des Fleets wandern, weiterhin fiel unablässig Schnee.

Dann entdeckte Vesper die Tür.

Sie war aus Eisen, versehen mit starken Scharnieren, ähnlich einer Tresortür. Und sie war verschlossen.

Vesper probierte den Schlüssel aus, den sie dabeihatte. Mit einem Klicken schnappte das Schloss auf.

»Wo gehst du hin?« Leander war sofort bei ihr. Konnte es sein, dass er sie die ganze Zeit über beobachtet hatte? Der Gedanke gefiel ihr.

Vesper öffnete die Tür ein Stück weiter. Eine Treppe erstreckte sich nach unten in die Dunkelheit.

»Abwärts«, sagte sie.

Leander trat neben sie und knipste das Licht an. »Besser so«, meinte er.

Jonathan Andersen war ganz in seine Computer vertieft. Anscheinend hatte er etwas gefunden. Oder aber auch nicht. Er war jedenfalls ruhig und still, und es kümmerte ihn nicht, was sie machten.

»Wir sind gleich wieder da«, rief Leander.

Er winkte ihnen nur zu.

»Na, dann mal los.«

Sie stiegen die lange Treppe hinab, vorsichtig, denn die Treppenstufen waren schmal und glitschig. Je weiter sie nach unten kamen, desto feuchter wurde die Luft. Wasser tropfte von den Wänden, und Spinnen huschten verschreckt davon, sobald sie die Schritte spürten.

»Sagte Andersen nicht, dass die Speicherstadt auf Pfählen errichtet wurde?«

»Ja, das wurde sie.«

»Wohin gehen wir dann?« Die Frage war berechtigt.

Sie stiegen immer tiefer hinab und mussten sich längst unter der Wasserlinie befinden. Draußen war Ebbe gewesen, aber trotzdem. Wie tief, fragte sie sich, hatte man damals gebaut? Und warum?

Nach fünf Minuten langsamen Abstiegs kamen sie in einem Gewölbe an. Es erinnerte Vesper an einen U-Bahnhof, nur ohne Schienen und viel kleiner. Helle weiße Kacheln bedeckten die Wände und die Decke, und Neonröhren flackerten unruhig und kränklich, zauberten mehr Schatten als Licht in diese Gruft. An den Wänden befanden sich in Abständen von vier Metern schwere Türen aus dickem Stahl, rostig und fleckig. Rote Lampen leuchteten an den Verriegelungen.

»Was, in aller Welt, ist das hier?«

»Sieht aus wie ein Gefängnis.«

»Ist bestimmt kein Gefängnis«, flüsterte sie. Das alles erinnerte sie an die Filme, die ihr Vater gedreht hatte, und die schwarz-weißen Gruselstücke, in denen einst ihr Großvater sowohl Helden auch als Bösewichte gespielt hatte, damals, als die Ufa ihre Glanzzeit erlebte.

Vorsichtig ging Vesper an den vielen Türen entlang, die alt und rostig waren.

Es roch stickig und modrig hier unten. »Hier müsste doch überall Wasser sein«, dachte sie laut.

Leander stimmte ihr zu.

Beide lauschten sie und vernahmen ein wummerndes Geräusch.

»Das sind Pumpen«, sagte Leander. »Wir befinden uns also weit unter dem Fleet.«

»Vielleicht wurde dieses Gewölbe mit einer ähnlichen Technik erbaut wie der Elbtunnel.«

Leander nickte nur.

Langsam ging er zu einer der Türen hin. Prüfte sie, indem er dagegenklopfte. Ein Geräusch wie von hohlem Metall ergoss sich in die frostige Stille.

In kleinen Metallfächern, die neben den Türen angebracht waren, steckten schmale Schilder aus Pappe und Papier mit handschriftlichen Notizen. Einige davon in Sütterlin, der Schrift, die ihre Großmutter benutzt hatte.

Vesper trat ebenfalls näher.

Neben den Namen standen Daten.

Allerleirau, 13. April 1897.

Sie hatte keinerlei Ahnung, was das zu bedeuten hatte. Sie schritt die nächsten Türen ab. Dort standen weitere Begriffe:

Klapperer, 7. Mai 1968.

Schlangenblatt, 19. August 1911.

Melusinenkind, 4. Januar 1987.

Moorjungfrau, 23. Juni 1876.

In den Türen befanden sich Sehschlitze, die man mittels eines schmalen Schiebeverschlusses öffnen konnte.

Vesper öffnete den, dem sie am nächsten stand.

Spähte in eine der Zellen hinein.

»Und?«

»Sie ist leer.«

Auf dem Schild stand *Giftfee, 1. Dezember 1888.*

Leander sah verwirrt aus. Zweifelsohne war dies ein Verlies, ein Kerker, der seit Jahren schon verlassen war. »Was«, flüsterte er, und seine Stimme klang wie das furchtsame Wispern des Windes, »hat man hier unten nur eingesperrt?«

Er fand einen weiteren Lichtschalter, gleich neben dem Schloss, und plötzlich flutete grelles Licht die Zelle.

Da sahen sie es.

In einer Ecke der Zelle lag eine zusammengekrümmte Gestalt. Sie war nur mehr ein Skelett.

»Sind das Flügel?«, fragte Vesper erschrocken.

Leander spähte durch den Spalt. »Ja«, sagte er.

Ein ungutes Gefühl bemächtigte sich Vespers. »Was ist das hier für ein Ort?«, fragte sie und wusste insgeheim, dass sie die Antwort gar nicht wissen wollte. Sie wollte nicht erfahren, was wirklich in der Welt vor sich ging. Sie wollte wieder ein Kind sein und wohlbehütet in einer Familie leben, das war alles. Es war ein ganz einfacher Wunsch, doch sie wusste, dass man die Zeit nicht zurückdrehen konnte. Niemals wieder würde sie ihr altes Leben führen können. Alles hatte sich verändert, und das, was sie hier sah, war nur die Spitze eines Eisberges, den zu entdecken sie sich gerade erst aufgemacht hatte. Sie wollte sich verkriechen und alles vergessen. Doch stattdessen musste sie an die Geräte denken, die oben auf den Metalltischen lagen. Die Zangen und Nadeln und namenlosen Geräte, die spitz schmerzende und blutig schreiende

Dinge würden tun können, wenn man sie ohne Skrupel benutzte. Sie dachte an Gummihandschuhe und den Geruch von Desinfektionsmittel, an einen weißen Mundschutz und gnadenlose Augen, die im Licht einer grellen Lampe nicht einmal blinzelten.

Sie ergriff Leanders Hand.

Verwundert schaute er sie an. »Ist das der richtige Augenblick?«, fragte er in seinem scherzhaften Tonfall.

»Ja«, flüsterte sie nur.

»Dachte mir schon, dass du eher etwas ungewöhnlich bist.«

Sie sah ihm in die Augen. »Ich habe Angst«, sagte sie.

Etwas hier unten war nicht richtig. Das Refugium war nicht das, was sie sich vorgestellt hatte.

»Die Zellen sind alle verriegelt«, sagte er. Vesper fragte sich, wen er damit zu beruhigen gedachte.

Gerade wollte sie etwas erwidern, als ein lautes Kreischen die Stille zerriss.

Es klang wie von einem Tier, das vor Wahnsinn zu reden verlernt hat.

»Hast du das auch gehört?«, fragte Leander.

Sie ließ seine Hand los und schlug ihm scherzhaft auf die Schulter. »Lass das«, schimpfte sie. »Ich habe mich zu Tode erschreckt.«

Das Kreischen zerschnitt erneut die Stille im Gewölbe.

»Hört, hört«, murmelte er, »ich glaube, ich rieche was.«

Sie sah ihn angespannt an. »Lass es einfach!«

Er wirkte bleich. »Es kommt von da vorn.« Leander ging zu einer Tür weiter hinten im Gewölbe.

Vesper folgte ihm.

Sie starrte das Schild an.

Dort stand: *Goldspinner, 13. März 1931.*

Vesper hatte wirklich gar kein gutes Gefühl bei der Sache. Nein, überhaupt nicht. Sie wusste nicht, was ein *Goldspinner* war, aber vertrauenswürdig hörte es sich nicht an, was immer es sein mochte.

»Schauen wir nach?«, fragte Leander.

Sie nickte nur.

Etwas anderes hätte er als Antwort gar nicht akzeptiert.

Also – *wir folgen der Spur aus Rosenstaub,* dachte sie leise.

Dann öffnete sie den Sehschlitz und spähte ins Innere der winzigen Zelle.

Der Boden war überall mit einer grauen Masse bedeckt, die einmal Stroh gewesen sein mochte. Weiter hinten, in der Ecke, kauerte eine kleine Gestalt. Sie sah sehr kindlich aus. Rotes Haar fiel ihr struppig und strähnig bis über den Rücken und in das schmutzige bleiche Gesicht. Die Gestalt war in Lumpen gekleidet, ihre mageren Finger sahen wie Krallen aus.

Was immer es auch war, es strich sich die Haare aus dem Gesicht, und tränennasse Augen, groß und unschuldig, blickten Vesper an. »Hiiiilf miiir«, wimmerte es mit einer Stimme, die gequält und leidend anmutete. »Geh nicht fort. Biiiiitte.«

Ratlos starrte sie die Gestalt an. Sie spürte Leanders Atem an ihrem Hals.

»Was, in aller Welt, ist das?«

Leander, der ebenso fassungslos war, antwortete nur: »Ein Goldspinner.«

Das Wesen war mit Ketten an den Füßen gefesselt. Man hatte es an die Wand gekettet.

Hilfesuchend streckte es die Hände aus.

Leander hatte offenbar Mitleid und entriegelte die Tür. Mit einem leisen Knarren schwang sie auf.

Vesper verzog das Gesicht. Ein widerlicher Gestank nach Exkrementen und Urin stach ihr in die Nase. Überall auf dem Boden lag Schmutz. Die Kreatur auf dem Boden starrte sie nur an.

»Wer bist du?«, fragte sie das Männlein.

Furchtsam wich es so weit nach hinten zurück, wie es ging, bis zur weiß gekachelten Wand. Wachsam beäugte es das Mädchen, das da eben in seine Zelle gekommen war. »Ich habe meinen Namen vergessen«, krächzte es. »Ist einfach so passiert. War eben noch da, dann war er weg. Aber was sind schon Namen? Hat doch jeder, so einen Namen.«

Es wirkte verwirrt.

»Warum hat man dich eingesperrt?« Vesper sprach ruhig und langsam mit ihm.

»Eingesperrt?« Es begann zu kichern. »Wer bist du, dummes Gör, dass du das nicht weißt?«

»Sag's mir.«

Es rieb sich die Hände, schnappte nach einer fetten Spinne, die langsam über den Boden wuselte, steckte sie sich zwischen die Zähne und zermalmte knackend den Körper. »Hm, ja, lecker, lecker, wirklich«, grummelte es. »Du solltest Spinne versuchen. Ist besser als die Asseln.« Es verdrehte die Augen. »Nicht mal Ratten kommen hier rein.«

Vesper musterte die Fesseln und tat einen weiteren Schritt in die Zelle hinein. Sie schätzte die Länge der Kette, die am Boden lag, und achtete sorgsam darauf, dem kleinen Männlein nicht zu nahe zu kommen.

»Bist gekommen, um mich zu holen, was?«

Sie hatte keine Ahnung, was das kleine Männlein meinte, wenngleich ihr die Instrumente auf den Metalltischen nicht aus dem Sinn gehen wollten. »Ich bin hier fremd.«

»Du siehst aus wie der Mann, der mich eingesperrt hat«, fauchte es. »Ja, du hast seine Augen.« Es würgte und erbrach Spinnenteile auf den Boden. »Dummes Gör, du hast seine Augen, sein Gesicht. Siehst aus wie der Mann als Frau, jünger nur, viel, viel jünger, aber immer noch das gleiche Gesicht, du kannst mich nicht täuschen.«

Erschrocken blieb Vesper stehen.

Sie wusste nicht, was sie von dieser Attacke halten sollte. Klar doch, das Männlein wahr wahnsinnig, vermutlich, aber da war Furcht in seinen Augen, tief unter dem Wahn verborgen und doch offensichtlich.

»Wer hat dich eingesperrt?«, fragte Leander.

»Dich kenn ich nicht.«

Er wiederholte seine Frage, ganz behutsam. »Wer hat dich eingesperrt?«

Es legte den Kopf schief, schaukelte mit dem Oberkörper hin und her. »Weiß nicht mehr, ist lange her. Lange, lange, lange. Habe gewittert, dass es Krieg geben wird. Bin abgehauen. Fort von hier. Böses, böses Land. Alles war böse geworden. Soldaten, Menschen, sogar Kinder.« Es sabberte beim Reden, und die Überreste der zerkauten Spinne benetzten ihm die blutleeren Lippen. »Überall nur Feuer und Hass und Uniformen. Wollte fort, in ein fernes Land. Rauf aufs Schiff, ab übers Meer, fort aus dem bösen Land.«

Vesper dachte an das Schild an der Tür.

13. März 1931.

»Du hast geahnt, dass ein Krieg kommen wird?«

Es nickte nervös. »Habe den ersten Krieg gesehen. Wusste, wie Krieg riecht, deswegen wollte ich fort.« Seine Augen wanderten wie irre hin und her. »Dumme Zwerge, alles verdanken wir ihnen. Blöde Maschinen, pah, so ein Dreck. Alles nur, um Krieg zu machen. Ja, ja, ich wusste, wie das riecht. Deswegen bin ich aus dem Versteck gekommen und zum Hafen gelaufen. Da hat er mich dann eingefangen.«

»Wer?«

»Na, wer denn wohl? Dummes, dummes, dummes Ding. Der Mann, der dein Gesicht hatte, natürlich, wer denn sonst?!« Das Männlein fauchte böse. »Dreckskerl, hat mich geschlagen.«

Leander stand jetzt neben Vesper.

»Dich kenn ich nicht«, sagte das Männlein ein zweites Mal. »Nur das dumme Gör da. Ich kenne ihr Gesicht. Bäh!« Es spie den Rest der Spinne aus und fuhr mit dem Finger durch die klebrige Masse, die sich mit dem Stroh vermischte.

1931?

Vesper fragte sich, wo ihr Großvater damals gelebt hatte. Konnte es sein, dass er ...?

Ihr schwindelte.

Plötzlich wurde ihr unendlich übel.

»Warum haben sie dich eingesperrt?«

Das Männlein hieb wütend mit den geballten Fäusten auf den Boden. »Warum wohl, blöde Kuh. Weil ich bin, was ich bin. Sie sperren alle ein, die so sind. Deswegen verstecken wir uns. Aber sie kriegen uns trotzdem.« Es blickte zu Boden. »Haben sie alle gekriegt, ja, ja. Keiner ist mehr da.« Es hielt inne, lächelte verschmitzt und rieb sich die Hände. »Aber wir finden schon einen Weg, den haben wir immer schon gefunden.«

»1931. Du bist seit achtzig Jahren in dieser Zelle?«, fragte Leander vorsichtig.

»Sie haben mich vergessen«, keifte das Männlein. »Sind alle gegangen, die hier waren. Böse, böse Menschen.« Es kicherte wie von Sinnen. »Haben sich aus dem Staub gemacht, als der Krieg kam. Sind vielleicht gestorben, wer weiß, wer weiß. Komische Sachen passieren, wenn Menschen andere Menschen umbringen.« Es knurrte, weinte, jammerte. »So sind die aber. Böse, böse.« Es hustete, spukte auf den Boden. »Ein mal eins gibt eins. Später kam manchmal wieder jemand her, hat sich uns aber nur angeschaut und ist dann gegangen.« Es hustete. »Alter Mann mit dichten Haaren im Gesicht.«

Vesper musste an Friedrich Coppelius denken.

»Hat mir manchmal Futter gebracht. Abfall, Almosen, pah!«

»Wer bist du?«

Das Männlein legte den Kopf schief.

Goldspinner.

Vesper hegte einen Verdacht, doch … war das möglich?

»Die anderen sind alle verreckt«, kicherte es hysterisch. »Ja, ja, sie haben sie einfach vergessen. Sind verhungert oder auch nicht. Haben geschrien, oh, sie haben so laut geschrien, aber niemand ist mehr gekommen. Sie haben uns einfach hier unten vergessen.« Es senkte den Blick, fettiges strähniges Haar klebte ihm im Gesicht. »Der Fuchs in der anderen Zelle, Meister Reinecke, ja, so hieß er, ihn haben sie vor mir gefangen. Hat immer nur dumme Lieder gesungen und gewinselt. Ja, am Ende konnte er nicht mal mehr laufen. Hat sich selbst die Pfoten abgenagt, so hungrig war er. Ja, ja, so war das. Am Ende haben sie alle geschrien. Und der Wandler unten im Gang verlor seine Form.« Es kicherte haltlos weiter. »Wusste nicht mehr, was er wirklich war. Ein Mensch oder ein Frosch oder eine Mischung aus beidem. Ist zerflossen, damals, ist lange, lange her. Was für eine Schweinerei. Hat so gestunken, selbst bis in meine Zelle, ja, ja, so war das.«

Vesper verzog das Gesicht. »Aber du lebst noch.«

»Sieh mich an«, wimmerte das Männlein. »Ich verkehrte einst an den Höfen der Könige.« Es kicherte. »Habe ihnen Stroh zu Gold gesponnen.« Es rieb sich die Hände. »Hat die Weibsbilder beeindruckt, oh ja.« Es kratzte sich die Haut blutig und leckte dann an der Wunde. »Doch was nützt mir das jetzt noch, hm? Kann Gold nicht fressen.«

Es legte den Kopf schief. »Frauen, die könnte ich fressen«, sagte es und zwinkerte Vesper zu. »Junges Fleisch, lecker, lecker, würde es nicht mal mehr zubereiten, so hungrig bin ich. Würde es roh essen, fleischig, weich.«

Leander trat einen Schritt vor. »Du bist …«

»Ha!«, kreischte das Männlein. »Ich reiß dir die Augen aus, wenn du meinen Namen sagst!«

Vesper legte eine Hand auf seine Schulter. »Ich weiß, wer du bist«, sagte sie zu dem Männlein.

Aber sie wusste nicht, was sie mit ihm tun sollte.

Doch dann, bevor sie einen weiteren Gedanken fassen konnte, überstürzten sich die Ereignisse.

Das Männlein riss sich los.

Schneller, als Leander oder sie zu schauen vermochten. Die Ketten waren, das erkannte Vesper, nicht mehr richtig in der Wand verankert gewesen. In Laufe der Jahre hatte das Männlein sie gelöst, die schweren rostigen Verankerungen aus dem Mauerwerk herausgekratzt, mit Fingern und Nägeln und der Willenskraft eines Verrückten. Es hatte sie bisher nur geschickt getäuscht, damit sie die Zellentür öffneten.

Damit sie eintraten.

Jetzt kreischte es.

Tobsüchtig.

Hungrig.

Wovon, fragte sich Vesper plötzlich, hat es sich in all den Jahren überhaupt ernährt? Sie rief sich das Gesicht des alten Coppelius ins Gedächtnis, fragte sich, wie und wann er hierhergekommen war.

Sie ahnte, dass sie niemals eine Antwort darauf bekommen würde.

Denn mit einem Sprung kam das Männlein auf sie zu.

Vesper schrie auf.

Bevor der Körper des Männleins sie traf, schlug ihr der Gestank ins Gesicht. Der Gedanke, von dem ekligen Wesen berührt zu werden, erschreckte Vesper mehr als alles andere.

Leander rief ihr etwas zu.

Sie öffnete die Lippen, um Luft zu holen, und in diesem Moment wirbelten ihr tintenfeine Buchstaben aus dem Mund, winzig klein und filigran. Sie atmete etwas aus, was sich dem Männlein wie zu einer Wolke geballt entgegenwarf.

Dann zog Leander sie zur Seite, sodass das Männlein mit Schwung gegen die Wand neben der Tür prallte.

»Du bist eine von ihnen!«, kreischte es blind und wütend und hieb sich mit den Händen mitten ins Gesicht.

Wie gelähmt erkannte Vesper, dass sich die winzigen Buchstaben in die Haut des Männleins gruben. Blutige Rinnsale liefen ihm übers Gesicht. Die Buchstaben indes verschmolzen unter der bleichen Haut zu Wörtern, die sich tiefer und tiefer in den Körper des Männleins gruben.

»Es tut mir leid«, murmelte Vesper erschrocken. Sie zitterte am ganzen Leib.

»Komm, weg hier.« Leander zog sie aus der Zelle.

»Was habe ich getan?« Sie bebte.

Leander nahm sie in den Arm.

Vesper betrachtete den Ring an ihrem Finger. Ihre andere Hand tastete nach ihrem Mund.

»Was war das?«

»Ich weiß es nicht«, bekannte Leander.

Das Männlein wälzte sich wie tobsüchtig auf dem Boden herum. »Ich werde dich töten, du dummes Gör«, zischte es. »Und dann«, funkelte es sogleich Leander an, »werde ich sie fressen.« Es grinste. »Du kannst dabei zuschauen. Und wenn ich fertig bin mit ihr, dann fresse ich dich.« Erneut kratzte es sich mit den langen Fingernägeln die Haut im Gesicht auf. »Raus mit euch, raus, raus, raus!«, keifte es und versuchte die Buchstaben aus seinem Körper zu kriegen. »Ich werde euch fressen, und dann bin ich frei, frei, frei.«

Leander stieß angeekelt die Tür zu.

Vesper trat zurück bis an die gegenüberliegende Wand, wo sie stehen blieb und am ganzen Leib zitterte. Sie konnte gar nicht mehr damit aufhören. Ihr Körper hörte nicht länger auf sie.

»Das hab ich nicht gewollt«, stammelte sie.

Leander verriegelte die Tür. Das rote Lämpchen leuchtete erneut auf.

Dann nahm er Vesper wieder in den Arm, und es trat Stille ein.

Eine ganze Weile lang blieben sie regungslos stehen.

Vesper ließ sich ganz in der Umarmung versinken. Sie roch Leander und vergrub ihr Gesicht in seinem Haar. Sie spürte sogar seinen Herzschlag, der schnell und aufgeregt war. Sie ließ ihre Hand da liegen, wo es am lautesten pochte. Sie lauschte und verharrte in dem Augenblick.

Es gab kein Gewölbe. Da war nur Wärme. Nähe.

Sein Herzschlag.

»Vesper«, flüsterte er ihren Namen, zärtlich und wie ein Geheimnis, das nur sie beide teilten. Sie hielt die Augen noch immer fest geschlossen. Sie weinte leise, dann laut.

»Es ist vorbei«, flüsterte ihr Leander zu. »Komm, wir gehen wieder nach oben.« Mit diesen Worten ergriff er Vespers Hand und führte sie zurück in den oberirdischen Teil des alten Refugiums, und keinem von ihnen gelang es zu reden.

Wintermärchen

Der Augenblick, in dem die Dämonen der Vergangenheit auf die unklaren Geister kommender Tage treffen, ist zuweilen jener Moment, der einen durch die Tränen im Herzen an Wunder glauben lässt.

»Dich trifft keine Schuld«, sagte Leander. Er war ihr so nah. Beinah, dachte sie, hätte er sie erneut geküsst. Doch jetzt war er nur hier neben ihr und war ebenso verwirrt wie sie.

»Es geht schon wieder.« Trotzig wischte sie die Tränen fort.

Ja, Vesper war noch immer schockiert.

Das Wesen, der *Goldspinner,* hatte sie erkannt.

Sie stellte erschrocken fest, wie wenig man doch über die eigenen Großeltern wusste. Ihr Großvater – Wilhelm Gold – war Schauspieler gewesen, ja. Sie kannte einen oder zwei seiner Filme, aber eigentlich hatte sie sich nie sonderlich für ihn interessiert, zumal er die Familie all die Jahre über gemieden hatte. Maxime hatte nie ein gutes

Verhältnis zu seinem Vater gehabt. Doch jetzt, da sie hier war, fragte sie sich, wo ihr Großvater sich damals im Jahr 1931 herumgetrieben hatte. Er war nicht immer in Berlin gewesen. Sie rechnete zurück. Wilhelm Gold war damals gerade mal siebzehn Jahre alt gewesen. Meine Güte, so alt wie sie heute. War es möglich, dass er hier in Hamburg für die *Bohemia* gearbeitet hatte, noch bevor er Schauspieler wurde?

Sie zauderte.

Zitterte.

Dann hatten sie die lange Treppe endlich hinter sich gebracht und waren oben im Refugium.

Andersen stand frustriert vor den beiden Computern. Er hatte beide Hände in den Hosentaschen vergraben und räkelte sich. »Nichts«, sagte er. Dann drehte er sich um, sah in ihre Gesichter. »He, was ist los?«

Leander berichtete ihm von dem Gewölbe und von allem anderen auch.

»Man hat sie einfach so dort unten sterben lassen?« Andersen konnte es nicht glauben. »Warum?«

Vesper sagte nichts.

Der Gedanke, dass ihr Großvater etwas mit dieser Sache zu tun gehabt haben könnte, war ihr zutiefst zuwider. Sie konnte gar nicht daran denken, ohne dass ihr schlecht wurde.

Sie hatte das Gefühl, sich übergeben zu müssen.

Was war hier nur geschehen?

Dies alles hatte nichts Märchenhaftes. Es war real, grausam, ungerecht.

»Warum?«, fragte sich Andersen erneut.

Selbst Edgar, der sich ruhig auf einem der Stühle zusammengekauert hatte, sah traurig aus.

Vesper ging zu ihm hin und streichelte ihn. Er war, dessen war sie sich jetzt ganz sicher, ein Wesen wie diejenigen, die dort unten im Verlies gestorben waren. Daher sein hohes Alter und sein gleichsam nostalgisches Aussehen. Sie streichelte ihn, weil das alles war, was sie tun konnte. Sie wusste, dass sie das Unrecht, das irgendwann in diesen Mauern geschehen war, nicht wiedergutmachen konnte. Dennoch versuchte sie es auf diese ungeschickte kindliche Art zu tun.

»Es tut mir so leid«, flüsterte sie Edgar zu.

Das Äffchen sah sie mit dunklen Kulleraugen an und nickte, als habe es sie verstanden.

Jonathan Andersen rieb sich derweil müde die Augen. Zum ersten Mal, seit er so überraschend und spektakulär in ihrem Leben aufgetaucht war, wirkte er erschöpft und ausgelaugt. »Sie hätten das alles womöglich auch mit ihm gemacht«, sagte er leise und sah Edgar an, der den Kopf nach hinten reckte, damit Vesper ihn besser am Hals kraulen konnte. »Vielleicht waren das die Praktiken, die meiner Familie nicht gefallen haben«, sagte er mit erstickter Stimme.

Vesper senkte den Blick.

»Ich habe den Goldspinner verletzt«, sagte sie. »Dabei wollte ich es gar nicht tun.«

Jonathan Andersen schüttelte nur resigniert den Kopf. »Mach dir keine Gedanken. Wir sind, was wir sind.«

Sie sah ihn wütend an.

Das war alles, was er dazu zu sagen hatte?

Wir sind, was wir sind?

»Kaum dass ich euch in Blankenese den Wagen überlassen hatte«, erinnerte er sich, »da habe ich den Wolfsschemen etwas Ähnliches angetan.« Schatten lagen ihm in den Augen.

»Sie können das auch?«

»Ja.«

»Wie machen Sie es?«

Er schüttelte den Kopf. »Ich weiß es nicht. Es bricht aus mir hervor, wenn ich in Not bin.«

Leander ging unruhig im Raum auf und ab. »Einfach so?«, fragte er.

»Ja«, antwortete Andersen, »einfach so.«

»Bei mir klappt das nicht«, bekannte Leander.

»Doch, ich bin sicher, dass du es auch kannst.« Jonathan Andersen rieb sich erneut die Augen. »Wir alle können es. Du hast es bisher bloß noch nicht getan.«

Vesper versuchte sich vorzustellen, wie er die Wolfsschemen am Elbufer in Blankenese bekämpft hatte.

Sie tätschelte Edgar den Kopf, und dann setzte sie sich in einen der Sessel, seufzte, starrte das Gemälde an.

Das Eismeer.

Was war damals wirklich im Packeis geschehen? Was, zur Hölle, hatte von Humboldt in dieser Eiswüste getrieben?

Nichts als Fragen über Fragen und noch immer keine Antworten in Sicht.

Darüber hinaus war sie sich trotz Andersens Erklärungen nach wie vor im Unklaren über ihre Fähigkeiten. Waren da wirklich Buchstaben aus ihrem Mund entwichen? Sie hatte nicht einmal etwas gesagt, nur *gedacht*. Ja, sie hatte Dinge *gedacht*. Nichts sonst.

Geh fort von mir! Fass mich nicht an!

Panikartige Gedanken eben. Sie war angegriffen worden und … sonst nichts, das war alles.

Und dann war es geschehen. So ähnlich wie in Blankenese.

Nein, sagte sie sich eilig, nicht so ähnlich. Diesmal war es anders gewesen. Intensiver. Da war kein Buch gewesen, nur sie selbst.

Sie berührte den grünen Stein an ihrem Ring.

Der Ring.

Leander besaß ganz sicher die Taschenuhr. Andersen den Anhänger. Alle versehen mit einem grünen Stein.

Was, verdammt noch mal, hatte das nur zu bedeuten?

Sie spürte, dass es da einen Zusammenhang gab, der wirklich wichtig war. Es war nicht das Refugium, nicht der Ring, nicht die Uhr, nicht der Anhänger, nicht die Schlüssel. Etwas, was alles verband. Etwas, was noch immer im Dunkeln lag und sich vor ihnen verbarg.

»Haben Sie irgendwo etwas entdeckt?«, fragte Leander schließlich.

»Nein, keine Hinweise«, sagte Andersen. »Hier befindet sich nichts von Wert. Das Refugium wurde offenbar seit Jahrzehnten nicht mehr genutzt.«

Schweigend saßen sie da.

Hingen ihren Gedanken nach.

Die Stille war lauter, als es Vespers Nerven guttat.

Da waren nur all diese endlosen Reihen von Büchern und Dokumenten. Berichte, Romane, Erzählungen, Kartenrollen, uralte Abschriften anderer Bücher, Berichte und Erzählungen. Die Unendlichkeit in Form von Buchstaben, sauber geordnet und sortiert, in Regalen verstaut. Aber was, um alles in der Welt, sollten sie damit anfangen? Sich stundenlang durch die alten Schriften arbeiten?

Vesper seufzte.

Blödsinn.

Nein, das konnte einfach nicht sein. Sie hatte sich eine schnelle Aufklärung erhofft, etwas, was ihnen den weiteren Weg weisen würde. Draußen schliefen die Kinder sicher noch immer, und sie wusste nicht, wie viel Zeit ihnen noch bleiben würde, um alles wieder ins rechte Lot zu bringen.

Die Stille fraß langsam und leise ihre Hoffnungen auf. Vesper steckte sich einen ihrer Stöpsel ins Ohr, suchte auf dem iPod nach einem geeigneten Lied und fand *People Are Strange* von *The Doors*. Sie schloss die Augen, ließ es zu, dass Erinnerungen wie Leuchtfeuer aufblitzten: ihre Eltern, die Schule, das Leben in Berlin. Dann das Theater, die Wölfe und schließlich Leander. Ja, immer wieder er, immer wieder Leander Nachtsheim.

Sie lächelte und öffnete die Augen wieder.

Du bist nicht allein.

Ja, er war noch da.

In seiner leicht hektischen Unruhe lief er im Raum herum, sah sich alles an und hing seinen Gedanken nach. Sie dachte an ihre erste Begegnung im Museum. Du lieber Himmel, erst gestern war das gewesen, und in der Zwischenzeit war die ganze Welt eine andere geworden. Sie hatten die Nacht zusammen verbracht, und wenn nicht alles um sie herum verrückt geworden wäre, dann täte sie den ganzen langen Tag vermutlich nichts anderes, als an diese Stunden zu denken. Sie würde daran denken und sich gut fühlen, und nichts anderes wäre wichtig. Aber die Welt war zu einem Irrenhaus geworden. Und überall in ihrem Kopf und nicht zuletzt auch in ihrem Herzen herrschte ein kunterbuntes Durcheinander aus Gefühlen und Gedanken, dem sie unmöglich Einhalt gebieten konnte.

Du bist nicht allein.

Ja, das glaubte sie. Und sie hoffte inständig, dass sie sich nicht irrte. Denn wenn all dies hier vorüber war – und irgendwann musste es ja vorüber sein – und die Welt ihr altes Gesicht wiederbekommen hatte, dann würde auf die Weise ein Leben auf sie warten.

Auf sie, auf Leander – herrje, und vielleicht sogar wirklich auf *sie beide gemeinsam.*

Sie sah ihn an, wie er im Raum herumlief und plötzlich mit den Fingern schnippte.

Vesper zog sich den Stöpsel aus dem Ohr.

»Die Landkarte«, stellte Leander fest. »Die Landkarte, die Landkarte, die Landkarte. Ja! Das ist es!«

Auch Andersen blickte jetzt auf.

Leander trat näher an die Karte heran.

»Was ist mit der Karte?«, fragte Andersen.

»Sehen Sie hier«, Leander deutete auf eine markierte Stelle. »Da ist ein Ort rot markiert.«

»Da sind viele Orte rot markiert. Die meisten davon sind Refugien.«

»Nein, nein, der hier ist anders markiert.«

Sie alle betrachteten den Farbflecken, auf den Leander hingewiesen hatte.

»Ja, und?«

»Nur wichtige Dinge sind rot markiert«, sagte er altklug.

»Witzbold«, entfuhr es Vesper. Was für eine Erkenntnis!

Doch Leander blieb hartnäckig, schüttelte beharrlich den Kopf. Er deutete auf ein Waldgebiet im Osten. »Der Harz.«

»Und?«

»Die Markierung! Da steht ein Name: Karlstein.«

»Ist das eine Stadt?«, fragte Vesper. »Ein Dorf?«

Andersen sah zerknirscht aus. »Es gibt dort keine Stadt namens Karlstein.« Neugierig starrte er auf den Punkt.

»Hier steht es aber.«

»Es muss etwas anderes sein.«

»Okay, keine Stadt und kein Dorf.«

»Eine Burganlage vielleicht?«, versuchte es Vesper.

Leander fuchtelte mit den Händen herum, er war ganz aufgeregt. »Suchen Sie in Ihrem iPad nach der Karte«, forderte er Andersen auf. Wie besessen rannte er zu den

Regalen, murmelte: »Schnell, schnell, schnell«, und suchte darin herum, kehrte nur Augenblicke später mit einem fetten Atlas zurück. Er klopfte den Staub von dem Einband, blätterte wild darin herum, während Andersen die entsprechende Karte in seinem iPad suchte.

»Da!«

Er knallte das Ding auf den Tisch. »Schneller als die Elektronik«, frohlockte Leander.

Andersen musste schmunzeln. »Lass sehen.«

Vesper erkannte eine Karte, welche die Region in allen Einzelheiten zeigte. »Da ist es«, sagte er und deutete auf den Landstrich mit all seinen Ortschaften. »Da, wo die Markierung ist, befindet sich nur Wald.«

»Der Brocken«, stellte Andersen fest.

Leander klatschte in die Hände. »Ja, der Brocken.« Er schaukelte hin und her. »Eine magische Gegend, nicht wahr? Und wir haben es hier mit magischen Dingen zu tun.« Seine Augen leuchteten unternehmungslustig.

»Du bist gut.«

»Es gibt nichts, was den Namen Karlstein trägt. Keine Stadt, keine Burg und kein Dorf.« Leander zupfte an seiner Tolle. »Wenn hier, auf dieser Karte da, aber ein Ort namens Karlstein eingezeichnet ist, zudem noch mit einer Markierung, und es diesen Ort auf der offiziellen Karte nicht gibt, dann muss es ein *bedeutsamer* Ort sein.« Er schaukelte noch immer hin und her. »Bedeutsam für die *Bohemia.*« Er zwinkerte Vesper zu. »Bedeutsam für *uns.*«

»Klingt ja vielversprechend«, meinte sie. Sie wusste nicht viel über den Harz oder seine höchste Erhebung, den Brocken. Allenfalls von den Sagen hatte sie gehört, all das Zeug über die Walpurgisnacht und ähnlichen Aberglauben.

Jonathan Andersen nickte nachdenklich und schwieg. Er starrte wie gebannt auf den Punkt auf der Karte, als könnte er dort die Antworten finden, nach denen er suchte.

Vesper und Leander beobachteten ihn gespannt.

Schließlich sagte er: »Es gibt jemanden, der dort lebt.«

»Wen?«, drängte Leander.

Wenn er so ist wie jetzt, dachte Vesper, *dann kann man sich gut vorstellen, wie er als Kind war.* Allzeit aufgedreht und sprunghaft, zu Experimenten und anderen Verrücktheiten bereit.

»Ja, wen?«

Andersen fasste sich kurz: »Eine Hexe.«

Vesper starrte ihn an. Sie hätte am liebsten laut losgelacht. »Eine Hexe?« Das wurde ja immer besser.

»Nun ja, sie behauptet von sich, eine zu sein. Ihr Name ist Theodora Zobel.«

»Klingt nach einer Hexe«, kommentierte Leander und grinste. Anscheinend war er froh, endlich ein Ziel vor Augen zu haben. »Theodora Zobel, die Hexe. Ich habe jetzt schon Angst.« Er klatschte erfreut in die Hände. »Wir haben endlich eine Spur!«

Ja, dachte Vesper, *endlich gibt es etwas zu tun.*

»Sie ist nett.«

»Wirklich?« Vesper hatte bisher selten von netten Hexen gehört.

»Sie lebt in der Nähe von Goslar.«

»Wunderbar.« Leander hatte sofort eine Idee. »Wir könnten sie fragen, was es mit Karlstein auf sich hat. Wenn sie eine Hexe ist *und* in dieser Gegend lebt, hey, dann kann sie uns doch bestimmt weiterhelfen.«

»Ja, los, rufen Sie sie an«, forderte Vesper ihn auf.

Doch Andersen schüttelte den Kopf. »Geht nicht.«

»Wieso?«

»Sie ist eine Hexe. Sie hat kein Telefon.«

»Sie machen sich über uns lustig«, murrte Vesper.

Leander steckte die Hände in die Hosentaschen und hampelte herum. »Hexen benutzen kein Telefon?«

»Weshalb sollten sie das tun?«

»Nun ... ja«, überlegte Leander. »Keine Ahnung. Vielleicht, um mit anderen Hexen zu telefonieren?« Er grinste. »Oder um sich eine Pizza zu bestellen. Um die Handwerker zu rufen, wenn die Spülmaschine ausläuft. Etwas in der Art.«

Vesper lachte, er schaffte es wirklich immer wieder!

»Sie ist die einzige Hexe, die ich kenne«, sagte Andersen.

Leander zuckte die Achseln. »Auch gut, ich kenne gar keine Hexe.«

»Abgesehen von meiner Schulleiterin und ihrer Sekretärin«, dachte Vesper laut nach, »fällt mir auch niemand ein.«

Leander grinste. »Immerhin ist es eine Spur.«

»Ist diese Spur nicht ein wenig dürftig?«, gab Vesper zu bedenken.

»Wir haben sonst keine«, antwortete Andersen.

»Ja«, meinte auch Leander. »Und jede Spur ist besser als gar keine Spur.«

Die Spur aus Rosenstaub, erinnerte sich Vesper. Konnte es sein, dass sie so aussah?

»Na, dann …«

Leander kam auf sie zugesprungen. »Also los! Auf nach Goslar. Lasst uns Karlstein suchen!«

»Das ist wirklich euer Plan?«, fragte Vesper, immer noch skeptisch. Sie betrachtete die Karte ein letztes Mal. Goslar, der Harz, Karlstein, eine Hexe. Was für eine Spur!

»Ja«, antwortete Andersen, »das ist der Plan.«

So verließen sie das Refugium in der Speicherstadt, ohne ein einziges Mal zurückzuschauen. Sie kehrten schweigend und wachsam zu dem Range Rover zurück, der noch immer auf einem der Parkplätze unterhalb der Landungsbrücken stand.

»Bevor wir losfahren«, sagte Vesper auf dem Weg dorthin, »muss ich noch eine Freundin besuchen.« Sie verlieh diesem Wunsch Nachdruck, indem sie ein Gesicht machte, das keinen Widerspruch duldete.

»Und wir können in der Zwischenzeit alles besorgen, was wir für die Reise brauchen.« Leander zählte Dinge wie Wanderschuhe, Handschuhe und Ähnliches auf. »Immerhin fahren wir in den tiefen, tiefen Winterwald.«

Vesper, die immer noch kein gutes Gefühl bei der ganzen Sache hatte, ließ es dabei bewenden. Würde sie eben in den Harz fahren. Vielleicht war dies wirklich die Spur aus Rosenstaub, der sie folgen sollte. Leander jedenfalls schien vollkommen von der Richtigkeit ihrer Entscheidung überzeugt zu sein. Und selbst wenn es nur eine Flucht nach vorn war, so war dies doch besser, als nur abwartend und untätig herumzusitzen.

Nun gut.

Gesagt, getan.

Andersen und Leander ließen sie in der Neustadt vor dem Haus, in dem Ida Veidt wohnte, aussteigen.

»Zwei Stunden«, versprach Andersen. »Dann fahren wir los.«

»Ieck«, sagte Edgar, der hinten bei Vesper gesessen hatte.

»Ruft mich an«, sagte Vesper, schlug die Tür hinter sich zu und ging über die Straße. Der Range Rover fuhr los, und sie konnte hinter den schwarzen Fenstern nicht erkennen, ob Leander sich nach ihr umgeschaut hatte.

Die Haustür war, wie immer, offen.

Klapprige Fahrräder standen an der Wand im Treppenhaus aufgereiht, die Treppe selbst roch nach Putzmittel und Holz. Zeitungen lagen auf dem Boden, auf den ersten Seiten die Schlagzeilen des Tages wie *Zukunft ohne Kinder*? Und *Wie wahr sind die Träume*?, dicht gefolgt von *Regierung ratlos*, *Die Welt verzweifelt* und *Ist das unser Ende?*

Irgendwo hörte jemand leise klassische Musik. Unaufdringlich und betörend entrückend floss sie durchs dunkle Treppenhaus nach unten, plätscherte nur so die Stufen hinab.

Vesper stieg bis nach oben in den fünften Stock. Das Holz knarrte unter ihren Schritten.

Als sie klopfte, dauerte es nicht lange, bis Ida ihr öffnete.

»Vesper?«

»Hi!« Fast fühlte sie sich verlegen.

»Was machst du denn hier?«

»Hatte ich nicht versprochen, dich zu besuchen?!«

Dann trat sie ein.

Idas Wohnung war nicht sehr groß, zwei Zimmer, eine winzige Küche, ein schmales Bad. Überall türmten sich Krimskrams, Klamotten und Kinderspielzeug. Sie war die konsequente Weiterentwicklung einer Studentenbude. An den Wänden hingen Plakate von Theaterstücken und Deutschrockbands.

Vesper nahm ihre Freundin in die Arme und drückte sie fest an sich. »Wie geht es dir?«

»Es ist nicht aufgeräumt«, entschuldigte sich Ida. »Ich kam noch nicht dazu.«

»Machst du Witze?! Wann bist du zum letzten Mal in meiner Wohnung gewesen?«

Ida musterte sie besorgt. »Wann bist *du* das letzte Mal in deiner Wohnung gewesen.«

Vesper zuckte die Achseln. »Sehe ich so schlimm aus?«

»Du siehst aus wie jemand, der sich viele Sorgen macht.«

Sie schloss die Tür hinter sich.

»Da sind wir wohl schon zu zweit.«

Sie sahen einander an. Wussten beide nicht, was sie darauf sagen sollten.

»Und Greta?«

»Sie schläft noch immer.«

Ida führte Vesper ins Wohnzimmer, wo die Kleine auf der Couch schlief. »Es ist besser, wenn sie hier bei mir liegt. Das Zimmer ist heller, weil hier das Licht der Straßenlaternen zu sehen ist.«

»Du hast nicht geschlafen«, stellte Vesper fest.

Ida schüttelte den Kopf. »Ich habe Angst davor, wieder einen der Träume zu haben.«

»Aber du musst schlafen. Du kannst nicht ewig wach bleiben.«

»Sag mir was Neues.«

»Ida, du musst schlafen.«

»Ich kann nicht.«

»Auch nicht für zwei Stunden?«

Sie schaute interessiert auf.

»Ich bleibe bei dir.« In aller gebotenen Kürze erzählte Vesper Ida von Leander, den Wölfen und Andersen. »Wir fahren in den Harz, kein Scheiß. Wir haben noch zwei Stunden, bis sie mich wieder hier abholen.« Sie fragte sich, wie verrückt das alles wohl in Idas Ohren klang, aber am Ende war es egal, wie verrückt es sich anhörte.

»Das würdest du tun?«

Vesper kratzte sich am Kopf. »Sind das etwa Läuse oder die allerersten Anfänge eines Heiligenscheins?«, fragte sie.

Beide lachten, wenn auch nicht so ausgelassen wie früher einmal.

»Du kennst dich in der Wohnung aus«, sagte Ida.

»Keine Bange, ich weiß, wo der Kühlschrank steht.« Sie lächelte und stellte fest, dass sie tatsächlich hungrig war.

Ida umarmte sie erneut, dann ging sie nebenan zu Bett.

Vesper öffnete den Kühlschrank, strich sich Kräuterquark auf eine Scheibe Toast, legte zwei Tomatenscheiben darauf und knabberte daran, während sie am Fenster stand und die Stadt betrachtete. Hamburg war zu einem Lichtermeer geworden. Alles sah so aus wie immer, doch nichts war mehr so, wie es noch vor zwei Tagen gewesen war. Vesper dachte an die Wölfe, die jetzt dort unten durch die Gassen und Straßen zogen, beharrlich auf der Suche nach den drei Menschen, die etwas mit der *Bohemia* zu tun hatten. Sie dachte an den Goldspinner und die drei Schlüssel. Konnte es nicht sein, dass die Mythen versuchten, ihre gefangenen Artgenossen zu befreien? Vielleicht wollten sie nur deswegen so hartnäckig in den Besitz der Schlüssel gelangen?

Sie seufzte.

Immer wieder dieselben Fragen.

Am Ende waren es nur Vermutungen, die sie da anstellte. Nichts, was sie in irgendeiner Richtung weiterbrachte.

»Hallo, du«, sagte sie leise und ging zur Couch, auf der Greta regungslos lag und schlief.

Greta sagte nichts.

Vesper setzte sich behutsam neben Greta auf die Couch, die quietschte. Der Atem des kleinen Mädchens ging ruhig. Die Augen hatte sie fest geschlossen, und nur manchmal, da zuckten ihre Lider unruhig, so als flatterten böse Träume dahinter umher.

Vesper strich ihr zärtlich übers Haar.

Dachte daran, dass ihre Schwester das oft bei ihr gemacht hatte.

Oh, Amalia.

Es ist alles wahr.

Das waren ihre letzten Worte gewesen.

Vesper schloss einen Moment lang die Augen und träumte sich zurück nach Berlin, wo sie damals noch gelebt hatten. Damals, als es noch eine Familie Gold gegeben hatte. *Damals, damals, damals und nie mehr wieder.* Wie oft hatte Amalia ihr Geschichten in der Dunkelheit vorgelesen?

Sie lächelte still in sich hinein.

Ja, das war eines ihrer allerliebsten Spiele gewesen.

Amalia hatte am Abend einfach das Licht ausgeknipst, sich ein Buch genommen und behauptet, dass sie im Dunkeln lesen konnte.

So hatte sie ein Märchen nach dem anderen erzählt.

Bis zu dem Tag, an dem sie nicht wieder nach Hause gekommen war.

Vesper betrachtete ihre Hände, die unruhig zitterten.

Sie öffnete die Augen und betrachtete Greta.

Fragte sich, in welchem Traumreich sie jetzt gerade war und wohin ihre Gedanken sie trieben.

»Soll ich dir eine Geschichte erzählen?«, fragte sie.

Greta schlief weiter.

Vesper schaltete das Licht aus, überall im Zimmer. Nur das Licht von der Straße floss ruhig und sanft wie ein leuchtendes Elixier aus Mondenglanz über die wenigen

Möbelstücke und das Durcheinander auf Boden und Sesseln.

»Im Dunkeln«, erklärte Vesper, »kann man besonders gut vorlesen.« Dann tat sie so, als schlüge sie ein Buch auf. »Bist du bereit?« Sie lächelte. »Was machen die Läuse, hören sie zu?« Sie räusperte sich. »Na ja, wenn sie lauschen, es ist auch eine Geschichte, die Läuse verstehen können.«

Sie schaute zum Fenster hinaus. Schneeflocken deckten die Stadt zu wie ein Lied zur Nacht.

»Es war einmal ...«, begann Vesper. »Ja, es war einmal ein kleines Mädchen, das war dir gar nicht so unähnlich.« Sie streichelte das Haar der Kleinen. »Es war hübsch und mutig, doch dann geschah etwas Schreckliches.«

Greta atmete ruhig weiter.

»Das Mädchen«, fuhr Vesper fort, »irrte in der letzten Nacht des Jahres, der Silvesternacht, die eisig kalt und dunkel war wie unzählige Neujahrsnächte zuvor, durch die in klirrendem Frost erstarrte Winterstadt. Ganz blau waren seine Hände und ganz bleich das verzweifelte Gesicht mit den traurigen Augen. Die wenigen Bücher, die das Mädchen in einem Sack über der Schulter trug, waren alles, was es besaß.«

Es hatte kein Zuhause mehr, und da war auch niemand, der sich um es gesorgt hätte. Einsam und allein wanderte das Mädchen durch die Stadt und bot alte Bücher feil, die es in den Abfällen gefunden hatte. Gar traurig stimmte es das Mädchen zu sehen, wie manche Menschen die Geschichten behandelten, die ihnen anvertraut worden waren. Denn nichts Geringeres waren Bü-

cher doch. Sie waren Geschichten, derer sich jemand angenommen hatte. Und jene, die die Bücher verstießen, besaßen zumeist ganz eisig kalte Herzen, die niemals mehr Wärme würden empfinden können. Oh ja, des Mädchens Großmutter hatte das gewusst, oft hatte sie es der Kleinen gesagt.

Eine Bibliothek hatte die alte Frau besessen, damals, vor den Aufständen, als der Zar noch in der Stadt gelebt hatte. Doch das war nun vorbei, wie vieles andere auch. Die Bibliothek war den Flammen zum Opfer gefallen, und die Großmutter hatte vor Gram die Augen geschlossen, noch bevor die nächste Silvesternacht auch nur genaht war.

»Der Vater des kleinen Mädchens«, flüsterte Vesper, »war von wütenden Männern in abgetragenen Uniformen abgeholt worden, mitten in einer Nacht. Das war schon lange her. Und seine Mutter war eines Tages nach der Arbeit in der Fabrik nicht mehr nach Hause zurückgekehrt.«

Seit jenen Tagen irrte das Mädchen durch die Stadt. Es lebte von dem, was die Straßen ihm gaben, und bangte jede Nacht darum, einen Unterschlupf zu finden, der ihm Schutz vor der Kälte bot. Die Bücher, die es fand, tauschte es gegen Münzen oder Essen, und jedes Mal, wenn es eines der Bücher fortgab, da glaubte das Mädchen eben jenen Schmerz zu spüren, der ihrer Großmutter den Lebensmut geraubt hatte. Heute jedoch hatte dem Mädchen niemand ein Buch abgekauft, denn die Menschen wollten feiern und nicht lesen, in der Silvesternacht. Bitterster Hunger nagte an dem Körper des Mädchens, der ganz schwach und dünn war und kaum mehr mit dem Winter zu kämpfen vermochte.

Ja, es war die Silvesternacht, und hinter den Fenstern feierten die Menschen.

»Du kennst Silvester. Weißt du noch, letztes Jahr hast du mit Ida vom Balkon aus Raketen gezündet?«

Greta sagte nichts.

»Genau so eine Nacht war es, musst du wissen.«

Das Mädchen hörte Musik und Lachen und erinnerte sich an das Leben von einst.

In einer schmalen Gasse hatte das Mädchen eine Zuflucht gefunden, inmitten eines Schutthaufens, wo Steine zu einer Art Unterschlupf aufgetürmt worden waren. Dort hockte die Kleine und betrachtete die Schneeflocken, die dicker wurden, je tiefer es Nacht wurde. Neuen Wind und immer mehr Eis brachte die Silvesternacht, und bald schon bot der Unterschlupf keinen Schutz mehr vor der beißenden Winterkälte.

»Du kannst dir gar nicht vorstellen, wie kalt es da war.«

In seiner Verzweiflung jedenfalls griff das Mädchen schließlich zu den Schwefelhölzern, die es besaß, und einem zerfledderten Buch, das einst jemandem gehört hatte, der sich in den Geschichten darin verloren hatte. Schweren Herzens zündete das Mädchen das Buch an und wärmte sich an den zögerlich im Wind züngelnden Flammen, die alle Buchstaben fraßen und sämtliche Seiten sich krümmen und schließlich zu Asche zerfallen ließen. Und als die Flammen das Buch verzehrt hatten und die Eiseskälte erneut herangeschlichen kam, da zündete das Mädchen ein weiteres Buch an. Viele der Geschichten, die da von den Flammen verzehrt wurden, kannte das Mädchen, und viele, die kannte es nicht. So weinte das Mädchen, denn es wusste, dass jene Geschichten niemals mehr wiedergeboren werden würden. In den zu-

ckenden Flammen sah das Mädchen die Bilder längst vergangener Tage, Menschen, Orte. Bittere Tränen rannen dem Mädchen über das Gesicht. Denn noch vor Mitternacht waren alle Bücher und Geschichten in den Flammen gestorben und auch der Sack verbrannt.

»Nur ein einziges Buch war noch übrig.«

Das Mädchen hielt dieses letzte Buch in den Händen, als sei es ein Schatz, so voller Geschichten und Erinnerungen, dass niemand sonst seinen Wert würde ermessen können.

»Es war das Buch mit den Wintermärchen, aus dem die Großmutter dem Mädchen immer vorgelesen hatte.«

Das Buch, das die alte Frau aus den Flammen der Bibliothek gerettet und ihrer Enkelin zum Geschenk gemacht hatte.

Nein, niemals würde sie dieses Buch verbrennen, nein! Eher schon wollte sie kläglich erfrieren.

»Ja, so dachte das Mädchen. Denn es hatte einen Dickschädel, so wie du, kleine Greta.«

Es nahm sich mit aller Kraft vor, es nicht zu verbrennen. Doch dann stürmte neuer Schnee in die Gasse, und schärfere Kälte biss dem Mädchen in die Haut. Die letzte Zuversicht des Mädchens gefror zu Eistränen, und am Ende entzündeten die steifen blauen Finger das allerletzte Schwefelholz, und der winzigen Flamme, die entstand, bot das Mädchen das Einzige an, was es noch besaß.

»Das Buch der Großmutter.«

Und mit jeder Seite, die das Mädchen aus dem Buch herausriss, bot es den Flammen einen Teil seines Herzens an. Mit jeder Seite, die sich in der Gluthitze des Feuers krümmte, starb die Hoffnung ein wenig mehr.

Doch dann, mit einem Mal, vernahm das Mädchen die Stimme der Großmutter, die ihm eine Geschichte zuflüsterte, wie sie es früher immer getan hatte.

»Inmitten der Flammen, die von der letzten Seite des Buches aufstiegen, erkannte das Mädchen das Antlitz der alten Frau.«

Vesper musste versonnen lächeln. Amalia hatte es immer geschafft, auch das traurigste Märchen mit einem lebensbejahenden Ende zu versehen.

»Und weißt du, was dann passiert ist?«

Gütig lächelte die Großmutter ihrer Enkelin zu, umwob das Mädchen mit Worten so voller Wärme, dass sogar die Kälte der Winternacht ganz zu schwinden schien.

»Tja, und so schlief das Mädchen ein und begann zu träumen.«

Es träumte von einer Frau, die am letzten Tag des Jahres nachts im Pfandhaus eine alte Taschenuhr versetzte. Die Taschenuhr hatte die Frau einst von ihrer Mutter zum Geschenk erhalten. Ein Familienerbstück, genau das war die Taschenuhr, sie war so eng verknüpft mit allen Geschichten und Erinnerungen, dass niemand ihren wahren Wert je würde ermessen können.

»Wie schwer der Frau das Herz wohl sein musste, dachte das Mädchen schlafend.«

In seinem Traum verließ die Frau das schäbige Pfandhaus, und in den Eiskristallen auf dem schmutzigen Ladenfenster wurde sie im schwachen Licht des Mondes mit einem Mal des Gesichts ihrer eigenen Mutter gewahr. Gütig lächelte die alte Frau ihrer Tochter zu, umwob sie mit Worten so voller Wärme, dass sogar die Scham der Tochter darüber, einst vor lauter Angst und Not abends nach der harten Arbeit in der Fabrik anderswo ihr Glück gesucht und ihre eigene kleine Tochter im Stich gelassen zu haben, allmählich zu schwinden schien.

Und mit einem Mal verstand das Mädchen, dass es gerade von seiner Mutter träumte, die damals nicht wieder nach Hause zurückgekehrt war. Dass sie beide in dieser Silvesternacht einen Teil ihres Herzens fortgegeben hatten. Dass die alte Frau, die das Mädchen so geliebt hatte, zu Tochter und Enkelin auf die Weise sprach, weil sie ihnen nur so den Weg zu weisen vermochte.

»Als das Mädchen die Augen öffnete, läuteten die Glocken der Kirchtürme zur Mitternacht.«

Schneeflocken wirbelten durch die Gasse, und inmitten des Gestöbers stand des Mädchens Mutter und weinte vor Glück.

»Ich hoffe, du hast wenigstens schöne Träume«, flüsterte Vesper und gab der kleinen Greta einen Kuss auf die Stirn. Dann zog sie die Decke noch ein wenig höher und schmiegte sie um ihre kindliche Gestalt.

Sie legte sich ruhig neben die Kleine und lauschte ihrem Atem.

Draußen fiel Schnee, immer mehr, und am liebsten wäre Vesper gar nicht mehr aufgestanden. Ja, sie würde hierbleiben, und alles könnte doch noch gut werden.

Sie seufzte.

Wie war das, als sie noch ein kleines Mädchen war? Ihre Schwester und sie hatten jahrelang in einem Zimmer geschlafen, ja, sogar in einem Bett. Dann war Amalia umgezogen in den ersten Stock des großen Hauses mit den vielen Zimmern, dem tiefen Keller und den hohen Treppenhäusern, und Vesper war fast jede Nacht mit ihrem

Bettzeug durch das Haus gewandert und zu ihr ins Bett gekrochen.

Dort hatte sie ihr dann die Geschichten erzählt, im Dunkeln. Und Vesper war ruhig eingeschlafen. Denn sie hatte gewusst, dass da jemand war, der über sie wachte.

Sie dachte an den Regen, den man auf die Fensterläden hatte prasseln hören, und die Geräusche, die große Häuser des Nachts zu machen pflegen. An die Hände ihrer Schwester, die ihr Zöpfe mit Bändern darin geflochten hatte, wenn am Morgen niemand sonst Zeit für sie gehabt hatte.

Mit diesen Bildern von einst im Herzen schlief Vesper ein. Sie schlief nicht tief, und als nur wenig später unten auf der Straße ein Wagen vorfuhr, da hörte sie ihn bereits, bevor er angehalten hatte.

Kurz darauf klingelte ihr Telefon.

Andersen und Leander warteten unten im Wagen. Sie solle sich bitte auf den Weg machen. Es gebe Neuigkeiten.

Müde erhob sie sich, ging zu Ida, weckte sie sanft.

»Ich muss jetzt los.«

Ida öffnete verschlafen die Augen. Dunkle Ränder hatten sich dort gebildet, wo normalerweise kleine Lachfältchen waren. »Du willst das wirklich tun?«

»Ja.«

»Findest du nicht, dass es total unvernünftig ist, sich in dieses Abenteuer zu stürzen?«

»Doch, ganz klar.« Aufgrund dieser merkwürdigen Hinweise in den Harz zu fahren, das war wirklich alles andere als vernünftig.

Ida setzte sich, stand auf, ergriff Vespers Hand. »Pass auf dich auf, versprich es mir.«

»Tu ich.«

Sie gingen durch den Korridor, in dem Klamotten und ein Schulranzen lagen.

»Mach nichts Dummes, hörst du?!«

Sie nickte. »Sie warten unten.«

Ida lächelte. »Du hast Greta eine Geschichte erzählt.«

»Du hast gelauscht?«

»Sie war sehr schön.« Sie stockte: »Traurig, aber auch schön.«

»Vielleicht hat Greta sie auch gehört.«

Ida biss sich fest auf die Lippen, war kurz davor, wieder zu weinen. »Ich habe solche Angst, Vesper. Du kannst dir nicht vorstellen, wie das ist.«

»Wir werden es schaffen«, versprach sie und wusste nicht genau, was sie damit meinte. Irgendwie wusste sie nicht einmal, ob sie Ida Veidt und Greta jemals wiedersehen würde. Ja, sie hatte ein außerordentlich ungutes Gefühl bei dieser Sache.

»Du hast noch etwas vergessen«, sagte Ida plötzlich, als sie gerade schon die Tür hatte öffnen wollen.

Vesper sah sie fragend an. »Was meinst du?«

»Da ist etwas in deinen Augen.«

»Was ist es?«

»Sie sehen anders aus.« Ida musterte sie eindringlich.

»Was ist mit ihnen?«

Ida lächelte, wie sie es früher so oft getan hatte. »Da ist ein Glanz, der vorher nicht da war.«

»Oh«, brachte Vesper nur hervor.

»Du hast vergessen, es mir zu sagen.«

»Was?«

»Dass du dich verliebt hast.«

Sofort fühlte sie sich ertappt. »Ich habe mich nicht verliebt«, sagte sie schnell und stockte mitten im Satz. »Wir …« Sie fummelte mit den Händen an ihrem Schal herum. »Oh, Ida, ich …«

»Du bist durcheinander.«

Schnelles Nicken.

»Du bist es«, stellte Ida fest. »Völlig verknallt.«

»Nein, ich …«

»Vesper, gib es zu.«

Sie senkte den Blick. »Das alles passt doch gar nicht zusammen«, gab sie zu bedenken.

Ida trat auf sie zu und nahm sie in die Arme. Ganz fest drückte sie Vesper an sich.

»Das ist einfach nicht der richtige Zeitpunkt.«

Ida löste die Umarmung und sah ihr in die Augen. »Das ist es nie«, sagte sie. »Es passiert einfach, hörst du?! Wenn es passiert, dann passiert es. So ist das nun mal im Leben.«

Vesper nickte. »Was würde ich nur ohne dich machen?«

»Dir würde schon was einfallen«, sagte Ida.

So standen sie vor der Wohnungstür, während irgendwo draußen in der Nacht erneut ein drängendes Hupen erklang. Sekunden später summte das Handy in Vespers Rucksack.

»Ich muss jetzt los.«

Ida biss sich auf die Lippe und nickte.

»Pass auf Greta auf«, sagte Vesper zum Abschied.

Ida umarmte sie ein letztes Mal. »Du weißt, dass ich die Kostüme allein nicht bis zur Premiere fertig habe.«

Fast hätte Vesper geheult, als sie das sagte. Meine Güte, die Premiere! Die hatte sie fast vergessen. Das *Theater am Fleet*, die Schule, die beiden Polizisten, die sie befragt und gebeten hatten, die Stadt nicht zu verlassen. Die Begräbnisse ihrer Eltern, die irgendwann stattfinden würden. Die Wohnung, die sie seit zwei Tagen nicht mehr betreten hatte. Alles, aber auch wirklich alles, hatte sie irgendwie hinter sich gelassen.

»Ich komme schon zurück«, versprach sie rasch. Dann drehte sie sich um, zog sich die Lederjacke über und lief schnell die Treppe hinunter und nach draußen in die Nacht hinaus, wo eine unbestimmte Zukunft auf sie wartete.

Der Range Rover wartete mit gesetztem Blinklicht und laufendem Motor auf der gegenüberliegenden Straßenseite auf sie. Als sie aus dem Hauseingang trat, wehte ihr ein Wind ins Gesicht, der ebenso geheimnisvoll wie eisig war. Oben am Fenster von Idas Wohnung wurde ein Vorhang zurückgezogen, und ein Gesicht erschien, eine Hand hob sich zaghaft und winkte ihr zum Abschied zu.

Vesper erwiderte die Geste eilig, überquerte die Straße und gab sich Mühe, nicht zurückzublicken.

Sie wollte jetzt keine Wehmut, keine Tränen und keine Zweifel.

Drüben, auf der anderen Straßenseite, war Leander ausgestiegen, um ihr die Tür zu öffnen.

Man ist da zu Hause, wo die Menschen sind, die auf einen warten.

Ein wenig getröstet, lächelte sie so, dass keiner es merkte.

Wenn es passiert, dann passiert es.

Dann lief sie zu ihm.

»Es geht los«, verkündete er.

Vesper zwinkerte ihm zu, bedankte sich und kletterte nach hinten auf den Rücksitz.

»Du kannst es dir bequem machen«, meinte Leander und schlug die Tür zu.

Vesper sah eine gemütliche Decke und zwei Kissen.

Augenblicke später stieg Leander vorn ein. »Du kannst ein wenig schlafen, wenn du möchtest.«

Vesper legte ihren Rucksack auf den Boden. Die wenigen Habseligkeiten, die ihr geblieben waren, hier waren sie. Vorhin hatte sie noch darüber nachgedacht, einen kurzen Abstecher in ihre Wohnung zu machen, aber dann hatte sie sich dagegen entschieden. Wer wusste schon, welche Kreaturen ihr dort auflauern würden?

Nein, sie war sich sicher, dass das keine gute Idee gewesen wäre. Außerdem hatte sie genug Klamotten dabei.

Sie warf einen Blick nach hinten.

Im Kofferraum lag Edgar, das Äffchen, in einem kleinen Körbchen mit einem Kissen darin und schlief. Um ihn herum standen drei neue schwarze Reisetaschen, so wie es aussah, prall gefüllt.

»Wir waren einkaufen«, verkündete Andersen.

»Shoppen?«

Leander grinste. »Der Harz ist im Winter eine echt üble Gegend. Falls wir in den Wald müssen, sollten wir ausgerüstet sein.«

Das leuchtete ihr ein. Zwar hatte sie überhaupt keine Ahnung, was genau die beiden noch eingekauft hatten, aber sie beschloss, ihnen schlichtweg zu vertrauen. Sie wollte sich jetzt nur leise treiben lassen. Das tun, was Edgar gerade tat. Schlafen, ja, einfach nur schlafen.

Und träumen, ja, vielleicht auch das.

Die Wärme im Wagen jedenfalls tat gut. Das sanfte Ruckeln des Rovers war einlullend, schon jetzt.

Vesper starrte müde nach draußen, sah, wie das Haus und die Straße langsam in dem immer dichter werdenden Schneetreiben verschwanden, als seien sie nur einem flüchtigen Traum entsprungen.

»Ihr habt eben von Neuigkeiten gesprochen.« Sie schaute jetzt nur noch nach vorn.

Andersen drehte sich zu ihr um. »Die Nachrichten bersten förmlich davon.«

»Ich habe keine Nachrichten gesehen.«

»Das erklärt, weshalb du so ruhig bist«, sagte Andersen.

»Klingt ja vielversprechend.« Sie hatte da ein ganz mieses Gefühl. »Sie sind so aufmunternd.«

Andersen hielt jetzt direkt auf den Elbtunnel zu. »Es sind knapp drei Stunden bis nach Goslar, zumindest bei diesem Wetter. Genügend Zeit also, denke ich, um einige Dinge zu klären.«

Der Wagen raste durch den Tunnel, und hier unten schien die Welt noch ein wenig unwirklicher zu sein. Das künstliche Licht, die anderen Autos, die Enge in der Tiefe.

Nein, Vesper mochte keine Tunnel. Sie hasste sie. Ihr fiel auf, dass sie vorher nie durch den Elbtunnel gefahren war. Tunnel waren wie tiefe Gräber, nur heller und zivilisierter.

»Was ist denn nun alles passiert?«, wollte Vesper wissen und sah, wie die Nothaltebuchten vorbeirauschten.

Es war Leander, der ihr antwortete. »Sie haben sich zu Wort gemeldet.«

»Wer?«

»Die Mythen.«

Vesper wusste nicht recht, wie sie das verstehen sollte. »Wo?«, fragte sie stattdessen.

»Im Fernsehen.«

»Und im Radio.«

Leander sagte ganz aufgeregt: »Es ist die Sensation des Tages. Man findet es wirklich überall. Im Radio, im Internet.« Er hatte wieder diesen verrückten Glanz in den Augen.

»Was soll das heißen, *sie haben sich zu Wort gemeldet*?«

Endlich war das Ende des Tunnels in Sicht. Vesper atmete erleichtert auf.

»Heute am späten Nachmittag wurden alle Fernsehprogramme unterbrochen, weil sich eine Art Piratensender eingeschaltet hatte.«

»Alle Programme?« Piratensender klang irgendwie romantisch.

»Ja, und zwar in ganz Europa«, sagte Leander.

Andersen reichte ihr sein schwarzes iPad nach hinten. »Hier, du kannst es dir selbst anschauen.«

Vesper nahm das iPad. Die Oberfläche war ungewohnt, aber sie kam schnell damit klar. Sie selbst kannte das Gerät nur, weil ihre verachtenswerten Mitschüler in *St. Nikolai* andauernd damit hatten angeben müssen. Sie selbst liebte ihr uraltes Handy, das ein wenig zu klobig und zu unförmig war, um es als wirklich chic zu bezeichnen. Trotzdem, allem anderen hatte sie sich bisher verweigert. Und telefonieren konnte sie auch mit ihrem kleinen Relikt.

»Da ist es«, murmelte sie und ließ die Filmdatei abspielen.

Die Bilder zeigten einen Zoo mit einem Mädchen, das sich um Waschbären kümmerte. Eine Kindersendung, Vesper kannte sie, weil Greta sie liebte. *Katrin und die Welt der Tiere.* Dann verschwamm das Bild, und alles wurde schwarz wie die Nacht. Ein Mann, dessen schmales Gesicht sich aus dem Dunkel schälte, ließ sie selbst jetzt erschauern. Er trug eine fratzenhafte Maske aus hellem Holz mit einer langen, gekrümmten Nase und grellen Verzierungen.

»Seine Stimme hat er vermutlich verzerrt«, warnte Leander sie vor. »Und, ehe du fragst, man konnte es in jedem Land in der jeweiligen Landessprache verstehen. Wie auch immer sie das gemacht haben, es hat anscheinend funktioniert.«

Vesper starrte auf das Bild.

Selbst hier, auf diesem winzigen Bildschirm, spürte sie die eisig kalte Aura der Gestalt. Sie blickte in die Kamera, mit Augen, so leer wie bloße Augenhöhlen.

Dann sprach der Mann.

Eure Kinder, die Stimme klang finster, bedrohlich und rau, *sind an einem Ort, an den ihr nicht gelangen könnt. Dort werden sie bleiben, bis der Gerechtigkeit Genüge getan ist. Die Regierungsoberhäupter wurden darüber in Kenntnis gesetzt, was nun zu tun ist. Jeder von euch, der heute Nacht schläft, wird sich in einem Traum wiederfinden, den er nur einmal träumt. In dem Traum werdet ihr sehen, wo eure Kinder sind. Ihr werdet sehen, was ihnen zustoßen kann, sollten nicht binnen zweier Tage unsere Forderungen erfüllt werden.*

»Oh Gott«, flüsterte Vesper und dachte an Ida. Sie war so fertig gewesen, eine weitere Hiobsbotschaft würde sie nicht verkraften.

Ich bin der wundersame Spielmann. Ein hohles, boshaftes Lachen erklang, kehlig und irgendwie klimpernd wie Kirmesbudenmusik. *Ich bin der Grund, weshalb ihr euch vor der Nacht fürchtet. Ich bin euer schlimmster Traum. In zwei Tagen werdet ihr eure Kinder für immer verlieren, wenn ihr nicht sehen lernt. Also öffnet die Augen. Und seht, was noch alles geschehen kann. Seht hin und fürchtet euch.* Er machte eine Pause. *Und denkt euch die Welt, wie sie schal ist und leer ohne Kinderlachen.*

Das Bild wurde schlagartig hell, und da war wieder der Zoo mit dem kleinen Mädchen und dem Waschbären und einem Mann, der ihr alles über Waschbären erklärte.

Vesper stoppte die Aufnahme.

Leander drehte sich zu ihr um und musterte sie. »Das ist alles, was er sagte.«

»Wer ist der Kerl?«, fragte Vesper.

»Der wundersame Spielmann.« So, wie Andersen es gerade betonte, klang es wie ein Fluch.

War das wirklich möglich? »Dieselbe Person, die damals in Hameln aufgetaucht ist?«

Andersen schüttelte den Kopf. »Nein, ich glaube nicht, dass er so alt ist. Aber er hilft den Mythen, so viel ist klar. Ich bin mir sicher, dass er ein Mensch ist. Womöglich ist er derjenige, der ihnen den Weg ins Bewusstsein der Menschen geebnet hat.« Er sah sehr bedrückt aus. »Die Mythen haben es ihm zu verdanken, dass die Menschen sie wieder wahrzunehmen beginnen.«

Vesper schluckte.

Ja, darauf schien es hinauszulaufen. Die Mythen wollten, dass die Menschen an sie glaubten.

Zwei Tage.

Und denkt euch die Welt, wie sie schal ist und leer ohne Kinderlachen.

Vesper spürte, wie sich alles in ihr verkrampfte.

»Was ist sonst noch passiert?« Die beiden sahen so aus, als seien noch viele andere Dinge geschehen.

Leander beugte sich zu ihr nach hinten, streckte den Arm aus, tippte auf dem iPad herum, bis eine neue Bilddatei erschien.

»Schau dir das an!«, sagte er.

Vesper nahm wie beiläufig wahr, dass sie die Straße verließen und bereits auf die Autobahn auffuhren.

»Das ist eine Nachrichtensendung.«

Der Sprecher, der langweilig und nervös aussah, berichtete hektisch von einer Konferenz, die am Nachmittag in der Hauptstadt abgehalten worden war. Da waren eine Phalanx aus Reportern, Blitzlichtgewitter, Kameras, bullige Sicherheitskräfte in dunklen Anzügen.

Der Innenminister hatte zu einer Pressekonferenz eingeladen, im Beisein der Kanzlerin und des Außenministers. Es wurde geredet, Fragen wurden gestellt. *Wie steht die Regierung zu den Vorfällen? Wie real ist die Bedrohung? Was wird mit den Kindern geschehen? Wie reagiert man in den anderen Ländern auf die Vorfälle?* Die Antworten blieben dürftig und überaus nichtssagend. Dic Situation sei ernst. Man arbeite an Lösungen. Man wisse derzeit nichts Genaues. Die Staatschefs stünden in engem Kontakt zueinander. Tag und Nacht würde beratschlagt. Die Fragen wurden immer aufgeregter: *Wie sieht die Regierung das Ultimatum? Von welchen Forderungen hat der Maskenmann gesprochen?* Die Antwort immer wieder: Alle Informationen würden geprüft. Man sei zuversichtlich.

Vesper fragte sich, wohin das führen sollte.

Starrte auf den Bildschirm.

Der Innenminister wand sich, Kanzlerin und Außenminister ebenso. Plötzlich brach Unruhe aus.

Man hörte panische Schreie von irgendwoher. Man sah Sicherheitskräfte, die schnell den Raum verließen. Die Schreie wurden lauter. Die Kamera wackelte, fiel zu Boden. Die Bilder wurden unscharf. Jemand hob die Kamera auf und lief aus dem Konferenzraum, in dem die Pressekonferenz abgehalten worden war. Überall rannten die Menschen nach draußen. Schreie ertönten, unkontrolliert und panisch. Keiner schien zu wissen, wovor er da eigentlich weglief. Dann sah man kurz, wie die Kanzlerin ins Bild kam. Sie lief an einer Spiegelwand vorbei, die sich wohl im Korridor vor dem Konferenzraum befand. Dann, im nächsten Moment, war sie verschwunden.

»Was war denn das?« Vesper zuckte zusammen, so schnell war es geschehen.

»Sie ist verschwunden.« Leander betrachtete fasziniert den Bildschirm. »Es ist kaum zu glauben.«

Vesper sah, wie andere Menschen verschwanden. Die Kamera fiel wieder zu Boden und blieb in einem Winkel liegen, der einen schrägen Blick auf den Spiegel zuließ.

Vesper war sich sicher, die Kanzlerin im Spiegel zu erkennen. Aber sie war nicht allein. Da waren noch andere Menschen. Sie schlugen mit den Händen von der anderen Seite des Spiegels gegen das Glas. Ihre Münder waren aufgerissen, und sie schrien, aber niemand hörte sie.

»Sie ist im Spiegel verschwunden.« Vesper konnte es nicht fassen. »Sie alle sind in der Spiegelwand verschwunden.« Sie rieb sich die Augen. Ihre Hände zitterten. Das hier war kein Trick. Sie hatte keine Ahnung, *was* es war. »Das gibt es doch nicht.«

»Ja, faszinierend, oder?«, bemerkte Leander.

Vesper indes starrte weiter auf die Fernsehbilder.

Überall Aufruhr. Menschen liefen durcheinander. Füße traten auf die Kamera, das Bild erlosch.

»Die Kanzlerin ist in diesem Spiegel verschwunden?« Sie musste es einfach in Worte fassen, um es glauben zu können.

Der Nachrichtensprecher wirkte blass, als er verkündete, was geschehen war. Nach dem Vorfall sei der Kontakt zur Hauptstadt völlig abgebrochen. Niemand könne sich erklären, was da passiert sei.

Leander kürzte die Sache ab, indem er sagte: »Sie haben Flugzeuge über der Stadt eingesetzt. Sie haben das gesamte Gebiet abgesucht.«

»Wonach?«

»Menschen«, antwortete Andersen. »Sie haben überprüft, ob noch Menschen in der Stadt sind.«

Meinte er das ernst? »Sie haben nach Menschen gesucht. In Berlin?« Vesper dachte an die Gesichter aus ihrer alten Klasse, die Nachbarn, die Leute, denen sie jeden Tag über den Weg gelaufen war. Den Briefträger mit den langen Haaren, der immer über das Wetter hatte reden wollen; die dicke Frau am Kiosk, die Kinder am liebsten fortgejagt hatte, weil sie ihr die Zeitschriften durcheinanderbrachten; den Typ mit der schrottreifen Gitarre, der an der U-Bahn-Station vor ihrer Schule Lieder von Kurt Cobain gesungen hatte.

»Das ist doch verrückt.«

»Ja«, sagte Andersen, »das ist es.«

Auf dem Bildschirm sah man startende Flugzeuge. Bilder von Berlin wurden eingeblendet. Polizisten und Soldaten, die Straßen abriegelten.

»Überall sind sie verschwunden«, sagte Leander. »Jeder, der in einen Spiegel blickte, ist darin verschwunden.«

»Das kann nicht sein.«

»Sieh es dir an!«, forderte er sie auf.

Und seht, was noch alles geschehen kann.

Die Nachrichten hatten es bereits vor einer Stunde verkündet. Vesper dachte benommen daran, dass sie zu diesem Zeitpunkt gerade das Märchen zu Ende erzählt und Greta die Haare gestreichelt hatte. Während sie ruhig in Idas Wohnung auf der Couch gelegen hatte, da waren genau diese Nachrichten über den Äther gegangen. Die Stadt wurde unter Quarantäne gestellt. Luftaufnahmen in Infrarot zeigten, dass sich tatsächlich keine Menschen mehr auf den Straßen der Hauptstadt befanden. Innerhalb von zwei Stunden war beinahe jeder, der sich im Stadtgebiet von Berlin aufgehalten hatte, vom Erdboden verschwunden. Die wenigen, die übrig geblieben waren, versteckten sich vermutlich ratlos in ihren Wohnungen.

Seht hin und fürchtet euch.

»Das ist doch nicht möglich.«

»Es kommt noch besser«, versprach Leander.

Die Bilder wechselten sich im Sekundentakt ab. Man sah verwackelte Aufnahmen einer Kamera, die wohl von einem Soldaten getragen wurde.

Seht hin.

»Sie haben Suchtrupps in die Stadt geschickt und die Verschwundenen gefunden.«

Was noch alles geschehen kann.

Vesper sah das Kamerabild eines Restaurants. Die Wände waren allesamt verspiegelt. Hinter der Spiegelfläche drängten sich unglaublich viele Menschen, die mit weit aufgerissenen Augen auf die andere Seite des Spiegels starrten. Viele von ihnen hieben wie tobsüchtig mit bloßen Fäusten auf das Glas ein, so als versuchten sie, es zu zerbrechen und auf die andere Seite, wo für sie immer noch ihre reale Welt war, zu gelangen.

Und dann bemerkte Vesper den Hintergrund in dem Spiegel.

Wilde, große Bäume erstreckten sich hinter den Menschen und wurden in der Tiefe des Raums von der Dunkelheit geschluckt.

»Was ist denn das?«

»Ein tiefer dunkler Wald.« Andersen schien die Bilder auswendig zu kennen. »Es sieht so aus, als sei jeder, der in einen Spiegel hineingeschaut habe, in diesem Wald hinter den Spiegeln verschwunden.«

Vesper schluckte.

Seht hin und fürchtet euch.

Wie oft sah man in einen Spiegel hinein?

Spieglein, Spieglein an der Wand …

Wo befanden sich nicht überall spiegelnde Flächen? Eigentlich überall. Es waren nicht nur bloß Spiegel, sondern auch Fenster, Fassaden, womöglich sogar Telefone.

Wer ist die Schönste …?

Wie oft streifte der eigene Blick belanglos, unbedacht und nur flüchtig eine Spiegelfläche, wie oft am Tag betrachtete man sich selbst? Es war für die meisten Menschen zur unbewussten Gewohnheit geworden, sich beiläufig zu betrachten und sich zu vergewissern, dass die Klamotten gut saßen oder das Make-up noch in Ordnung war. Die Spiegel waren, wie in den alten Märchen, der böse Fluch der Eitelkeit. Der Brunnen, in den man hineinfallen konnte, wenn man zu lange hineinsah.

Spieglein, Spieglein …

Nein, so etwas war nicht möglich.

Vesper dachte an die Straßen, durch die sie jeden Tag gegangen war. An all die Plätze, die jetzt verwaist waren. Kurfürstendamm, Charlottenburg, Tiergarten, und an einen ihrer ehemaligen Lieblingsplätze, das Scheunenviertel – sie konnte sich diese Orte nicht ohne Menschen vorstellen.

»Sie meinen, dass praktisch alle Einwohner Berlins hinter den Spiegeln verschwunden sind?«

Eine unnötige Frage, denn die Antwort kannte sie.

Sie starrte auf den kleinen Bildschirm.

Unmöglich.

Das *durfte* einfach nicht sein. Das *konnte* doch nicht möglich sein.

Nein, nein, nein.

Spieglein, Spieglein …

Der Nachrichtensprecher schaltete zu einer Reporterin, die sich vor Ort in der Hauptstadt befand.

Seht nur hin und fürchtet euch.

Hinter der Reporterin, die sichtlich verunsichert war, sah man einen Spiegel, in dem sich Hunderte von Menschen drängten. Sie befand sich in irgendeinem Einkaufszentrum, wo überall Spiegel angebracht waren. Und in jedem dieser Spiegel waren Menschen gefangen. Sogar in den schmalen Spiegeln unterhalb der Rolltreppen kreischten tonlos Verzweifelte und pressten die Gesichter gegen die Glaswand.

Vesper fragte sich, warum die Soldaten und die Reporterin nicht auch in den Spiegeln verschwanden.

Wie auch immer, es war nicht wirklich wichtig. Es war womöglich nur einmal und innerhalb einer bestimmten Zeit geschehen.

»Die Mythen gewinnen an Macht«, stellte Jonathan Andersen fest.

Vesper starrte nach draußen in die Nacht. »Sieht ganz so aus.« Wie Sterne, so tanzten die Schneeflocken einsam in der Nachtschwärze der Autobahn. Die Straße selbst war mit einer weißen Schicht bedeckt, die aufstob, wo der Wagen entlangraste.

»Zwei Tage«, brachte es Leander auf den Punkt. »Wir haben zwei Tage, um sie aufzuhalten.«

»Was haben sie denn vor?« Sie fand, dass diese Frage berechtigt war. Keiner hier wusste doch wirklich, was los war. Und was war der Plan? Sie fuhren durch die Nacht in den Harz.

»Keiner weiß das. Aber es sieht nicht so aus, als sollten wir die zwei Tage abwarten, um es herauszufinden.« Darin stimmte sie zumindest mit Andersen überein.

»Aber da ist noch etwas«, sagte Leander.

»Ist nicht dein Ernst.« Wann hörte es denn endlich einmal auf. Das waren ein wenig zu viele Neuigkeiten auf einmal.

»In München wurden Zwerge in der U-Bahn gesichtet.«

Das klang ja vollkommen bescheuert. »Zwerge?« Vesper starrte ihn an und hätte beinah losgelacht.

»Gleisarbeiter hörten scharrende Geräusche in einem der Versorgungstunnel. Sie gingen der Sache nach und trafen auf einen Trupp bleicher Gestalten von sehr kleinem Wuchs.«

Zwerge, ach du lieber Himmel.

Vesper konnte es nicht fassen.

»Was ist passiert?«

»Zwei der zehn Arbeiter wurden getötet«, sagte er, »drei weiteren wurden schwere Bisswunden zugefügt. Die anderen gelten als vermisst.« Leander schien wirklich keinen Scherz gemacht zu haben. »Es wurden Suchtrupps losgeschickt, bisher aber ohne Erfolg.«

Zwerge!

Das war doch verrückt.

Sie dachte an die Illustrationen in den Bilderbüchern, die früher in dem bunten Regal in ihrem Zimmer mit der Dachschräge gestanden hatten. Zwerge waren für sie kleine Kerle mit Zipfelmützen, keine hungrigen Kreaturen, die Menschen anfielen und grausam zurichteten.

Und als wäre dies nicht genug, verkündete Andersen noch: »Drüben bei den Trockendocks ist am späten Nachmittag angeblich ein Schiff mit Ausflüglern von Meerjungfrauen angegriffen worden.«

Leander fasste nach hinten zum iPad und fand den Bericht, den er gesucht hatte.

Vesper glotzte wie ein Schulkind auf die Bilder, welche die Homepage der *Morgenpost* vollkommen vereinnahmten. Es handelte sich um eine verwackelte, undeutliche Videoaufnahme per Handy. Das Boot schaukelte durch den Hafen, als auf einmal an der Reling wilde Frauen mit breiten Mäulern voll scharfer Zähne auftauchten. Das Handy fiel zu Boden, man hörte noch einige Sekunden lang panische Schreie, wildes Fauchen und gutturales Knurren, dann war es auch schon vorbei und die Aufnahme zu Ende.

»Was passiert da nur?«

Andersen sagte ernst: »Sie gewinnen an Kraft.«

»Weil die Menschen wieder an sie zu glauben beginnen?«

»Ja.«

Das hieß dann wohl, dass die Wölfe jetzt auch nicht mehr so unscharf waren wie noch einen Tag zuvor.

»Und dann das hier.« Leander tippte weiter auf dem Display herum.

Vesper sah ausländische Nachrichtensendungen. Die Übergriffe gab es bisher nur in Deutschland, doch bereiteten sich jetzt auch die anderen Länder darauf vor, ähnliche Probleme zu bekommen.

»Alles okay?«, fragte Leander.

Sie lachte laut auf. »Klar, mir geht es bestens.« Vesper wusste gar nicht mehr, wo ihr der Kopf stand.

Und heute Nacht sollte jeder davon träumen, wo die Kinder waren … Die arme Ida.

»Du kannst ihr helfen, indem du das tust, was du vorhast«, sagte Leander und ergriff ihre Hand.

»Kannst du Gedanken lesen?«

»Sehe ich so aus?«

Sie schmunzelte, erwiderte den Händedruck. Es tat gut, eine Weile so zu sitzen.

»Du hast sie sehr gern, nicht wahr?!«

Vesper nickte. Sprechen wollte sie nicht.

»Wir werden es schaffen«, versprach Leander zuversichtlich und zeigte sein entwaffnendes Lächeln.

»Was denn?«

Er grinste breit. »Was auch immer. Glaub mir. Ich weiß es.«

Sie zwinkerte ihm zu, dann löste sie ihre Hand aus seiner. »Ich versuche jetzt ein wenig zu schlafen, okay?«

»Okay.«

Leander drehte sich um.

Die Lichter Hamburgs verschwanden langsam in der Ferne.

Vesper lehnte sich auf dem Rücksitz zurück und presste eines der Kissen gegen ihren Bauch. Sie brauchte jetzt etwas, woran sie sich festhalten konnte. Und wenn es auch nur ein Kissen war.

In dem nächtlichen Rücklichterrot der Autobahn schloss sie die Augen und döste vor sich hin. Und sie fragte sich, ob all die Menschen, die jetzt einen schlimmen Traum erwarteten, überhaupt ein Auge würden zutun können.

Vorn hörte sie, wie Andersen und Leander über den Harz sprachen. Über die alten Sagen und die Natur, die wild und urtümlich war. Dann klatschte Leander plötzlich laut in die Hände, wie er es zu tun pflegte, wenn die Begeisterung die Oberhand gewann. Irgendetwas von einer

Funkstation faselte er, und Vesper öffnete die Augen ein wenig und blinzelte müde nach vorn.

War hier denn gar keine Ruhe zu finden?

Draußen raste ein Schild vorbei. Sie waren auf dem Weg nach Hannover.

»Was ist denn los?«, knurrte sie müde.

»Oh, habe ich dich geweckt?«

»Nein, das täuscht«, grummelte sie und drückte das Kissen an sich. »Ich hatte nur zwei Minuten die Augen geschlossen.«

»Du hast eine Funkstation gefunden?« Andersen schien verdutzt.

Leander nickte eifrig. »Na ja, die Mythen müssen von irgendwoher senden, denke ich. Okay, vielleicht ist auch alles pure Magie.« Es klang fast schon spöttisch. »Aber wenn es das nicht ist, dann brauchen sie nun einmal einen Sender. Und hier, auf dem Brocken, befindet sich ein altes Sendezentrum.«

Andersen schnalzte mit der Zunge. »Das ist gut«, gab er anerkennend zu.

Das ist gut geraten, dachte Vesper schläfrig. Sie wollte jetzt einfach nur ein wenig schlafen. War das denn zu viel verlangt? Sie schloss erneut die Augen, fest, fest, ganz fest. Und dieses Mal schlief sie ein, fast auf der Stelle, und während sie durch die Nacht fuhren, fand Vesper keinen einzigen Traum, der von ihr geträumt werden wollte.

Als Vesper wieder erwachte, wusste sie zuerst gar nicht, wo sie war. Leander döste vorn anscheinend vor sich hin. Sein Kopf lehnte am Fenster, und sein Atem ging ruhig und gleichmäßig. Außerdem redete er ausnahmsweise mal nicht.

Andersen indes war hellwach. Sein ernstes Gesicht spiegelte sich in der dunklen Windschutzscheibe, wo es aussah, als bestünde es aus wild heranfliegenden Schneeflocken.

»Du bist wach«, sagte er leise.

»Ja.« Sie fühlte sich beinahe wie ertappt.

»Leander schläft tief und fest.«

»Ja, er ist so still.«

»Es ist gut, wir werden alle unsere Kräfte brauchen, wenn wir dort sind.«

»Ist es noch weit?«

»Noch etwa eine Stunde, dann sind wir in Goslar. Dann ist es nicht mehr weit. Wernigerode ist gleich nebenan, könnte man sagen.« Er blinzelte nach draußen und verbesserte sich: »Nun ja, vielleicht nicht unbedingt bei diesem Wetter.«

Vesper zog die Decke eng um sich. Spähte nach hinten in den Kofferraum.

»Edgar schläft auch noch. Ist viel Aufregung für ein Äffchen.«

»Kann sein.«

Stille.

Eine ganze Weile.

Dann fragte Vesper im Flüsterton: »Warum tun Sie das eigentlich?«

Jonathan Andersen fragte. »Was?«

»Na, das hier. Die Mythen jagen. Sich um uns kümmern.«

»Ich kümmere mich nicht um euch, sondern wir brauchen einander«, stellte er klar. »Das ist ein Unterschied.«

»Auch gut. Trotzdem.«

Er lachte leise. »Du fragst dich, wer ich bin.«

»Sie sind ein Rätsel. Der *Sandmann*. Allein der Name. Sie tauchen einfach so aus dem Nichts auf, beschatten mich, tauchen dann schon wieder auf, mit diesem Wagen, den sie uns überlassen. Sie kämpfen gegen die Wölfe, wissen jede Menge Dinge und viele auch nicht. Sie führen uns ins Refugium und jetzt in den Harz. Natürlich bin ich da neugierig.«

»Vertraust du mir?«, wollte er wissen.

»Ich weiß es nicht.«

»Eine ehrliche Antwort.«

»Was würden Sie an meiner Stelle tun?«

»Ich wäre auch neugierig«, gab er zur Antwort.

»Klasse«, murmelte Vesper nur. »Das, was ich hören wollte.«

Sie verließen die Autobahn und folgten einer Schnellstraße, die durch dichte Wälder führte.

»Was ich euch gesagt habe, ist die Wahrheit. Meine Familie war geächtet. Nun ja, aus Sicht der *Bohemia* jedenfalls.«

»Und Sie wissen nicht, warum?«

»Nein, darüber hat in der Tat niemand gesprochen.«

»Aber?«

»Du hast all die Instrumente und Werkzeuge gesehen, die auf den Tischen im Refugium lagen.«

Wie könnte sie die vergessen? »Ja.«

»Nun, vermutlich hatte es etwas mit diesen Dingen zu tun. Mein Großvater hat mir nie gesagt, wie die Mythen behandelt wurden von den Mitgliedern der *Bohemia*. Was genau sie mit ihnen taten, wenn sie sie erst einmal gefangen hatten.«

»Sie meinen, man hat sie gequält?«

Er seufzte, schwieg einen Moment. »Ich glaube, man hat es als *Untersuchung* bezeichnet. Als *Forschung*.«

Vesper hatte sich gedacht, dass Dinge wie diese geschehen waren.

»Alexander von Humboldt war Wissenschaftler. Wilhelm und Jacob Grimm ebenso. Es würde mich nicht wundern, wenn sie den Mythen mit ihren *wissenschaftlichen Methoden* zu Leibe gerückt wären.«

Das leuchtete ein. »Was wissen Sie sonst noch?«

»Eigentlich so gut wie nichts. Die *Bohemia* war schon immer ein einziges großes Geheimnis. Ihre Mitglieder waren stets sehr verschwiegen.« Er blickte kurz zu Vesper nach hinten. »Habt ihr beiden euch nicht schon gefragt, wie ich an den Schlüssel und den Anhänger gekommen bin?«

»Doch, mehrmals«, sagte Vesper. »Sie dürften die Gegenstände eigentlich gar nicht besitzen.«

»Es gibt eine Geschichte dazu. Sie ist sehr traurig. Möchtest du sie dennoch hören?«

»Wir haben Zeit, würde ich sagen.«

»Also gut.«

Hohe Tannen säumten die Straße. Die Schneedecke auf der Straße wurde fest und rutschig. Krumme Schilder am Straßenrand kündigten kleine Ortschaften mit geheimnisvollen Namen wie Lautenthal, Bockswiese und Hahnenklee an.

»Es war einmal«, begann Jonathan Andersen zu erzählen, und Vesper mochte seine Stimme, wenn er so erzählte. Sie war wie der Schneefall, mysteriös und ein wenig wie Regen.

»Es war einmal ein junger Mann, dem es an nichts fehlte.«

So begann die Geschichte.

Sein Vater war ein erfolgreicher Kaufmann, der mit anderen Ländern Handel trieb und über die Jahre bescheidene Reichtümer erwirtschaftet hatte. Der junge Mann – nennen wir ihn doch einfach Jonathan Andersen – lebte ein Leben, das sich vom gewöhnlichen Leben eines Teenagers kaum unterschied. Er ging zur Schule, lernte die Geschäfte seines Vaters Stück für Stück kennen, studierte an der Universität zu Heidelberg, lebte sein Leben.

»Und es geschah dort, an der Universität, dass er sich in ein wunderschönes Mädchen verliebte.«

Carlotta Siebenbürger.

Das war ihr Name.

Sie studierte die alten Sprachen, wie er selbst, und sie liefen sich eines Tages auf dem Campus über den Weg. Sie jagte einem Blatt Papier hinterher, das ihr zu Boden gefallen und vom Wind entführt worden war. Sie hatte ein Gedicht geschrieben, das womöglich nicht bei ihr bleiben und lieber auf Reisen in ferne Länder gehen wollte. Der junge Mann jedenfalls fing das Blatt ein, gab es ihr und erhielt dafür einen sicheren Platz in ihrem Herzen, den er so schnell nicht wieder zu verlassen gedachte.

»Sie war ein wunderbarer Mensch.«

Schön und geistreich und witzig.

»Ja, das war etwas, was den wenigsten Menschen zu eigen ist. Sie konnte über sich lachen.«

Doch dann, eines Tages, brachte sie seine naive Welt ins Wanken, weil sie ihm ein Geständnis machte.

»Carlotta war ein angehendes Mitglied der *Bohemia*.«

Ihre Mutter gehörte der geheimen Gesellschaft an, und sie sollte bald an deren Stelle treten.

»Sie fürchtete sich davor.«

Ihre Mutter arbeitete im Refugium in Freiburg. Sie war Ärztin. Was immer sie sonst noch tat, war Carlotta all die Jahre verborgen geblieben.

»Carlotta gestand mir, dass es eigentlich ihr Auftrag gewesen sei, mich auszuspionieren.«

Die *Bohemia* wollte wissen, was der junge Mann aus der Familie Andersen über die Gesellschaft wusste.

»Sie weinte.«

Man habe sie gezwungen, dies zu tun. Und dass sie sich in den jungen Mann verliebt hatte, war natürlich nicht geplant gewesen. Es tat ihr unendlich leid, und dann sprach sie von den Dingen, die sie zu tun gezwungen worden war. Ihre Mutter war doch ein Mitglied der Gesellschaft, und von ihr hatte sie *die Fähigkeiten* geerbt.

»Aber auch Carlotta wusste nicht, woher diese Gabe grundsätzlich kommt. Natürlich, auch sie kannte die Geschichte von den Musen, aber das war auch schon alles.«

Er schaffte es nicht, die Geschichte als Märchen zu erzählen. Zu sehr zu Herzen ging ihm das alles noch.

»Carlotta berichtete an jenem Abend, als wir in meiner Wohnung waren, davon, dass man Experimente an den Mythen, die lebend gefangen worden waren, durchgeführt hatte.«

»Dann stimmt es also.«

Er nickte. »Sie wollte der Gesellschaft nicht beitreten, hatte aber Angst davor, dies ihrer Mutter zu sagen. Sie wusste nicht, ob man eine Ablehnung akzeptieren würde. Sie wusste nicht, wie die Strafe aussehen würde. Aus diesem Grund hatte sie sich freiwillig dazu gemeldet, mich zu bespitzeln. Sie wollte den Kontakt zu jemandem suchen, der nicht mehr der Gesellschaft angehörte.«

Vesper fragte sich plötzlich, wann ihre Eltern mit einer ähnlichen Bitte an sie herangetreten wären. »Was ist dann passiert?«

Er schwieg wieder. Räusperte sich. »Wir haben eine schöne Zeit verbracht. Tage, Wochen.« Seine Stimme krächzte. »Doch keine Monate.« Er fuhr jetzt ein wenig langsamer als noch vorhin. »Sie ist gestorben.« Er blickte starr nach vorn auf die Straße.

Vesper wollte das Ende eigentlich nicht hören.

»Sie hatte einen fürchterlichen Unfall. Ihr Wagen raste in einen Abgrund. Das jedenfalls war die offizielle Erklärung.«

»Aber?«

»Unfälle wie diesen gibt es nicht.«

Vesper dachte an ihren Vater. An Leanders Eltern. An all die anderen, von denen in den Zeitungen berichtet worden war. Die Welt war so ungerecht und so böse.

»Doch vorher«, fuhr er fort, »hat sie mir noch diesen Schlüssel und den Anhänger gegeben.«

»Warum hat sie das getan?«

»Ich weiß es nicht. Sie gab sie mir einfach, küsste mich und ging fort. Sie sagte, sie müsse die Beziehung beenden. Es dürfe nicht sein. Ich lief nach unten auf die Straße, ihr hinterher, doch im Nebel der Oktobernacht war sie bereits verschwunden. Ratlos lief ich umher, suchte nach ihr an den Orten, die wir gemeinsam aufgesucht hatten. Nichts.«

Der Wald draußen wurde immer dichter und dunkler.

»Am nächsten Morgen dann las ich in der Zeitung von ihrem Unfall. Ich fuhr nach Freiburg zu ihrer Mutter, stellte sie im Krankenhaus zur Rede. Sie erklärte mich für verrückt. Sie behauptete, nichts von einer Gesellschaft namens *Bohemia* zu wissen. Dann ließ sie mich vom Sicherheitsdienst vor die Tür setzen.« Seine Finger bewegten sich unruhig am Lenkrad hin und her. »Ich habe nie wieder mit ihr gesprochen.« Er sah Vesper im Rückspiegel an. »Sie ist vor zwei Wochen bei einem Unfall gestorben. Flugzeugabsturz. Sie besaß eine Cessna.«

Vesper dachte an die Zeitungsartikel im Haus von Friedrich Coppelius. Hatte sie dort nicht eine Meldung diesbezüglich gefunden?

»Die Gegenstände jedoch«, sagte Andersen, »die habe ich aufbewahrt.«

»Sie haben keine Ahnung, warum Carlotta sie Ihnen gegeben hatte?«

»Sie glaubte, dass gewisse Mythen erneut zum Leben erwacht seien und ihr folgten. Sie berichtete von Gerüchten, die in den Kreisen der Gesellschaft immer häufiger die Runde machten.«

»Wann war das?«

»Vor nahezu zwanzig Jahren.«

»Aber warum hat sie Ihnen die Gegenstände gegeben?« Sie hätte doch erst in ein paar Jahren die Nachfolge ihrer Mutter antreten sollen. »Wieso war sie überhaupt im Besitz der Gegenstände?«

»Sie hat sie ihrer Mutter gestohlen.«

Vesper war jetzt hellwach. »Aber warum?«

Andersen zuckte die Achseln. »Ich habe keine Ahnung.«

»Deswegen interessieren Sie sich dafür.«

»Ich will herausfinden, was mit ihr geschehen ist. Wenn die Mythen für ihren Tod verantwortlich sind, dann will ich, dass sie dafür bezahlen. Wenn es aber nicht die Mythen waren, dann …« Er sprach den Satz nicht zu Ende. »Ich will einfach wissen, was hier gespielt wird.« Die Nacht war dunkler geworden, bei jedem Satz, den er gesprochen hatte, ein wenig mehr. »Ich habe sie geliebt, wie es einem nur einmal im Leben passiert.«

Die Straße wand sich wie eine Schlange durch die Nacht.

Vesper wusste nicht, was sie sagen sollte.

»Du siehst, wir haben alle eine Geschichte zu erzählen.«

»Ja.«

»Und Leander hier?«

Der Angesprochene regte sich vorsichtig. »Der hat leise gelauscht«, sagte er müde. Er sah Andersen blinzelnd an und fragte: »Schlimm?«

»Nein, kein Problem. Es verkürzt die Zeit, wenn man beim Fahren jemanden hat, dem man eine alte Geschichte erzählen kann.« Die Tränen, die eben noch wie Tau in seiner Stimme gefunkelt hatten, waren verschwunden. »Und jetzt erzählt mir eure Geschichten«, bat er sie.

So fuhren sie weiter durch die Nacht. Leander machte den Anfang, und dann war Vesper an der Reihe. Die Geschichten, die sie einander erzählten, waren so wahr wie die Blicke, die sie einander zuwarfen. Alles andere war es auch, und das war gut so. Vesper wusste es, Leander ebenso, und Jonathan Andersen, der die beiden beobachtete und nicht blind war, sah es natürlich auch.

Im letzten Licht der Nacht

Sie erreichten den kleinen Ort Wernigerode kurz nach Mitternacht. Wie ein Traumgebilde erschien er im Schneegestöber. Die Ziegeldächer waren dicht vom Schnee bedeckt, und nur lückenhaft drang das Rot hervor und leuchtete wie Blut im Licht der vielen Laternen, die nicht nur die schmalen Gassen erhellten. Es gab sogar ein Schloss, hoch oben auf dem Berg, ein wenig außerhalb der Altstadt, die von Teilen einer altehrwürdigen mächtigen Stadtmauer umgrenzt wurde. Häuser mit Bezeichnungen wie *Grafenhof* und *Ritterhof* waren zu erkennen, daneben das Heideviertel mit den viel kleineren Häusern, in denen früher einmal arme Tagelöhner und Büdner gelebt hatten.

Jonathan Andersen hielt vor einem Gasthaus an, das den klangvollen Namen *Zum tanzenden Bären* trug. Vesper fragte sich, ob hier jemals der Bär in der Stadt tanzte, dachte dann aber nicht weiter darüber nach.

»Sieht aus wie im Märchen«, stellte Leander fest. Er sah müde und erschöpft aus.

Die Nacht würde noch ein paar Stunden andauern. Zeit genug also, um ein wenig Ruhe zu finden.

Sie stiegen aus.

Die Luft hier war anders als in Hamburg. Irgendwie war sie reiner und klarer, doch das mochte am Schnee liegen, der dem Ort sogar seine Geräusche nahm.

Alles wirkte verhuscht und leise.

Sogar die Nacht selbst war nur ein Flüstern, still wie das Geräusch von vielen Mäusefüßchen auf warmem Holzboden.

Vesper nahm ihren Rucksack und die Reisetasche, die Leander und Andersen für sie gekauft hatten, und folgte den anderen beiden ins Gasthaus. Von unterwegs aus hatten sie dort zwei Zimmer für die Nacht gebucht. Infolge der unglückseligen Umstände hatten einige Familien ihren Winterurlaub abgesagt, und die Zimmer waren kurzfristig frei geworden.

Das Wirtshaus jedenfalls war einfach und rustikal. Definitiv keine Spur von einem tanzenden Bären. Dafür gab es schmucke Muster im Gebälk, die allem den Hauch von Folklore gaben.

Die Zimmer waren eng und gemütlich erdrückend. Massive Möbel, Schemel und Bett, gedrungener Schrank. Spiegel. Vesper starrte hinein, musste an Berlin denken.

Egal.

Sie ließ sich einfach aufs Bett fallen. Ohne auch nur noch ein einziges Mal zu blinzeln, schlief sie in ihren Klamotten ein. Sie bemerkte nicht, wie Leander neben ihr ins Bett kroch. Sie träumte nicht und wachte erst auf, als

Leander sie mit einem sanften Kuss weckte und zum Frühstück rief.

»Du hast im Schlaf geweint«, sagte er.

Sie sah ihn nur an.

Dann, während Leander schon nach unten in den Speisesaal ging, tapste sie verschlafen zum Fenster, schob die Vorhänge beiseite, blickte nach draußen auf ein Städtchen, das wie die nebelverhangene Kulisse zu einem Gruselfilm von Tim Burton aussah.

Wohin man auch schaute, überall Fachwerkhäuser mit Ziertürmchen und spitzen Dächern, breiten Balken und kunstvollen Fenstern. Unten in den Straßen erwachte die kleine Stadt zum Leben. Geschäfte wurden beliefert, die Menschen schippten Schnee von den Bürgersteigen, redeten und gestikulierten wild mit den Händen. Das Leben ging hier eben weiter, trotz der Dinge, die sich draußen in der Welt zutrugen.

Langsam wurde Vesper wach.

Die Menschen unten in der Straße sahen aufgeregt aus. Sie steckten die Köpfe zusammen und redeten mit weit ausholenden Gesten.

Sofort fiel ihr ein, dass die Nacht vorüber war.

Der Traum!

Seht hin, was wir tun können.

Mit einem Mal war sie hellwach. Sie kramte in ihrer Jacke nach dem Telefon und rief Ida an.

»Wo bist du?«

»In Wernigerode im Harz.«

»Klingt spannend.«

Vesper versuchte zu ergründen, wie es Ida ging, aber ihre Stimme klang wie ein Echo.

»Ich habe wieder einen Traum gehabt«, sagte sie. »Alle haben ihn gehabt.«

»Ich weiß.« Vesper erzählte ihr von der Autofahrt. »Was hast du gesehen?«

Stille.

Knacken in der Verbindung.

»Wölfe«, sagte Ida schließlich. »Sie standen am Rande einer Lichtung und warteten auf die Kinder.« Ihre Stimme zitterte. »Dann sind sie losgelaufen, ein ganzes Rudel. Sie sind über die Kinder hergefallen und …« Erneutes Knacken in der Verbindung. »Seltsame Wesen, die wie Häuser aussahen. Sie waren böse und …«

Nein, sie wollte das nicht hören. »Wie geht es Greta?«

»Sie schläft. Ich glaube, dass nur die Eltern diesen Traum hatten.«

»Ja, vielleicht.«

»Vesper?«

Sie schluckte. »Ja.«

»Glaubst du, dass es passieren wird? Dass die Kinder jetzt an einem Ort sind, an dem es böse Wölfe und andere Kreaturen gibt?«

Vesper schwieg.

»Glaubst du, dass in zwei Tagen …«

»Nein«, sagte Vesper schnell. »Nein, Ida, ich bin sicher, dass wir eine Lösung finden.«

Ida begann zu weinen.

»Es wird alles wieder gut werden«, versprach Vesper.

»Pass du bloß auf dich auf«, sagte Ida nur, dann legte sie auf. Vesper drückte das Telefon an ihre Brust und hielt es einige Augenblicke lang so fest, als enthalte es ihr ganzes altes Leben.

Sie schloss die Augen, atmete tief durch. Dann ging sie duschen, schminkte sich gedankenverloren, zauberte sich Schatten um die Augen, die noch grüner und stechender wirkten dadurch. Anschließend kramte sie in der Reisetasche herum, fand eine Reihe neuer Klamotten, lauter Sachen, die auf eine bevorstehende Wanderung durch den tiefen Winterwald hindeuteten.

Nun denn.

Ihr sollte es recht sein.

Sie schlüpfte flink in die bequemen Trekkingsachen hinein, zog sich die klobigen Wanderschuhe an, schnürte sie, so fest es ging. Immerhin, die meisten Kleidungsstücke waren schwarz, das war doch ein Anfang. Sie zog einen Kapuzensweater über und wickelte sich den petrolfarbenen Schal um den Hals. Sie betrachtete den Ring, der an ihrem Finger prangte. Den Ring, hinter dem sie her waren.

Sie suchte nach ihrem iPod, schaltete ihn ein, weil sie ein Lied hören wollte, um ruhig zu werden. Stattdessen fand sie heraus, dass der Akku leer war und sie das Ladegerät verlegt hatte.

Mist aber auch.

Sie seufzte.

Was soll's, dachte sie.

Dann ging sie nach unten in den Speisesaal, begrüßte die anderen, knabberte an einem Croissant herum und schlürfte einen großen Milchkaffee mit Sahne und Schokostreuseln. Leander beobachtete sie, was sie nicht störte.

Andersen wirkte seltsam geistesabwesend. Er stocherte in seinem Rührei herum und schien keinerlei Appetit zu haben. Am Ende trank er wenigstens den Orangensaft, was sie als gutes Zeichen wertete.

Vesper fragte nicht nach, ob es Neuigkeiten gab, denn sie wollte keine hören. Und auch die anderen beiden schienen die selige Ruhe beim Frühstück dem Gespräch vorzuziehen.

Eine halbe Stunde später hatten sie gepackt, saßen im Rover und fuhren los.

»Warum haben Sie die Hexe eigentlich nicht schon früher aufgesucht?«, fragte Vesper.

»Ich fürchte, sie mag mich nicht«, gab Andersen zur Antwort.

Tolle Aussichten, dachte Vesper.

Ihr Weg führte sie aus Wernigerode hinaus. Sie folgten einigen Straßen, die eng und geheimnisvoll waren. Dichte Tannen bogen sich zu beiden Seiten der Fahrbahn unter dem Schnee. Andersen schaltete in den Vierradantrieb um, und der Rover preschte voran, als kenne er sich in dieser Gegend bestens aus. Nach einer halben Stunde Fahrt bogen sie in einen Feldweg ein, der in geschwungenen Kurven bergauf führte.

An seinem Ende wurde Vesper eines kleinen Häuschens gewahr, das einsam auf einer Wiese direkt am Waldrand stand.

Das schräge Dach berührte zu beiden Seiten den Boden und war mit Moos bewachsen, das hier und da durch den Schnee hindurchschimmerte. Ein auffällig gekrümmter Schornstein neigte sich in den Himmel, und heller Rauch quoll daraus hervor.

»Das ist es«, verkündete Andersen.

»Sieht so aus, wie ich es mir vorgestellt habe«, bemerkte Vesper.

»Da wohnt also die Hexe«, stellte Leander fest.

Edgar, der jetzt hellwach und aufgeregt war, sagte gar nichts. Er hockte nach wie vor im Kofferraum. Er drückte sich da hinten herum, als habe er Angst davor, gesehen zu werden.

Das hier ist keine Gegend für ein Äffchen, dachte Vesper nur, und sofort tat er ihr leid.

Sie fuhren vor, hielten an.

In dem Schnee vor dem Haus waren keinerlei Fußspuren zu erkennen.

»Normalerweise kommen wohl nicht viele Besucher her.« Das alles wirkte nicht gerade einladend.

»Ich kann nur hoffen, dass sie uns empfängt«, meinte Andersen. Nach wie vor trug er seinen Militärmantel.

»Ich dachte, Sie kennen sie gut.«

Er schüttelte den Kopf. »Nun ja, nicht wirklich«, gab er zu. »Ich habe von ihr gehört. Nur Gutes, das muss ich zugeben. Aber getroffen habe ich sie noch nie. Es war Carlotta, die mir von ihr erzählt hat.«

Deswegen hatte er es also vermieden, sie vorher zu kontaktieren. Sie hatte also Carlotta Siebenbürger gekannt.

Na, klasse. Das war über zwanzig Jahre her, wenn Vesper richtig rechnete. Könnte interessant werden, der Tag.

»Und wenn sie uns nicht sehen will?«

Er zuckte die Achseln. »Dann haben wir ein Problem.«

»Sie haben gesagt, Sie fürchten, dass die Hexe Sie nicht leiden kann.«

»Stimmt.«

»Ist bestimmt nicht hilfreich, wenn wir mit ihr reden wollen.«

Andersen gab sich wortkarg. »Könnte sein.« Er wirkte angespannt.

Vesper stapfte missmutig durch den Schnee. »Wir sind aber den ganzen Weg bis hierher gefahren, weil Sie *glauben*, dass sie mit uns reden wird?«

»Ja.«

Sie stapften weiter.

»Es lebe der Optimismus«, kommentierte Leander.

Sie erreichten das Haus.

Die Tür war aus schwerem Holz, Misteln hingen daran. Zwei Glöckchen, ein Windspiel.

Andersen klopfte an.

Sie hörten ein Rumpeln von drinnen. Dann öffnete eine Frau mit strahlend blauen Augen. Sie war nicht mehr ganz jung, aber auch noch nicht ganz alt. Ihr wirres Haar war silbergrau, doch ihre Augen waren die eines jungen Mädchens, das an Schabernack und schöne Dinge zu denken vermochte. Ihr Alter lag jenseits jeder Schätzung, sie war zeitlos wie all die alten Legenden um jene ihrer Art.

»Wer sind Sie?«, blaffte sie. Sie hatte die Stimme einer Raucherin, frech und ein wenig dreckig.

»Ich bin Jonathan Andersen.«

»Einen schönen Tag noch, Jonathan Andersen«, sagte sie und knallte ihm die Tür vor der Nase zu.

Vesper und Leander tauschten Blicke.

»Nun ja, man hat immer drei Versuche«, entschuldigte sich Andersen, nicht mehr ganz so sicher.

Er klopfte erneut.

Von drinnen vernahmen sie ein Murren.

Dann wurde die Tür neuerlich geöffnet. »Na, Sie schon wieder!«

»Wir sind die ganze Nacht unterwegs gewesen«, erklärte Jonathan Andersen, »weil wir Hilfe benötigen.«

Sie kniff die Augen zusammen. »Warum kommen Sie damit zu mir?«

»Weil Sie eine Hexe sind«, entfuhr es Vesper. Es war nie verkehrt, das Ganze ein wenig zu beschleunigen.

Andersen rollte mit den Augen.

Edgar hockte auf seiner Schulter, schwarz-weiß wie ein Stück alter Film und zappelig.

Die Hexe beäugte das Äffchen lange.

»Ach ja, Mädchen?« Sie trat auf Vesper zu. »Du glaubst also, ich bin eine Hexe?«

Vesper wusste nicht, was sie tun sollte, also nickte sie einfach.

»Wie alt bist du?«

»Siebzehn.«

»Und du glaubst, eine Hexe zu erkennen, wenn du eine siehst.«

Vesper dachte an die Mädchen in ihrer Klasse. »Ja.« Ihre Stimme war fest und entschlossen.

Die Frau lächelte. Anscheinend hatte ihr die Antwort gefallen. »Hallo, ich bin Theodora Zobel«, stellte sie sich vor.

»Vesper Gold«, sagte Vesper.

Auch Leander begrüßte sie.

»Trotzdem, ich mag keine Fremden.«

»Wir sind keine Fremden«, entfuhr es Leander.

Theodora Zobel starrte ihn neugierig und abfällig zugleich an. »Ich kann mich nicht daran erinnern, dich schon einmal getroffen zu haben, Junge.«

Leander schüttelte den Kopf. »Ich habe Sie auch noch nie gesehen.«

Warum nicht die Sache auf den Punkt bringen, dachte Vesper. »Herr Andersen kannte Carlotta Siebenbürger.«

Die hellen Augen wurden blauer und noch heller. »Vielleicht höre ich mir ja zumindest kurz an, was ihr zu sagen habt.«

»Das wäre nett.«

Sie zwinkerte dem Äffchen zu, als habe sie wenigstens Edgar schon einmal getroffen. »Und warum soll ich euch dreien helfen?«

Jonathan Andersen trat vor und sagte mit leiser Stimme: »Sie haben Carlotta gekannt.«

Die Hexe seufzte. »Carlotta.« Sie zuckte kaum merklich zusammen, als sie den Namen aussprach. »Hm, nun ja,

Carlotta Siebenbürger, das arme Kind.« Ihre hellen Augen musterten ihn. »Das ist lange her. Sehr, sehr lange. Sie war ein so schönes Mädchen.«

»Das war sie.« Andersen rang sichtlich um Fassung.

Theodora Zobel blickte ihm tief in die Augen, und wenn dort etwas verborgen war, dann erkannte sie es.

»Wir suchen einen Ort namens Karlstein«, sagte Leander.

»Kommt rein«, forderte die Hexe sie auf und ging vor. Die anderen folgten ihr.

Vesper musste den Kopf einziehen, als sie durch die Tür trat. Sie befand sich jetzt in einem großen Raum, der warm und behaglich war. Im Kamin brannte ein offenes Feuer, es roch nach Flammen, Rauch und Kohle. Blumen und allerlei wilde Kräuter wucherten aus schäbigen Tontöpfen, die überall herumstanden. Ein dünner Baum wuchs aus dem Boden in der Mitte des Raumes; er trug Äpfel, selbst jetzt in der Winterszeit. Die Möbel waren robust und einfach. Massive Schränke, ein runder Tisch, ein alter Sekretär mit einem unordentlichen Stapel alter Pergamente darauf. Von den Holzbalken, die sich durch die Decke zogen, baumelten Laternen herab. Drüben, am Fenster, befand sich eine Kochecke: ein rostiger Kohleherd, verbeulte Töpfe und einige geschwärzte Pfannen, kein Kühlschrank. Würste hingen von der Decke, frisches Brot war in ein Tuch eingewickelt, ein leuchtender Kupferkessel stand vorn auf der Herdplatte.

Vesper entdeckte weder Fernseher noch Radio, ganz zu schweigen von einem Telefon oder einem Internetanschluss.

Nicht einmal Strom schien die alte Frau zu haben. Wo man auch hinsah, brannten Kerzen oder Öllampen.

»Die Natur«, sagte die Hexe, »gibt uns alles, was wir brauchen.«

Vesper wusste nur zu gut, dass sie ein Kind der Stadt war. Sie liebte Straßen, Bistros, Geschäfte. Und die warzigen Kröten in den Ecken und Winkeln des Raumes hätte sie auch nicht gebraucht.

Andersen ergriff das Wort, nachdem er die Tür hinter sich geschlossen und den Winter ausgesperrt hatte. »Wir haben ein Problem.«

»Das ich lösen soll?« Theodora Zobel musterte ihn genau. »Das scheint mir kein gewöhnliches Problem zu sein. Ihr habt nach Karlstein gefragt. Das tut keiner leichten Herzens.«

Leander sah sie fragend an.

»Manchmal«, erklärte sie ihm, »kommen die Leute mit ihren Wehwehchen zu mir.« Sie kicherte. »Ein wenig Magie hier, eine Salbe da, ein frisch gebrauter Tee, das genügt in den meisten Fällen.« Sie schnalzte mit der Zunge. »Aber Karlstein, das ist etwas anderes.«

»Wir brauchen Informationen über die Mythen«, sagte Leander.

Vesper ergänzte: »Und die *Bohemia*.«

Als sie den Namen hörte, spuckte die Hexe in den Sand auf dem Boden und machte ein Zeichen gegen den bösen Blick. »Gehört ihr zur *Bohemia*?« Wütend funkelte sie ihr Gegenüber an. »Wenn ihr zur *Bohemia* gehört, dann verschwindet, ich habe nichts mit denen zu schaffen.«

»Nein«, antwortete Leander. »Wir gehören nicht dazu.«

»Nun ja, vielleicht doch«, verbesserte ihn Vesper. »Eigentlich wissen wir es nicht einmal selbst.«

Theodora Zobel starrte sie misstrauisch an. »Erklär mir das, Mädchen.«

Also erzählten sie der Hexe, was in der Welt da draußen vor sich ging. »Wir sind so hilflos.« Vesper näherte sich dem Ende ihres Monologs. »Und dies hier ist die einzige Spur, die wir haben.«

Draußen pfiff der Wind um die Kate.

Sie berichtete von der Spur aus Rosenstaub. Leander und Andersen hörten das Märchen zum ersten Mal.

Theodora Zobel lauschte andächtig, nickte hin und wieder.

Dann machte sie einen starken Kräutertee, den keiner von ihnen ablehnen durfte, auch wenn er bitter und wie Rauch aus dem Kamin schmeckte.

»Ihr wollt wissen, was ihr tun müsst, um sie aufzuhalten?«

»Ja.«

Sie seufzte. »Ich bin eine von ihnen, wisst ihr. Euch zu sagen, wie man ihnen Leid zufügt, ist mir nicht erlaubt … nein, ich kann es nicht tun.«

»Aber wir müssen einen Weg finden.«

»Warum müsst ihr das? Lasst die Dinge doch einfach geschehen!« Theodora Zobel klang plötzlich wütend. »Die *Bohemia,* diese lästige Gesellschaft aus Lügnern, hat solch einen Weg schon vor zweihundert Jahren gefunden. Sie haben uns gejagt und gefoltert, eingesperrt und verdammt.

Dabei war gar nichts vorgefallen; nichts, was diese Übergriffe gerechtfertigt hätte.« Sie starrte ins Feuer, sodass es aussah, als würde es in ihren Augen lodern. »Alle diese vernünftigen Menschen, die ihren Gefühlen nicht mehr trauten. Sie wollten alles um sich herum beherrschen, auch die Natur, doch das funktioniert nicht. Es ist nicht möglich, die Natur zu beherrschen. Allein darüber nachzudenken ist schon verrückt. Wir leben doch mitten in ihr, sind ein Teil von ihr, wie sie auch ein Teil von uns ist.« Sie schaute Jonathan Andersen an. »Die Mythen haben hier seit Anbeginn der Zeit gelebt, und die Menschen haben an sie geglaubt, weil sie für sie Wirklichkeit waren.« Sie wies mit einem ihrer krummen Finger auf das Äffchen. »Sie selbst haben sich eines Wesens aus unserer Mitte angenommen.« Sie lächelte dem Äffchen zu. Edgar krächzte leise und unsicher. »Doch dann«, fuhr sie fort, »kamen die Schergen der *Bohemia* und töteten die unsrigen. Sie schleppten so viele von uns in die Verbannung. Und warum? Weil sie nicht länger wollten, dass es Rätsel und Geheimnisse gibt. Die Welt sollte geordnet sein, klar und von der Wissenschaft durchleuchtet. Wer braucht schon Wunder, wenn er der Medizin huldigt? Wer braucht Träume, wenn er sich selbst alle Wünsche erfüllen kann?« Sie schlug mit der flachen Hand auf den Holztisch, richtig ärgerlich und frustriert. »Nur Straßen, wohin man blickt, aber kein Wald mehr. Nur Pfade, wo vorher Bäume ihre Wurzeln ausgestreckt haben.«

»Aber die Kinder«, betonte Vesper, »was wird mit ihnen geschehen?«

Theodora Zobel seufzte. Dann schlurfte sie zu einem der Regale und zog ein mächtiges Buch heraus. Ganz schwer war es, mit einem Einband voller Ornamente, die wie ein Mund anmuteten. »Die Kinder«, sagte sie, »trugen schon immer all das Leid. Denn sie waren auch früher schon diejenigen, die glaubten. Und der Glaube ist so mächtig wie das Schwert.«

Sie schlug das Buch auf. »Sagt, kennt ihr die Geschichte vom Erlkönig und der Maikönigin?«

Alle drei schüttelten den Kopf. »Nein.«

Theodora Zobel blätterte die Seiten um, die dick und fest waren. Das ganze Buch atmete förmlich Staub und Zeit, wenn sie die Seiten umschlug. Sogar die Buchstaben waren groß und geschwungen, als habe jemand jeden Einzelnen von ihnen mit großer Sorgfalt zu Papier gebracht.

»Es war einmal«, begann sie, »vor langer, langer Zeit.«

Da lebte in den tiefen Wäldern, die sich über das ganze Land erstreckten, eine wunderschöne Frau, die von allen Wesen nur die Maikönigin genannt wurde, denn wo sie war, da blühte das Leben. Sie hatte ein Lächeln, das jeden verzaubern konnte, der sie auch nur im Vorübergehen kurz ansah. Ihre Untertanen liebten sie, und das Königreich war eines der angesehensten in der Welt.

»Dann, eines Tages, ging sie allein hinab zum Fluss, um zu baden.«

Sie tauchte in das klare Wasser ein und schwamm wie eine Forelle darin herum. Ihr Körper war eins mit dem Fluss, und die Sonne brach sich gülden in ihrem Haar, das lang und geschmeidig war wie ihr Lachen, wenn es über die weiten Wiesen flog wie die Schmetterlinge.

»Sie konnte nicht wissen«, erzählte Theodora Zobel, »dass der Erlkönig, dem dieser Teil des Waldes untertan war, sie von seinem geheimen Versteck im Gebüsch aus erblickte und sein Herz an sie verlor.«

»Was hat er getan?«, wollte Vesper wissen.

»Er gab sich zu erkennen und geleitete sie nach Hause.«

Sie waren sehr verliebt, und in den Tagen und Monaten, die kamen, konnte niemand sie mehr trennen.

»Doch dann kamen Schatten über das Land.«

Die Menschen trachteten den Mythen nach dem Leben. Von überallher trafen Kundschafter ein, die davon berichteten, dass Mythen verschleppt worden waren. Die Menschen wollten nicht mehr länger in Eintracht mit den Mythen leben. Sie huldigten nicht länger der Natur. Sie holzten die Wälder ab und verdammten alles Leben darin zu kummervoller Wanderschaft in der Fremde. Sie entrissen sogar dem Boden selbst die Erze, die den Zwergen seit jeher ihr Ein und Alles waren. Sie töteten Einhörner und jagten die Wandler. Alles, was einst war, wurde unter ihrem Zugriff grau und fad.

»So kam es, dass der Erlkönig in den Krieg zog.«

Die Maikönigin sah ihm nach, als er sie verließ, und sie weinte bittere Tränen des Schmerzes.

Die Zeit verging. Die Mythen verschwanden nach und nach aus dem Land, niemand wusste, wo sie waren. Die Maikönigin war allein in ihrem Schloss. Nur wenige Diener waren ihr geblieben, alle anderen waren in den Krieg gezogen, der lange schon dauerte und noch lange nicht enden wollte.

»Ihr Lächeln verlor an Kraft, ihr Gesang an Lieblichkeit.«

Die Schlachtfelder erstreckten sich über die ganze Alte Welt. Sie nahmen ganzen Landstrichen die Farbe. Die Jahreszeiten selbst waren auf der Flucht. Der Herbst war noch da, ebenso der Winter. Doch Sommer und Frühling hatten verlernt, wie man sich die strahlende Sonne und eine unermessliche Blütenpracht zaubert, und so waren sie verstummt und heimlich entschwunden.

»Manche glaubten sogar, dass die Menschen die beiden Jahreszeiten auf dem Gewissen hatten.«

Die Worte der Hexe schwebten durch die warme Luft wie dunkles Holz und ließen Vesper dennoch frösteln.

»Und dann«, fuhr Theodora Zobel fort, »geschah ein Unglück.«

Eines Abends traf eine Nachricht im Schloss der Maikönigin ein, die sie erbeben ließ. Man sagte ihr, dass der Feind den Erlkönig gefangen genommen habe. Sein gewaltiges Heer sei geschlagen und er selbst schwer verletzt worden.

»Die Maikönigin war untröstlich, weinte, verfluchte die Menschen.«

Die Kundschafter berichteten ihr weiter, man habe den Erlkönig auf ein Schiff gebracht. Sie hätten ihn außer Landes geschafft, an einen Ort, weit, weit entfernt. Ewiges Eis sollte es dort geben und Tiere, die außer Weiß keine Farbe besäßen, und inmitten dieses Eismeeres gebe es eine Festung, gewaltig und verborgen vor den Augen der Welt, und in dieser uneinnehmbaren Festung mitten in diesem Eismeer, da hielten sie ihn gefangen.

Die Maikönigin schrie und tobte.

»Ihr Herz wurde zu Eis, und ihre Augen wurden blind vor Hass.«

Die Blumen in ihrem Reich begannen zu verwelken, die Bäume wurden ihrer Blätter beraubt, und so wurde auch noch der Herbst in die Flucht geschlagen, und es kam ewiger Winter über das Land.

»Sie wurde zu einer Schneekönigin, in deren Land niemals mehr Sommer herrschte noch Frühling oder Herbst.«

Mit der letzten Magie, die ihr verblieben war, versiegelte sie ihr Reich. All das, was sie war, flüchtete hinter das Eis ihrer Augen, das wie Spiegel war.

»Die Jahre vergingen, und wie man weiß, vergehen sie hinter dem Spiegel in anderer Art und Weise als in der Welt vor dem Spiegel.«

Draußen, in der anderen Welt, töteten die Menschen indes die Mythen, derer sie habhaft werden konnten. Die anderen, denen die Flucht gelang, lebten fortan in den Wintergefilden der traurigen Schneekönigin. Dort waren sie sicher, verborgen an einem Ort, der mitten in der anderen Wirklichkeit einen Unterschlupf gefunden hatte.

»Doch gab es immer wieder Mythen unter ihnen, die sich nach den Jahreszeiten sehnten.«

Sie wurden krank im ewigen Winter und hatten keine Wahl. Sie gingen nach draußen.

»Was geschah mit der Schneekönigin?«, wollte Vesper wissen.

»Ihr Herz wurde vollends zu Eis.«

Und sie hasste alle Wesen, die nicht in ihrem Winterland lebten.

»Doch dann«, sagte Theodora mit erhobenem Zeigefinger, »dann wagten die Menschen einen letzten Vorstoß und drangen tief ins bitterkalte Winterland hinter den Spiegeln ein. Sie töteten viele der Mythen, die dort lebten und sich versteckt hielten. Nur ins Schloss der Schneekönigin konnten sie nicht vordringen.«

»Wie gelang es ihnen, dorthin zu kommen?«

»Ins Winterland hinter den Spiegeln?«

»Ja.«

Sie seufzte. Ihr langer Fingernagel kratzte über das Papier des Buches. »Man sagt, dass der Erlkönig die seinen verraten hat.«

»Sie meinen, er hat der *Bohemia* geholfen, die Mythen zu jagen?« Aber war er denn nicht in der Festung im Eismeer gefangen?

Theodora Zobel nickte. »So wird es erzählt.«

Das Schiff, auf dem man ihn verschleppt hatte, kehrte nicht wieder aus dem Eismeer zurück, wohl aber der Mann, der es befehligt hatte.

»Alexander von Humboldt.«

»Ja, und er brachte magische Steine mit.«

Vesper berührte den grünen Stein an ihrem Ring. Theodora Zobel war nicht entgangen, dass sie den Ring mit dem Stein besaß, aber sie schwieg, ließ Vesper nur mit Blicken wissen, dass sie ihn bemerkt hatte.

»Mithilfe der Steine«, sagte sie stattdessen, »konnten die Menschen die Mythen töten.«

Jetzt ging es um die Gabe, die auch Vesper selbst zu besitzen schien. Doch hatten die anderen nicht behauptet, dass es eine angeborene Fähigkeit sei? »Was ist mit den Musen?«, fragte sie.

Theodora Zobel lachte laut auf. »Das alte Kindermärchen von den Musen? Sag nur, du glaubst daran.«

»Wir haben davon gehört«, bestätigte Leander. »Wie gesagt, wir …«

»Eine Lüge der *Bohemia*«, unterbrach sie ihn schroff. »Wilhelm und Jacob Grimm waren diejenigen, die ein Gespür für derlei Dinge besaßen. Sie erkannten die Magie der Steine. Ja, sie sahen, dass die Steine den Worten, die man spricht, oder den Gedanken, die man denkt, eine unglaubliche Macht verleihen. Sie nutzten sie als Waffe.«

»Dann gibt es gar keine Abstammung von den Musen?«

»Blödsinn«, fauchte die Hexe. »Es gibt nur einen einzigen Erlkönig. Alles andere war eine Lüge. Höchst geschickt von den Brüdern Grimm und den anderen Lügnern in Umlauf gebracht. Mit der Zeit wurden diese Lügen zu Gerüchten, die Gerüchte zu Geschichten, die Geschichten zu Legenden.« Sie seufzte. »Und am Ende wurden die Legenden zur Wahrheit.«

Leander nippte an seinem Tee, verzog das Gesicht. »Dann gibt es keine Gabe.«

Theodora Zobel lachte noch immer. »Der Träger des Steins hat die Macht.«

Im Grunde genommen, dachte Vesper, war also alles ganz einfach. Und nicht an bestimmte Personen gebunden. Am Ende hatte sie diese Dinge mit den Buchstaben tun können, weil sie den Ring besaß. Ohne Schnickschnack bezüglich der langen Abstammung von Schriftstellern, die Nachkommen mit irgendwelchen Musen gezeugt hatten.

»Was geschah mit der Schneekönigin?«

Die Hexe streckte die Hand aus, und Edgar hüpfte ihr auf den Schoß. »Eine Dornenhecke wuchs und rankte sich um die Burg herum. Sie schloss alles darin ein. Die Schneekönigin aber ging hinauf in den Turm und schloss sich dort ein, und niemand hat sie jemals wiedergesehen.«

»Und was hat das mit uns und der gegenwärtigen Situation zu tun?«

»Ist das denn nicht offensichtlich, Jonathan Andersen? Der Erlkönig ist es, der den Menschen alles Leid bringt. Er ist zurückgekehrt. Er ist derjenige, der die Kinder entführen lässt und die Fäden zieht.«

Vesper wusste nicht mehr, wo ihr der Kopf stand. »Was kann man gegen ihn tun?«

»Die Schneekönigin ist die Einzige, die sich ihm entgegenstellen kann.« Die Hexe sah sie alle scharf an. »Und sie *wird* sich ihm entgegenstellen. Ihr müsst sie nur aus ihrem Turm befreien.«

Vesper verdrehte die Augen. Das alles klang nicht sehr ermutigend. »Und deswegen sind sie hinter uns her?«

»Deswegen haben sie alle anderen getötet?«, fragte Andersen.

»Das ist der Punkt.« Theodora Zobel nickte. »Es gibt jetzt nur noch euch drei. Ihr habt die Schmuckstücke mit den Steinen. Ihr habt die Schlüssel.«

»Was hat es mit den Schlüsseln auf sich?« Vesper konnte sich nicht mehr vorstellen, dass alle Schlüssel so wichtig waren, dass die Mythen hinter ihnen her waren.

»Sei nicht so schwer von Begriff, Mädchen«, fuhr die Hexe sie ungeduldig an. »Schau hin, und du erkennst, was passiert ist.« Sie schnippte mit den Fingern der rechten Hand, die andere Hand kraulte beruhigend den Hals des Äffchens auf ihrem Schoß. »Diese drei Schlüssel, Mädchen, können den Turm öffnen. Diese drei, und *nur* diese drei. Man braucht sie, um die Schneekönigin zu befreien.«

Vesper schwieg.

»Dann wollten sie gar nicht in die Refugien eindringen?«

Theodora Zobel zuckte die Achseln. »Das alte Märchen, so wie ich es kenne, endet damit, dass die Schneekönigin, erfüllt von Schwermut, die drei Schlüssel zu ihrem Turm fortgibt. Sie ruft drei Gänse in den Turm. Ihnen gibt sie die Schlüssel, und sie tragen sie in die Welt hinaus.«

»Warum?«

»Damit nichts und niemand sie dort mehr herauslassen kann, Dummchen.« Sie schien das kleine Äffchen zu mögen. »Sie war der Welt so überdrüssig. Wollte nur schlafen und sterben. Sie glaubte daran, dass der Erlkönig sie verraten hatte, und dieses Wissen hatte ihr Herz, Seele und Augen zu Eis gefrieren lassen.«

Leander hob die Hand wie ein Schüler, der sich zu Wort melden möchte. »Fürchtet der Erlkönig deswegen also ihre Rache?«

Sie nickte.

»Der Erlkönig wird alles daransetzen«, mutmaßte sie, »in den Besitz der drei Schlüssel zu kommen. Denn nur so kann er verhindern, dass die Schneekönigin ins Leben zurückkehrt.«

»Aber haben sie nicht beide das gleiche Ziel?«

Die Hexe schüttelte den Kopf. »Die Schneekönigin ist von blindem Hass auf den Erlkönig zerfressen. Sie hasst ihn, so wie die Mythen die Menschen hassen. Sie wird sich dem Erlkönig entgegenstellen, wenn man sie in die

Freiheit entlässt. Sie wird ihn töten, sie allein hat die Macht dazu. Und wenn das geschieht, dann sind die Mythen ohne Führung.«

»Was ist mit dem Spielmann?«

»Pah! Der wundersame Spielmann. Er ist nur ein Handlanger, kaum mehr. Ein Mensch, den der Erlkönig verführt hat. Er ist das Bindeglied zu den Menschen, er befehligt die Wölfe. Mit seiner Hilfe konnten die ersten von ihnen überhaupt erst wieder an Macht gewinnen.«

So ergab also alles einen Sinn.

Und der Plan?

»Also müssen wir mit unseren Schlüsseln die Schneekönigin befreien.« Es war Andersen, der es aussprach. »Ist es das, was Sie meinen?«

»Ja.«

»Und wie machen wir das?«

Theodora Zobels Augen funkelten. »Das ist der schwierigste Teil der Geschichte. Ihr müsst zu ihr gehen.«

»Zur Schneekönigin?«

»Zu wem wohl sonst?«

»Wo ist sie denn?«

»Noch immer da, wo sie einst gelebt hat. Karlstein, so heißt ihr Zuhause. Burg Karlstein. Sie befindet sich gleich dort drüben, hinter dem Tal, nahe der Bergspitze, die man jetzt nicht zu sehen vermag.«

»Auf dem Brocken?«

Sie lachte. »Der Brocken ist nur etwas, was in dieser Welt ist. Ihr aber müsst ins Land der Schneekönigin.«

Alle drei sahen sie fragend an.

»Ich kann euch den Weg beschreiben. Es gibt einen Spiegel, drüben in den Wäldern. Er befindet sich unter einem Baum, der schon gestorben ist. Redet mit ihm, und mit etwas Glück lässt er euch eintreten. Auf der anderen Seite aber ist alles anders.«

»Wie im Märchenland?«

»Grausamer, mein Kind, viel grausamer. Die Märchen, die du kennst, sind nur Lügen, die sich zwei Brüder ausgedacht haben, um die Mythen zu schwächen. Die Wirklichkeit hinter dem Spiegel aber kann verletzen und sogar töten.«

Sie nickten.

»Denkt daran«, betonte Theodora Zobel erneut, »was immer dort noch lebt, ist von tiefem Hass auf die Menschen durchdrungen.« Sie hob den Finger. »Das dürft ihr niemals vergessen, versprecht mir das.«

»Was wird geschehen, wenn wir die Schneekönigin erweckt haben?«

»Ihr müsst mit ihr reden. Erzählt ihr alles, was ihr wisst.«

»Und dann wird sie uns helfen?«

»Vielleicht, vielleicht auch nicht. Ihr Herz ist kalt, keine Ahnung, was sie tun wird.«

So saßen sie alle um den Kamin herum, während sich draußen der Tag mit dichten Wolken dem Mittag zuneigte. Sie nippten an dem bitteren Tee. Vesper hoffte, dass sich ihr Aufbruch noch ein wenig hinauszögern würde. Sie wollte noch nicht nach draußen in die Kälte, den Schnee, die Ungewissheit der Wälder, die wie ein dumpfer

Laut waren, der alle anderen Töne zu überdauern vermochte.

Schließlich nahm Andersen all seinen Mut zusammen und stellte die Frage, die ihm auf der Zunge brannte: »Wissen Sie, was mit Carlotta geschehen ist?«

Theodora Zobels Gesicht wurde mit einem Mal so alt, dass ihr sogar das helle Blau in den Augen erlosch. »Carlotta Siebenbürger«, sprach sie den Namen aus wie wohligen Rauch, der einem übers Gesicht streift. »Ich lernte sie kennen, als sie mit ihren Eltern hierherkam. Ihre Mutter wollte ihr erklären, was es mit dem Brocken auf sich hat. Sie wollte ihr zeigen, dass es nicht nur ein hoher Berg im Harz ist. Nicht nur ein Berg, um den sich Legenden und Sagen ranken. Nein, sie wollte ihr die Wahrheit zeigen, doch Carlotta lief fort.« Sie starrte in die Flammen. »Sie lief in den Wald und verirrte sich. Zwei Tage irrte das Mädchen in den tiefen Wäldern umher. Dann kam es an ein Häuschen.« Sie zwinkerte Vesper zu. »Kein Pfefferkuchenhaus, aber so ähnlich. Lebkuchen ist das, was man zu finden hofft, wenn man verzweifelt ist, nicht wahr?« Sie seufzte. »Ich öffnete ihr die Tür, und da stand sie: ein zwölfjähriges Mädchen, verängstigt und durcheinander.«

Jonathan Andersen lauschte ihr angespannt und mit Tränen in den Augen.

Vesper sah die Bilder vor sich.

Ein Mädchen, schmutzig und verirrt.

Wer bist du?, fragt das Kind.

Ich bin eine Hexe, antwortet die Frau.

Bilder, die ablaufen wie in einem Film ihres Vaters.

Im Haus kommt das Mädchen wieder zu Kräften. Es trinkt heiße Brühe und schläft behütet in einem Bett mit einer Decke voller Daunen. Es hilft der Hexe in der Küche, und es vergehen ein Tag und eine Nacht, bis die Hexe es zum nächsten Dorf bringt, wo es seine Eltern wiedersehen wird.

Alle sagen, dass Hexen böse sind, sagt das Mädchen, als sie durch den Wald gehen.

Ich bin nicht böse.

Und die Wölfe?

Sind manchmal hungrig, aber das sind wir doch alle manchmal, oder etwa nicht?

Das Mädchen nickt höflich. *Ich mag dich.*

Ich mag dich auch.

Sie gehen eine ganze Weile, und dann, als das kleine Dorf schon in der Ferne auftaucht, sagt das Mädchen: *Ich werde dir nie wehtun, auch wenn alle das von mir verlangen.*

Die Hexe bleibt stehen: *Jemand verlangt das von dir?*

Das Mädchen nickt traurig: *Deswegen bin ich fortgelaufen. Meine Mama hat mir gezeigt, was mit den Märchen passiert, wenn sie zu böse werden.*

Die Hexe wird bleich: *Du hast den Spiegel gesehen?*

Wir sind hindurchgegangen. Ich habe gesehen, was hinter dem Spiegel ist. Deswegen bin ich fortgelaufen.

Die Hexe nimmt das Mädchen bei der Hand: *Du bist ein gutes Kind.*

Das Mädchen lächelt. *Und du bist eine liebe Hexe.*

»Daraufhin ist Carlotta allein ins Dorf zurückgekehrt«, erinnerte sich Theodora Zobel mit sorgenvollem Blick.

»Ich wollte es tunlichst vermeiden, ihrer Mutter zu begegnen.«

»Haben Sie trotzdem Ärger bekommen?« Vesper konnte sich eigentlich kaum etwas anderes vorstellen.

»Ich bin fortgegangen, weil sie nach mir gesucht haben. Erst zwei Jahre nach der Begegnung mit Carlotta bin ich hierher zurückgekehrt. Seitdem lebe ich ruhig in dieser Kate.«

»Sie hat mir von Ihnen erzählt. In Heidelberg, an der Universität«, sagte Andersen.

Das musste gut zehn Jahre nach dem Vorfall in den Wäldern gewesen sein.

»Sie war ein gutes Mädchen«, flüsterte Theodora Zobel. »Ich habe geweint, als ich von ihrem Tod erfuhr.«

»Ja«, war alles, was Andersen hervorbrachte.

Die Hexe streichelte Edgar, der das Köpfchen schief legte. »Lasst ihn hier bei mir, wenn ihr zum Spiegel geht.« Sie meinte es aufrichtig. »Die Welt, die ihr sucht, ist kein Ort für ihn. Er wird sich fürchten, und vielleicht würde er sterben. Es gibt böse Wesen dort drüben.«

Jonathan Andersen schien den Vorschlag zu überdenken, doch eigentlich hatte er sich schon entschieden.

»Also gut, ich vertraue Ihnen.«

Edgar machte einige Zeichen mit den Pfoten.

»Sie haben ihm die Sprache der Menschen beigebracht?«

»Meine Vorfahren haben das getan«, antwortete Andersen. Er stand auf, ging zu Edgar. Das Äffchen sah ihn traurig mit seinen Kulleraugen an. »Morgen fahren wir nach Hamburg zurück«, versprach er dem Äffchen.

Edgar antwortete in seiner schwarz-weißen Gebärdensprache; außer Jonathan Andersen sah niemand, was er meinte.

»Lasst uns keine Zeit verlieren«, schlug Andersen sodann vor.

Theodora Zobel streichelte dem Äffchen den Rücken. Dabei zeigte sie ihnen auf einer Karte, die sie im Sekretär aufbewahrt hatte, wo man den Spiegel finden konnte. Es war nicht mehr weit, zumindest nicht bis zu dem toten Baum.

Vesper und Leander folgten Andersen zur Tür.

»Seid vorsichtig.« Theodora Zobel, die Hexe, stand im Türrahmen und schaute ihnen nach. »Der Weg, den ihr geht, ist gefährlich.« Das Äffchen hob zum Abschied die Pfote.

Andersen sah nicht einmal hin.

Dann brachen sie auf.

Sie fuhren mit dem Rover bis zu einem Dorf namens Moorfeld, von da an begann die Wildnis. Einem schmalen Waldweg folgten sie noch zwei Kilometer, bis der Schnee zu hoch und in den Verwehungen zu gefährlich war, als dass man noch weiter hätte fahren können. Selbst Goethe war hier im Winter nicht hinauf auf den Brocken gekommen, und auch der Rover hatte seine Schwierigkeiten mit der Witterung.

Die Laubbäume im dichten Wald waren kahle Gerippe, die ihre Äste, hungrigen Fingern gleich, nach den Wanderern reckten. Hohe Tannen säumten den Weg. Wo sie sich erhoben, war der Wald dunkel und noch kälter. Die Nacht ging hier nie ganz vorüber, nur einzelne Lichtstrahlen fielen durchs Geäst.

Vesper und Leander stapften hinter Andersen her, der selbst jetzt, in dieser Wildnis, seinen Mantel trug. Er folgte schnurstracks und zielsicher der Landkarte auf seinem iPad.

»Der Spiegel befindet sich unter einem toten Baum«, hatte die Hexe ihnen allen erklärt. »Ihr werdet ihn erkennen, denn ihr seid im Besitz der Steine.«

Doch um welches Gestein es sich bei dem grün glänzenden Zeug handelte, das hatte sie ihnen nicht sagen können.

»Spiegel sind gefährliche Geschöpfe«, hatte die Hexe ihnen mit auf den Weg gegeben. »Sie zeigen euch das, was wirklich in euch ist. Sie zeigen euch, wer ihr seid. Wer sich selbst nicht ertragen kann, der wird es nicht schaffen.«

Vesper seufzte.

Wie ermutigend!

Sie schaute nach vorn.

Der Aufstieg war anstrengend. Andauernd ging es nur bergauf. Vesper hasste es, schon als Kind hatte sie das Wandern gehasst.

Selbst Leander war ruhig.

Nur die Stille der Winterwelt umgab sie wie ein Mantel aus Weiß und Eis.

So erreichten sie nach einer Stunde Fußweg den Platz, den die Hexe ihnen beschrieben hatte.

»Ist er das?«, fragte Vesper.

Ein riesiger Baum ragte am Rande einer Lichtung empor. Er war tot, und doch schien er ein lebendiges Wesen zu sein. Seine knorrige Rinde sah dick und rau und vernarbt aus, wie der geschundene Leib eines Lebewesens. Man konnte sogar denken, dass er eine Kreatur war, die zu beiden Seiten die dürren Flügel ausstreckte, um sich emporzuschwingen und davonzufliegen.

»Sieht aus wie ein toter Baum«, erkannte sogar Leander.

»Und der Spiegel?«

Vesper trug den Ring, Leander die Uhr, Andersen den Anhänger um den Hals.

Sie sahen den Spiegel, kaum dass sie danach gefragt hatten.

Er war groß wie eine Standuhr, oval und schlicht, und steckte in einem barocken Rahmen, ein wenig schwülstig. Er spiegelte, was er sah und was vor ihm lag; ganz so, wie es normale Spiegel zu tun pflegen.

»Was machen wir jetzt?«, wollte Vesper wissen. Sie sah sich selbst auf den Spiegel zukommen.

Leander sagte: »Die Hexe meinte, wir sollten mit ihm reden.«

»Klasse Idee.«

Sie stapften weiter durch den Schnee.

»Ich sehe bescheuert aus in diesen Klamotten«, bemerkte Vesper mürrisch.

Leander grinste nur.

Vesper hob die Hand. »Hallo, Spiegel«, sagte sie.

Nichts passierte.

»So funktioniert es also nicht.« Leander trat vor und berührte einfach die Glasfläche mit der bloßen Hand.

Der Spiegel zeigte ihm nichts anderes. Nur Leander Nachtsheim, der seine Handschuhe auszog und die Glasfläche berührte. Doch dann, flink wie ein Wiesel, bewegte sich Leanders Spiegelbild mit einem Mal anders als er selbst. Das Ding im Spiegel sah aus wie Leander, hatte nun aber Augen aus Spiegelglas, in denen sich wiederum der richtige Leander spiegelte. Je näher man das Spiegelwesen betrachtete, umso schwindliger konnte einem werden. Der Spiegel im Spiegel im Spiegel im Spiegel. Endlos, bis man den Verstand verloren hatte. Leander, Leander, Leander, immer weiter.

»Wer seid ihr?«, erdröhnte plötzlich eine Stimme wie Kristall aus dem Spiegel.

»Wanderer«, gab Leander zur Antwort. Er sprach mit einer tieferen Stimme als sonst, die vermutlich bedeutsam und ernsthaft klingen sollte.

Vesper sah ihn belustigt an. Selbst jetzt brachte er sie zum Lachen. Selbst hier.

»Wer bist du?«

Leander nannte seinen Namen.

»Du möchtest diesen Weg beschreiten?«

»Ja«, antwortete er mit fester Stimme. Vesper zugewandt, flüsterte er: »Wenn er jetzt nach meiner Lieblingsfarbe fragt, muss ich passen.«

Sie hielt sich die Hand vor den Mund, um ein Grinsen zu verbergen. Und das, obwohl sie sich abgrundtief vor dem Spiegelding fürchtete. Oh, Leander, dachte sie nur.

Der Spiegel, der nicht zum Scherzen aufgelegt war, fragte: »Ins Winterland jenseits von mir?«

Leander wurde ernst. »Ja.«

»Du bist ein Mensch«, stellte der Spiegel fest.

Leander hielt die Uhr in die Höhe. »Ich weiß, wohin ich gehe.«

Der Leander im Spiegel neigte, anders als der richtige Leander, den Kopf und betrachtete die Uhr. Der Effekt war irritierend. »So, du weißt also, wohin du dann gehst.« Das Spiegelbild lachte klirrend. »Also komm!«

»Wie?«

»Ich führe dich.«

Der Leander im Spiegel streckte plötzlich die Hände aus, und der Leander, der neben Vesper stand, tat das Gleiche. Er konnte gar nicht anders, als die Hände des Spiegelbildes zu ergreifen.

»Sieh dich selbst und verzage«, dröhnte der Spiegel.

Dann wurde Leander mit einem kräftigen Ruck nach vorn gezogen und verschwand in sich selbst. Zurück blieb ein Spiegelbild, das den Wald und Vesper darin zeigte. Andersen stand neben ihr, auch im Spiegel.

»Er ist fort«, stammelte Vesper. Es war so schnell gegangen, dass sie es kaum wahrgenommen hatte.

»Wer ist der Nächste?«

Vesper zuckte zusammen. Es war ihr Spiegelbild, das die Frage stellte.

»Ich?« Die Antwort kam nur zögerlich.

Der Spiegel stellte ihr die gleichen Fragen, und komischerweise musste sie fortwährend an ihre Lieblingsfarbe denken.

Wie Rosen, so rot.

Sie trat vor, streckte die Hände aus.

Rosen …

»Sieh dich selbst und verzage«, dröhnte der Spiegel erneut.

Rot …

Die Vesper im Spiegel ergriff sie, eisig kalt, dann spürte sie ein Zerren und Wind, der ihr ins Gesicht schlug. Sie schloss die Augen und …

… rosenrot, ganz rosenrot …

… stolperte durch den Spiegel hindurch auf die andere Seite und …

… befand sich in einem Raum, der niedrig und warm war. Sie streifte ab, was sie an Vesper Gold und Herz und Seele mitgebracht hatte, und …

… war das Mädchen, das allein in den Wäldern lebte. Dieser Ort war ihr Zuhause, und sie lebte hier schon so lange, dass ihr alles vertraut war. Jeden Winkel kannte sie, all die Geräusche war sie gewohnt.

Sie ging zu der schweren Holztür und öffnete sie.

Draußen gab es nur dichten Wald und einen kleinen Bach, der sich durch das Laub und das dunkle Gestein schlängelte. Das Wasser plätscherte, sanft wehte der Abendwind, und die Sonne glänzte matt über den Spitzen der großen Bäume. Nur die Farben der Wälder wirkten gedämpft im kalten Licht der hereinbrechenden Dämmerung. Die tiefe dunkle Nacht war bereit, ihre Schwingen auszubreiten.

Wo bin ich hier, verdammt noch mal?, dachte sie. *Wo sind die anderen?* Doch selbst diese Fragen waren kaum mehr als ein Echo, das verhallt war, bevor sie sich noch einmal daran erinnern konnte. Denn Fragen waren unwichtig. Ihren Namen und alles, was einmal gewesen war, hatte sie hinter sich gelassen. Sie war jetzt hier, in ihrer Welt.

Dies ist mein Leben.

Das bin ich, so wie ich wirklich bin.

Im Dorf, das fernab von dieser Lichtung lag, lebten ihre Eltern. Sie stritten sich den ganzen Tag, und aus ihren Augen und Worten sprach nur Hass. Sie erinnerte sich an eine Schwester, die allein in den Wald gegangen und den bösen Wölfen zum Opfer gefallen war, aber daran wollte sie jetzt gar nicht denken.

Sie selbst war immer achtsam gewesen. Sie lebte. Sie war hier. Sie war das Mädchen, das allein im tiefen Wald lebte.

Sie ging wieder hinein in die Stube und schloss die Tür hinter sich. Wenn die Nacht kam, dann musste man das tun. Jeder, der im Wald lebte, wusste das. Jeder, der es nicht wusste, war des Todes.

Sie seufzte.

Die Stube war klein und von einer gemütlichen Wärme durchdrungen, sanft knisterte das Kaminfeuer und prasselte leise. Von den dicken hölzernen Balken, die eine niedrige Decke trugen, baumelten kleine Sträuße getrockneter Blumen herab und hier und da eine Laterne, die den Raum in weiches Licht tauchte. In der Mitte des Raumes stand, gesäumt von einfachen Schemeln, ein Holztisch, an dem ein Junge saß, den sie kannte.

Er war aus dem Dorf gleich unten beim breiten Strom. Blondes Haar hatte er, Sommersprossen, selbst im Winter. Er war ein kräftiger Junge, der später einmal ein Holzfäller werden würde. Sie betrachtete seine starken Arme. Sie wusste nicht genau, wann er gekommen war. Ja, sie konnte sich nicht einmal daran erinnern, ihm Einlass gewährt zu haben.

»Warum bist du hier?«, fragte sie ihn.

Doch bevor sie weitersprechen konnte, schlug etwas Schweres von draußen gegen die geschlossenen Fensterläden.

Die Nacht, das wusste hier jeder, konnte schnell hereinbrechen. Deswegen waren die Fensterläden auch am Tage geschlossen. Jeder, der hier lebte, wusste das.

Der Junge aber rannte trotzdem zum Fenster, hinter dem das Geräusch zu vernehmen gewesen war. Aufgeregt kontrollierte er mit hochrotem Gesicht die eiserne Verriegelung.

»Sie sind hier«, sagte er.

»Wer?«

»Sie kommen, wenn es dunkel wird.«

Verdammt, wovon redete er? »Wer ist da draußen?«

Panisch starrte er sie an. »Märchen«, sagte er. »Alles, was im Dunkeln lebt und das Licht scheut.«

Ein schabendes Geräusch zerschnitt die Stille. Es hörte sich an, als tasteten sich Krallen von draußen am Fensterladen entlang. In der Stube war es heiß und still und stickig. Ein leiser Wind heulte um das Haus, und das Holz knackte im Kaminfeuer.

»Am Tage sieht man sie nicht. Man muss auf dem Weg bleiben. Wenn man den Weg verlässt, dann kommen sie und holen einen.«

Das Kratzen wurde lauter, erscholl nun auch von den anderen Fenstern her.

»Es sind viele«, murmelte der Junge. Vesper musterte seinen Körper und sah, dass er zitterte.

Dann verstummten die Geräusche von draußen so plötzlich, wie sie begonnen hatten.

Da war nur das durchdringende Blöken der Schafe und Ziegen zu hören. Die armen Tiere klangen ganz aufgeregt, sie wurden immer lauter und unruhiger.

Dann hörten sie den Schrei, langgezogen und voller Verzweiflung.

Zweifelsohne war es ein Mensch, der da in Todesangst aufschrie. Jemand trommelte mit den Fäusten wild gegen die Fensterläden.

»Lass mich ein!« Sie kannte die Stimme. Sie gehörte einem anderen Jungen aus dem Dorf. Sie hatte seinen Namen vergessen. Rote Haare hatte er, das wusste sie.

Er hämmerte gegen die Tür.

In der Ferne erklang ein Grollen.

Ja, sie wusste auch, dass sie ihn herbestellt hatte. So war es immer, das war ihre Art. Sie verabredete sich mit den Jungs für einen Abend, und sie kamen, und später dann schickte sie sie wieder fort.

Das Grollen wurde lauter.

In Gedanken sah sie ihn vor sich, wie er Wasser vom Brunnen holte und von den anderen Mädchen bewundert wurde. Die roten Haare, der nackte Oberkörper, die breiten Schultern.

Jetzt drangen seine Schreie an ihr Ohr, Schreie, die nur erahnen ließen, was mit ihm geschah.

»Wenn wir die Tür öffnen«, sagte der blonde Junge in der Hütte schnell und aufgeregt, »dann werden sie auch uns anfallen.«

Das heftige Kratzen war erneut an den Fensterläden zu hören. Die panischen Laute der Schafe und Ziegen lösten die Schreie des Jungen ab. Da waren schlurfende Schritte im Schlamm vor dem Haus zu hören. Etwas mit langen Krallen schabte weiterhin an den Wänden entlang, versuchte scheinbar ohne Sinn und Verstand einen Weg ins Innere des Hauses zu finden.

Dann verstummte auch das letzte Blöken.

Der Wind heulte weiter ums Haus.

Sie glaubte, leise Stimmen zu erkennen, unartikulierte Laute von großen Tieren, die sich da draußen versammelten.

Grunzen, Geifern, Knurren.

Ruhe trat ein.

Es war eine Stille, die förmlich zu schreien schien.

»Du musst jetzt gehen«, sagte sie zu dem Jungen, der bei ihr war.

Sie wusste, dass sie ihm damit ein Leid antun würde, aber die Worte sprudelten aus ihr heraus, wie sie es immer taten. Sie wollte keinen Jungen bei sich haben, nicht hier und jetzt und erst recht nicht am nächsten Morgen.

»Du willst mich da hinausschicken?«

»Du kannst nicht bleiben.«

Er fiel vor ihr auf die Knie. »Aber du hast doch gehört, was da draußen ist.«

»Es ist wieder ruhig.«

»Sie sind noch da.«

»Vielleicht haben wir uns das alles nur eingebildet.«

»Ich bitte dich.«

Sie ging zur Tür, schob den Riegel zur Seite. Sie ergriff seine Hand und zog ihn hinter sich her.

»Es war schön mit dir«, sagte sie, und ihre Stimme war so wie immer, wenn sie das sagte.

»Aber ich liebe dich doch.« Er ließ nicht locker.

»Sag so was nicht.«

»Aber ich muss andauernd an dich denken.«

»Nein, musst du nicht.«

»Ich habe dir Blumen gepflückt.«

»Niemand hat dich darum gebeten.«

»Was soll ich denn tun, wenn ich allein da draußen bin?«

»Du wirst jemanden finden.«

»Das nächste Dorf ist weit fort.«

Sie öffnete die Tür. Dunkelheit war da draußen.

»Geh!«

Sie schob ihn hinaus. Dann schloss sie die Tür hinter ihm und atmete durch.

»Du bist herzlos!«, schrie der blonde Junge von draußen.

Allein, allein, endlich wieder allein.

Sie frohlockte, seufzte. Als das Knurren und die Schreie die Nacht zerrissen, schloss sie die Augen.

Nein, sie hörte das nicht. Er würde es schaffen, irgendwie. Die Schuld traf nicht sie. Die Jungen kamen immer ganz von allein. Sie verließen das sichere Dorf und gingen den ganzen langen Weg durch den Wald, bis sie an diese Hütte kamen, und dann klopften sie an und baten um Einlass. Diese dummen Jungen, ahnte denn keiner, dass sie niemandem gehörte?

Ich gehöre nur mir allein.

So war es schon immer.

Die Stimmen der Tiere vor der Tür wurden zu den Stimmen, die sie kannte.

Dann, ohne dass zuvor jemand angeklopft hätte, wurde die Tür aufgerissen.

Ein junger Mann stand dort.

»Ein Mädchen mit einem Geheimnis«, hörte sie seine Stimme sagen.

Er trug ein braunes Tweedjackett, die dazu passende Hose, überhaupt nicht zu allem anderen passende schwere braune Stiefel, eine altmodische Fliege. Das braune Haar stand ihm wie wild vom Kopf ab, und eine unruhige Tolle baumelte rastlos vor seiner hohen Stirn. Seine Hand ruhte einen Moment lang auf seinem kantigen Kinn, dann steckte er sie in die Hosentasche und machte eine schaukelnde Bewegung zur Seite, als balanciere er auf einem unsichtbaren Seil.

»Kennen wir uns?«

Er schüttelte den Kopf. »Nein, ich denke nicht.« Er griff in die Tasche seines Jacketts und hielt sogleich einen Apfel in der Hand. »Möchtest du?«

Instinktiv schüttelte Vesper den Kopf. »Nein, danke.«

Er biss hinein, kaute energisch, schluckte. *»Der Wald,* hm«, murmelte er. »Man weiß nicht, was aus all den Jungs geworden ist.« Er biss erneut in den Apfel hinein.

»Was willst du hier?«

Er trat ein und schloss die Tür hinter sich. »Ich bin auf der Wanderschaft. Kam so vorbei.«

»Du bist sehr gesprächig«, sagte Vesper.

»Nein, eigentlich nicht. Bin eher der schweigsame Typ.« Er sah sie an. Aus dunklen braunen Augen. »Weißt du was? Wir werden uns küssen, und dann wirst du mich in den Wald hinausschicken.«

Wer war der Kerl?

»Warum sollte ich dich küssen?«

»Du küsst gern.« Er lachte frech. Biss erneut in den Apfel. »Du siehst aus wie eine, die gern küsst und dann fortläuft.«

Vesper grollte. »Ich laufe nicht fort.«

»Du schickst die Jungs nach draußen, wo sie gefressen werden.«

»Sie sind alt genug, um sich im Wald auszukennen«, wies sie jede Schuld von sich.

Er trat auf sie zu. Er überragte sie um einen Kopf.

»Du siehst wirklich aus wie jemand«, erkannte der junge Mann, »der gern küsst.«

»Eigentlich wollte ich allein sein.« Sie wusste, dass sie sich störrisch anhörte und unfreundlich. Ihre Finger umspielten einander nervös.

»Es stört dich doch nicht, wenn ich hierbleibe? Über Nacht?«

Der Kerl nervte. »Niemand ist jemals so lange geblieben.«

»Okay, dann gehe ich ein wenig auf Distanz.« Er trat zwei Schritte zur Seite. »Etwa so.«

Er wirkte verschroben. Er war niemand, den sie jemals gesehen hatte, wenn sie ins Dorf gewandert war.

»Noch einen Schritt.«

Widerwillig musste sie lächeln.

»Du hast gelächelt«, stellte er fest.

Sie erwiderte nichts.

»Ich bleibe hier stehen, genau an dieser Stelle, so lange, bis du mir einen Kuss gegeben hast.«

Er konnte einfach nicht den Mund halten!

»Was wird das hier?«

Er beugte sich ein wenig nach vorn, balancierte wieder unruhig herum. »Wie meinst du das?«

»Du bist dir im Klaren darüber, dass dies die dämlichste Anmache überhaupt ist?«

Er schüttelte schnell den Kopf. »Oh nein, ist es nicht. Tut mir leid, wenn es so wirkte. Wirkte es so? Nein, ich denke nicht.« Er fuhr sich durchs Haar, atmete tief durch. »Ich bin hier, weil du hier bist.« Er reichte ihr den Apfel. Sie sah ihn abfällig an.

»Weißt du was? Wir stehen hier einfach eine Weile herum und schweigen.«

»Kriegst du das denn hin?« Irgendwie schaffte sie es nicht, den Blick von dem Apfel zu lösen.

»Zu schweigen?«

»Ja.«

»Denke schon.« Er lächelte sie an, als habe er etwas ausgefressen. »Du musst dir also keine Gedanken machen. Wir haben uns einander nicht vorgestellt, was okay ist. Zwischen uns bleibt es also unverbindlich. Wir sind einfach nur zwei Fremde.«

Vesper konnte das Lächeln nicht länger unterdrücken. »Gut«, sagte sie. Was hatte sie schon zu verlieren?

Er klatschte in die Hände. »Toll, das wäre also geklärt.«

Wieder hielt er ihr den Apfel hin.

Vesper starrte ihn an. Rotglänzend und saftig. Dann ergriff sie die Hand des Jungen und biss in den Apfel hinein. Das Fruchtfleisch schmeckte süß und wunderbar, und noch während sie kaute und schluckte und ihr der Saft über das Gesicht lief, spürte sie, wie ihre Lippen die seinen suchten. Beide versanken sie in einem Kuss, der ganze Tage und Nächte dauern mochte, sie wusste es nicht.

Dann löste er sich aus der Umarmung und sagte: »Entschuldige …«

Sie wurde aus ihren Gedanken gerissen.

»Ich gehe jetzt.«

Was sollte sie darauf erwidern? »Ja, ist gut.«

»Es war schön, dir zufällig zu begegnen.«

»Ja.«

»Viel Glück«, wünschte er ihr.

»Wozu?«

»Wir alle brauchen Glück, oder etwa nicht?« Er sah sie lange an. »Du hast wunderschöne Augen.« Er ließ sie erst gar nicht zu Wort kommen. »Aber sie sehen rastlos aus.« Die unruhigen Finger zupften an der Tolle, die bei jeder Bewegung seines Kopfs auf und nieder hüpfte. »Ich wünsch dir so viel Glück, dass deine Augen wieder zu lachen lernen.«

Woher kannte sie diesen Ausspruch?

»Ja«, war alles, was sie zustande brachte.

Er machte auf dem Absatz kehrt und latschte beschwingt aus der Hütte.

Du bist jetzt allein.

Der Gedanke war klar und wie ein Schlag in den Magen.

Ganz allein.

Mit einem Mal schrie Vesper auf.

Allein, wie du es immer gewesen bist.

Sie spürte, wie klein die Hütte war, und sie rannte nach draußen, wo die Nacht dunkel und dicht war.

Sie wollte nicht hierbleiben, wie sie es immer getan hatte. Deshalb rannte sie, so schnell sie konnte.

Sie erkannte seine Silhouette, die vorn den Weg entlangging.

Nein, sie durfte ihn nicht verlieren.

»Leander!«, schrie sie. Die Angst ließ ihr das Herz schlagen. Oh, mein Gott. »Leander!« Denn das war sein Name. Ja, sie erinnerte sich an den Namen. Er war Leander Nachtsheim, und sie war Vesper Gold.

All die Jahre hatte sie namenlos in der Hütte mitten im Wald gelebt, und jetzt wusste sie ihren Namen.

Und sie kannte seinen.

Spieglein, Spieglein …

Doch Augen in der Finsternis öffneten sich und sahen sie. Eine Klaue fuhr hernieder, krumm und morsch wie ein langer Ast.

Vesper spürte einen lodernden Schmerz, der ihr den Atem nahm, und erkannte eine lange, klaffende Wunde an ihrem Arm. Blut rann ihr durch die Finger, und sie schrie vor Schmerzen auf, so gellend und glühend rot, dass ihr die Tränen heiß in die Augen schossen.

Ja, Spieglein, Spieglein …

Dachte sie.

Ohne Sinn.

Spiegel sind heimtückische Wesen, erinnerte sie sich der Worte der Hexe.

Ja, jetzt fiel ihr alles wieder ein.

Nun, da sie die Sicherheit der Hütte verlassen hatte und allein durch den Wald rannte.

Pelzige Leiber fielen über sie her, und dann spürte sie eine Hand, die sie nach vorn zog.

»Vesper?«

»Du weißt, wer ich bin?«

Sie rannten zwischen hohen Bäumen hindurch und waren so langsam wie Kinder, denen im Traum die Wölfe nachsetzen. Raubtiere hetzten mit feuchten Lefzen hinter ihnen her, sie hörte ihr Keuchen und Grollen.

Dann wurde der Boden unter ihnen zu einem Moor. Dichter Morast sog sie hinab in die Tiefe. Kalte Finger umschlossen ihre Knöchel und zogen sie nach unten.

Moorjungfrauen, dachte sie benommen.

Die Raubtiere näherten sich jetzt langsam. Nur glühende Augen waren von ihnen zu sehen, die massigen Körper verbarg die Nacht.

»Leander?« Ihre Stimme überschlug sich.

Sie hörte ihn gurgeln.

Nein, das durfte nicht sein.

Ihre Hände suchten in der morastigen Dunkelheit nach ihm, doch sein Arm wurde in die Tiefe gezogen. Oh, dieses Geräusch! Sie hatten ihn schon hinab ins feuchte Grab gezogen!

Moorjungfrauen.

Nein, sie durfte das nicht zulassen. Sie konnte nicht wieder allein in der Hütte leben.

Der Wald war jetzt anders, da sie Leander kannte.

Sie rief seinen Namen und spürte, wie sein regloser Körper sie mit sich in die Tiefe nahm.

»Ich bleibe bei dir«, ächzte sie. Mit letzter Kraft hielt sie sich an ihm fest. Das Knurren der Bestien wurde still, das kalte Moor umschloss ihren Hals, ihr Kinn, drang ihr in die Haare.

Sie hielt den Mund geschlossen und dachte an Leander. Schlamm kroch ihr in die Nase, ließ sie würgen.

Ihr Gesicht wurde starr, und ihr Herz zerbrach, und …

… sie stürzte nach vorn, wo sie sanft aufgefangen wurde.

»Wir sind im Winterland«, sagte Leander bloß.

Vesper zitterte am ganzen Leib. Sie schlang die Arme um ihn und weinte einfach nur. »Ich dachte …«

»Wir waren im Moor«, sagte er. »Wir sind ertrunken.«

Sie starrte ihn an. »Was …?«

»Ich weiß es nicht. Der Spiegel hat uns etwas gezeigt.« Er schenkte ihr ein strahlendes Lächeln. »Jetzt sind wir hier.«

Vesper atmete tief durch.

Sie war ganz nah bei ihm. Er war hier, meine Güte, er war nicht fort! Sie war nicht allein.

»Vesper! Leander!« Jonathan Andersen taumelte auf sie zu, stand still, atmete durch, blinzelte. »Der Spiegel ist wirklich heimtückisch«, stellte er fest. »Was hat er euch gezeigt?«

»Uns«, sagte Leander nur.

Andersen dachte darüber nach, nickte, grinste. »Gut.« Er sah sich um, seufzte, sagte: »Wir sind also angekommen.«

Zu dritt standen sie nun dort herum, wo sie eben erst gelandet waren, und bestaunten den Anblick, der sich ihnen bot.

»Wow«, entfuhr es Vesper.

Leander flüsterte: »Exakt.«

Und Andersen überprüfte die Pistole unter seinem Arm.

Der Wald war dichter als jeder Wald, den Vesper je zuvor gesehen hatte. Die hohen Bäume waren mit nichts zu vergleichen, was sie noch eben am Brocken gesehen hatte. Und eines war ihr sofort klar: Dies hier war nicht länger der Harz, dies war eine andere Gegend, näher als ihr eigenes Herz, und doch so fern, dass sie normalerweise ihr ganzes Leben brauchen würde, um zu diesem Ort zu wandern. Er war fernab jeder Karte, und doch tief in allem verwurzelt, was die Menschen je gekannt hatten. Ein Ort der Magie, der verborgen in den Klüften und Felsen des Harzes hauste, irgendwo versteckt, unentdeckt, lauernd.

Vesper hatte keine Ahnung, welche Wesen hier draußen leben mochten. Sie wollte es auch gar nicht wissen, denn sie *ahnte* es.

»Da!« Sie folgte Leanders Fingerzeig.

»Sind das Wurzeln?«

Andersen nickte. »Wir müssen uns in Acht nehmen.«

Die Wurzeln der großen Bäume schlängelten sich über den gefrorenen Boden.

Erst jetzt sah Vesper, dass sich auch die Äste bewegten. Und das war kein Wind, der sie hin und her schwenken ließ. Wie Arme griffen sie um sich, zogen sich an anderen Bäumen weiter. Dann erkannte sie die Bewegungen der Wurzeln unter der Erde und auch darüber im Schnee.

»Sie wandern«, stellte Andersen fest.

Na, klasse.

Wandernde Bäume!

Aus den Astlöchern dampfte heiß ihr Atem, selbst das Laub auf dem Boden bewegte sich nach Regeln, die nicht dem Wind gehorchten. Auch machten die Bäume Geräusche. Sie wisperten einander zu, wie Lebewesen es taten.

»Als würden sie merken, dass wir hier sind.«

Buchen, Stechpalmen, Haselsträucher und Hartriegel. Mit wilden Weinranken, Efeu, hoch oben sogar Misteln an den Ästen. Beschattet von hohen Tannen und Kiefern, weniger kahl als ihre Artgenossen und grimmig dreinblickend. In dem Dämmerlicht mochten sich nebelgraue Wesen verbergen und lauern, tief im Boden, unter und hinter dem Moos, mit langen Gesichtern wie Erde und Gliedmaßen wie Geäst.

Nein, Vesper fühlte sich hier nicht wohl.

Die Winterwelt war nicht ihr Ding, ganz klar.

Da waren Eichen, die mächtig und mürrisch wirkten. Ihre dicken Wurzeln in der Erde gruben sich Wege, durch die in ihrem Gefolge andere Wesen kriechen mochten. An den Steilhängen wuchsen Winterlinden, am Boden Kreuzdorn und andere geheimnisvolle Pflanzen.

Sie sahen winzige Tiere durch die Schatten huschen. Später auch große mit bulligen Körpern, grunzende, wilde Eber, dann wieder kleine hauchige Wesen, die im Wind schwebten.

»Was ist mit dem Spiegel?«, wollte Vesper wissen. Das Ding stand mitten im Wald, als würde es nur in dieser Welt stehen. »Ich meine, werden wir den Spiegel wieder benutzen, wenn wir zurückwollen?«

Andersen ging nicht näher darauf ein. »Wir werden sehen«, war alles, was er dazu sagte.

Vermutlich weiß er es selbst nicht, dachte Vesper. Das lautstarke Echo des heftigen Spiegeltraums hallte noch immer in ihr nach. War sie wirklich so herzlos gewesen? Insgeheim kannte sie die Antwort – und sie wusste auch, dass es dieses Wissen war, das sie den Spiegel hatte passieren lassen. Sie hatte in den Spiegel hineingeschaut, sich selbst gesehen und diesem Anblick standgehalten. Und was immer auch Leander erblickt hatte, er war in ihrem Traum gewesen. Sie hatten das, was sie gesehen hatten, gemeinsam durchlebt.

Herrje, wenn das nichts zu bedeuten hat.

Vesper spürte ein wohliges Gefühl in sich drinnen, da, wo das Herz schlug. »Wohin sollen wir uns jetzt wenden?«, fragte sie.

»Immer der Nase nach«, schlug Leander vor. Er latschte, fasziniert von allem, einfach los.

»Na, klasse. Toller Vorschlag.«

Folgen wir weiter der Spur aus Rosenstaub.

Sie gingen über eine Anhöhe, hinter der sich ein trostloser Himmel erhob. Eis und Schnee machten das Wandern beschwerlich. Im feinen Pulverschnee konnte man die Spuren von Tieren erkennen. Schmale Pfade durch das Weiß, Abdrücke von Pfoten, Krallen, Füßchen.

Hinter jedem Baum erwartete Vesper eine neue Gefahr, doch erst einmal war da gar nichts.

Alles blieb ruhig.

Bis sie die Lichtung erreichten.

»Was, in aller Welt, ist denn das?« Andersen, der den Anfang ihrer kleinen Gruppe bildete, blieb stehen.

Der Wald öffnete sich hier dem Himmel. Die Bäume sahen faul und tot aus, nicht einmal der Wind wehte hier.

»Bleib bei mir«, hörte sie Leander dicht neben sich sagen.

»Okay.« Jetzt sah auch Vesper, was Andersen meinte.

Da waren Spiegelscherben, so hoch wie ein großer Mann.

Sie steckten wie abgebrochene Zähne in der Erde zwischen den Bäumen, und in allen Spiegelscherben waren verschiedene Landschaften zu erkennen. Immer sahen sie ganz anders aus. Exotisch, düster, fern. Es gab Wüsteneien und Eisberge, tiefe Höhlen, Strände, an denen seltsame Wesen herumkrochen. Da waren Dörfer und Städte und Orte, die wie nichts waren, was Vesper jemals erblickt hatte.

»Da sind die Kinder«, stellte Leander fest.

Vesper flüsterte: »Greta.«

Sie liefen alle zu den Spiegelscherben und sahen erschrocken hinein. Überall in den Landschaften, die dort zu sehen waren, befanden sich Käfige, manche groß, viele klein. In ihnen waren unzählige Kinder und Erwachsene gefangen. Sie reckten verzweifelt die Arme zwischen den Gitterstäben hindurch und versuchten zu entkommen, doch hatten sie nicht die geringste Chance.

Die Kinder in den Käfigen weinten, die hageren Gesichter wirkten leblos und ausgezehrt.

»Greta muss irgendwo dort bei ihnen sein.« Die Worte blieben ihr fast schon im Halse stecken. Aufgeregt blickte sie zwischen all den Spiegelstücken umher.

War das möglich?

In manchen Spiegelscherben konnte man fabrikähnliche Gebäude erkennen, rostige Schienen und Lokomotiven mit Loren, die auf ihnen fuhren. Da waren Höhlen, in denen sonderbare Gerätschaften aufgebaut waren, wilde Sammelsurien aus Drähten und Rohren, Metallträgern, Holzverstrebungen und Plastikteilen. Sie schnauften wie lebendige Wesen, stießen rußige Wolken aus oder zischend Wasserdampf hervor. Da waren Bewegungen in der Dunkelheit jenseits der Käfige. Körper zuckten in den langgezogenen Schatten, Klauen wurden gewetzt. Die Wesen, die man nicht sehen konnte, bewegten sich unablässig in den Schatten. Gestalten, von denen man in sturmumtosten einsamen Nächten träumte und an die man sich nicht mehr erinnern konnte, wenn man erst schreiend und verschwitzt aufgewacht war, lebten dort noch immer. Sie waren die Märchen, die niemand mehr erzählte.

»Sie sind gefangen.«

Alle drei zuckten zusammen, als sie die Stimme hörten. Sie klang, als kaue jemand klares Glas.

Eine wunderschöne Frau stand inmitten der Spiegelscherben. Keiner von ihnen hatte gehört, wie sie sich genähert hatte. Es war, als habe sie sich einfach aus dem Nichts materialisiert.

»Wer sind Sie?«, fragte Leander.

Vesper erschauderte.

Die junge Frau trug ein langes, altmodisches Kleid. Dunkles Blau im grellen Schnee. Ihr hageres Gesicht war von makelloser Schönheit, rein wie Ebenholz und zart wie Samt. Doch anstelle von Augen erblühten zwei Rosen in ihrem Gesicht, bestehend aus nichts als gezackten Laubblättern. Zwischen den schmalen Lippen erkannte man Dornen, die spitz wie Stecknadeln aus dem Zahnfleisch ragten.

»Ich bin die Wächterin dieser Spiegelscherbensplitter«, sagte sie mit einer gläsernen Stimme und lächelte dabei.

»Wer sind Sie?«, fragte Andersen.

»Einst nannte man mich Dornröschen.« Die Rosenlaubblätterblüten bewegten sich wie Augäpfel.

»Wir sind Reisende«, sagte Andersen.

Vesper und Leander standen dicht beieinander.

»Dann sucht ihr die Königin.«

»Ja.«

»Seid ihr gut oder böse?«

»Kommt darauf an«, antwortete Leander schnell. Er griff in die Hosentasche, wo sich seine Uhr befand.

Dornröschen lächelte mit einem Mal nicht mehr. »Ihr seid hier, um all diese Kinder zu suchen.« Die spitzen Dornenzähne rieben sich klirrend aneinander, wenn sie redete. »Es ist euch nicht erlaubt, sie mitzunehmen. Sie gehören jetzt uns.« Sie deutete zu den Spiegelscherben. »Wir hüten jetzt die Kinder.« Sie seufzte. »Und all die anderen auch.«

»Was passiert mit ihnen?«

»Sie wissen jetzt, dass es uns gibt.«

Vesper schluckte.

»Sollten sie jemals heimkehren, werden sie niemals vergessen, was sie erlebt haben.«

»Warum tut ihr das?«

»Die Wölfe werden bald hier sein«, sagte Dornröschen, ohne Vespers Frage zu beachten.

Verdammt, sie wissen, dass wir hier sind. Leander und Vesper tauschten besorgte Blicke.

»Aber sie werden nichts mehr vorfinden, wovor sie sich fürchten müssen.« Die Glasstimme war voller Scherbenstücke, als sie das wisperte. »Nein, niemand wird mehr da sein.«

Andersen trat zur Seite.

Dornröschen bleckte die stecknadelspitzen Dornenzähne. »Ich rieche, dass ihr Böses bringt.«

»Sie wollen uns töten?«

»Ich werde euch küssen«, versprach sie. Sie kicherte. »Habt ihr eine Ahnung, wie schön bittersüß meine Küsse schmecken?« Ihre Rosenlaubblätteraugen warfen Leander einen tiefen Blick zu. »Mit dir, Kleiner, werde ich beginnen. Glaub mir, ich trage dich in den Himmel und küsse dir das Fleisch von der Seele.«

Erst jetzt fielen Vesper die Knochen auf, die aus dem Schnee ragten. Überall verstreut lagen sie herum. Arglose Wanderer, die nicht auf die Ratschläge gehört hatten. Schädelknochen und Gerippe lagen zwischen den Spiegelstücken wie auf einem Schlachtfeld.

Der Märchenwald ist definitiv nicht meine Welt, dachte Vesper.

»Und Sie fragen uns, ob wir böse sind?« Leander hielt jetzt die Uhr in der Hand.

»Der Wald«, säuselte Dornröschen, »ist gefährlich. Man sollte ihn meiden. Hat euch das nie jemand gesagt?«

Noch bevor Vesper etwas erwidern konnte, überschlugen sich bereits die Ereignisse.

Dornröschen sprang auf Leander zu, doch Vesper, die spürte, wie der Ring an ihrem Finger glühte, stellte sich ihr in den Weg. Sie öffnete den Mund und dachte an all die Wörter, die sie ausgesprochen hätte, wenn ihr Herz hätte reden können. Wie Staub wirbelten die Buchstaben durch die Luft und trafen die kreischende Kreatur mit den grausamen Dornenzähnen. Dornröschen ging augenblicklich zu Boden, kam jedoch schnell wieder zu Kräften.

Etwas ist nicht richtig.

Dornröschen fauchte wütend.

Die Rosenblätteraugen raschelten hungrig.

Es funktioniert nicht richtig, dachte Vesper und spürte Panik in sich aufkommen.

Doch da begann Leander instinktiv zu reden, und auch Andersen kam ihr zu Hilfe.

Die Luft war erfüllt von Buchstaben, die ihnen aus dem Mund strömten und wie winzige Insekten auf die Gestalt zustürmten, sie umgaben, an ihr fraßen, weiter und weiter.

Dornröschen hieb sich mit den langen Fingern selbst ins Gesicht, kreischte, ging in die Knie. Blut färbte den Schnee rot, und nach wenigen Minuten lag die Kreatur mit den stecknadelspitzen Dornenzähnen regungslos am Boden.

Ihr letzter Aufschrei wurde von einem Heulen erwidert, das aus weiter Ferne kam.

Stocksteif blieb Vesper stehen. Alles in ihr verkrampfte sich.

»Sie sind hier!«, flüsterte Andersen und schaute sich um.

»Sicher?« Vielleicht hatten sie sich verhört.

Das Heulen erklang erneut.

»Ganz sicher«, flüsterte Leander von der Seite und grinste, wofür sie ihm liebend gern eine gescheuert hätte.

Dann war da nur Stille, kein Heulen, nichts mehr.

Vesper fragte sich verzagt, ob sie drei erneut die Kraft hätten, ihre Gabe zu verwenden, wenn die Wölfe sie angreifen würden.

»Es hat nicht richtig funktioniert«, sagte sie.

»Ja.« Leander schaute fasziniert und zugleich angeekelt auf die Kreatur am Boden.

»Wir sollten den Wölfen aus dem Weg gehen«, schlug Andersen vor. »Lasst uns einfach weitergehen.«

Vesper hatte keine Ahnung, wohin sie in diesem Wald flüchten sollten. Aber hierzubleiben schien die denkbar schlechteste Idee zu sein. Also setzten sie sich in Bewegung.

Leander verstaute sorgsam seine Uhr in der Hosentasche, und auch Andersen berührte hin und wieder den Anhänger, der um seinen Hals hing.

Vorsichtig pirschten sie so durchs Unterholz, in eine Richtung, die so gut war, wie alle Richtungen es hätten sein können.

»Wir hinterlassen deutliche Spuren im Schnee«, gab Vesper zu bedenken.

Andersen tat es mit einem Achselzucken ab. »Daran können wir jetzt nichts ändern.«

Sie stapften weiter durch den Winterwald.

»Da vorn ist ein Dorf«, sagte Leander plötzlich und fasste sie sanft an der Schulter, zog sie nach unten in die Hocke.

Sie verbargen sich im Gehölz.

»Wir sollten es umgehen«, schlug Andersen im Flüsterton vor.

Leander nickte nur.

Vesper staunte.

Unten, in einem kleinen Tal, befand sich ein Dorf, das kaum mehr war als eine wilde Ansammlung von kleinen Katen. Es war wie in den alten Märchen. Geheimnisvoll und wild, unverhofft und spannend. Man wusste einfach nicht, was einen erwartete. Nur war Vesper jetzt mittendrin.

Das kleine Dorf war unscheinbar und beengt, mit kleinen Holzhäusern, die ihre spitzen Dächer schräg und verwittert dem Geäst über ihnen entgegenreckten. Matte Lichter schimmerten wie wachsame Äuglein hinter den schmalen Fenstern. Nur vereinzelt sah man die Einwohner, die kaum menschlich wirkten, auf den schneebedeckten Straßen umhereilen.

In der Tat wirkte das Dorf dort unten nicht gerade einladend.

Der überdachte windschiefe Brunnen im Zentrum des Dorfplatzes, die fernen Geräusche aus den Wäldern und die vielen verschlossenen Fensterläden hießen Fremde nicht unbedingt willkommen. Die wenigen eilig vorbeihuschenden Wesen (große Bauern mit klobigen Hufen und zerfurchten, besorgten Gesichtern und von der harten Arbeit zerschlissener grober Kleidung) sahen böse und hungrig aus. Sie sahen einen wilden Eber, der mit einem Faun sprach, weiter hinten hielten zwei Füchse Wache.

»Wir sollten von hier abhauen«, schlug Andersen vor.

Keiner der beiden hatte etwas dagegen einzuwenden.

Aber Vesper hatte nicht die geringste Ahnung, wie sie zu Burg Karlstein kommen sollten. Am Ende hatten sie vielleicht keine Wahl.

»Wir müssen irgendjemanden nach dem Weg fragen.«

»Ach, ja?« Leander war dicht bei ihr. »Wen schlägst du vor? Den Eber da drüben oder einen der Füchse? Oder den großen Kerl mit dem Wanst und den Hauern im Gesicht?«

Okay, das waren gute Argumente.

»Wie sollen wir Karlstein sonst finden? Wir haben doch keine Vorstellung, wie groß das alles hier ist, und keinerlei Orientierung.«

Sie dachte an die gruseligen Märchen, in denen sich Entfernungen andauernd veränderten. In diesen Märchen war alles möglich, warum sollte es in der Welt der Mythen anders sein?

Vesper rieb sich die Hände.

Die Kälte jedenfalls war garstig. Sie kroch einem in die Kleider, egal, was man dagegen tat.

Langsam, vorsichtig, gingen sie geduckt weiter, umrundeten das Dorf und blieben unentdeckt.

Sie kamen an einem Pferch vorbei, in dem Einhörner an ihren Futtertrögen fraßen. Sie schnaubten ihren Atem in den Nebel und ihre Hufe versanken tief im Schlamm.

Andersen hatte die Arme fest um seinen Körper geschlungen.

Dann, als sie sich weit genug entfernt hatten, sagte er leise: »Es gibt sie also doch noch.«

»Glauben Sie, das waren richtige Mythen?«

»Sie sahen jedenfalls nicht nett aus, wer auch immer sie waren.«

Vesper sah die beiden an und sagte: »Wir haben eben Dornröschen getötet. Also was erwartet ihr beiden?«

Andersen und Leander schwiegen.

So gingen sie weiter, ohne auf eine Straße oder eine Burg zu stoßen.

Der Wald, in den sie schon kurz nach Verlassen der Dorfes gerieten, schien immer unübersichtlicher zu werden. Völlig planlos bewegten sie sich bergauf in jene Region, die ein wenig wie der Brocken aussah, es aber nicht war.

Dichte Tannen und andere Nadelbäume absorbierten jetzt geradezu die letzten Reste des kümmerlichen Tageslichts.

Vesper fühlte sich hier gar nicht wohl. »Hat sich mal jemand darüber den Kopf zerbrochen, wie wir zurückkommen?«, fragte sie.

Andersen und Leander starrten sie an.

Beide schwiegen.

»Also nicht«, gab sie sich selbst die Antwort.

Na, toll.

Da, plötzlich, bedeutete Andersen allen, stehen zu bleiben.

Vespers Herz begann aufgeregt zu pochen, als sie im Nebel gleich vor sich eine hochgewachsene Gestalt zu erkennen glaubte, die ebenso schnell wieder verschwand, wie sie aufgetaucht war. Das Geschöpf bewegte sich auf zwei Beinen geschmeidig und schnell durch das dichte Unterholz.

»Ein Wolf«, flüsterte Leander.

»Ein Wolf auf zwei Beinen«, korrigierte sie ihn.

Andersen hielt jetzt die Pistole im Anschlag und spähte dorthin, wo vor Augenblicken noch jene seltsame Gestalt zu erkennen gewesen war.

»Hast du ihn gesehen?«

»Ja.«

»Es war also keine Einbildung.«

»Glaubst du, sie sind uns gefolgt?«

»Den langen Weg von Hamburg bis hierher?« Er sah sie zweifelnd an.

»Er hatte spitze Ohren«, stellte sie fest. Hatten die Viecher in Blankenese spitze Ohren gehabt? Sie wusste es nicht mehr.

Ein langgezogenes Heulen erfüllte mit einem Mal den Wald.

Und dem Heulen folgte eine beängstigende Stille.

Nichts rührte sich.

»Von woher kam das denn?«

Alle hielten die Luft an.

Nichts mehr.

War es möglich, dass das Tier sie gar nicht bemerkt hatte?

Vesper hoffte es.

Sie verhielten sich jedenfalls alle ruhig und gingen nach einiger Zeit leise und vorsichtig weiter.

Nach einer Weile erreichten sie den Eingang zu einem kleinen Tal, zu dessen beiden Seiten sich zackige Felsen erhoben. Ein schmaler Fluss schlängelte sich zugefroren durch die Wälder. Aus der Ferne erklang erneut jenes langgezogene Heulen, diesmal aus vielen Kehlen. Und unten im Tal erkannte man die Silhouette einer Burg.

»Karlstein«, flüsterte Vesper.

Und dann sah sie die Wölfe. Sie pirschten sich durchs Unterholz an, man konnte ihre schwarzen Leiber deutlich erkennen.

Sie jagen, dachte Vesper und erschauderte. *Sie tun das, was ihrer Art entspricht.*

Ein Reihe von Geißen umringte einen Brunnen, der sich auf einer Lichtung befand, und Vesper fragte sich, was sie da machten. Das stattliche Tier, das die Mutter sein mochte und – Vesper konnte es nicht glauben – ein altmodisches Kleid und eine schicke Haube trug, hob hin und wieder den Kopf, um vorsichtig Witterung aufzunehmen. Die Kleinen tranken aus einem Eimer Wasser, nachdem sie das Eis zerschlagen hatten.

Als der Angriff dann endlich kam, überraschte er alle.

Die Wölfe liefen hier, wenngleich ein wenig gebeugt, auf den Hinterläufen. Ihr dunkles Fell schimmerte im fahlen Licht des aufgehenden Mondes, und die spitzen Ohren gaben den Gestalten etwas Bösartiges. Es waren vier Wölfe, die mit der Jagd auf die Geißenmutter und die kleinen Geißlein begannen, doch nach wenigen Augenblicken sah Vesper, dass die Wölfe die Geißlein auf eine weitere Gruppe zutrieben, die am anderen Ende der Lichtung auf die Beute wartete. Sobald die armen Tiere in ihre Reichweite gekommen waren, schlugen sie zu. Gleich acht der Kreaturen sprangen die kleinen Geißlein und ihre Mutter an. Sie hatten nicht den Hauch einer Chance.

»Das ist in der Tat keine heile Märchenwelt«, gab Leander zu bedenken.

Benommen beobachteten sie, wie die Wölfe die Geißlein auffraßen, bis der Schnee auf der Lichtung rot vor Blut war.

»Sieh nur«, flüsterte Leander. »Sie haben aufgehört zu fressen.«

Ruckartig hoben sich die Köpfe der Kreaturen.

Ein wütendes Heulen aus vielen Kehlen erklang.

»Sie haben uns entdeckt!«, stieß Andersen hervor. »Lasst uns abhauen.«

»Aber wohin?«, keuchte Vesper. Alles in diesem verfluchten Wald sah gleich aus.

»Vielleicht gelingt es uns erneut, sie abzuhängen«, hoffte Andersen.

»Oder wir verteidigen uns wie eben«, meinte Leander.

»Vorhin haben wir nur Glück gehabt. Dornröschen war allein. Die Wölfe sind das nicht«, gab Vesper zu bedenken.

»Dann laufen wir halt«, brachte es Leander auf den Punkt.

Und so rannten sie durch den Schnee, doch die Wölfe, das wusste Vesper, waren schneller. Burg Karlstein war irgendwo da unten im Tal. Sie würden es nicht schaffen, vor den Wölfen dort zu sein.

Und doch mussten sie es versuchen.

Einen besseren Plan hatte keiner von ihnen.

Dabei wussten sie ja nicht einmal, ob sie überhaupt in die Burg hineingelangen würden. Hatte die Hexe nicht von einer Dornenhecke gesprochen, die sich um die Mauer rankte?

Vesper fluchte.

Sie lief bergab und hatte das Gefühl, als würde sie den Wölfen entgegenrennen.

Sie dachte an die schwarzen Leiber der Wölfe, die durch den Wald rannten. An die glühenden Augen, die blitzenden Zähne. Sie drehte sich um. Leander war dicht hinter ihr, Andersen irgendwo neben ihr. Die Bäume bewegten sich bedrohlich. Etwas flog an ihrem Kopf vorbei, und als sie ihm hinterherschaute, da erkannte sie eine Schleiereule, die mit ihren Krallen ein Stück aus ihrer Jacke gerissen hatte.

Sie stolperte über eine Wurzel, die sich vor ihre Füße geschlängelt hatte, als sei sie mit den Verfolgern im Bunde. Sie stürzte in den Schnee, purzelte nach vorn, rutschte einen Hang hinab. Als sie unten angekommen war, schnappte sie erst mal nach Luft.

Oben stand Leander.

Er drehte ihr den Rücken zu. Dann wurde er von einem Schatten zur Seite gerissen.

Von weiter hinten hörte Vesper einen Schuss. Sie kannte den Klang. Es war Andersens Pistole. Lautes Knurren zerriss die Stille.

Ein langer Schatten fiel plötzlich über sie.

Als sie sich umdrehte, sah sie in das unrasierte Gesicht des Menschenwolfs, dem sie dieses Mal nicht entkommen würde.

»Und die Moral von der Geschicht.« Mit einem schnellen Sprung war er bei ihr. »Mädchen weich vom Wege nicht.« Seine Stimme war tief und boshaft. Spitze Zähne blitzten direkt vor ihr auf. Dann, noch bevor sie einen klaren Gedanken, der nicht Furcht war, fassen konnte, schlug er mit der Pranke nach ihr, und alles um sie herum wurde schwarz.

Sie spürte eine Kälte wie von Eissplittern, tief unter der Haut.

Sie öffnete die Augen und versuchte zu erkennen, wo sie war. Alles tat ihr weh.

»Vesper«, hörte sie ihren Namen, und dann war Leander bei ihr.

»Wo bin ich?«

»Vor Burg Karlstein«, antwortete ihr Jonathan Andersen. »Sie haben uns alle hierhergebracht.«

Sie öffnete langsam die Augen. Der Kopf tat ihr weh.

»Du bist unverletzt«, sagte Leander, und seine Hand mit den langen Fingern fuhr ihr beruhigend durchs Haar, zärtlich und besorgt.

Sie sah ihn an. Versank erneut in diesen Augen, ließ es einfach geschehen, wenn auch nur für Sekunden.

Dann wurde sie der Wölfe gewahr, die sie umringten. Es war ein Rudel, das sie bewachte. Sie konnte das feuchte Fell der großen Tiere riechen. Wie Wald und Tannennadeln, Bachläufe und erdige Ufersteine. Der Atem stand ihnen in kleinen Wolken vor den langen Schnauzen.

Sie hob den Blick.

Burg Karlstein erhob sich vor ihr aus dem Wintergestöber. Sie lag auf dem Boden, mitten auf dem Weg, der hinauf zur Burg führte. Sie setzte sich auf, klopfte sich den Schnee von den Klamotten.

Sah erneut zur Burg hinauf.

Wie eine Märchenburg, so sah sie aus. Da waren hohe und eckige Gebäude, schlanke Türme mit kegelförmigen Dächern, Balustraden und Mauern, die sich in das Felsgestein krallten, als hinge ihr Leben davon ab. Nur ein schmaler Weg führte von dort hinab ins Tal.

»Wir mussten ihnen folgen«, erklärte Andersen.

»Immerhin haben sie niemanden gefressen«, ergänzte Leander.

Vesper schwieg.

Sie fühlte sich schwach und müde. Jegliches Zeitgefühl war ihr abhandengekommen.

»Sie sieht verwunschen aus«, entfuhr es ihr.

Leander nickte. »In der Winterwelt ist alles möglich.«

Dichte Dornenhecken rankten sich an den Mauern entlang. Schnee und Frost glitzerten auf ihnen, spitz stachen die Dornen die zackigen Schatten aus, die sie warfen.

Die Wölfe ließen sie nicht aus den Augen. Sie knurrten und liefen im Kreis um sie herum. Manche von ihnen völlig aufrecht, andere trabten in ihrer typischen Haltung umher.

»Sie werden uns begleiten«, sagte der Menschenwolf, der jetzt mehr Mensch als Wolf war. Zum ersten Mal sah sie deutlich sein Gesicht. Irgendwoher kam es ihr bekannt vor. Sie dachte an Märchenbücher, konnte es aber dennoch nirgends richtig einordnen. Er trug einen langen Mantel und sah so aus, wie sich ein Kind den Jäger vorstellt.

Vesper berührte ihren Kopf und verzog das Gesicht.

»Die Königin erwartet Sie!«, verkündete der Menschenwolf. Seine schwarzen Augen ruhten auf dem Ring, den man ihr offenbar nicht abgenommen hatte.

Vesper wusste noch gar nicht, wie ihr geschah.

Sie fragte sich, ob sie ihre Gabe benutzen sollte, unterließ es dann aber. Das Gefühl, dass alles anders war, als sie vermutet hatte, war stark. Außerdem blieb Leander ebenfalls ruhig.

Und Andersen analysierte anscheinend die missliche Lage. Auch er wirkte eher fasziniert als besorgt, zumindest im Augenblick noch.

Leander trat dicht neben sie. »Er hat gesagt, dass mein Bruder dort oben sei.«

Vesper sah ihn fragend an. »Alexander?« Sie konnte kaum glauben, dass es erst zwei Tage her war, dass er ihr die Geschichte von seinem Verschwinden erzählt hatte.

»Sie sagen, wenn wir freiwillig mitkommen, dann werden sie ihn freilassen.« Leander wirkte verzweifelt und aufgedreht. »Kannst du dir das vorstellen, nach all den Jahren?«

Sie schüttelte den Kopf.

Die Hoffnung, die in seinen Augen aufblitzte, war kaum zu übersehen.

Wenn Amalia hier wäre, dann würde ich durchdrehen, dachte sie nur und ertappte sich bei dem hoffnungsvollen Gedanken, dass sie es vielleicht sein könnte. Dass sie womöglich gar keinen Selbstmord begangen hatte, sondern irgendwo in dem verwunschenen Land hier lebte.

Fairytale gone bad.

Sie beobachtete die Wölfe, und die Wölfe beobachteten sie.

Warum nahmen sie ihr den Ring und den Schlüssel nicht einfach ab? Nach allem, was die Hexe ihnen vorhin erzählt hatte, waren sie doch nur hinter diesen Gegenständen her.

Oder ging es womöglich um etwas völlig anderes?

Ein Wolf trat von hinten an Vesper heran und stieß sie sanft mit der Schnauze an.

»Wir sollten jetzt gehen«, schlug der Menschenwolf vor.

»Wie sollen wir Sie anreden?«, fragte Vesper.

»Nennt mich Meister Grim«, erwiderte er.

Andersen fragte: »Wie die Brüder?«

Hatte er vielleicht sogar etwas mit ihnen zu tun?

Der Menschenwolf namens Meister Grim fauchte sie wütend an, und das Tier in ihm gewann für einen Augenblick die Oberhand, schimmerte dumpf in den wilden Augen, ließ sich dann aber wieder zähmen und kehrte unter die menschliche Haut zurück. »Fragt das niemals wieder«, knurrte er und bedachte sie mit einem zornigen Blick. »Und jetzt kommt!«

Sie folgten dem steil ansteigenden Weg bis zu der gewaltigen Dornenhecke, die, ohne dass sie etwas getan hätten, vor ihnen urplötzlich zur Seite wich und den Eingang zur Burg freigab.

Die Mannspforte neben dem riesigen Tor öffnete sich wie von Geisterhand und erlaubte ihnen, den Burghof zu betreten.

Vesper blickte sich misstrauisch um.

Die hohen Gebäude waren auch hier, im Inneren der Burg, alle von den unkontrolliert wuchernden Dornenranken eingeschlossen, die sich nun bewegten wie zähe Tentakel. Hinter den Fenstern mit ihren bunten Butzenscheiben waren Lichtschimmer zu erkennen.

Der Vollmond ging auf.

Die Nacht brach herein.

Vesper fragte sich, wie lange sie bewusstlos gewesen war.

»Er hat dich den ganzen Weg bis hierher getragen«, flüsterte ihr Andersen zu und deutete auf Leander, der von zwei schwarzen Wölfen flankiert wurde. »Hat es sich nicht nehmen lassen und dich nicht mehr aus den Armen gegeben.« Er lächelte ihr zu.

Vesper schluckte.

Sie fürchtete sich.

Bemerkte die vielen seltsamen Menschen auf dem Burghof, deren Augen alle wie Spiegel waren. Sie trugen Kleidung, die einstmals gewiss elegant war, jetzt aber nur verwittert und schäbig wirkte. Klamotten, die sie von den Bildern in ihren alten Geschichtsbüchern, die sie nie gelesen hatte, kannte.

»Sieht aus wie der Hofstaat.« Andersen ging vorsichtig an ihnen vorbei.

Die Menschen mit den Spiegelaugen beobachteten sie. Keiner verneigte sich. Sie standen nur da wie Statuen, erfroren im Moment, als sei ihnen gar nicht bewusst, dass mit den fallenden Schneeflocken auch stetig die Zeit verging.

Tick, tack, tick, tack.

Immer ein wenig mehr.

Fairytale gone bad, dachte Vesper erneut.

Leander jedenfalls wich, seit sie die Burg betreten hatten, nicht mehr von ihrer Seite.

Er schaute völlig fasziniert gen Himmel, rückte sich die Fliege zurecht und sah aus wie ein leicht irrer Archäologe, der sich gedankenverloren in eine Falle begibt, weil die Erkenntnis, die er dabei gewinnt, jede Gefahr rechtfertigt.

»Allons-y«, sagte er entschlossen.

Vesper musste grinsen.

»Was ist?«

»Das war irgendwie unpassend.«

»Finde ich nicht.«

Sie schmunzelte, zog sich den Schal enger um den Hals.

Über der Burganlage erhob sich ein gewaltiger Turm. Er war rund und so hoch, dass er fast schon die Wolken berührte. Vesper sah keine Treppe und keine Tür, da war nur graues Mauerwerk, an dem weitere Dornenzweige emporrankten. Sie bewegten sich wie Schlangen über den grauen Stein, trafen fauchend aufeinander und verbanden sich zu dickeren Ästen, die sich wie Adern weiter oben dann erneut teilten, um nach Rissen und Lücken in der Mauer zu tasten.

Vesper ließ den Blick nach oben gleiten, und dann sah sie es.

»Da!«

Andersen bemerkte es auch.

Hoch oben befand sich ein Fenster, nichts weiter.

»Die Königin lebt dort oben?«, fragte Andersen.

Meister Grim, der Menschenwolf, nickte.

»Ich bezweifle, dass sie ihr Haar nach unten lässt«, meinte Leander.

Keiner schien das so richtig komisch zu finden.

Meister Grim indes ging auf die Dornenhecke zu und berührte sie mit seiner krallenbewehrten Pranke. Augenblicklich zogen sich die Dornenzweige raschelnd zurück, schnell wie Natterngezücht.

Vesper erkannte drei Schlüssellöcher in der freigelegten Turmmauer, sonst nichts. Da war keine Tür, nur die drei Löcher, die aussahen, als wären sie für die Schlüssel, die sie alle drei bei sich trugen, gemacht. Rostiges Metall, verziert mit den Symbolen der Winterwelt.

»Öffnet den Turm«, sagte Meister Grim.

Vesper stutzte.

Warum wollte er, dass sie das taten? Hatte die Hexe nicht gesagt, dass die Mythen gerade dies verhindern wollten? Dass sie dem letzten Erlkönig auf seinem Feldzug gegen die Menschheit folgten? Dass der letzte Erlkönig niemanden mehr fürchtete als die Schneekönigin, die er einst verraten hatte?

»Warum sollten wir das tun?«, fragte Andersen.

Die Wölfe hätten ihnen die Schlüssel abnehmen können, um den Turm selbst zu öffnen.

Aber nein, das hatten sie nicht getan.

Warum nicht?

Weil sie ihn nicht öffnen könnten, selbst mit den Schlüsseln nicht, dachte Vesper. Doch was wurde hier dann gespielt? Meister Grim hatte gesagt, die Königin erwarte sie. War die Hexe doch nicht auf ihrer Seite gewesen? Hatte Dornröschen sie verpfiffen? Oder ging es um etwas völlig anderes?

»Tut es!«, donnerte die Wolfsstimme, von plötzlicher Ungeduld erfüllt.

»Und wenn nicht?« Vesper klang wieder so schnippisch wie früher, und ihr Mut verwunderte sie selbst am meisten.

»Wird sein Bruder sterben«, sagte Meister Grim, entblößte die spitzen Zähne, deutete mit einem Kopfnicken zu Leander. »Das wäre doch jammerschade, gerade jetzt, wo ihr endlich hier seid.« Der Spott troff ihm geradezu von den Lefzen.

»Also gut, *allons-y*.« Leander trat als Erster vor. Er hielt seinen Schlüssel in der Hand. »Ich weiß nicht, was für ein Spiel Sie hier treiben«, sagte er. »Aber wenn es eine Möglichkeit gibt, meinen Bruder zu retten.« Er sprach nicht mehr weiter. Er ging einfach zur Mauer, steckte seinen Schlüssel in eines der Schlösser hinein und sagte laut und mit theatralisch verstellter Stimme: »Sesam öffne dich.« Es gab ein rostiges Geräusch, schnarrend und knarrend, doch dann steckte der erste Schlüssel fest.

Andersen tat es ihm nach. Mit ernster Mine steckte auch er seinen Schlüssel ins Schloss.

Danach folgte Vesper.

»Ich hoffe nur, wir tun das Richtige«, sagte sie leise. Leander nickte ihr zu.

Fairytale gone bad.

Die Melodie des Lieds ging ihr nicht mehr aus dem Kopf.

Und als der letzte Schlüssel in seinem Schloss umgedreht worden war, da streckte die Dornenhecke ihre dürren Zweige tief ins Mauerwerk, und eine Öffnung entstand. Es war keine Tür, nur ein Durchlass, der sich später, das ahnte Vesper, wieder schließen würde. Dahinter war eine gewundene Treppe zu erkennen, die bis nach oben in den Turm führte.

»Worauf warten?«, meinte Leander nur.

Wieder fragte sich Vesper, wie sie wohl von hier zurückkehren könnten in die andere Welt vor dem Spiegel; immer vorausgesetzt, dass sie die Nacht heil überstehen würden. Das alles wurde immer mehr zu einem schlechten Traum, aus dem es kein Erwachen mehr gab.

»Kommt!«

Sie folgten dem Menschenwolf. Mit großen Schritten preschte er voran, die Wendeltreppe hinauf.

Andersen, Leander und Vesper folgten ihm, flankiert von weiteren Wölfen, die ihnen keine Verschnaufpause zugestanden.

Drinnen hingen zunächst viele Bilder an den Wänden.

Gemälde, die Wälder und Wiesen zeigten. In leuchtenden Farben, so lebendig und wunderbar, dass man fast schon das Plätschern des Wassers in den Bachbetten und das Summen der Bienen zwischen den Blumen zu hören vermochte.

Die Winterwelt, wie sie einst war? Wer vermochte das schon zu sagen?

Wie auch immer.

Sie hatten keine Zeit, sich darüber den Kopf zu zerbrechen.

Nackte menschliche Arme ragten wie Trophäen weiter oben aus den Wänden. Sie hielten Kandelaber, die brannten, wachstropfende Kerzen, sterbensgleich in der Dunkelheit dieses Turms. Vesper hatte auch bei ihnen keine Ahnung, wie sie hierhergekommen waren; sie waren da, und nur das zählte.

Sie rannten und rannten.

Der Turm schien endlos in die Höhe zu ragen.

Dann, endlich, hatten sie es geschafft.

Oben angekommen, fanden sie sich in einem kreisrunden Raum wieder, einer Rotunde, die leer und verlassen war. Auch nicht ein einziges Möbelstück befand sich hier.

Nur der schneeweiße Boden war mit einem rosenroten Teppich bedeckt. Ein Lichtstrahl drang durch das Fenster hinein und ließ die Wände glitzern. Da erst erkannte Vesper, dass sie mit Eiskristallen bedeckt waren.

War draußen nicht Nacht?, fragte sie sich. *Wo kommt das Licht her, wenn nicht von der Sonne?*

Noch so eine Frage, auf die es keine Antwort gab.

»Das ist also das Turmzimmer«, flüsterte Leander ihr zu. Er war nervös und redete, damit er es selbst nicht merkte.

Vesper ergriff rasch seine Hand, drückte sie, ließ wieder los.

Du bist nicht allein.

Die Wände waren voller Eis, das den Stein überzog. Es war überall, wie eine Haut, die kalt war und atmete und einst Wasser gewesen sein mochte, nun erstarrt.

Und in dem Eis sahen sie die Schneekönigin.

Ihr wunderschönes Gesicht war ganz bleich und hell, und ihre Augen waren reinste Kristallspiegel. Nichts drang in sie, alles reflektierte, was vor ihr stand. Sie war filigran und furchterregend zugleich.

»Seid gegrüßt!« Die Stimme war wie die Stille vor dem Schneefall. »Ihr wundert euch sicherlich über meine Augen.« Die Stimme klirrte wie Winter, der Flüssen das Wispern verbietet. »Die Kälte der Welt erreicht mich nicht, denn die Spiegel sind unbarmherzig.« Ihr Haar umwallte sie wie sprudelndes Quellwasser, das zu Eis und Schnee geworden war.

»Was wollen Sie von uns?«, fragte Andersen.

Die Gestalt im Eis trug ein prächtiges Gewand, tiefrot und wunderschön. »Ich habe euch nicht eingeladen«, sagte sie. »Und doch seid ihr gekommen.« Ihr eisiges Lächeln tat jedem weh, der es erblickte. Es war wie ein Stich ins Herz, vollführt mit spitzer Klinge. »Ihr seid gekommen, um mich zu finden, Menschenkinder.«

Vesper wusste nicht, was sie jetzt tun sollte.

Sie stand der Schneekönigin gegenüber.

Wahnsinn!

»Die Hexe hat euch hergeschickt.« Das war eine Feststellung. »Und Meister Grim ist euch gefolgt.« Sie lächelte, und ihre Gestalt bewegte sich hinter dem Eis, als gebe es dort weitere Räume und Gefilde, die zu entdecken außer ihr selbst niemand in der Lage war.

»Ihr wollt mich töten«, mutmaßte sie. »Die Menschen, das müsst ihr wissen, kommen nämlich nur zum Töten in dieses Winterland.« Die Bitternis in ihrer Stimme ließ das Eis an manchen Stellen springen. Schmale Risse durchzogen es, wo die Schneekönigin vorüberschritt.

»Wir wollen, dass Sie die Kinder befreien«, sagte Leander mit fester Stimme.

Die Schneekönigin sah ihn mit ihren Spiegelaugen an. »Nie hat eine Träne diese Augen bersten lassen«, sagte sie. »Nun denn, ihr Menschenkinder. Ihr fürchtet euch also vor uns.«

»Tut den Kinder nichts an«, bat Vesper sie. »Nur deswegen sind wir gekommen.«

»Du trägst den Ring, Mädchen, und wagst es, mich um etwas zu bitten?«

Vesper mochte an nichts denken, wovon sie redete. »Ich habe den Ring nicht benutzt.« Sie erschrak selbst, wie leicht ihr die Lüge über die Lippen kam.

»Du wirst es erneut tun«, sagte die Schneekönigin.

»Nein, ich …«

»Und du bist eine schlechte Lügnerin, Vesper Gold.«

»Sie hat die Hüterin des Spiegelscherbenwaldes getötet«, sagte Meister Grim. »Sie und die anderen. Sie alle sind Mörder.«

»Es tut mir leid«, sagte Vesper.

»Ihr bringt den Tod ins Winterland«, schnitt die Schneekönigin ihr herrisch das Wort ab. Ihr Haar formte Wirbel im Eis, Strudel inmitten der Starre.

Vesper schwieg.

»Ihr habt keine Ahnung, was ihr angerichtet habt.« Die Verachtung in ihrer Stimme ließ die Luft selbst gefrieren. »Ihr seid dumm und unwissend. Ihr kommt hierher, weil ihr glaubt, dass ich euch helfen werde?« Sie lachte, und Vespers Herz tat weh. Leander und Andersen fassten sich ebenfalls an die Brust. »Ihr glaubt allen Ernstes, was die Hexe euch gesagt hat?«

Wir sind in eine Falle getappt, dachte Vesper. *Verdammt, das hätten wir uns ja auch denken können. Die Sache lief einfach viel zu rund.*

»Dann hat sie gelogen?«

»Hexen lügen doch immer.« Die Schneekönigin lachte schallend. »Ihr seid hier, weil ich es so wollte.« Sie schwebte um sie herum an den Wänden entlang, vorbei am Fenster, wo sie nur ein eisiger Hauch war, und weiter, bis sie wieder dort ankam, wo sie ursprünglich gewesen war. Überall da, wo Eis war, konnte auch sie sein. Das Eis war das Meer, in dem sie zu schwimmen vermochte.

Die schwarzen Wölfe standen abwartend vor der Treppe.

Meister Grim folgte wachsam jeder Bewegung im Raum.

»Doch lasst mich euch eine Geschichte erzählen.« Ihr zartes Gesicht war grausam anzuschauen, so lieblich es auch anmutete. »Denn alles, was euch noch vom Tode trennt, ist diese eine Geschichte.« Sie beugte sich vor, und ihr Antlitz berührte das Eis an der Wand. Sie war so schön, dass einem das Herz erstarren konnte. Vesper spürte es.

»Es war einmal«, hauchte die Schneekönigin wie der Winterwind, »denn so beginnt es doch immer.«

Es war einmal, vor langer Zeit.

»Es war einmal«, wiederholte sie nachdenklich, klirrend, kalt. Die Spiegel in ihren Augen veränderten sich andauernd. »Es war einmal und ist schon lange her, da lebte eine junge Königstochter, die verliebte sich in einen hübschen Prinzen.«

Es war im Sommer, und sie trafen sich an einem Fluss. Sie war heimlich dort hingegangen, um zu schwimmen, und er lag im Schatten einer Erle und schlief, als er das Plätschern des Wassers vernahm und erwachte. Er wähnte sich noch immer in einem Traum, sah das schöne Mädchen, und sofort war es um ihn geschehen.

Er brachte die Prinzessin nach Hause und hielt, wie es sich gehörte, um ihre Hand an. Es wurde Hochzeit gefeiert, und fortan lebten die beiden glücklich in ihrer Burg, dort unten im Tal, wo die Magie wie die Bienen allzeit die Blüten umwehte. Die Zeit verging, und die alten Könige kehrten in die Erde zurück, wo sie eins wurden mit den Geistern ihrer Ahnen.

»Die Menschen nannten ihn den Erlkönig«, sagte die eisige Stimme. »Und die junge Frau, die nannten sie liebevoll ihre Maikönigin, weil alle, die sie sahen, jene schmetterlingshaften Gefühle bekamen, die man im Monat Mai bekommt.«

Doch dann kam Krieg über das Land.

Der Erlkönig musste seine geliebte Königin verlassen und hinaus in die Schlacht ziehen. Er kämpfte gegen die Menschen, weit entfernt in deren Gefilden.

Die Geschichte, die auch die Hexe erzählt hatte.

»Doch er geriet in Gefangenschaft.«

Zwei Brüder, welche die Sitten der Mythen kannten, lauerten ihm auf und fingen ihn ein.

»Jacob und Wilhelm Grimm.« Der Menschenwolf ballte die Pranken.

»Sie banden ihn mit einer Magie, die uralt und fast schon vergessen war.«

Doch sie wussten auch, dass sie den Erlkönig nicht auf ewig würden binden können.

»So kam es, dass sie einen teuflischen Plan ausheckten.«

Mithilfe eines gelehrten Reisenden, der die andere Welt wie kein Zweiter kannte, brachten sie den Erlkönig fort.

»Von Humboldt.« Andersen hatte es erkannt.

Weit übers Meer fuhren sie, bis zu jenem Ort, der nur aus Eis und Schnee besteht.

»Das Eismeer.«

»Der Name des Schiffes war *Hyperion*.«

Dort hielten sie den Erlkönig fest, bis das Eis sein Herz umschlossen hatte. Er kauerte in einer Gletscherspalte, tief im ewigen Eis, und spürte die Wärme, die ihm die Liebe und alle Sommer der vergangenen Jahre geschenkt hatten, weichen. Er litt unermessliche Qualen, als sein Herz erstarrte, jeden Tag ein wenig mehr, doch unaufhaltsam wie die Hoffnung, die stetig stirbt.

»Dann töteten sie ihn.«

Erschrocken lauschte Vesper ihren Worten.

»Erstarrt vom Eis, konnte er sich nicht wehren.«

Sie schnitten ihm das Herz aus dem Leib. Jenes Herz, das einst nur für die Königin geschlagen hatte, war jetzt nur noch ein Klumpen Eis. Mit spitzen Hacken und Beilen zerschlugen sie das Herz des Erlkönigs, denn sie wussten, welche Macht jenes Herz in sich barg. Es zersprang in Hunderte von kleinen Stücken, und mit diesen Splittern, die grün leuchteten wie die leise Erinnerung an den Geruch der Wälder und Wiesen, kehrten sie in ihr Land zurück. Ihr Schiff wurde vom Eis zerschmettert, doch die Reisenden schafften es zu überleben.

Sie seufzte.

Vesper ahnte, worauf es hinauslief.

»Aus den Splittern des Herzens, die zu Stein geworden waren, fertigten sie Waffen an.«

Sie fassten die Steine in Uhren und Schmuckstücke, um ihre Macht zu tarnen. Dem Träger indes verliehen sie magische Kräfte. Die Kraft eines Erlkönigs, dessen Gedanken und Worte lebendig zu werden vermögen, um die Natur zu lenken.

Vesper berührte den Ring an ihrem Finger.

Sie zitterte.

»Eine geheime Gesellschaft verteilte diese magischen Waffen an alle ihre Mitglieder.«

»Die *Bohemia*.«

Das einzige Ziel der Gesellschaft war es, die Mythen, wo immer man ihrer habhaft werden konnte, zu töten und zu vertreiben. Mithilfe der Steine drangen sie auch hier in diese Welt vor und vollzogen ihr blutiges Werk. Nur wenige der Mythen konnten sich verbergen und flüchten. Viele von ihnen versteckten sich in der Welt der Menschen, die fortan nicht länger ihre Welt war.

Die Schneekönigin zischte, und ihre Zähne waren spitz wie Eisnadeln.

»Die Maikönigin aber«, fuhr sie fort, »belegten sie mit einem Fluch.«

Sie verfluchten sie mit der Kraft eben jenes Herzens, das einst für sie geschlagen hatte.

»Kein Fluch auf der Welt kann mächtiger sein als dieser.«

Sie sperrten sie in den höchsten Turm der Burg. Dort hungerte sie, und bald schon verließen sie ihre Kräfte. Sie wusste jetzt, dass der Erlkönig im Eismeer gestorben war.

»Wozu hätte sie noch leben sollen?«

Vesper wusste, warum.

Um Rache zu üben.

»Es waren Jacob und Wilhelm Grimm, die den Turm versiegelten.«

Die drei Schlüssel, mit denen man ihn wieder hätte öffnen können, wurden ebenfalls mit einem Fluch belegt. Nur drei Menschen, die bitteres Herzeleid erfahren hatten und deren Lebenswege sich bereits mit denen der Mythen gekreuzt hatten, sollten dazu in der Lage sein, den Turm zu öffnen. Und am Ende sollte die Schneekönigin selbst nur durch wahre Liebe wahrhaftig befreit werden können.

»Und Sie glauben, dass wir diese drei Menschen sind?« Vesper hatte keine Ahnung, wie man dieser Kreatur wahre Liebe entgegenbringen könnte.

Dann dachte sie an den Kummer, der sie alle drei all die Jahre gequält hatte. An Amalia, die Selbstmord begangen hatte. An Leanders Bruder, der von den Wölfen verschleppt worden war. An Carlotta Siebenbürger, die Jonathan Andersen allein in der Welt zurückgelassen hatte.

»Als das Herz der Maikönigin zu Eis erstarrte, da taten es ihm die Herzen der Mythen gleich.«

Wo vorher Schönheit geatmet hatte, wurde jetzt bitterer Hass geboren. Hass auf die Menschen, die ihnen alles, was Leben gewesen war, genommen hatten. Eine Dornenhecke rankte sich um die Burg und verbarg sie vor den Augen der Welt. Niemand sollte jemals wieder die Maikönigin aus ihrem Gefängnis befreien. Die Kraft der Mythen wich in dem Maß, wie die Menschen den Glauben an die Magie und das Wunderbare verloren.

»Auch die Wölfe«, sagte die Schneekönigin mit einem Blick zu den zottigen Kreaturen, »vereinen in sich Wunder und Magie.«

Deren dunkle Seite, ja, Vesper wusste das.

Die Geschichte aber war noch nicht zu Ende.

»Doch es gab jemanden, der den ersten Schritt wagte. Jemanden, der nicht zu den Mythen und auch nicht zu den Menschen gehörte. Jemanden, der beides war, ohne zu wissen, warum.«

Die Spiegelaugen der Schneekönigin bedachten nun Meister Grim mit einem vielsagenden Blick, und er verneigte sich vor ihr.

»Aber hier sollte ich innehalten«, sagte sie mit einer Stimme wie Eiszapfen. »Da ist etwas, was ich dir versprochen habe, Leander Nachtsheim.«

Hinter ihr, in den Tiefen der Eiswelt, formte sich eine Silhouette zu einer Gestalt. Sie trat auf das Eis an der

Wand zu. Ihr Gesicht konnte man noch nicht erkennen. Sie streckte die Hände aus, und Risse zeigten sich im Eis. Dann betrat die Gestalt das Turmzimmer.

Andersen, der die ganze Zeit über geschwiegen hatte, fragte sofort: »Wer sind Sie?«

Doch Vesper sah, dass Leander heiße Tränen in die Augen traten.

Nie hätte sie gedacht, ihn jemals so verletzt zu sehen. Er stand wie versteinert da, sein Mund bewegte sich, aber kein Ton kam ihm über die Lippen. Er war wie gelähmt, erstarrt in diesem Moment, den er so lange, das wusste sie, herbeigesehnt hatte.

Sie schaute zu der Gestalt, die aus dem Eis getreten war.

Ein Junge war es, und er hatte die gleichen Augen und das gleiche Kinn wie Leander.

»Sie haben mir gesagt, dass du kommst«, sagte Alexander Nachtsheim. »Aber ich habe es ihnen zuerst nicht geglaubt.« Mit langsamen Schritten ging er unsicher auf seinen großen Bruder zu.

Leander schüttelte den Kopf. »Du …« Die Stimme versagte ihm.

»Kannst du dich an den Tag erinnern? Auf dem Schulhof?«

Leander brachte keine Antwort heraus.

»Sie haben mich nicht getötet.« Alexander war so alt wie Vesper, aber älter wirkte er dennoch.

Sie fragte sich, ob dies alles ein Trugbild war, das die Schneekönigin ihnen vorgaukelte. Und ein Blick in Leanders Augen genügte, um ihr zu sagen, dass er das Gleiche dachte.

Wie konnte es sein, dass er jetzt hier war? Nach all den Jahren?

»Alexander!«

Der verlorene kleine Bruder machte drei schnelle Schritte auf Leander zu, und dann fielen sie einander in die Arme.

Leander weinte. »Du bist da«, flüsterte er und hielt fest, was er niemals hätte verlieren dürfen.

Er tat Vesper so leid, weil es nie einfach ist, einen Jungen so weinen zu sehen. Wie gern hätte sie ihm jetzt beigestanden. Sie fühlte sein Glück, all seine Erleichterung, jede Träne.

»Du bist wieder da«, stammelte er. Er war fassungslos, zitterte am ganzen Körper.

Die Schneekönigin beobachtete das alles mit kalten Spiegelaugen.

»Wo hast du nur gesteckt?«, fragte Leander mit bebender Stimme.

»Ich war hier, im Winterland.«

»Aber warum?«

Vesper sah, wie Leander die Augen aufriss. Erstaunen malte eine entsetzliche Farbe auf sein mit einem Mal ganz fahles Gesicht.

»Weil du mich vergessen hast, Bruder!« Alexander löste sich aus der Umarmung, und erst jetzt erkannte Vesper die Klinge, die Leander aus dem Rücken ragte. Blut tränkte den Mantel, den er trug, dunkelrot.

Vesper schrie auf und stürzte zu ihm, noch bevor er zu Boden sank.

Leander indes hatte seinen kleinen Bruder die ganze Zeit über nicht aus den Augen gelassen.

Alles, was im Winterland lebt, erinnerte sich Vesper der Warnung der Hexe, *ist durchdrungen von bitterstem Hass!*

»Auf diesen Moment habe ich all die Jahre gewartet«, zischte Alexander mit Genugtuung.

Leander verstand überhaupt nichts.

Vesper hielt ihn fest und weinte. »Was hast du getan?«, schrie sie den kleinen Bruder an.

Doch der beachtete sie gar nicht. Er sprach einzig und allein zu Leander, spie ihm Worte wie Gift entgegen: »Du hast nicht nach mir gesucht! Ein halbes Leben hast du mich bei ihnen gelassen!«

Leander weinte noch immer. »Das stimmt nicht«, sagte er matt.

»Du hast gesehen, dass die Wölfe mich geraubt haben, aber du hast nichts getan, weil du insgeheim froh warst, mich los zu sein. *Sie* hat sich um mich gekümmert.« Wütend ging er im Turmzimmer umher, umkreiste Vesper, die neben Leander am Boden kniete, Angst davor hatte, das Messer aus der Wunde zu ziehen, und nicht wusste, was sie tun sollte. »Hier haben mir alle gesagt, dass niemand kommen wird, um nach mir zu suchen. Dabei haben sie es gewusst!«

Leander schüttelte den Kopf.

»Unsere Eltern gehörten der *Bohemia* an. Sie wussten, wie sie hätten hierhergelangen können.« Sein Gesicht war das hasserfüllte Abbild von Leanders. »Aber sie haben mich den Wölfen überlassen. Sie wollten ihr eigenes Spiegelbild nicht sehen.« Er trat auf seinen Bruder zu und zog ruckartig das Messer aus der Wunde.

Leander schrie vor Schmerzen auf, und immer neues Blut ergoss sich sprudelnd über Vespers Hände.

Sie schrie, kreischte, weinte, doch nichts davon würde ihn halten.

Leander Nachtsheim sah sie an, und sie erkannte ihr eigenes bleiches Gesicht mit all den Tränen darauf in seinen wunderschönen Augen; jenen Augen, die ein Meer waren, in dem sie schon viel früher hätte ertrinken sollen.

Sein Körper bäumte sich in ihren Armen auf, erbebte.

Alexander trat an die Eiswand zurück.

Seine Hand hielt das Messer, er deutete damit auf seinen großen Bruder. »Du bist schuld. Dafür hasse ich dich!« Sein Gesicht war zu einer Fratze verzerrt, wild und wütend.

Jonathan Andersen unterdessen, dem die Empörung anzusehen war, wurde von den Wölfen in Schach gehalten. Sie hatten ihn gepackt und drückten ihn zu Boden. Hilflos kniete er zu ihren Füßen und konnte einfach nichts tun.

Alles passierte so schnell.

Es war so falsch.

Die Schneekönigin wachte eisig über das, was als Nächstes geschehen würde.

Doch das war Vesper egal.

Sie sah nur Leander.

Sie dachte an die Begegnung im Museum, als er ihr den Apfel gereicht hatte. An die Nacht auf der *Cap San Diego*. Den Spiegel. Jetzt lag er hier, und sein warmes Blut benetzte ihre Finger.

»Bitte«, flehte sie, aber sie wusste, dass es vorbei war.

Leander sah sie nur an. »Nein, noch nicht.« Er berührte ihre Lippen, sanft und zitternd. Mit letzter Kraft flüsterte er: »Ich will nicht gehen.«

Sie wollte etwas erwidern, aber noch bevor sie es tat, war ihm der Glanz aus den Augen gewichen.

Erst jetzt registrierte sie, dass Jonathan Andersen neben ihr kniete. Die Wölfe hatten ihn wohl gehen lassen.

Keiner von ihnen rührte sich.

Vesper beugte sich langsam über den Leichnam, der noch warm war. Fast schon dachte sie, seinen Atem zu spüren, doch war dies nichts anderes als der Wunsch eines Mädchens, das soeben erfahren hatte, wie es war, wenn einem das Herz zu Eis erstarrte.

»Warum?«, schrie sie in den Raum, und der Schrei galt allen hier und der ganzen Welt.

Dann brach sie zusammen.

Schluchzend lag sie auf dem Boden. Sie hatte das Gefühl, nie wieder damit aufhören zu können. All die Dinge, die sie ihm gar nicht gesagt hatte, gingen ihr durch den Kopf. So viele verpasste Gelegenheiten. Bilder, Schnappschüsse, kurze Momente, sie flammten vor ihr auf, ein Gewitter aus Trauer und Reue. Es würde nie wieder gut werden, das wusste sie genau. Er war fort, und nichts, aber auch gar nichts, würde ihn zurückbringen.

»Der Menschenwolf«, hörte sie aus weiter Ferne die kalten Worte der Schneekönigin, »zog mit einem Wolfsrudel in die Menschenwelt.«

Nein, eigentlich wollte sie den Rest der Geschichte gar nicht hören. Sie wollte auch Alexander nicht mehr sehen müssen. Und doch wusste sie, dass er noch da war.

Ja, verdammt, er war noch da. Er stand neben dem Fenster und hielt noch das Messer in der Hand. Blut tropfte von der langen Klinge, sickerte in den Teppich, wo es nicht auffiel, weil der von demselben Rot war.

»Er entführte einen Jungen und brachte ihn ins Winterland.« Die Stimme der Schneekönigin klang wie ein Fluch.

»Und wie die Herzen aller, die über die Jahre hinweg hier lebten, wurde auch das Herz des Jungen zu Eis.«

Vesper weinte nur, all ihr Leben ging im Schluchzen unter.

Er erkannte, dass die Menschen, bei denen er gelebt hatte, nicht nach ihm suchten. Sie hatten ihn alleingelassen, selbst sein großer Bruder, dem er vertraut hatte, war nicht gekommen, um ihm zu helfen. Sie hatten ihn im Stich gelassen, er war gefangen in den dunklen Wäldern dieser fremdartigen Welt. Ein kleiner Junge, der niemanden hier kannte, der sich vor den Wölfen fürchtete, der von heute auf morgen aus seiner vertrauten Welt entführt und dem Leben, das ihm so gefallen hatte, entrissen worden war.

Ihr Blick durchbohrte Vesper wie mit Eisnadeln.

»So geschah es, dass er einer von uns wurde.« Die Worte waren fest wie in Stein gehauen.

Der Junge wurde hinter den Bergen aufgezogen, von einer jungen Frau, deren Haut so weiß war wie Schnee und deren Haar glänzte wie Ebenholz. Sie war eine Schönheit, doch einsam, denn selbst die Mythen fürchteten sich vor ihr. Sneewitt, so hieß sie. Schneeweiß. Sie mied das Sonnenlicht, und in der Nacht, so sagte man, trank sie das Blut derer, die ihre Fenster nicht rechtzeitig vor ihr verschlossen hatten. Keiner tat dem Menschenjungen etwas zuleide, denn sie fürchteten die Rache der schönen Sneewitt. Der Menschenjunge wuchs heran und lernte die Gebräuche der Mythen kennen. Er erfuhr, was die Menschen ihm angetan hatten. Und er lernte, den Winter zu lieben und mit den Wölfen zu reden.

»Er wurde der neue Spielmann.«

Vesper sah ihn an, dieses Monstrum, das lebte, während sie einen Leichnam umarmte.

Dem der andere so ähnlich sah.

Grausam.

Mit kaltem Herzen.

Der wundersame Spielmann.

»Als die Zeit gekommen war, da ging er mit Meister Grim in die Welt der Menschen.«

Er gestattete den Mythen, sich seines Geistes zu bedienen, damit sie in das Bewusstsein der Menschen eindringen konnten.

»Denn die Träume, mein Kind, sind allzeit schwach und können betreten werden von denen, die den Zugang finden.«

Sie ließen die Kinder der Welt in einen tiefen Schlaf fallen. Sie sandten Warnungen aus. Die Kinder schliefen ein weiteres Mal ein.

»Die Menschen waren so furchtsam wie früher und begannen wieder an uns zu glauben.«

Denn der Glaube muss stark sein.

»So gewannen wir an Kraft.«

Vesper kauerte am Boden. Ihr war egal, was jetzt passierte. Leander war tot, lag in ihren Armen.

Sie war so allein.

»Ihr wollt zurückkehren.« Jonathan Andersen erhob sich. Er hielt die Pistole in der Hand.

»Das Eis können Sie nicht durchdringen.« Sie schüttelte bedauernd den Kopf. »Ja, wir kehren zurück. Wir wollten nur zurückfordern, was immer schon uns gehörte.«

Das Leben.

Ja, sie wollten ihr Leben zurückhaben.

So, wie Vesper Leander wiederhaben wollte.

»Doch ich war immer noch eine Gefangene in meinem eigenen Reich«, fuhr die Schneekönigin fort.

Wir wussten, dass sich dort draußen die Schlüssel befanden, aber wir hatten keine Ahnung, an wen sie weitergegeben worden waren. Wilhelm und Jacob Grimm hatten in weiser Voraussicht eine ganze Reihe von Refugien anlegen lassen, die nichts als ein Gewirr falscher Fährten waren. So viele Schlüssel gab es, und sie alle mussten wir finden und prüfen. Sie seufzte wie Frost, der langsam brennt. *Es ging darum, die drei richtigen Schlüssel zu finden. Die drei, die diesen Turm hier zu öffnen vermochten.*

Andersen steckte die Pistole wieder ein.

Vesper seufzte. Es war ohnehin alles zwecklos, was sie zu erreichen versuchten.

»Schließlich trafen wir auf euch. Drei Menschen, die eigentlich nichts mit der *Bohemia* zu tun hatten. Jonathan Andersen, dessen Familie sich von Anfang an gegen die Gesellschaft ausgesprochen hatte und sogar einem aus unserer Mitte sichere Zuflucht gewährt hatte. Der seine geliebte Carlotta verloren hatte, weil sie von Mitgliedern der *Bohemia* ermordet wurde.«

Andersen schluckte. »Dann ist es also wahr.«

»Sie hätte sich nie untergeordnet.«

In den Untiefen ihrer Trauer fragte sich Vesper benommen, was ihre Eltern mit ihr getan hätten, wenn der Zeitpunkt gekommen wäre. Hätten sie ein Nein von ihr akzeptiert? Sie würde es nie mehr erfahren.

»Leander Nachtsheim, der seinen Bruder verloren hatte.« Die Schneekönigin bedachte Alexander mit einem vielsagenden Blick. »Und Vesper Gold, deren Schwester erfuhr, was hinter dem Spiegel war, und sich das Leben nahm, weil sie es nicht ertragen konnte, so zu werden wie ihre Eltern, die all das bereitwillig hingenommen hatten.«

Das Leben war kein Märchen, Vesper wusste das jetzt. Die Welt hatte für sie all die Magie, die einst in ihr geatmet hatte, verloren. Wohin sie auch blickte, gab es nur Lügen und Verrat und Tod.

Sie klammerte sich an Leander, als hinge ihr Leben davon ab. Doch auch die Verzweiflung würde nichts daran ändern.

Er war tot.

Sie roch sein Blut, sein Haar, seine Haut.

»Wir töteten alle ihre Mitglieder, nachdem wir ihnen die Schlüssel und die Uhren und Schmuckstücke mit den magischen Steinsplittern genommen hatten. Denn wir wussten, dass sich die *Bohemia* nicht wieder erheben durfte. Wie Jäger, die lange nicht zur Jagd aufgebrochen waren, so waren sie träge geworden. Niemand glaubte mehr richtig an das, was in den alten Schriften stand. Diese Nachlässigkeit machten wir uns zunutze.«

Vesper schaute auf. Tränen rannen ihr übers Gesicht.

Nein, verdammt, so durfte kein Märchen enden.

»Und all die Kinder? Was passiert jetzt mit ihnen?«

Die Schneekönigin lächelte kalt und zufrieden.

»Worum geht es wirklich?«, wollte Andersen wissen.

»Ihr habt noch immer keine Ahnung?«, knurrte Meister Grim. »Nach all dem, was geschehen ist?«

Die Schneekönigin gebot ihm zu schweigen.

Alexander Nachtsheim ließ das Messer zu Boden fallen.

»Alle Uhren oder Schmuckstücke«, sagte die Schneekönigin, »sind in unseren Händen. Nur diese drei fehlen mir noch.«

Jetzt erst ahnte Vesper, was sie vorhatte. Hinter all den Tränen, die ihr übers Gesicht rannen, konnte sie es sehen. Es war so klar, so einfach. Sie wollte wieder frei sein, weil sie auf die Reise gehen wollte. Sie hatte die grünen Steine gesucht und gefunden. Die ganze Zeit war es um die Steine gegangen. Die Steine und das, was sie wirklich waren.

»Wenn ich frei bin, dann werde ich ins Eismeer gehen«, sagte die Schneekönigin. »Dort werde ich das Herz meines Erlkönigs wieder zusammenfügen und ihn ins Leben zurückrufen. Wir werden zusammen sein, und die Magie wird in die Welt zurückkehren.«

»Wir werden dich nicht freilassen, du Monster«, sagte Andersen wütend.

Die Schneekönigin trat ganz nah ans Eis heran. »Berührt meine Hand, und ich werde frei sein.« Sie lächelte verführerisch. »Alle werden dann frei sein. All die Kinder. Denkt an die Kinder.«

»Tun Sie es nicht!«, schrie Vesper. Sie ahnte, was die Schneekönigin vorhatte. »Sie werden zu Eis erstarren und sterben. Nichts, was die Schneekönigin berührt, kann diesem Schicksal entgehen.«

Das Wesen hinter dem Eis sah sie nur an. Vesper erkannte sich selbst in den Spiegelaugen. »Du bist schlau, Mädchen. Alles, was ich berühre, wird in der Tat kalt werden und erstarren.«

Vesper und Andersen sahen einander an.

»Was wird aus den Kindern, wenn Sie das Eis verlassen?«, wollte Vesper wissen.

»Der Bann wird gebrochen. Wir haben unser Ziel erreicht. Die Menschen sehen uns wieder. Die Mythen werden zurückkehren.«

»Und wenn Sie keiner befreit?«

»Dann werden die Kinder auf ewig schlafen. Es wird meine Rache an der Welt sein.«

Vesper nickte.

Sie beugte sich hinab zu Leander und küsste ihn sanft auf die Stirn. Niemals zuvor hatte sie so empfunden. Es war, als sei sie ins Zwischenreich des Spiegels zurückgekehrt, als ertränke sie im Moor, gemeinsam mit ihm.

Alexander Nachtsheim stand nur regungslos da. Seinem Gesicht war nicht anzusehen, ob er Reue empfand. Vesper wusste nicht, was für ein Mensch er war. Sie wusste nicht einmal, ob er überhaupt noch ein Mensch war. Er war grausam, berechnend.

So anders als sein Bruder.

Vesper sah, wie ihre Tränen auf Leanders Gesicht fielen. Sie rannen ihm über die Wange, den Hals hinab.

Jonathan Andersen beobachtete ganz genau, was sie tat.

»Ich will es so«, sagte sie zu ihm.

Er nickte traurig.

»Ich habe nichts mehr zu verlieren.« Sie streichelte Leanders Haar, zupfte die Tolle zurecht. »Was ich hatte, habe ich schon verloren.« So erhob sie sich. Sanft bettete sie Leander auf den Boden.

Weinend trat sie vor.

Sie streckte ihre blutverschmierte Hand aus. Näherte sich dem Eis. Sie legte die Hand auf die eisbedeckte Wand, und die Kälte ließ sie nicht mehr los.

Die Schneekönigin sah ihr in die Augen und griff von der anderen Seite nach ihrer Hand. Die eisig kalten Finger umschlossen Vespers Hand. Es tat weh, so weh wie alles, was keine Wärme kennt.

Ein lautes Krachen kroch über die Wand. Dann splitterte alles, was Eis war.

Es war wie Licht, nur heller.

Selbst die Augen der Schneekönigin zerbarsten, und in den Splittern, die wie in Zeitlupe zu Boden schwebten, erkannte Vesper die Bruchstücke der wirklichen Welt, wo ebenfalls alle Spiegel in eben diesem Moment zerbrachen.

Denn am Ende hatte wahre Liebe die Schneekönigin wahrhaftig befreien können.

Die eiskalte Gestalt zerstob zu Schneeflocken, und inmitten der schwebenden Spiegelscherben erstand sie strahlend schön und so rosenmild, wie sie es gewesen war, als sie im Fluss gebadet und ihren Liebsten erblickt hatte. Was einst verloren ging, kehrte in diesem Augenblick zurück.

Die Kälte wich.

Und sie wurde wieder zur Maikönigin. Ihr Haar wurde Frühling und Sommer zugleich, und die Augen waren wie das Wasser in den Bächen, wenn sie an einem schönen Tag ihre Lieder plätscherten.

»Wahre Liebe«, hörte Vesper sie wispern, »geht über den Tod hinaus.« Selbst die Stimme, mit der sie sprach, war nun anders. Sie war wie Blumen im Mai, eine Wiese, durch die der Wind weht, ganz sacht.

Drüben am Fenster sank Alexander Nachtsheim, der jetzt sah, was er getan hatte, auf die Knie und begann zu weinen. Denn alle Herzen, die Eis und Schnee gewesen waren, schmolzen dahin. Die Maikönigin war in die Welt zurückgekehrt, und alles, was nicht mehr richtig war, veränderte sich.

Und als nun auch Vesper, das Goldkind, sich umsah, so stand es vor einem schlagenden Herzen aus Glas, darin saß es selbst mit fest geschlossenen Augen. Und all die Tränen, die nicht länger mehr Eis und Schnee waren, ließen es erwachen, als sei es niemals in einen tiefen Schlaf gefallen.

Vesper Gold öffnete langsam die Augen, blinzelte und schaute in die großen Augen des Wolfs. Dunkel waren sie und gütig, denn geschmolzen war alles, was sein Herz blind gemacht hatte.

»Was ist geschehen?«, fragte sie ihn.

Der Wolf, der ein Mensch war, seufzte, und der Mensch, der ein Wolf war, sagte: »Es ist vorbei.«

Sie befanden sich noch immer in der Turmstube. Das Eis an den Wänden war nicht mehr da. Die Maikönigin war fort. Leander Nachtsheim, sein kleiner Bruder und Jonathan Andersen, auch sie waren nicht mehr hier.

»Wo sind sie denn alle hin?«, fragte Vesper. Sie fühlte sich schwach, allein und leer.

»Der wundersame Spielmann ist mit der Maikönigin verreist. Sie fliegen jetzt ins Eismeer, um den Erlkönig zu erwecken.«

»Und Leander?« Allein seinen Namen auszusprechen ließ sie sich vor Schmerzen krümmen.

»Der Sandmann hat ihn nach unten gebracht.«

Hoffnungsvoll blickte Vesper auf, doch der große Menschenwolf schüttelte bedauernd den Kopf. »Er ist tot.«

Sie spürte, wie die Tränen wiederkehrten.

»Du hast dein Leben gegeben, um sie zu befreien. Wahre Liebe lebt auch im Verlust.«

Sie nickte benommen.

»Warum bist du noch hier?«, fragte sie den Wolf, der manchmal ein Mensch war.

»Ich bin dir eine Geschichte schuldig«, sagte er.

Sie stand auf, ging zum Fenster. Draußen war noch immer Winter. Unter ihr wogten die Wipfel der Tannen im Winterwind. Der Wald lebte, und in der Ferne hörte sie das Rudel durchs Unterholz preschen. Der Mond stand hell am Himmel und tauchte die Wolken in sanftes Licht.

»Du hast meine Eltern getötet.« Sie erinnerte sich an alles. Auch an Ida und Greta.

»Wir alle haben Dinge getan, derer wir uns schämen müssen«, sagte der Wolf und trat neben sie ans Fenster. »Doch das war nicht immer so. Es gab eine Zeit, da war alles anders.«

»Erzähl mir die Geschichte«, bat sie ihn. Ihr Herz war so leer, sie konnte eine Geschichte gebrauchen. Sie war sich nicht einmal sicher, ob sie noch am Leben war.

»Es war einmal«, so begann auch diese Geschichte. Der große böse Wolf sah nachdenklich in die Nacht hinaus. »Es war einmal, und gar nicht so weit von hier entfernt, wenn man Zeit nicht unbedingt in Jahren misst.«

Ja, so fing es an, so war es passiert.

Es waren einmal sieben Geschwister, sechs Brüder und eine Schwester. Sie lebten in einem kleinen Städtchen namens Hanau. Jacob war der Erstgeborene, ihm folgten die Zwillinge Wilhelm und Giselher und drei weitere Brüder und nur eine Schwester. Sie waren einander alle sehr ähnlich, und sie liebten einander, wie Geschwister es tun sollten. Sie wuchsen in einem bürgerlichen Hause auf, und das Leben, das sie führten, war ein gutes Leben. Doch dann, eines Tages im tiefen Winter, da verwandelte sich einer der Zwillinge unversehens in einen Wolf. Der junge Giselher wusste nicht, was mit ihm geschah, aber er fand sich auf allen vieren wieder, wie er durch den Wald lief und Wild jagte.

Er berichtete seinem Bruder Wilhelm von dem Erlebnis, der seinerseits Jacob und die anderen einweihte. Keiner von ihnen konnte sich erklären, warum sich einer aus ihrer Mitte in einen Wolf zu verwandeln vermochte, denn Wilhelm, der andere Zwilling, war ein ganz normales Kind.

Der Wolf blickte weit in die Ferne, ganz weit.

»Doch dann, eines Tages, geschah ein Unglück.«

Giselher war gerade einmal zehn Jahre alt, als sein Vater ihn im Wald überraschte, wie er zwei Burschen, die auf Wanderschaft waren, bedrohte. Der Vater, der an diesem unglückseligen Tag von den ältesten Söhnen Jacob und Wilhelm begleitet wurde, griff den Wolfsjungen an, weil er den Burschen zu helfen gedachte. Da tötete Giselher, in dem der Wolf noch ungezähmt und wild war, den eigenen Vater.

Dann flüchtete er in den tiefen Wald.

»Von da an war der Wolfsjunge auf der Flucht.«

Seine beiden Brüder, die Zeugen des Unglücks geworden waren, jagten ihn und hassten alle, die so waren wie er. Als sie älter wurden, verschrieben sie sich ganz der Aufgabe, jene Wesen, die manche als Mythen bezeichneten, zu finden und aus der Gemeinschaft der Menschen zu verbannen.

»Hass entbrannte allerorts.«

Und Giselher, der sein Zuhause verloren hatte, weil er tat, was seiner Natur entsprach, begann seinerseits die Menschen zu hassen. Er lief durch die tiefen Wälder und verbarg sich in den Mooren, fand seinesgleichen und lebte das Leben eines Wolfs.

Hier endete die Geschichte. »So hat es damals begonnen.« Den Rest kannte Vesper jetzt.

Der Wolf schwieg, denn auch das können Wölfe.

Vesper starrte ihn an. Die Welt, dachte sie, ist kompliziert und doch so klar und einfach. Unglück gebiert Hass, und Unverständnis bringt den Tod. Es ist ein Kreis, dem kaum ein Wesen entrinnen kann.

»Meine Brüder haben mich nie Giselher genannt«, sagte er. »Immer nur *Ise*.« Wehmütig lauschte er dem Heulen seiner Artgenossen dort unten in den Wäldern. »Damals, als wir noch unbeschwert spielten, wie Kinder es tun, da war das der Name, bei dem sie mich geriefen.«

Vesper erkannte jetzt, was wirklich geschehen war. Sie sah, wie die Pfade von einst die Wege der Gegenwart beeinflussten.

Der Wolfsjunge änderte seinen Namen, ein wenig nur, gewiss. Aus *Grimm* wurde *Grim*.

»Ise Grim.«

Isegrim.

Der Wolf.

»Deshalb also haben sich Ihre Brüder so intensiv mit den Mythen beschäftigt.«

»So wurde der Hass geboren, so fing es an. Die Märchen begannen zu sterben und die Lügen zu gedeihen.«

Im Grunde genommen, dachte Vesper traurig, war wirklich immer alles ganz einfach.

»Was wird jetzt aus uns werden?«, fragte sie schließlich, nachdem sie eine ganze Weile gemeinsam geschwiegen hatten. Sie war sich sicher, dass die bitteren Tränen in ihrem Gesicht noch lange nicht trocknen würden.

»Die Welt da draußen hat sich verändert. Die Menschen haben gesehen, dass es uns gibt.«

»Es war kein Traum, nicht wahr?«

Er neigte das Haupt. »Nein, es ist alles genau so passiert.«

Sie sah ihn lange an, den Wolf, der ihre Eltern auf dem Gewissen hatte. Dann drehte sie sich um und ging nach unten ohne zurückzuschauen. Noch immer trug sie den petrolfarbenen Schal wie die Erinnerung an ein Gefühl, das einmal wilde Entschlossenheit war. Sie dachte an die Spiegel, die überall im Land wie von selbst zerbrachen, an die Menschen, die sich wieder in Freiheit befanden.

Die Welt war gerettet.

Aber was war mit ihrer Welt?

Vesper spürte die Trauer in sich. Wohin würde sie gehen? Was erwartete sie, wenn sie heimkehrte? Die kleine Wohnung in Hamburg war noch da, die Schule auch. Man würde ihre Eltern beerdigen. Das Leben würde weitergehen.

Ja, sie würde auch Greta und Ida wiedersehen, am Theater arbeiten, ihr Leben unter völlig anderen Umständen, Bedingungen und Voraussetzungen wieder aufnehmen. Die Welt war noch da, aber alles würde sich ändern.

Dieser seltsamen Gewissheit eingedenk, stieg sie die lange Treppe hinab nach unten.

Der Burghof war noch da, die Dornenhecke ebenfalls.

Oh, wie leer sie sich fühlte.

Sie wusste, dass irgendwo in den Wäldern ein seltsames Mädchen lebte, vor dem man sich besser in Acht nehmen sollte; sie wusste, wer die Wölfe waren; sie war einer waschechten Hexe begegnet. Sie hatte die schöne Maikönigin gesehen, und Isegrim, der Menschenwolf, hatte sie in der Gewissheit gehen lassen, dass die Welt, die sie vorfinden würde, nie mehr die sein würde, die sie vor wenigen Tagen erst verlassen hatte.

So trat sie schließlich langsam nach draußen in den Burghof. Der Wind war noch immer eisig kalt und das wilde, weite Winterland schneebedeckt. Sie entdeckte Jonathan Andersen, der drüben am Tor allein auf sie wartete. Er winkte ihr zu. Sie spürte den Schmerz, der in ihr wohnte, einen Schmerz, der ganz warm und vertraut war. Es war, als würde sie auf einmal verstehen, was wirklich zählt.

»Leander Nachtsheim«, flüsterte sie seinen Namen, innig wie einen Wunsch, den man nur aussprechen muss, damit er zum Leben erwacht.

Und tief in ihrem Herzen hörte sie seine Stimme, die ihr antwortete.

Sie wusste, dass Märchen niemals so endeten, sondern immer ganz anders. Deshalb schloss sie die Augen, fest, ganz fest, und ließ die Schneeflocken sanft ihr Gesicht berühren.

Im letzten Licht der Nacht sah sie ihn dann vor sich – Leander, sein schiefes Grinsen, diese schrägen Klamotten, die explodierte Frisur –, und als er die Hand nach ihr ausstreckte, da ließ sie sich von ihm hinaus in die Welt führen, in ein Leben, das wieder voller Magie und Mythen war. Es war eigentlich ganz einfach, denn so sind die Dinge im Leben.

Und als Vesper Gold, die jetzt nicht mehr allein war, viel später erneut durch den Spiegel unter dem toten Baum schritt und den Winterwald verließ, da lächelte sie selbst im verborgensten Winkel ihres jungen Herzens, diesmal sogar so laut, dass selbst die höchsten Wipfel der Tannen es hörten.

Nachwort

Es war einmal …

Im Grunde genommen sind es diese drei magischen Worte, die wirklich jede Geschichte, die jemals erzählt wurde, an welchem Ort auch immer (im Schatten knorriger Bäume, an Lagerfeuern in fernen Wüsten, in warmen Räumen vor knisternden Kaminfeuern), auf den Punkt bringen.

Es war einmal …

Es sind diese drei Worte, die wir mit der Kindheit und den Märchen von einst verbinden, die uns weiterlesen oder gebannt lauschen ließen, während um uns herum dichte Winterwälder und düstere Lande Gestalt annahmen, bevölkert von magischen Wesen, die Angst einflößten und wunderbar waren und unvergesslich blieben.

Nun denn …

Es war einmal …

Ein Erzähler, der die Märchen und an langen Herbsttagen und Winterabenden erzählten Geschichten seiner

Kindheit nicht vergessen konnte. Für den die Illustrationen in den alten Büchern noch immer voller Magie und Düsternis sind. Der selbst im Traum von einem gezeichneten Wolf gejagt wurde, lange Zeit, immer wieder.

Was wäre, wenn …, so fragte sich dieser Erzähler, *diese Geschichten gar keine Erfindungen gewesen wären? Was wäre, wenn … einige der Märchenerzähler die Märchen nicht nur erfunden und kunstvoll erlogen hätten?*

So fing es an. So führte ein Wort zum anderen, treu geleitet von der Frage: *Und was geschah als Nächstes?*

Schon vor einigen Jahren (um ganz genau zu sein: als die Heldin in einem meiner früheren Romane die Wüstenei betrat) hegte ich den Wunsch, die alten Märchen und Geschichten erneut zum Leben zu erwecken. Jetzt habe ich es getan, und die Mythen sind befreit (und mit ihnen viele Bilder, Szenen und Gefühle, die mich seit meiner frühesten Kindheit begleitet haben).

Und was die Wahrheit in den Lügen angeht … Wilhelm und Jacob Grimm, Ludwig Tieck, E. T. A. Hoffmann, Wilhelm Hauff, Caspar David Friedrich, nicht zuletzt Johann Wolfgang von Goethe und Friedrich Schiller – es gibt eine ganze Reihe von Charakteren, die ich für meine Zwecke eingespannt habe. Zu meiner Verteidigung kann ich nur vorbringen, dass ich sie in der gleichen Art von Netz gefangen habe, die sie selbst zeit ihres Lebens gesponnen haben. Die Behauptung, all diese Persönlichkeiten seien Angehörige einer geheimen Verbindung namens *Bohemia* gewesen, ist demnach so wahr und so erfunden wie die Geschichten und Märchen, die sie selbst zu Lebzeiten erzählt und gesammelt haben. (Sich mit den Lebensumständen all jener Persönlichkeiten zu beschäftigen, kann ich nur jedem empfehlen, denn manchmal ist das wahre Leben ebenso spannend wie die Geschichten, die daraus entstehen.)

Und was geschieht als Nächstes?

Nun, ganz einfach. Es ist an der Zeit, einige Worte des Dankes auszusprechen.

Die Musik der märchenhaften Winterwelt wurde diesmal gezaubert von AnNa R. und Peter Plate (jedes Lied ein einziger rosenstolzer Reigen gesungener Magie), Ina Müller (unverwechselbar), Dionysos *(La Mécanique du Cœur)*, Sting *(If on a Winter's Night)*, Dario Marianelli (na, klar), Alexandre Desplat *(The Ghost)*, Danny Elfman (ohne Worte) und immer und immer wieder Murray Gold und Ben Foster (Vespers und Leanders Herzschlag).

Meine Frau schließlich taufte die geheime Gesellschaft auf den Namen *Bohemia* – und überdies verdankt Vesper ihr den Ring und den petrolfarbenen Schal. »Die Brüder Grimm – Eine Biografie« von Steffen Martus und »Der Wald – Eine literarische Wanderung« von Kerstin Ekman waren wertvolle Begleiter auf dem Weg. Die einzigartige Catharina Marzi wies mich auf das poetische Musikvideo »Rusted from the Rain« von Billy Talent hin. Und die Mitarbeiter der Stadtbibliothek Saarbrücken sehen glücklicherweise noch immer davon ab, mir für die terminüberzogenen Bücher Kopfgeldjäger auf den Hals zu hetzen.

Überdies gilt mein Dank, wie immer, meinen Mitstreiterinnen im lebkuchenartigen Heyne-Hexenhaus: Martina Vogl (die sich von Anfang an unermüdlich für »Grimm« eingesetzt hat) und Uta Dahnke (die das Schneegestöber aus wild umherfliegenden Wörtern zu meistern vermag wie kaum jemand sonst).

Am Ende schulde ich aber den größten Dank meiner Familie, die mich geduldig in düstere Winterwaldregionen reisen lässt und immer da ist, wenn ich sie brauche. Hut ab also vor Tamara, Catharina, Lucia und Stella, die, an jedem Tag und in jeder Stunde, mein wahr gewordenes Märchen sind.

Die magischen Welten des Christoph Marzi

LYCIDAS

Als die kleine Emily Laing eines Nachts Besuch von einer sprechenden Ratte erhält, weiß sie, dass nichts in ihrem Leben so bleiben wird, wie es einmal war. Denn dass sie auf der Suche nach dem Geheimnis ihrer Herkunft eine phantastische Stadt unter den Straßen Londons entdecken würde und schon bald von den seltsamsten Wesen verfolgt wird – das hätte sich Emily selbst in ihren kühnsten Träumen nicht ausgedacht.

LILITH

Grausige Dinge geschehen in London, denn nun bewahrheiten sich die Worte des Lichtlords: Alles wird irgendwann wieder leben. Erneut steigen die Waisenmädchen – in Begleitung des Alchemisten Wittgenstein und des Elfen Maurice Micklewhite – in die Welt unterhalb Londons hinab, besiedelt von phantastischen Geschöpfen, Göttern und sprechenden Tieren. Tief hinab in den Schlund der Hölle führt sie der Weg, wo die Asche einer Frau gefunden werden muss, die man einst Lilith nannte.

LUMEN

Mysteriöse Gestalten huschen durch die Winternacht, Menschen verschwinden vom Angesicht der Erde und fremde Nebel suchen die Stadt der Schornsteine heim. Wieder einmal muss das Waisenmädchen Emily, begleitet von ihrem Mentor, dem mürrischen Alchemisten Wittgenstein, in die geheimnisvolle Welt unterhalb Londons hinabsteigen und der Spur eines dunklen Rätsels folgen. Alle Zeichen deuten nach Prag, der düsteren Stadt mit dem Tor zur Hölle.

Somnia

Es geschehen seltsame Dinge in New York. Als Scarlet Hawthorne ohne jede Erinnerung an ihr bisheriges Leben in einer eisigen Winternacht im Central Park auftaucht, spürt sie, dass ihr etwas Schreckliches widerfahren ist. Doch bevor sie Hilfe suchen kann, tauchen Werwolfkreaturen auf und jagen sie durch die Nacht. Nur dem Eingreifen von Anthea Atwood verdankt sie ihr Leben. Die liebenswürdige alte Dame war nicht zufällig da – sie weiß, dass in der Vergangenheit des Mädchens der Schlüssel zu einem dunklen Rätsel liegt, das New York in Atem hält.

Fabula

Es gibt Geschichten, die können unser Leben für immer verändern. Es gibt Geschichten, die sind erfunden und zugleich auf magische Weise wahr. Und es gibt Geschichten, in denen man verloren gehen kann, sprichwörtlich. So wie in der, die Helen Darcy eines Nachts ihren beiden Söhnen Colin und Danny erzählt …

Die wundersame Geschichte der Faye Archer

»Geschichten sind wie Melodien!« Mit diesen Worten verzaubert Alex Hobdon die junge Buchhändlerin Faye Archer vom ersten Augenblick an. Als er sein Skizzenbuch in ihrem Laden vergisst, schreibt Faye ihn über Facebook an und aus ein paar kurzen Chats entwickelt sich eine berührende Liebesgeschichte. Doch dann erfährt Faye, dass Alex ein Geheimnis verbirgt, und Faye muss sich entscheiden, ob ihre Liebe zu Alex stark genug ist, dieses Geheimnis zu teilen …